W0004288

António Lobo Antunes
Was werd ich tun, wenn alles brennt?

António Lobo Antunes

Was werd ich tun, wenn alles brennt?

Roman

Aus dem Portugiesischen von
Maralde Meyer-Minnemann

Luchterhand

Die Originalausgabe erschien 2001
unter dem Titel *Que Farei Quando Tudo Arde?*
bei Publicações Dom Quixote, Lissabon.

Der Verlag dankt dem
Portugiesischen Institut für das
Buch- und Bibliothekswesen
für die Förderung der Übersetzung.

Ministério da Cultura

Instituto Português do
Livro e das Bibliotecas

1 2 3 4 5 05 04 03

Durch Vermittlung von Tom Colchie, New York
Satz: Filmsatz Schröter, München
Druck und Bindung: GGP Media, Pößneck

ISBN 3-630-87146-1

Gewidmet
Marisa Blanco wegen ihrer erbarmungslosen Freundschaft

meinem Cousin José Maria Lobo Antunes Nolasco,
der aus meinem Leben die Gräten herausgezogen hat

und dem Dichter Francisco de Sá de Miranda,
einem von uns, der aus dem 16. Jahrhundert gekommen ist,
um dem Buch den Titel zu schenken.

Ich bin du, und du bist ich; wo du bist und in allen Dingen finde ich mich verstreut. Wo auch immer du dich befindest, wirst du mich finden: Und indem du mich findest, findest du dich selbst.

(Epiphanie in Haer. 26.3)

Kapitel

Ich war mir sicher, daß ich diesen Traum am Vortag geträumt hatte oder an einem Tag davor

am Vortag

und gerade deshalb dachte ich, ohne aufzuwachen

– Es lohnt nicht sich darüber den Kopf zu zerbrechen das kenne ich schon

denn ich war nicht an Geschehnissen interessiert, von denen ich wußte, daß sie nicht stimmten

– Ich schlafe

gestern hatten sie mich erschreckt, aber sie erschreckten mich nicht mehr

– Warum soll ich mich aufregen alles gelogen

war mir der Lage meines Körpers im Bett bewußt, einer Falte im Bettlaken, die mir am Bein weh tat, des Kopfkissens, das

wie immer

zwischen die Matratze und die Wand gerutscht war, die Finger

selbständig, allein

suchten es, packten es, holten es zurück, falteten es unter der Wange, die sich ihrerseits hineinfaltete, so daß ein Teil von mir das Kissen und ein Teil die Wange war, die Arme umfaßten den Bezug, und ich half den Armen

– Es sind meine

verblüfft darüber, daß sie mir gehören, war mir einer der Platanen am Zaun bewußt, nachts ein Fleck an der Scheibe, aber jetzt deutlich, trat sie in meinen Traum und hob meinen Kopf an

nur den Kopf, da die Bettlakenfalte mir immer noch weh tat

zum Fenster neben dem Büro, in dem der Arzt eine Information oder einen Bericht schrieb

der Schreibtisch, der Stuhl und der Tisch alt, die Tür immer offen, durch die die Kranken hineinspähten und bartstoppeldreckig und mit toten Augen um Zigaretten bettelten

ich war immer außerstande gewesen, im Restaurant die Fischaugen zu essen, mein Onkel stach mit der Gabel hinein, und ich schrie blind

mich nimmt niemand wahr, niemals hat mich jemand wahrgenommen, die Krankenpfleger begnügten sich damit, mich rauszuschieben

– Ist ja gut ist ja gut

und die Fische saßen mit ausgestreckten Händen auf Bänken, bettelten um Zigaretten, der Onkel hielt mit der Gabel inne

– Magst du die Augen nicht Paulo?

der Schreibtisch, der Stuhl, der Schrank, der Arzt, der irgend etwas unterschreibt, mich anstarrt, schnell die Gabel packt, sie der Meerbrasse, der Dorade nähert, ich mag Augen, Onkel

– Morgen kannst du nach Hause

und während ich wach wurde und sich eine Taube auf einem Platanenzweig auf und nieder wiegte, die Bettlakenfalte aufhörte, mir weh zu tun, der Fisch sich vom Kopfkissen löste, das ich nun doch nicht bin, und der Onkel vergnügt in diesen Traum vom Vortag zurückwich, in dem riesige Meeraale, von den Tabletten in Aufziehpuppen verwandelt, mich um Zigaretten anbettelten

– Magst du keine Augen Paulo?

beispielsweise der Ertrunkene links von mir, der gezeitenlangsam zur Oberfläche der Matratze aufstieg, seine Frau besuchte ihn immer sonntags mit einem Päckchen Pfirsiche, und er lehnte die Pfirsiche mühsam, wie aufgezogen ab, ohne die Geste zu beenden

– Hast du Zigaretten mitgebracht Ivone?

meine Mutter Judite, mein Vater Carlos, der Arzt, nicht dieser, aber ein dicker ich erinnerte mich an die rote Krawatte, als ich eingeliefert wurde, an eine Zigeunerin, die schrie

oder war ich es, der schrie?

der Arzt

– Wie heißt deine Mutter?

und ich erinnerte mich auch an die Feuerwehrleute, die von Dona Helena gerufen worden waren, um meine Handgelenke festzuhalten

– Schön ruhig Junge

so viele Untertassen in der Küche, die zerschlagen werden mußten, die Vase unversehrt, die Zeiger der Uhr, die den Eintopf überwachten

– Zerstör uns

wenn die Feuerwehrleute mir anstelle des dicken Arztes mit der roten Krawatte helfen würden, nicht in diesem Büro, in einem Raum ohne Fenster oder Schrank, wo die Zigeunerin oder ich schrien, oder aber keiner von uns beiden, das Zerschellen des Geschirrs

– Wie heißt deine Mutter?

meine Mutter Judite mein Vater Carlos

– Hast du Zigaretten mitgebracht Ivone?

samstags fünf Zigaretten, aber die Zigaretten gehen aus, ein Bon für ein Glas Milch im Café, aber die Milch, die sich nicht halten kann, ergießt sich auf den Tresen, sobald man sie berührt, der Krankenpfleger wischt den Tresen ab, wischt uns die Jacke und das Kinn mit einem zerlöcherten Stück Stoff ab, dem Fossil eines Handtuchs, auf einem hoch oben angebrachten Brett schimpft der Fernseher

– Schmutzfinken

Kuchen, die zerbröseln, wenn man sie ißt, belegte Brote, deren Schinken Widerstand leistet, Zigaretten, die beim zehnten Streichholz am Filterende brennen, und eine kleine Flamme verschlingt die Watte

– Sie merken es nicht einmal die Armen

das Streichholz geht zu früh aus oder weigert sich auszugehen, verbrennt uns die Haut, die Gewißheit, daß ich dieser Tage, am Vortag oder am Tag vor dem Vortag geträumt habe, und warum sollte ich mir den Kopf zerbrechen, wo ich mich außer an vorgestern nur an eine Zigeunerin erinnere, die schrie, und daß sie mich mit Verbandmullknoten ans Bett fesselten, vielleicht an die Feuerwehrleute

– Schön ruhig schön ruhig

der Krug, den ich der Spüle gestohlen hatte, zerschellte auf dem Boden, Dona Helena in Tränen, ich muß diese Untertassen zerschlagen, die Vase unversehrt, beleidigt

wie sehr ich diese Vase gemocht hatte

die fragte

– Und ich?

der Arzt mit zwei oder drei Psychologen oder Studenten oder Kunden der Diskothek, in der mein Vater arbeitete, und der Platanenzweig hielt endlich still wie immer am Mittag, den Ellenbogen auf das Fenstersims gestützt, hielt er die Haarsträhnenspatzen seiner Stirn, Katzen in einer Dornenhecke oder bei den Resten des Speisesaals, wo ein Mädchen mit Haube Eimer ausschüttete, der Arzt zu den Studenten

– Sie leben in sich selber und fühlen fast gar nichts schwer ihnen zu helfen wieder etwas zu fühlen

schenkt mir ein Körbchen mit Pfirsichen, nein, schenkt mir eine Zigarette, das Streichholz ging an, als es angehen sollte, ging aus, als es ausgehen sollte, im Aschenbecher ist Asche, und da es so ist, tu ich meine Asche dort hinein, ich glaube, der Mann von Dona Helena hat die Feuerwehrleute begleitet, auf die Auslegeware gezeigt, den Fußboden

– Er macht alles voller Asche

ich glaube, der Arzt

– Sie leben in sich selber erkennen nicht einmal ihre Familienangehörigen

und die Psychologen oder Studenten oder Kunden der Diskothek, die sich über meinen Vater lustig machten, wiederholten es gehorsam in Heften, sie leben in sich selber, erkennen nicht einmal ihre Familienangehörigen, der Ehering des Arztes bewegte sich auf dem Schreibtisch nach vorn

– Schauen Sie

der Kugelschreiber schlug auf die Tischplatte, weckte mich auf, ich war mir der Lage meines Körpers im Bett bewußt, einer Bettlakenfalte unter dem Bein

– Paulo

den Kugelschreiber kaputtmachen und die Untertassen in der Küche, Dona Helena nahm mir die Vase mit der Bruchlinie an der Stelle, an der sie sie geklebt hatten, ab, der Kugelschreiber beharrlich auf der Tischplatte, verbot mir zu rauchen

– Paulo

der zweite Sarg, und ich tat so, als hätte ich ihn nicht gesehen

– Wie heißt deine Mutter?

und da, ich merkte es fast nicht, begann ich zu lachen, als mein Vater gestorben ist, habe ich auch angefangen zu lachen, Leute auf langen Bänken, ein Alter mit geschminktem Mund mit einem Pudel auf dem Schoß, der zweite Sarg, den ich nicht zu sehen vorgab, der Priester kam hinter einem Vorhang hervor, und ich, an den Sarg gelehnt, lachte

– Wie heißt Ihre Mutter können Sie sagen wie Ihre Mutter heißt wie heißt Ihre Mutter können Sie das sagen?

hinderte die Psychologen oder die Studenten oder die Kunden der Diskothek daran, die Leiche zu bemerken und sie zu verspotten, mein Vater ist ein Clown mit Federn und Pailletten und Perücke, Polstern an den Hüften, an der Brust, der geschminkte Mund des Alten mit dem Pudel, der sich bellend gegen mich sträubt, einmal habe ich den Köter mit der Schleife, der meinem Vater gehörte, in den Park am Príncipe Real gebracht, wo sie nie mit mir auf der Schaukel spielten, im Teich waren Fische, ich habe den Fischen keine Kekskrümel gegeben

– Iß den Keks Paulo

ich habe die Leine vom Halsband gehakt

– Hau ab

und das Tier unentschlossen, verkroch sich, Urin auf den Teppich tropfend, unter den Möbeln, würde man ihm ein Glas Milch im Café des Krankenhauses bezahlen, würde es sie auf dem Tresen verschütten, mein Vater wischte ihm die Schnauze mit einem zerlöcherten Stück Stoff ab, dem Fossil eines Handtuchs, ich habe Steine nach ihm geworfen, bis er endlich an einer Ecke verschwand, erschrocken, dumm, die Schleife löste sich, verhedderte sich in den Pfoten, wenn ich ihn mit Steinen bewerfen würde, meinen Vater

– Hau ab

bis er endlich an einer Ecke verschwand, die Federn, die Pailletten, die Perücke, wenn ich aufhören könnte zu lachen

– Sie leben in sich selber erkennen nicht einmal ihre Familienangehörigen

ohne daß eine einzige Träne den Sarg verbarg, die Musik, der Lichtkegel, der auf der Bühne anging, und mein Vater, der sang

nicht mein Vater, ein Clown mit Federn und Pailletten und Perücke

nicht der Clown, eine Frau, so viele Untertassen in der Küche, die zerschlagen werden mußten, in seinem Zimmer die Parfümflakons, die Nagellackfläschchen, die Lippenstifte, das Messer zum Bartverhehlen, Röcke über Röcke an einer Wäscheleine, wenn ich ihn mit Steinen bewerfen könnte, den Psy

– Wie heißt deine Mutter?

chiater, meine Mutter wohnt in Bico da Areia auf der anderen Seite des Tejo, ein Bus, noch ein Bus, Lissabon auf den Kopf gestellt im Wasser, wenn ich an ihre Tür klopfe, hakt sie die Leine von meinem Halsband, und ein Mann auf der Stufe zum Tor, meine Mutter

– Hau ab

das brennende Licht anschauen, die Häuser nur Dächer aus

Holz und Wellblech, Negerhütten, Beete mit vertrockneten Blumen, Kastanien, bei meinem Vater würden Blumen nicht so enden

– Schau mal nach ob der Sohn von der Schwuchtel noch immer da draußen ist

immer frische Blumen im Wohnzimmer, warum sind Ihre Nägel lila, Vater, der Tintenstrich, der Augenbrauen erfand, der Mann erschien kauend auf der Stufe, um den Hals die Serviette, und die vertrockneten Blumen

– Schau da ist der Sohn von der Schwuchtel

der Tejo kam und ging, legte den Ponton frei, das heißt, er kam und ging und blieb zugleich dort, die Pferde der Zigeuner weideten das Dünengras ab, ich hatte das Gefühl, da war eine Grille oder ein Nachtvogel am Straßenrand, der Mann mit der Serviette um den Hals schrappte mit den Pantoffeln auf der Stufe und kehrte kauend an den Tisch zurück

– Da draußen ist niemand

Rüschengardinen, Magnolien aus Pappe, meine Mutter wusch Töpfe in einer Schüssel im Garten ab, nicht als Braut gekleidet, barfuß, ohne Perlenkette an der Stirn, mein Vater und sie schnitten eine Torte an, und oben auf der Torte ein Paar, kleine Wachsfiguren, ich wachte auf der Matratze in der Küche auf, weil mich ihr Streit aus der Überdecke herauszog, und brachte das Gummikrokodil mit, meine Mutter jetzt nicht mehr Braut, aber auch nicht barfuß und auch nicht dabei, Töpfe in einer Schüssel zu waschen und die Schüssel in das Beet auszugießen, zeigte meinem Vater einen Büstenhalter

sie hatte die Perlen in einer Schachtel für Knöpfe verwahrt, und die Figürchen von der Torte zierten das Radio

– Trägst du das Carlos?

meine Mutter hieß Judite, seither habe ich gelobt, nichts zu sagen

wenn die Augen meiner Mutter merkwürdig wurden und mein Onkel mit der Gabel auf uns zeigte

– Magst du keine Augen Paulo?

das Krokodil entwich mir und wickelte sich um ihre Beine

– Mutter

während ich dachte, hoffentlich merken es die Psychologen oder die Studenten oder die Kunden der Diskothek nicht, wo sind wohl die Figürchen von der Torte geblieben, wo wird die Kette sein, einer der Zigeuner tauchte mit einer kleinen Gerte auf und trieb die Pferde zum Kiefernwäldchen, mich unter den Möbeln zusammenkauern wie der Hund, dabei Stichelhaare und Urin tropfen, trägst du das, Carlos, und mein Vater schwieg, Steine nach ihm werfen, bis er endlich an einer Ecke verschwindet, während das Krokodil

– Mutter

laßt nicht zu, daß ich allein bleibe, wenn die Rolläden heruntergelassen werden, und der Mann mit der Serviette

– Judite

kein Mann, Scheiben eines Mannes in den Zwischenräumen des Rolladens, treibt mich wie die Pferde zum Kiefernwäldchen, das Krokodil beharrlich am Tor

– Laßt mich bei euch bleiben

ihnen erklären, daß ich nicht ich bin, ich keine Schuld habe, wenn ich mich an ihren Beinen festklammere, die Scheiben meiner Mutter werden größer, die Hälfte der Brille forschend von den Holzleisten her

– Hast du die Türangeln gehört?

ich glaubte, die Scheiben einer Flasche zu sehen, die wieder auf Scheiben einer Anrichte zurückgestellt wurden, man hörte die Nadeln der Kiefern und den Fluß am Ponton, wie er die Zähne mit der Zunge absaugte, die Scheiben der Flasche wurden hochgehoben, und der Mann mit der Serviette erschien, nunmehr vollständig, zusammen mit ihr ärgerlich auf der Stufe, kratzte sich

der Kühlschrank mit dem Zwerg aus Schneewittchen obendrauf, der mit der Hacke über der Schulter, der die Kollegen befehligt, der Zwerg zu meiner Mutter

– Man hört nichts Judite das müssen die Pferde gewesen sein

die in einer Bodensenke herumtrabten, in der Zelte, zweirädrige Karren standen, die Flasche zerteilte sich auf der Anrichte erneut in kleine Streifen, jetzt fast ausschließlich Glas, ein anderer Büstenhalter, Cremetiegel, ein Stiefelchen auf dem höchsten Bord der Speisekammer, die mit einer Muße der Verachtung gegen meinen Vater geschleudert werden, mit einer Langsamkeit wie unter Wasser die Algen und die Kiesel, ich weiß nicht, ob sie sich überhaupt bewegen oder ob es die Schatten sind

– Trägst du das Carlos?

die mit der Handfläche über die Dinge streichen, so wie der Bahnsteig sich nach hinten bewegt, nicht der Zug, die Leute ziehen vorbei, und da, ein Seufzer aus Dampf und Metall, der Bahnsteig entfernt sich, genau wie bei der Zeit, wie beim Tod, die Gesichter der Verstorbenen in Reichweite und dennoch unendlich weit weg, ernster, würdiger, wenn meine Mutter

– Trägst du das Carlos?

antwortet mein Vater im Sarg nicht, und ich verteidige ihn, indem ich lache, sie haben ihm eine Krawatte umgebunden, ein Hemd ohne Spitzen angezogen, eine Weste, die er hassen würde, sie haben ihn gekämmt wie vor den Federn, den Pailletten und der Perücke, das Figürchen schneidet auf dem Foto die Hochzeitstorte an, die Wange an die Wange meiner Mutter geschmiegt, während meine Wange an das Kopfkissen geschmiegt ist und die Platane mich aus dem Schlaf herauszieht, ich mir der Lage meines Körpers im Bett bewußt bin, dem Geruch nach Desinfektionsmittel, mit dem der Boden gewischt wird

– Morgen kannst du nach Hause gehen

und beim Haus wartet die Schüssel im Garten auf den Morgen

– Schau mal nach ob der Sohn von der Schwuchtel immer noch da draußen ist

und im Haus

– Hast du die Türangeln gehört?

das andere Haus, das verlassene an der Praça do Príncipe Real, der Sarg von Rui links von dem meines Vaters, eine Krawatte, ein Hemd ohne Spitzen und die gleiche Weste, er ist nicht wie ein Clown gestorben

die Schuhe der beiden weisen, von den Hosen gelöst, zur Decke

sie haben ihn am Strand gefunden, der Köter mit der Schleife schnüffelte an ihm herum oder bellte die Wellen an

er schnüffelte weder an ihm herum, noch bellte er die Wellen an, im Kreis, aufgeregt wegen eines Stücks Schilfrohr oder eines Flaschenhalses, im Haus meines Vaters interessierten ihn die Muster auf dem Teppich, stundenlang starrte er die Rhomben an

– Hau ab

der Polizist zu mir

– Weißt du wer das ist kennst du den?

vier Pfähle und ein Seil um den Körper von Rui, die Scheinwerfer der Wagen zeigten wie im Theater auf ihn, in wenigen Augenblicken auch Trommeln, dann Musik, dann die Stille, da die Musik ausfiel, dann unsichtbares Gerenne, dann

– Du lernst das nie Idiot

dann

– Das ist nicht meine Schuld jemand hat den Stecker rausgezogen

dann laute Musik, ein Lichtoval auf dem Vorhang mit Brandflecken, mein Vater mit nackten Beinen und einem Diadem, das ihm aufs Ohr rutschte, und er sang, die Arme zu einem Kreuz ausgebreitet, die Vergebung der Sünden, meine Mutter, die das Diadem, dem Diamanten fehlten, von allen Seiten betrachtete

– Trägst du das Carlos?

wenn ich in Bico da Areia wohnen würde, würde ich im Kiefernwäldchen umhertraben oder am Strand oder da, wo die Zelte, die zweirädrigen Karren, ein Kleinlaster ohne Reifen standen, die Zigeuner würden mir die Augen verbinden, wie sie es mit den Pferden taten, bevor sie den Schuß abgaben, und ich auf Knien, ich ausgestreckt, ich in einem Sarg in der Kirche, wenn wir im Dorf ankamen, hat meine blinde Großmutter immer meine Gesichtszüge mit den Fingern abgetastet, sie mit Töpferbewegungen verändert, sie veränderte meine Nase, die Wangenknochen, das Kinn, ich habe mich verändert, ich erkenne mich in den Spiegeln nicht wieder

– Ihr Enkel Mama

meine Großmutter im Dunkeln in dem kleinen, mit Bildern und Kerzen gekrönten Zimmer verlängerte meine Ohren und vergrößerte meine Zähne, sie wird mich verschlingen und mich auf der Erde verteilen, wie es Schweine tun, die Finger ließen ab, lagen verwirrt im Schoß, eine staubige Frage bahnte sich den Weg durch die schwarzen Tücher

bis in die Seele in Trauer gekleidet

– Welcher Enkel Töchterchen?

wandte sich an meine Mutter, an ein Huhn, das sich mörtelstiebend unter den Flügeln kratzte, die Handflächen zerteilten Dunkelheit, gaben auf

– Welcher Enkel Töchterchen?

während sie mit eiligen Gesten meine Gesichtszüge wieder an ihren alten Platz setzte, wenn ich in Bico da Areia wohnen würde, würde ich schneller als die Krankenpfleger, als die Pferde traben, meine Großmutter suchte meine Mutter, maß ihr Gesicht mit den Daumen

– Du bist dünner geworden Judite

irgendwann werde ich sie in dem Dorf zwischen den Ulmen besuchen, entkomme Brennesseln und Mäusen, ihre Augen erraten meine Schritte, ohne sie zu hören, ihre Finger kneten verwirrt die Leere, es heißt, mein verstorbener Großvater würde nachts mit gezückter Hacke hereinkommen

– Camélia

mit diesem Hunger der Toten die Deckel von den Bratpfannen nehmen, sein Atem ebenfalls schimmlig, wir hatten leben wollen, wir hatten nicht fliehen können, und ringsum alles still, die Lehrerin ging auf dem Weg zum Friedhof spazieren, wenn die Schule aus war, Bienen über Bienen an den Stämmen der Weiden, meine Großmutter zur Hacke

– Du kommst doch nicht etwa um zu stehlen?

ich bin nicht gekommen, um Sie zu bestehlen, Großmutter, ich bin gekommen, um Sie zu bitten, mich zu berühren, zu helfen, wenn Sie im Gemüsegarten arbeiten, die Eimer aus dem Brunnen zu ziehen, den Nachmittag mit den Händen zu verändern, wären Sie in der Kirche gewesen, hätten Sie im Handumdrehen meinem Vater wieder ein ordentliches Gesicht geschaffen, und ich hätte mich nicht mehr geschämt, ein Mann, kein Clown mit Federn, Pailletten und Perücke, am Nachmittag, an dem er mich verkleidet im Krankenhaus besucht hat

einer der Krankenpfleger pfiff oder hustete, die weiblichen Angestellten in der Waschküche riefen einander mit Grimassen, ich wäre so gern ein Pferd gewesen und wäre so gern weit weg den Strand entlanggetrabt, sollen sie mir die Augen verbinden, einen Schuß auf mich abgeben, das Tier kniete nieder und dachte eine Zeitlang nach, der Zigeuner drückte mit dem Fuß gegen meine Flanke, als der Schweif nicht mehr zitterte, wurde die Musik lauter, das Lichtoval auf dem Vorhang mit den Brandflecken verschwand, soweit ich gesehen habe, hatte sich keine Künstlerin mit einer Stola und einem Brillantendiadem einem Mikrophon genähert, der Polizist

nein, der Arzt zu mir

diesen Traum habe ich schon einmal geträumt diesen Traum habe ich

– Weißt du wer das ist kennst du den?

nein, diesen Traum habe ich nicht geträumt, vier Pfähle und ein Seil um den Körper, der Hund, der die Wellen anbellt, wenn man ihn mit einer kleinen Gerte schlug, sprang er zur Seite, kam zurück, mein Vater und Rui hatten einen anderen Hund gehabt, aber ein Lastwagen hat ihn überfahren, seine Kruppe war zerquetscht, aber der Mund redet noch

– *Morgen können Sie nach Hause*

wir haben ihn nach Hause gebracht, die Kruppe in eine Decke eingewickelt, um zu vermeiden, daß das Blut, ich habe mit dem Ärmel gewedelt, um zu verhindern, daß die Fliegen

– Wedel mit dem Ärmel um zu verhindern daß die Fliegen

die Fliegen, Vater, ab März im Park in Príncipe Real, Fliegen im Wohnzimmer, im Schlafzimmer, im Kabuff mit dem Waschtrog, der Veterinär bereitete die Spritze vor, würde mein Vater weinen, die Schminke würde in schwarzen, nassen Streifen von den Lidern rinnen, man wischte mit dem Taschentuch darüber, und noch mehr Streifen und Flecken

– Seien Sie still Vater

vier Pfähle und ein Seil um den Körper an der Stelle, zu der sie im Sommer immer kamen, mein Vater badete wegen der Perücke nicht, erst Trommeln, dann Musik, dann Stille, dann

– Das ist nicht meine Schuld jemand hat den Stecker rausgezogen

dann wieder Musik

– Singen Sie Vater

obwohl es die Musik war, die sang, nicht er, die Stimme in den Lautsprechern, und mein Vater fing sie, das Kinn in der Luft, ein, wenn man einen Ball durchs Zimmer rollte, bewegte sich der Hund, von den Echos des Klanges in die Irre geleitet, auch nach rechts und links, die Clowns

die Frauen

die Clowns, die meinen Vater begleiteten und jünger waren als er, weniger Federn trugen, bewegten im Hintergrund die Hüften, sie richteten die Kleider mit Klammern, einer von ihnen, ohne Perücke, rasierte sich vor einem Taschenspiegel, verfolgte die Härchen, die entwischt waren, mit einer Pinzette, der Polizist zu mir

– Weißt du wer die sind kennst du die?

nein, der Arzt

– Wie heißt deine Mutter?

meine Mutter Judite mein Vater Carlos sie fühlen fast gar nichts schwer ihnen zu helfen wieder etwas zu fühlen

ich habe keine Mutter, ich habe zwei Mütter, und Rui im zweiten Sarg in der Kirche, Leute auf langen Bänken, der Alte mit dem Pudel auf dem Schoß, und ich lache, an die Bronzegriffe gelehnt, ein alter Anzug von Dona Helenas Mann mit Hustenbonbons und einer leeren Zahnstocherverpackung in der Tasche

nein, einem einzigen Zahnstocher tock tock

der mir zu kurz war, sie bürsteten die Revers, applizierten mir einen Tropfen Brillantine, verrenkten sich, um mein Aussehen zu prüfen, hatten die Beerdigung vergessen, zogen mir zufrieden den Scheitel

– Der ist am Bauch nicht zu weit zieh den an

stellten mich vor die Frisierkommode, Dona Helenas Mann umkreiste mich prüfend, ich fragte schweigend, indem ich ihm auswich

– Wollen Sie nicht mein Vater sein?

sie fühlen fast gar nichts schwer ihnen zu helfen wieder etwas zu fühlen

aber er war damit beschäftigt, meine Schulter zu korrigieren, er kannte die Namen der Bäume auf lateinisch, liebkoste den Stamm, und die Bäume waren dankbar, glaube ich

– Senhor Couceiro

er hat seinen Militärdienst in Timor gemacht, wo eine Kugel die Hüfte

– Die Japaner Junge tagelang bis zum Hals in einem Reisfeld mit Büffeln gesteckt

glaube ich nicht

wenn er mich wegen der Droge in der Polizeiwache abholte und die Eingeweide einzeln dahintrieben, hörte ich seinen Spazierstock, bevor er eintrat, ich wußte genau, in welchem Augenblick er seinen Nacken mit dem Taschentuch abtrocknen würde, das in Verlegenheitsknoten ewig nicht aus seiner Tasche herauskommen wollte, der Spazierstock stöberte zwischen den

Wurzeln der Büsche, Hörnern, den Leichen von Eingeborenen nach mir

– Die Japaner Junge

er steckte das Taschentuch wieder ein, um mir zu helfen, meinen Magen, die Lunge, einen Arm wiederzufinden, von dem ich meinte, er würde ihm danken, und der an der Decke levitierte, mich unter den Möbeln verstecken, dabei Urin auf den Teppich tropfen, wenn sie mir ein Glas Milch anböten, würde ich sie auf dem Tresen verschütten, Senhor Couceiro warf keine Steine nach mir, befahl mir nicht

– Hau ab

er begrüßte die Bäume, erinnerte sich an die Japaner, hat mir eine Feldwebeluniform gezeigt, die die Reisfelder entfärbt hatten, drei Tage und drei Nächte bis zum Hals im Wasser, und am Ende waren sie es leid, Junge, er sah mich an, wie meine Mutter meinen Vater ansah

– Trägst du das Carlos?

nicht einmal enttäuscht, demütig, als die Lampe auf ihn traf, hatte er keine Pupillen, darüber und darunter Falten und anstelle von Pupillen kleine Lichtkugeln, Dona Helena

der Ehering des Arztes klopfte mit dem Kugelschreiber auf die Tischplatte

– Wie heißt deine Mutter?

und keine Taube wiegte sich auf der Platane

mit mir auf dem Arm

– Guck mal was ich mitgebracht habe Couceiro

eine enge Wohnung, Pflanzen in Farbeimern, die eingerollte Fußmatte, über die man immer stolperte, ineinander verschachtelte Zimmer

der Eßtisch hörte am Bett auf

deren Türknäufe sich unbrauchbar drehten, man packte welchen auch immer und hatte ihn in der Hand, will heißen, einen Porzellanball und einen rostigen Schaft, abgelöste Kachelpaneele, Senhor Couceiro kam von den Antipoden, wo ein Radio spielte, nicht das, was ich kaputtgemacht habe, sondern das alte beim runden Tisch mit der langen, gerüschten Decke, Senhor Couceiro mit dem Spazierstock, wie er in einem Luftzug dahinsegelt, der sein Hemd blähte

– Genau wie der Monsun in Timor Junge jede Menge umgekippter Palmen

Dona Helena drehte sich mit empörtem Zungenschnalzen um sich selber, als hätte mich jemand geschlagen, und ging mit mir in den Schützengraben der Anrichte, bot mir Birnen in Sirup an, bot mir Kekse an, zeigte mir eine Spieluhr, und der kleine Walzer brach los

– Du hast ihn erschreckt und er hat angefangen zu weinen wer beruhigt ihn nun wieder?

für heute reicht es mir, an sie zu denken

sie fühlen fast gar nichts schwer sie etwas fühlen zu lassen mit ein bißchen Glück bringen die Medikamente manchmal

und ich erinnere mich an alle Töne, ich überrasche mich manchmal dabei, wie ich sie wiederhole, wenn ich mich aufrege, ich habe keine zwei Mütter, meine Mutter heißt Dona Helena, sie zeigte mir die kleine Spieluhr noch einmal, setzte sich aufs Sofa neben der Nähmaschine, verbannte Senhor Couceiro ins Exil des fernen Radios

der Zeiger bewegte sich auf dem Zifferblatt, und fremde Sprachen Pfiffe Knacken, blieb dort stehen, wo der Priester den Sechsuhrrosenkranz betete, eisige Kapellenechos, die Hälfte der Gebete er und die andere Hälfte die Frauen, sie machten eine Pause, und dann begannen die Frauen, und der Priester führte die Gebete zu Ende, nach dem Heroin vermischten sich die Stimmen, die Nähmaschine

stichelte mich, vor und zurück, ich versuchte zu rufen, aber die Kehle verschloß sich, das Lämpchen zum Löffelerhitzen rollte über die Matte, die Nadel, die ich nicht herausreißen konnte, ein Blutstropfen, der erschien und herunterrann, Senhor Couceiro besorgt

– Was hat er?

meine Mutter Dona Helena mein Vater Senhor Couceiro er hat deinetwegen zu weinen angefangen wer beruhigt ihn nun wieder versuch ihn mit deinen Japanern und deinen Büffeln zu unterhalten den Monaten die du bis zum Hals in einem Reissumpf verbracht hast quäl ihn nicht morgen wenn er wieder aus dem Krankenhaus zurückkommt laß ihn in Ruhe erzähl ihm von den Bäumen stell den Rosenkranz im Radio ein

hinter dem Haus ein Balkon zur Igreja dos Anjos, zwei Handbreit Fluß und fast nie Schiffe, ich setzte mich mit der Zitrone und der Spritze auf einen Blumentopf, band den Arm mit einem Bindfaden ab, wie Rui es mir beigebracht hatte, um die Ader auszusuchen, er kam mit einem kleinen Ring oder einem Armreif oder dem Geld von der Aufführung vom Vortag, das für die Rate für die Waschmaschine oder für die Reparatur des Ofens bestimmt war

– Laß nur dein Vater zahlt

mein Vater heißt Senhor Couceiro, meine Mutter Dona Helena, der Clown, von dem Rui meinte, er sei mein Vater, ich schwöre, ich weiß nichts von ihm, ich kenne ihn nicht, mein Vater ist weggegangen, oder aber ich hatte keinen, oder aber er hat sich in Luft aufgelöst und sich Jahre später wieder materialisiert, damit ich mich lachend an seinen Sarg lehne, der Alte mit dem Pudel wedelt Empörungen

– Mein Gott

der Clown, der nicht mein Vater war, wühlte in Etuis, Silikonfläschchen, Watte

– Der Umschlag mit dem Geld Rui?

lugte unter das Tablett für die gebügelten Blusen, schob Strumpfgürtel, Kappen und Mantillas zur Seite, mein Vater ist ein Mann, er weiß alles über die Japaner, kennt die Namen der Bäume auf lateinisch, hat in Timor Büffel getötet, heißt Senhor Couceiro

– Du hast ihn erschreckt und er hat angefangen zu weinen wer beruhigt ihn nun wieder?

wir hatten einen Mauerrest gefunden, als wir von den Kapverdianern wieder herunterkamen, nicht über die Straße, über einen Weg durch Unkraut, Stücke von einem Gartenzaun, von etwas, das einmal eine Statue war

ein Neptun oder ein Apollo?

aber ohne Glieder, ein zerbeulter Kochtopf flehte

– Versetzt mir Fußtritte

wie gut ich ihn verstand

– Bitte versetzt mir Fußtritte

genau wie die Apfelsinen, die vom Obstwägelchen herabfielen, und ich

– Wir haben jetzt keine Zeit

wir falteten die Zeitung auseinander, und ein feines weißes Pulver, verhinderten, daß die Körner am Knick entlangrieselten, nahmen einen Teil davon, bewahrten den anderen Teil auf, am Mauerrest jede Menge Feuerzeuge, Gummibänder, Fußabdrücke, unleserliche, mit dem Taschenmesser geschriebene Sätze, wir gaben die Scheine an einer Luke ab, ohne jemanden zu erkennen, man wartete ein wenig, bekam die Zeitung, ein Mulatte, der auf die Ecke aufpaßte, klappte ein Kindertaschenmesser auf und zu, seine Handflächen waren weicher als meine, rosig und mit schwarzen Falten, ich glaubte, er habe Angst, hatte er aber nicht, oder, besser gesagt, er hatte weniger Angst, als ich dachte, das Pulver untersuchen, vielleicht Kreide, vielleicht Gips, wie macht man es, Rui, erklär mir, wie man das macht, der Mann meines

nicht der Mann meines Vaters, der Mann des Clowns, sie schliefen im selben Bett, und deshalb waren sie verheiratet, vor diesem hat es mehrere gegeben, Alcides, Fausto

der Clown

– Ich möchte dir Alcides vorstellen ich möchte dir Fausto vorstellen

aber sie schliefen nicht mit ihm, sie gingen, Fausto stieß ihn gegen die chinesische Truhe, auf der mein Vater sich jammernd wand

hör mal, sagte mein Vater, ich habe mich geirrt
– Du Scheißschwuchtel
riß ihm die feine Halskette ab, steckte die Halskette in die Tasche, und der Clown
– Vergib mir
die Frau von Rui kam einmal nach Príncipe Real, um ihn zu beschimpfen, die Mieterin vom dritten Stock
Dona Aurorinha
– Junge Dame
sie ging langsam, regte sich nie auf, eine halbe Stunde auf jeder Stufe mit dem Einkaufsbeutel rang sie, die Brust zusammendrückend, nach Luft
– Kein Problem mir geht es ausgezeichnet
bestand darauf, daß ich ihr Guavenmus probierte, Zimmer im Dunkeln, da sie den Strom nicht bezahlt hatte, sie zündete eine Kerze an
– Strom stört mich
man drehte die Wasserhähne auf, und kein einziger Tropfen
– Ich brauche kein Wasser ich bin sauber
die Möbel weiß von Schimmelpilzen, verzweifelte Kakerlakenfluchten, im April hat sie ein Aneurysma geholt, die Frau von Rui zu den leeren Fensterscheiben
– Kommt raus ihr Scheißkerle
versuchte den Türdrücker mit einem Ziegelstein aufzubrechen, und Dona Aurorinha
– Stürzen Sie sich nicht ins Unglück junge Frau
rollte die Mülltonne die Straße entlang, ging
– Ihr Scheißkerle
mein Vater
Senhor Couceiro
mein Vater?
mein Vater mit den falschen Wimpern eines der Lider auf einer Pinzette, die anderen angstvoll bebend
– Eine Schande

und irgend etwas zitterte in seinem Gesicht, eine Sehne oder ein Muskel, die vom grauen Star nebligen Augen wie die meiner Großmutter, fast fiel er gegen die Truhe, obwohl Fausto ihn nicht stieß, Dona Aurorinha bot ihm Guavenmus an

– Senhor Carlos

in mühsamem Heroismus stieg sie Stufe für Stufe hinunter, der Clown tröstete sich, den kleinen Finger zum Bogen geformt, mit Kamillentee über die Schande hinweg, streckte eine Tasse hin

– Darf ich Ihnen eine anbieten Dona Aurorinha?

er klebte die falschen Wimpern vor dem Spiegel an, vor dem er früher den Schnurrbart gestutzt hatte, Alcides oder Fausto, die ja, mit

Schnurrbart, und mein Vater in Schürze briet Koteletts, ihnen gab er die Armbanduhr, ihnen gab er Ketten, hoffnungsvoll, unterwürfig

– Eine freundschaftliche Erinnerung

Alcides oder Fausto beäugten, dem Angebot gegenüber mißtrauisch, die Schätze

– Ist das wenigstens was wert?

Umschlagtücher, Haarreifen mit Mohnblüten, Plastikvikunjas, meine Mutter zertrat all diesen Luxus, den ich für ihren gehalten hatte

– Trägst du das Carlos?

wir hatten einen Mauerrest gefunden, als wir von den Kapverdianern wieder herunterkamen, nicht über die Straße, über einen Weg durch Unkraut, Stücke von einem Gartenzaun, von etwas, das einmal eine Statue war

ein Neptun oder ein Apollo?

aber ohne Glieder, ohne Glieder, wir falteten die Zeitung auseinander, und ein feines weißes Pulver, am Boden vor dem Mauerrest jede Menge Feuerzeuge, Gummibänder, Fußabdrücke, Rui, so drückt man die Zitrone aus, so mischt man das Wasser darunter, so macht man das mit dem Löffel, man erhitzt das so, und sobald es kocht, nimmt man einen Bindfaden, so, über dem

Ellenbogen, ich glaubte über einer Steinmulde einen Eichelhäher zu sehen

der Kopf klingelte, die Spasmen des Schweifes, gleich bin ich ein Vogel, erreiche den Wipfel des Feigenbaums, schüttle mich oder bin ruhig, zufrieden, die Nadel, da, wo die breiteste Ader ist, keine Eile mit dem Kolben, so, eine Art Hitze, eine Art Kälte, der Mauerrest, der Eichelhäher, wieder Hitze im Bauch, in der Brust, in der das Herz nicht schlug, sich weitete, an Gewicht verlor, sich von mir löste, ich sah ihn beinahe violett in der Mulde mit dem Vogel, wie heißt du, wie heiße ich, sag mir, wie ich heiße, und Rui zog auch den Bindfaden an, so

– Sei still

Wind, wo es keinen Wind gab, Durst, wo kein Durst war, mit dem Pulver verstehe ich alles, Rui, verstehe ich alles, die mit dem Taschenmesser geschriebenen Sätze sind beinahe lesbar, soll ich sie dir vorlesen, Rui, dir ist doch auch kalt, nicht wahr, du bist auch ein Eichelhäher, leg dich nicht in den Schlamm, der Kopf klingelt, die Spasmen des Schweifes, die winzigen Früchtchen des Feigenbaums, schau nur, wie meine Blätter sich kreuzen, schau nur, wie ich wachse, leg dich nicht in die Weiden, steh auf, warum schimpfst du, Rui, schimpf nicht mit mir, bitte mich nicht, still zu sein, die mit dem Taschenmesser geschriebenen Sätze lauten

– Sie fühlen nichts

lauten

– Schwer ihnen zu helfen etwas zu fühlen

lauten

– Schau mal nach ob der Sohn von der Schwuchtel noch da draußen ist

nicht ein Feigenbaum, zwei auf demselben Stamm, Rui bedeckte die Öffnung der Nadel, und der rote Tropfen

dunkler als rot, man denkt bei Blut immer an rot, granat

– Sei still

der Mulatte kam von einem Kleinlaster ohne Reifen heran, klappte das Kindertaschenmesser auf und zu, ein leichtes Klikken, wenn die Klinge zu sehen war, ein leichtes Klicken, wenn sie nicht mehr zu sehen war, Dona Helena entfernte sich mit mir auf dem Arm in Richtung Speisekammer

– Du hast ihn erschreckt und er hat zu weinen angefangen wer beruhigt ihn nun wieder?

der Mulatte stützte die Sandale auf den Sockel, auf dem eine Regenpfütze, eine dieser Spuren des Oktobers, und die Spuren des Oktobers, während ich die Gartenzaunstäbe zusammenzählte, sechzehn

– Hier nicht

noch einmal zählen, ich hatte Angst, daß fünfzehn und sechzehn, ich hatte es richtig getroffen, vier bei uns in der Nähe und dazu sieben und noch fünf, der Mulatte zeigte auf die Stadt da unten

– Hier nicht

die Gewißheit, daß ich diesen Traum gestern oder vorgestern geträumt habe

gestern

und eben deshalb dachte ich, ohne aufzuwachen

– Es lohnt nicht sich darüber den Kopf zu zerbrechen das kenne ich schon

ich war nicht an Geschehnissen interessiert, von denen ich wußte, daß sie nicht stimmten, das Taschenmesser an meiner Kehle, die Sandale trat auf mich

– Ich schlafe

und da ich schlafe, kümmert es mich nicht, alles gelogen, ich war mir bewußt, daß das Kissen zwischen den Fußboden und die Truhe rutschte, gegen die ich gestoßen wurde

– Ich habe keine Goldkette die man mir wegnehmen könnte

Dona Aurorinha mit dem Einkaufsbeutel

– Paulo

eine halbe Stunde auf jeder Stufe, die riesigen, erschöpften Füße

– Kein Problem es geht dir großartig

gingen vor mir her, zündeten eine Kerze an, und ich folgte der Kerze im Dunkeln durch den Flur, bis Dona Aurorinha mir riet

– Setz dich

auf einen unsichtbaren Stuhl, und dort saßen wir beide schweigend, lauschten den Geräuschen im Haus und hörten etwas Fernes, das mich verspottete.

Einen Eichelhäher?

der mich verspottete.

Kapitel

Als ich klein war, setzten sie mich draußen hin, in die Nähe der Pferde und des Meeres, so daß die Wellen die Stimmen im Inneren des Hauses auslöschten und ich sie ein oder zwei Stunden lang vergaß, meinen Vater beim Kühlschrank mit dem Zwerg aus Schneewittchen darauf, den er hin und her drehte, ohne ihn zu sehen, meine Mutter, die ihn mit einem Hauchen fragte, das die Kiefern forttrugen und das mich dazu brachte, sie zu rufen, mit den Händen gegen den Kleiderschrank zu schlagen oder das Auto mit den Holzrädern zu zertrümmern, als meine Mutter

– Warum Carlos?

und das

– Warum Carlos?

nicht im Wohnzimmer, von Baum zu Baum, mit den Lichtflecken auf den Kiefernnadeln vermischt, der Zwerg aus Schneewittchen drehte sich auf dem Kühlschrank hin und her, und die Frage meiner Mutter ohne meine Mutter

– Warum Carlos

noch heute dieselbe Frage

noch gestern

noch heute im Krankenhaus die Platanen entlang, man blickte auf die Stämme, und die Frage auf jedem Zweig, die Silben deutlich, mit den Händen gegen den Kleiderschrank schlagen, nicht den Tauben zuhören, die Angestellten aus dem Speisesaal, der Mann der nächsten Abteilung auf dem Rücken liegend, murmelnd, sein Bauchnabel

gestern

heute, ich habe heute gesagt

– Die verstehen nichts von der Zeit

– Warum Carlos?

ich verstehe was von der Zeit, ich kann die Uhrzeit auf den Uhren lesen, fünf vor sechs, zwanzig nach sieben, acht Uhr zwölf, was glauben die Ärzte eigentlich, daß ich nichts von der Zeit verstehe, zeigen Sie mir das Handgelenk, und ich sage sie Ihnen, anstatt daß Sie mich eine Familie zeichnen lassen, und die Person mit den Röcken, als Braut gekleidet, mit Perlen im Haar, größer als der Ehemann und der Sohn, der Ehemann am Kühlschrank, der Sohn zerstört das Auto auf der Strohmatte, und die zerschlissene Bastmatte

– Warum Carlos?

die Braut nahm den Zwerg aus Schneewittchen, hinderte ihn daran, zu tanzen, erklärte dem Psychologen, der mir das Papier und den Bleistift gegeben hatte, es handele sich nicht um eine Wassermelone oder so

– Es handelt sich nicht um eine Wassermelone oder so

es handelt sich um den Zwerg aus Schneewittchen, den die Braut weiter wegstellte

– Hör auf damit herumzuspielen das macht mich nervös

den Ehemann daran hinderte, ihn zu berühren, das ist der Ehemann, das ist der Sohn, das ist das Auto mit den Holzrädern des Sohnes, ich hatte ein großes, wenn Sie nicht die Platanen bitten, still zu sein, gehe ich, der Bauchnabel des Mannes an der Wand, ich habe ihn nicht geschlagen, ich habe mit den Händen gegen den Kleiderschrank geschlagen, und der Krankenpfleger, als hätte ich jemanden geschlagen, ich habe ihn aber nicht verletzt, ich war verletzt da draußen bei den Pferden am Meer

– Laß ihn los

wo die Stimmen nicht hingelangten, die Dusche war auch draußen, und es tropfte die ganze Nacht lang auf den Zement, eine Pfütze, voller Wespen im August, man drehte den Wasserhahn auf und legte die Seife auf die Fensterbrüstung, oder, besser gesagt, bei meinen Eltern blieb sie auf der Fensterbrüstung, bei mir hielt sie sich eine Sekunde lang, und dann, da ich ein Kind war und nichts zu sagen hatte, rutschte sie zu Boden, sie schnell aufheben, bevor die Wespen, sonntags kamen sie durch ein Loch im Fliegengitter am Fenster, das die Wellen in Quadrate aufteilte, mein Vater außer Seife, Deodorant, Parfüm heimlich die Creme meiner Mutter, ich beobachtete ihn, und mein Vater hörte auf, sich einzureiben, schaute mich an, irgend etwas ist seltsam bei der Figur auf der Zeichnung, nicht er, eine Schüchternheit, eine Scham, eine Art Furcht, der Psychologe ein ovaler Strich und ein Pfeil, Creme auf den Hinterbacken, auf den Schulterblättern, auf der Brust

– Ist das dein Vater?

einer der Nachbarn, der Besitzer des Straßencafés, hockte auf dem Bretterverschlag, so daß ich den Clown, um zu verhindern, daß er ihn sah und den Kunden davon erzählte, mit dem Ellenbogen verbarg, und nur ich an der Hausecke spähte, die Pferde trabten wegen der Peitsche, einer meiner auf der Zeichnung unvollständigen Füße hinderte mich daran, zu laufen, den Bleistift nehmen, einen Schuh fabrizieren, aus der Zeichnung heraus durch den Hof, den Zaun des Krankenhauses, der Fluß

– Auf Wiedersehen

der Fluß morgen, wenn ich mich vom Arzt verabschiede, heute der Hof und der Zaun, eine Zigarette, mein Freund, eine Münze für einen Kaffee, mein Freund, ich bin nicht krank, mein Freund, ich wurde hier eingekerkert, das Körbchen mit den Pfirsichen an der Platane stehengelassen, Senhor Couceiro half mir mit dem Koffer, der Wäsche, den Pantoffeln, ein Plakat meines Vaters in Abendgarderobe, ich erinnere mich nicht, es mit hergebracht zu haben

– Warum Carlos?

– Nein

– Warum Vater?

und Senhor Couceiro faltete es eilig zusammen, und es verschwand zwischen den Hemden, wenn ich

– Warum Vater?

mein Vater stumm, es schien so, als würde er sprechen, aber er war stumm

reden Sie mit mir, sagen Sie mir

ich wachte in Bico da Areia auf, und die Sprungfedern des Bettes bewegten sich durch den Bretterverschlag, mit den Federn das Bein meiner Mutter

ganz langsam

über einem eingeschlafenen Bein, eine endlose Pause, in der die Pferde

das Meer

schwiegen, das eingeschlafene Bein entwischte unter Bretterächzen, die Stimme meines Vaters

– Nein

– Warum Vater?

und die Pferde oder das Meer oder weder Meer noch Pferde, die Pantoffeln meiner Mutter auf dem Fußboden, nachdem die Sprungfedern des Bettes beleidigt wieder in ihre Position zurückkehrten, ich merkte, daß sie sich am Kleiderschrank gestoßen hatte, wir stießen immer an den Kleiderschrank, unsere Wohnung stieß mit uns zusammen, erst überrascht, dann ärgerlich, das Knie mit beiden Händen gepackt, ein wütender Reflex, bevor unser Mund

– Verdammt

ich merkte, daß sie die Stufe hinunterstieg, ihre Hände am Tor, das Hin und Her der Angeln, weder Mond noch Kiefern, nur die Wasserschuppen, ich merkte, daß der Atem merkwürdig war, das Nachthemd zog sich zusammen, und da etwas Weißes, das hüpfte, und ich

– Weinen Sie nicht

weder Meer noch Pferde, die Nase schneuzte sich am Ärmel, die Hände umarmten mich halb, und halb stießen sie mich weg

– Geh hinein sonst erkältest du dich noch Dummkopf

dann umarmten sie mich doch, noch mehr Hüpfen des Nachthemds, ihr Körper so warm, Tränen, die mir nicht gehörten, wurden nun meine, weine nicht, Paulo, weine nicht, wenn Dona Helena mich auf den Arm nehmen und sich mit mir entfernen würde, wenn Senhor Couceiro mir von Timor erzählen würde, wenn sie mir den Mund mit Löffeln voller Guavenmus füllen würden, als ich meinen Kopf hob, mein Vater im kleinen Fenster

mit den Pferden traben

als er begriff, daß ich ihn bemerkt hatte, verschwand er aus dem Fensterrahmen, und das Glas bleich, als ich hineinkam, sah ich ihn gekreuzigt an der Wand, weit hinter mir, nicht im Nachthemd, im Pyjama

– Soll ich Ihnen meinen Ärmel leihen Vater?

Nachthemden nur in Príncipe Real, rot, silbrig, nicht aus Baumwolle, aus Seide, wenn ich ihn mal ohne Perücke überraschte, ein ärgerlicher spitzer Schrei, Fingerchen, die mich verscheuchten

– Ach Paulo

und ohne Perücke die Glatze, die Leberflecken, er band ein Tuch um, wenn er ins Bett ging, die Zeder im Príncipe-Real-Park zu mir

– Man starrt Krüppel nicht an das gehört sich nicht

Dona Aurorinha in der Eingangshalle mit ihrem Einkaufsbeutel, eine Brasse, zwei Kartoffeln, vertrocknetes Gemüse, sie Stockwerk für Stockwerk hinaufführen

– Ich helfe Ihnen

während sie Überraschungen mümmelte, jede Diele, auf die getreten wird

– Na wie geht es Paulos Vater Dona Aurorinha?

ihr Onkel Unteroffizier

– Mein Onkel war Unteroffizier

und daher ist Dona Aurorinha wichtig, die Arme, wenn man ihr den Respekt versagte, drohte sie mit dem Heer

– Ich werde es in der Kaserne melden

sie präsentierte sich mit der Brasse, den Kartoffeln, mit ihren abgelaufenen Schuhen, hob den Regenschirm zu einem feierlichen militärischen Gruß, holte das Foto eines alten Kerls mit Schiffchenmütze, wischte es gemächlich und pompös mit dem Jackensaum ab, schaute sich mit Verwandtenvertrautheit die Fahne genau an

– Ich bin die Nichte von Unteroffizier Quaresma der Zweiten Infanterie

überzeugt davon, daß die Obersten furchtsam

– Das ist die Nichte von Unteroffizier Quaresma da bleibt kein Stein auf dem anderen

die Nichte von Unteroffizier Quaresma hat die ganze Nacht gehustet, bei ihrer Beerdigung kein Oberst, keine Wache, keine militärischen Ehren, ein paar Spatzen auf den Zypressen, wenige und zudem unaufmerksam, mein Vater und ich haben den Sarg begleitet, er zum Glück in Hosen und ohne Nagellack, fast ein Mann, außer den Clownsspuren an den Augenbrauen von der Aufführung vom Vorabend, meine Mutter wies mit dem Zeigefinger darauf

wir hatten eine Stehlampe aus Glas mit einem bemalten Schirm

– Wer ist sie lüg nicht

Worte im Spiegel, noch bevor sie in ihrem Mund waren, die Stehlampe im Kleiderschrank wertvoller, schöner, der abgeschlagene Rand fast eine Verzierung oder eine Laune, Blumengirlanden in einem lila Rand, sie fiel ohne ein Geräusch im Spiegelbild um, und als sie eine Ewigkeit später hier herunterkrachte

– Wer ist sie lüg nicht

ein Wirbelsturm aus Geglitzer, die Zeit in Erwartung geronnen, die Pferde reglos trotz der Peitsche, eine Welle, die am Strand die Arme ausbreitete und Müll zusammensammelte

ich ein Stück Müll, geh mit mir zusammen weg, nicht diese Körbe, nicht diese Algen, ich

meine Mutter

– Geh zur Seite Paulo

kippte die Splitter in den Eimer, Reliefs, den gerüschten Teil handbemalt, wurde mir gesagt

– Sie ist handgemalt geh nicht so nah dran faß sie nicht an

kippte nicht mich weg, mein Vater wusch das Gesicht im Waschtrog, Dona Helena unterbrach ihre Arbeit am Herd

– Dich wegkippen mein Sohn?

sie nannte mich mein Sohn, sehen Sie nicht, daß sie mich mein Sohn nannte?

sie roch nach in Olivenöl angebratenen Zwiebeln, nach Gummi, nach Güte, man konnte an ihrer Brust einschlafen, Senhor Couceiro hat erst, nachdem er immer wieder im Kreis um uns herumgelaufen war, gewagt, mir einen Finger auf die Stirn zu legen, während der Spazierstock hinterherpickte

– Hat er Fieber?

ihr Kleiderschrank hat mich nie verletzt, ein großer, gütiger Spiegel mit dem ganzen Zimmer darin, davor der dreiteilige Spiegel, und Dona Helena dreimal, ich dreimal, Senhor Couceiro drei Feldwebel in den Reisfeldern von Timor, lassen Sie ruhig den Finger auf meiner Stirn, es stört mich nicht, Dona Helena

– Vorsicht mach ihm keine Angst

sie ließ zu, daß ich an ihren Ohrringen zog, die Haarklammern in ihrem Haar woandershin steckte, als sie mich eingewiesen haben, der Arzt zu Senhor Couceiro, während die Feuerwehrleute meine Handgelenke losbanden, die Koliken, weil mir das Heroin fehlte, mein Vater tot, und dennoch Gelächter

Gelächter

erklären, daß, wenn ich nicht lachen würde, nicht immer weiterlachen würde

– Ich muß unbedingt lachen verstehen Sie denn nicht daß ich lachen muß Doktor?

der Arzt zu Senhor Couceiro

– Ist das Ihr Enkel?

Paulo an den Sarg des eigenen Vaters gelehnt wie schrecklich an den Sarg des eigenen Vaters die Hände die Hände umarmten ihn halb und halb stie die Lampe auf dem Dach des Krankenwagens ging an, daher ein Wogen von Wand zu Wand

– Paulo

ich habe Dona Helena Geld gestohlen, und Dona Helena hat sich nicht über mich beklagt, ich habe das kordelgeschmückte Kästchen aus dem Minho aufgebrochen, und kein einziger Ohrring, Haarklammern und Metallspäne, damit zu hören war, wenn jemand es in die Hand nahm, in ihrem Namen beim Krämer, beim Fleischer Geld leihen, der Krämer nahm den Kram

sie hat mich nicht geschlagen

– Geh mir aus den Augen du Dieb

ich machte noch mehr Löcher in den Gürtel, weil die Hosen zu weit waren, und Dona Helena Suppe, mit Chinin versetzten Wein, Sirupe

– Nimm das Kräftigungsmittel Paulo

legen Sie mir den Finger auf meine Stirn, Senhor Couceiro, wenn Sie ihn auf meiner Stirn lassen, werden die Koliken weniger, so viele Einstiche von den Spritzen, die Venen hart, dunkel, das sind keine Arme, das sind Zweige, ich bin ein Busch, Dona Helena, meine Gaumen lösen sich auf, ich verstecke die fehlenden Zähne mit der Zunge, der Aschenbecher auf dem Schreibtisch des Arztes, verzweifelt, bang

– Zerschlag mich sofort

jedesmal, wenn die Lampe des Krankenwagens ihn zwang zu existieren, ich habe die Wanduhr verkauft, und Dona Helena sagte nichts, Senhor Couceiro

– Ist das Ihr Neffe?

sagte nichts, der einsame Nagel klagte mich an, ein weiterer Nagel links davon, der Spazierstock schien sich bewegen zu wollen, war aber nicht einmal wütend

um Ihrer Gesundheit willen, werden Sie böse, schreien Sie, werden Sie wütend auf mich

Dona Helena hielt ihn mit den Augen zurück

– Jaime

Jaime Couceiro Marques

den Nagel ausreißen, ihn darin hindern, mich anzuklagen, mich zur Abendbrotszeit vor sie hinstellen, Senhor Couceiro im Sessel, Dona Helena wegen ihrer Wirbelsäule auf dem samtbezogenen Stuhl, manchmal traf ich sie allein in der Küche an, wo sie das Pflaster mit einem Lächeln über der Schmerzgrimasse ablöste

– Es wird vorbeigehen

das Lächeln kleiner als die Grimasse, so daß ihre Mundwinkel zu sehen waren, als sie meinte, ich sei gegangen, verschwand das Lächeln, sie bewegte sich auf die Spüle gestützt vorwärts

der Toaster auch zum Mitnehmen, der Fleischwolf, mich vor ihnen aufbauen, auf den Nagel zeigen

– Das war ich nicht

nein

Nelken in der unversehrten Vase, Strelizien

– Ich war es werft mich raus ich war es

zwei Tulpen

nein, eine aufgesetzte Empörung, eine in Unschuld gespreizte Hand

– Ich war heute nicht im Haus wie kann ich das gewesen sein?

zwei Tulpen und Geranien, antworten Sie nicht, bitte diskutieren Sie nicht mit mir, Senhor Couceiro kannte die Namen der Bäume auf lateinisch, er kniff sie in den Stamm, und sie antworteten, der riesige Nagel, wenn ich den Kapverdianer bitten würde, mir die Uhr wiederzugeben

– Leih mir die Uhr für eine Woche ich bring sie wieder

das Kindertaschenmesser klappt auf und zu, die Sandale schubst mich weg

– Bist du immer noch da?

ein Labyrinth aus Gassen und kein Ausgang, alte Mauern, kleine zerborstene Fenster, wo ist die Stadt, man erkannte eine Büste, aber welche Büste auf welchem Platz, nachts suchte mein

Vater mit Perücke Rui, der Clown mit den hohen Hacken und dem Ballkleid hob ihn von den Steinen auf

– Rui

Rui auf dem matschigen Boden

– Scheißschwuchtel

und der Clown, mein Vater, säuberte ihm eine Wunde, machte sich die Stola dreckig, er

sage ich, er küßte ihn, Mutter?

er küßte ihn, die beiden

entschuldigen Sie bitte

im selben Bett, mein Vater mit einem Tuch um den Kopf, ich existiere überhaupt nicht, er legte Rui ins Auto, rückte ihn auf der Decke zurecht, die Scheinwerfer schepperten bei den Bodenwellen, ich allein in Chelas

siehst du denn nicht, daß du ihn erschreckt hast, wer beruhigt ihn nun wieder, das Kindertaschenmesser veränderte seine Stimme, jetzt interessiert

– Die Scheißschwuchtel ist dein Vater?

der Teich im Príncipe-Real-Park im Dunkeln, die Bäume, deren Namen Senhor Couceiro kannte und ich nicht, der Schlüssel im Schloß hinderte mich daran, reinzukommen, die Müllwagen sammelten Mülltonnen ein, auch eine Lampe

zwei

auf dem Dach

gelb, nicht blau

die mich hervorhoben oder verbargen, losfuhren und wiederkamen

und ich fuhr los und kam wieder

der Einkaufsbeutel von Dona Aurorinha mit den Kartoffeln, die sie, tot auf dem Friedhof, bestimmt nicht kochte, von der Bronchitis erstickt, die Helligkeit auf dem Treppenabsatz in Anjos, bevor ich auf der Fußmatte ankam, stolperte Dona Helena schlaflos, erleichtert, zufrieden

– Mein Sohn

während ich sie haßte und dachte, daß ich den Staubsauger, das bronzene Tintenfaß, die Eheringe der Schwiegereltern auf dem Wattekissen stehlen könnte, die Kiste mit dem Werkzeug herausziehen

– Begreifen Sie nicht daß Sie mich ärgern mich nerven daß ich Sie hasse?

und das Radio mit dem Hammer zertrümmern, das mit dem Rosenkranz, wo sie den Priester begleitete, ohne mit dem Häkeln aufzuhören, und für mich betete, Senhor Couceiro auf der verglasten Veranda, wo Lindenblütenduft

– Ist das der Junge Helena?

aber ich höre den Spazierstock nicht, wehe dir, wenn der Spazierstock, zum Glück nur die Pantoffeln auf dem Boden und das Alteleutehüsteln, die Teekanne wegwerfen

alles verbrennen, alles kaputtmachen, Dona Helena

– Paulo

nicht mein Sohn

– Paulo

ich bin nicht ihr Sohn, ich war nie ihr Sohn, der Schlüssel im Türschloß meines Vaters, der mich daran hinderte, reinzukommen, Synthetikchinchillas auf einem Drahtbügel, Musselin, Fächer, Rui und der Clown, die nicht auf mich achteten, spielten Dame, wenn Dona Helena es wagt

– Mein Sohn

zermalme ich gleich die Terrine

– Sie sind nicht meine Mutter

anfangs Hitze, dann Kälte, dann der Wunsch, mich selber zu zermalmen, ich weiß zwar nicht, was sterben bedeutet, aber es befreit mich von meinem Körper, Gespräche, die ich nicht mitbekomme, Vogelscheuchen im Kittel, die mir eine Schüssel gegen das Brett meiner Brust drücken

– Nun kotz schon

als ich ein Häher war, der nicht fliegen konnte, ein kranker Vogel, ein von Bindfäden aus Nerven zusammengehaltenes Paket, das um eine Spritze bat, eine Zitrone, eine Schnur, um der Nadel zu helfen, als ich ein feuchtes Bündel war, das sich vorbeugte und umfiel, tauchten die Japaner von Senhor Couceiro oder die Krankenpfleger oder die Ärzte mich, während ich schrie, in das Reisfeld von Timor, die dahintreibenden Büffel verboten mir zu atmen, sehen Sie die Köpfe mit den toten, leeren Augen, die Uhr ausleihen, um sie wieder zu verkaufen, wenn ich das Einmalsieben oder die Nebenflüsse des Guadiana aufsage, geht es mir besser, der Krankenpflegerhelfer

– Bist du wieder in der Schule Blödmann

einmal habe ich mich angeboten, Dona Aurorinha nach oben zu begleiten, habe ihr die Brasse, die Kartoffeln, das dahinsterbende Gemüse, ein Fläschchen Olivenöl, das grüne Tränen tropfte, raufgetragen, wir hintereinander schweigend auf den Stufen, sie nur rasselnde Bronchitissteine, ich bei den Kapverdianern

– Stirb jetzt nicht

die Steine fügen sich mühsam wieder zusammen, ein Erbeben, ein Einsturz und noch mehr Bronchitis, mir kam es wie schlecht angezogene Schrauben vor, die sich vom Fleisch lösten, der Hals so dünn, Insektenknorpel, hin und wieder die gehauchte Frage

– Bist du nicht müde mein Junge?

keine Frage, eine Hoffnung

– Wenn du müde bist lehn dich an den Putz ich warte auf dich

und die Einladung von einem Dutzend Schrauben in einem Zinktunnel annehmen, das Oberlicht immer weiter weg, der Handlauf endlos, das Portemonnaie glänzend vor Alter, mit einem verchromten Verschluß

– Wie viele Münzen Alte?

kein Armband, kein Ring, ein Schirm, der keinen Heller wert war, wenn du wenigstens reich wärst, Alte, Silberbesteck, Aquarelle, Kristall, aber anstatt der Aquarelle und des Kristalls Kisten mit Blumen auf dem Treppenabsatz, nur Kisten, keine Blumen, das heißt, dreckige Erde, die nach Katze stank, eine Taube im Oberlicht oder eine Krähe, die auf dem Glas lief ich wollte gerade wetten, daß da eine Krähe auf dem Glas lief

da kam der Schlüssel unter schwierigen Manövern hervor

noch eine Schraube fiel runter

aus den Tiefen des Rockes, unter einem schlammigen kleinen Lachen, das sie mit Jubel näßte, der linke Mundwinkel glitt am Kinn hinunter

wenn du abnibbelst, wen stört das wohl?

der Schlüssel versuchte es im Loch und zerkratzte die Farbe

– Die Diebe würden den nicht finden mein Junge

die Türangeln qualvoll, als stäche ein Taschenmesser eine Wunde, und das Schloß schnappte auf, derselbe beunruhigende Katzengeruch, denn es gab keine Katze, Dona Aurorinha schwebte weiß ich wo herum, die Anwesenheit der Möbel in der Dunkelheit erratend, hatte ich die Hände vor den Augen, weil ich fürchtete, daß eine Kommode oder eine Konsole mich angreifen würde, wenn sie mit mir reden würde, wenn sie mich auf den Schoß nehmen würde

früher hat sie mich auf den Schoß genommen

wenn sie

– Mein Junge

sagt, dann beraube ich sie nicht, helfen Sie mir, der Krankenpfleger im Krankenhaus mit einem mitleidigen Rempeln

– Dem Blödmann ist eingefallen um Hilfe zu rufen

Krähen nicht nur im Oberlicht, auf der Zeder im Príncipe-Real-Park, auf den Bäumen, die Senhor Couceiro kannte, Krähen, wein nicht, Krähen, geh hinein, damit du dich nicht erkältest, Dummkopf, Wellenkrähen, Pferdekrähen, Krankenpflegerkrähen, dem Blödmann ist eingefallen, um Hilfe zu rufen, Ärztekrähen, die anordnen, mich ans Bett zu fesseln

– Ist das Ihr Enkel?

der Spazierstock von Senhor Couceiro anfangs in einer vagen Arabeske, und dann sich den Japanern entgegenstellend

– Das ist nicht mein Enkel das ist mein

wenn er mich Sohn nennt, zerschmettere ich nachher seine Terrine

Krähen vier mal sieben, fünf mal sieben, sechs mal sieben, bist wieder in der Schule, was, Blödmann, Koliken, Erbrechen, diese Kälte im Bauch, ein Löffel, ein Streichholz, gebt mir keine Medizin, dann mache ich auch das Holzauto mit den Rädern nicht kaputt, das ist nicht mein Großvater, das ist mein Vater, wer beruhigt ihn nun wieder, mein Vater, der Clown

– *Warum Carlos?*

mit Perücke, die Lippen bis über den Rand angemalt, die Träger des Kleides nicht auf den Schultern, auf den Armen, durch einen Spalt im Fenster

der Vorhang, der Lüster, ein Zinngestell und die Fassungen im Kreis, drei davon brannten

wieviel ist sieben mal drei?

die andern im Schatten

– Geh zu Dona Helena zurück weck die Nachbarn nicht auf

eine Stimme, die so anders war als die von den Liedern bei der Aufführung, Schmuck, der ohne Scheinwerfer nicht glänzte, es gab keine Badewanne, einen Waschtisch aus Terrazzo und spanisches Parfüm anstelle von Katzengeruch, man erhitzte das Wasser in Töpfen, schwankte inmitten des Dampfes, während die Topflappen an jedem Griff Schwaden ausstießen, der Clown

– Ich habe mich verbrannt

Rui, der im Liegen nach der Zeitung griff

– Hast du dich verbrannt Liebling?

ein scharlachroter Fleck mit Blasen, mein Vater, der nach der Cremetube vom Strand suchte, und Lavendel, Azeton, Bilder von ihm als Rotblonde, er als Blondine, er als Sevillanerin mit übermäßig viel Kastagnetten und Schleiern, Rui zwischen zwei Seiten damit beschäftigt, die Zigarette zu überprüfen

– Du findest die Tube nicht Liebling?

auf dem Herddeckel ein Sträußchen Vergißmeinnicht aus Wolle, Dona Aurorinha nicht lokalisierbar, eine zarte Gegenwart in einer Vergangenheit voller Sehnsucht nach den Toten, die Bronchitissteine kullerten irgendwo, eine kleine, rachitische Kralle klaubte sie mühsam zusammen

– Komm her

der Rolladen erschien unter Knochenschlenkern, legte einen leeren Vogelkäfig frei, der einen Stempel gefangenhielt, jemand soll mir mal erklären, ob Stempel singen

was ist ein Stempel wert?

eine kleine Truhe für mich offen

danke, Truhe

mit ein oder zwei Postkarten, auf denen Fettflecken die Buchstaben auflösten

Lie e Aurorinha Sie dürfen mir glauben, daß ich, und würde ich ausend Jahre leben, diesen Samstag nie vergessen werde, Ihrer auf mmer Rosendo

der vor ewigen Zeiten an einem undefinierbaren Leiden gestorbene Liebste, Julidämmerungen, in denen er immer dünner wurde

ganz allmählich

im Kurbad, wo er mit Kohlensäure versetztes Wasser trank, während Musiker in einem Musikpavillon aus Bambus matte Walzer flackern ließen

Lie e Aurorinha, diese Nacht ist das Fieber heruntergegangen, und ich spucke ein Blut mehr

lila Nachrichten, Narden in Büchern, Liebeserklärungen, ein vollständiger Satz, für den mir die Kapverdianer nichts geben würden

– Was soll ich damit?

gekrönt von einem sternförmigen Tintenklecks

Wenn ich wieder gesund werde und wenn Sie mich noch wollen, heiraten wir

und am Ende ist er nicht wieder gesund geworden, der Walzer unhörbar, Doktoren mit Zylinder, die Blutegel verordneten, gekochtes Huhn, Mittagsschlaf

Durch die Ruhe fühle ich mich beinahe kräftig und habe heute nachmittag einen Spa iergang gemacht, ich küsse Ihre Hände, Rosendo

Dona Aurorinha trieb die Aussteuer voran, verschlang Initialen ineinander, überredete ihren Unteroffiziersonkel, sie nach Luso zu begleiten, Züge, die langsamer waren als Ochsenkarren, Linden, Nebel, Chalets, Leute, die nur Augen und Mund waren, in Decken eingewickelt auf Liegestühlen aus Weidengeflecht, und das Knacken des Weidengeflechts hinderte uns daran, zu begreifen, wer jammerte, nicht ein Rosendo, zehn oder fünfzehn Rosendos hilflos mit Bart, in Stiefeln ohne Bewohner, in Asthmaschlaffheit, die Quelle mit dem kohlensäurehaltigen Wasser schluchzte im Wald, Milane hingen, an Fäden schwingend, am Himmel, zehn oder fünfzehn Rosendos

Wenn Sie wüßten, Aurorinha, wie sehr ich Ihnen zugetan bin, mein ate hat mir versprochen, mich zu seinem Teilhaber im Geschäft zu machen, und einen Teil eines Hauses in Arroios

die sie wiedererkannten, sie vergaßen, sie nochmals wiedererkannten, jubelnd

– Gnädiges Fräulein

der Zug ging auf der Rückfahrt in Coimbra kaputt, der Unteroffiziersonkel konsultierte auf dem Bahnsteig Fahrpläne, hatte dabei am Himmel hängende Milane im Sinn, und keine weitere zarte Leidenschaft, keine weitere Postkarte, der mit dem Kindertaschenmesser machte sich über mich lustig

– Was soll ich damit?

was soll ich da und würde ich ausend Jahre leben, niemals werde ich diesen Samstag vergessen, nehmen Sie eine ehrliche ochachtung entgegen, Rosendo, was soll ich da wirklich erfreut möchte ich Ihnen mitteilen, daß ich bald schon wiederhergestellt bin, ich habe in der letzten Woche nur ein halbes Kilo abge mmen und gehe mit Hilfe des Krankenpflegerhelfers in den Speisesaal, was soll ich sonst an einem schönen Tag wie eute im

Kurbad machen, als mich an einen bestimmten, unvergeßlichen Sonntag in Algés zu erinnern, an dem

das schwöre ich Ihnen

ich Sie so sehr wie noch nie zuvor geschätzt habe, und ich diskutierte mit den Kapverdianern, dabei Kälte, Hitze, ein Jucken, das mich zwang, mich die ganze Zeit zu kratzen, die Haut mit den Nägeln abzureißen, mich von mir selbst abzureißen, mich von dieser Unmöglichkeit zu befreien, stillzuhalten, von dieser Wohnung ohne Licht, diesem Katzengeruch ohne Katze, diesen unsichtbaren Möbeln, die mich beobachten, mich bedrohen, mich angreifen, guckt doch mal, das sind echt teure Postkarten, jede Menge Sammler würden ein Vermögen für sie geben, die gehen in diesen Läden der reichen Leute weg wie warme Semmeln, und Dona Aurorinha hustet auf der Treppe mit ihrer Brasse, ihren zwei Kartoffeln, ihren Gemüseskeletten und Schrauben und Muttern

– Bist du nicht müde mein Junge?

so freundlich zu mir, immer so aufmerksam

– Wenn du müde bist lehn dich an den Putz ich warte auf dich

Rosendo begleitet sie auf der Treppe mit seiner ganzen Umständlichkeit, seiner Diskretion in bezug auf seine Krankheit und seiner akkuraten Schönschrift, mein Vater hatte so eine Schreibfeder, man nahm den Füllfederhalter, und er schrieb von allein, fehlerfrei

Wenn Sie mir den kühnen Ausdruck meiner Gefühle erlauben, ich bete Sie an

die Lehrerin verlangte die Namen aller Könige der ersten Dynastie, und der Füller

wenn Sie mir den kühnen Ausdruck meiner Gefühle erlauben, ich bete Sie an

das Heft wurde den Mitschülern in der Runde gezeigt

– Schaut euch das an

Ricardo las, indem er die Silben mit der Fingerspitze verfolgte wenn Sie mir den kühnen Ausdruck meiner Gefühle erlauben, ich bete Sie an, der Mulatte quälte sein Ohr, indem er mit den Dornen der Konsonanten kämpfte, ich bete Sie an, kam von der Postkarte zu mir herunter

wie viele Dosen er wohl in der Tasche hat, wieviel Frieden, der Mauerrest, die Spritze, der Bindfaden, der die Adern weckte, ein Stein, auf dem man trotz des Regens den Mantel als Haufen fallen ließ und den Kopf ausruhte

– Was soll ich damit?

ich werde sie wieder in die Truhe legen, ich lege sie nicht in die Truhe, Schubladen, und in den Schubladen keine Wäsche, eine letzte Postkarte

Jetzt verabschiede ich mich von Ihnen ich bin mü

genau, wie ich sage

Jetzt verabschiede ich mich von Ihnen ich bin mü

auf der anderen Seite eine Dame und ein Herr mit wie ein Clown angemalten Lippen, Jungfernlächeln, übertrieben rosa Wangen, wenn ich ihr eine Perücke aufsetzen würde

– Guten Tag Vater

die Dame und der Herr in keuscher Zurückhaltung, von einem Herzen aus Blumen eingerahmt, jetzt verabschiede ich mich von Ihnen ich bin mü

dann noch eine Flöte aus Ton, dann noch eine Straßenbahnfahrkarte, Ausflüge an Feiertagen nach Belém oder Graça, der Herr mit den übermäßig rosa Wangen

– Gnädiges Fräulein

und das, obwohl ihre Wohnung genau wie unsere war, das heißt, genau die gleichen winzigen Zimmer, der gleiche enge Flur, bei dem Dielenbretter fehlten, Dona Aurorinha aus fernen Zonen, in denen Gewürze blubberten

nein, fade Kräuter, Essigreste, was noch vom Koriander übrig war, die Kapverdianer würden Koriander annehmen, eine Dosis Heroin gegen eine Handvoll Koriander, sie würden das Straßenbahnbillet, einen Feiertag, ein Herz aus Blumen annehmen, diese

Bronchitis annehmen, diese Schrauben, dieses leise, dienstfertige Quieken

– Möchtest du eine Suppe mein Junge?

im Schlafzimmer suchen, und im Schlafzimmer ein Strohsack ohne Bettlaken, eine Stoffpuppe nur mit dem linken Bein, und in der Puppe, was mir wie eine ziselierte Zigarettendose vorkam, ein Silbermedaillon, Gold, das

Liebe Aurorinha ich möchte Sie höflichst darum bitten, als Pfand meiner Zuneigung und rechtmäßigen Huldi ung diese einfache Erinner ng an meine verstorbene Mutter zu behalten

die Mitschüler vor Verblüffung mit krauser Stirn, die Lehrerin zeigte der Klasse mein Heft, in das der Füller

Liebe Aurorinha ich möchte Sie höflichst darum bitten, als Pfand meiner Zuneigung und rechtmäßigen Huldi ung diese einfache Erinner ng an meine verstorbene Mutter zu behalten

– Lest das

der Nußbaum im Pausenhof, den ich nie eine einzige Frucht tragen sah, kleine, erbsengroße Beeren, die, kaum daß sie entstanden waren, gleich wieder von den Zweigen fielen, und Dutzende von Pferdebremsen in einem Loch im Stamm, möchtest du eine Suppe, mein Junge, und ich möchte wetten, daß die Brasse wiederauferstanden im Kochtopf herumsegelt, das Auge, das die Gabel meines Onkels mir darbot

– Magst du keine Augen Paulo?

so daß ich

– Könnten Sie mir eine Gabel leihen Dona Aurorinha?

sie mit einem Ruck von der Spüle nahm

vom Abtropfrost aus Holzrippen über dem Ausguß, wo eine Tasse, ein Topf, eine Erbsendose, die als Glas diente, als Topf, als Teekanne, Ihrer auf ewig, Rosendo, mit übermäßig rosa Wangen, übermäßig schwarzen Haaren, der Ringfinger zu einem Kreis gebogen

– Du Scheißschwuchtel

um elegant die Stirn der Dame in ihrem Blumenherz zu küssen oder die Stirn meiner Mutter in Bico da Areia, sich für den Lippenstiftrest oder den Strich auf den Augenbrauen zu entschuldigen, und sie verfolgte ihn bis zum Kühlschrank

der Zwerg aus Schneewittchen schwankte und verstummte

– Glaub ja nicht daß ich dir verzeihe Carlos pack sofort deine Koffer

die Pferde trabten im Kiefernwäldchen, und wegen der schweren Hufe hörte man das Meer nicht, hörte man nicht, daß nicht ich es war

ich es war

der sich am Tor am Ärmel schneuzte, und um zu verhindern, daß ich es war, der sich schneuzte, zerriß ich Dona Aurorinhas Puppe, so wie ich das Auto mit den Holzrädern zerstört hatte, zerschmetterte sie auf dem Fußboden, im Inneren der Puppe Stroh, Sägemehl, gib mir die ziselierte Zigarettendose, das Silbermedaillon, das Gold, seit gestern nacht ist die Temperatur zurückgegangen, und ich habe nicht unter Schweißausbrüchen gelitten, sobald ich gesund bin, sie haben mir anvertraut, daß es in vierzehn Tagen, höchstens drei Wochen soweit ist, werden wir uns verloben, ich bitte Sie, meine Grüße mit Nachs cht entgegenzunehmen, Rosendo, Dona Aurorinha an der Tür zum Schlafzimmer mit der Dose, die nach Suppe roch

nach Katze

nach Suppe

nach dem Mund

– Paulo

ohne

– Paulo

auszusprechen

die Bluse noch fadenscheiniger als die Schürze meiner Mutter in Bico da Areia

– Ich verzeihe dir nicht Carlos

wie sie auf dem Bügel der Schultern hing, wir haben zugesehen, wie er im Bus nach Lissabon davonfuhr, der Strich über den

Augenbrauen, die Wangen rosa, mit etwas über dem Arm, was mir wie ein Frauenmantel vorkam

– Warum Carlos?

das Auto mit den Holzrädern zerstören, die Puppe mit der Gabel aufschlitzen, und endlich Stroh, Sägemehl, das sich in meinen Fingern auflöste, wo bewahrst du dein Geld auf, Alte, sag bloß nicht, daß du nur Müll, eine Flöte aus Ton, schweig nicht, vergib mir nicht, berühr mich nicht

das heißt, seien Sie still, verzeihen Sie, berühren Sie Ihre Puppe, Ihren Clown, Ihre tote Schwuchtel, spüren Sie diese Kälte in mir, diese Hitze, diese Koliken

Liebe Auro inha, wenn zum Glück und mit Gottes Hilfe meine Lunge

das heißt, Dona Aurorinha, ich schaffe es nicht, helfen Sie mir

das heißt, Dona Aurorinha, auch wenn Sie schon so alt sind, so krank, so unfähig, sich zu bewegen, lassen Sie mich einen Moment an diesem Mauerrest sitzen, einen Augenblick auf dem Boden sitzen, das Lämpchen anzünden, die Nadel finden, helfen Sie mir, den Bindfaden am Arm festzuziehen, den Kolben herunterzudrücken, und dann, wenn es Ihnen nichts ausmacht, bleiben Sie noch einen Augenblick bei mir, bis ich

entschuldigen Sie

eingeschlafen bin.

Kapitel

Ich ging sonntags wegen der Hüte, der Umhänge, der Zylinder mit den Satinschleifen, die am Rücken herunterhingen, der Helme wegen, die metallisch aussahen, aber aus Filz waren und blaue Federbüschel hatten, gern nach Príncipe Real, in Bico da Areia nur der Kleiderschrank mit dem Spiegel, in dem das Spiegelbild sich schon vor uns stieß, wir schauten uns, obwohl uns noch nichts weh tat, das Knie an, weil das Bild es tat, bedeckten es mit Tinktur, da das Spiegelbild es machte, der beinah leere Kleiderschrank, ein paar Lumpen, ein paar Gürtel, ein paar Woll-jacken, während in der Wohnung meines Vaters die Frauenkleider die Küche, die Speisekammer belegten, sich wohlig mit ausgestreckten Ärmeln auf dem Sofa räkelten, Dona Helena, die die Parfümduftspinnweben zur Seite schob, setzte mich entgeistert auf dem Boden ab, Rui

Rui gab es damals noch nicht, Luciano, Tadeu

ging hinten durch die Wohnung

mir kam es so vor, als wäre er nackt

ohne ein Guten Tag, ein Hallo, mir fällt ein grauhaariger Herr ein, der mit einem kurzen Blick aufs Telefon einen Geldschein unter den Fuß der Lampe steckte, mein Vater

– Bist du sicher daß deine Frau es nicht weiß?

die Brieftasche kam aus dem Jackett, zwei, drei Scheine, mein Vater beruhigte ihn, indem er das Telefon mit der Hand bedeckte

– Sie weiß es nicht

Senhor Couceiro, dem irgend etwas unangenehm war, nahm mich auf dem Rückweg nach Anjos, hob mich einen oder zwei Zentimeter hoch, und Dona Helena

– Jaime

der grauhaarige Herr, der so tat, als wäre er zu Besuch, brachte Zahn für Zahn ein kompliziertes Lächeln zustande, nannte meinen Vater Madame, suchte auf der Wange nach der Wimperntusche, die dem Clown fehlte, bat uns um Verzeihung, während die Tropfen aus den Augen den Krawattenknoten verfehlten, der Köter mit der Schleife scheuerte intim an seinen Beinen, und der grauhaarige Herr, der zu betteln schien, glaubt mir, wenn es nicht zuviel verlangt ist, tut einfach so, als würdet ihr mir glauben

– Dieses Tier ist mir in meinem Leben noch nicht begegnet

in Bico da Areia klagte der Regen im Dezember so an den Fensterscheiben, daß ich die Wolken eine nach der anderen von Osten drohend auf dem Kamm der Berge ankommen sah, Wolken, die Angst vor dem Kollegen, den Freunden, den Ehefrauen hatten

– Wenn es nicht zuviel verlangt ist tut einfach so als würdet ihr uns glauben

ich ging ans Fenster, und das Meer dicht an den Häusern, ein ertrunkenes Pferd am Strand, wenn die Wellen zurückwichen, und ein Albatros überwachte uns von oben, die Zigeuner banden die Hufe des Pferdes mit einem Strick zusammen, befestigten den Strick an dem Kleinlaster und zogen es im Wind zum Kiefernwäldchen, meine Mutter lehnte sich an die Tür, nachdem sie die Fensterrahmen eilig mit Handtüchern zugestopft hatte, und Angst auch in ihrem Gesicht, ihre Arme und Beine von einem Strick zusammengehalten, Pantoffeln, Strümpfe verloren sich auf dem Erdreich, das Pferd begraben, meine Mutter begraben, und der Winter verfolgte mich ins Haus, wäre da nicht der Zwerg aus Schneewittchen oder eine der Bettfedern

– Da ist er

würden sie mich niemals finden, die Sprungfedern auf der Seite meines Vaters, wo er die Überdecke zerknautscht und glattstreicht, sich der Falten im Hemd versichert, sich um einen Fleck kümmert, Proteste, Aufruhr, und kein Fleck, sich mit muschelförmiger Handfläche der Frisur versichert, alles so, wie es sein soll, machen Sie sich keine Sorgen, während er sich in der Haltung eines Toreros oder wie auf einem ägyptischen Fries im Profil betrachtet, und kein bißchen Bauch, er war zufrieden, Vater

haben Sie sich beruhigt?

hören Sie auf, die Bettdecke zu zerknautschen und glattzustreichen, sich, den Stoff glattziehend, immer wieder mit dem Fleck zu beschäftigen

– Ich möchte schwören da ist eine Kruste

wenn meine Mutter begraben ist, wer kümmert sich dann um mich, gibt mir zu essen, hilft mir beim Einschlafen, nicht mein Vater, der ständig die Überdecke glattstreicht, ein Haar oder eine unsichtbare Feder davon entfernt, sie gegen das Licht hält, der Koffer draußen auf der Stufe, der Kleiderschrank offen, der Spiegel gegen die Wand, und wir daher

wie dumm

nirgendwo, es sei denn, hier, wenn ich im Spiegel bin, bin ich weit weg und Linkshänder, wohne ich zwischen verkehrten Gegenständen, die mich nichts angehen, ich heiße nicht Paulo, der Clown am Busbahnhof jenseits der Kiefern trägt den Regenmantel wie etwas Lebendiges, schaut immer noch nach, ob der Fleck weg ist, in Príncipe Real Kappen, Zylinder mit Satinschleifchen, goldene Kappen, Federbüsche, damals nicht Rui, Luciano, Tadeu, der magere Inder, der bei einem Goldschmied arbeitete, beobachtete reglos von der Türschwelle aus Dona Helena, wie sie dem grauhaarigen Herrn das Geld wieder zurückgab

– Behalten Sie es

eine Stimme, die ich an ihr nicht kannte, ihre Lippe zitterte, etwas war in ihren Gesten, während sie befahl

– Schweigen Sie

ich probierte die Kappe auf, zog sie herunter, so daß ich nichts sah, nur den Fußboden und auf dem Fußboden die Knöchel des barfüßigen Inders, meine Mutter in Bico da Areia zerknautscht die Überdecke, streicht sie aber nie wieder glatt, holt eine Schere aus der Kommode, zerfetzt die Decke, alle zwanzig Minuten kam der Bus aus Lissabon auf der Straße vorbei, und der Putz im Wohnzimmer fiel ab, die Lampe wurde blasser, schenkte uns Schatten, die die Schere zerschnitt, den Schatten der Lampe, den Schatten des Zwerges

– Zerschneide den Zwerg Schere

die Lampe wuchs wieder, und der Zwerg unversehrt

selbst heute, nach zwanzig Jahren, würde ich ihn, wenn ich könnte, zerbrechen

wenn ich Grippe hatte, faltete Senhor Couceiro die Zeitung zu einer Harmonika, ließ kleine Schnipsel auf den Boden fallen, zeigte die Seite, und eine Girlande aus Gestalten, die sich bei der Hand hielten, die Kirchenuhr schwebte in der Gardine

die Gardine bewegte sich nicht, es waren die Uhr, die Zeiger, die römischen Ziffern

und gleich darauf acht Uhr, ein Vogelschwarm, und Dona Helena

– Es ist fünf

hat mich mit Senhor Couceiro in Bico da Areia abgeholt, ich erinnere mich nicht an das Meer und die Pferde an jenem Tag, ich erinnere mich an das Auto mit den Holzrädern, immer wieder gegen den Kleiderschrank schlagen, nicht aus Hunger, Hunger hatte ich keinen, weil

bei meiner Mutter, die Stühle anbot, das heißt, die beiden, die wir hatten, und das Segeltuchsofa, das auf die Trittleiter gestützt war, weil ihm ein Bein fehlte, das Haus wurde mit ihrem Besuch noch einfacher, das heißt, dem Besuch der Sozialarbeiterin, einer vollschlanken Frau und eines Mannes mit Spazierstock, der am Tor wartete und der, wenn sie es ihm erlaubt hätten, genauso gegen die Anrichte geschlagen hätte wie ich, das Café eine Bretterhütte mit Ziegelsteinen und Zementsäcken in einer Ecke und der Tresen leer, mit Spiralen von Jakobsmuscheln, die die Wellen zurückgeworfen hatten, an den Schrank schlagen, während meine Mutter eine Tasse mit einer Fliege darin schüttelte, und die Fliege

riesig
auf dem Teppich, wo sie verkündete
– Ich bin eine Fliege
ich erinnere mich weder an das Meer noch an die Pferde
keines von ihnen grau, alle braun, alt
an jenem Tag erinnere ich mich an meine Mutter ohne eine Überdecke, die sie zerknautschen und wieder glattstreichen konnte
– Nehmen Sie Platz nehmen Sie Platz
die Fliege mit dem Absatz bedecken, sie unter den Herd schieben, und die Fliege
– Ich gehe nicht
wenn es wenigstens Dezember wäre und regnete, wenn wir wenigstens sterben würden, um nicht vor Unbehagen zu sterben, die Sozialarbeiterin unterzeichnete Papiere auf der Wachstuchdecke, die kräftige Dame unterzeichnete Papiere, der Name meiner Mutter wuchs aus dem verdrehten Kopf, den Lippen, die zusammengepreßt waren, wie wenn man eine Nadel auf den Faden fädelt
Judite Claudino Baptista
meine Mutter Judite mein Vater Carlos ich Paulo
meine Mutter ist die kräftige Dame, mein Vater ist der Mann mit dem Spazierstock, der Striche ins Beet malt und die Striche auslöscht, wenn ich die Zeitungsfiguren, die Japaner und die Bäume geahnt hätte
der Monat Juli und Schmetterlinge im Wäldchen, an die Schmetterlinge kann ich mich erinnern, sie ließen sich auf der Mauer nieder, ein einziges durchsichtiges, zitterndes Augenlid, die Kühlerhaube des Autos aus Holz ein paar Rippen und Nägel
kaputtmachen, was fehlt, die Fliege zertreten, die uns von unter dem Herd her anklagt
– Wochenlang wird das Haus nicht saubergemacht
vielleicht ein Pferd, das humpelnde, das die anderen nicht begleitete, aber nein, es war Senhor Couceiro auf der Stufe, das

Augenlid, der Schnurrbart durchsichtig, zitternd, gleich fliegt der Schnurrbart über die Mauer

auf Wiedersehen

mit den Händen gegen den Kleiderschrank schlagen

– *Wie heißt deine Mutter?*

– *Weiß ich nicht*

– *Die Armen sie haben jegliche Vorstellung verloren sie können nicht einmal mehr ihren Namen und ihr Geburtsdatum den Ort an dem sie sich befinden wiedererkennen*

das stimmt nicht, ich bin bei den Platanen im Krankenhaus, haben Sie eine Münze für einen Kaffee, eine Zigarette, haben Sie zufällig eine Zigarette, die Sie entbehren können, mein Freund

und sie weiter schlagen, damit das Krankenhaus nicht, die Sozialarbeiterin zu meiner Mutter

– Das Impfbuch des Kindes

der Schnurrbart von Senhor Couceiro auf der Stufe flog davon und kam wieder zurück, geben Sie mir eine Zigarette, mein Freund, solange sie das Impfbuch im Nähkasten, in der Brotdose, im Umschlag mit den Fotos suchen, geben Sie mir eine Zigarette, mein Freund, denn die Sozialarbeiterin hat gerade ein Foto meines Vaters mit dem Regenmantel auf den Knien entdeckt, wie er die Überdecke zerknautscht

– Schick mich nicht weg

und sie dann wieder glattstreicht, mein Vater an der Haltestelle der Busse nach Lissabon, hilflos, verwaist, geben Sie mir eine Zigarette, der Arzt zu den Krankenpflegern im Krankenhaus

– Halten Sie ihn fest

hindern Sie die Zigeuner daran, ihm mit einem Strick die Arme und die Beine zusammenzubinden, den Strick am Kleinlaster festzubinden und ihn im Wind zum Kiefernwäldchen zu schleifen, zu einer Harmonika falten, kleine Schnipsel auf den Boden fallen lassen, und eine Girlande aus Gestalten, die sich bei der Hand halten, eine Münze für einen Kaffee, mein Freund, eine

Zigarette, der Mann mit dem Spazierstock wartet auf der Stufe auf mich

mein Vater heißt ebensowenig Carlos, wie der Clown Carlos heißt, er heißt Soraia, mein Vater bis zum Hals in den Reisfeldern von Timor, Dona Helena

– Erschreck ihn nicht mit deinen Erfindungen

das sind keine Erfindungen

deine Japaner, deine Büffel, wer beruhigt ihn nun wieder?

er kannte die Namen der Bäume auf lateinisch, er schien Mitleid mit meiner Mutter zu haben, die aufs Meer schaute, an die Tür kam, die Tür hinter uns schloß und uns, indem sie die Tür hinter uns schloß, nie gekannt hat, mich nie gekannt hat

hat sie mich gekannt?

was ist wohl aus den Brautperlen geworden, ich könnte den Geruch beschreiben, den sie hatte, wenn sie mich auf den Arm nahm, meine Mutter schaute auf die Wellen, die morgens grün und abends fast braun waren, und da bemerkte ich zum ersten Mal die Flasche, eine weitere Flasche hinter dem Ofen, eine dritte leere Flasche im Waschtrog

nein, schräg im Unkraut liegend, das die Blumen ersetzte, im Waschtrog trübes Wasser und Sand

nein, im Waschtrog trübes Wasser und Müll und eine Flasche

zwei

Senhor Couceiro steckte das Impfbuch in die Jacke, und das Haus hörte auf, es war nie meins gewesen, vielleicht ein Dach zwischen Dächern, aber welches Dach bloß, mein Gott, ich wette, meine Mutter hat mich wegen der Flasche, des Glases, der Küche ohne Licht oder aber wegen der Schere nicht gesehen, mit der man weiß ich was zerschneiden konnte, die Überdecke, die Zeitungsfiguren, den Clown, sie schickt den Sohn von der Schwuchtel weg, bevor er dort ans Tor gelehnt dasteht und ruft, die Haltestelle vom Bus nach Lissabon kam auf uns zu und löste sich zwischen den Kiefern auf, der Arzt oder der Mulatte mit dem Kindertaschenmesser, Dona Helena zur Sozialarbeiterin

– Er ist eingeschlafen der arme Kleine

der Krankenpfleger hat meine Mutter im selben Augenblick angerufen, als sechs Tauben sich auf einem einzigen Krückenzweig wiegten, und sie

– Da müssen Sie sich verwählt haben ich weiß nicht wer das ist

Sie trinken viel, nicht wahr, Mutter, vor wie vielen Jahren haben Sie angefangen zu trinken?

und die Schere zerschneidet mich, es gibt Fotos von meinem Vater, es gibt Fotos von ihr, soweit ich weiß, gibt es keine Fotos von mir, außer auf der Kommode von Dona Helena, wo ich das Auto mit den Holzrädern umarmt halte, das Senhor Couceiro heil gemacht hat, meine Mutter schloß sich mit dem Wein in der Waschstube ein

– Komme gleich

ein saurer Geruch in einer Ritze zwischen den Brettern, und die Bewegung eines Armes, ein anderes Lächeln, das mich erneut ansieht, nicht das Lächeln meiner Mutter, ein anderes, das mir das Gefühl gab, es würde mich verschlucken und gleich wieder aus sich herausstoßen, der Fußboden unerwartet geneigt, die Möbel hinderten sie am Gehen

– Weg da

der Besitzer des Cafés fletschte die Zähne wie Hunde, wenn sie eine Hündin sehen, er verlor seine Hand in den Zwischenräumen zwischen den Knöpfen ihrer Wolljacke

fünf oder sechs Hunde schnüffelten hartnäckig, wild an ihr herum, immer ein kleiner Hund

ich?

fünf oder sechs Hunde, will heißen, der Besitzer des Cafés, der Elektriker, der drei Ruinen weiter wohnte, Jungen, die wenig älter waren als ich, damals bewarfen sie sich mit Kienäpfeln, verfolgten einander, rissen sich gegenseitig zu Boden

– Ich habe gewonnen haben Sie gesehen daß ich gewonnen habe?

ich sah, wie sie meiner Mutter zum Meer hinunter folgten, die Möwen saßen, den Kopf nach oben, da und tanzten zugleich kopfüber auf der Wasseroberfläche, der Besitzer des Cafés bellte, und der Elektriker und die Hunde verkrochen sich im Skelett eines Fischkutters, in einem Zimmer mit Motoren, in dem die Schritte bleierne Weite erhielten, der kleine Hund

– Mutter

nicht im Fischkutter, im Garten bei der Bakelitschüssel oder dem zerfetzten Regenschirm, kleine Wellen, die kaum Wellen waren, Schuppen, als ich einen Stengel Schilfgras aufhob, meine Mutter nackt und die Pfiffe der Hunde, sie richtete sich auf, redete mit dem Besitzer des Cafés und war wieder angezogen, und die Hunde stumm, sie folgten ihr in drängendem Trott bis nach Hause, bedrohten einander und bissen einander, der Elektriker, der eine Wunde auf dem Rücken hatte, durchstöberte Unkraut, mir war so, als hörte ich ein Heulen und das Erschaudern der Meute beim Lager der Zigeuner, mager, düster bellten sie im Kiefernwäldchen, meine Mutter kaufte ihnen Pullover ab und blieb ewig im Zelt, alles still bis auf den Ginsterbusch, das alte Pulverlager, die Anhöhe von Alto do Galo, der Ginsterbusch

– Deine Mutter eine

ich hielt mir die Ohren zu

– Interessiert mich nicht

meine Mutter Dona Helena mein Vater Senhor Couceiro, nicht Judite und Carlos, kein Clown und eine

die Ohren zuhalten

– Interessiert mich nicht

die Hunde, die mich nicht mit Kienäpfeln bewerfen, mich nicht zu Boden reißen, der Elektriker mit wachsamem Schweif auf der Suche nach einer Spur, die ihm immer wieder entwischte

– Wo ist die Alte mit dem Dicken hin?

wenn ich im Meer sterben würde, kämen die Knochen an die Oberfläche, würden schwerelos, von Kreide matt schwimmen, vielleicht würde meine Mutter, wenn sich Senhor Couceiro um mich kümmerte

– Da müssen Sie sich verwählt haben ich weiß nicht wer das ist

meine blinde Großmutter liest die Knochen mit den Fingern

– Ich habe keine Enkel meine Herrschaften

machte das Licht nicht an, atmete im Dunkeln mit einem Kesselpfeifen, als wir an die Mauer kamen, standen die Hunde alle am Rand, und der Kleine um sie herum, so komisch

Rui zu mir, während ich ihn daran hinderte, eine Halskette zu klauen, die, das möchte ich wetten, nichts wert war

– Du bist so lächerlich wußtest du daß du lächerlich bist du und dein Alter ihr seid so lächerlich wenn ich ihn darum bitte gibt er sie mir

wir gingen ins Pfandhaus, und die Pfandleiher, da sie sie nicht auf der Bühne sahen

– Macht ihr euch über mich lustig?

wenn sie sie auf der Bühne mit den Lichtern und der Musik sehen würden, würden sie die Kette annehmen, würden die Angestellten rufen und stolz wie angesichts einer Reliquie

– Habt ihr schon gesehen was wir hier haben?

nicht nur eine Dosis bei den Kapverdianern, fünf oder sechs Dosen, was heißt hier fünf oder sechs Dosen, zehn Dosen, fünfzig Dosen mindestens

der mit dem Kindertaschenmesser

– Meine Herren

er würde uns nicht schlagen, uns nicht wegschicken, uns bewundern

– Meine Herren

uns den Mauerrest mit einem eilfertigen kleinen Besen sauberfegen

der kleine Hund hinderte Rui daran, die Halskette wegzunehmen, die Halskette nicht, sie ist nichts wert, und Rui zu mir

– Du bist so lächerlich wußtest du daß du lächerlich bist du und dein Alter ihr seid so lächerlich wenn ich ihn darum bitte gibt er sie mir

der Besitzer des Cafés auf der Stufe reichte meiner Mutter eine Flasche, ein Schwarm Reiher flog über den Wald von Cova do Vapor nach Caparica, einer fiel wie eine Serviette herunter, und der Elektriker galoppierte, um sie zu verschlingen, der Clown versteckte in Príncipe Real seine Ringe, man mußte nur eine Teppichecke hochheben, ein Brett lösen, und ein Beutelchen Schmuck, den der Botschafter

– Mein Tribut Soraia

die einzeln von einem Ohr zum anderen gekämmten dünnen Strähnen

– Zeichne deine Familie eine Straße einen Baum

– Sie haben ihre Familie vergessen fühlen nichts es bringt nichts mit ihnen zu reden

zeigen, indem sie ihn überspielen wollen, den Mangel an Haar noch deutlicher, er drückte meinem Vater mit anhaltender Glut die Hände

– Das ist nicht Soraia das ist Carlos und der ist ein Clown sehen Sie das nicht?

mein Vater stellt ihm Rui vor

– Ein Freund

stellte mich vor

– Mein Neffe

ein Typ im Karnevalskostüm, verstehen Sie, ein Spaßvogel, er enthaarte sich, rückte die Perücke zurecht, war aber beim Militär gewesen, hat mich gemacht, der Besitzer des Cafés verscheuchte die Hunde, zwischen Hemd und Hosen ein Stück vom Gürtel strangulierter Bauch

– Spitzbuben

der Elektriker zerrte den Reiher bis zur Gartenpforte, sie bauten ihr Nest in den Streben der Brücke, wer ihre Eier anrührte, der wurde lungenkrank, zwei oder drei Cousins meiner Mutter hat sie mir versichert

sind daran gestorben, man wollte sie morgens wecken, weil es Zeit war, in die Schule zu gehen, und sie tot, du kannst dir nicht vorstellen, wie die Toten leiden, Paulo, versuch mal, sie anzusehen, und ich lache, an den Sarg meines Vaters gelehnt, der Elektriker verflüchtigte sich mit der Hälfte des Reihers am Strand, die übrige Hälfte dreckig, voller Erde hier, die Hunde haben aufgehört, Kienäpfel auf das Dach zu werfen, bewerfen nun mich damit, einer traf mich an der Schulter, ein anderer an der Hüfte, vielleicht auf allen vieren durch das Loch in der Mauer flüchten, Ziegelsteinbrocken und ein Kienapfel am Schenkel

– Sie fühlen nichts wir existieren nicht für sie sie denken nicht zeichne deine Familie falls du eine Familie hast

ich habe keine Familie

– Sie haben nie Angehörige zeichne eine Straße und einen Baum

die Bank, auf die niemand sich setzte, dein Vater ist noch nicht gestorben, und dennoch bist du voller Angst, auf allen vieren auf dem nassen Zement der Dusche, du nicht einmal Reiher

– Erschreck ihn nicht Jaime du hast ihn erschreckt

die Hälfte eines Reihers, der Schnabel, ein Fetzen Flügel

– Er hat einen Vogel gezeichnet schauen Sie anstelle seiner Familie hat er einen Vogel gezeichnet

und die Hunde, die irgend etwas dorthin gerufen hatte

eines der verendenden Pferde der Zigeuner, eine Maus, die die Flut

balgten sich am Saum der Wellen, und die Nadel mit dem Heroin machte einen Versuch und glitt ab, ich zog den Bindfaden um den Arm fest, und Kälte, Hitze, Kälte, ein Zahn im Oberkiefer stöhnte, unbedeutend und stöhnend, sie stöhnten, und dann hörten sie auf, mich zu stören, lösten sich auf, Rui

– Nicht die Ader die ist ausgetrocknet die andere

Rui also der Freund meines Vaters, da mein Vater zum Botschafter

– Ein Freund

ein Freund, Mutter, ein Freund, der sich auf dem Schreibtisch vorwärts bewegte oder, besser gesagt, der Kugelschreiber, der Ehering

– Ich werde dich morgen entlassen

ich habe mich geirrt, der Arzt oder die Platane, die Platane

– Ich werde dich morgen entlassen

und da ich morgen entlassen werde, wenn ich in Bico da Areia hinter dem Haus stehe, Margeriten in den Beeten

ich zum Psychologen, während ich ein Blütenblatt verbessere, es runder mache, ihm das Heft zeige

– Die Margeriten

Margeriten und eine Glyzinie, von Drähten und Nägeln gestützt, die Stengel wie meine Adern

– Diese Ader ist vertrocknet

heute nur die Drähte und die Nägel, allenfalls ein kleiner Stengel

ich stehe in Bico da Areia hinter dem Haus und zertrete die Margeriten, die ich gezeichnet habe, man schob die Tür, die kein Sicherheitsschloß hatte, auf, und Hallo wie geht's, bevor er nachts in der Diskothek gearbeitet hat, mein Vater

– Hallo

mein Vater

– Wie geht's?

spielte mit den Hunden von den Kienäpfeln, rannte mit ihnen am Meer entlang, ich schob die Tür auf

der Psychologe glaubte dem Heft nicht

– Ich habe dich gebeten deine Familie zu zeichnen und du zeichnest mir Hunde sind deine Verwandten Hunde?

meine Familie sind Hunde, ich ein heute erwachsener Hund bei den Kapverdianern in Chelas, Gehöfte, Werkstätten, die Keksfabrik mit den zerstörten Fensterscheiben, der, der dem mit dem Kindertaschenmesser die Befehle gab, mit entkraustem Kraushaar

– Bist du noch immer da Hund?

wenn er das Jackett weitete, sah man das Pistolenhalfter, außer dem, was einst Schornsteine waren, winzige Zitronenbäume, eine Gruppe Chinesen, die sich in Falten legten, anstatt zu reden, briet Käuzchen auf einer Gerte, eines Tages, wenn dein Vater mir kündigt

mein Vater kündigt dir nicht, er kündigt niemandem, ihr seid es, die kündigt

– Tschüs Schwuchtel

und der Clown, der vergessen hat, seine Glatze mit einem Tuch zu bedecken

ich nehme meine Klamotten und ziehe in die Keksfabrik, Paulo

der Clown, der über einen Schuh stolpert und den Schuh streichelt, als er mich sieht

nun übertreiben Sie mal nicht, Vater

seine Augen veränderten sich

– Was für eine Figur ist das denn?

– Ein Clown mit einem Schuh

– Ein Clown mit einem Schuh nun hör sich das einer an die innere Welt zerfällt wer weiß was die denken

bis ich einen neuen Freund im kleinen Wohnzimmer bei ihm vorfand, der Lippenstift roter, die Blusen enger, die Augenbrauen noch dünner, nur Wimpern und zum Ring gebogene kleine Finger, die Fröhlichkeiten klimperten, Gott sei Dank bin ich glücklich, Paulo, merkst du nicht, wie glücklich ich bin, er vergrößerte Hüften und Brüste mit einer dicken Flüssigkeit, rundete die Wangenknochen, der Botschafter

– Soraia

in einer einzigen Silbe, Soraia eine einzige Silbe, mein Vater bedankte sich in der Kirche für sein Glück, trug dabei Ohrringe aus Korallen, bis der Sakristan ihn mit gewisperter Empörung exilierte, man verstand die Worte nicht, man verstand den Weihwasserwedel, der unter Empörungsgesumm flatterte, und den zum Platz ausgestreckten Zeigefinger, ich trat in den Garten in Bico da Areia ein, und die untere Türangel quälte ein Stück Blech, eine winzige Luftröhre im Inneren des Scharniers

– Paulo

ich hatte schon immer das Gefühl, daß die Türangel litt, ich versuchte es noch einmal, und die Türangel schwieg

– Na so was ich habe mich geirrt du leidest gar nicht

der Wassertank bereits zweimal geschweißt, und dennoch Tropfen oder der ewig selbe Tropfen, er fiel herunter und kehrte zum Anfang zurück, wer weiß, langsam, dunkel, müde von der Reise, im Krankenhaus baden wir samstags, kein Handtuch zum Abtrocknen, das Bettlaken, Streichholzschachteln dienen als Aschenbecher, sie setzten einen Kranken aus dem Rollstuhl auf einen Dreifuß unter die Dusche, und die Krankenpflegerhelfer

– Schnell

also schnell in den Garten in Bico da Areia eintreten, der Türangel keine Zeit geben, damit sie

– Paulo

und der Besitzer des Cafés knöpfte das Hemd zu und schaute dabei den Zwerg an

– Deine Mutter ist eingeschlafen weck sie nicht

eine Flasche auf dem Kopfkissen, nicht sie

– Wird es schon Morgen Carlos?

die Hand kam unter dem Kopfkissen hervor, suchte niemanden, ich nehme an, der Mimosenduft im Garten meiner Großmutter

– Hättest du mit dem Mimosenduft gelebt Paulo

wenn wir in den Norden fuhren, hielt sie am Eingang der kleinen Stadt gleich nach dem Bahnhof, wo ich nichts bemerkte außer Steinkohle und Staub, drückte meine Finger und fragte

– Bemerkst du sie nicht Paulo?

und ich, nur Lokomotivrauch, Müdigkeit, Erschöpfung, Eukalyptusbeeren auf dem Boden, ohne daß ich Eukalyptusbäume sah, nur einen einzigen Judasbaum und die Stummheit der Dinge, ich denke, bis heute interessieren sie nur die Mimosen, die Mimosen oder der Duft der Mimosen, nicht die Männer, nicht das Meer, nicht der Wein, nicht ich

ich interessiere sie nicht

die Mimosen

– Bemerkst du sie nicht Paulo?

sie suchte im Kiefernwäldchen nach ihnen, bei den Zigeunern, bei den Pferden, von denen niemand wußte, woher sie gekommen waren, ich sah sie geistesabwesend von den Hunden, vom Elektriker, von den Dornen der Agaven zurückkommen, die ihren Rock festhielten, der Besitzer des Cafés blieb noch einen Augenblick da und guckte, stellte den Zwerg richtig hin, ging weg, die Ehefrau stellte die Tische auf, ohne sich um uns zu kümmern, ich blieb im Schlafzimmer vor dem Bett, und da hatte ich plötzlich das Gefühl, daß Mimosen, ich zwickte sie in die Schulter

– Stehen Sie auf Mutter die Mimosen

ich bin sicher, daß es Mimosen waren, oder aber meine Angst, allein im Haus zu sein, im Krankenhaus, über der Kirche von Anjos und ihren falschen Uhrzeiten, die Uhr behauptete, es sei acht, und es ist fünf Uhr, behauptet sieben, und es ist drei Uhr, Dona Helena

– Wohin gehst du mein Sohn?

– Ich bin nicht Ihr Sohn

Rui bei den Kapverdianern in Chelas

– Ich habe hier ein bißchen Geld von deinem Vater

wir stiegen den Hügel hinauf, und Ginster, keine Mimosen, Eichen, was eine Villa oder ein Kloster gewesen sein könnte

ein Haus?

die ersten Schmerzen, die ersten Hütten, die Flasche auf dem Kopfkissen

– Wird es schon Morgen Carlos?

ich bin nicht Ihr Mann, Mutter, ich bin keine Schwuchtel, es ist nicht Morgen, sondern Nacht, jetzt würde sich der Clown, wenn er noch lebte, schminken, sich parfümieren nicht mit Mimosen, mit einem französischen Flakon

würde die blonde Perücke gegen eine rotblonde austauschen, das Kleid flicken, das am Ärmelausschnitt gerissen war, aber tu so, als wäre mein Vater nicht gestorben, als hätte Rui sich nicht umgebracht, kein Polizist zeigt mir die Leiche

– Kennst du den?

und Rui, der am Strand liegt

– Ich bin gestorben siehst du nicht daß ich gestorben bin was wirst du ihnen sagen?

tu so, als hätte ich eine Zitrone in der Tasche, um die Droge zu verdünnen, Kälte und Hitze und Kälte, bevor das Fenster, in dem die Scheine abgegeben wurden, ich bin keine Schwuchtel, ich habe keine Angst vor den Nadeln, ich löse das Pulver auf, während die Musik beginnt, wollen Sie zuschauen, wie mein Vater tanzt, Mutter, wollen Sie mit mir vom Mauerrest geschützt zuschauen, stören Sie sich nicht an Ihrem billigen Kleid, Sie sind die Ehefrau des Künstlers, Mutter, die Kunden verstehen das, seien Sie nicht gehemmt, und bringen Sie die Flasche mit, alle sehen Vater, wie er, eine Flasche neben sich, tanzt, setzen Sie sich neben mich, und machen Sie sich über ihn lustig, applaudieren Sie ihm, die Leute machen sich über ihn lustig und applaudieren ihm, verspotten ihn auf der Straße, im Kino, beim Einkaufen, der Mund meines Vaters, der unter dem Schweigen des Lippenstifts bat

– Laß nicht zu daß sie mich erniedrigen Paulo

natürlich lasse ich nicht zu, daß sie ihn erniedrigen, er ist viel mehr als sie, ein Tänzer, ein Sänger, ein Künstler, und als Gegenleistung ziehen Sie diesen Bindfaden fester, bis die Adern vortreten, halten Sie die

Spritze, helfen Sie mir, keinen Durchfall zu haben, keine Koliken, achten Sie auf diese Ruhe, in diesem Abendlicht alles in Frieden, wir in Bico da Areia brauchen niemanden, nächstes Jahr vergrößern wir das Haus, ein Stockwerk auf dieses Stockwerk drauf, ein größeres Wohnzimmer, ein Vordach über der Haustür,

Schwäne aus Gips auf den Gartentorpfosten und Mimosen, Mimosen anstelle der Margeriten, die Sozialarbeiterin

welch eine Übertreibung

schwört Senhor Couceiro, daß ich vernachlässigt wurde, eine Lüge, daß sie sich nicht um mich gekümmert haben, eine Lüge, daß meine Mutter und der Alkohol, daß mein Vater ein

eine Lüge, man braucht nur diese Ruhe wahrzunehmen, dieses Abendlicht, alles in Frieden, wir in Bico da Areia brauchen niemanden, es lohnt nicht, mich Dona Helena zu übergeben, weil ihr beiden euch kümmert, ihr braucht nur den Bindfaden anzuziehen, bis die Adern hervortreten, meine Jacke auf diesen Stein zu legen, damit ich den Kopf darauf stütze, und ja, Mimosen, in die Schulter meiner Mutter zwicken

– Wachen Sie auf Mutter die Mimosen

die Haarsträhnen verändern ihre Lage auf dem Kopfkissen, die Brücke mit den Grünalgen an den Streben, wo die Reiher ihre Eier verstecken, wenn ich mich näherte, sträubten sie sich mit Schreien, verschlangen Abfälle, Überreste aus dem Tejo, Müll, die Flecken der Wolken verblassen auf den Wellen, ich erinnere mich an eine Wasserschlange mit abgeschlagenem Kopf, die sich wand, morgen werde ich sie, gleich nachdem ich das Krankenhaus verlassen habe, besuchen, einmal, kurz bevor das mit Dona Helena und Senhor Couceiro und der Sozialarbeiterin war

– Komm her

und ich, als würde ich nichts hören, das Auto mit den Holzrädern auf dem Fußboden zertrümmerte, habe ich meinen Vater getroffen, der sich in einer Düne versteckt hatte und sie heimlich beobachtete, einen Schönheitsfleck auf der Wange und mit riesigen Wimpern, die Hunde um ihn herum, dazu die Kienäpfel, und mein Vater zu mir

– Geh weg

ich dachte, sie würden ihn verschlingen, zerreißen, sich mit ihm unter Siegesgebell zum Wäldchen verziehen, acht Hunde, neun Hunde, zehn Hunde, auch der Elektriker mit seiner Wunde am Rücken, ich weiß nicht, ob mein Vater heimlich die Reiher beobachtete oder uns beobachtete, die wir uns von der Brücke nach Bico da Areia bewegten, das Stadtviertel mieden, das Café, meine Mutter

meine Mutter mieden, die Figürchen von der Hochzeitstorte, die Perlen, die sie mir vielleicht in Chelas abkaufen würden, zeig mir die Perlen, morgen bringe ich sie dir wieder, das Hochzeitskleid in der Truhe verstaut, als sie es vor dem Kleiderschrank anprobierte

– Guck mal Paulo

ein Seidenjammern und eine der Nieren nackt, wahrscheinlich nur im Spiegel, nicht bei ihr

nicht an mir, nicht an mir, gib mir die Flasche, Paulo, ich war einmal schlank, das stimmt doch, ich war doch ganz gesund, nicht wahr, der kleine flackernde Docht der Stimme

– Warum?

und die Frage, die mir zwischen mir und dem Spiegel unangenehm war, ärgere mich nicht, Frage, ganz sicher ist es nur eine Unvollkommenheit im Glas, ein Splitter im Auge

Tränen, von wegen, Tränen aus welchem Grund?

möglicherweise macht eine runde Träne, die nicht herunterrollen wird, die nicht herunterrollt, alle Welt dick, wenn meine Großmutter ihr über das Gesicht fahren würde

wenn meine blinde Mutter mit fragenden, langsamen Fingern über mein Gesicht fahren würde

– Was ist passiert mein Kind?

nichts ist passiert, Sie verstehen das einfach nicht, erinnern Sie sich daran, wie Sie uns mit Reis beworfen haben, als wir von der Kirche herunterkamen, an die Mütze mit der schiefen Feder, die mir eine Nachbarin geliehen hatte, nichts ist passiert, ich bin es, ich bin es nicht, was bin ich, wer bin ich, wer bin ich nicht, obwohl ich ich bin, reden Sie nicht, schweigen Sie, Rosenblütenblätter, Reis, der Fotograf, lächeln Sie, rücken Sie zusammen, damit ich die Eltern noch draufbekomme, lächeln Sie, Leute, von denen ich keine Ahnung habe, wer sie sind, dieser Cousin, dieser Onkel, mein Mann, der sich von der Brücke nach Bico da Areia bewegt, trotz des Elektrikers, der Hunde, der Kienäpfel

– Bemerkst du den Mimosenduft Carlos?

auch wenn du es nicht glaubst, und ich denke, du glaubst es nicht, hast es nie geglaubt

– Du bist so hübsch

und mein Vater wollte dich sehen, Judite, wollte wissen, wie es uns ging, dich ansehen, deinen Perlenschmuck, deine bordeauxfarbene Bluse, ich habe die Diskothek verlassen, ohne die Perücke abzunehmen, ohne mich abzuschminken, mich umzuziehen, ich habe auf dem Bahnsteig der Schiffe auf den Anschlußbus hierher gewartet, auf denselben, mit dem du mich vor zwei Jahren weggeschickt hast, denselben, bei dem du vor zwei Jahren nicht wolltest, daß ich mit ihm wegfuhr, denselben, mit dem ich seit zwei Jahren, gleich nachdem du

– Carlos

immer wiederkomme, um dich zu besuchen, nach Hause zurückkomme, nicht wage, anzuklopfen, dich vom Rand der Gardine beobachte, und du allein am Tisch, ich bin ein Riß in der Decke, eine zerbrochene Dachpfanne, die Ölflasche, die dich im Kleiderschrank erwartet, das in deinem Bauch, das kein Hund ertränken kann, leih mir das Taschentuch wegen des Lippenstifts, gieß Wasser in die Schüssel, damit ich mich von der Schminke befreie, sag mir, wo ich die Perücke hinlegen soll, mach dir keine Sorgen darüber, ob es schon Morgen wird, es wird nicht Morgen werden, solange ich bei dir bin, nach dem Fotografen, nach dem Verlassen der Kirche, rücken Sie alle zusammen, damit die Paten auch noch draufpassen, nach dem Mittagessen, der Torte, der Rührung deiner Mutter die Pension in Beato, in der wir während der Verlobungszeit, der Angestellte mit dem Schlüssel von Nummer dreizehn, weil dreizehn Glück bringt, das Hufeisen an einem Haken, das auch Glück bringen soll

– Für zwei Stunden oder die ganze Nacht?

bemerkt die Eheringe, zieht zehn Prozent ab, drückt uns die Hand, sagt der Chefin Bescheid, daß sie uns durchläßt

– Eine ganze Nacht nicht wahr?

und ich konnte dich aus Liebe zu dir nicht umarmen, so mühevoll, dich aus Liebe zu dir zu umarmen, kein Abscheu, nicht das, was deine Verwandten tuschelten, Liebe, ich auf einer Seite der Bettlaken, begehrte dich, bat dich, und aufgrund des Wunsches, weder zu begehren noch zu bitten, manchmal denke ich, falls Paulo

entschuldige

es ist offensichtlich, daß Paulo, es ist deutlich, daß Paulo, es gibt Überraschungen, nicht wahr, es gibt Geheimnisse, nicht wahr, es ist offensichtlich, daß Paulo meine Hände, es ist deutlich, daß Paulo meinen Gang, dieses Muttermal am Handgelenk, meine Mutter Judite, mein Vater Carlos und Schluß, Paulo zum Arzt im Krankenhaus, mein Vater Carlos, verstehen Sie, so schwierig, dich zu umarmen, und er, mein Vater Carlos, verstehen Sie, Kinder lügen nicht, entdecken, wissen, kennen, ich nahm ihn auf den Arm, wenn er vor Hunger schrie, steckte meinen Daumen ins Zuckerfaß, da, nimm den Daumen, diese Schritte, das bin ich, dieses Rascheln auf dem Flur, das bin ich, dieses

– Judite

das bin ich, nicht der Besitzer des Cafés, nicht der Elektriker, nicht die Hunde mit den von Kienäpfeln ausgebeulten Hosentaschen

– Dona Judite

ich bin es, ihre Begierde, die Verlegenheit

– Soll ich die Kleider ausziehen Dona Judite?

die in den Hosen verwickelten Beine, du führst ihre Angst, amüsiert, mitleidig

– Wartet

und ich konnte nichts mehr sehen, weil mein Sohn

mein Sohn

gegen den Kleiderschrank schlug, das Auto mit den Holzrädern zertrümmerte, zu schreien begann, und der Arzt

– Schnell

die Krankenpfleger hielten seine Fußknöchel fest, tauchten seinen Kopf ins Kopfkissen, und indem sie seinen Kopf in das Kopfkissen tauchten, entfernten sie mich von dir, das Rufen der Reiher in der Brücke hinderte mich am Hören, ich glaube, Wellen, Pferde, der Ostwind in den Kiefern, ich glaube, die Flut kroch an den Knien, der Taille, am Hals hoch, ich glaube, daß es Morgen wurde, daß das Margeritenbeet die Mauer hinaufkletterte, daß die Glyzinie wieder neue Dolden bekam, daß du an jenem Sonntag in Lissabon

– Du bist so hübsch

und dann war Schluß, ich an der Bushaltestelle mit dem Regenmantel und dem Koffer, und ein letzter Kienapfel, der mich nicht einmal traf, eine letzte Verhöhnung, die bis heute andauert, und bevor Paulo aufwacht und mich im Zimmer bemerkt, leih mir dein Taschentuch wegen des Lippenstifts.

Kapitel

Ich kann einfach nicht anders: lachen, wenn es nichts zu lachen gibt, mich über jemanden lustig machen, der mich enttäuscht anschaut

– Paulo

ihnen weh tun, weil ich mir ihretwegen Sorgen mache, wütend werden, weil ich ihnen weh tue, und mich bestrafen, indem ich ihnen noch mehr weh tue, aufhören wollen, aber außerstande sein aufzuhören, zu sagen versuchen

– Ich mache mir schon Gedanken um euch aber dieser da das bin ich nicht

und es nicht so sagen, nicht mit Worten, ihnen zeigen, daß ich mich um sie sorge, indem ich sie leiden lasse, so wie ich leide

nicht leide

also gut, du leidest nicht, aber beruhige dich, Paulo

Dona Helena wegstoßen, die

– Mein Sohn

sie dafür verabscheuen, weil sie sich für mich interessiert, und wünschen

daß sie sich für mich interessiert, sie wegstoßen bedeutet

– Interessieren Sie sich für mich

und bedeutet um so mehr

– Interessieren Sie sich für mich

je weniger sie sich beklagt

beklagen Sie sich, hören Sie, machen Sie, daß ich damit aufhöre, beklagen Sie sich, warum hindern Sie mich nicht daran, bei Ihnen zu leben, wie meine Mutter, mein Vater, der Bruder meines Vaters, die anderen, sie entschuldigten sich

Ich habe keine Zeit

sie mieden mich

Nerv mich jetzt nicht

schickten mich weg

– Ich will dich hier nicht haben hast du gehört hast du nicht verstanden daß ich dich hier nicht haben will

und ich stieg die Treppe hinunter

– Verzeihung

während Dona Helena sich nicht entschuldigte, mich nicht mied, mich nicht wegschickte, mich bei brennendem Licht einschlafen ließ, mich auf den Arm nehmen wollte, um mich in ihr Schlafzimmer zu legen, ich

– Lassen Sie mich in Ruhe

Senhor Couceiro

– Deine Arthritis Helena

gab mir heimlich Geld, log meinetwegen bei der Bank

– Diese Zahlungsorder hier ist gekommen gnädige Frau

und sie

– Die Schrift mag anders sein, aber ich habe den Scheck unterzeichnet

derart in Angst um mich, daß der Angestellte Mitleid hatte, sie lieh sich Geld aus, um das Konto zu decken, der Geschäftsführer leise zu mir

– Mistkerl

nehmen Sie den Geschäftsführer an meiner Stelle mit nach Hause, Dona Helena, bieten Sie ihm meine Hühnerbrühen, meine Beefsteaks, meinen Chininwein an, der Geschäftsführer immer leiser, indem er mir am Arm weh tat

– Wenn die Alte nicht wäre würdest du schon lange im Gefängnis sitzen

die Tochter noch vor meiner Geburt gestorben, ein Pony und zwei gerade Beinchen, Senhor Couceiro hielt ihr Fahrrad, und jetzt rostete das Fahrrad mit platten Reifen auf dem verglasten Balkon vor sich hin, man bewegte die Klingel, und ein mattes

Läuten, der Sessel wurde zur Seite geschoben, der Spazierstock von Senhor Couceiro kam freudig angehoppelt

– Noémia

und niemand auf dem Sattel, das Lächeln zu etwas geworden, das mir leid tun würde, wenn es etwas gäbe, was mir leid tut, Sonntagsausfahrten, Ostern im Zirkus, ein Hamster

der Hamsterkäfig oben auf dem Schrank

Senhor Couceiro zieht das Taschentuch aus dem Jackett, bemerkt das Taschentuch, steckt es wieder weg, das heißt, er versucht, es wieder wegzustecken, trifft dabei aber die Tasche nicht, die Stimme brauchte etwas, bis sie wieder Knochen bekam

was nützt es, die Namen der Bäume auf lateinisch zu kennen?

– Rühr das nicht wieder an

der besiegte Spazierstock auf dem Weg zurück zum Sessel, Bleistiftstriche zum Messen der Größe am Türpfosten, ein Meter zehn, ein Meter zwanzig, ein Meter fünfundzwanzig, und dann war Schluß, über ein Meter fünfundzwanzig nichts außer einer Gehirnhautentzündung

– Das kann nicht sein

die Gelübde, das Pony auf dem Kissen im Sarg, ich bewegte die Klingel wieder, aber der Sessel still, erzählen Sie mir von den Japanern, wenn Sie können

ich drehte Noémias Foto gegen die Wand, ein luxuriöses Etikett, die Arme, Photo Aurea, wenn ich Mitleid haben könnte

ich schaffe es nicht

wenn ich sie an den Samstagen des Friedhofsbesuchs auf der Treppe hörte, setzte ich mich auf den Sattel und klingelte die ganze Zeit, Dona Helena tauschte die Trauerkleider gegen die Küchenschürze, als würde sie nichts hören, Senhor Couceiro stellte das Foto auf dem Häkelkreis gerade hin, während ihm das Taschentuch aus der Tasche hing, und in seinem Kopf strampelte ein Hamster in seinem Rad, eine Gouachezeichnung mit einer bewimperten Sonne

Diese Landschaft für den besten Vater der Welt von seiner Tochter Noémia Couceiro Marques

nach der Gouache in der Schublade suchen, von Fingern zusammengequetschte Tuben, der Pinsel gerupft, ich versuchte es auf den Gasrechnungen, fing mit der Widmung an

Diese Landschaft für den besten Paten der Welt von seinem Freund Paulo Antunes Lima

aber Lima verdeckte das Antunes, eine Wolke löschte den besten Paten der Welt aus, und die Sonne schief, oval, die Strahlen gingen über die Rechnung hinaus bis auf die Tischdecke, die Wolken und die Sonne zerreißen und ein Pferd, das einer Maus ähnlich sah

einem Hamster

auf dem Senhor Couceiro mit Schwert und Rüstung in den Reisfeldern von Timor herumgaloppierte, diese idiotischen Flekken zerreißen und sie auf den Sessel werfen

– Ich will diesen Mist nicht da haben Sie ihn

mich auf dem verglasten Balkon einschließen und auf dem rostigen Fahrrad reisen, bis es dunkel war, um die Welt radeln und Paris erreichen, während Noémia Couceiro Marques auf dem Bild mich mit dem Pony streift, Sonntagsausfahrten, Ostern im Zirkus, die Geisterbahn, ich keine Angst, im Dunkeln einzuschlafen, hielt ihre Hand, du wirst einen Meter vierzig am Türpfosten erreichen, ich ein Meter vierundvierzig, ich riesig, wenn ich dich fragen würde

– Willst du mit mir gehen?

was würdest du mir antworten, ihr Zimmer, in das wir nicht eintraten, nur Dona Helena, wenn sie die Blumen in der Vase auswechselte, die Überdecke weiß von Staub, die Eule aus Metall und Glasaugen auf dem kleinen, schiefen Bord, im Fenster die Gebäude der Avenida Almirante Reis, die niemals lächelten, hin und wieder redeten die zusammenhanglosen Glockenschläge der Kirche, dick, gelehrt, falsch, spuckten händeweise Spatzen auf den Platz, die Glockenschläge hörten auf, und kein einziger Spatz, nur die Kiefer der Dächer, die Baumwipfel wiederkäuten, Senhor Couceiro, während er das Foto anschaute

– Findest du nicht daß sie heute nachmittag bessere Farben hat?

die Vögel warten wer weiß wo auf die Launen der Stunden

– Weißt du wo die Spatzen sind Noémia was haben sie mit den Spatzen gemacht?

Schatten über Schatten, die die Gegenstände in Leichentücher hüllen, dich in Leichentücher hüllen, alles blau und rosa und grün anmalen

die übriggebliebenen Gouachefarben

meinem Vater die Ringe stehlen und sie dir schenken, nicht um Drogen zu kaufen, sie dir schenken, am Tag, an dem du gestorben bist, wie haben sie dich da angezogen, was haben sie dir angezogen, wer hat dich angezogen, erzähl mir vom Sarg, von den Kränzen, wo bist du jetzt, Dona Helena hackt Kohl am anderen Ende der Wohnung

– Was?

Senhor Couceiro zieht wegen eines Staubkorns auf dem Bilderrahmen den Ärmel mit den Fingerspitzen nach vorn

– Ich habe gefragt ob du nicht findest daß sie heute nachmittag bessere Farben hat?

die blauen und die rosa und grünen Tuben in einem Holzkästchen voller grünspanüberzogener Münzen und einem vertrockneten Käfer, in einer anderen Schublade farbige Bildchen von Filmschauspielerinnen, ein Armband aus Draht in kunstvollen Voluten, das Schulheft: Diktate – Die Seligpreisungen, selig sind die Armen im Geiste, denn ihrer ist das Himmelreich, selig sind, die reinen Herzens sind, denn Sommer, ade, mich nicht aufregen, wenn Rui

– Gehst du mit einer Verstorbenen Paulo?

selig sind, die sich erniedrigen, denn sie werden erhöht werden, das Armband aus Draht, Herzen, kleine Ringe, man stirbt, und die Sachen, die uns gehört haben, bekommen ein feierliches Geheimnis, das Armband gesteht mir

– Das ganze Leb

und überlegt es sich anders, fällt auf das Heft: Abschrift – Mein Heimatland, mein Heimatland liegt am westlichsten Punkt Europas, ist vom Atlantischen Ozean umspült, hat neunundachtzigtausend Quadratkilometer und heißt, mich nicht um die Befremdung des Arztes scheren

– Du hast eine Freundin namens Noémia und gehst nie mit ihr aus?

Dona Helena wischt die Hände an einem Tuch ab, hat kleine Stücke Kohl in den Haaren, auf den Armen, nähert sich dem Foto, zwei Ärmel wischen zart das Staubkorn weg, rücken den Rahmen auf dem Häkeloval zurecht, das Foto schwankt

– Laß es nicht hinfallen

ein Fingerabdruck auf dem Glas, und es noch einmal abwischen, Dona Helena schaut über die Brille hinweg

– Mir scheint wirklich daß sie bessere Farben hat

die Rosen in der Vase rostig, verschlammten das Wasser, ein Strumpf gerade, der andere heruntergerutscht, die Zeit löste die Nase auf, die Augenbrauen, die linke Hand am Rock herunter, bald ohne Gesicht, der rechte Strumpf rutscht auch herunter, und dann

in wie vielen Wochen, wie vielen Monaten?

keine Strümpfe, ein Klecks, in dem eine einsame Sandale den Jahrhunderten trotzte, es hat neunundachtzigtausend Quadratkilometer und heißt Portugal, eine Sandale, ein Schuh, diese Stiefel mit Einlagen, die den Gang korrigieren, oder nur der Widerschein der Lampe, der, wenn wir die Stellung ändern, verschwindet, oder besser nichts, dich gibt es nicht, und da du nicht warst, bist du nicht, der Arzt zu Senhor Couceiro

– Er sagt er habe eine Freundin namens Noémia kennen Sie die?

die Finger von Herrn Couceiro auf der Suche nach dem Taschentuch, als würde das Taschentuch, mehr Spazierstock als ein Spazierstock, aus der Tasche herauskommen, in der Tasche verschwinden, die Finger selber ein zweites Taschentuch, auch aus Stoff, an der Stirn verloren, Senhor Couceiro kein Feldwebel in Timor, nur ein Hals, der ohne einen Körper ein Foto betrachtet

– Ich habe gefragt ob du nicht findest daß sie heute nachmittag bessere Farben hat?

mit einem zufriedenen Lächeln auf dem Sessel, Aufsatz – Meine Tochter, anders als ich mir erhoffte, ist meine Tochter gegangen, Rui, warte mal, warte mal, bring dieses Durcheinander in meinem Kopf ins Lot, du gehst mit einer Toten, die gestorben ist, bevor du geboren wurdest, Paulo, und ich wechsle die Nadel der Spritze, bin total daneben, so was Blödes, wenn ich doch Mitleid mit Senhor Couceiro haben könnte, aber ich kann es nicht, ebenso wie ich nicht leiden kann, ich kann Untertassen zerschlagen und das Einmalsieben aufsagen, ich kann nicht leiden, der Spazierstock, der Diabetes und Rui, der vergessen hat, den Bindfaden am Arm festzuziehen, ein Meter fünfundzwanzig, sagst du, elf Jahre, sagst du, der Häher die ganze Zeit, obwohl wir ihn nicht sehen, vielleicht den Schweif oder den Kopf auf dem Feigenbaum, Rui, wirf einen Stein nach ihm, Paulo

wir dachten, er wäre weg, aber die leisen Töne verspotteten uns, Rui ließ den Bindfaden los, und keine Ader, eine Konstellation aus kleinen Wunden, wirf einen Stein nach ihm, Paulo, ein Stück Ziegelstein, einen Erdklumpen, irgendeinen Mist, denn das Tier macht mich fertig, mein Zimmer in Anjos neben dem der Verstorbenen, ich wurde fast jede Nacht wach, weil ich sie zu hören glaubte, ich setzte mich im Bett auf und horchte, bis ich merkte, daß es Dona Helena war, und am nächsten Tag frische Rosen in der Vase, auf dem Markt mit dem Fleisch, den Tomaten, dem Oregano gekauft, keine scharlachroten, fast rosa, die Gouache suchen und sie blau anmalen, die Sonne an die Wand malen und die Wolken und die Wellen, nicht die Wellen von Bico da Areia, echte, große Wellen, wie oft habe ich, wenn ich aus Chelas zurückkam, Dona Helena auf dem Sofa angetroffen und Senhor Couceiro, der ihre Hand hielt, und da ich nicht anders kann, als ihnen weh zu tun, weil ich mich um sie sorge, ich wütend auf sie werde, weil ich ihnen weh tue und mich strafe, indem ich ihnen noch mehr weh tue

– Sie haben nur mich denn Ihre Tochter ist gestorben

oder

– Sie haben nur mich und ich hasse Sie

oder

– Ich möchte wetten Sie hätten gern daß ich sterbe wie die andere gestorben ist

zwei blöde Alte

ich hasse euch

ich hasse euch nicht

ich hasse euch

in einer Ecke des Wohnzimmers tranken sie, einer den anderen stützend, Tee, sie aßen nicht zu Abend, trösteten sich mit dem Foto der Tochter, zwei Blöde, die aufschreckten, wenn sie eine Ponyfranse genauer betrachteten, die hinter dem Glas verblich, findest du nicht, daß sie heute nachmittag bessere Farben hat, tröstet euch nicht, täuscht euch nicht, erfindet nichts, denn sie hat überhaupt keine Farbe, sie hat keine Gesichtszüge, schweigt, morgen holen sie mich aus dem Krankenhaus, und dann ist Schluß mit den Platanen, der Arzt

– Heute habe ich keine Zeit für Gespräche laß mich los

und ich hatte ihm so viel zu sagen, aber wenn er mich fragte

– Was ist?

schwieg ich, von Wörtern überquellend wie damals, als sie meinen Vater operiert haben, ihm die Brust wegnahmen, und anstatt der Brust zwei

wenn ich so sagen darf

dunkle Wunden, das Gesicht, dessen Züge man kaum erkannte, Augen, wo vielleicht Augen, und die möglichen Augen

– Rui?

nicht

– Paulo?

ich habe Ihnen nie etwas gestohlen, habe mich nie über Sie lustig gemacht, und was von ihm übrig war

– Rui?

die Nähte der Knochen auf dem kahlen Kopf, möchten Sie die Perücke, Vater, den Lippenstift, Ihre Cremes, möchten Sie, daß ich Ihnen die Musik auflege, Ihnen applaudiere, Ihnen das goldene Kleid und die Federboa von der Schlußapotheose bringe, ich

– Tanzen Sie Vater tanzen Sie

bis sie mich rauswarfen

– Bist du verrückt geworden Junge?

mir schien es so, als hätte sich der Arm meines Vaters gehoben, bevor sie die Musik und das Licht ausmachten, er mit einer Verbeugung dankte, die Orchideen, den Schaumwein, die Pralinen entgegennahm, mir vom Höhepunkt seines Ruhmes her zulächelte

– Bist du nicht stolz auf mich?

und der Arzt

– Ich habe keine Zeit für Gespräche laß mich los

aber das macht nichts, denn morgen ist Schluß mit eine Zigarette, mein Freund, ist Schluß mit eine Münze für einen Kaffee, mein Freund, und mit der Untertasse auf dem Tresen, die zitternden Rauch verbreitet, Dona Helena in der Wohnung in Anjos mit Johannisbeeren und einem Kuchen und dem Huhn, von dem sie annahm, daß ich es mag, aber ich mag es nicht

– Mein Sohn

obwohl ich ihr tausendmal gesagt habe, daß ich ihr verbiete, mich so zu nennen

– Muß ich nur weil diese dumme Gans vom Foto auf dem Friedhof verwest jahrhundertelang darauf bestehen daß ich Ihnen untersage mich so zu nennen?

und ich haßte die Avenida Almirante Reis, haßte Senhor Couceiro, der das Ausgehjackett gegen die Vogelscheuchenlumpen austauschte, die er zu Hause trug, wenn man dieses halbe Dutzend enger Kabuffs überhaupt ein Zuhause nennen konnte, wo jedesmal, wenn die Uhr schlug oder ein Bus draußen vorbeikam, die Gläser klirrten, die Rosen der Verstorbenen mit den Blütenblätterklunkern klingelten, Dona Helena

– Möchtest du denn kein Hühnchen Paulo?

und ich bin sicher, daß die Augen meines Vaters ruhelos, nicht

– Paulo?

was interessierte ihn Paulo, Sie überzeugen mich nicht vom Gegenteil, lügen Sie nicht, die möglichen Augen

– Rui?

Rui war zur selben Zeit in Chelas und verpfändete seinen Plunder oder brachte sich in Fonte da Telha um, wo der Köter mit der Schleife ihm die Knie leckte, zwei Särge in der Kapelle, und ich lachte, ich lachte, erinnerte mich an Bico da Areia, an meine Mutter, an den Mann mit der Serviette in der Hand, und daher durch den Flur in Anjos traben, durch das Krankenhaus traben, wo ist mein Auto mit den Holzrädern, damit ich es auf dem Fußboden zertrümmere, was mein Vater sich ins Gesicht spritzte, will heißen in die Wangen, die Wangenknochen, die Stirn, löste sich in lila Krusten auf, und er

– Rui?

die Fenster am Príncipe Real offen, der Teppich angehoben, die Dielen, die man mit dem Messer an einer Ecke lösen konnte, der Beutel mit dem Schmuck leer, und die Blindheit des Clowns

– Rui?

daher konnte ich nicht anders als lachen, Dona Helena beunruhigt

nur weil die dumme Ziege vom Foto auf dem Friedhof verwest, muß ich jahrhundertelang darauf bestehen, daß ich Ihnen verbiete, mich mein Sohn zu nennen, und sie tat so, als ob sie es begreifen würde, aber begriff es nicht, denn hätte sie es wirklich begriffen, würde sie so vernünftig sein, mich in Frieden zu lassen, häkeln Sie abends Spitzen, wenn Sie wollen, gehen Sie zum Grab der Verstorbenen, falls Sie dazu Lust haben, warten Sie fünf oder sechs Stunden in der Sprechstunde, damit man Ihnen die Wirbelsäule noch steifer macht, vergnügen Sie sich damit, Ihre Hühnchen zu kochen, aber wenn Sie noch ein Fünkchen Verstand haben, dann lassen Sie mich in Frieden, trotz meiner Ratschläge versuchte sie mich an der Schulter festzuhalten

– Paulo

Senhor Couceiro, der Held von Timor, hangelte sich am Spazierstock aus dem Sofa heraus oder aus den Reisfeldern mit den Büffelkadavern, in denen die Japaner brüllend nach ihm suchten

– Helena

er hat ein Drittel des Spazierstocks geschafft

– Helena

und in dem Augenblick, in dem die Uhr von Anjos die erste Handvoll Spatzen herausschleuderte

– Tanzen Sie Vater tanzen Sie

lag das Glas des Fotos

war ich daran schuld?

ich war daran schuld

zerbrochen auf dem Fußboden, Dona Helena

– Jaime

ein Paar von beinahe blinden Alten, auf allen vieren auf dem Fußboden, dabei, zusammenzusuchen, was vom Rahmen und von der Tochter übrig war, Diktat – Mein Tod, ich bin am siebzehnten Februar neunzehnhundertachtundsechzig gestorben, und seit zweiunddreißig Jahren besuchen mich meine Eltern jeden Samstag, in meiner Anfangszeit in Anjos haben sie mich mit auf den Friedhof genommen, und ein Rechteck aus Eisen, zwischen Rechtecken aus Eisen in eine Wand eingepaßt, zwischen deren Steinen Unkraut wuchs, ich schabte das Unkraut mit einer dreckigen Scherbe weg, und Senhor Couceiro

– Nein

ich nehme an, weil er überzeugt war, daß diese Kleeblätter oder so ein Teil seiner Tochter waren, ein Ring für die Chrysanthemen, die am Eingang verkauft wurden, und die Worte Noémia Couceiro Marques von Pilzen aufgebläht, der Häher, der mich sehr viel später in Chelas verfolgen würde, pfiff bereits unsichtbar die zwei Töne auf den Weiden, Rui beschloß

– Das kann nicht derselbe Häher sein Blödmann

obwohl er ängstlich nach ihm Ausschau hielt, als Kind hatten sie ihn gezwungen, seine Großmutter im Sarg zu küssen, und er schwor, daß ihre Hände

diese Kletterpflanzen, die einen suchen und ziehen

versucht haben, ihn mitzunehmen, er bat mich um die Hälfte meiner Dosis, um sie zu vergessen, wir schwitzten beide vor Kälte ähnlich wie meine Mutter, wenn der Wein alle war und ihre Gesten ihr entglitten und gegen die Gegenstände stießen

– Hol welchen im Café und laß anschreiben Paulo

die Hunde mit den Kienäpfeln an der Ecke des Viertels beobachteten die Gartenpforte, die auf den Streben der Brücke aufgereihten Reiher kündigten Regen an, Wolken in Cova do Vapor, Schwefelhelligkeiten in Alto do Galo, eine verirrte Stute trabte aufs Geratewohl durch die Gasse, ihre Augen wie die meines Vaters

– Rui?

die gleiche Verzweiflung, als könnte ihn jemand dort wegholen und retten, niemand rettet Sie, Vater, es ist aus, die Stute riß sich den Rücken an den Birkenstämmen auf, eine Ader am Hals, wenn ich solche hätte, bräuchte ich keinen Bindfaden, die am Hals meines Vaters kam und verschwand seinem Atem entsprechend, die nackten, beinahe schwammigen, blassen Gaumen

– Wo sind Ihre Zähne Vater?

die Stute kreiselte zwischen Blumentöpfen, und meine Mutter geistesabwesend, bemerkte den Regen nicht, die Wellen aus Nordosten dicht vor den Gärten, die Schluchzer der Reiher, die ihre Eier nicht schützen konnten

– Hol welchen im Café und laß anschreiben Paulo

und da war ich bei der Stute und fand den Weg nicht, eine

Gießkanne und Zeitungsfetzen im Rinnstein, die Markise eingezogen, die Frau des Cafébesitzers flüchtete barfuß mit den Tischen, eine Schürze breitete sich in einem Halbschatten aus, in dem Gläser blitzten

– Deine Mutter ist eingeschlafen weck sie jetzt nicht

ich reglos an der Tür, wagte nicht einzutreten

der Besitzer des Cafés beugte sich über den Tresen und schaute mich in dem Augenblick an, in dem ein Zigeuner mit der Stute kämpfte, die eine Kapuze aufhatte, und das Tier ging in Richtung der Kiefern, wenn sie mir eine Kapuze überwerfen würden, würde mein Vater verschwinden, Rui würde vom Strand verschwinden und der Polizist, der mich fragte

– Weißt du wer das ist kennst du den?

und es war nicht nötig, mich ans Bett zu fesseln, ich wanderte im Hof umher, redete mit den Buchsbaumbüschen, eine Münze für einen Kaffee, mein Freund, eine Zigarette, mein Freund, ich sammelte die Kippen auf, die die Krankenpfleger brennen ließen und die die Tauben verwirrten, die Frau des Cafébesitzers ging wieder hinaus, um mit den Stäben des Sonnenschirms zu kämpfen

– Was will der hier

und der Mann zu mir

– Deine Mutter ist eingeschlafen weck sie jetzt nicht

meine Mutter ist nicht eingeschlafen, das ist gelogen, sie stand vor dem Kleiderschrank und rief ihn und zitterte, verfolgte Spinnen, die es in den Ecken auf dem Fußboden nicht gab, schüttelte imaginäre Mäuse aus den Falten der Bluse, Senhor Couceiro beobachtete sie, während er ein Staubkorn vom Rahmen wischte

– Findest du nicht daß sie heute nachmittag bessere Farben hat?

bald ist der Zwerg aus Schneewittchen kaputt, bald liegt die Schublade mit dem Besteck im Beet, bald wendet sie sich an niemanden

– Warum Carlos?

und ich zerknautsche die Überdecke und streiche sie wieder glatt, als würden Schminkereste auf den Wangen trocknen, bald sie zu mir

– Verschwinde aus meinem Haus Carlos

und ich allein auf der Stufe, allein am Tor, versuche ihr zu erklären, ich bin nicht der Vater, Mutter, ich, fünf Jahre alt

werft mir eine Kapuze über, und ich setze mir keine Spritzen mehr

versuche, ihr zu erklären

– Ich bin Ihr Sohn, Mutter

bewerft mich nicht mit Kienäpfeln, drückt mich nicht gegen das Kissen und hindert mich nicht am Atmen, sieben mal acht sechsundfünfzig, sieben mal neun dreiundsechzig, bindet meine Handgelenke nicht fest, bringt mir kein altes Ehepaar daher, bei denen ich im Namen eines Ponys, von dünnen Beinchen, eines Fahrrades mit platten Reifen, das auf dem verglasten Balkon vor sich hin rostet, wohnen soll, gebt mir eine Flasche Wein, eine halbe Flasche Wein, einen Viertelliter Wein, am Ende des Monats bezahlen wir, und als ich das sage, schöpft Dona Aurorinha mit dem Einkaufsbeutel in der Hand auf der Treppe wieder Kraft, meine Mutter

– Warte mal Paulo

zum größten Hund

zwei Figuren auf einer Hochzeitstorte, was wohl aus den Perlen geworden ist, dem Parfüm, der Hochzeitsfeier?

– Wieviel Geld hast du dabei Hund?

und ich, entschlossen, nicht zuzuhören, hörte jenseits von ihr die Wellen dort unten, noch nicht das Meer, Gerüche nach Ebbe, von Stroh und Schlick bedeckt, Dieselflecken, Bretter, einmal eine fast heile Wiege mit einer daran hängenden Schelle, eine Plakette aus Holz mit einer geschnitzten Heiligen, meine Mutter zählte einen kleinen Schein und drei oder vier feuchte Münzen in die Handfläche, übersetzte sie in Wein, tauchte aus dem Spiegel auf, entwischte dem Spiegel, entschuldigen Sie, wenn ich von der Fahrradklingel nicht ablasse, Dona Helena, aber ich möchte nicht mitbekommen, wie sie

– Komm rein

ich will nicht auf der Stufe sitzen und warten, bemerken, daß Lissabon nur auf dem Kopf stehend im Wasser existiert, die untere Hälfte von Spielkarten, Gebäude, Monumente, Lichter und kein Geräusch im Haus, damals, als mein Vater als Fotograf arbeitete, hängte er eine rote Lampe in den Raum mit dem Waschtrog, deckte das kleine Fenster mit einem Stück Wachstuch ab, tauchte die weißen Bänder in eine Wanne, und auf dem Grund der Wanne Skizzen, die zu Clownsgesichtern, Clownskörpern, übertriebenen Perücken zusammenflossen, niemals Noémia Couceiro Marques, gutgelaunte, lächelnde, triumphale Clowns, meine Mutter brachte die Flasche und gestikulierte nicht vor dem Spiegel, zitterte nicht, und der Zwerg war in Sicherheit

– Wer sind diese Mädchen Carlos?

lassen Sie mich mit der Fahrradklingel klingeln und die Frage verhindern

– Wer sind diese Mädchen Carlos?

Senhor Couceiro daran hindern, daß er mir mit dem Ärmel dieses Staubkörnchen vom Augenlid wischt

– Findest du nicht daß sie heute nachmittag bessere Farben hat?

meine Mutter Judite mein Vater Carlos

als würde ich ihnen gehören, aber ich gehöre ihnen nicht, ich gehöre niemandem, allenfalls den Kapverdianern in Chelas, als wäre ich ihr Sohn, bin es aber nicht, als wäre ich nichts als ein Grabstein auf dem Friedhof, aber ich bin noch nicht gestorben, ich sterbe nicht, ich komme morgen nach Anjos zurück, helfen Sie mir im Krankenhaus mit dem Koffer, Senhor Couceiro, geben Sie ihnen keine Münzen für einen Kaffee, mein Freund, geben Sie ihnen keine Zigarette, mein Freund, die Platanen still, die Tauben alle bei einem Korb mit Pfirsichen, der größte Hund kam aus unserem Haus und stieg die Stufe hinunter, ohne mich zu sehen, meine Mutter suchte im Wohnzimmer, unter dem Kissen, in der Schürze

– Hast du das Geld gesehen Paulo?

die Wellen hören, nicht sie hören, die Möwen auf den Streben der Brücke, der blöde Häher von Schornstein zu Schornstein

– Ich war es nicht ich war es nicht

meine Mutter durchstöberte die Teekanne, in der an Glückstagen Knöpfe, Schlüssel, Centavos, und die Schachtel, in der mein Vater Kräuter für Aufgüsse hortete, sie starrte mich im Spiegel an

– Hast du mein Geld gestohlen Paulo?

kein Hund draußen, das Café menschenleer, nur wir zwei allein in Bico da Areia, in einen Stiefel gucken, denn manchmal sind da Sachen, meine Mutter näherte sich dem Spiegel, entfernte sich von mir, der Häher

– Ich war es nicht ich war es nicht

– Mein Geld Paulo

mein Vater war nie böse mit Rui, er sah ihn, die Handtasche geöffnet auf dem Schoß, an und fragte nicht, schrie nicht, drohte nicht, sagte zu mir, das verstehst du nicht, Paulo, ich bitte dich nicht darum, es zu verstehen, sagte zu mir, laß ihn los, er arbeitete in einem anderen Etablissement, um die Mulatten zu bezahlen, nicht in einer Diskothek mit ausländischem Namen, in einer Villa in Caxias, man biegt beim Gefängnis links ab, fährt an einem Bogen vorbei, und Bauruinen, ein an eine Ulme gelehnter Schuppen, mein Vater im Morgenmantel mit mehr Dekolleté und Schminke als in den Musiklokalen

– Ich bin ein Clown Paulo

zwei oder drei Herren tranken mit ihm in einem kleinen Zimmer, schwarze Ledersofas mit silbernen Beinen, an denen die Farbe abblätterte, ein Kollege meines Vaters mit einer kleinen Peitsche im Arm half einem der Herren, die Krawatte zu lösen, und der Herr mit geschlossenen Augen

– Wirst du mich bestrafen Andreia?

mein Vater heimlich, zum Glück, ohne mich zu berühren, wenn er mich berührte, würde ich ihn umbringen

– Ich bin ein Clown Paulo

als würde er mich mögen, als würde ich ihn mögen, der Beweis, daß ich ihn nicht mag, ist, daß nicht ich es war, der vorschlug

– Laß uns gehen Papa

es war mein Mund, und ich war wütend auf meinen Mund, der Herr, dem sie die Krawatte abgenommen hatten, knöpfte, auf allen vieren auf dem Sofa, das Hemd auf, der Bauch so weiß, die Schultern rund

– Wirst du mich bestrafen Andreia?

ich hätte ihn am liebsten auf seinen Fehler aufmerksam gemacht, das ist nicht Andreia, das ist Abel, tagsüber arbeitet er in einem Restaurant in Almada, wenn Sie ihn an der Perücke ziehen, finden Sie einen Mann, wußten Sie das nicht, er hat sich nicht die Flakons gespritzt, die sich mein Vater gespritzt hat und die ihm die Brust zerplatzen ließen, und er beklagte sich über die Schmerzen, mir kam es so vor, als ob eine Eisenbahn, aber was für eine Eisenbahn und wo, nur Bodensenken, Stechginster, vielleicht ein Tanker auf der Suche nach der Mündung, vielleicht das Herz in meinen Ohren, das die Waggons nachahmte, das passierte mir manchmal, wenn ich mich aufregte oder weinte

ich weinte nicht

oder wenn ich gern

das sage ich nicht

der Herr zeigte mich meinem Vater, während sein Chauffeur unter dem Schuppendach die Zeitung auseinanderfaltete

– Sag deinem Freund er soll mal herkommen Soraia

und wieder die Eisenbahn, die, mit der ich, als ich klein war, in der Beira ankam, ein Dutzend Häher außer Sicht, nicht ein Häher, ein Dutzend, zwanzig Häher, fünfzig lachten in den Wipfeln, wie ich in der Kirche, leihen Sie mir das Fahrrad, Dona Helena, damit ich zu Ihnen zurückkomme, lassen Sie mich in der

Küche sitzen, während Sie das Rübengrün zerhacken, lassen Sie nicht zu, daß Senhor Couceiro in der Speisekammer ohne Licht

– Sag deinem Freund er soll mal herkommen Soraia

du hast ihm angst gemacht, hast ihn erschreckt, wer beruhigt ihn nun, halt mir die Ohren zu, hindere mich daran, es wahrzunehmen

– Ich bin ein Clown Paulo

nicht mein Vater, Dona Helena, versprechen Sie mir, daß nicht mein Vater, er lebt mit meiner Mutter und mit mir in Bico da Areia, wir vergnügen uns an Feiertagen in Arrábida, in Tróia, ich bin ihm vom Gang her ähnlich, obwohl meine Mutter

– Dein Vater der Invertierte

schweigen Sie, Mutter

mein Vater ist so, er liebt Zirkus, Applaus, Leute zu unterhalten, als ich ein kleiner Junge war, schmückte er sich mit Tüll

– Findest du mich so nicht witzig Paulo?

noch eine Kappe, ein Schweif wie der von den Hähern mit den zwei Spottönen

– Jetzt ist Schluß Häher

die ich jedoch nie sah, Lackschühchen, ein spitzes Stimmchen wie eine Frau

aber keine Frau, ganz offensichtlich keine Frau, ein Clown, mit Clownsgehabe, Clownsgekreisel, während ich mit den Händen gegen den Kleiderschrank schlug, das Auto mit den Holzrädern zertrümmerte, nicht angstvoll, wissen Sie, zufrieden

ich zufrieden

Dona Helena

ich lüge, Dona Helena ein oder zwei Jahre später, meine Mutter so elegant, so gesund mit mir im Garten, in dem Margeriten und Glyzinien, und die Türangeln ohne Klagen

– Du hast ihn erschreckt Carlos siehst du nicht daß du ihn erschreckt hast und wer beruhigt ihn nun?

Bico da Areia damals noch neu, zehn oder elf Häuser, wenn

überhaupt, das Mädchen in meinem Alter, das mir ihr Dreirad nicht lieh, wollte eine Sekretärinnenausbildung machen, und ich habe das Gefühl, sie getroffen zu haben

das kann nicht sein, sie war blond, hieß Dália, und ihr Haar wurde mit Kamille und Zitrone gewaschen

bei den Kapverdianern in Chelas, wie sie ein Bein nachzog, wenn ich zufällig

– Dália

der Blick, der mich nicht sah, das gesunde Bein angehoben, das Haar in einer Mütze, ich weiß nicht, ob blond oder dunkel, sie brauchte keinen Bindfaden, um die Adern zu finden, sie stieg Stein für Stein hinunter, machte sich am Schlamm dreckig, ihre Tante vervollkommnete ihre Locken mit der Brennschere, langsam, eitel

– Mit diesen Haaren und diesem Porzellangesichtchen wirst du dir einen Doktor angeln

Dália trat konzentriert in die Pedale des Dreirads, wenn ich zufällig

– Hast du dir tatsächlich einen Doktor geangelt Dália?

die schniefende Nase, ein krummer Schritt, der mich floh, das Dreirad schneller, und ich schaute sie mit einer Verblüffung an, die noch anhält, wenn ich es schaffen würde, Doktor zu sein, Buchhalter, Unteroffizier, ein Motorrad hätte, nicht einen Vater, der Clown war

– Sag mir wo du wohnst Dália

die Mütze, das geschwollene Bein, ein Regenmantel im August, und so eine Kälte, nicht wahr, Dália, wenn sie kein Geld dabeihatte, hockte sie sich auf einen Stein und wartete, und im Spalt zwischen den Knöpfen ein Paar zerrissene Hosen und eine Uniformbluse, die Tante verscheuchte mich aus Furcht vor Ansteckkung

– Verschwinde Junge

wenn niemand mich ansah, riß ich die Margeriten meines Vaters aus, mit Wurzeln und Erde, und verstreute sie vor ihrem

Gartentor, auf Zehenspitzen konnte ich sie sehen, wie sie nach dem Abendessen ein Heft mit Sammelbildchen anschaute, damit beschäftigt war, sich für den Sekretärinnenkurs vorzubereiten und für die Aufgabe, sich einen Doktor zu angeln, während die Tante ihr die Locken vervollkommnete

– Rühr dich nicht mein Schatz

wozu mich interessieren

– Sag mir wo du wohnst Dália

wenn sie nicht in einer Villa mit Gartenlaube und einem Doktor wohnte, lebte sie allein in den Obstlastwagen am Beato, zu ihren Füßen den Teller für die Almosen, das kleine Gesicht aufgesprungen und die Gipsfalten unter dem Lack zu sehen, die Tante seit Ewigkeiten tot, die Lockenschere jetzt von den Zigeunern gezückt, um die Pferde zu vertreiben, ihr versichern, indem ich auf Schalen, zerquetschte Apfelsinen, Schachteln zum Pflaumeneinpacken trete

– Ich bin hier Dália

– Ich bin es Dália

– Ich habe dich nie vergessen Dália

ihren Arm packen, und sie weigert sich, in einem Türeingang zwischen Säcken und Lumpen versteckt, der Teller für die Almosen rollt über den Bürgersteig, und Dália

– Mein Teller

mein Dreirad, mein Heft mit den Bildchen, mein blondes Haar, mein Teller, den Rui

– Der ist leer

den Rui

– Da nimm

und Dália humpelt auf ihrer kranken Hüfte auf ihn zu, die riesigen Nasenlöcher helfen der Lunge, die Eukalyptusbäume am Ateneu in endloser Reue, Rui immer weiter weg zwischen zwei Lastwagen

– Hol deinen Teller

ich war überzeugt, daß das Wasser eines öffentlichen Brunnens auf beide fiel, mein Vater im Morgenmantel, mit mehr Dekolleté und Schminke als in den Musiklokalen

– Ich bin ein Clown Paulo

der Teller in einem Baugraben, in dem Reste von einem Rohr, wenn ich dir die Margeriten aus dem Garten schenken könnte, den Zwerg aus Schneewittchen, damit du sie in Chelas verkaufen kannst, Rui tauchte schließlich zwischen den Lastwagen auf, knöpfte sich den Hosenstall zu, hatte deine Mütze in der Hand, und alles ruhig am Beato, alles so ruhig am Beato, daß wir, würden wir aufhören zu gehen, würden wir aufpassen, würden wir einen Augenblick lang innehalten, von irgendwoher aus dem Dunkeln

in Madre de Deus, in Marvila, in Bico da Areia

ein Dreirad hören könnten, wie es an den Wellen des Flusses entlangradelt, und ein kleiner Junge verfolgt es heimlich hinter der benachbarten Mauer, durchdrungen vom Duft nach Kamille und Zitrone.

Kapitel

Abends setzte ich mich in den Garten des Hauses und dachte an nichts, fühlte nichts, sah nichts, die Zeit Gott sei Dank erstarrt, nur ich für immer von allem befreit, das mich begrenzte und festhielt, befreit von mir, die Wolken auf der Wasserseite gelb und auf der Seite der Kiefern blau, neutral, reglos, die Nacht, die nicht kam, und der Morgen, der nicht kommen würde, würden sie mich rufen

– Judite

würden sie mich rufen

– Dona Judite

würde ich sie hassen, weil sie mich zwangen, zu existieren wie sie, zu erkennen, daß die Einsamkeit von dem Augenblick an zu Ende gewesen war, als sie mich mit ihren Händen, ihren Stimmen, den Worten beleidigen konnten, die etwas in mir verstand, ohne daß ich sie hörte, und denen etwas in mir antwortete, während ich schwieg, ich bemerkte die Abwesenheit meines Mannes und meines Sohnes, und kein Wunsch, sie wiederzusehen, ich sah die Reiher, und das genügte mir, die Wellen kamen und gingen, und meine Vergangenheit kam und ging mit ihnen in einem Hin und Her ohne Sinn und Bedeutung, ich klein, als mein Vater vom Tempel heraufkam und Reden über Jehova hielt und das Blut des Lammes, überzeugt davon, das Blut des Lammes zu kennen, und das Blut des Lammes war mein Blut, das rann, ich als ein junges Mädchen hier in Bico da Areia, hörte die Pflanzen im Dunkeln, die nur in der Finsternis mit uns reden, und nicht von Religion oder der Bibel reden, von ihnen selbst reden so wie die, die mich riefen

– Dona Judite

von sich selber redeten, von ihrem Egoismus, von ihrer Angst, ich Lehrerin für Kinder in Almada, fast im gleichen Alter wie sie, mehr mit dem Frühling auf dem Hof beschäftigt und damit, wie der April seinen Weg zur Wurzel meiner Schenkel fand und mich zwang, gegen die Religion meines Vaters zu sündigen, indem er meine Finger, sogar während der Schulstunden, zu winzigen Stellen mit in der Hölle versprochenen Flammen führte, von deren Vorhandensein ich nichts wußte, ich wieder in Bico da Areia, mit dem Bus zur Abendbrotzeit angekommen, zu der mein Vater wieder die Krawatte anlegte und, am Kopf des Tisches stehend, die Psalmen rezitierte, vor uns verborgen im Kiefernwäldchen trank, so daß ich sie, wenn sie mich riefen

– Judite

verachtete, wie ich meinen Vater verachtete und das Blut des Lammes, für ihn in einer Flasche und für mich das, welches zwischen zwei Monden von meinen Hüften auf das Bettlaken herunterlief, mein Vater und die Reden über den Herrn, seine Evangelien und seine Apostel, das Fegefeuer, die in seinen Worten nur Kupferstiche waren, die ich mich anzusehen weigerte und auf denen ich heimlich lebte, brennend, voller Schmerzen wegen der Zweige der Mandelbäume und der Augen der Männer, die unablässig meine Nerven vibrieren ließen, Augen, Gesten, die unter der Kleidung verborgenen klebrigen Gerüche, mit denen sie sich mir näherten, wenn ich im Garten saß und an nichts dachte, nichts fühlte, nichts sah, ohne mich zu langweilen, wenn

– Dona Judite

– Ich habe das Geld dabei Dona Judite

– Ich bin nicht wie die anderen ich haue als Bezahlung nicht hinterher ab

der Strand so geistesabwesend wie ich, und in der Ferne die Stadt, gelbe Wolken auf der Wasserseite, die in dem Maße weiß werden, wie mein Name zu dem wird, was sie erwarten, und vorgibt, auch sie zu erwarten, zu dem wird, was bei ihnen bleibt, und mich hier zurückläßt, dunklere Flecken, wo die Ebbe auf einem

Kliff, Büsche, in denen Wildgänse und die Seeschwalben, eine Art Stille, in der ich

die andere

mich hinterher reglos an die Zeit erinnere, in der mein Vater mich, von Visionen gepeinigt, und die Hand auf meiner Schulter machte die Sätze größer, vor der Strenge und den Strafen des Engels warnte, nicht ich, die andere, Dona Judite erhob sich vom Kissen, nahm die Bluse und bemerkte mich im Spiegel, befahl mir, indem sie auf den Brotbeutel wies

– Steck das Geld weg das wir verdient haben Judite

ihre Finger leer, und die drei Scheine in meinen, die Knöpfe schließen, den Rock anziehen, in die Schuhe schlüpfen, bevor ich meinem Sohn die Tür öffne

nein, mein Sohn, seit zwanzig Jahren schon nicht mehr, ich habe niemanden, dem ich die Tür öffne

der Brotbeutel am Türknauf der Küche, und endlich Nacht, Schluß mit den Dächern, dem Licht, den Kiefern, ich dachte, sie würden mich von der Mauer aus beobachten, aber sie beobachten mich nicht von der Mauer aus, denn manchmal möchte mein Mann

aber es ist niemals mein Mann

hereinkommen, ihm noch einmal den Koffer packen

– Geh weg Carlos

ihm nicht den Koffer packen

– Bleib bei mir Carlos

sei beruhigt, ich werde dich um nichts bitten, außer daß du bei mir bleiben sollst, das Kliff mit den Büschen ist mit der Flut verschwunden, das Blut des Lammes in der Flasche ist alle, meine Hände versagen so sehr, ich bin vierundvierzig Jahre alt, ich glaube es nicht, wie merkwürdig, leg dich hier hin, ich bitte dich nicht, mich zu streicheln, wir haben uns nie gestreichelt, erinnerst du dich daran, wenn ich in der Pension versuchte, dich zu umarmen, wenn die Mandelbäume im Schulhof die Nerven in meinem Knie, das überrascht war von der Abwesenheit deines

Knies, ich verstehe nicht, wohin du gegangen bist, wo du doch bei mir bist, das heißt, vielleicht nicht du, ein Schluchzen, das dich nachahmt, ein Hasenatem

– Was ist Carlos?

der Schrecken der Hühner, wenn meine Mutter ihre Füße packte und sie in der Luft hochhielt, bevor das Messer, ich wollte sie immer unbedingt retten, so wie ich dich retten möchte, trotz deines Halses, der in meiner Hand kleiner wird

– Was ist Carlos?

schutzlos, klein, ich riesig, gesträubte Haare, kleine Knochen, ein Kinderflüchten, das mich noch mehr rührte, erklären, siehst du, ich habe kein Messer dabei, und der Hals so schnell, die Brust so schnell, mein Name

– Judite

in einer Weigerung oder einer Bitte

einer Weigerung

einer Bitte

deine einsame Ferse und deine Kleider auf dem Boden rührten mich, für dich kochen, mich um dich kümmern, um deine Hemden, dein Abendessen, deine Grippen, du hast mich von der Schule abgeholt, bliebst zwischen Schüchternheit und Zigaretten, die du nicht rauchen konntest, auf dem Bürgersteig stehen, flüchtetest von Baumstamm zu Baumstamm, damit sie dich nicht sahen, meine Kolleginnen

– Wie süß

Cristina, ich werde ihm einen Brief schreiben, ich wütend, und damals schon das Messer, das wirst du nicht tun, ich auch

– Wie süß

hatte nicht den Mut, dir zu schreiben, das heißt, ich fing an, dir zu schreiben, und so war es nicht, es war mehr als so, und ich wurde rot und gab auf, Cristina

– Was ist das denn?

packte das Papier, zeigte es den anderen, und die anderen

mein lieber Carlos

die anderen lachten

mein Liebster

ich wütend, das stumpfe Messer, das verfehlte und weh tat, meine Mutter voller Mitleid mit den Hühnern

– Bring das große Messer Judite

eure Eingeweide im Topf umrühren, die Köpfe wegwerfen, euch die Federn ausrupfen

– Gebt mir meinen Brief

nicht rot, blaß, sie erniedrigen, sie schlagen, mich bei der Aufsicht beschweren, daß sie zu spät aus der Pause kamen und Kreide stahlen, du holtest mich unter Streichholzverwirrung von der Schule ab, ein brennendes Streichholz raspelte stundenlang am Sandpapier der Schachtel entlang, du begleitetest mich im Bus bis nach Bico da Areia, ohne mich anzusehen, ohne mit mir zu reden, vielleicht hat Cristina ihm geschrieben, denn sie kann schreiben und ich nicht, denn es war nicht so, daß ich, es war mehr als das, ich wollte dir von den Mandelbäumen erzählen und vom Blut des Lammes und sagte nie etwas, wollte in der Pension über uns und meinen erstickten Namen

– Judite

reden, erklären, es ist nicht wichtig, ich bin nicht böse, wir werden heiraten, nicht wahr, glücklich sein, nicht wahr, ich habe sogar ein Gedicht aus einem Buch abgeschrieben, das von einem Mann komponiert worden war, und habe deshalb alles ins Weibliche geändert, und das war es auch nicht, wahrscheinlich hat Cristina dir geschrieben, und ich

– Magst du Cristina Carlos?

– Was ist an mir nicht richtig Carlos?

– Warum nicht mit mir Carlos?

ich haßte sie, haßte dich, haßte euch beide, sie bei den Füßen packen und in der Luft hochhalten, meine Mutter würde schon helfen, noch kein grauer Star, noch nicht ihre Handfläche an meinem Gesicht

– Was ist passiert mein Kind?

während wir uns von Almada entfernten, der Campingplatz, der Tempel der Zeugen Jehovas und mein Vater mit Krawatte

– Du hast gesündigt du hast gesündigt

ich habe heimlich das Blut des Lammes genommen, das ich von Ihnen empfing, Vater, die Kiefern

einstweilen keine Kiefern, Birken, Kiefern später

der Fluß, das heißt nur der Geruch des Flusses, genau wie ein liegendes Tier und Sandflächen und Dünen, Santo António da Caparica, São João da Caparica, zweistöckige Gebäude, Villen mit Laternen, der Bäckerladen, in dem der Angestellte nicht einverstanden war, daß ich zahlte

die Worte kamen nicht aus seinem Mund, doch um den Mund herum Blutegel, die sich an meine Haut hefteten und die ich heftig abschüttelte

– Wir haben Zeit unsere Rechnung zu begleichen Mädchen

die Pferde der Zigeuner husteten im Dunkeln

wenn wir die Stehlampe im Zimmer der Pension ausschalten, läßt du dann zu, daß ich dich küsse, Carlos?

und du tauschtest den Platz mit mir und schütztest dich vor den Stuten, die kleinen Gärten von Bico da Areia, Margeriten, Hunde, wenn du erlauben würdest, daß ich mich um dich kümmere, wenn du mich heiraten würdest, mein Vater wuchs auf dem Stamm des Nußbaums, hing mit der Grimasse eines Gehenkten an der Krawatte

– Wen zum Teufel bringst du da mit Judite?

von den Petroleumflammen des Weines erhitzt, der Schatten der Hand verschlang den Schatten des Glases, Cristinas Vater würde Carlos empfangen, wie es sich gehört, bitte sehr, bitte sehr, die Mutter würde um ihn herumsegeln, bitte sehr, ihre Blicke würden schützend wie Vogelschwingen über euch beiden liegen, flüstere mir nie wieder zu, daß du ihm schreibst, Cristina, lade mich nicht zu deinem Geburtstag ein, sprich nicht mehr mit mir, sie lassen ihn am Abendessen teilnehmen, bedienen ihn zuerst, wenn ich von der Straße aus heimlich hineinsehen würde, könnte ich die gestärkten Gardinen erkennen und sie, mit vorgerecktem Adamsapfel, um nicht mit der Suppe zu kleckern, die in Zellophan gewickelten Blumen, die du mitgebracht hast, in der Mitte des Tisches, während ich dir meinen Vater gebe, der auf den Fersen wutschwankend das Gleichgewicht sucht, nicht nur meinen Vater, das Café, das ganze Viertel, ich, den Tränen nahe

– Um eurer Gesundheit willen laßt meinen Verlobten in Ruhe

du seufztest in der Pension in den Kopfkissenbezug

– Du mußt mir Zeit geben damit ich mich an dich gewöhne

wäre ich Cristina, brauchtest du keine Zeit, um dich an mich zu gewöhnen, sie hat etwas, das ich nicht

reichen Sie mir die Flasche, Vater, tun Sie nicht so empört, reichen Sie mir die Flasche

eine Zigeunerin kam mit zwei Eimern mit Rabenschritten vom Fluß herauf, man schneidet ihnen die Federn von den Kleidern, und sie gehen erdgebunden, können nicht fliegen, nachts beunruhigte mich das Wiehern, beunruhigten mich die Wellen, mit den Fingernägeln über das Kiefernschaudern des Körpers streichen, bis der Wind oder das Blut des Lammes Fensterläden öffnet, in die ich nie zu schauen gewagt habe, und du hast niemals hineingeschaut, dein um Vergebung bittendes Lächeln, das verlöschen würde, wenn ich pustete, armer Carlos, und du

– Ich kann nicht Judite

der Wind und das Blut des Lammes schrien in mir, ich bin vierundvierzig Jahre alt, und alles tot, zu Ende, mein Sohn an der Gartenpforte, größer als ich, und da ich ihn nicht kenne, lasse ich ihn nicht herein, dein Sohn, Carlos, denn ich habe an dich gedacht, als der Angestellte in São João da Caparica mein Geld nicht annahm

– Haben Sie es nicht so eilig mit dem Bezahlen wir haben Zeit unsere Rechnung zu begleichen Mädchen

er ging mit mir am Postamt und an den Villen mit den Laternen vorbei, und ich bin mit dir gegangen, Carlos, nicht mit ihm, mit dir, und ein ehemaliges Lager oder eine Garage und hinter der Garage ein Hühnerstall, der Mörtel oder die Exkremente der Hühner, der Angestellte schloß die Tür aus Drahtgeflecht, und dieser warme Frieden, diese Federn im Mund, ein alter Mann hackte Unkraut, und die Klinge zerstückelte mich, zerschnitt mich, entleerte mich, nahm mir, was ich habe

ich habe nicht einmal Eingeweide, schubsen Sie mich nicht, ich lege mich schon hin, zerreißen Sie nichts, ich ziehe mich schon aus, halten Sie mir den Mund nicht zu, ich sage schon nichts, befürchten Sie nicht, daß ich mich über Sie beklage, und er

– Dein Mann hat es dir noch nie besorgt oder?

und ich erinnerte mich an das Perlendiadem, dieser warme Frieden, diese Federn im Mund

– Natürlich hat er das so ein Unsinn

er glaubte es nicht, säuberte den Fußboden mit seinen Schuhen

mir kam es so vor, als ob ein Huhn, aber nein, der Eimer mit Mais, die Wasserschale

– Dann ist es jetzt soweit unsere Rechnung zu begleichen Mädchen

am Tag, an dem mein Vater seinen letzten Atemzug tat, sangen die Zeugen Jehovas, und ich saß auf dem Schemel und hörte ihnen zu, die Rache ist mein, verkündete der Herr, denn mein Gott ist ein eifersüchtiger Gott, Dutzende von Kerzen auf dem Herd, auf der Kommode, ein Wachstropfen rann ihm am Gesicht herunter, und dann der Schatten der Hand im Schatten des Nußbaums

– Wen zum Teufel bringst du da mit Judite?

an den weinlosen Sonntagen schaute er heimlich ins Badezimmer, wenn ich mich abtrocknete, die Blicke auf meiner Brust und meinen Schenkeln zogen mir das Handtuch weg, in dem Augenblick, in dem ein Teil von ihm einen Teil von mir traf, ein Zögern, eine Pause, meine Mutter, deren Pupillen erblaßten

– Floriano

und er auf Knien auf dem nassen Zement umfing meine Taille

– Ich bin ein Unglückseliger vergebt mir

die Taschen dick von den Nägeln, mit denen er hinter dem Haus seinen Sarg baute, ich erinnere mich an die Löcher im Deckel, damit er unter der Erde nicht erstickte, der offene Mund

– Judite

die Möwen wechselten die Brückenstreben bei Alto do Galo in der Hoffnung, daß die Abwässer des Flusses, sie haben mir gesagt, mein Sohn sei im Krankenhaus, und ich

– Ich weiß nicht wer das ist

sie sagen, daß mein Mann

– Ihr Mann hat es Ihnen noch nie besorgt oder?

Cristina in der Schulpause

– Wirst du Carlos wirklich heiraten Judite?

die Kolleginnen lachten, sie nicht hören, die Schiefertafel kräftig abreiben, sie sagen, mein Sohn sei im Krankenhaus, und ich erinnere mich nicht an meinen Sohn, erinnere mich an den Alten, der Unkraut hackte, die Klinge zerschnitt mich nicht, weil ich nicht da war, ich erinnere mich an den Hühnerstall mit einem Rest Sitzstange und einer Sichel in einer Ecke, es ist möglich, ich beschwöre es nicht, daß es vielleicht vor langer Zeit eine Wiege gegeben hat

zwanzig Jahre, fünfundzwanzig Jahre?

ein Auto mit Holzreifen, jemanden, den ich anwies, an der Gartenpforte zu warten, und dann die Sozialarbeiterin und der mit dem Spazierstock auf der Stufe am Eingang, und dann ich allein, ich habe mich eingeschlossen, um nicht zu hören, wie er ging, der Zwerg aus Schneewittchen

– Und jetzt Judite?

mein Mann hatte ihn zu Weihnachten gekauft, der Besitzer des Cafés hat mich an jenem Abend besucht

seine Frau stellte die Tische richtig hin und sah uns, ich lehnte den halben Liter Wein ab

– Heute nicht

die Möwen kehrten nach Alto do Galo zu den Brückenstreben zurück, Carlos verabschiedete sich am Eingang des Viertels, und seine Lippen wichen aus, nie die Lippen, die Wange, einmal das Ohr, und ein panischer Rückzieher

– Gehst du ernsthaft mit Carlos?

er dachte an meinen Vater, an Jehova, die Sünde

– Entschuldige Judite

mir kam es so vor, als würde der von der Pension über mich lachen, als er uns den Schlüssel gab, wenn ich das Bettlaken mit dem Blut des Lammes beflecken könnte wie im Hühnerstall, als mir der Mund zugehalten wurde, ich schreie nicht, keine Angst, niemand wird uns bemerken, und er

– Dein Mann hat es dir noch nie besorgt oder?

ich und er und ich sein, ich wir, wir beide und Cristina, Elisabete und Márcia warfen am Ausgang der Kirche Rosen und Reis auf uns, der Schulinspektor wunderte sich

– Den will sie heiraten?

da er sich besser kämmte, sich besser anzog, man kann seine Gesten mit Bleistift zeichnen, keine kleinen vorsichtigen Füßchen verletzen ihre, sei wütend auf mich, Carlos, laß mich nicht ausgehen, tu nicht so, als wüßtest du nicht, daß sie im Wäldchen auf mich warten, bleib heute bei mir, der Besitzer vom Café im Türrahmen, ohne sich um dich zu kümmern

– Laß uns nach Trafaria fahren Judite

ich schaute mich um, und da war keiner, nicht einmal du am Fenster

– Du fragst mich nicht interessierst du dich nicht für mich?

du verschlingst die Finger, verknotest sie, verdrehst sie, die Kehle übervoll mit Worten, die du nicht herausbringst, dein Sohn

mein Sohn

– Ich weiß nicht wer mein Sohn ist

schlägt mit den Händen gegen den Kleiderschrank

ich lüge nicht, wenn ich sage, daß ich nicht weiß, wer er ist, meinen Sohn habe ich in Sünde mit dem Fleisch und dem Blut des Lammes genährt, Vater, mein Körper hat sich seinetwegen verändert, aber ich kenne ihn nicht, ich habe ihn mit mir gebracht, aber er ist mir fremd, ich habe zugelassen, daß sie ihn mitnahmen, da ich ihn niemals gehabt habe, als die Sozialarbeiterin, die so tat, als würde sie weder die Flaschen noch die unordentlichen Kleider, noch das ungewaschene Geschirr, noch mein Haar ohne Perlen, das sich nicht kämmen läßt und jetzt grau ist, noch einen der Hunde sehen, nachdem er einen Kienapfel gegen die Fensterscheibe geworfen hat, ich bin nicht wie die anderen, Dona Judite, ich zahle, in Schweigen verfällt, Polizei vermutet, weggeht, die Sozialarbeiterin warnte mich, glauben Sie nicht eine Sekunde lang, ich hätte es nicht gehört, ich würde im Bericht nichts sagen, ich wüßte nicht über Ihr Leben Bescheid, wir können Sie nicht vor den Richter zitieren, wir könnten

possumus

Sie nicht festnehmen, die Sozialarbeiterin, die nichts anfaßt, wer weiß, womit diese Leute einen anstecken

– Füllen Sie das Formular aus

das Formular, das meinen Sohn betrifft, von dem ich nicht weiß, wer er ist, sie haben mich vom Krankenhaus angerufen

– Ihr Sohn

und seine Stimme

– Das ist meine Mutter das ist meine Mutter

überdeckt von der Stimme, die verkündete

– Ihr Sohn

und schnell, bevor der Fremde

– Ich will mit meiner Mutter sprechen Herr Krankenpfleger lassen Sie mich mit meiner Mutter sprechen

– Sie haben sich verwählt ich habe Ihnen schon tausendmal gesagt daß Sie sich verwählt haben Sie gestatten

das Kabel herausziehen, damit sie mich nicht anrufen können, ich zur Sozialarbeiterin und zu dem mit dem Spazierstock auf der Stufe vom Eingang

– Nehmen Sie dieses Kind mit das mir nicht gehört und mit den Händen gegen den Kleiderschrank schlägt und ein Auto mit Holzrädern zertrümmert

und zum Glück trabten die Pferde zu dem kleinen Wäldchen, hinderten mich daran, die Antwort zu hören, der Wind oder die Peitsche des Zigeuners füllten das Haus, mit sechzehn Jahren habe ich mir das Wadenbein gebrochen, es ist schlecht verheilt, und der Krankenträger aus dem Tempel mußte es noch einmal brechen, mein Vater hielt mir die Arme fest, ein Zeuge Jehovas zerquetschte meine Taille

– Sei still Jesus hat mehr gelitten Satan

und da ich den Schmerz so sehr erwartete, habe ich keinen Schmerz gefunden, ich fand einen weißen Raum über euch, in dem ich gelassen schwebte, ich sah meinen Vater einen Psalm singen, während der Hammer den Knochen suchte, der Schlag gegen das Schienbein, und kein Schmerz, eine riesige Entfernung, Judite bewegte sich, wurde stumm, das Geräusch wie von Scharnieren, als die Teile sich zusammenfügten und es nicht klappte, ich sah ihren Gesichtsausdruck, ein Lächeln

kein Lächeln

ihren Gesichtsausdruck

– Nein

und jetzt ihre Gesichtszüge eingeschlafen, der Hammer

– Ich glaube das war das falsche

aber es tat nicht weh, ich bin nicht ich, das ist nicht Judite, denn Judite ist vierundvierzig Jahre alt und das Haar grau, nicht braun, verstrubbelt, nicht mit einer Schleife

Judite

– Dona Judite

– Wir haben Zeit unsere Rechnung zu begleichen Mädchen

– Ich habe das Geld dabei Dona Judite

– Ich habe eine Flasche aus dem Laden mitgebracht hier nimm sie aber trink nicht alles auf einmal aus und fall jetzt nicht um

die Judite ohne Arbeit, ohne Mann, ohne Sohn setzt sich in

den Garten, denkt an nichts, schaut ins Nichts, nur sie und die Stadt in der Ferne, gelb die Wolken auf der Wasserseite und blau bei den Kiefern, die Nacht kommt nicht, und der Morgen wird nicht kommen, ich habe den falschen Knochen getroffen, das kommt vor, nur noch ein kleiner Schlag, tut mir leid, noch heute, wenn ich müde bin

und ich bin müde, eine müde Zigeunerstute, die der mit der Pistole im Kiefernwäldchen erschießt

– Erschießen Sie mich

ich bitte

– Erschießen Sie mich

die Pistole am linken Auge

– Tun Sie mir den Gefallen und erschießen Sie mich ich will nicht daß mein Mann mich so vorfindet ich will sein Mitgefühl nicht ich will sein Mitleid nicht ich will nicht daß

– Brauchst du etwas?

erschießen Sie mich, noch heute hinke ich mit dem Bein ein bißchen, als ich jung war, merkte man, mit einer Einlage, und wenn ich aufpaßte, nichts, niemand wußte es, Carlos zum Beispiel hat es nie gemerkt, kann sein, daß ich auf einem Hang oder wenn ich die Treppe hinunterstieg, den Körper etwas mehr nach links neigte, aber ich lenkte ihn ab, indem ich etwas sagte, bevor das Wetter sich änderte, hatte ich es, obwohl der Himmel noch hell war, an einem Unterschied im Bein, nicht eigentlich Unbehagen, ein Brodeln in den Sehnen, schon herausgefunden

– Es wird regnen

und kurz darauf Aufregung in den Margeriten, die Glyzinie schwer, die Reiher, die im kleinen Wäldchen schluchzten, in Aufruhr

ich mag die Reiher nicht, wenn ich den Mut hätte

mein Vater ist dort gestorben, meine Mutter kehrte ins Dorf zurück, mein Mann arbeitet in Lissabon als Künstler

er ist kein Künstler, er ist

Bico da Areia ist zu ärmlich für einen Sänger, ein Unbehagen im Bein und noch keine Wolke, die Augen meiner Mutter erloschen in einem lebenden Gesicht, Hände, die mich im kleinen Wohnzimmer suchten

– Meine Tochter

die Luft vervollkommneten, den Körper, an den sie sich erinnerte und den ich verlor

– Die bin ich schon seit Ewigkeiten nicht mehr Mutter

keine von uns ist die, die sie vor Ewigkeiten war, und ich frage mich, wer wir heute sind, ich zum Beispiel hatte einen Sohn, habe aber keinen Sohn, ich zum Beispiel bin so schlank, so gesund, aber deformiert, es gab zum Beispiel eine Pension, es gibt aber keine Pension, ich zum Beispiel war Lehrerin, bin aber keine Lehrerin, zum Beispiel Carlos, umarm mich, sei nicht schüchtern, umarme mich, ich kann nicht, zum Beispiel, nachts seufzte die Kletterpflanze an den Fensterrahmen, heute zum Beispiel seufzt sie nicht, die Sozialarbeiterin überprüft das Formular, unterstreicht, streicht durch

– Es fehlt der Beruf Ihres Mannes

der Knochen ein drittes Mal gebrochen, und ich, das heißt mein ganzes Gewicht, obwohl sie mich auf den Boden drücken

– Nein

ich will nicht, daß mein Mann mich so vorfindet, er würde spotten, er würde lachen, der Inspektor verbirgt seine Verblüffung, ich glaube nicht, daß Sie diesen Kerl heiraten, Judite, und ich, das verstehen Sie also nicht, was, Sie wissen nicht, worin das Leiden besteht und die Scham oder was, Sie verstehen nicht, daß Carlos mich braucht, die Frauenkleider in einem abgeschlossenen Koffer unter dem Bett, Fotos, Briefe, ich sollte es sein, die das Auto mit den Holzrädern zertrümmert, gegen den Kleiderschrank schlägt, vor Hunger weint und sich weigert zu essen

– Was hast du da versteckt Carlos?

die Überdecke glattstreichen, die Überdecke zerknautschen, die Überdecke zerknautschen, die Überdecke glattstreichen, der erste Kienapfel auf dem Dach, haltet mich nicht fest, zerquetscht meinen Knochen nicht, tut mir nicht weh, mein Mann

– Nichts Wichtiges

die Überdecke zerknautschen

– Fast nichts

die Überdecke glattstreichen

– Nichts

indem er mich mit den Augen des Friedhofswärters anschaut, der mich zwischen den Blumen beobachtet, ein Stück Apfel in der Tasche

nachdem wir meinen Vater begraben hatten, blieb ich beim Grab, hörte den Lorbeerbäumen zu, ich erinnere mich an einen Häher, der auf einem Engel balancierte, an Medaillons mit verblichenen Profilen, an die Gewißheit, daß die Krallen der Toten unter der Erde wachsen, und an meinen Zweifel

– Wer kümmert sich um sie?

in der Ferne sah man durch die Weiden hindurch Trafaria und das Meer oder besser die Mündung des Flusses, die Ebbeinseln, die Stadt, in der mein Mann

– Es fehlt der Beruf Ihres Mannes

er war berühmt und sang, mit wem schläfst du, wo schläfst du, wie schläfst du, Carlos, die Lorbeerbäume reden mit niemandem außer mit mir

– Ich habe das Geld dabei Dona Judite

ich dachte daran, ihm einen halben Liter Wein auf den Grabstein zu stellen

– Das Blut des Lammes Vater

mir fiel die Gehenktenkrawatte ein, aufwachen, während er mir das Bettuch wegzieht

ein Albatros mit aufgerissenem Rachen

ich deckte mich mit der Überdecke zu

– Vater

die Albatrosse vom Bugio-Leuchtturm, hinter den Hütten Praia da Rainha und Fonte da Telha hinter dem Mann mit dem Spazierstock und der Sozialarbeiterin eine alte Frau in Trauerkleidern, die Knochenbruchnarbe kündigte Regen an, und um drei Uhr nachmittags brannte die Lampe, eine melancholische Ewigkeit ließ die Gardine blaß werden, was werden vierundvierzig Jahre sein, Carlos, zweiundvierzig auf das Formular schreiben, und die Sozialarbeiterin staubt den Stuhl ab und setzt sich, den Sitz abtastend, eine Pobacke nach der anderen, hin

– Zweiundvierzig?

dein Koffer liegt immer noch unter dem Bett, und solange der Koffer dort liegt, verspreche ich dir, dich nicht zu streicheln, bleib bei mir, Carlos, der, der nicht mein Sohn war, im Auto mit ihnen, ich hätte schwören können, daß mein Mann an der Bushaltestelle, das Händchen winkte, aber nein, ein Zweig, nachts gibt es auf diesem Weg immer Nachtvögel, Käuzchen, das Echo der Wellen nicht an der Wasserseite, beim Kiefernwäldchen

als wir in Fonte da Telha ankamen, befahlen sie mir, eine Rampe hinunterzugehen, wo ich im Dunkeln über Ziegelsteine stolperte

– Vorsicht Junge

jeder Schritt zerquetschte etwas Lebendiges, das sich wand, einer der Polizisten mit einer Taschenlampe, obwohl die Taschenlampe den Weg nicht zeigte, sie zeigte die Wände der Schiffe, eine Frau in einem Fenster, Gassen, in denen in der Woche zuvor Rui und ich, ein auf einen Pfahl genagelter künstlicher Arm zeigte den Weg zum Strand, und nach einer Villa ohne Schornstein die Düne, der Köter mit der Schleife bellte die Leiche auf dem Badehandtuch an, die Scheinwerfer der Jeeps auf das Handtuch konzentriert, die ausgegangene Zigarette in der Hand, und Rui fröhlich wie immer, wenn er mich in Anjos abholte

– Was hast du meinem Vater heute gestohlen Rui?

ohne mich zu sehen und fröhlich, die Zitrone, die Spritze größer als die, die wir sonst benutzten, ohne Heroin, leer, die

Hosen und die Schuhe, die niemand gestohlen hatte, nur Geruch nach Wasser, kein Geruch nach Tod, und das Wispern

– Paulo

wie wenn Dona Helena in der Küche war und er die Bilder, die Tabletts anschaute, Noémia Couceiro Marques, die im Rahmen verlosch

im Rahmen schon verloschen war

– Hat die Alte denn nichts Anständiges?

die Alte hatte nie etwas Anständiges gehabt, sie sind arm, wir haben schon die Uhr, den versilberten Aschenbecher, das Kästchen mitgenommen, das nicht aus Elfenbein war, das falsch war, sie schauten den Platz der Dinge genau an, ohne etwas zu mir zu sagen, nicht weil sie Angst vor mir hatten, aus Angst davor, daß ich weggehen könnte, letzte Woche habe ich die Alte dabei überrascht, wie sie meine Jacke küßte, bevor sie sie aufhängte, anfangs wollten sie mich ins Zimmer der Tochter schleifen, damit ich die Strohhüte und die nach Schrank riechenden Kittelchen anprobierte, und ich

– Nein

alles alt, abgenutzt, wenn ich wenigstens das Auto mit den Holzrädern hätte, einen Kleiderschrank, gegen den ich mit den Händen schlagen könnte, Senhor Couceiro zu mir, nein, zum Foto, zur großen eisernen Schublade, an der ein kleiner Chrysanthemenstrauß

– Noémia

noch heute manchmal, wenn ich nach Hause komme, bevor ich ins Wohnzimmer gelange

– Noémia

Noémia Couceiro Marques, ohne Augen, ohne Mund, ohne Gesicht, nur ein Fahrrad mit platten Reifen, nur Blütenblätter in der Vase, die sich in Luft auflösen, wenn man sie in die Finger nimmt, nur noch eine Klingel an einem Lenker, die das Haus in Aufruhr versetzte, Rui auf dem Badehandtuch unter den Scheinwerfern der Jeeps

– Noémia

Mistkerl

während der Köter mit der Schleife wegsprang, um einem Polizisten auszuweichen, und jaulend zurückkam, mein Vater flehte, man möge die Wunden an der Brust verbergen, den Tropf wegnehmen, ihn im Bett aufsetzen, ihr Ehemann, Mutter

– Rui?

da er keinen von uns sieht, Rui, warum wirft er mich raus, läßt mich nicht reinkommen, kommandiert den mit der Serviette

– Schick den Sohn von der Schwuchtel weg

und der Atem der Pferde vermischt mit dem Echo der Wellen, nicht an der Wasserseite, im Kiefernwäldchen, ich an der Bushaltestelle wie einst er, und Nachtvögel und Käuzchen, und ich habe Angst und Mutter und Vater und Dona Helena und Senhor Couceiro und laßt mich hier nicht allein

der, der nicht mein Sohn war, an der Bushaltestelle wie einst mein Mann, aber ohne Koffer und Regenmantel, und schließlich niemand mehr, ein Zweig, und daher konnte ich die Rolläden hochziehen, den Besen wegnehmen, den ich unter den Türknauf geklemmt hatte, den Schlüssel im Türschloß umdrehen, hinausgehen, mich mit einem halben Liter Wein auf der Fußmatte vor der Tür niederlassen

nein, keinen halben Liter, ein Bad nehmen, mich fertig machen, den Flakon mit dem Parfüm finden, das Carlos mir geschenkt hat und das ich seit zwanzig Jahren nicht mehr benutze

zweiundzwanzig Jahren

hinter der Reisdose, das heißt nicht eigentlich das Parfüm, Parfümreste, ein halbes Dutzend Tropfen, ihn auf den Kopf stellen, mit dem Stöpsel hinter den Ohren, am Nacken entlangfahren, eines der Kleider anziehen aus der Zeit, als ich jung war, das rotbraune, das braune, nicht genau braun, weinrot

vielleicht intensiver als weinrot, violett mit einer grünen Schärpe

lila mit einer grünen Schärpe

violett mit einer grünen Schärpe, das violette Kleid mit einer grünen Schärpe, das ich nach meiner Heirat nur einmal getragen habe, bevor ich schwanger wurde, am Schulgeburtstag, es vor meine Brust halten, aber ich hatte zuviel Brust, das Kleid lassen, es auf das Bett werfen, wozu auf dem Kleid bestehen, es auftrennen und wieder zusammennähen, wozu, wenn du mich nicht streicheln, nicht umarmen wirst, mich ansehen wirst und dabei die Finger ineinander verschlingen, verknoten, verdrehen, deine Schulter wird unter meiner Hand kleiner, und ich war die Dumme, ich die Blinde

– Was ist Carlos?

– Was ist an mir nicht richtig Carlos?

– Warum nicht mit mir Carlos?

ich haßte mich

ich bin häßlich

Cristina nicht, Elisabete nicht, Márcia nicht, ich bin häßlich, was fehlt mir, Carlos, bei deiner Gesundheit, sag mir, was dir nicht gefällt, und ich ändere mich, der Mangel liegt bei mir, es ist meine Schuld, ich kann dich nicht halten, nicht wahr, bring es mir bei, verkriech dich nicht im Kissen, versinke nicht unter Federtumult, sag nicht zu mir

– Das liegt nicht an dir Judite

wo es doch offensichtlich ist, daß es an mir liegt, bitte mich nicht um Verzeihung, leg deinen Kopf in meinen Schoß, denn ich verlange doch nichts von dir, siehst du, ich lache nicht über dich, der Angestellte in der Pension verspottet dich, kümmere dich nicht darum, er merkt weiß ich was

– Er hat es gemerkt Judite

hat er nicht, er hat uns schon vergessen, der Schulinspektor hat es gemerkt, deine Kolleginnen haben es gemerkt, niemand hat irgendwas gemerkt, alles normal, Carlos, die Angst, die Scham, erschrick nicht, ich warte

– Worauf wartest du Judite?

sag nichts, ärgere dich nicht, ich warte

– Was für ein Lärm ist das Judite?

das sind die zweirädrigen Karren der Zigeuner, die Pferde, das Meer, und mein Vater

– Wen zum Teufel bringst du da mit Judite?

nur die Möwen auf der Brücke, schau mich nicht so an, als würdest du dich von mir verabschieden, nimm nicht wieder alle Tabletten, und ich auf dem Flur in der Klinik, die Maulbeerbäume zerlegen die Sonne auf dem Boulevard, fegen den Bürgersteig mit dem Glanz ihrer Blätter

– Er stirbt doch nicht meine Herren?

Elisabete ruft mich zur Seite, wo Joddämpfe und ein Plakat Nicht Rauchen, eine Zigarette mit zwei gekreuzten Strichen

– Vergiß ihn Judite laß uns gehen man hat mir erzählt daß

zwei gekreuzte Striche und ich

– Geh weg du ich will dich nicht mehr sehen

sie haben mir gestattet hineinzugehen, wo du warst, und sie kicherten dabei leise, zeigten mir ein Spitzentuch, das teurer war als meine

– Das Taschentuch von dem Kerl stellen Sie sich das vor

fragten mich mit begeisterter Überraschung

– Sie sind seine Verlobte nicht wahr?

und hinter meinem Rücken Zeichen, Blicke, und du zogst deine Schuhe an, rücktest den Kragen zurecht, die Zähne der Hunde

– Ich habe das Geld dabei Dona Judite

die Zähne des Angestellten wuchsen im Zahnfleisch

– Wir haben jede Menge Zeit um unsere Rechnung zu begleichen

der Kamm traf dein Haar nicht und glitt aus den Fingern

– Dein Mann hat es dir noch nie besorgt oder?

ein alter Mann hackte Unkraut, und die Klinge zerstückelte mich, zerschnitt mich, entleerte mich, nahm mir, was ich habe

ich habe nicht einmal Eingeweide

ich gab dir den Kamm

schubsen Sie mich nicht, ich lege mich schon hin, zerreißen

Sie nichts, ich ziehe mich schon aus, halten Sie mir den Mund nicht zu, ich sage schon nichts, bedrohen Sie mich nicht, ich werde mich nicht über Sie beschweren

– Natürlich hat er das

ein Kienapfel auf dem Dach, die Hunde oder der Elektriker oder der Besitzer des Cafés

– Judite

und nein zu ihnen sagen, heute nicht, heute ihm die Schuhe anziehen, seinen Kragen zurechtrücken, ihm mit dem Kamm einen Scheitel ziehen, ihm das Taschentuch in die Tasche stecken

– Dein Taschentuch

ich zupfe ihm eine Kruste von der Lippe

– Warte mal da ist eine Kruste

heute kann ich nicht

tut mir leid

ich muß meinem Mann helfen, vom Krankenhaus nach Hause zu kommen, die Maulbeerbäume zerlegen das Licht auf dem Boulevard, der Bus

nur der Fahrer und wir

nach Bico da Areia, gelbe Wolken auf der Wasserseite und blaue bei den Kiefern, die Pferde vertreiben die Möwen am Strand, mein braunes Kleid

lila

weinrot

violett

mein violettes Kleid mit einer grünen Schärpe, die Gartenpforte offen, der Zwerg aus Schneewittchen begrüßt dich

– Senhor Carlos

die Teller auf dem Abtropfgitter, der Fußboden gewischt, keine einzige Flasche lugt hinter dem Ofen hervor, das gemachte Bett wartet, eine Traube auf der Fensterbank

– Guten Tag

Büsche, in denen die Wildgänse und die Seeschwalben, setz dich mit mir auf die Bank, ohne an etwas zu denken, ohne etwas zu fühlen, ohne etwas zu sehen, kümmere dich nicht darum, daß sie mich rufen, ich bleibe hier, ich gehe nicht, ich packe den Koffer nicht, ich verspreche dir, daß ich den Koffer nicht packe

– Bleib bei mir Carlos

bleib bei mir, Carlos, ich bin vierundvierzig Jahre alt, ich glaube es nicht, wie eigenartig, du brauchst mich nicht zu umarmen, mich zu streicheln, wir haben uns nicht gestreichelt, weißt du noch, steif, gerade, zwei Figürchen auf der Torte, und der Fotograf rückte uns mit der Hand zusammen, so elegant, so gesund, willst du sehen, wie wir einmal waren, Carlos

– Schön stillhalten

einer neben dem anderen, bis die Nacht und der Morgen und die Seeschwalben der Flut entrinnen, laß mich dir nur die Creme abwischen und die Perücke abnehmen

ein Künstler, ein Sänger

laß mich dich nur genau ansehen, bevor du gehst, bevor du

– Ich kann nicht Judite

bevor der Besitzer des Cafés mit einem halben Liter Wein, und dann stelle ich mir vor, du wärst es, mache ich mir vor, du wärst es, bin ich mir sicher, du bist es, und ich sage

– Ja

willige ein

– Ja

schließe unter deinem Gewicht die Augen und bin glücklich.

Kapitel

Jetzt, wo mein Vater gestorben ist, glaube ich, habe ich angefangen, ihn zu suchen, aber ich weiß nicht. Ich weiß nicht. Ich drehe und wende mich, und die Antwort ist, ich weiß nicht. Alles kommt mir so schwierig, so kompliziert, so merkwürdig vor: ein Clown, der zugleich Mann und Frau war oder manchmal Mann und dann wieder Frau oder manchmal eine Art Mann und dann wieder eine Art Frau, und ich überlegte

– Wie rede ich ihn an?

dann, wenn er Frau war oder eine Art Frau, aber ich weiß nicht weiß nicht

weiß nicht

drehte ich den Kopf weg, ich weiß nicht, diejenigen, mit denen mein Vater zusammenwohnte, wußten es auch nicht, mal behandelten sie ihn wie einen Mann, der kein Mann war, dann wieder wie eine Frau, die keine Frau war, obwohl er ihnen die Kleider bezahlte, sie aushielt, sie mit der Demut eines bekochte, der um Vergebung bat

Vergebung wofür?

sich über die Gewissensbisse ärgerte, die ich zu verkörpern schien

– Geh mir aus den Augen

leiht mir irgend etwas, eine Eisenbahnfahrkarte, Dona Helenas Hand, ein Pferd aus Bico da Areia, um hier herauszukommen

die Finger schienen mich berühren zu wollen, berührten mich aber nicht, die Stimme plötzlich männlich

– Habe ich nicht gesagt du sollst mir aus den Augen gehen?

bereute es, faltete sich zu Tränenrunzeln ohne Tränen, das Parfüm war schon vor ihm da, und wenn mein Vater gegangen war, blieb er im Wohnzimmer, abgestanden, dicht, sich selber anklagend

ein Pferd von Bico da Areia ist gut, keine Eisenbahnfahrkarte, da die Pferde von Bico da Areia das Wäldchen nicht verlassen, es sei denn, die Zigeuner verkaufen sie oder erschießen sie, während die Züge sich für immer in der Nacht in Luft auflösten, ich hörte genau, wie sie hinter den Häusern verschwanden

ich brachte den Mut nicht auf zu fragen

– Wessen klagen Sie sich an?

während er sich für die Shows anzog, die Augen durch Schminke und Striche vergrößert, wenn in der Küche Wasserhähne oder ein Glas, die Augen kleiner, suchend, die Antenne des Halses, Klänge entziffernd

– Bist du aufgewacht Rui?

unter der Metallampe, der zwei Birnen fehlten

wenn Dona Helena mir helfen würde aufzubrechen, Noémia ist gegangen, Senhor Couceiro erscheint eines Tages in der Diele, hebt den Spazierstock

– Auf Wiedersehen

und der heute, als ich in die Wohnung am Príncipe Real kam, alle Glühbirnen fehlten, ein Kleinlaster vor der Tür, Kerle, die den Schrank, die Stühle, die Garderobe mit den Emaillevergißmeinnicht hinaustrugen, alles abgetakelt auf der Straße, billig, arm, mit jenem Zierat und den Schleifen, die alles noch ärmer machten, hinter den Gardinen aber fast neu und reich ausgesehen hatten

kommen Sie, Dona Helena, wiegen Sie mich in den Schlaf, auch das Bett, die Frisierkommode mit dem Spiegel schaukelte auf der Treppe, und mir schien, sie sah mich, interessierte sich für mich, ich einen Augenblick lang im Glas, und dann niemand, Senhor Couceiro stieg mit dem Spazierstock hinunter

– Der Diabetes Junge

Falten und Knochen, die fröhlich taten, Dona Helena an der Tür

– Jaime

der Spazierstock kam wieder herauf

– Ich fühle mich gut Helena

die Würde der Kranken, die man am liebsten mit einem Mal herunterreißen möchte, und darunter lebendig der Tod, am Príncipe Real die Möbelpacker mit der Waschmaschine, die seit Jahren nicht mehr funktionierte, man drückte auf den Knopf, und ein Wasser und Staub niesender Schluchzer, der Hausbesitzer

– Was willst du Junge?

während er in einem Pappkarton Etuis mit Tuben und Pinseln zusammensammelte, manchmal begleitete er meinen Vater und Rui nach Fonte da Telha

und vor Rui Mário und vor Mário Dino

an der Stelle, an der vor drei Wochen die Polizisten und die Leiche, mein Vater mit Büstenhalter und Ohrringen, die Lippen so dick, die Gesten nicht eckig, gerundet, die Schenkel voller Gänsehaut vom Wachs für die Haare, ich schämte mich für sie, versicherte allen oder, besser gesagt, den Fischern, die ihre Boote teerten

– Ich kenne sie nicht habe sie nie gesehen

der Hausbesitzer wies auf den Kleinlaster, in dem die spanische Puppe und die Muschel für die Armbänder

– Sieben Monate Miete im Rückstand ich komme um die Schulden einzutreiben

er kam jeden Monat mit dem Quittungspapierchen, und mein Vater machte, nachdem er aus dem Fenster gespäht hatte, Rui ein Zeichen

oder Mário oder Dino

zog sich andere Schuhe an, tauschte die blonde Perücke gegen eine schwarze Perücke

gebt mir irgend etwas, eine Eisenbahnfahrkarte oder eine Spritze, um hier herauszukommen, die Angestellte aus dem Speisesaal des Krankenhauses, die mich nach Chelas begleitet hat

– Ich mochte dich wußtest du das?

ich will nicht, es tut weh, und ich, tut überhaupt nicht weh, die Leute glauben, es tut weh, aber es tut nicht weh, probier es aus, und du wirst sehen, der Häher stimmt mir vom Mauerrest her zu

– Du wirst schon sehen

ist dir nicht heiß, sagte sie, fühlst du nicht, daß du ruhig bist und fliegst, besser als Dona Helena, als die Pferde in Bico da Areia, als eine Eisenbahnfahrkarte nach Spanien oder Paris

mein Vater mit schwarzer Perücke

– Kommen Sie herein kommen Sie herein aber nicht doch

ein Lied im Radio, ein Likör, Rui

oder Mário oder Dino

im Kabuff eingeschlossen, in dem das Bügelbrett

– Kommen Sie herein kommen Sie herein aber nicht doch

und setzen Sie sich hier neben mich, was ist das für ein Papier, lassen Sie mich raten, sagen Sie nichts, ich wette, das ist ein Liebesbrief, eine Liebeserklärung, ein Vers, hat man Ihnen nie gestanden, daß Sie etwas Romantisches haben, wenn Sie wüßten, wie viele Dinge eine Frau errät, die Quittung für die Miete, welch eine Überraschung, aber so geschrieben, als wären es Verse, ein Geschäftsmann als Dichter, mein Gott, alle guten Eigenschaften auf einmal, ich frage mich, ob Ihre Gattin nicht den Engeln für das Glück dankt, das sie gehabt hat, die Stimme meines Vaters mal grob, mal fein, ohne je den Ton zu treffen, das Knie unbedeckt, der Zeigefinger und der Daumen pflücken einen Fussel vom Jackenaufschlag des Vermieters, beide betrachten ihn gerührt und legen ihn vorsichtig wie einen Diamanten in den Aschenbecher, das Ohr aufmerksam zum Kabuff hin, mach mir mein Leben nicht kaputt, Rui

oder Mário oder Dino

atme nicht, beweg dich nicht, in Fonte da Telha, wenn wir zum Auto zurückkamen, Beschimpfungen auf der Scheibe

schwule Sau

einer der Scheinwerfer zersplittert

stimmt es nicht daß du fliegst stimmt es nicht daß du fliegst

der Kotflügel scheuerte über die Steine, meine Mutter

mein Vater faltete gefühlvoll die Quittung für die Miete und steckte sie in die Tasche, wo wir so viele wichtige Dinge zwischen uns zu lösen haben, wozu Zeit damit verlieren, über Geld zu reden, nimm diesen Schein, Paulo, kauf mir Zigaretten im Kiosk und spiel noch ein bißchen im Park, ich rufe dich dann gleich

und die Dämmerung und Bäume, und Dunkelheit und Bäume, und Angst und Bäume, das Einsetzen des Regens, das in den Bäumen begann, der kleine Finger eines Tropfens am Nacken

– Paulo

und was antworte ich einem kleinen Finger, die Bank unter der Zeder, und ich zusammengekauert auf der Bank, die Lampe an der Decke durch die Stehlampe auf dem Tischchen ersetzt, ein seidiger Schein, eine violette Helligkeit, die Zweige der Zeder verlängerten sich, ihre Nadeln im Wettstreit zu mir hinstrekkend, ein zweiter kleiner Finger am Hals und ein dritter an der Stirn, der mich blendete, die Bank naß, ein Zweig auf meiner Schulter

– Lauf schnell weg Paulo

wir hielten den Wagen an, starrten auf den Kotflügel, mein Vater auf den Knien

eine Art Frau, ein Mann, der Rui befahl

– Laß das

und den Kotflügel reparierte und die Scheibe wischte, als wir zu Hause ankamen, der Hausbesitzer beim Kleinlaster, in dem das Radio, die Stehlampe, die Schuhe von einst

– Sechs Monate im Rückstand Junge

und mein Vater kein Mann, eine Art Frau, die ihm den Kragen zurechtrückte, und der Hausbesitzer verwirrt, dankbar

ich zur Angestellten aus dem Speisesaal

– Stimmt es nicht daß du fliegst stimmt es nicht daß du fliegst?

die Stimme traf endlich den Ton, langsames Glyzerin, das ihn an- oder auszog

– Ein Dichter hätte ich nie gedacht

befreite Rui

oder Mário oder Dino

wieder aus dem Kabuff mit dem Bügelbrett, in dem, das möchte ich wetten, Mäuse, hin und wieder denke ich, Pfoten, Gerenne, die Angestellte aus dem Speisesaal fliegt über dem Mauerrest, und Kälte und Hitze und Kälte

einstweilen nicht, einstweilen Hitze, alles so klar, so einfach, das ist also das Leben, ich verstehe alles, weiß alles, ich kann es dir nicht erklären, aber ich weiß es, mich über das Pfeifen des Hähers amüsieren, meinen Job, das Krankenhaus, den Schäferhund drei Blocks vor meinem, als ich klein war, bin ich auf die andere Straßenseite gewechselt, habe immer nach hinten geschaut, wenn ich ihn bellen hörte, meine Schwester, die geheiratet hat, am dreiundzwanzigsten ist das fünf Monate her, lauf nicht weg, wenn wir laufen, dann beißen sie, die Wohnung am Príncipe Real leer, mit Ausnahme von ein paar Modezeitschriften auf dem Fußboden, einem Plakat meines Vaters, der nicht aufgab mit seinem Glyzerinfaden voller spöttischer Dornen

– Ein Dichter hätte ich nie gedacht

Dona Helena unterbrach ihre Häkelarbeit nicht, nahm eine Masche auf, die ihr runtergefallen war, als sie den Rücken massiert hatte, je älter sie wurde, um so mehr beugte sich das Rückgrat, ein Buckel wuchs

– Was hättest du nie gedacht Paulo?

warum läßt sie mich nicht in Ruhe und zwingt mich, sie anzubrüllen, Senhor Couceiro bemerkt meinen Zorn, und ich

– Kümmern Sie sich nicht um Dinge die Sie nichts angehen seien Sie still

wahrscheinlich steht sie immer noch mitten in der Nacht auf, um zu sehen, wie ich schlafe, wenn ihr klar wurde, daß ich es bemerkte, wich sie bis zur Tür zurück, stieß an den Türrahmen, wir steckten ihm die Gabel in die linke Hand und das Messer in die rechte, sagten, das hier ist das Messer, das hier die Gabel, rückten das Essen an die am Nacken festgezurrte Serviette

– Da hast du Hühnchen Jaime

die Gabel piekste ins Tischtuch, die Gabel stieß an den Wasserkrug, irgendwann komme ich in Anjos an, und andere Kommoden auf der Treppe, ein anderer Hausbesitzer

– Sieben Monate im Rückstand Junge

und daher meinen Vater suchen, aber ich weiß nicht

weiß nicht

ich überlege und überlege und weiß nicht, auf der Bank unter der Zeder sitzen bleiben oder mit der Angestellten aus dem Speisesaal auf der Mauer in Chelas, alle Pferde von Bico da Areia reglos am Strand, alle Züge im Bahnhof abgestellt

– Es gibt keine Fahrkarten Junge

der Keller, in dem der Clown arbeitete, direkt an der Praça das Flores, eine Frau in grauem Kittel, die während der Show den Kunden Pralinen, Zigaretten, Parfüm, kleine Geschenke für die Künstlerinnen verkaufte, die niemand erstand, bohnerte jetzt den Boden zwischen den Tischen, ein kleines Fenster fast unter der Decke filterte einen schwierigen Tag, in dem manchmal Beine, ein dreirädriger Gemüsewagen, die

blitzartige

Ahnung einer Katze, der Portier reihte Flaschen mit Champagnerimitation auf das Regal hinterm Tresen, der Spiegelball, der an der Decke kreiselte, kündigte wen auch immer an, ohne daß jemand ihm zuhörte, die Frau hob eine zertretene Kamelie auf und warf sie in einen Eimer, mein Vater durchmaß den Saal mit kleinen Tangoschritten

– Hallo Paulo

ein Luftzug, der von irgendwoher kam, blähte einen Vorhang, der sich schüttelte und schwieg, niemals hallo, mein Sohn, immer hallo, Paulo, wenn er mich seinen Kolleginnen vorstellte

– Mein Neffe

oder

– Mein Cousin

und jetzt, wo die Frau mit dem grauen Kittel anfing, den Vorhang, den ich mir nicht so abgenutzt vorgestellt hatte, mit einer Samtpirouette für ihn zu schließen

– Hallo Paulo

– Hallo Neffe

– Hallo Cousin

in dem Herbst, als ich Grippe hatte, hat er mich unwillig in Anjos in Begleitung eines Kerls mit Schnurrbart besucht, den er Dona Helena mit einer barocken Geste vorstellte

– Ein befreundeter Ingenieur

und in dem ich den Angestellten wiedererkannte, der im Keller die Scheinwerfer bediente, er schaute verächtlich auf die Möbel ohne Vergoldungen oder Pailletten oder Schleifen, eine blinde Tür, die der Schrank versteckte, und hinter dem Schrank der Nachbar

– Cecília

Senhor Couceiro bot ihm einen Löffel von meinem Sirup an, bemerkte den Irrtum und machte einen nervösen kleinen Satz

– Wo habe ich bloß meinen Kopf so ein Unsinn verzeihen Sie

mein Vater auf einer Ecke der Matratze, nachdem er mißtrauisch den Widerstand des Bettes geprüft hatte, und ein Schwall Kölnischwasser umwehte meine Nase, seine Rüschen betonten

so grausam

das Alter der Dinge und die Mängel im Putz, der Nachbar

– Cecília

lauter, näher, die Kirchenuhr zerpflückte die Stille und schleuderte ihre Spatzen gegen die Fenster, mein Vater strich die Überdecke glatt und zerknautschte sie wie in Bico da Areia, obwohl ich in Lissabon war, es keine Pferde gibt, keinen Strand gibt, keine Zigeuner gibt, jemand an etwas, das keine Gartenpforte sein konnte, denn in einer alten Wohnung im vierten Stock

– Dona Judite

und meine Mutter, die neben mir eingeschlafen war, jemand

– Ich habe das Geld dabei Dona Judite ich zahle

mir kam es so vor, als hätte Dona Helena die Hand muschelförmig ans Ohr gelegt, um besser hören zu können, ohne besser hören zu können, Senhor Couceiro verwirrt mit dem Löffel Sirup

– Ich bin nicht wie die anderen Dona Judite ich haue hinterher nicht ab

mein Fieber oder vielleicht die Wellen oder die Flut, die stieg, etwas, das wie Kiefern aussah, aber wieso Kiefern in Lissabon und Ostwind im September, wenn überhaupt die Hupe eines Autos, der Lautsprecher der Blindenlotterie, mein Vater mit blonder Perücke streckte mir solche Pralinen hin, wie sie die Frau im Keller verkaufte

– Hallo Neffe

die Kolleginnen des Clowns schmissen in einem Federfries abwechselnd die Beine unter Lippenstiftgelächter über nervösen Mündern, eine Pause ohne Möwen oder Kienäpfel auf dem Dach, und in der Pause

– Cecília

Pralinen mit den Namen der Künstlerinnen in blutenden Herzen, Bárbara Alexandra Nini, Garderobenstreit wegen der Kunden und, halt die Zunge im Zaum, denn der Kleine hört alles, Kleiderwechsel und, Vorsicht Samanta, ein Kind

ich?

schlug mit den Händen gegen den Kleiderschrank, meine Mutter im Garten

– Carlos

das Auffliegen der Reiher von den Brückenstreben oder in der angrenzenden Wohnung, und mein Vater, den es abstieß, mich zu küssen

– Hallo Paulo

– Hallo Neffe

– Hallo Cousin

ihn suchen, aber ich weiß nicht

weiß nicht

Pralinen, Zigaretten, kleine Parfümflakons, Dona Helena schnupperte aus Höflichkeit am Flakon, Senhor Couceiro wies die Zigaretten zurück

– Ich bin Nichtraucher

der mit dem Schnurrbart verblüfft über die winzigen Pantinen aus Porzellan, die eine Cousine Dona Helena aus Rotterdam geschickt hatte und die dazu dienten, ein Rohr an der Wand zu verbergen

– Schau dir bloß diese Scheußlichkeit an Soraia

der Grippenebel korrigierte, da ich nicht reden konnte, an meiner Stelle

– Er heißt nicht Soraia er heißt Carlos

der Portier wusch Gläser am Tresen, die Jacke mit den Litzen auf dem Bügel, in dem kleinen Fenster unter der Decke ein fettiger, geronnener Nachmittag wie in Alto do Galo damals, als die Schwalben das Wäldchen in Aufruhr brachten, und erst später die Brise, die meine Mutter zur Verzweiflung trieb und zwang zu trinken, mein Vater voller Angst vor dem Donner

– Judite

steckte die Parfüms und die Zigaretten wieder in die Handtasche, streckte die Finger zu mir aus, überlegte es sich anders, ließ sie auf den kleinen Taschen der Bluse ruhen, rief dabei den Ingenieur, der von den Pantinen zu dem gerahmten Deckel einer Pralinenschachtel mit einem Eselchen und einem Göpelwerk gegangen war

– Auf Wiedersehen Paulo

der Spazierstock von Senhor Couceiro hinter ihnen auf dem Flur, mal leicht, mal schwer, inmitten der Pferde diese humpelnde Stute, der Grippenebel

alles so schwierig, so fremd, die Angestellte aus dem Speisesaal, letztlich ist das das Leben, bitte mich nicht, dir das zu erklären, ich kann es dir nicht erklären, aber ich weiß es

– Dein Vater?

die mit dem grauen Kittel müde und genervt

und die Dämmerung im kleinen Fenster, eine Veränderung im Nachmittag

– Sind Sie gekommen um die Kaffeemaschine zu reparieren?

die Scheinwerfer mit den mit Wäscheklammern befestigten Zellophanblättern verloren sich an einer Ecke in einem Kabelgewirr, ein Mantel an der Garderobe bewegte die Revers und verlangte, angezogen zu werden

– *Es stimmt doch daß du fliegst es stimmt doch daß du fliegst?*

– Das ist Soraias Neffe

– Sie sind doch Soraias Neffe ich habe die Sachen Ihrer Tante im Büro verwahrt

gebt mir was auch immer, eine Eisenbahnfahrkarte oder eine volle Spritze, um hier rauszukommen, eine Tür, die Privat verkündete, rechts von der Tür mit einem kleinen Jungen, der in einen Nachttopf urinierte, und links von der Tür mit einem kleinen Mädchen mit Zöpfen auf einem zweiten Nachttopf, die Frau rieb ihre Hände aneinander, um sich von den Wachsstückchen zu befreien, ich stieg ein paar steile Stufen hinauf, und dort oben, auf mich wartend, Gott

nein, und dort oben noch eine Tür, aber ohne Nachttöpfe

die Geschäftsführung behauptete, der letzte Himmel des Tages

mit rosa geschminkten Wolken

beharrlich auf dem Balkon mit seinem fernen Blau, ich nahm an, daß Bäume in der Nähe standen wegen des Farbtons der Luft, das Foto der Kinder des Geschäftsführers

eines mit Brille

der Beutel mit den Kostümen meines Vaters sackte im Hintergrund zusammen, der bebrillte Sohn, bereits mit dem Gesichtsausdruck eines Impresarios, interessierte sich für mich, Fotos von Clowns, die sich aus einem Album ergossen, der Portier zog auf der Türschwelle die Hosenträger lang

– Es ist alles da drin wenn Sie es nachprüfen wollen

und Hitze und Kälte und Hitze, dieses Unwohlsein, dieses Ding in der Brust, deshalb eine kleine Zitrone, mein Freund, eine Nadel, mein Freund, ein Streichholz, um das Pulver zu erhitzen, wenn Senhor Couceiro mir den Sack tragen würde, sich an den Ecken von dem Diabetes, der Harnsäure erholend

– Da sind alle Habseligkeiten Ihrer Tante prüfen Sie es nach

und ich nicht da, ich und die Angestellte aus dem Speisesaal in Chelas, ich bin sauer wegen des Spottes des Hähers oder wegen des Mulatten mit dem Kindertaschenmesser, der die Klinge auf- und zumacht und uns im Viertel sucht, die Fotos der Clowns

Bárbara Alexandra Nini, noch eine ältere, die nie mit den Kunden trank, nicht redete, das Hündchen an dem Türknauf der Garderobe festband, in einem Auto, dem Farbe fehlte, wegfuhr

Carole

eine Verwandtschaft mit meiner Mutter, wenn die sich im Kleiderschrank in Bico da Areia ansah, mit demselben Unverständnis und demselben Groll, eines Nachts kam sie nicht zur Arbeit, und wir warteten auf sie, der Chef, der Portier, und ich hatte schon das Tablett mit den Pralinen, den Zigaretten, dem Parfüm, mit mir unterhielt sie sich manchmal, nicht eigentlich unterhalten, mein Name

– Amélia

zwei oder drei Worte, die meinen Namen begleiteten

– Eines Tages erzähle ich es dir Amélia

während sie das Kleid unter Grimassen zuhakte, einen Nagel neu anklebte, zu spät am Bühneneingang erschien, sich nicht um die Musik scherte, der Geschäftsführer trieb sie auf die Bühne

– Du schläfst wohl Carole?

das am Türknauf festgebundene Hündchen bellte die ganze Zeit angstvoll, der Geschäftsführer

– Wer bringt diesen Hund für mich um?

und sie zu mir, wenn sie von ihrer Nummer zurückkam, der

keiner applaudierte außer ein paar alten Männern, die sie seit vielen Jahren kannten

– Eines Tages werde ich es dir erzählen Amélia

sie ließ die Federn und den Zierat zu Boden fallen, ging aus dem Hintereingang hinaus, zog das Tier achtlos hinter sich her, wie Kinder, die eine verbeulte Puppe, von der sie genug haben, an einem Strick hinter sich herziehen, die Stimme ohne Falsett oder Gegurre, die Stimme eines erschöpften Mannes

– Eines Tages erzähle ich es dir Amélia

oder vielleicht nicht einmal erschöpft, an einem Ort, zu dem er mir den Zugang verwehrte

– Eines Tages erzähle ich es dir Amélia

sie hatte eine Tochter in Frankreich, hatte auf den Schiffen gearbeitet, war die Cousine des Geschäftsführers, der sie als Almosen anstellte, die Jungen verfolgten sie beharrlich wie Krähen auf der Straße

– He Carole

sie ahmten ihren Gang nach, ihre Gesten, sie zog von einem Zimmer ins andere, weil sie sie nicht bezahlen konnte, wenn man sie um das Geld bat, waren ihre Hände leer

– Da

so daß sie immer weiter ins Umland, immer weiter weg vom Fluß zog, anfangs vier Koffer, dann ein Koffer, später ein Rucksack, die Goldkette verkauft, der Ehering verkauft, Nachmittage am Fenster in Erwartung von weiß ich was, eine Erinnerung an Passagierdampfer, Amsterdam oder Hamburg, aber die Schiffe waren alt und vergammelten in Seixal, in Montijo, in Amora, mit dem Hündchen die Überreste vom Fisch teilen, und der Geschäftsführer

– Du bist dünner geworden Carole

wie nur diese Falten verbergen, diesen Hals bedecken, diese Schenkel verstecken, sie verbarg nichts, bedeckte nichts, versteckte nichts, eine Verwandtschaft mit meiner Mutter, wenn die sich nach dem Wein im Kleiderschrank in Bico da Areia betrachtete, mit dem gleichen Unverständnis, dem gleichen Groll, eines Nachts

– Eines Tages erzähle ich es dir Amélia

erschien sie nicht im Keller, nahm das Telefon nicht ab, antwortete nicht auf den Brief, der den Vertrag auflöste, wir haben sie nach einer Woche Suchen und Fragen gefunden, Gläubiger, die uns Quittungen, Rechnungen, eine Postkarte aus Frankreich zeigten

Puteaux

auf der zu wenig Tinte, aber zu viel Verachtung war, nach dem, was Sie meiner Mutter und mir angetan haben, wagen Sie es ja nicht, mir zu schreiben, eine Woche später in den wahllos hingebauten Häusern im Norden der Stadt, Geschöpfe voller Angst vor der Polizei, Hühner auf Müllhaufen, Hinweise in falschem Portugiesisch, die zu kleinen, nicht vorhandenen Plätzen führten und zu Ödland voller Unrat, noch eine Postkarte aus Frankreich

Creil

noch zorniger, besitzen Sie auch noch die Frechheit, und ein Winken ohne Hand

– Eines Tages erzähle ich es dir Amélia

mich um Geld zu bitten, und am Ende, nach einer mit Bleistift geschriebenen Adresse, auf einem Blatt aus einem Notizbuch

27, Jardins Boieldieu

die mit zwei Strichen in Lidstrichfarbe übermalt war, eine Häuserfontäne auf einem Hang in Pontinha, bosnische Emigranten, die ein Kaninchen grillten

oder einen Maulwurf

der Eingang zu einem Gebäude, in dem Storchennester, und die Storchenschnäbel, paarweise zornige Latten, ein geflicktes Parterre

Puteaux, Creil, Jardins Boieldieu, wahrscheinlich das gleiche, wahrscheinlich so wie hier, Ukrainer, Neger, Rumänen, ein Kaninchen oder ein Maulwurf, nach dem, was Sie uns, meiner Mutter und mir, angetan haben, wagen Sie es ja nicht, mir zu schreiben, und dann dieser Geruch, verstehen Sie, mein Herr, den ich mit Armut assoziierte

nimm mich auf den Arm, Dona Helena, ich bin leicht, nimm mich sofort auf den Arm

der Rucksack offen, eine französische Briefmarke in der Brieftasche, die sie an die Tochter erinnert, als wäre sie ein Foto, ein mit António unterzeichneter Briefentwurf, Carole auf dem einzigen Stuhl, und sie amüsiert sich über uns

meine Mutter in grollendem Unverständnis vor dem Kleiderschrank

der kleine Hund bellt zum ersten Mal nicht, liegt auf den Knien, beide mit einem Schlag in den Nacken, und nicht einmal viel Blut, fast gar kein Blut, zwei feine Streifen, nichts, es muß hier Kiefern geben, es muß Kienäpfel geben hier in Alverca

oder Massamá oder Loures

irgendwo hier in Pontinha, Pferde und Wellen und Möwen und Kienäpfel, sie von draußen aufs Dach werfen

– Dona Carole

oder

– Dona Judite

– Ich habe das Geld dabei Dona Carole

– Ich haue nicht ab wie die anderen Dona Carole ich zahle

Dona Carole steht vom Stuhl auf und macht mir die Gartenpforte auf

Dona Carole schaut mich nicht einmal an, der Brief an die Tochter mit António unterzeichnet

Wenn Du diesen Brief erhältst

der nie in Puteaux oder in Creil, 27, Jardins Boieldieu ankommen wird, nach dem, was Sie uns, mir und meiner Mutter, angetan haben, mein Vater zerknautschte die Überdecke und strich sie wieder glatt, er hat sich nicht gerechtfertigt, hat nicht um Vergebung gebeten, hat den Bus genommen, ist weggegangen, er zog das gräßliche Geschöpf, das im Keller Pralinen verkaufte, uns vor

– Eines Tages werde ich es dir erzählen Amélia

die Schokolade auf dieser Seite, die Zigaretten in der Mitte, das Parfüm da drüben, Likörpralinen, amerikanische Zigaretten, spanische Parfüms, mehr Alkohol als Parfüm, einer der Bosnier an der Türschwelle mit dem Hut in der Hand, der kleine Hund auf dem Spieß oder in einem dunklen Topf, ein umgefallener Tongrill, ein Fächer

Wenn Du diesen Brief erhältst, ist Dein Vater

Carole in Männerhosen, mit Männerfüßen, keine Weinflasche, kein Zwerg aus Schneewittchen, kein Kühlschrank, das Spiegelbild im Kleiderschrank, das sich schon vor uns verletzte, und wir

– Warum?

die Handfläche, die gleichzeitig mit dem Spiegelbild rieb

oder vor dem Spiegelbild?

zwei genau gleiche Handflächen mit genau gleichen Bewegungen, der Geschäftsführer wischte die Überraschung mit dem Ärmel weg, nicht

– Eines Tages werde ich es dir erzählen Amélia

ein unruhiges Wispern

– Ruf die Polizei Amélia

und die Schnäbel der Störche schlugen da oben Latten zusammen, eine Kamelie auf der Bühne, und Carole liebkoste die Kamelie, nur der Mund formte das Wort, nicht die Stimme

– Danke

oder nicht einmal der Mund, der Vorhang geschlossen, eine Pause im Keller im Dunkeln, der für die Musik Verantwortliche vertat sich beim nächsten Lied, der Bosnier bat, den Hund bitte, bevor die Polizei

eine Münze für einen Kaffee, mein Freund

die Polizei und stundenlanges Warten und der Arzt und stundenlanges Warten und die Feuerwehr, und Carole still, stundenlanges Warten und die Bahre, kein Licht auf den Straßen, Flammen von Holzfeuern irgendwo in der Dunkelheit, ein Zug, der ohne mich nach Spanien fuhr, die Taschenlampe der Feuerwehr im Gesicht des Geschäftsführers, in meinem, auf dem grauen Kittel

nicht auf dem von Carole

der Schlag in den Nacken, die Männerhosen, die Männerfüße mit einem lackierten Nagel, es ist doch kein Karneval, oder was, die Hände des Geschäftsführers in einer blumigen Entschuldigung, eine Mitarbeiterin, meine Herren, eine Künstlerin sozusagen, das Bettlaken über der Bahre wickelte den Künstler ein

wenn ich es dir erzählen würde, Amélia, in Amsterdam, in La Coruña, in Hamburg, ich hatte nie die Gelegenheit, nach Frankreich zu fahren, aber bevor ich sterbe, Puteaux, Creil, Jardins Boieldieu, Nummer siebenundzwanzig, und meine Tochter

– Sie

vergibt mir, hätte sie eine Kamelie dabei, würde sie mir die Kamelie zuwerfen, ich würde überrascht, zufrieden auf die Bühne zurückkehren, der für die Musik Verantwortliche würde die Spule zurückdrehen, und noch einmal meine Nummer, so tun, als würde ich singen, tanzen, während die Bahre in Richtung Lissabon, ein Tisch aus Stein, auf dem sie mich ausziehen, mich wiegen, meine Leber taxieren, und nachdem sie mich ausgezogen, gewogen und meine Leber taxiert haben, verstauen sie mich dort unten im Kühlschrank zwischen gefrorenen Geschöpfen, eine Nachricht in der Zeitung, oder nicht einmal eine Nachricht, wen interessiere ich denn schon, selbst in Puteaux oder in Creil, ich habe nicht mit den Kunden getrunken, ich ging immer allein weg, kein Mário, kein Dino, kein Rui, das Auto, dem Farbe fehlte, fuhr die Praça das Flores hinunter nach São Bento, und hinter São Bento, wenn ich es dir erzählen würde, Amélia, dir, die du uns hast ankommen sehen, uns mit den Strumpfgürteln geholfen hast, meine Tochter nach dem, was Sie uns, meiner Mutter und mir, angetan haben, besitzen Sie noch den Mut

die Frechheit

die Schamlosigkeit

ich habe sie an einem Dienstag aufgesucht

Sie haben Dona Carole nicht aufgesucht, lügen Sie nicht, das ist eine Sünde

ich habe sie an einem Dienstag aufgesucht, das ist lange her, im Juli, natürlich nicht so wie jetzt angezogen, ich habe mich eine Woche lang nicht rasiert, habe die Augenbrauen vernachlässigt, ging zwischen den Leuten, den Regenschirm überm Arm

bemerkte, daß ein Regenschirm im Juli

und trotz des Regenschirms hat niemand auf mich oder eine andere geachtet, eine Frau sah mich an und sah mich nicht an, weil, sah mich interessiert an, Worte

oder ich stelle mir vor, daß Worte

ich habe mir nicht vorgestellt, daß Worte, ich habe mich nicht geirrt, Worte, und die Sechsuhrhelligkeit, die die Fenster vergoldete, als Kind habe ich mich immer im Sommer in die Küche gekauert und zugeschaut, wie das Licht vorbeikam, nachdem ich verwitwet bin, lebt meine Tante bei mir, mein Vater

– Was bedeutet Aura?

und meine Tante

– Das ist Licht

vor dem Kiosk habe ich mich umgedreht, und meine Tante und die Frau haben gesehen, wie das Licht vorbeikam, sie haben mich beim Kiosk nicht erkannt, obwohl ich mich nicht so sehr verändert habe

acht Jahre, neun Jahre?

ein bißchen dicker, ein halbes Dutzend Altersflecken

weniger

ein bißchen dicker, drei oder vier Altersflecken, aber das Haar immer noch wie früher, ich habe es wie früher gekämmt, den

Scheitel, die Koteletten, die Brillantine von Tomás, der zum Glück nicht zu Hause war und böse geworden wäre

– Willst du ein Mann sein Carole?

ich drückte das Haar auf der Straße vor unserer fest an

ich erkannte sie gleich, und eine merkwürdige Freude

die Nachbarn von einst, Dona Eunice, Álvaro, Fernanda, Fernandas Bruder, an dessen Namen ich mich nicht mehr erinnern kann, Álvaro starrte mich ein ganz klein wenig an und schüttelte den Kopf

– Das kann nicht sein ich habe mich geirrt

Schuppen aus Aluminium statt aus Holz, ein Dachboden bei Nummer dreiundzwanzig, wo es keinen Dachboden gab, ein als Dame angezogenes Mädchen mit Kreolen, die ich getroffen haben muß, als sie noch ein Kind war

wie alt wohl?

nicht getroffen habe

getroffen habe

die ich getroffen habe, als sie noch ein Kind war, kleine Treppen, die diese Straße von der nächsten trennen, in der ich mit dir zusammengelebt habe, und auf einem Drittel der Stufen brannten die Laternen, ich habe immer den Augenblick gemocht, in dem die Laternen angehen, meine Tante

warum, weiß ich nicht

fand ihn traurig, ich aber nicht, sie bestand darauf, daß das Laternenanzünden sie an die Toten erinnerte, um mich herum Fledermäuse, von denen es immer heißt, sie schreien, aber ich hörte ihre Schreie nicht, ein Geräusch, als würde Filz oder Segeltuch die Dächer streifen, am Ende der Treppchen das Restaurant auch unverändert, Ankündigungen von Stierkämpfen in Alcochete und Évora, der Gipsmatador auf dem Nußbaumsockel, der Besitzer

der hat das Zeitliche gesegnet, der Arme

schloß die Speisekarten vorsichtig wie ein Gebetbuch, meine Ehefrau am Fenster wie viele Jahre ist das her, Ivete?

zupfte trockene Blätter aus den Blumentöpfen, ich nähere mich, suche nach einem Satz, bereite eine Umarmung vor, du wirst böse auf mich sein, weil ich dir kein Geschenk mitgebracht habe, ein Kästchen aus Billigsilber, ein seidenes Halsband, vielleicht aus dem Kurzwarenladen, der freitags um acht Uhr schließt, das Geld in der Tasche abzählen, und es reicht, es muß reichen, und so kehre ich um, kehre ich schnell um, und dennoch bemerkt meine Ehefrau mich, sieht mich, denke ich, wie die Frau in der Telefonzelle, obwohl es schwierig ist, bei brennenden Laternen zu erkennen, ob sie lächelt

sie lächelt, ganz bestimmt lächelt sie

sie lächelt, obwohl es schwierig ist, zu erkennen, ob sie lächelt, so wie es auch schwierig zu erkennen ist, ob das mit einem Knall geschlossene Fenster meine Frau war oder der Juliwind, der sich fast immer bei Anbruch der Nacht erhebt.

Kapitel

Manchmal denke ich, daß ich es bin, der tot ist, daß anstelle meines Vaters ich gestorben bin und mein Vater weiter am Príncipe Real lebt, will heißen am Park und so weiter, die Zeder und so weiter, das Café da drüben und so weiter, die Alte, die im August im Pelzmantel den Tauben Mais gab, aber die Tauben flohen vor ihr und so weiter, einmal, das möchte ich beschwören, hat meine Mutter uns nachspioniert, ich bin in die Küche gegangen und habe leise

– Die Mutter

gesagt, mein Vater ließ am Rande einer Ohnmacht, was man an den Händen erkannte, die Rolläden herunter, verhedderte sich hypernervös im Gurt, hockte sich hin, um hindurchzuspähen, das Wohnzimmer wurde von oben nach unten dunkel, die Wände verschwanden, die Lücke im Putz in Form einer Grimasse, die sich über uns lustig machte, machen Sie die Lücke heil, Vater, mein Vater prüfte mit ausgebreiteter Hand nach, ob das Herz das aushielt, spähte erneut hinaus, der Rolladen ging gleich wieder hoch, der Tag kam ruckartig von unten nach oben wieder zurück, und die Grimasse an der Wand, die zum Teil hinter einem Rahmen verschwunden war, haha

– Das ist nicht deine Mutter das ist die Alte

die Alte mit ihrer Tüte Mais, von Körnern umgeben, wahrscheinlich wartet mein Vater, wenn er in ihrem Alter ist, auch auf etwas, denn die Alte wartete, man wußte nicht recht, worauf sie wartete, aber sie wartete, wartete auf etwas, von dem sie wußte, daß es nie kommen würde, und vergnügte sich, solange was auch immer es war sie nicht rief, mit den Tauben, zwei oder drei Stunden später sammelte sie den Mais wieder ein, der auf der Bank zurückgeblieben war, und ging mit kleinen Gräfinnenschritten davon, was würde wohl geschehen, wenn ich

– Hallo

ich

– Ich bin hier

ich

– Ich bin da

der kurzsichtige Blick geht über die Buchsbäume, etwas mädchenhaft Zögerndes in der schüchternen Frage

– Cesário?

wie mein Vater

– Rui?

der das Bügeleisen vergißt, wenn der Schlüssel im Schloß, der kurzsichtige Blick, in ein paar Jahren, Vater, nicht vielen, fällt die Brille zu Boden, und die armen Finger fegen Blätter, während sie nach ihr tasten

finden sie nicht, suchen weiter weg, bitten mich, Ihnen zu helfen, wenn Sie Ihr Gesicht sehen könnten mit diesem Lächeln, genau wie die Grimasse an der Wand, nur daß es nicht spottet, fleht

– Meine Brille Paulo

vielleicht sogar, nein, das stimmt nicht

– Meine Brille mein Sohn

endlich Sohn, nicht Neffe, nicht Patenkind, Sohn, ein blindes Tasten, Entmutigung

– Meine Brille mein Sohn

auf allen vieren um die Bank herum

– Meine Brille mein Sohn

und

– Rui

und da es keinen Rui gab, keinen Rui gibt, nie einen Rui gegeben hat, Vater, war nicht zu verstehen, worauf Sie überhaupt warteten, aber es war offensichtlich, daß Sie warteten

– Meine Brille mein Sohn

Rui schlief nicht einmal mit Ihnen, er kam morgens in Schals und Entschuldigungen vermummt, mein Vater beschuldigte mich wegen der Kapverdianer, mich, der ich Chelas nicht einmal gekannt hatte, Rui hat mich den Mulatten vorgestellt, geheimnisvolle Mienen, Versprechen, ich werde dir was zeigen, komm her, mehr oder weniger zu dem Zeitpunkt, als die Grimasse an der Wand anfing, sich über uns lustig zu machen, bringen Sie eine Tüte für die Tauben mit, Vater, verwahren Sie den übriggebliebenen Mais in der Tasche, gehen Sie mit Ihren Gräfinnenschrittchen davon, Dona Aurorinha hat mit dem Vater der anderen Umgang gehabt, einem Doktor, wie's scheint, ein Piano, Dienstmädchen, Chauffeur, Dona Aurorinhas Mutter war dort donnerstags als Schneiderin, Körbe über Körbe mit Wäsche, teuren Hemden, Cheviotanzügen, und wieso jetzt diese fixe Idee, Tauben mit Mais zu füttern, erklär mir mal einer den Grund, meiner Mutter brachten sie ein Tablett mit dem Mittagessen, damit sie es auf der Maschine einnahm, und meine Mutter, aus Angst, daß ein Krug, ein Stück aus Kristall, ein Stück Nippes auf den Fußboden, schlug auf meine Hände

– Faß nichts an Aurorinha

Deckenmalereien mit Göttern und Nymphen, und nun Mais für die Tauben, eine Tante, die meiner Mutter ein Eierbonbon brachte

– Für deine Kleine Lucinda

meine Mutter, schwindlig vor Schüchternheit, schüttelte mich am Arm

– Sag danke zu der Dame du unerzogenes Kind

und während

– Sag danke zu der Dame du unerzogenes Kind

ein zweiter Mund bei den Göttern, den Nymphen, der mir mit der Stimme meiner Mutter zuknurrte

– Nun warte doch iß das Bonbon erst wenn sie draußen ist

ihr Zeigefinger und ihr Daumen oder die von einer Nymphe im Bogen, von der dicken, nackten, zwickten mich mit gleichzeitiger Drehung

– Sie ist immer so schüchtern verzeihen Sie gnädige Frau

nicht ganz nackt, mit einem Laken bedeckt, halbnackt und engelsgleich, ich hielt neugierig das Bonbon, die Nymphe, ein Auge auf den Ziegenbock gerichtet, der an einen Felsen gelehnt Flöte spielte, das zu Zöpfen geflochtene Haar war dem der Tante mit den Eierbonbons ähnlich, und das Zwicken beharrlich

– Nun warte doch iß das Bonbon erst wenn sie draußen ist du dummes Stück

Rui schläft nicht zu Hause, Vater, denken Sie sich keine Entschuldigungen aus, lügen Sie nicht, Sie stehen immer auf, wenn Schritte in der Eingangshalle

seit wie vielen Monaten schläft Rui nicht mehr zu Hause, der Arm ärgerlich, angewidert

– Laß mich in Ruhe Soraia

wenn Sie Ihren Gesichtsausdruck sehen könnten, wenn ich ihn Ihnen in einem Spiegel zeigen würde

die Nichte im Pelzmantel, der ein bißchen zerlumpt ist, findet ihr nicht, was wohl aus den Göttern, den Nymphen geworden ist, der Freund meiner Mutter an ein Brett gelehnt, das sich in einen Felsen verwandelte, während er einen Granatapfel aß

– Aurorinha

mein Vater stand immer auf, sobald Schritte in der Eingangshalle, er näherte sich dem Teppich, hatte aber nicht den Mut zu öffnen, die Pantoffeln kehrten zum Bett zurück, denn es waren die Pantoffeln, die den Körper mitnahmen, der Körper wollte bis zum nächsten Husten oder zum nächsten Schlüssel bleiben, die Pantoffeln waren müde, schliefen, einer neben dem anderen, und Sie im Bett rauchend, ein Seufzer entwischte dem Kopfkissenbezug, keine Enttäuschung, Müdigkeit

der Wunsch zu sterben, Vater?

beruhigen Sie sich, Sie sterben schon nicht

– Siehst du mich zum ersten Mal Paulo?

die Zeder und das Café vom Lichtschein der Nacht hervorgehoben, Beetscheiben im Dunkeln, eine fünfte Zeder, wo er mich zum Warten hingeschickt hat, der Teich, in dem das immaterielle Wasser der Träume ruhte, Dona Aurorinha vielleicht ebenfalls wach, während Personen mit Flügeln, nackte Frauen, Götter

– Sag dem Herrn danke Aurorinha

nicht ganz nackt, mit einem Laken bedeckt, ihre fleischigen Füße traten sie, traten sie, das Zwicken beharrlich

– Warte bis er draußen ist Aurorinha

mein Vater auf dem Bauch

ich bin an Ihrer Stelle gestorben, habe Sie leben lassen, wenn ich imstande wäre, Ihnen zu verzeihen, Sie zu akzeptieren, wenn Sie wollen, gehe ich mit Ihnen in den Park, vielleicht um vier Uhr morgens die Tauben, mein Vater hörte, auf dem Bauch liegend, dem Regen zu

Sie hörten dem Regen nicht zu, Vater?

ich hörte in Anjos dem Regen zu, und die Kirchenuhr brachte die Nacht durcheinander, vergaß die Handvoll Spatzen, die Wohnung war vor Schlaflosigkeit gigantisch groß, Geräusche, die mir zürnten

– Sag danke zu Senhor Couceiro du ungezogenes Kind

– Weißt du nicht mehr was Anstand ist Paulo?

– Hast du die Sprache verloren ist deine Zunge weg?

und ich mit heraushängender Zunge

– Ich bin doch anständig

die Entfernung zum Fenster endlos, der Lichtschalter wer weiß wo, möchten Sie eine Spritze, Vater

möchten Sie eine Dosis Heroin?

wollen Sie fliegen?

der Freund der Mutter von Dona Aurorinha bot ihr den Granatapfel an

– Soraia

ich habe Rui kennengelernt und mich in ihn verliebt, Schluß aus Punktum, etwa im gleichen Alter wie mein Sohn, Schluß aus Punktum, fünfzehn Jahre jünger als ich, Schluß aus Punktum, mit den anderen ist es mir nie so gegangen, ich glaubte, es sei

Liebe, aber das war es nicht, ich erniedrigte mich, ich ließ mich bestehlen

alles so dunkel

Rui hat mich niemals erniedrigt, der Unglückselige, wenn er mich bestahl, dann hat er mehr gelitten als ich, ich nahm ihn mit in meine Garderobe, um zu verhindern, daß er Drogen nahm

mein Vater bäuchlings auf dem Bett, der Bettkopf mit Marmorverzierungen, denen man ansah, daß sie aus Kiefer waren, das Bild unter dem Glassturz auf der Kommode, hör mal, da ist jemand auf der Treppe, hör mal, ein Husten, hör mal, sein Name

– Soraia

hör mal, der Schüssel in der Tür, die Spardose der Heiligen, in der hin und wieder eine Münze für die Osterkerze, den Docht anzünden, das Stearin in eine Untertasse träufeln, das untere Ende in der Flüssigkeit ankleben, und die Kerze leicht schief, zu stark blakend

ein schwarzes Oval an der Decke, ein schwarzes Stück Kohlenstaub kreiselte an der Gardine, die Heilige aber zufrieden, man merkt sofort, wenn sie nicht zufrieden ist, Strafen, Gallensteine, Probleme mit den Wasserrohren, mein Vater liegt bäuchlings da, hat die Enttäuschung vergessen, als er feststellt, daß ein Schönheitsfleck sich ablöst, sie hatten mir in der Boutique garantiert, daß dieser Klebstoff

– Der klebt abgeschnittene Arme wieder an junge Dame

das ist gelogen, der Schönheitsfleck an der richtigen Stelle, die Enttäuschung wieder da, gib mir ein anderes Taschentuch, Paulo, dieses Taschentuch ist ein Lumpen, einen Tropfen Kölnischwasser vergießen, um die Traurigkeit zu versüßen, denn das Kölnischwasser, du glaubst wahrscheinlich nicht daran, aber es hilft, Rui öffnet die Spardose der Heiligen mit dem Messer, ich habe ihn mit zur Arbeit genommen, um zu verhindern, daß er Drogen nimmt, ich kam vor dem letzten Applaus in die Garderobe hinauf, und er inspizierte ganz vernünftig die Zettel im Spiegelrahmen, keine Verehrer, ein abgelaufener Wechsel für das Auto, die Gasquittung, die Mahnung eines wütenden Gläubigers

immer wütend, die Gläubiger

oder er unterhielt sich mit Vânia, Vânia spielt auf einem Felsen hockend Flöte

nein, Vânia ist in seinem Alter, nicht in meinem, sie läßt die Beine vom Schminktisch baumeln, liebkost sein Knie

etwas über dem Knie

mit der Spitze des Schuhs, Vânia töten, mit der Geste dazu beginnen und dann wieder gehen müssen, um dem Publikum zu danken, so viele Nächte, und der Zuschauerraum leer, die Kellner unterhalten sich ohne Respekt vor der Kunst an der Bar, der Portier zieht bei aufgeknöpfter Jacke die Hosenträger lang, Dona Amélia, die von der Kommission lebte, ging mit der Schokolade zwischen den leeren Stühlen umher, nur ein Kaufmann aus dem Norden, der uns Küsse schickte und die Kamelie küßte und sie auf die Bühne warf, die Anstrengung, die Kamelie aufzuheben, deren Blütenblätter bereits vertrocknet waren

was soll ich damit?

und sie auch küssen, sie ins Dekolleté stecken und Begeisterung erfinden, während die Blume mich an der Brust kitzelt, ein Abschied mit zwei Fingern beim Schließen des Vorhangs, Vânia über den Weg laufen und sie anschreien, ich verlange, daß man dich feuert, hast du gehört, Vânia

Marcelino Gonçalves Freitas, ich bin soweit gegangen, sie zu beschützen, man stelle sich das vor

zuckt mit den Schultern, geh in Rente, Soraia, einen Augenblick lang Bico da Areia, meine Frau macht das Abendessen fertig, keine Vânia quält mich, wenn man aufpaßte, reichte das Gehalt vom Uhrmacherladen, mit den Raten für den Staubsauger nie im Verzug, obwohl ich manchmal litt, wenn ein Junge auf der Straße, es war nicht eigentlich leiden, etwas anderes, eine schuldhafte Begierde, der Wunsch zu fliehen, das, was mich drängte, mich auf der Matratze kleiner zu machen, und meine Frau

– Warum Carlos?

die Umrisse der Beine veränderten das Bettuch, die Stimme, die nicht lockerließ, quälte mich noch mehr

– Warum Carlos?

und das Echo zitterte in mir, so wie ich zitterte, Judite, wenn ich draußen Wasser trank, ich glaube, im Pyjama

im Pyjama, ich zog den Pyjama nie aus

während die Kiefern

nicht die Kiefern, etwas anderes, ein Echo kam, das verhallte, wiederholte, warum, Carlos

– Warum Carlos?

die Blätter der Glyzinie eines nach dem anderen abreißen, bis das Echo stumm, das Haus ruhig, der Zwerg aus Schneewittchen nicht den Mut hatte, mich anzuklagen, die Helligkeit des Flusses undeutlich in der Stille oder, besser, meine Erinnerung an diese Tiere in einer Falte des Feldes, voller Angst vor uns

ein Hase oder ein Kaninchen, aber ein riesiges Kaninchen

die im Dunkeln atmen, ein Fiebern von Eulen am Rand des Kiefernwäldchens, dieselben, die tagsüber voll steinerner Wut in der Sonne blinzelten, mein erster Chef im Uhrmacherladen war so, ich reparierte ein Pendel, und er mit angelegten Flügeln

– Senhor Carlos

Orte, die ich allmählich kennenlernte, Metrostationen, Urinale, der Strand, an dem nur Männer, und ich wage es nicht, gehe nicht, streiche um den Strand und traue mich, mit den Schuhen in der Hand gehe ich an der Düne vorbei, setze mich hin, einen Mundwinkel auf den Knien, neben mir ein

– Hallo

und ich traue mich nicht, Bico da Areia, meine Frau

– Carlos

vielleicht schaffe ich es mit ihr, ich werde es schaffen, entschuldige, Judite, ich weiß nicht, was mit mir ist, ich will nicht hingehen, gehe nicht, obwohl ich wirklich nicht gehen will, und plötzlich der Drang zu fliehen

– Ich bin Alcides

mit einem Silberring, der eine Schlange imitiert, in einer Initialenbewegung in sich selbst verschlungen, ein kleines Lachen, das schmerzte

– Warum so eilig?

ich fühlte, wie ich mich von einer unbequemen Lüge befreite, indem ich mich vom Ehering befreite, meine Frau hat eine Woche gebraucht, bis sie es gemerkt hat, sie glaubte es nicht, nahm erneut meinen Finger, schenkte sich noch mehr Wasser ein, und das Wasser

– Wo ist der Ehering Carlos?

meine Gabel, ziellos in der Pastete, versicherte ihr an meiner Statt

– Ich habe ihn verloren

ein silberner Schlangenring ersetzte den Ehering, Alcides, dessen Haar gefärbt aussah

– Er ist dir zu weit nicht wahr?

die Eule tadelte, während ich das Pendel reparierte, mit angelegten Flügeln säuerlich

– Was machen Sie da Senhor Carlos?

meine Kollegen Pedro Filipe Francisco, ich Senhor Carlos, und das Pendel drinnen im Holz schwor, so ist es nicht, eines Nachmittags schluchzte die Eule ein

– Senhor Carlos

verabscheute mich noch zarter, schien gleich seufzen zu wollen, fiel über die Registrierkasse, eine Münzenader blutete aus der Schublade, Francisco hob sein Kinn an

– Er hat das Zeitliche gesegnet

ein Zigeunerpferd schnaubte in dem Augenblick in der Gasse, in dem das Wasserglas aufs Tischtuch zurückkehrte und die Gabel die Pastete quälte, ich hatte den Ehering am Strand vergraben

ich erinnere mich daran, wie der Zeigefinger ein Loch bohrte, bohrte, nach dem Zeigefinger die Hand, nach der Hand der Unterarm, nach dem Unterarm der ganze Arm, nach dem Arm die Schulter, die Schulter herausziehen, der Arm, der Unterarm, die Hand, der Finger und der Ehering auf der anderen Seite der Welt, die Erinnerung an die Hochzeitstorte tauchte auf und verschwand wieder, der Fotograf stellte uns auf der Treppe vor der Kirche zusammen, ich glücklich und unglücklich, ich wußte nicht, ob ich glücklich oder unglücklich war, ich dachte

– Und nachher?

und bei Wein und Essen die Glückwünsche und alles Gute Carlos, ich schnitt die Torte an

wir schnitten die Torte an, meine Handfläche über ihrem weißen Gazehandschuh

den wir am nächsten Morgen ohne Risse, ohne Flecken, makellos dem Fotografen zurückgeben mußten, der Hochzeitskleidung vermietete, ich beinahe glücklich, ich glaube, beinahe glücklich, ich glücklich, die Toasts, das Augenzwinkern

– Dann zeig mal heute nacht was du kannst mach uns keine Schande

die Gewißheit, daß ich ihnen Schande machen würde, versichern

– Selbstverständlich werde ich euch heute nacht keine Schande machen

und ich habe den Ehering nicht gesucht, wahrscheinlich ist er verlorengegangen, denn der Wind verschiebt immer die Dünen, der Wechsel der Gezeiten oder irgendein Landstreicher, der mit seiner Krücke nach Resten suchte

haben Sie Sehnsucht nach den Margeriten, Vater, Sehnsucht nach der Glyzinie und danach, wie wir früher waren?

das Glas kehrte aufs Tischtuch zurück, die Gabel in der Pastete

– Warum Carlos?

nicht zornig, jeden Tag leise, warum, Carlos, die Kolleginnen in der Schule haben mir gesagt, daß du, aber das ist doch nicht wahr, schwör mir, daß das nicht wahr ist, Carlos, sie wollten nur, daß du sie heiratest, sie waren neidisch, haben gelogen, und ich machte das Licht aus, stimmte aus Trägheit, Müdigkeit zu

– Sie haben gelogen

Sehnsucht nach den Margeriten, Vater, nach dem Spiegel des Kleiderschrankes, der die Welt weitete, die Welt so groß, schauen Sie, Wäldchen, Seepapageien, die nimmer endenden Sonntage

– Wieviel Uhr ist es?

– Zwei Uhr

immer zwei Uhr, die Zeiger unbewegt, haben Sie Sehnsucht nach uns?

Alcides und durch Alcides Jácome, Licínio, Hernando, Praça das Flores, Clownskeller, in denen die Clowns einen Augenblick mit einem Lachen innehielten, das kein Lachen war, ein Herabfallen von Angelhaken, die die Haut aufritzten, und ihn neidlos und interesselos anstarrten

oder voller Neid und Interesse

– Wer ist das?

gelbe Bettlaken, gelbe Haarsträhnen, gelbe Armbänder, im Inneren der Brust zersprang beinahe eine Feder, eine Feder zersprang, und eine Enttäuschung, ein Schmerz

– Ach Carlinhos

die Margeriten, Vater, jetzt, wo ich an Ihrer Stelle gestorben bin, erinnere ich mich an die Margeriten, wenn ich Dona Helena davon erzählen würde, ich weiß nicht, ob Dona Helena

Senhor Couceiro vielleicht, ein Kasten mit Margeriten auf dem Balkon, die die nächste Handvoll Spatzen der Glockenschläge der Kirche verschlingen würde, das möchte ich wetten

Camilo und durch Camilo die Musik, der Applaus, die Scheinwerfer, Licínio, der die Show als Cupido verkleidet präsentierte, an einem Seil hängend so tat, als würde er fliegen, sie ließen das Seil herunter, und ein Quietschen von Flaschenzügen, und Licínio bewarf, ganz Lustgrimassen, die Künstlerinnen mit Papierpfeilen, der Neffe des Geschäftsführers zog hinter den Kulissen am Seil, der Flaschenzug schien sich zu lockern, Lustgrimasse von Licínio, der unter der Decke mit den Armen fuchtelte, wobei sich die Schrauben eines seiner Flügelchen lockerten, mit einem Angstseufzer verging

– Paß auf ich breche mir noch ein Bein

eine Sängerin hüpfte auf der Bühne herum, mal im Takt mit der Musik, mal hinterher, der Cupido streifte die Scheinwerfer, verbrannte sich, beschwerte sich beim Neffen des Geschäftsführers

– Arménio

der ihn zu schnell auf der Bühne absetzte, eine Grimasse der Erleichterung, die Fußknöchel wurden nacheinander überprüft, die Möwen ließen sich auf den Streben der Brücke nieder, junge, kleine Möwen

– Welche Frau hat dir diesen Ring geschenkt Carlos?

manchmal denke ich, daß ich es bin, der tot ist, daß ich an Ihrer Stelle gestorben bin und Sie in Bico da Areia leben, der Zwerg und so weiter, das Café und so weiter, das Kiefernwäldchen und so weiter, du wirst es nicht glauben, aber ich habe einen Job in Lissabon bekommen, Judite, ich wollte immer Künstler sein, wie soll ich es dir verständlich machen

das ist kein Widerspruch, Ehrenwort

denn so merkwürdig es auch erscheint, ich mag dich immer noch, du erwartest mich, überrascht von so vielen Jahren Abwesenheit, stehst aus dem Bett auf, wo eine leere Flasche

mehrere leere Flaschen

du küßt mich auf die Wange

wir haben uns nie auf den Mund geküßt

findest, daß ich dünner bin, läßt deine Hand auf meinem Arm verweilen, und ich mit gesenkten Augenlidern, denn deine Hand auf meinem Arm, ich habe den Silberring nicht mehr, Judite, ich habe mehrere Goldringe an diesem Finger hier, an diesem da, Dona Amélia hat sie mir verkauft

für die Kunden Pralinen, Zigaretten, Parfüms, Gold auf Raten nur für uns, der Geschäftsführer zieht es von unserem Gehalt ab, und da ein Kienapfel, und da

– Dona Judite

du schaust mich in der Hoffnung an, ich möge es verstehen und gehen, aber ich will nicht gehen, Judite, vielleicht finde ich ja den Ehering am Strand, obwohl jetzt Winter ist, obwohl die Dünen sich verändern, die Gezeiten wechseln, fröhlich die Hand zu dir ausstrecken

noch mehr Flaschen im Garten, ein Kleid, das ich nicht kenne, und daß ich es nicht kenne, tut mir weh, eine Falte am Mund, die mich verwirrt, weil ich sie nicht habe entstehen sehen

– Ich habe den Ehering mitgebracht Judite

ich begreife langsam, nehme es langsam hin, die Beine gehen langsam, erst dieses hier, dann das andere, dann wieder dieses, sei beruhigt, ich gehe, und ein Kienapfel am Fensterrahmen

– Dona Judite

es fällt schwer, man glaubt es nicht, aber es fällt schwer, du auf dieser Stufe, die mir gehört, sie ist meine, erinnerst du dich noch daran, wie ich sie mit Zement ausgebessert habe, einen ganzen Nachmittag habe ich sie mit Zement ausgebessert, ich habe Ziegel, Sand dazugegeben, noch mehr Sand geholt, damit er schneller trocknete, aber er trocknete nicht, darübersteigen, ohne sie kaputtzumachen, mach sie nicht kaputt

die Stufe, die, wie ich heute begreife, nicht mir gehört, ich fragte mich, wer sie mit Zement ausgebessert hat, wer auf Knien mit einer Maurerkelle, was ich alles durchgemacht habe, um den Ehering wiederzufinden, Judite, ich habe versucht, mich am Strand zu orientieren, aber am Strand war alles gleich, mehr hierher, mehr dahin, vielleicht in der Nähe der Disteln, ich erinnere mich an die Disteln, als Alcides

nicht an Alcides denken

ihn mir vom Finger gezogen hat, zwei oder drei Kienäpfel gleichzeitig, einer rollt über die Dachpfannen, und meine Frau nach draußen

– Einen Augenblick

Schritte auf der anderen Seite der Wand, ein Schatten an der Gartenpforte, ich höre die Schritte hier in Príncipe Real, höre die Bäume im Wäldchen

nicht die Zeder

die sich über den Oktober beklagten, daß es nicht die Zeder ist, zeigt sich daran, daß ich, obwohl es Nacht ist, die Möwen erkenne und die Pferde, die Stute, die von den Zelten ausriß und um das Café herumtrabte, eine ungeheuer große Gestalt warf die Tische im Straßencafé um, kehrte zurück, und noch mehr umgefallene Tische, werfen Sie die Tische im Straßencafé nicht um, Vater, gehen Sie mit Gräfinnenschrittchen davon wie die Alte mit dem Pelzmantel, bemerken Sie nicht, daß

– Ich habe das Geld dabei Dona Judite ich zahle

gehen Sie einfach mit Gräfinnenschrittchen, mit Ihren Resten von Schminke und Ihrem langsamen Gang, Alcides hatte ihn überzeugt, sich zu schminken, Licínio, du brauchst nur das Mikrophon festzuhalten, etwas zu tanzen und so zu tun, als würdest du singen, die Perücke drückte an der Stirn, die Haartolle fegte über seine Nase, die falschen Wimpern verursachten Tränen, er versuchte aufs Geratewohl einen Schritt, drehte sich um sich selber, hielt sich an einer Leiter fest, eine Frau in grauem Kittel, damals noch nicht Dona Amélia, noch keine Freundin, fragte den Geschäftsführer, während sie den Boden bohnerte

wie traurig der Keller nachmittags, all diese Kabel am Boden, der Vorhang ohne Geheimnis, das kleine Fenster oben verscheuchte die Sonne

– Haben Sie eine neue Künstlerin unter Vertrag genommen Senhor Sales?

Polster, die den Körper veränderten, und jetzt kein Kienapfel, keine Stufe, die einmal meine war, nicht an dich denken, mich nicht wie ich selber fühlen, mich nicht darüber ärgern, daß

– Dona Judite

– Ich habe das Geld dabei Dona Judite

– Ich bin nicht wie die anderen Dona Judite ich zahle

mich nicht über den Besitzer vom Café ärgern, der mich verspottete, den Elektriker, die Hunde um dich herum, die dich beschnüffelten, sich gegenseitig bissen, mit einem halben Liter Wein und ein paar Scheinen in der Hand in unser Haus kamen

– Guten Tag

mich nicht darüber ärgern, daß du mit meinem Sohn schwanger wurdest, daß die Lehrerinnen

– Ich habe es dir ja gesagt Judite

indem sie auf mein tailliertes Jackett, die Krawatten zeigten

was ist mit den Krawatten?

das Benehmen, mich bekümmert nicht, daß du mich nicht beachtest, Judite, ich tanze, schau nur, der Geschäftsführer begrüßt mich, Licínio und Alcides begrüßen mich, ich gehöre nicht nach Bico da Areia, meine Frau

– Einen Augenblick

wartet darauf, daß ich gehe, damit sie sie empfangen kann, und ich gehe, Ehrenwort, der Gazehandschuh schneidet unter meiner Handfläche die Torte an, und der Daumen, der sich um meinen rollt, bemerken, daß er sich einrollt, und vor dem Fotografen, den Gästen, der Perücke Reißaus nehmen, die inzwischen nicht mehr drückt und mir immer besser gefällt, die Lehrerinnen zeigen dir eine Brust ohne Polster, da die Frau mit dem Kittel angefangen hat, mir eine Flüssigkeit hineinzuspritzen, da ich die Flüssigkeit gespritzt habe

– Hast du schon gesehen Judite?

das früher schmale Gesicht jetzt rund, die runden Hinterbacken halten die Hosen, Tabletten, die mir der Krankenpfleger unter Geheimnistuerei, unter Blicken in die Runde verkauft hat

– Wenn man dich fragt hast du meinen Namen nicht mal geträumt

damit die Haare verschwanden und die Stimme schlanker

wurde, vielleicht wird so der Besitzer des Cafés, der Elektriker, die Hunde mit den Kienäpfeln

– Dona Soraia

aber die Hunde mit den Kienäpfeln bei dir, nicht bei mir, und ein absurder Nebel

– So etwas Dummes Soraia

eine Art Feuchtigkeit in den Augen, als wäre ich eifersüchtig

– So etwas Dummes Soraia

oder würde mich an die Stufe, nicht an dich erinnern, als könnte mir das alles etwas ausmachen, glaub mir, es macht mir nichts aus, was mir etwas ausmacht, ist die Vorstellung, daß ich eines Tages mit meiner Tüte Mais im Príncipe-Real-Park sitze und auf etwas warte, von dem ich nicht weiß, was es ist, aber ich warte, was würde geschehen, wenn

– Hallo

wenn

– Da bin ich

wenn

– Ich bin da

der kurzsichtige Blick geht über die Buchsbäume, etwas mädchenhaft Zögerndes in der schüchternen Frage

– Cesário?

nein, etwas mädchenhaft Zögerndes in der schüchternen Frage

– Rui?

während ich jedesmal das Bügeleisen abstelle, wenn die Fußmatte oder der Schlüssel, aus dem Bett steige und durch den Flur trabe und dabei die Perücke richtig aufsetze, unablässig die Überdecke glattstreiche und zerknautsche

– Wo warst du Judite?

die ich deinetwegen unablässig glattstreiche und zerknautsche, ein mit Schals vermummtes Gesicht, wo warst du, Judite, so etwas Dummes, beinahe ein Lächeln bei dem Gedanken, daß ein Kienapfel

– Wo warst du Rui?

Rui geht an ihm vorbei, verzieht sich, etwas, was nicht zu ihm gehört, atmet in seinem Mund, an Sommerabenden hat man zum Beispiel das Gefühl, daß die Hitze uns atmet, Rui

– Laß mich los

uns fauliger Atem von toten Blättern aus dem Rachen kommt, Judite zu wer weiß wem von einer Stufe aus, die ich früher einmal ausgebessert habe

– Einen Augenblick

lächelt beinahe über einen Kienapfel

ob es in Chelas Kienäpfel gibt?

Rui wie aus einem Unwohlsein im Magen heraus

– Laß mich los

ihm bis ins Schlafzimmer folgen, wo er sich nicht ins Bett legt, dasteht und die Heilige anschaut

und auf der Straße der Schlauchwagen von der Stadtverwaltung, Angestellte mit orangen Westen waschen die Morgenröte

dasteht und die Heilige anschaut, über die Gegenstände gleitet, mich wie einen Eindringling ansieht

Dona Soraia

sich auf den Teppich hockt

– Mir ist kalt

und ich Decken, meinen Morgenmantel, die neue Mantilla, die sie mir aus Spanien mitgebracht haben, überzeuge ihn, sich hinzulegen, ein Kaffee, ein Brandy, Dona Aurorinhas Mutter studiert respektvoll die Lücke in der Wand, als würden Götter und Nymphen

– Faß bloß nichts an Aurorinha

nur mein Vater und ich haben sie besucht, als das mit dem Anfall war, Dona Aurorinha winzig auf dem Kissen, sagte uns mit den Augenbrauen auf Wiedersehen, Dona Aurorinhas Mutter

verwirrt, dankbar, schüttelte sie am Arm

– Sag danke zu der Dame du unerzogenes Kind

in der Hand einen Kopfkissenbezug, der gestopft werden mußte

wer von uns beiden erzählt das hier, ich glaube, Sie, ich glaube, ich, ich glaube, wir beide gemeinsam, obwohl wir nie wieder zusammensein werden, ich bin an Ihrer Stelle gestorben, und Sie leben weiter am Príncipe Real, der Park und so weiter

warum Beschreibungen, warum Einzelheiten, wir kennen doch alles so gut

die Zeder und so weiter, das Café und so weiter, eine Büste, deren Inschrift ich jeden Tag las und gleich wieder vergaß, ein Metallbuchstabe fehlt am Sockel, das Erdgeschoß heute leer, und nicht der Besitzer des Hauses empfängt mich, Sie sind sauer auf mich, ungepflegt, ohne Ohrringe, in einer alten, verblichenen Weste

– Du bist das?

Reste von Resten, ein Fetzen Gardine an der Stange, eine zertretene Bürste, Ihr Plunder auf dem Weg nach Estrela, Sie besiegt, Sie allein, Rui will die Decke, das Umschlagtuch, die spanische Mantilla nicht, er wohnt woanders, in einer anderen Zeit, einer Dimension, die Sie ablehnt, Vater, zu der Sie niemals Zugang haben werden

– Mir ist kalt

während in Bico da Areia

hätte ich wetten mögen

ein Mann bei meiner Mutter, nicht der Besitzer des Cafés, nicht der Elektriker, nicht die Hunde, der mit der Serviette, der sein Abendessen unterbrochen hat, um am Gartentor oder am Zaun nach mir zu suchen, seine Kleider im Schrank, und Sie küssen eine Kamelie im Keller, tun so, als würden Sie tanzen, sein Rasiermesser auf dem Rand der Dusche, und Sie nehmen die Einladung eines Kunden an, nehmen die Schale Sekt in Empfang, die der Geschäftsführer

– Ein kleiner Champagner für die Dame

auf den Tisch stellte, nach einem Seufzer, der sein Leben zusammenfaßte, hing der Kunde Gefühle schniefend an Ihrem Hals, wagte einen Arm vor, der kiloschwer auf Ihrer Schulter lastete, meine Mutter auf der anderen Seite des Flusses holte mehr Wein aus dem Waschtrog, der Kunde wählte auf dem Tablett von Dona Amélia ein Parfüm aus und steckte es mir in die Handtasche

– Ein kleines Präsent eines Freundes junges Fräulein

die Lichter gingen an und aus, kündigten die Sperrstunde an, das Zeichen des Geschäftsführers zum Kellner und vom Kellner zu mir, daher um den Pelzmantel vom Taubenfüttern bitten

ein Eierbonbon, das am Papier festklebte, Dona Aurorinha mit dem Papier im Mund

– Wie soll ich das machen Mutter?

– Für Ihre Kleine Lucinda

was ist wohl aus den Göttern und Nymphen geworden, der Freund von Dona Aurorinhas Mutter spielt behaart und mit Hörnern an einem Felsen Flöte, der Geschäftsführer reicht mir den Pelzmantel

– Denk an meine zehn Prozent Soraia

mit meinen Gräfinnenschrittchen den Keller verlassen, der hochgestellte Kragen schützte mich vor der Vulgarität der Straße, der Kunde

– Wohin gehen wir junges Fräulein?

und jemand, wo, weiß ich nicht, ich glaube, auf einer Wachstuchtischdecke in São João da Caparica oder in Alto do Galo, in Trafaria oder in Cova do Vapor

lügen Sie nicht, Vater, jetzt ist mit Lügen Schluß, was bringt es denn noch zu lügen, so schwer es Ihnen auch fallen mag

und es fällt schwer, Sie werden überrascht sein, wie schwer es fällt

der Wachstuchtischdecke in Bico da Areia, grün-weiße Karos, ich sehe noch immer die grün-weißen Karos, den Brandfleck, der sie immer geärgert hat

ein so hübsches Tischtuch

und den wir trotz aller Bemühungen und Bleichmittel nicht

herausbekommen haben, jemand in meinem Haus in Bico da Areia, nicht der Besitzer des Cafés oder der Elektriker oder die Hunde, jemand anders

– Dona Judite Dona Judite

kann dir geben, was ich dir nie gegeben habe, kann dich behandeln, wie ich es nie getan habe, wird dich nicht vor deinen Kolleginnen erniedrigen, zur selben Zeit ein Kunde mit mir in einem Zimmerchen in Beato, der Junge mit den Schlüsseln

– Die Sechzehn ist besetzt Soraia du kriegst die Zwölf und Schluß aus

gekachelte Wände, weil es eine ehemalige Küche ist, wo früher der Herd stand, jetzt Marmor direkt am Bett, und die Füße des Herds jetzt vier Rostflecken, die Nägel für die Geschirrtücher dienen als Bügel, und mittendrin eine Lampe mit Fliegenspuren, ein gefliester Boden, das Fenster verwehrte die Sicht auf was auch immer jenseits der Rahmen geschah, jemand in meinem Haus in Bico da Areia, und Judite umarmte ihn, jemand auf meinem Stuhl benutzte mein Besteck, aber das war es nicht, was scherte mich das Besteck, dein Blick war mir wichtig, mein Nichtvorhandensein in dir, mir war wichtig, nicht zu sein, der Kunde, der mit dem Hemd kämpfte

– Hilf mir mal ein bißchen mein Fräulein

unbemerkt ein Knopf abgerissen

ich habe es bemerkt

und, ich bin so ungeschickt, und, entschuldigen Sie, und ich in mir

– Halt den Mund

was wohl hinter den Scheiben war, die Flecken des Ofens schienen mich zu rufen, mir von dir zu erzählen, von deinen Plänen für ein größeres Haus mit einem ordentlichen Wohnzimmer, wenn meine Frau den Besitzer vom Café, den Elektriker, die Hunde, die Weinflaschen aufgeben würde, ich wäre da, ich weiß zwar nicht wie, aber da, verstehst du, meine Frau

– Carlos

und ich schwöre dir, ich werde nicht schweigen und den Sichtschutz glattstreichen und zerknautschen

die Überdecke

ich werde nicht schweigen und die Überdecke glattstreichen und zerknautschen, laß mich bei dir sein, das erste Mal in meinem Leben lege ich mich ohne Angst zu dir, und die Umrisse der Beine ändern sich nicht unter dem Bettuch, ich bin nicht müde, erfinde keine Vorwände, erschrecke nicht, hinter den Fensterscheiben der Pension das Wäldchen, die Zelte der Zigeuner, die Glyzinie, um die ich mich morgen kümmern werde, trotz der nacheinander an den Nagel gehängten Kleidung des Kunden, Mantel, Hosen, trotz des

– Fräulein

des

– Nicht so fest mein Fräulein

was mich überraschte, denn nicht ihn drückte ich, wie konnte ich ihn drücken, wo ich doch gar nicht bei ihm bin, nicht bei ihm war, ich bin bei deiner Hingabe, deiner Zufriedenheit, deinem dankbaren Frieden, und die Margeriten

ganz nahebei

strahlen unseretwegen.

Kapitel

Ich glaube, es war Rui einmal nachts im Keller, als mein Vater für die letzte Nummer die Federn am Kopf festband, älter trotz der Schminke

oder denke ich nur, daß er älter war

dem an der Taille und am Rücken überschüssigen Stoff nach zu urteilen, magerer, als er sich langsamer als sonst fertig machte, hin und wieder eine Grimasse, der ich keine Beachtung schenkte, eine Pause, um Kraft zu schöpfen, in der er zerstreut tat, aber nicht zerstreut war, nicht wahr, Vater, die Hände irgendwo zwischen Tuben, Pinseln bewegte, Spitzenvolants fallen ließ, die ihm

wieso habe ich nicht darauf geachtet?

aus den Fingern glitten, er nicht wollte, daß wir das Radio anstellten oder mit ihm sprachen, uns mit einer Geste zum Schweigen brachte, die weder eine Geste noch ein Befehl, noch eine Bitte war, die vielleicht überhaupt nichts war außer

– Ich bin total fertig

(aber Sie haben sich so viele Male total fertig gefühlt)

und von einem Gähnen begleitet wurde, das seine Zähne größer werden ließ und mir Angst einjagte, schließlich aufstand, als würde er uns nicht sehen, und ich glaube, er sah uns wirklich nicht, die Augen zwinkerten nicht nach außen, sondern nach innen, mein Vater bemerkte, daß die Musik wartete, die Kolleginnen auf der Bühne waren, der Neffe des Geschäftsführers

– Nur du fehlst noch Soraia

eine der Federn fiel neben die Tür, und ein gelangweiltes Schulterzucken

kein gelangweiltes Schulterzucken, stimmt nicht, es war nicht so, er kümmerte sich darum, ging wieder zurück, nähte sie an, musterte sich im Spiegel und fragte

– Nun wie sehe ich aus?

wir hörten seine Absätze, und Rui zog den Schemel heran, um eine Zigarette zu klauen, öffnete heimlich, als wäre er bei uns zu Hause, die Handtasche, es heißt, dein Alter sei krank, es heißt, er wird sterben, Paulo, so oder mit anderen Worten

ist egal

es fällt mir schwer, mich daran zu erinnern, aber ich glaube, so

– Es heißt dein Alter ist krank es heißt er wird sterben Paulo

und die Gegenstände augenblicklich verändert, der Kamm meines Vaters, die Uhr meines Vaters, der Schlüsselring, wertlose Dinge plötzlich angsteinflößend, Rui hielt die Zigarette in der Hand verborgen, obwohl er nicht da war, er da unten tanzte

– Deine Bronchitis Rui

also den Rauch mit dem Ärmel wegwedeln, es heißt, dein Alter ist krank, und ein von den Lautsprechern verzerrtes Lied, es heißt, er wird sterben, Paulo, und Asche auf dem Boden, mein Gesicht, das mich ausforscht, versucht zu verstehen, ob ich erschrocken, ob ich traurig bin, Rui verteilt die Asche mit dem Schuh, schraubt einen Cremedeckel auf und löscht die Zigarette, der Abschiedsmarsch, bei dem das ganze Ensemble auf der Bühne tanzt, Papphüte, Lachen wie zersplitterndes Glas, mein Vater gleich wieder zurück, nicht krank, selbstverständlich nicht krank, zieht sich aus, seufzt, befreit sich von den Haken auf dem Rükken, die ihm die Wirbel zerkratzten

– Nehmt mir schnell diese Federn ab

Rui und ich zogen am Kopfputz, die Perücke löste sich mit einem Ruck zusammen mit den Federn, und mein Vater wütend, weil er die Glatze haßte

– Könnt ihr nicht aufpassen?

und ich weiß nicht, ob erleichtert oder voll Mitleid, weil unter dem geschminkten Gesicht in dem Maße, wie er die Wangenknochen, die Wangen, den Mund reinigte, unter den Wangenknochen, den Wangen und dem Mund andere Wangenknochen, andere Wangen, ein anderer Mund hervorkamen, unter den anderen vielleicht noch andere, und welche davon sind Sie, der Vater, den ich gekannt habe, oder tritt ein Mann, den ich nicht kenne, aus der Frau hervor, die ihn verbarg

ich kann das nicht gut erklären

eine Frau

letztlich eine Frau, erklären Sie mir das bloß mal

die einen lila Lippenstift durch einen roten Lippenstift ersetzte, eine Perlenweste durch ein schwarzes Kleid, Blecharmbänder durch ein Goldarmband

nein, das Goldarmband hat Rui zum Pfandleiher gebracht, oder beide haben es zum Pfandleiher gebracht

Blecharmbänder durch ein Silberarmband, kein echtes Silber, so eines, in das die fahrenden Goldschmiede mit dem Taschenmesser den Stempel einritzen, der Wunsch, ihn zu fragen

– Freuen Sie sich nicht darüber daß Sie sterben und das hier alles aufhört sind Sie nicht froh daß Sie dies alles bald los sind?

während in Wahrheit ich es war, der froh war, dies alles los zu sein, die Leute auf der Straße, die sich umdrehen

– Vater

und mein Vater, während er den Rock glattzog, beleidigt

– Nenn mich nicht Vater

und fuhr mit der Hand durch die Luft, als würde er einen unsichtbaren Pudel oder eine unsichtbare Perserkatze liebkosen, wir hatten weder Pudel noch Perserkatzen, wir hatten einen Straßenköter, der die Schleife zwischen den Pfoten hinter sich herzog, den von Fonte da Telha in jener Nacht, in der Rui, und die Scheinwerfer des Jeeps und der Polizist

– Kennst du den?

der Arzt ließ seine weißen Fingernägel los, bei den Wellen wußte man nicht, wo, und ob der Meeresgeruch vor mir oder neben mir

ich glaube, neben mir, obwohl das Wasserglitzern nicht neben mir, weiter weg, und unter Glitzern verstehe ich vielfaches, verstreutes Glitzern, der Polizist

– Kennst du den?

und ich

– Ich weiß nicht

während mein Vater den Pony der Perücke auf der Stirn verteilte

– Könnt ihr nicht aufpassen?

wobei dem armen Kerl ein Armmuskel zitterte, der Wunsch, daß es irgend etwas geben möge, das mir erlaubte, hier rauszukommen und zwischen den Bäumen zum Fluß hinunterzugehen

nach Chelas, denn in Chelas haben wir

oder aber es war gar nicht Rui eines Nachts im Keller, es war Senhor Couceiro in Anjos, als würde er immer noch meinen Krankenhauskoffer tragen, wir am Campo de Santana, wo Fragezeichenschwäne gleitend zerstreute, schwerelose Fragen waren, die verletzten, weh taten

– Und du Paulo?

– Und morgen was Paulo?

– Und was fängst du mit deinem Leben an Paulo?

natürlich zerquetschte ich das Blatt von einem Busch

– Quälen Sie mich nicht seien Sie still

ich in Anjos, sobald

– Paulo

sobald ängstlich

– Paulo

und Dona Helena schweigend den Tisch deckte, keine Blume in Noémias Vase, das Foto müßte saubergemacht werden, das Bett unordentlich

– Haben Sie Ihre Tochter vergessen Dona Helena haben Sie genug von ihr?

und Wolken nicht nur im Fenster, auch drinnen, matt, das heißt, an welche im Fenster kann ich mich nicht erinnern, hier drinnen, matt, opak, Dona Helena und Senhor Couceiro langsamer, resignierter, nutzloser, hinter der Truhe spähte ein Japaner uns aus, hatte das Gewehr auf uns gerichtet, und als ich genauer hinsah, war es ein Regenschirm, der aus dem Garderobenständer herausschaute und auf dessen Griff eine Mütze hing, wie immer, wenn die Wolken so sind, fiel mir das Fahrrad auf dem verglasten Balkon ein, die Klingel, die ich seit Wochen

oder Monaten?

nicht angerührt hatte, ich schaute sie an und hatte keine Lust zu klingeln

warum zum Teufel hatte ich keine Lust zu klingeln?

das Fahrrad und ich brauchten kein Heroin, ich zum Mulatten mit dem Kindertaschenmesser, zur Angestellten aus dem Speisesaal, zu Dália, zu allen

– Ich brauche kein Heroin

radelte durchs Stadtzentrum, nicht zum Príncipe Real, nicht nach Bico da Areia, nur durchs Stadtzentrum radeln, der Spazierstock tastete über den Teppich, und so viele Kadaver in den Reisfeldern von Timor, so viele Namen auf lateinisch, so viele fremdartige Büsche, wenn Senhor Couceiro

– Es heißt dein Vater ist krank es heißt er wird sterben Paulo

Dona Helena verteilte das Abendessen auf den Tellern

manchmal gefiel es mir, ihr zuzusehen, wenn sie das Abendessen auf den Tellern verteilte, beinahe Frieden, die Überzeugung, ein Zuhause zu haben, die Fragen der Schwäne falsch

– Ich habe ein Zuhause habt ihr gehört?

oder aber es war nicht Senhor Couceiro, Senhor Couceiro traute sich nicht, es mir zu sagen, wozu noch ein Büffelkadaver, diese Nasenlöcher, diese offenen Augen, mein Vater war es, ein Sonntag, an dem ich ihn ungeschminkt, glatzköpfig vorgefunden habe, wie er mit der Zimmerdecke redete, immer weiter mit der Decke redete, obwohl er wußte, daß ich da war, die Decke unglaublich ordinär

mir würde es im Traum nicht einfallen, mit der Zimmerdecke zu reden die Flecken und die Stuckrosetten einer beliebigen alten Dekke, ich erinnere mich an die Bettücher an der Leine auf dem Balkon, Wäscheklammern auf dem Boden, der Park und so weiter, die Zeder und so weiter, der Köter mit der Schleife, den ich mit dem Knie wegschob, ein Sonnenrhombus schleifte Sabber über die Bettdecke, und da mein Vater

– Es heißt ich sei krank es heißt ich werde sterben Paulo

nicht zu mir, denn er ließ den Blick weiterhin über jede einzelne Stuckvolute streifen, genauso abwesend wie früher auf der anderen Seite des Flusses, wo er sich stehend verabsentierte, und meine Mutter voller Angst vor wer weiß was

– Carlos

meine Mutter vor einer Minute

– Carlos

oder ich stelle mir vor, daß meine Mutter vor einer Minute

– Carlos

während Carlos, wo Sie sich schon für Carlos, die Frau, interessieren, in Lissabon, auf dieser Seite des Tejo, an nichts interessiert bei einer Tasse Suppe, die wer weiß wer für ihn aufgewärmt hat und die er nie essen wird, mich zwingt, näher zu kommen, um seine Stimme zu hören, als würde jemand anders in einer anderen Wohnung, in einem anderen Zimmer reden

– Es heißt ich sei krank Paulo

und ich dachte, nun ja, da redet jemand anders in einer anderen Wohnung, in einem anderen Zimmer, eine Nachricht, die nicht ihn betraf, eine belanglose Neuigkeit, was bedeutete schon

– Es heißt ich werde sterben Paulo

im Vergleich mit der Badewanne, die seit Ewigkeiten nicht mehr funktionierte und ihm als Truhe dient, dem Waschbecken, das von einem Besenstiel gestützt wird und bei dem nur aus dem linken Wasserhahn ein geiziges Rinnsal herauskommt, aber dennoch Lüster, Damastdecken, die Öffnung in der Scheuerleiste zum Keller, in dem es von Mäusen wimmelt, man lehnt das Ohr daran, und leises Trippeln und Quietschen, der Köter mit der Schleife vergrößert die Öffnung mit seinen Krallen, es regnet ihm ins Schlafzimmer und ins Wohnzimmer herein, warum haben Sie kein Geld, um die Wohnung in Schuß zu bringen, warum zahlt man Ihnen so wenig, warum dieses Schreiben vom Gericht wegen der Miete

warum sind Sie krank, warum werden Sie sterben, Vater

nutzen Ihnen die Heilige auf der Kommode und das Stearin in der Untertasse denn nichts?

und kaum haben sich die Bäume im Park verflüchtigt, und der Park hat sich in einer dreckigen Kuppel in Luft aufgelöst, in der Laternen und Schatten schwebten, Ihnen helfen, sich für die Show heute nacht fertig zu machen, Ihnen den Mund und die Augen schminken, die die Osterkerze mit Zittern füllte, das wie Meereszittern auf mich zukam und zurückwich, wie meine Mutter im Garten, die glaubte, an der Ecke den Clown entdeckt zu haben außer dem Wein und den Hunden, meine Mutter mit hineinnehmen, eine Bluse im Kleiderschrank suchen und Sie beide fertig machen, der Verschluß am Kragen, der den Fingern entwischte, und die bekümmerten Züge im Spiegel, die nur im Spiegel existierten, da es für mich Hände waren, die meine ergriffen, die Köpfe beider ein einziger Kopf, die Stimmen eine einzige Resignation

– Ich kenne keinen der so ungeschickt ist verdammt

Ihnen beiden die Strümpfe anziehen und die langen Handschuhe, inmitten von Dutzenden leerer Flakons, leerer Tiegel, leerer Tuben nach einem Flakon suchen, in dem noch Parfüm war, das Foto einer Künstlerin oder den Zwerg aus Schneewittchen umwerfen, mich bei den Ohrringen im Schmuckkörbchen vertun, in dem auch Muscheln, Gummibänder, eine Briefmarke aus dem Kongo

ein Zebra, glaube ich

mit ihrem Stück Briefumschlag, mein Vater, der die Ohrringe abweist und dabei eine Bürste herunterwirft

– Es sind die weißen Blödmann

und einen Augenblick lang wir beide zugleich in Bico da Areia und am Príncipe Real, denn man hörte die Wellen und die Zeder und, wie mir schien, auch Pferde

– Hörst du die Pferde Rui?

Rui drückte die Zigarette im Cremetiegel aus und verschloß ihn mit einem Deckel, ich dachte, daß meine Mutter uns ansah, und endlich der Vorhang oder dann meine Mutter, die sich bei den Kolleginnen entschuldigte

demnächst werde ich Rui mal mitnehmen und ihm die Pferde zeigen

– Ich gehe nicht mehr mit ihm

mein Vater nicht krank, sie haben sich geirrt, krank, das stimmt nicht, müde, und die Tasse mit Suppe

– Es heißt ich werde sterben Paulo

Pferde und Pferde, die vom Meer zurückkommen, manchmal bei den Reihern, bei den Brückenstreben, andere, die im Rhythmus der Träume in Alto do Galo herumlaufen, mein Vater sucht mich nicht, schwankt nicht auf den Absätzen, geht die Rua da Palmeira hinunter, übt eine Verbeugung oder ein Polkawiegen

jede Menge Pferde, Rui, zig Pferde

begrüßt eine Kollegin aus einem benachbarten Keller, und beide stehen lange zwischen Fingerschnippen und Getuschel beieinander, bereden Liebschaften, Sandalen und Nylonstrümpfe, die Kollegin zieht das Foto der Stieftochter aus der Tasche

was heißt hier zig Pferde, Hunderte von Pferden, Tausende von Pferden, Milliarden Pferde

die sie seit zwanzig Jahren nicht mehr trifft

– Sie ist Ingenieurin Soraia

und meint heimlich

– Die Anzüge passen mir noch ich bin überhaupt nicht dicker geworden

in der Pastelaria am Fabrikausgang die Kollegin, ein mittelalterlicher Herr zwischen Herren mittleren Alters, der seinen Milchkaffee vergessen hat und, von einem sommersprossigen

Wesen, das keinerlei Schönheit besitzt, so hingerissen, daß sein Atem das Schaufenster zum Beschlagen bringt, und mein Vater, der sich wie durch ein Wunder noch Reste von Mitleid bewahrt hatte

– Wunderhübsch

das Wesen wartete auf den Bus, ohne ihn sehen zu können, keine Ingenieurin

wozu die Aufschneiderei?

Arbeiterin, die Kollegin wischt die Scheibe, murmelt Stolzgefühle, ich nehme an, daß

– Sie ist Ingenieurin Soraia

eine schwer zu definierende Trübung der Brille, Regen oder so, ich würde sagen, Regen, es kann durchaus in einem drin regnen, wagte ein Zeichen, das niemand beantwortete, der Bus verbarg die Sommersprossige, und als er in der Kurve verschwand, kein Bus und keine Sommersprossige mehr, ein Zaubertrick und die Haltestelle leer, noch besser sauberwischen, in der Hoffnung, daß die Gewohnheit, die Brillengläser sauberwischen, und nur Häuser, eine Katze, andere Arb

andere Ingenieurinnen warten, die Kaffeemaschine stößt Dampffontänen aus, mein Vater, indem er sein Mitleid überspielt

– Laß uns gehen Milá

und die Kollegin

und der Herr mittleren Alters, während er mit dem Schaufenster verschmilzt, sich die Nase oder die Stirn wischt, ein Wimperntuschestrich auf der Wange, fleht

– Soraia

ein Kuß auf der Fingerspitze, den niemand empfing oder den vielleicht in ein paar Stunden ein Kunde in der ersten Reihe in seine Tasche stecken wird, und der Herr mittleren Alters

– Der gehört Ihnen nicht

stößt den Sekt um, sucht zwischen Taschenkalendern und Wechselgeld nach dem Kuß, das Hühnergeflatter der Tänzerinnen, der Geschäftsführer

– Mein Fräulein

der Lumpen eines Kusses, der die Pastelaria nicht verlassen hat, an der Scheibe heruntergerutscht, auf den Zigarettenkippen und den Lupinenkernschalen auf dem Boden liegengeblieben war und den mein Vater und der Herr mittleren Alters auf dem Weg zur Tür zertreten haben, während der Kunde in der ersten Reihe die Jackettaufschläge zurechtzupft, die Entschuldigungen der Geschäftsführung akzeptiert, eine Flasche mit Grüßen des Direktors, zwei Clowns gratis, um die Nacht zu beenden, und dennoch Empörung, die Kalender und das Wechselgeld auf dem Tisch, die Taschenfutter rundum vorgezeigt

– Was für ein Kuß denn was für ein Kuß denn?

der Kuß, der mit den Zigarettenkippen und den Schalen weggefegt wurde, die Fabrik um zwei Uhr morgens unsichtbar, nur der Rachen des Eingangs mit einer Garage rechts daneben, die Pferde leckten das Salz von den Brückenstreben, die Flamingos in einem Abschiedszirkel vor ihrem Aufbruch zu den Flüssen Tunesiens, Milá beruhigte sich in der Garderobe mit Hilfe des Bauaufsehers, neben dem sie am Anfang des Monats, bevor ihm das Geld ausging, immer aufwachte

die Schreie der Gänse, die ich zu hören glaube

und eine Tablette für die Nerven, die mein Vater angeboten hat, die Schreie der Gänse, die ich im Schlaf zu hören glaube, Rui öffnet heimlich die Handtasche, als wäre er da

– Es heißt dein Alter ist krank es heißt er wird sterben Paulo

und die Flamingos und die Gänse kreisen über den Weiden, die vor Rheuma schwankende Dona Helena kann mir nicht helfen, mein Vater ist nicht krank, er geht mit mir zusammen die Rua da Palmeira hinunter, übt eine Verbeugung oder ein Polkawiegen, es kommt vor, daß er sich wegen einer störenden Gehsteigplatte auf meiner Schulter abstützt, verstehst du, er braucht eine Tasse Suppe oder muß einen Nachmittag lang mit der Zimmerdecke reden und aus dem Fenster auf den Park und so weiter, die Zeder und so weiter, das Café und so weiter schauen, Senhor Couceiro stattete mit dem wütenden Ausdruck von Asthmatikern, die die Luft quält, denen Nadeln die Lunge waschen, dem Friedhof einen Besuch ab

– Ach Doktor wenn ich atme

– Gehen wir mein Junge?

der Diabetes, die Gicht, kein Körper, Teile, die von ganz allein zugrunde gingen, die Flüssigkeit, die mein Vater in die Brust gespritzt hat, platzt unter der Haut auf, Dona Amélia ohne Zigaretten oder Pralinen oder Parfüms legt eine Kamelie auf den Grabstein, und genau das war es, was Rui nicht sehen wollte, was er sich zu sehen weigerte, deswegen muß er nachmittags mit der Spritze und dem Löffel an den Strand gekommen sein, er hat dem Köter mit der Schleife zugepfiffen, der sich am Müll schnüffelnd verlor, auf dem Friedhof weder Flamingos noch Gänse, Spatzen, Schmetterlinge, ein großer, smaragdfarbener taumelte in den Lorbeerbüschen, im Dorf spielte meine Mutter in den Grabstätten Himmel und Hölle

Borde mit Häkeldeckchen, Papierblumen, Gardinen

sie markierte die Grabsteine mit Kreidestücken, numerierte sie, warf ein Steinchen darauf und spielte hüpfend Himmel und Hölle, der Wind trug Mimosenduft vom Gebirge her, und jetzt spielte meine Mutter nicht mehr auf den Gräbern, spielte sie überhaupt nicht mehr, so weit weg und erwachsen

– Haben Sie ein Bild von sich als Sie klein waren?

Senhor Couceiro erwartete mich auf dem Friedhof, unruhig

– Gehen wir mein Junge?

der Spazierstock tropfte ihm vom Handgelenk, und ein Sträußchen Levkojen lag vergessen in seiner Hand, er war außerstande, es am Sarg meines Vaters zu lassen, das Sträußchen der Angestellten aus dem Speisesaal mitbringen und nicht wissen, wie man es ihr schenkt

– Da nimm

und sie dankt mir im Kino, sobald die Lichter langsam ausgehen, und ich hingerissen, weil die Welt aufhört zu existieren, meine Mutter verschwindet, vielleicht ist der Mimosenduft zarter und ferner, glücklich über die Levkojen, drückt mir die Angestellte aus dem Speisesaal die Finger, das Atmen eines schlafenden Schiffes, das mich einwiegt und beruhigt, Rui wird nachmittags am Strand angekommen sein

es gibt einen Bus um drei Uhr

und wird mit dem Zug nach Costa da Caparica bis nach Fonte da Telha gefahren sein und wird den Hund festgehalten haben, der die Wellen anbellte, er wird aus Furcht, sie zu verlieren, nach der Nadel und dem Stück Zeitung getastet haben, den Platz in der Nähe der Felsen finden, wo Soraia und ich, der Köter leckt mir, als würde er verstehen

er versteht nichts

die Ohren, die Wunde am Rücken, die der Tierarzt nicht geheilt hat, Paulo streift im Kino einen Nacken, der nicht wegrückt, ihn annimmt, die Levkojen rutschen der Angestellten aus dem Speisesaal vom Schoß, die Muskeln werden härter, lassen zu, entspannen sich, der dankbare Blick und alle Levkojen auf dem Boden, die Handfläche auf meiner beinahe reglos, feucht, mir scheint, daß

– Paulo

trotz des Tons vom Film, ihr Mund

– Paulo

die Buchstaben meines Namens jeden einzeln zeichnend

– Paulo

sie bitten, daß sie noch einmal

– Paulo

und

– Paulo

und

– Paulo

und

– Paulo

mein Name verändert sich, wenn sie ihn ausspricht, klingt sonorer, voller

– Paulo

Senhor Couceiro unter Asthmapfeifen

– Gehen wir mein Junge?

Gott sei Dank, ohne daß es die Angestellte aus dem Speisesaal bemerkt, sie trägt eine Bluse mit Fischen und Ankern, bei der ich mir nicht sicher bin, ob sie mir gefällt

sie gefällt mir

sie trägt eine feine Goldkette mit einem Kreuz, sieht wie das Foto von der feierlichen Kommunion zu Hause aus, ein kindlicher Appetit auf Lolli und Kuchen, es heißt, ich sei krank, es heißt, ich werde sterben

– Paulo

nach dem Kino der Mauerrest in Chelas, der Eindruck, daß eine Perücke, falsche Fingernägel, die Augen plötzlich aufgerissen, die mich meiden, protestieren

– Du zerrst an meinen Haaren Paulo

die Gewißheit, daß Polster an der Brust und an den Hüften, ein Clown bei mir, der so tut, als wäre er du, ihn gegen die Ziegelsteine drücken, seinen Kopf festhalten, die Goldkette abreißen

– Du bist ein Mann

den Rock zerreißen, und unter dem Rock, wo ich ein Nichtvorhandensein wie bei einer Puppe, eine Leere vermutete, der Häher, der von uns nicht abläßt, eine nasse Wärme, die sich zusammenzieht und mir entwischt, ihre Bluse loslassen, die Frisur, ein blödes Lächeln anstelle von Levkojen

– Verzeih

und du stumm, warum, voller Angst, warum, schaust hilfesuchend in die Runde, warum, gehst auf der Suche nach dem Kruzifix in die Knie, warum, das Glitzern des kleinen Kreuzes im Gras, deine Hand über dem kleinen Kreuz geschlossen, das du über den Ankern und den Fischen zu mir gebracht hast, den Wunsch, daß ich dein fester Freund bin, ich dich heirate, mit dir in Bico da Areia lebe, und dann Wein, nicht wahr, und dann wird dein Körper dick, nicht wahr, und dann, warum, Paulo

und dann, warum, Carlos

der Besitzer des Cafés mit einer Flasche

– Judite

der Mimosenduft und der Wind aus dem Gebirge, das Kruzifix, das du mir gebracht hast und jetzt vor mir versteckst, Paulos Mutter auf dem Friedhof, wie sie über die Grabsteine hüpft und wie sie im Spiel den Elektriker, die Hunde besiegt, am Rolladen des Schlafzimmers beharrlich eine Eule, es gibt kein Bico da Areia, nur das Gebirge und die Mimosen, Borde mit Häkeldeckchen, Papierblumen, Gardinen, die Esse des Schmiedes speit Funken, alles so langsam, alles ewig, sie sind acht Jahre alt, und daher rufen sie nicht

– Dona Judite

erscheinen sie nicht auf der Stufe

– Ich habe das Geld dabei

die Schulbücher, die sie auf einen Grabstein legen, ihre Steine, um Himmel und Hölle zu spielen

– Darf ich mitspielen Juditinha?

der Bruder meiner Großmutter

Großmutter Cora, sie machte Kürbiskompott in kleinen Pappschüsselchen

war Hafenlotse auf den Azoren, Corvo, Pico, Faial, ich erinnere mich an die Namen der Inseln, noch heute fängt mein Hirn, wenn ich gerade gemütlich die Zähne putze, plötzlich an, Corvo Pico Faial, Corvo Pico Faial zu wiederholen, und auf der Zunge der Geschmack von Kürbiskompott, den Löffel noch einmal erhitzen, damit die Dosis mehr hergibt und die Spritze ganz voll wird, die erste unter dem Bindfaden wachsende Ader zu dunkel, die zweite Ader größer, die Nadel findet sie unter Knoten, Sehnen, und dann diese laue Wärme in der Brust, diese Hinnahme wovon, der Köter beißt mich unter seltsamem Winseln ins Hemd, und kein Schmerz, kein Unbehagen an den Nieren, Paulo, Soraias Neffe, Soraias Cousin, Soraias Sohn

Soraias Sohn

repariert in Chelas das Goldkettchen

– Verzeih

Senhor Couceiro hat ihn vom Friedhof nach Anjos begleitet, so wie er nachts seinen Vater zur Show im Keller begleitet hat, es heißt, dein Alter ist krank, es heißt, er wird sterben, Paulo, Dona Helena erschien mit einem Uhrkuckucksruck auf der Fußmatte, die Erinnerung an Noémia, wo die Stille im Staub in den Ecken wuchs, wo ein Pony und dünne Beinchen, ein Stapel Schulhefte, ein kaputter Anspitzer, wenn die Geräusche vom Geschirr in der Küche aufhörten und die Kirchenuhr die Spatzen vergaß, saßt ihr drei

saßen wir drei still im kleinen Zimmer und warteten worauf, dachten woran, wünschten was, die Avenida Almirante Reis, die sich niemals veränderte, Möbelläden, kleine Restaurants, Zahnärzte, zu Senhor Couceiros Geburtstag ein Kollege aus Timor, der einen Orden am Revers trug und dessen Hand sich an unsere hängte wie ein verendeter Hase, wir hielten den Hasen

– Wohin soll ich damit?

schauten auf die Handfläche, wenn der Kadaver im Ärmel verschwand und dann wie ein Gegenstand wieder herausgerutscht kam, mit den Fingerpfoten schlenkerte, um den Löffel zu halten, Dona Helena voller Furcht, der Hase könnte an ihrem Arm festkleben und dort bleiben und ganz allmählich verwesen, der Rest des Kollegen auch ein Hase, vielleicht gerade am Verenden, schluckte Kartoffeln, sein Enkel holte ihn nach dem Abendessen wieder ab, führte alles, den Orden, die Tiere weit von uns weg, und mir war so, als würden weiterhin graue Härchen im Zimmer umherschweben

meiner Mutter war so, als würden Eulenfedern im Schlafzimmer umherschweben, wenn sie das Fenster öffnete, der Dorffriedhof, die Gräber der in Frankreich vergasten Soldaten, die Vasen, die größer als die Wipfel waren, glänzten in der Sonne, Blätter kreiselten im Herbst um die Kapelle, so wie Stimmen in Bico da Areia kreisten

– Dona Judite ich zahle

nicht die Hunde, die Soldaten aus dem Krieg, ohne Uniform, ohne Schädel

– Dona Judite ich zahle

sogar heute noch, so ist beispielsweise der Besitzer des Cafés bei mir, und ich wiederhole von ganz allein Corvo Pico Faial, Corvo Pico Faial, eine Ahnung von Mimosen, ein Geschmack nach Kürbiskompott, die rot angestrichene Anrichte mit einem Rosenfries, meine Großmutter

– Juditinha

die ersten Regenfälle im Oktober versprengten die Möwen, dem Monat, von dem sie sagen, daß in ihm mein Vater sterben wird, Mutter, dem Monat, in dem Rui noch nicht in Fonte da Telha dalag und wartete, die Entfernung größer zwischen dem wurde, was er für sich selber und für den Köter und für uns war

der Polizist

– Kennst du den?

und, ich kenne ihn nicht, den da kenne ich nicht

ein Fremder in der Garderobe, in den Fingern eine geklaute Zigarette, die ausgeht, und ich daher zum Polizisten

– Den da kenne ich nicht

ähnlich wie Rui in bezug auf die Pantoffeln, die Kleider, aber nicht Rui, nicht Rui, Rui kommt in Schals vermummt in Príncipe Real an, nicht so, nicht ausgezogen, ein Strumpf am Fuß, den anderen hat der Köter abgerissen, und die steigende Flut wird ihn wegtragen, Rui

hören Sie gut zu

in Príncipe Real, die Bronchitis auf der Fußmatte, der Clown, der aus dem Bett aufsteht und auf Kräutertees, Wärmflaschen besteht, und ein gelangweilter, nicht ärgerlicher, gelangweilter Arm

– Hau ab du Schwuchtel

während sich das, was nicht Arm war, auf dem Sofa im Wohnzimmer zwischen vernickelten Rehen, Kerzenleuchtern aus Glimmer krümmte, den Schätzen der Clowns, die in mir kein Mitleid erregten, sondern mich zum Lachen brachten, in Vânias Schlafzimmer ein Nilpferd aus Plüsch, auf dem Dachboden von Micaela eine theatralische Pause

– Guckt mal

das Licht wurde gelöscht, und, an der Decke fluoreszierend, die Tierkreiszeichen, wir darunter, Haut, Haar und Neid ganz blau, zeigten auf den Schützen, die Waage, Getränkekisten mit kleinen gestrickten Kissen dienten als Sofas, Micaela ein kleiner Typ, der kopfüber vom Widder zu den Zwillingen schwamm, kein Mensch, ein Planet ohne Umlaufbahn in einer blauen Unendlichkeit, dem die Pfandzettel, die sich in der Ecke an einem Haken häuften, schnuppe waren

– Ist das nicht hübsch?

genau wie Rui, der in Fonte da Telha schwamm, dem der Zug schnuppe war, der sich auf den Spielzeugschienen zwischen Röhricht, Trauerweiden entfernte, der Köter, der in seine Hosen biß, neben ihm die meilenweit entfernte Stimme von jemandem, der ihm völlig gleichgültig war

ein Fischer, ein Koch aus dem Meeresfrüchterestaurant am Strand, ein Landstreicher mit einem Eimerrest auf der Suche nach Miesmuscheln in der Ebbe

– Was ist das?

Juditinha beugte sich vor, um die Steinplatte zu treffen und zwischen den Kreidestrichen weiterzukommen, Geräusche, die kamen und gingen und weder zum Friedhof noch zu den Wellen gehörten, möglicherweise riefen Leute einander, Schritte, Ruis Tante am Telefon mit der Freundin

– Nun hör dir das an Pilar

Zuhören mit viel Augenbrauenheben, die von der Handfläche vollständig bedeckte Überraschung des Mundes

– Das glaube ich nicht

meine Tante läßt den Apparat stehen und durchquert Zimmer und Fonte da Telha, beugt sich zu mir herunter, der ich die Spritze in der Hose verstecke

– Also ehrlich Rui so etwas Blödes dich umzubringen

kehrt zum Hörer zurück, schüttelt den Kopf und, nachdem sie Pilar informiert hat

– Hör mal Rui hat sich umgebracht

die Augen zur Wand, als würde sie mit ihnen hören, die Handfläche breitet sich allmählich über dem Gesicht aus

– Ehrlich?

bedeckt das Wasser, die Sonne, es war keine Wolke, sie war es, das Summen der Kommentare stickenden Pilar, den Tadel der chinesischen Masken in den Nischen der Regale

– Ehrenwort das hätten wir nie gedacht Rui wir haben dir doch alles gegeben oder etwa nicht?

die indischen Teppiche, die englischen Sessel, die Wohnung im ersten Stock mit dem Arbeitszimmer und den Schlafzimmern, den Schwimmreifen, eine reglose Giraffe im Swimmingpool, den Chauffeur mit Schürze und mit Sichel

– Wir haben dir alles gegeben oder etwa nicht?

der den Garten säuberte, wir haben ihm alles gegeben, Schulen, Ferien in der Schweiz, eine Stellung im Unternehmen

der Polizist

– Kennst du den?

und Paulo

– Den da kenne ich nicht

und nun seht euch das Ergebnis an, er hat uns mit seinen gräßlichen Freunden Schande gemacht

– Ich kenne Rui diesen da kenne ich nicht

er hat das Apartment verkauft, das wir ihm gekauft haben, hat uns bestohlen

in den Grabstätten Himmel und Hölle spielen, Borde mit Häkeldeckchen, Papierblumen, Gardinen man hat mir von Drogen, merkwürdigen Abenteuern, einer Katastrophe von einer Frau erzählt, die doppelt so alt ist wie er

ein Mann, Tante, ein Mann

sei still, eine Katastrophe von einer Frau, doppelt so alt wie er, in einem Bettlerloch am Príncipe Real

erklär Pilar, daß es ein Mann ist, Tante, ich lebe mit einem Mann zusammen

ein Bettlerloch am Príncipe Real, natürlich haben wir ihm Hausverbot erteilt

der Kiesweg, der Krieger aus Palisander gleich hinter der Tür

Corvo Pico Faial, Corvo Pico Faial

sein Onkel hat ihm durch den Gärtner sagen lassen, daß er es nicht wagen solle, uns aufzusuchen, es sieht so aus, als wäre die Katastrophenfrau

– Das glaube ich nicht

ich versichere dir, daß die Katastrophenfrau

und die Handfläche legt sich ganz über die Überraschung des Mundes

– Wirklich?

legt sich über das Wasser, den Strand, es waren weder eine Wolke noch die Albatrosse, denn in dieser Jahreszeit sind die Albatrosse, sie war es, der Chauffeur, der mich von klein auf kannte, nicht in Príncipe Real, in Ajuda, damals, in einem ersten Stock in Ajuda, dahinter gleich der große Park

– Junger Herr

überrascht über die Delle im Herd

ich putze mir ganz gemütlich die Zähne oder bereite das Mittagessen zu oder bügle, und der Geschmack nach Kürbiskompott auf der Zunge

eine Perücke auf dem Garderobenständer, Soraia im Morgenmantel rückte die Brustpolster zurecht

– Ihr Onkel läßt Ihnen sagen daß Sie es nicht wagen sollen ihn aufzusuchen junger Herr

ich kenne ihn nicht, diesen da kenne ich nicht, das ist nicht

Rui, das ist ein Gauner mit einer Zigarette, die er in der Garderobe meines Vaters geklaut hat und die in seinen Fingern ausgeht, die Zigaretten, die Dona Amélia

– Ein kleines Präsent für Ihre Auserwählte der Herr?

oder Pralinen oder Parfüms, mein Vater weist mit gezierter Geste das Tablett zurück

– Pralinen machen dick

und nicht nur der Herd ist verbeult, die Teller vom Mittagessen passen nicht zueinander, der Wein billig, meine Tante, die vom Telefon wieder zurückkommt

also ehrlich, so etwas Blödes, Rui, dich umzubringen, wir haben dir alles gegeben, Schulen, Ferien in der Schweiz, ein Apartment, das du für Drogen verkauft hast, ein Ort bar jeder Verpflichtung oder

der Köter, der die Wellen anbellt, nicht aufhört, die Wellen anzubellen, zieht mit seinen Zähnen an meinen Socken

– Rui

Arbeit im Unternehmen, wir haben dich nach dem Unfall deines Vater zu uns genommen, dir hat doch nie etwas gefehlt, wir haben dich nie schlecht behandelt, und jetzt

das kommt davon

der Zug, der sich am Strand entlang auf den Spielzeugschienen zwischen Schilfrohr und Trauerweiden entfernt, und jetzt, verstehst du, alles fern von dir, eine Geistesabwesenheit wovon, die Schwierigkeit, mehr zu sehen als unförmige Silhouetten

– Was ist das?

oder aber ein Landstreicher mit dem Eimerrest auf der Suche nach Miesmuscheln in der Ebbe, derweil Paulo mit der Angestellten aus dem Speisesaal im Kino, die Bluse mit den Fischen und den Ankern, das Kölnischwasser, das mich an Bico da Areia erinnert und an meine Mutter, die auf meinen Vater wartet und das Dekolleté ein wenig vergrößert, mich bemerkt, es wieder kleiner macht, mir war so, als wäre eines der Zigeunerpferde dicht an der Mauer, oder vielleicht sind es die Margeriten in den

Beeten, meine Mutter bemerkt mich noch einmal und macht es wieder größer

wie alt war meine Mutter?

– Carlos

der Mund der Angestellten aus dem Speisesaal

trotz des Tons vom Film

zeichnet die Buchstaben meines Namens jeden einzeln

Platanen, Platanen und Tauben, eine Münze für einen Kaffee, mein Freund

– Paulo

der Mauerrest in Chelas und die zwei Noten des Hähers, der kleine Koffer wird Mutter gehören, die Ohrringe der älteren Schwester, Rui zieht den Schemel heran

– Es heißt dein Alter ist krank es heißt er wird sterben Paulo

ihr Körper wird in einer Ecke aus Zement und Ziegelsteinen immer kleiner, die Gewißheit, daß wie mein Vater eine Perücke

– Du hast mich angelogen hast mich angelogen

falsche Wimpern, riesige Augenlider, die klagen, protestieren

– Du hast mich an den Haaren gezerrt Paulo

die Gewißheit, daß ein Clown bei mir, der Herd verbeult, an den Wänden in Ajuda Seiten aus Zeitschriften, ihren Kopf festhalten, ihr Goldkettchen abreißen

– Du bist ein Mann nicht wahr du bist ein Mann?

und du stumm, warum, voller Angst, warum, schaust hilfesuchend in die Runde, warum, das Glitzern des kleinen Kreuzes im Gras, der Wunsch, mir zu gefallen, daß ich dich heirate, mit dir in Bico da Areia lebe oder in Príncipe Real oder in Ajuda

– Du wohnst bei mir in Bico da Areia oder in Príncipe Real oder in Ajuda sei nicht enttäuscht sei nicht böse ich werde Frau sein ich verspreche es dir bleib bei mir Rui

Paulo, ich heiße Paulo

bleib bei mir, Paulo, verkauf das Goldkettchen und das Kreuz an die Kapverdianer, aber bleib bei mir, Paulo, warte in der Garderobe auf mich, begleite mich nach Hause, hilf mir, die Rua da

Palmeira hinunterzugehen, denn ich bin müde, Paulo, ich bin nicht dünner geworden, an meiner Taille und am Rücken ist kein Stoff zuviel, ich mache mich nicht langsamer fertig als sonst, die Spitzenvolants gleiten mir nicht aus den Fingern, bis dahin sind es noch viele Jahre, Paulo

bis dahin sind es noch viele Jahre, Rui

bis dahin sind es noch viele Jahre, Rui, bevor ich alt bin, bevor ich mit dem Tanzen aufhöre, viele Jahre, in denen wir beide Ausflüge nach Fonte da Telha machen, im kleinen Zug zwischen Schilfrohr und Trauerweiden den Strand entlangfahren, wir haken die Leine vom Hund los und schauen zu, wie er dicht am Wellensaum entlangrennt, stehenbleibt, uns ruft, eine Möwe verfolgt, die sich dort verspätet hat, uns eine Alge schenkt, ein Stück Rohr, einen gewundenen Ast, also ehrlich, Rui, so etwas Blödes, dich umzubringen, schau nur, der Cousin des Geschäftsführers ruft mich

– Alle warten auf dich Soraia

wenn du erlaubst, werde ich hinunter auf die Bühne gehen, und wenn du durch den Vorhang spähst, dann wirst du mich sehen, wie ich dir mitten in einem Tango zuwinke.

Kapitel

Wir wohnten in der Nähe von Sintra, und wenn uns mein Vater sonntags zum Cabo da Roca mitnahm, verkündete er immer, daß hier die Welt anfängt, das hier ist der Anfang der Welt, ich schaute um mich, und nur die Trostlosigkeit des Windes, Felsklippen, sich duckende Büsche und unten das Meer, der Wind lauter als das Meer, so daß nur das Rauschen des Windes, nicht das Rauschen der Wellen, hinter uns ganz Europa, Uruguay und Kanada mußten noch erfunden werden, und was mein Vater sagte, wurde mit den Wolken weggetragen, da gab es nichts außer uns und den Karavellen, die mit ihren Zehenspitzen im Leeren tasteten und die Stufe einer noch in einem weiten finsteren Raum zu findenden Insel suchten und von denen uns die Lehrerin in der Schule erzählt hatte, es gab Sintra und hinter Sintra Madrid oder Frankreich in zeitlich weiter Ferne, nicht jetzt, jetzt badete mein Vater, weil in der Öffnung des Boilers jetzt statt eines einzigen Blütenblattes eine ganze Blüte zu sehen war, meine Mutter teilte Suppe aus, wir sollten den Mund halten, wir

– Spiel nicht mit der Gabel Otília

an allen Wochentagen

(und wir hatten jede Menge Wochentage zu verbrauchen, Freitage, Donnerstage, Sonntage, ich kann mich beispielsweise an keine größere Menge Freitage erinnern als zu jener Zeit

– Spiel nicht mit der Gabel Otília)

Mittwoche und Dienstage und Sonnabende, an Tagen herrschte kein Mangel, Sie brauchen mir nur einen zu nennen, und ich zeige Ihnen gleich einen Stapel, nehmen Sie sich Donnerstage, Mittwoche, nehmen Sie sich Sonntage, an denen Otília beim

Abendessen mit der Gabel spielt, gleich nachdem sie aufgehört hatte, mit der Gabel zu spielen, da hat sie geheiratet, mein Vater wurde überfahren, und aus dem Blütenblatt im Boiler ist nie wieder eine Blüte geworden, da muß es mit Amerika angefangen haben, wegen der Filme und so, kaum war mein Vater weg, da kam mein Stiefvater mit seinem Koffer

– Guten Abend

meine Mutter zu ihm

– Erst vor einer Woche bin ich Otília endlich losgeworden aber ich habe noch die andere und die hat die gleichen Macken Herrschaften fummel nicht an der Gabel herum Gabriela

ich habe angefangen, im Speisesaal des Krankenhauses zu arbeiten, und die Menge der Tage hat sofort abgenommen, würde man mich um Montage bitten, müßte ich sie aus dem Kalender stehlen, denn ich habe fast keinen mehr, am Morgen der Gehaltszahlungen begleitete mich mein Stiefvater zur Geschäftsstelle und nahm das Geld mit

– Keine Angst ich bewahre es für dich auf

und er bewahrte es derart gründlich auf, daß ich nie wieder etwas davon gesehen habe, meine Schwester bekam hin und wieder ein Paar Schuhe, eine Bluse mit Ankern und Fischen, die ihr Mann nicht mag, ich nehme an, Cabo da Roca und die Felsenklippen und den Wind gibt es da in der Ferne immer noch, an der Straße von Malveira, manchmal im Autobus mein Vater voll Sehnsucht nach dem Meer

– Wann sehen wir uns mal wieder die Wellen an Gabriela?

ich, ob verwirrt oder zufrieden, weiß ich nicht, suchte ihn, aber niemand, der Fahrkartenkontrolleur

– Haben Sie was verloren junges Fräulein?

mein Vater wieder im Grab zweihundertachtundvierzig auf dem Friedhof von Sintra, keine Grabsteine, Erde und eine Nummer auf einem Stock zwischen Dutzenden von auf Stöcke geklemmten Nummern gleich hinter dem alten Bahnhof, wo wir am Schalter ohne Gitter Kartenverkaufen spielten, gleich nach dem Ödland, wo im Dezember der Zirkus, wenn ich ganz still war, hörte ich nachts die Tiger, ein Chinese mit einem Bleistift hinter dem Ohr fütterte sie mit Hähnchen aus dem Krämerladen, und ich riß den Mund auf, wollte auch Hähnchen, und mein Vater, der vergessen hatte, daß er tot war, und die Macke hatte, weiterhin dort herumzulaufen, den ich aber nicht berühren konnte, ich spürte seinen Duft, sah die Gasblüte, er beharrlich

– Wann sehen wir uns mal wieder die Wellen an Gabriela?

ein Stuhl am Tisch, der von allein quietschte, die Terrine bewegte sich, aber niemand sonst bemerkte es, die Büsche vom Anfang der Welt duckten sich im Wohnzimmer, die Karavellen der Lehrerin sanken vor der Küste, und weder meine Mutter noch mein Stiefvater

– Was soll das?

weder meine Mutter noch mein Stiefvater

– Wozu so viele Mittwoche?

die lang waren, wahnsinnig langsam vergingen, angefüllt mit Einmaleins und Flüssen, meinem Vater, der eine Glühlampe herausschraubte und die Suppe an seinem Platz dunkel werden ließ, sagen, nicht hier, hören Sie, nun gehen Sie doch, der ist jetzt hier, sehen Sie das nicht, das Grab zweihundertachtundvierzig wartet auf Sie am Hang gleich beim Zirkus, bleiben Sie bei den Trapezkünstlern, vergnügen Sie sich, seien Sie ganz ruhig, mein Stiefvater zählte mein Gehalt nach

– Mit wem redest du da Gabriela?

mein Vater äffte ihn nach

– Mit wem redest du da Gabriela?

meine Mutter zu mir, die ich keinen Ton sagte

– Du willst wohl eine einfangen du ungezogenes Ding?

ein unsichtbarer Hund im Garten vor unserem, allenfalls eine schwarze Schnauze zwischen den Brettern, die Zähne gefletscht, der Körper wirft sich mir entgegen, kann mich aber nicht erreichen, über dem Garten ein Fenster ohne Licht, und von den

Fensterscheiben verborgen, kämpft mein Vater wahrscheinlich mit dem Wind

– Der Anfang der Welt Gabriela

so ordentlich im Sarg, so diskret, so ernst, ein bescheidener Verblichener, auf den meine Mutter stolz war

– Er sieht wie ein Studierter aus nicht wahr?

der Kerzenschein wanderte über sein Gesicht und veränderte die Züge, als würde er gleich etwas sagen, als sagte er etwas, er hielt die stimmlose Rede vom Cabo da Roca, von den Büschen, den Klippen, den Karavellen, den Armen, die mit der Zehenspitze eine Stufe suchten, wenn ich heute daran zurückdenke, glaube ich, mein Stiefvater war da in der Kapelle, inmitten der Nachbarinnen und des Gestanks nach Essig, mit dem man die Toten wäscht, meine Schwester

– Der da ist es

und zeigte dabei auf meinen Stiefvater, das heißt auf die Mütze, die seine Finger auswrangen, der Koffer mitten im Wohnzimmer

– Guten Abend

er kümmerte sich um alles, bestimmte meine Zeiten, hinderte mich daran, auszugehen

– Ich dulde keine Ungehörigkeiten Gabriela

die Trostlosigkeit des Windes und der Büsche ohne Uruguay oder Kanada, die Platanen im Krankenhaus rund um den Speisesaal, meine Kollegin lacht mit mir über einen Kranken im Hof, noch nicht Paulo, einen alten Kerl mit einem Korb unberührter Pfirsiche und die jammernde Ehefrau

– Hast du den Appetit verloren Dionísio?

ich stellte mir vor, wie meine Mutter im Sonntagsstaat die Krankenpfleger, die Ärzte um Erklärungen anbettelte

– Er mag keine Pfirsiche mehr

Zigaretten kaufte, weil mein Vater den Korb ablehnte, eine Zigarette, mein Freund, und da ist plötzlich Paulo mit einer Frau, die ich für seine Mutter hielt, und die Frau

– Ich bin nicht seine Mutter ich bin seine Tante

eine Prinzessin oder eine Schauspielerin, meine Kollegin neidisch auf die Ketten, das Haar

– Das ist bestimmt eine Schauspielerin Gabriela

ein junger Mann in Paulos Alter bei ihr, und sie

– Mein Verlobter

einer der Krankenpflegerhelfer pfeift spöttisch, und sie überhört das mit der Verachtung einer Königin, ihr Parfüm ist so dicht, daß man es mit der Hand packen, mit nach Hause nehmen könnte, um den Bratgeruch in der Küche zu vernichten, meine Kollegin, Schauspielerinnen sind so, zu junge oder zu alte Verlobte, die mit gezähmter Leidenschaft ihren Spuren folgen, die Platanen, die niemals auch nur das geringste begriffen haben, stimmten dem zu, aber klar doch, man konnte sagen, was man wollte, und sie hatten überhaupt kein Rückgrat

– Selbstverständlich

der junge Mann in Paulos Alter blieb lange in der Besuchertoilette, zog einen Löffel aus der Tasche und kam nach Ewigkeiten, über die Tauben stolpernd, wieder heraus, strahlend, als hätte man seine Wangen mit einem Tuch mit Schuhwichse poliert, das Lächeln lebte auf eigene Faust vor den Lippen, Paulo erinnerte mich an die Hütten am Cabo da Roca, die sich vor dem Wind schützten, und wahrscheinlich habe ich damals begonnen, mich für ihn zu interessieren, so viele Felsklippen, so viele geduckte Büsche, ein Regenwirbel nach Sintra hinüber, und er stand mitten im Hof, bat nicht um Zigaretten, bat nicht um Münzen, nahm einen Pfirsich von der Ehefrau mit dem Korb an und drehte ihn lange in der Handfläche, die Schauspielerin

– Paulo

die an einem Kap oder einer Insel festgezurrten Karavellen, wenn endlich diese Stufe gefunden ist, auf der sie sich niederlassen können, der Verlobte der Schauspielerin massierte, ohne jemanden zu sehen, an einen Stamm gelehnt, seinen Arm, während das Lächeln sich blähte und mit ihm auf namenlosen Ozeanen segelte, die Schauspielerin wedelte mit Fächern und Goldschmuck, ich Arme hatte nur das Goldkettchen von der Erstkommunion und den Ring, den meine Patentante mir geschenkt hatte, als ich noch ein Kind war, und den mein Stiefvater

– Zeig mal ist der echt?

verkauft hat, ich weiß es, weil mein Vater aus dem Grab zweihundertachtundvierzig

– Er hat deinen Ring verkauft Gabriela

Madrid und Frankreich gab es damals noch nicht, ein Europa mit Straßen, die nirgendwohin führten, nur Eukalyptusbäume und die Dörfer der Emigranten am Fuß des Gebirges, der Hund bereit, mich anzubellen, mich zu beißen, das Auge zwischen den Brettern wurde zum Auge meiner Mutter, die meinem Vater oder mir Eintopf gab

– Du willst wohl eine einfangen du ungezogenes Ding?

nicht meinem Vater, denn von meinem Vater gibt es nicht einmal ein Foto zum Vorzeigen, tot, dachte meine Mutter, und ich, ohne daß sie es hörte, das stimmt nicht, das ist er nicht, wir gehen am Cabo da Roca spazieren, reden viel miteinander, Sie mögen ja die Fotos, seine Briefmarkensammlung, das spanische Messer weggeworfen haben, aus Versehen das Jackett aufbewahrt haben, das er im Sarg nicht trug

nicht das Sonntagsjackett, das, was ich lieber mag, das mit den Rhomben

und das mein Stiefvater trug, mein Vater lehnte am Türrahmen, während meine Mutter grundlos meinte, ich sei es

– Sieht er nicht wie eine Vogelscheuche aus Gabriela?

mein Vater, als er noch lebte, damals, als wir Tage übrig hatten, einen Haufen Tage, jede Menge Tage, Freitage, Donnerstage, Montage, und wir nicht wußten, was wir mit so vielen nutzlosen Stunden machen sollten, ich erinnere mich an ihn, stumm mit der Pinzette und dem Album, wie er die Briefmarken aus Singapur gegen die aus Dänemark austauschte, wenn meine Mutter zufällig

– Aquiles

hob er zugleich den Kopf und das Vergrößerungsglas und schaute sie mit einem riesigen Auge an, mit Lidern im Glaskreis, die größer waren als Rolläden, das heißt, sein Körper war ganz normal, und über dem Hals das Riesenauge, das meine Mutter ängstlich zurückweichen ließ

– Aquiles

die Lupe senkte sich etwas, und ein maßloser Mund, in dem Wackersteinzähne rollten, stieß anstatt von Donner ein normales Stimmchen aus

– Was ist?

Barthaare, dick wie Finger, Wangenschluchten, und gleich nach dem Mund wuchs plötzlich der Hemdkragen, dann paßte das Briefmarkenalbum nicht mehr ins Stadtviertel, ein bislang bescheidener Held aus Dänemark nahm den Planeten ein, das Vergrößerungsglas ließ sich auf dem Album nieder, und im Universum kehrte wieder Frieden ein, meine Mutter bewegte sich vorsichtig, wich dem Glas aus

– Versteck das da bitte in der Schublade Aquiles

die Lupe, die sie mit ausgestreckten Armen und mit abgewandtem Kopf in ein Taschentuch einwickelte und in der Schublade versenkte, mehrere Wochen lang

jede Woche hatte Hunderte von Tagen, Freitage, Sonntage, hätten Sie gern Sonntage, bitte, bedienen Sie sich

erwischte ich sie dabei, wie sie meinen Vater unruhig und besorgt beobachtete, die Augen, den Mund, den Kragen, so wie die Schauspielerin ihren Verlobten, der im Hof levitierte, wenn sie ihn nicht am Handgelenk festgehalten hätte

– Rui

hätte er einen kleinen Satz gemacht und wäre weggeflogen, Paulo hingegen, mit dem Pfirsich auf der Handfläche, war irdisch und ruhig, eine Art Platane, nur als er im Café Milch verschüttete, habe ich ihm beim Zucker geholfen, ihm das Kinn mit einem Tuch getrocknet, verhindert, daß sich die Kuchenkrümel auf seinen Pyjama ergossen *ich erinnere mich an die zu süße Milch und daran, daß jemand befahl*

– Trink

an eine Katze in einem Beet voller Dornen, daran, daß jemand mir das Kinn abtrocknete, ich erinnere mich nicht an dich, oder, besser gesagt, ich erinnere mich daran, wie du in den Speisesaal oder in die Kirche meines Vaters kamst und eine Schüssel in der Hand hieltest, die beiden Särge nebeneinander, und du mit Schürze und Häubchen warst ärgerlich über die Clowns, wußtest nicht, was du machen solltest

– Verzeihung

oder aber ich war ärgerlich über die Clowns, lachte daher, rief dich, deine Holzpantinen auf dem Steinboden bei der Totenwache, Platanen oder Kerzen bei den Särgen, während du mir das Kinn mit einem Lappen abtrocknetest und der Arzt eine Taube schüttelte, die sich ihm an den Kragen hängte

– Sie verlieren das Realitätsgefühl verwechseln alles vermischen alles es ist schwer ihnen zu helfen wieder ins Leben zurückzukehren

das Leben heißt Senhor Couceiro, der auf mich wartet, Dona Helena auf der Fußmatte und im Ofen überbackener Kartoffelbrei mit Fleischfüllung und Käseplätzchen und wie gut, daß du da bist und

– Mein Sohn

so daß ich nicht weiß, ob ich Lust habe, wieder ins Leben zurückzukehren

meine Schwester, als ich sie gebeten habe, mir ein Paar Strümpfe zu leihen

– Du gehst mit einem Kranken ins Kino Gabriela?

die Strümpfe, eine Nummer kleiner als meine, behinderten mich beim Gehen, und Paulo wartete mit einem Strauß Levkojen wie die von den Toten am Eingang vom Kino auf mich, seine Augen sprangen wild wie Tiere hin und her, die versuchen, einen zu töten er streckte mir die Levkojen hin, während ein Dutzend Blüten zitterten, sich albern aufführten, wie zum Teufel soll ich die Blumen halten, wie das hier wieder beruhigen, ein Strauß Stengel und Finger, die sich nur schwer voneinander trennen, dreißig Finger und fünfzehn Stengel, die auf mich zukommen, Blütenblätter, Fingernägel, Blätter, Finger, die sich bewegen, sich verschränken, herabgleiten, Arme, die ungeschickt, linkisch hinter so vielen Blütenblättern herjagen

– Da nimm

zwei linke Arme, kein rechter Arm, meine Schwester

– Ist er das?

zum Glück war mein Vater wer weiß wo, wahrscheinlich im Grab zweihundertachtundvierzig, wahrscheinlich suchte er in den Mülleimern von Sintra nach der Lupe, das Briefmarkenalbum hat meine Mutter für einen Apfel und ein Ei verkauft

– Nicht mal die Briefmarken waren was wert

und ich traf meinen Vater an, wie er unter dem Bett herumwühlte, im Schrank stöberte, wenn ich ihm sagen würde

– Von Ihnen haben wir nur noch die Jacke mit den Rhomben wußten Sie denn nicht daß Sie tot sind?

er glaubte mir nicht, ging beleidigt weg, ich rief ihn

– Vater

und er stieg die Treppe mit einem Abschiedswinken hinunter, nahm den Bus zum Cabo da Roca, um dem Anfang der Welt beizuwohnen, ich vergaß den Mantel und die Haustür zu schließen

– Warten Sie auf mich Vater

mein Stiefvater, ein Stück Fleisch zwischen Teller und Mund, meine Mutter

– Bleib schön hier Gabriela

wenn es wenigstens die Lampe auf dem Treppenabsatz noch gäbe und er auf mich warten würde, als wir ins Kino gingen, bemerkte ich die Levkojen und Paulos Augen, die mich nicht wütend, sondern besiegt anflehten, keine Sorge, ich tue dir Zucker in die Milch, ich helfe dir beim Kuchen, ich sehe mit dir den Film an, schütze dich vor den Platanen, den Krankenpflegern, den Tauben, immer wenn die Schauspielerin ging, wunderte sich meine Schwester

– Das soll eine Schauspielerin sein?

ich glaube, da gab es ein Gerücht, ich weiß nicht, etwas von Pferden oder Zigeunern oder Kiefern innerhalb der Umzäunung des Krankenhauses, Flaschen in einem Waschtrog, eine Frau

wer?

die vor einem Kleiderschrank ihre Falten zählte, Paulo, der ein Holzauto kaputtmachte

ich gehe nicht mit meinem Vater, ich bleibe, ich helfe dir

Paulo ging hinter ihr her, als haßte er die Schauspielerin

– Das soll eine Schauspielerin sein?

oder als haßte er sich selber, weil er die Schauspielerin haßte, meine Kollegin, die nicht auf die Kiefern und daher nicht auf die Nadeln, die Wipfel achtete, für sie gab es nur den Zaun und die Kranken und eine Zigarette, mein Freund

eine Zigarette, mein Freund, seien Sie so gut, eine Münze, mein Freund

– Pferde?

und tatsächlich Pferde, man sah die Pferde ganz genau, und erst später wieder das Krankenhaus, die Frau vor dem Kleiderschrank, und meine Kollegin

– Die Frau vor dem Kleiderschrank?

die in der Luft verblaßte, mach nicht so ein Gesicht, warte, du hast sie nur nicht gesehen, weil sie in der Luft verblaßte, warum magst du die Schauspielerin nicht, Paulo, wer ist die Frau vor dem Kleiderschrank, Paulo, wem gehört der Garten mit den Margeriten, die vertrocknen, und Paulos Augen nicht böse, besiegt, keine Angst, ich löse die Levkojen aus deinen Fingern, du kannst die Finger in der Tasche verstecken, sie das ganze Kino über halten trotz meiner Bluse mit den Ankern und den Fischen, den Strümpfen, die mir meine Schwester geliehen hat, wir im Dunkeln, und kein Pferd, nicht wahr, die Lichter gingen aus, und mir war so, als ob da Musik war und die Schauspielerin auf der Bühne tanzte

– Gefällt es dir Neffe von einer Schauspielerin zu sein Paulo?

in meiner Familie war allenfalls mein Vater so etwas wie ein Künstler, er hat als junger Mann, bevor ich geboren wurde, Akkordeon gespielt, später kam die Arthrose, und das Akkordeon in einer Ecke, wenn man mit dem Schuh daran stieß, entwich sofort Luft dem Balg, und ein endloses Jammern, das dem ganzen Haus Gänsehaut machte, meine Mutter hat es im Laden gegen ein Bügeleisen eingetauscht, das niemandem Gänsehaut machte, an Regensonntagen

hätten Sie gern Regensonntage, zehn Regensonntage, behalten Sie die Regensonntage, und befreien Sie mich vom Winter, von diesem Umschlagtuch um meine Schultern

mein Vater schaute in die leere Ecke, bewegte seine Hände, als würde er auf die Tasten drücken, das Gebäude erzitterte bang wie einst, meine Mutter schraubte die Zeigefinger in ihre Ohren

– Du hast danebengegriffen Aquiles

so ein Unsinn, ich schraubte die Zeigefinger in die Ohren

– Sie haben danebengegriffen Vater

mein Vater nickte mit nach links geneigtem Kopf, drückte mit dem kleinen Finger einen anderen Ton, und meine Mutter und meine Schwester überrascht, manchmal spüre ich

wie ich gegen einen metallischen Gegenstand stoße, und das Seufzen eines Balges, eine Pause, dann wieder dieses Seufzen, die verkrüppelten, roten Finger meines Vaters, der nicht über seine Schmerzen klagte, fragte, indem er sie zur Faust ballte und wieder streckte

– Ein bißchen Musik gefällig Töchterchen?

wir nahmen das Messer und schnitten den Apfel für ihn, wir brachten eine Schüssel mit Borax, mein Vater setzte sich auf dem Stuhl zurecht und legte den Kopf schief

– Ein bißchen Musik gefällig Töchterchen?

sogar bei der Beerdigung, den Bauch nach oben und ein Taschentuch über dem Gesicht

was ist mit Ihrem Gesicht passiert, Vater?

ihm der Rosenkranz die Handgelenke durcheinanderbrachte und der Priester seinen Segen hierhin und dorthin verteilte, legte er die Gurte über die Schultern, und ein erregtes Warten, ein leiser, tiefer Blaston, im Grab zweihundertachtundvierzig ein bißchen Musik, Gabriela, meine Mutter

– Dieser Wind

aber da war kein Wind, Mutter, geben Sie zu, kein Wind, die Lorbeerbäume friedlich, jenseits der Mauer Europa, Madrid, Schmetterlinge auf dem Buchsbaum, die Levkojen fielen runter, Paulos Knie mied mein Knie im Kino, wenn mein Ellenbogen zufällig seinen berührte, entwischte er, meine Schwester hatte erlaubt, daß ich ihr Parfüm auf die Bluse tropfte, und nach dem Parfüm hatte ich Angst, nicht mehr ich selbst zu sein, sie zu sein, ich versicherte Paulo, ich bin es, schau nach, ich bin es, ich bin an dem Nachmittag zum Friseur gegangen, habe die Lippen angemalt, wenn es dir nicht gefällt, wische ich es mit dem Arm ab, aber ich bin ich, gib mir deine Hand, denn mein Vater leise

– Sei nicht schüchtern gib ihm die Hand Gabriela

Paulos Hand wurde in meiner immer kleiner, und nach der großen, aber knochenlosen Hand ein Stück weiches Fleisch, das sich auf mein Bein stützte, die Augen, die hin und her sprangen, lautlos, wütend in den Film hineinbellten, mein Stiefvater, der mich anstarrte, wenn meine Mutter in der Küche oder bei der Messe, mein Vater

– Was soll das?

aber was konnte mein Vater schon machen, seit sie ihn mit einem Taschentuch zugedeckt hatten, ihm mit Rosenkränzen die Hände fesselten, ich bin achtzehn Jahre alt, ich bin schon so groß, haben Sie das nicht bemerkt, spielen Sie Akkordeon, Vater, regen Sie sich nicht auf, Schritte im oberen Stockwerk schlagen mich, mit jedem Schritt mein Stiefvater näher, in unserem Häuserblock gibt es keine Bäume, es gibt Straßen, die gebaut werden sollen, Zementmischer

der Anfang der Welt

mein Stiefvater packte mich mit einem kleinen Lachen an der Taille, und das Kreuz an der Kette ging, verschämt in der Bluse versteckt, schneller

– Achtzehn Jahre hast du gesagt Gabriela?

ich habe mir etwas Geld von meiner Kollegin geliehen und bin an diesem Nachmittag zum Friseur gegangen, sie haben mir mit einer Art Bleistift einen Leberfleck fabriziert

– Jetzt paß auf mach ihn nicht kaputt

und ich schritt im Alter voran, dreiundzwanzig, sechsundzwanzig, zum Glück belebte sich die Hand, wer hätte das gedacht, Muskeln, Sehnen, ein Kiemenzittern, eine Art Ebbekrebs wanderte schräg mit kitzligen Beinchen, mein Stiefvater war weit weg, meine Mutter tauchte aus der Küche oder von der Messe wieder auf, ich erinnere mich an sie mit braunem Haar, wie soll man das erklären, bei einer Taufe mit meinem Vater, was ist passiert, Mutter, ich kann nicht glauben, daß ich eines Tages genauso bin, die Galle, die Blase, der Blutdruck, Dona Gabriela, die Fußknöchel eines Rhinozerosses, nehmen Sie bitte das Akkordeon, Vater, und schnell ein bißchen Musik, der Körper verwaiste Felsenklippen, Wind, geduckte Büsche, und das Grab dreihundertsiebenundfünfzig oder dreihunderteinundneunzig oder vierhundertneunundachtzig wartet auf mich, nicht das Meer wie am Cabo da Roca, ein Grab und ich, von Levkojen umgeben, die das Parfüm meiner Schwester überdecken wie hier im Kino, die Stuhlsitze gehen hoch, die Leinwand dunkel, mein Stiefvater, achtzehn Jahre, Gabriela, und das spöttische, kleine Lachen, achtzehn Jahre, Gabriela, Paulos Hände suchen im Pyjama Zuflucht, die Schauspielerin nur Armreifen und Tauben, und er geht um eine Platane herum, die Augen gegen die Gitterstäbe gepreßt, bedroht er sie

– Nein

– Warum haßt du deine Tante Paulo?

– Ich hasse meine Tante nicht ich habe überhaupt gar keine Tante da gibt es einen Bruder meines Vaters aber ich habe seit Jahren nichts von ihm gehört er sucht uns nicht auf interessiert sich nicht für uns

die Augen gegen die Gitterstäbe gepreßt, als wir draußen waren, Paulo

– Ich würde dir gern einen Platz zeigen

ich habe herausbekommen, wo er arbeitete, habe ihn bei der Arbeit aufgesucht, sie haben gesagt, ich solle im Büro der Werkstatt warten, Drahtrollen, Isolierband, eine Klebstoffdose, die als Aschenbecher diente, Schlosser, die in einer Echohöhle Schweißbrenner abfeuerten, kein Satinkissen, kein Kleid, kein Cremetiegel, ein vollkommen anderer Mann als mein Vater mit einem Schmiß vom Rasiermesser am Bart, der auf der Wange immer dunkler wurde, die Brille ruckartig heruntergerissen

– Ich würde dir gern einen Platz zeigen

und einer der Bügel schief, anfangs erloschen, und dann weiß ich nicht, was in ihr immer größer wurde, ein Tabakkrümel, der von der Zunge geklaubt wird

– Ich würde dir gern einen Platz zeigen

an der Wand ein zerrissenes Reklameplakat für Stoßdämpfer, das heißt, das halbe Plakat hing herunter

– Falls du der Sohn von Carlos bist verschwinde augenblicklich

er ist nicht zur Beerdigung gekommen, er muß davon in der Zeitung gelesen haben und

– Na endlich

ihm fehlte der kleine Finger, ich frage mich, wo er den kleinen Finger verloren hat, ihn noch einmal aufsuchen und ihn fragen, wo ihm der kleine Finger abhanden gekommen ist

– Warum haßt du deine Tante Paulo?

– Ich hasse meine Tante nicht ich habe überhaupt gar keine Tante

– Falls du der Sohn von Carlos bist verschwinde augenblicklich

ich wollte nicht Carlos sagen, wollte gerade

– Ich würde gern

einen anderen Namen sagen, das war es doch, ich wollte gerade einen anderen Namen sagen, die Brille zitterte in der Hand, die Lunge lauter als das Meer am Cabo da Roca am Anfang der Welt, die Worte im Galopp zusammen mit den Wolken, ich habe die Werkstatt vergessen, Onkel

hab ich nicht vergessen, Avenida Afonso III, man geht an der Polizeiwache vorbei, dem jüdischen Friedhof, wo die Straßenbahnen eine Kurve machen, sie hören nicht auf, die Wohnblocks zu vermehren

Besuchen Sie die Modellwohnung

und dennoch arme Leute, Alte, kleine, bescheidene Läden, der Barbier ohne Kunden zum Schnurrbartstutzen, mir ist egal, ob Sie den anderen Namen sagen, in all diesen Jahren hat meine Mutter ihn mit meinem verwechselt oder mit den Wipfeln des Wäldchens, hat ihn, vom Wein ermutigt, tausendmal wiederholt, der Besitzer des Cafés, dem ich leid tat

– Judite

Avenida Afonso III, zwischen der Versicherung und dem Gesundheitszentrum, Leute mit Röntgenaufnahmen, Laborwerten, seit drei Wochen ein leichter Schmerz, wenn ich da draufdrücke

husten Sie

wenn ich hier draufdrücke

atmen Sie tief ein

noch ein bißchen höher, Doktor, ein Geschwür, wenn ich hier drücke, Senhor Couceiro, der Diabetes, die Gicht, und Dona Helena, tut es dir nicht weh, wenn ich da draufdrücke, wenn sie eines Tages sterben, dann sind nur ich und Noémia in der Wohnung und starren einander an, die Vase ohne Blumen, das Fahrrad auf dem verglasten Balkon, die Häkelarbeit verlassen auf dem Sessel nichts

überhaupt nichts

die Augen gegen die Gitterstäbe gepreßt, wenn wir draußen sind, und Paulo

– Ich würde dir gern einen Ort zeigen

nur er und Noémia in der Wohnung, die einander anstarren, die Vase ohne Blumen, das Fahrrad auf dem verglasten Balkon, die Häkelarbeit verlassen auf dem Sessel, nichts

überhaupt nichts

dir einen Ort zeigen, nicht im Príncipe-Real-Park bei der Zeder und so weiter, nicht bei der Igreja dos Anjos, etwas weiter, der Geruch der Levkojen und das Parfüm meiner Schwester

– Du gehst mit einem Kranken ins Kino Gabriela?

die Gewißheit, daß die Frisur vom Friseur sich aufgelöst hat, mir blieb die Bluse mit den Ankern und den Fischen und die Kette mit dem kleinen Kreuz, sie hatten mir zum Geburtstag eine neue Bluse versprochen

– Hast du achtzehn Jahre gesagt Gabriela?

und am Ende ein lächerliches Päckchen und im Päckchen ein Portemonnaie aus Kunstleder und ein Paar Wollhandschuhe, ich habe die Kerzen auf dem Kuchen gezählt, und es fehlten zwei

– Es fehlen zwei

meine Mutter öffnete den Stromzähler, suchte unter den Sicherungen, kam mit denen wieder, die wir benutzten, wenn der Strom ausfiel, steckte sie in die Creme, auf der nicht mein mit Schokolade gemalter Name stand

– Da

zwei lange und sechzehn kleine Kerzen, zu Zeiten meines Vaters alle gleich, er bewegte die Finger wie bei einem echten Akkordeon

und es war ein echtes Akkordeon, ich schwöre, Tasten, Knöpfe, die Silberverzierungen, das Grab zweihundertachtundvierzig leer

– Ein bißchen Musik gefällig Gabriela?

der Wind vom Anfang der Welt, ganz Europa hinter uns, kein Zug mit Arbeitern kam aus Frankreich an, Fahrgäste, die aus den Fenstern winken wie Schiffbrüchige, Pakete, mit Band zugeschnürte Körbe, Inseln und Felsklippen, die noch zu entdecken waren, nur die Verlassenheit des Abhangs und das Rauschen der Wellen, Sintra, ja, die Maurenburg, ja, kein Platz in Bus Nummer neunundzwanzig, ja, ich hing mit Dutzenden von Fahrgästen an der Stange

nehmen wir einmal an, daß Cafébesitzer, Zigeuner, Hunde mich treten, sich an mich lehnen, London und Rußland noch nicht, mein Stiefvater auf dem Friedhof sah den zugeschraubten Deckel, den Sarg, wie er hinunterglitt, Schaufeln mit Erde, wurde ruhig, meine Mutter, das Messer über dem Geburtstagskuchen, die mißtrauisch den leeren Stuhl anstarrt

– Hörst du ein Akkordeon Otília?

sie legt das Messer ab, um besser zu hören, aber der Walzer hatte aufgehört, im Bierlokal ein Streit unter Betrunkenen, im Garten der Hund, der sich gegen die Bretter warf, meine Schwester, die sich noch etwas Obst nahm

spiel nicht mit der Gabel, Otília

– Es war der Hund

wenn ich dir erzählen würde, daß es nicht der Hund war, würdest du im Treppenhaus verschwinden, die Schatten meiden, würdest uns nicht mehr besuchen, eine Woche lang Beschwörungen, Gebete, Nadeln in einer Wachspuppe, um Gespenster zu töten, Paulos Augen an den Gitterstäben, er ging langsam, weil ein Schmerz im Bein ihn behinderte oder weil er den Herrn mit dem Spazierstock nachahmte, der ihn im Krankenhaus aufsuchte, nicht den Mut hatte, sich ihm zu nähern, zu reden

– Ist das auch dein Onkel Paulo?

– Ich habe keine Onkel sei still

so erloschen, so alt, er gab dem Krankenpfleger heimlich Kekse, Marmelade und Saft, ging durch den Sumpf davon, Büffel, Wurzeln hinter sich herziehend

– Ist das auch dein Onkel
und die Augen erwürgten mich, schrien
– Sei still
eine Spritze, ein Gummiband, eine Streichholzschachtel, Paulo zeigte eine Zitronenhälfte und versteckte sie wieder
– Ich würde dir gern einen Ort zeigen
nicht eigentlich einen Ort, eine Stelle in Chelas, wo Neger waren, kleine Gärten mit Salat und Bögen von Palästen vom Anfang der Welt, wenn mein Vater und ich allein leben würden, dann in einem Garten mit Salat oder in einem Palast vom Anfang der Welt, ich schlug ihm vor
– Vater
aber er tat so, als hörte er mich nicht, oder war woanders
das Grab zweihundertachtundvierzig
er läßt mich hinter sich zurück, damit Paulo es nicht merkt
– Tun Sie doch nicht so als würden Sie mich nicht hören Papa
Gärten, Paläste, Pilger, die Münzen abzählten und dafür Zeitungsfetzen bekamen, sich in eine Brombeersenke zurückzogen, Ameisenstraßen von Büßern, meine Schwester bitten, daß sie Nadeln in Wachspuppen steckt, für sie betet, sie segnet, ihnen Wasser aus Fátima über den Kopf gießt, und schon sind sie geheilt, die Mulatten, die die Münzen gegen nutzlose Zeitungen eintauschten, einer, der an einer Ecke stand und Paulo grüßte, klappte ständig ein Kindertaschenmesser auf und zu, meine Schwester versuchte, mich zurückzuhalten
– Gabriela
und ich machte es wie mein Vater, tat so, als würde ich es nicht hören
– Ich höre Sie nicht Mutter
woher wußte sie von mir, wie hat sie mich in diesem von Sintra so weit entfernten Stadtteil gefunden, mein Stiefvater
– Achtzehn Jahre hast du gesagt Gabriela?
Otília mit einer Bluse ohne Anker oder Fische, den sechs Monate alten Sohn auf dem Arm

sie hat mir versprochen, daß ich seine Patentante sein würde, aber ich bin es nicht geworden

– Woher habt ihr von mir gewußt wie habt ihr mich gefunden?

nicht auf dem Weg, der am Hang entlang verläuft, in einer kleinen, zwischen Fenster, Portale gezwängten Gasse, eine Leiche auf einer Stufe, vielleicht doch keine Leiche, denn sie schneuzte sich und starb wieder, oder vielleicht eine Leiche, die einen Augenblick lang aufgewacht war

mein Vater?

zeigte mir fehlende Zähne und ein stummes Akkordeon

– Vater

kein Akkordeon, ein Bettler, der schnarcht, Paulo, der Neffe der Schauspielerin

wo tritt deine Tante auf, Paulo, in welchem Theater, auf welcher Bühne?

kam auch mit einem Stück Zeitung zurück, ich stelle mir vor, daß deine Tante in einem scharlachroten Kleid singt, mir fehlende Zähne und ein stummes Akkordeon zeigt

– Vater

kein Akkordeon, ein Bettler, der schnarcht, Paulo, der Neffe der Schauspielerin

wo tritt deine Tante auf, Paulo, in welchem Theater, auf welcher Bühne?

kam auch mit einem Stück Zeitung zurück, ich stelle mir vor, daß deine Tante in einem scharlachroten Kleid singt, ich stelle mir die Geschenke vor, die Einladungen, die Blumen, warum ein Verlobter in deinem Alter, der sich so anzieht wie du, hin und wieder sehe ich, wie sie ein kleines Spitzenquadrat aus der Handtasche zieht, die Augenwinkel trocknet, die nicht feucht waren, sich nie Mühe gaben, dem unsichtbaren Regisseur zu gehorchen

als Taube aus dem Krankenhaus verkleidet, die ein Unglück verlangte

– Ein Unglück Madame

wegen deiner Tante hast du mich nach Chelas geschleppt, nicht wahr, Paulo, und dieses Stück Zeitungspapier und die Zitrone und die Spritze und der Mauerrest, an dem wir uns jetzt hinhocken, und ein Häher

etwas, das wie ein Häher aussah

zwei Noten singend auf einem Baumstamm, die Streichhölzer, die du nicht anbekamst, und ich

– Warte

zündete sie für dich an, das Pulver aus der Zeitung in einen Flaschenverschluß schütten, das Streichholz darunterhalten, und das Streichholz wird zu Asche, verbrennt mich, das Gummiband um den Arm wickeln und, warte mal, Vater, einen Augenblick mal, unterbrich uns nicht, ich habe keine Schuld daran, daß ich mich jetzt nicht kümmern kann, Sie hätten antworten sollen, als ich Sie gerufen habe, kommen Sie mir nicht mit der Geschichte, daß Sie mich nicht beunruhigen wollten, als ich über Ihren Körper auf der Stufe gestolpert bin, führen Sie jetzt nicht an, daß Sie sich ins Hemd geschneuzt haben, mich mit zahnlosem Mund angesehen haben, und du hast mich nicht beachtet, mein Kind

laß mich das Gummiband um Paulos Arm wickeln, um meinen Arm, lassen Sie mich eine Ader aussuchen

die große hier, die andere?

mich für eine dritte fast unter dem Knochen entscheiden, die eine kleine rote Spirale in die Spritze füllt

ich, die ich einen Horror vor Blut hatte, wissen Sie noch, wenn ich mir mal zufällig die Haut abschürfte, mußte man mir einen Verband darüber machen, Heftpflaster, Bonbons, lauwarmes Wasser, das Akkordeon spielte

noch ein oder zwei Millimeter, und eine zweite Spirale, die sich träge tanzend wie Algen und Wassergras im Teich um die erste rollte, halt meine Schulter nicht fest, Mutter, halt meine Schulter nicht fest, Otília, das Gummiband wieder losbinden, ganz langsam den Kolben drücken, beim Reindrücken des Kolbens auf der anderen Seite des Tejo Barreiro oder Almada bemerken, vor Jahrhunderten untergegangene Schiffe mit Schilfrohrbüscheln in den Schornsteinohren, das kleine Spitzenquadrat der Schauspielerin gegen die Haut pressen

einen Zipfel der Bluse gegen die Haut pressen, in den Strümpfen meiner Schwester eine Laufmasche vom Fußknöchel bis zum Kleidersaum, die bei jeder Bewegung des Beins mit einem Ratsch breiter wird, daher nicht hier weggehen, Vater, es mir auf diesem Stein hier bequem machen, während Sie im Grab zweihundertachtundvierzig sind, und ganz stillhalten, nicht an Musik oder Akkordeons denken, die es nicht gibt, den schief liegenden Schiffen zusehen, die immer gegenwärtiger, immer deutlicher, während die Nacht

die Nacht bei mir in Chelas und der Tag auf dem Tejo, diese unbestimmte Kälte, sogar im September, Herrschaften, die Durchsichtigkeit des Abends, aber

wie lustig

Tag auf dem Fluß, Sonntag, Donnerstag, Dienstag, was Sie lieber wollen, suchen Sie sich einen aus, nehmen Sie sich einen, denn ich beachte Paulo nicht, der zu mir kommt, mich untersucht, unruhig wird

– Gabriela

mein Kinn packt, mich leicht schüttelt, glaubt, ich würde ihn nicht hören, und sich Sorgen macht, beschließt, daß ich ihn nicht höre, und am Boden zerstört ist, mich gegen den Mauerrest stößt

er oder meine Mutter oder meine Schwester

er und meine Mutter und meine Schwester

– Gabriela

als würde ich mich

ehrlich

darum scheren, daß sie mich verletzen, mich wie ein lebloses Ding befingern, mich mit der Schläfe oder dem Nacken

die Schläfe, die Ärzte haben geschrieben, daß die Schläfe

gegen die Kante eines Ziegelsteins schleudern, als würde ich mich um ihre Angst scheren, ihren Schrecken, mein zahnloser

Mund starrt sie von der Stufe her an, denn ich bin ein vor Jahrhunderten gekentertes Schiff mit Schilfrohrbüscheln in den Schornsteinohren, denn mein Vater

– Ein bißchen Musik gefällig Gabriela?

hat den Kopf schräg gelegt, führt die Arme zusammen und wieder auseinander, drückt auf die Tasten eines echten Akkordeons.

Kapitel

Als ich eines Sonntags, als wir Chelas verließen, zur Angestellten aus dem Speisesaal sagte, daß mein Vater mein Vater sei

die, die sie für eine Schauspielerin hielt, obwohl ihre Kollegin oder der Krankenpflegerhelfer oder der Krankenpfleger

– Das soll eine Schauspielerin sein?

und ich ihnen, den Pfirsich in der Hand, zuhörte, als würde ich sie nicht hören oder als hörte ich sie, ohne wahrzunehmen, daß ich ihnen zuhörte, mich an die Beerdigung erinnerte, bei der sie ihn als Mann angezogen hatten, ein alter Mann

vierundvierzig Jahre, fast ein alter Mann

mit einem Rest Lidstrich, den niemand außer mir zu bemerken schien, ein Mann

Jackett, Hose und Männerschuhe

den meine Mutter nicht erkannt hätte, den mein Onkel nicht erkannt hätte, den ich nicht erkannt hätte, wäre da nicht Rui neben ihm gewesen, mein Vater, der darum gebeten hatte, ihn so anzuziehen, in der Hoffnung, sie würden ihn nach Bico da Areia und zu einem Garten mit Margeriten bringen, der im Januar die ganze Nacht lang knisterte, wo ihm das Leben

wer weiß

trotz allem leichter gefallen wäre

nein, wo ihm das Leben ohne Applaus, ohne Kunden, ohne Musik schwerer gefallen wäre, nur das Meer oder der Fluß und meine Mutter, die von ihm erwartete, was er ihr nicht geben konnte, die Freundinnen

– Ich verstehe nicht wieso du das alles aushältst Judite

die Nacktheit eines Lammes am Fleischerhaken tauchte aus den Bettlaken auf

– Carlos

forderte ihn auf

– Leg dich zu mir Carlos

also nicht in der Hoffnung, als Mann gekleidet nach Bico da Areia gebracht zu werden, sondern wegen der Heiligen in seiner Garderobe oder aus Furcht vor Gott, Dona Amélia ohne Pralinen oder Zigaretten oder Parfüms umarmte mich, während ich lachte

– Er hat uns darum gebeten ihn als Mann anzuziehen Paulinho

zwischen den Kamelien, die sie aus dem Keller mit in die Kirche gebracht hatten, wo ich ständig auf einen von einem Scheinwerfer angestrahlten Vorhang wartete, die Künstlerinnen, die auf der Bühne die Federn schüttelten, meinen Vater, der erschien und sich in einem Paillettenkreiseln auf den Sarg zubewegte, und anstelle von Applaus und Musik Marlene, Micaela, Vânia, der Brasilianer, dessen Name mir gerade nicht einfällt

Ricarda

die mit ihren Clownsmasken in der Kapelle sitzen, mir war so, als ob mein Onkel und sein geköpfter kleiner Finger, Dona Helena und Senhor Couceiro an einem der Tische bei der Bar, sobald eine Lampe in der Pause zwischen zwei Nummern die Anwesenden durchblätterte, mit Kamillentee anstelle von Champagner

der Diabetes, die Gicht

und der Geschäftsführer leitete die Beerdigung, führte den Priester, den Sakristan, die Angestellten des Beerdigungsunternehmens herein, rückte eine Falte zurecht, verbarg einen Kniff, ordnete an, eine Kerze wegen eines Flecks woanders hinzustellen

– Wir haben nicht das ganze Leben zur Verfügung um auf euch zu warten schnell auf die Bühne

gab aus den Kulissen heraus Kommandos, wenn ein Gebet schneller gesprochen oder ein Segen verändert werden sollte, war empört über Dona Helena

– Haben Sie das Fahrrad Ihrer Tochter vergessen gute Frau?

rief die Kiefern zusammen, schlug den Möwen vor, sich an die Decke zu hängen, und den Zigeunerpferden, auf dem Podium herumzugaloppieren, stieg von einer Kulisse aus gemalten Wellen herunter, gab meiner Mutter eine leere Flasche und zerknautschte ihren Rock

– Tu so als würdest du trinken Judite

der Kleiderschrank zwischen dem Sarg von meinem Vater und dem von Rui, ich zertrümmerte das Auto mit den Holzrädern auf dem Boden der Kirche und bemerkte Senhor Couceiro mit seinen nutzlosen Levkojen im Spiegel

– Schnell schnell du glaubst wohl wir hätten das ganze Leben um die Vorstellung zu Ende zu bringen haben wir aber nicht mein Junge

das Foto von Noémia, darauf nicht einmal mehr ein Pony, nur ein diffuser Nebel, fand einen Platz auf einer Kommode, schnell schnell, und meine Großmutter ging zwischen den Anwesenden hindurch, stieß mit den Clowns, mit dem Priester, den Angestellten aus dem Keller zusammen, tastete ihre Gesichter ab

– Wer ist das hier Judite?

zum ersten Mal seit vielen Jahren fern vom Dorf, in Lissabon, ihre Schwester stieg aus ihrer Grabstätte in Bragança und schüttelte die Erde von der Bluse, um sie mit schlammiger Hand zu führen

– Hier entlang Schwesterherz

in Richtung der Verstorbenen, sie kehrte in das Grab zurück, bat uns um Entschuldigung, der Elektriker und der Besitzer vom Café rückten den Grabstein zurecht, stellten den Namen und das Emaillefoto gerade, zum Glück war Noémia in einer Eisenschublade eingeschlossen, die man nicht öffnen konnte, und die eingravierten Worte Ruhe in Frieden, als würden die Bakterien einen in Ruhe lassen, der Lidstrich meines Vaters, den Geschäftsführer um Reinigungsmilch bitten

– Der Lidstrich meines Vaters

und der Geschäftsführer wütend

– Keine Zeit Blödmann

war damit beschäftigt, die Brücke von Bico da Areia in die Bühne einzupassen und die Möweneier, die das Meer mit sich trug

wohin?

wenn es die Nester zerstörte, wies die Hunde an, sich in ihrem Kienapfelwirbel zu nähern, und Dona Judite, ich habe das Geld dabei, was werden sie über den Daten auf das Grab meines Vaters schreiben, wie werden sie ihn nennen

Soraia?

Senhor Couceiro oder meine Mutter werden ihn jeden Monat mit Levkojen besuchen, die Angestellte aus dem Speisesaal glaubte das Klingeln der Armbänder, der Ohrringe, der Fächer zu hören, mein Onkel neben dem Grab

– Wage ja nicht mir zu erscheinen Carlos wage ja nicht mir zu erscheinen

wenn Sie wollen, leihe ich Ihnen das Auto mit den Holzrädern, damit Sie auf den Marmor einschlagen können, die Angestellte aus dem Speisesaal horchte aufmerksam nach den Armreifen unter der Erde und sah dem Geschäftsführer aufmerksam zu, der meiner Mutter ein Trauerkleid reichte

– Das ist dein Auftritt paß gut auf und vergiß den Wein nicht

die Frisur sah nach billigem Friseur aus, das Parfüm war noch billiger

– Bist du wirklich sicher daß es dein Vater ist Paulo bist du wirklich sicher daß er es ist?

vielleicht die Zeit, die Wurzeln, der Regen

weder der Regen in Trafaria noch in Príncipe Real, noch in Anjos, der Regen der Lorbeerblätter, die auf die Kreuze fielen

Carlos oder Soraia auf dem Grabstein oder weder Carlos noch Soraia, nur die Daten, durch einen Gedankenstrich verbunden

getrennt

trennen oder verbinden Gedankenstriche?

sie müßten verbinden, nehmen wir mal an, sie verbinden, verbunden, durch einen Gedankenstrich ohne einen Namen verbunden, es hat keinen Vater gegeben, es hat einen anderen gegeben, weil Sie meine Mutter in der Schule abholten und die Glyzinie wieder an die Drahthaken hängten, einen anderen, der uns von weitem her ausspähte, darauf wartete, daß der Besitzer des Cafés uns mit einem Viertel Wein besuchte, und der dann durch das Wäldchen zum Bus ging, den Tejo nach Lissabon überquerte, die Angestellte aus dem Speisesaal ging nach Olaias hinunter, zwirbelte das Kreuzchen an der Kette

– Die Schauspielerin ist dein Vater Paulo du lügst mich doch nicht an?

ohne auf die Beileidskarten und die unbezahlten Gasrechnungen zu achten, die im Rahmen mit den Ohnmacht blinzelnden Lampen steckten, auf Vânia, die sich vor uns auszog, auf Rui, der Zigaretten in Cremetiegeln ausdrückte, wahrscheinlich lebten sie alle noch, Rui wahrscheinlich morgen in Chelas mit einem Umschlag voll Scheinen und dem Mantel, der lange schon sein Hemd war, er hatte eine Wohnung, ein Auto, eine Anstellung gehabt, war reich gewesen

– Dein Alter hat sie mir gegeben

oder, besser gesagt

– Ich habe sie geklaut

ich hab ihn schlafend erwischt und habe sie gestohlen, morgen, wenn er sie unter der Matratze sucht, wird er verzweifelt sein wegen des Wechsels von der Waschmaschine, der vor zwei Monaten fällig war

– Mein Geld Rui?

und die Bank pfändet ihn, er hatte mal einen Swimmingpool

– Erinnerst du dich an den Schwimmreifen der eine Giraffe war Rui nachts im schwarzen Wasser?

eine Villa mit Garten, Ruis Tante, die gerade mit einer Freundin telefonierte, er hat einen Scheck mit meinem Namen unterzeichnet und ist verschwunden, keine Ahnung, wohin, Pilar, der

Geschäftsführer des Kellers veränderte die Stellung ihres Körpers, nachdem er eine blaue Glühbirne herbeigerufen hatte, die sie schräg anleuchten sollte

– Reden Sie nicht mit dem Telefonhörer reden Sie mit dem Publikum gnädige Frau noch einmal

und sie, während ich zur gleichen Zeit mit der Angestellten aus dem Speisesaal auf dem Weg nach Príncipe Real war

– Er hat einen Scheck mit meinem Namen unterzeichnet und ist verschwunden keine Ahnung wohin Pilar

die Rua da Palmeira mit Kohle auf die Kulissen gezeichnet, Skizzen von vier oder fünf Balkons, vier oder fünf Dächern, für uns beide auch eine Glühlampe, der Neffe des Geschäftsführers schrie nach oben, wo der für die Scheinwerfer Verantwortliche auf einem Gerüst stand

– Achte auf den Sohn

der Sohn kam in Begleitung einer Bluse vom Wühltisch mit Ankern und Fischen aus Chelas, und die Nadel, die Spritze, die Zitrone in der Tasche, auch die Zeitung, in der Hoffnung auf einen kleinen Rest Droge, man glaubt, sie ist alle, und wenn man sie in den Löffel schüttelt oder in den Flaschenverschluß, findet man fast noch ein Viertel Heroin, der Magen hart, wenn ich mich an Senhor Couceiro erinnere, immer in Habtachtstellung

ein Feldwebel

im Album er im Sonntagsanzug, kerzengerade, vor ihm an seine Schulter gelehnt, stocksteif wie ein Gewehr, seine Tochter, also darf Senhor Couceiro nicht vergessen werden, und der Geschäftsführer zu meiner Mutter mit ihrem leeren Halbliterkrug, die sich wegen des speckigen Morgenmantels schämt, ihre Haarsträhnen richtet und sie dabei noch mehr durcheinanderbringt

– Ihr Sohn heißt Paulo nicht wahr

dieser magere Kerl, dessen Blicke entweder um uns herumspringen oder sich bescheiden in einer Ecke des Hauses zusammenrollen, an seinem Arm ein Mädchen, das nach Eintopf riecht

Scheinwerfer auf sie richten

die Wühltischbluse einer Krankenhausangestellten, die verdammt dazu war, sich Geld zu leihen oder ein paar Cents abzuzweigen, wenn sie zum Einkaufen geschickt wurde

wer sagt mir ihren Namen, wie war noch ihr Name verdammt

sie beißt auf das Kreuzchen, rollt die Kette auf, läßt das Kreuzchen los, während die Kollegin

wo ist die Kollegin abgeblieben, Marlene soll herkommen und die Kollegin spielen

während die Kollegin auf der Treppe zum Speisesaal

– Das soll eine Schauspielerin sein?

das Mädchen

sagen wir einfach Gabriela, weil uns nichts Besseres einfällt, Gabriela tut's und paßt zur Bluse, die Ohrringe aus Korallenimitat, ein bißchen Akkordeonmusik, ein nicht zu ortender Wind vom Anfang der Welt, Felsklippen, geduckte Büsche, kleine Wolken auf der Flucht, von Arthrose verkrüppelte Finger

und die sonst niemand bemerkte

– Jetzt nicht Vater

das Grab zweihundertachtundvierzig in Sintra, sobald ich kann, werde ich ins Beerdigungsinstitut gehen, einen Seraph aus Gips kaufen, der ihn beweint, der Verkäufer rät mir zu Kalkstein

– Nach zwei regenreichen Januaren ist Ihr Seraph garantiert im Eimer

der Seraph weint um sich selber, nicht um meinen Vater, von den Tränen werden die Nase, die Ohren, die Locken auf der Stirn mitgerissen, die derselbe Friseur fabriziert hat, der das Mädchen gekämmt hat, wenn es auf dich regnet, Gabriela, löst du dich am Mauerrest auf dem Boden auf wie nach dem Heroin, wenn wir uns an die Ziegelsteine lehnten, den Häher hörten und uns über die Schlammfetzen von Chelas erhoben, über Dália, die keinen Doktor geheiratet hat, irgendwo am Hang mit ihrem Almosenteller laß mich deinen Namen noch einmal wiederholen, Dália, wegen des Dreirads auf dem Zement, wegen der Hefte mit den Sammelbildchen, ich mochte dich so gern

also, wenn es regnet, und demnächst wird es regnen, es regnet am Ende immer, nicht wahr, und du dich auf dem Boden auflöst wie der Seraph aus Gips, du, in deiner Bluse, mit Otílias Schmuck, der Geschäftsführer bittet um Glockengeläut und eine Leinwand mit Lorbeerbäumen und kleinen Totenvasen, die von der Decke aus abgerollt wird und sich vor die Pinseleien vom Príncipe Real schiebt, deine Mutter, dein Stiefvater, deine Schwester mit deinem Neffen auf dem Arm und mit der kleinen Kette aus abgeplatzten Perlen, die du so schick fandest und die sie dir nie geliehen hat, Vânia mit einer Stoffpuppe blähte den Hals auf, bot die Kette dar, ahmte für das Publikum im Keller deine Schwester nach, während Marlene dazu mit Zweigen auf dem Kopf die Weide darstellte, und Micaela, der es nicht gelang, die Bluse mit den Ankern und den Fischen zuzuknöpfen, fragte mich so etwa beim Conde Redondo, wo früher die Straßenbahnen

– Wie kann denn die Schauspielerin dein Vater sein Paulo wo die Schauspielerin doch kein Mann ist?

es fehlen die Schwäne vom Campo de Santana, mein Herr, vergessen Sie die Schwäne nicht, stellen Sie da ein paar Schwäne hin und einen alten Mann, der mit einem Stock und einem Nagel Zigarettenkippen angelt, und da kneift mich doch Micaela in den Ärmel, verweilt an meiner Schulter, packt mein Handgelenk

einen oder zwei Schwäne bitte schön, auch wenn sie nur aus Ton wie die von den Weihnachtskrippen sind, und der Garderobenspiegel dient als Teich, ein oder zwei Schwäne, mein Freund, genug, um ihn zu vergessen

– Das ist nicht dein Vater Paulo wie kann sie dein Vater sein?

damit ich ihn endgültig vergesse, die Angestellte aus dem Speisesaal oder die Verblüffung der anderen, meine Mutter in Bico da Areia ein Dutzend Albatrosse krächzen in der Tagundnachtgleiche, und ich vergesse auch meine Mutter

die auf dem Bett sitzt und nach einem Jäckchen sucht, denn der Oktober hat angefangen, und die Rolläden sind undicht, und in Alto do Galo war Feuchtigkeit, Nebel, der erste Schwarm Raben, denn ihr fehlt das Lämpchen Wein, und der Fußboden

die Dielen, die es schafften durchzuhalten

neigte sein schiffbrüchiges Deck nach vorn, die andere krümmt sich unter dem Bettlaken zusammen, die Kehle, das Knie, etwas, das sich in einen Fuß verwandelt, eine Herdflamme anzünden, aber das Gas ist alle, einen Stuhl suchen, aber der Stuhl entglitt mir

entglitt ihr

stieß gegen die Kommode, stoßen Sie gegen die Kommode, gute Frau, lassen Sie die Flasche nicht los, und stoßen Sie den Stuhl gegen die Kommode, der Stuhl geht kaputt, ein Wasser- oder Weinglas fällt um, erreichen Sie wieder das Bett, die Hüften unabhängig, selbständig, lassen Sie ihnen ihr Eigenleben, lassen Sie sie mit den ebenfalls unabhängigen, selbständigen Wänden kämpfen, und in diesem Augenblick Pferdehufe oder die Stimmen von Zigeunern, die aus dem Kiefernwäldchen zurückkommen, das Fieber der Hunde

– Dona Judite Dona Judite

rings um die Mauer stieg die orangefarbene Oktoberhelligkeit von Trafaria herunter, wo das Wäldchen angezündet wurde, die Glyzinie, deren Lebenskraft nachließ, der Vorhang im Keller wurde plötzlich zur Seite gerissen

man erkannte einen Hut an einem Nagel und einen Besen dahinter

und mein Vater ging über die Bühne und begrüßte uns, die Frau mit den Pralinen, die vom Friedhof zurückgekehrt war, versuchte ihn zu küssen

– Soraia

mit weinerlicher Freude, küßte Dona Helena, die in der Küche einen Fisch schuppte, Herrn Couceiro, die Angestellte aus dem Speisesaal

– Das ist nicht dein Vater Paulo das kann nicht dein Vater sein

das Kreuzchen und die Kette, der Ärger mit den Strümpfen, sie küßte mich, der ich mit Hilfe der Zähne das Gummiband zuband, der Polizist nur eine Taschenlampe

– Kennst du den?

während er in Fonte da Telha auf den von den Scheinwerfern der Jeeps entblößten Rui zeigte, Rui, der vor Schmerzen angespannt in Krimskrams, Rechnungen, Trockenblumen, Lilien, Gardenien, Rosen in den Verstecken in der Wohnung stöberte, in Schubladen, die er aufzog, aber nicht wieder zumachte, in der Truhe der Handtücher, den Töpfen in der Küche, in denen Ameisen und kaltes Essen

– Scheiße wo ist der Ring mit dem Aquamarin?

fand das zerbeulte Medaillon auf dem Bord der Bettlaken, das mit den Kupferverzierungen, das meine Mutter immer getragen hatte und das ich hübsch fand, ein grauenhafter Talmi, Pilar, eins von diesen Dingen, die Putzfrauen, Nähfrauen, arme Leute mögen, es ist einfach nicht zu begreifen, wieso ihnen schlechter Geschmack soviel Freude macht, meine Mutter heftete das Medaillon an die Ecke des Kragens, und ihr Körper wurde harmonischer, größer, eins von diesen Dingen, die Putzfrauen haben und die sie aus Gott weiß was für Gründen so wichtig finden, eines unserer ehemaligen Dienstmädchen hat sich beispielsweise eine Kaninchenstola gekauft und nicht mehr mit uns geredet, die Schwäne vom Campo de Santana, mein Herr, nehmen Sie es mir bitte nicht übel, und stellen Sie die Schwäne da hin, es ist egal, ob sie

– Was wirst du machen Paulo?

es ist egal, ob sie

– Und morgen was dann Paulo?

stellen Sie sie einfach so hin, daß ich meine Mutter nicht treffe, daß wir nicht wieder

und wieder und wieder

von einem Mittagessen vor vielen Jahren in Cova do Vapor zurückkehren, auch wenn es mehrere Mittagessen waren, ist es immer dasselbe, das einzige, meine Großeltern, mein Onkel

das heißt, ich hätte gern gehabt, daß meine Großeltern und mein Onkel anstelle der Fremden im Restaurant gewesen wären, wenn ich mich recht erinnere, war da einmal eine Lehrerin aus der Schule, in der meine Mutter unterrichtete, ein anderes Mal der Schwager eines Cousins, der, sobald er meinen Vater bemerkt hatte, so tat, als hätte er uns nicht gesehen, es war klar, daß er über uns redete, weil die Hand die kleinen Geheimnisse verbarg und wer weiß wie viele Blickschleudern uns trafen, ein Schwan, der uns vor ihnen schützt und verhindert, daß ich höre, wie sie von dem da hinten reden, dem weibischen Kerl, der zieht sich als Frau an, hat Frau und Kind wegen eines drogensüchtigen Jungen verlassen, bringen Sie nun die Schwäne, oder was, helfen Sie mir nun mit den Schwänen, das Medaillon, das ich verloren geglaubt hatte, meine Mutter hielt ihre Beschämung mit der Serviette, harmonischer, größer, mein Vater verschwand im Glas, gib mir den Rest der Spritze, Rui, diesen kleinen Rest in der Spritze, mir hilft er vielleicht, und dir nützt er nichts mehr, die Fragen der Schwäne sehen oder die von Dona Helena eines Abends, als sie die Nase von der Häkelnadel hebt, ein Glitzern von Brillengläsern wie aus Mitleid

so ein Unsinn

oder Angst

Angst, auch Unsinn, ich bin erwachsen, begreifen Sie das endlich, bringen Sie mich nicht durcheinander, wenn ich, der ich nie Zeitung lese, Zeitung lese

– Was wird nun aus dir Paulo?

und die Nase versenkt sich

reumütig?

in das Deckchen, die Häkelnadel arbeitet eifrig, wenn ich es recht bedenke, brauche ich keine Schwäne, lassen Sie sie im Campo de Santana, es reicht mir, die Zeitung zu lesen, Senhor

Couceiro tadelt sie wortlos, der Spazierstock pendelte ein ganz klein wenig hin und her, und ich wahnsinnig an einer Nachricht interessiert, die kompliziert zu lesen war

warum bloß schrieben sie Nachrichten, die kompliziert zu lesen waren?

Sie brauchen nicht den Versuch zu unternehmen, mich zu beschützen, glauben Sie auch nicht einen Augenblick lang, daß ich Sie mag, Sie können gewiß sein, daß ich Sie nicht mag, als Rui das Medaillon hatte, mein Vater

– Rui

nicht böse, bittend, bereits so dünn im Bett, ein Clown, der jetzt komischer war als zu gesunden Zeiten, endlich ein richtiger Clown, jetzt, wo Sie sterben werden, erkenne ich Ihr Talent, bewundere ich Ihre Kunst, ich applaudiere Ihnen, Vater, bitten Sie noch einmal

– Rui

bitte, nicht böse, ein vollkommener Seufzer, das

– Rui

fast unausgesprochen, ein Flehen, das aufgibt, und ich bewundere Sie, Vater, werfe Ihnen eine Praline, ein Parfüm, eine Packung Zigaretten aufs Podium, meinen Glückwunsch für den Kopf auf dem Kissen, die feinen Fingerknöchel, die Strähne auf der Glatze, die Ihnen auf der Haut festklebt, für die Hand, die sich kaum merklich bewegt und Rui nicht festhält, meinen Glückwunsch dafür, daß Sie an Bico da Areia, an meine Mutter, an mich gedacht haben

– Paulo

allerdings hört man nur, wenn man genau aufpaßt, daß

– Paulo

und nur eine Tunika gegen den Luftzug vom Fenster wispert Ihnen adieu zu, Sie möchten den Hohlspiegel, in dem Sie die Wimpern richteten, Sie wollen hören, wie die Hunde die Kienäpfel gegen das Haus werfen, Sie wollen

ein letztes Mal

die Reiher, die von der Brücke kommen, angezogen von dem, was die Ebbe auf dem Strand hinterließ, also Ihrem Lippenstift, Ihrem Rouge, einem Stück vom Plakat, aus dem Sie uns einen Kuß zuwerfen, Vater

eine Künstlerin, eine Künstlerin, ich versichere Ihnen, eine Künstlerin

die Reiher zerfetzen Ihren Kuß mit den Klauen, dem Schnabel, ich weiß nicht wer und nicht wo, vielleicht der Zwerg vom Kühlschrank oder die wenigen Lampen, deren Birnen nicht zerbrochen wurden

– Warum Carlos?

und wenn sie angehen, große Pfützen aus Dunkelheit auf den Dächern, Glyzinienzweige, Sie in Príncipe Real

– Sie nehmen doch an daß er sterben wird nicht wahr?

geistesabwesend weder mich noch meine Mutter wahrnehmend, die aus dem Kleiderschrank heraus nach Cova do Vapor kommt, und eine unentschlossene Eitelkeit, soviel Kindheit in ihren Gesten

– Gefalle ich dir Carlos?

antworten Sie ihr, daß sie Ihnen gefällt, auch wenn Sie dann lügen, und Sie lügen, Sie haben nie aufgehört zu lügen, ich liebe dich, und es war gelogen, ich habe mich nach dir gesehnt, und es war gelogen, ich möchte auch heiraten, und es war gelogen, Sie lieben sie nicht, hatten keine Sehnsucht, wollten nicht heiraten, sie haben Knoten in Ihre Finger gemacht, also lügen Sie, mein Herr, was kostet es Sie denn schon

– Du gefällst mir

beachten Sie den Elektriker, die Hunde, den Besitzer des Cafés nicht

– Rui

Judite, versuchen Sie es mal mit Judite, Sie sprechen ihren Namen nie aus, reden nie mit ihr, erinnern Sie sich an die Schwäne, mein Herr, das tun Sie doch, Fragen ohne Antwort kreisen auf dem Teich, soll ich Rui verbieten, mit dem Medaillon wegzugehen, soll ich es wieder auf das Bord der Bettlaken zurücklegen, wieviel Zeit noch auf dem Kissen, bis die Blätter auf dem Friedhof daherwirbeln und Ihr Gesicht verschlingen, was wird auf Ihrem Grab stehen, wie werden Sie da heißen

– Was wird auf Ihrem Grab stehen Vater wie werden Sie da heißen?

die Angestellte aus dem Speisesaal mit mir in Príncipe Real, der Park und so weiter, die Zeder und so weiter, wozu Einzelheiten, Baumstämme mit lateinischen Namen, die Senhor Couceiro kennt, der Köter mit der Schleife entdeckt die Zitrone in meiner Tasche und leckt die Zitrone, wie sagt man Zitrone, wie sagt man Noémia auf lateinisch, Senhor Couceiro, wie sagt man Soraia, wie sagt man Clown, Kleider auf dem Teppich, auf dem Telefontisch, eine Gabel in einer Schüssel und in der Schüssel Kerne, nicht zusammenpassende Handschuhe, Haare, ein Arbeiter hämmert Tag und Nacht im Keller, wenn man hinuntersteigt, schaut einen der Arbeiter zwischen Balken und Eimern an, kaum haben wir die Tür geschlossen, wieder der Hammer, der Vermieter zu meinem Vater

– Was für ein Hammer mein Freund ich habe da keinen Arbeiter

er folgte uns unwillig über die Treppen ohne Licht, was für ein Hammer, mein Freund, wo ist der Hammer, auf jeder Stufe ein Streichholz, das zittert und erlischt, und bevor es erlischt, Backsteinhöhlen, die Tür

wie eigenartig

verschlossen, noch mehr Streichhölzer, bis er den Schlüssel in der Vielzahl am Ring gefunden hat, und als wir noch mehr Streichhölzer anzünden, ein Waschbecken, eine Porzellanpuppe, Tunnelatmosphäre, der Arbeiter zwischen Balken und Eimern, der Vermieter

– Welcher Arbeiter?

der Geschäftsführer zu dem für den Ton Verantwortlichen

– Einen Hammer verdammt noch mal

einen Hammer, verdammt noch mal, macht ein kleines Fenster in die Leinwand, verdammt noch mal, damit der Arbeiter, und auf der Leinwand der Park und so weiter, Buchsbaumbüsche, die uns begrüßen

– Guten Tag

was wird auf Ihrem Grab stehen, Vater, wie werden Sie da heißen, die Blätter auf dem Friedhof wirbeln daher und verschlingen den Grabstein, auf dem Soraia, auf dem nur die Daten, und Dona Helena

– Der Arme

meine Mutter mit dem Medaillon, das schief sitzt, und der Geschäftsführer zu meiner Mutter

– Laß die Flasche nicht los

auf der Suche nach ihm auf den Friedhofswegen, sie haben sich bei einem Tanzfest kennengelernt, in einem Café, an einer Bushaltestelle, ein Regenschirm und soviel Wasser, gnädiges Fräulein, nehmen Sie es mir nicht übel, gnädiges Fräulein, Sie sollten sich unterstellen, und die Warnungen von zu Hause, Unbekannte, du weißt schon, ein Angestellter im Uhrmacherladen, ich Lehrerin in der Schule, der Wind verbog den Regenschirm und krümmte die Speichen, graue Fassaden, die auf uns abfärbten, einen Tintenfleck bemerken und wegen der Tinte erröten, wegen des Kittels über dem Arm, wegen der Aktentasche mit den Büchern, wie ein kleines Mädchen ich bin Lehrerin in der Schule wiederholen, und er stimmte mir zu, ohne mich zu hören, ihm sagen, daß ich in Seixal wohne, denn Bico da Areia ist so ärmlich, so häßlich, und dann noch Bettler, Zigeuner und Unrat vom Fluß, damals gab es schon die Hunde und die Kienäpfel, den Besitzer vom Café

– Judite

schräg herübersehen, und ich nackt im Laden, die Ehefrau des Besitzers wusch Gläser und Tassen ab

wer wird etwas auf mein Grab schreiben, der Elektriker, mein Sohn, meine Mutter, die mit den Fingern über die Buchstaben fährt

– Judite

meine Tochter Judite, mein kleines Mädchen, sie ließ nicht locker, riechen Sie den Mimosenduft, Mutter, bemerken Sie die Mimosen nicht, sie nahm ihren Sohn auf den Arm, riechst du die Mimosen nicht, der Mann allein in Lissabon und dann

das war absehbar

der Wein, wenn sie ging, klirrten die Flaschen, und die Flaschen leer, sie wachte wegen der Mimosen auf, obwohl ich es nicht beschwören möchte, war mir so, als wenn manchmal Männer

– Judite

in ihrem Zimmer, aber vielleicht der Hühnerstall, die Aufregung im Taubenschlag, wer schreibt was auf ihr Grab, der Elektriker, mein Enkel, die Hunde, auf das meines Mannes haben sie meinetwegen sehnsüchtig vermißter Gatte, sehnsüchtig vermißter Vater geschrieben, als es dem Geschwür einfiel, und er brodelte unter der Erde, so daß man, wenn man näher kam, hörte, wie er sich in Luft auflöste, in den letzten Jahren nur Zigaretten und Schlaflosigkeit, der Mund murmelte

– Ach du weißt gar nicht wie schwer das Leben ist

bat, wir sollten ihn unter der Weinpergola lassen, die Decke über den Nieren, der sehnsüchtig vermißte Gatte, der mit erloschener Zigarette eins mit seiner Niedergeschlagenheit, der sehnsüchtig vermißte Vater, der Blut ins Taschentuch spuckte, bevor er in Frieden brodelte und zu einer diskreten Flüssigkeit wurde, die sich mit dem Wasser des Schöpfrades vermischte, ich habe die Bank unter der Pergola und die Decke auf der Bank gelassen und schaute meiner Tochter zu, die auf dem Grabstein Himmel und Hölle spielte, den sehnsüchtig vermißten Vater in Kreidequadrate aufteilte, ohne das Sprudeln zu bemerken, bis der Doktor in Bragança

– Sie haben einen Nebel im Auge meine Gute

der Arzt fleckig, meine Tochter fleckig

– Riechen Sie die Mimosen Mutter?

der sehnsüchtig vermißte Ehemann fleckig, die Schlaflosigkeit fleckig, ein Nebel in beiden Augen, meine Gute, bis sie mir die Bank und die Decke gestohlen haben, irgendwo auf einem Haken in der Küche oder auf dem Griff einer Sichel muß es noch seine Mütze geben, irgendwo muß eine Weste, ein Päckchen mit Zigarettenpapier sein, wir haben nie gestritten, wozu streiten, fast zu Anfang unserer Ehe kam er von einem Jahrmarkt mit einem Medaillon mit Kupferverzierung an, er hat es mir nicht geschenkt, hat es auf den Tisch gelegt, eine Sicherheitsnadel daran gelötet

sehnsüchtig vermißter Gatte, sehnsüchtig vermißter Vater

damit ich sie ans Kleid stecken konnte, und verschwand im Garten, ich steckte mir das Medaillon an, und er hustete am offenen Feuer, so viele Hähne gleichzeitig da draußen taten mir weh, ich fand ihn, wie er sich mit den Mimosen vermischte, wo ein geduldiger, monotoner Hammer, auf einem Platz, den ich nicht kenne, auf dem eine Zeder, ein Park, in dem mein Enkel zur Angestellten aus dem Speisesaal, warte, ich stelle dir die Schauspielerin vor, sie wartet im Schlafzimmer auf uns, die sie für eine Schauspielerin hielt, obwohl die Kollegin, der Krankenpflegerhelfer, der Krankenpfleger

– Das soll eine Schauspielerin sein

wenn sie den Neffen im Krankenhaus besuchte, und diese Tauben, mein Gott, so störrisch, wütend, die Schauspielerin rief

– Rui

nicht böse, bittend, merkst du, bittend, sie wurde nicht böse mit ihm, sie wurde mit ihren Kolleginnen wegen eines Spitzentuches oder eines Kunden böse, sie sind so besonders, die Schauspielerinnen, so peinlich genau bei unwichtigen Dingen, genau wie wir, sie sind so mißtrauisch, nicht wahr, und danach ein ärmliches Erdgeschoß, die Badewanne, die als Wäschetruhe diente, das Eßzimmer, in dem wir nie gegessen haben, es heißt, mein Vater sei sehr krank, es heißt, er wird sterben, aber kümmere dich nicht darum, mein Vater ist in Bico da Areia geblieben, zerknautscht die Überdecke und streicht sie wieder glatt nein, mein Vater ißt in Cova do Vapor mit meiner Mutter zu Mittag, die mit dem Perlmuttmedaillon aus dem Kleiderschrank kommt, harmonischer, größer

– Gefalle ich dir Carlos?

und mein Vater ein Mann, ich schwöre dir, ein Mann

– Du gefällst mir

und

– Ich liebe dich

und

– Ich habe mich nach dir gesehnt

kein Cafébesitzer, kein Elektriker, kein Kienapfel an den Fensterscheiben, die Schauspielerin ist tatsächlich meine Tante, und deine Kollegin hat keine Ahnung, die blöde Gans

– Das soll eine Schauspielerin sein?

und auch der Krankenpflegerhelfer und der Krankenpfleger, die keine Ahnung haben, die Schauspielerin ist meine Tante, mehr noch als eine Schauspielerin, eine Tänzerin, eine Sängerin, das hier ist Gabriela

ich habe dich Gabriela genannt, siehst du, ich bringe es fertig, dich Gabriela zu nennen

sie wartet im Schlafzimmer auf dich, bevor du hinschaust, beachte die Satinbettücher, die Tunika gegen den Luftzug vom Fenster, die dir adieu zuwispert, vielleicht ist ihr Hals zu dick, aber dennoch weiblich, Gabriela, die Hände zu groß, aber es gibt solche Frauen, glaub deiner Kollegin, dem Krankenpflegerhelfer, dem Krankenpfleger nicht

– Das soll eine Schauspielerin sein?

ich habe ihr die Lippen angemalt, die Wangen, die Stirn geschminkt, die Suppentasse draußen auf den Balkon gestellt, den Männerschlafanzug, den eines Kranken, eines alten

eines beinahe alten Mannes

gegen ein karminrotes Nachthemd getauscht, habe vom Eingang des Zimmers verkündet

– Das hier ist Gabriela Tante

und es ist schade, daß in Príncipe Real der Regen voller Zedernnadeln ist

oder Lorbeerblätter, Weidenblätter und kein Name auf dem Grabstein

stimmt nicht, ein Satz auf dem Grabstein, den ich bezahlt habe, den ich zahlen werde, wenn ich Geld habe, und ich werde Geld haben, Dona Helena leiht es mir, schreiben Sie sehnsüchtig vermißter Gatte, sehnsüchtig vermißter Vater, meine Mutter zeichnet die Quadrate von Himmel und Hölle auf den Grabstein

– Warum Carlos?

und vergißt ihn, als sie das Steinchen zur Sechs, zur Acht wirft

– Gewonnen

während ich mit dir im Schlafzimmer stand, in dem ich die Samtgirlanden zurechtgezupft, das ich mit Parfüm gesättigt hatte und in dem die Schauspielerin, etwas blaß von der Aufführung vom Vortag, für dich so aussieht, als würde sie schlafen, aber sie schläft nicht, sie ist hellwach, interessiert, bittet, was sich anhört wie

– Rui

aber es ist nicht Rui, das hast du falsch verstanden, das ist

– Paulo

ist

– Gabriela

das sind unsere beiden Namen, sie hat dich erkannt, freut sich, dankt für deinen Besuch, und wir können gehen, bevor der Regen wiederkommt, voller Zedernnadeln

oder Lorbeer- oder Weidenblätter

und uns daran hindert, sie zu sehen, während sie sich von uns verabschiedet, weil sie gern

und da sollte man dem Aberglauben von Schauspielerinnen nicht zuwiderhandeln

zeitig auf der Bühne ankommt.

Kapitel

Wenn man es sich recht überlegt, ist das Leben schon merkwürdig, noch vor ein paar Tagen

oder, anders gesagt, gerade eben noch

war ich im Krankenhaus interniert, der Psychologe, wenn du nicht ein Haus und eine Familie und einen Baum zeichnest, sage ich dem Arzt, daß du niemals rauskommst, und plötzlich

ohne Übergang

bin ich hier auf dem verglasten Balkon in Anjos, drücke den Kolben der Spritze in die Haut hinein, während sich der Kolben der Nadel nähert, werde ich zu einem Gasballon oben unter der Decke, dessen Bändchen herunterhängt

dasselbe, das ich benutzt habe, um die Vene zu finden, und um den Arm gezurrt habe

allerdings beginnt in zwei Stunden das Gas zu entweichen, und ich komme wieder herunter, bis ich auf Dona Helena treffe, die bügelt, Senhor Couceiro auf seinem Sessel und den Psychologen, der das Haus, die Familie und den Baum betrachtet, ich habe die in Bico da Areia versucht, und das Ergebnis waren Wellen, ein Mädchen auf dem Dreirad, ich habe noch die Schwäne hinzugefügt, der Psychologe, was ist das, und ich, das sind Schwäne, die fragen, und niemand weiß, was, der Psychologe gab mir ein neues Blatt, wir sind hier nicht in der Kunsthochschule, mein Junge, als ich ein Haus gesagt habe, habe ich ein Haus gemeint, aus, als ich Familie gesagt habe, habe ich Familie gemeint, Schluß, aus, als ich ein Baum gesagt habe, habe ich einen Baum gemeint, Schluß, der Test schließt weder Margeriten noch Schwäne ein, also nimm den Bleistift und mal mir schnell das Häuschen, dabei dachte ich an die Avenida Almirante Reis und gab ihm ein fünfstöckiges Haus ohne Fahrstuhl zurück, die Windstöße voller Spatzen, die uns die Kirchenuhr zusammen mit den Uhrzeiten herüberwarf, und ich flog mit Hilfe der Spritze an der Decke des Balkons, der Psychologe, was soll das da, ich erklärte ihm, daß ich das bin, wie ich an der Balkondecke fliege, während mir das Bändchen die Venen dick macht, vom Ärmel rutscht, der Psychologe, welches Bändchen, ich, wenn Sie mit mir nach Chelas kommen und mir Geld leihen, können wir beide zusammen mit den Tauben über den Platanen fliegen, der Psychologe beschwert sich beim Arzt, der erklärt hier heute, daß er fliegt, der Arzt, wenn er fliegt, stutze ich ihm ganz schnell die Flügel, machen Sie sich da keine Sorgen, er rief den Krankenpfleger, komm mal eben her, Vivaldo, und kaum daß Senhor Vivaldo, Sie haben mich suchen lassen, Doktor, der Arzt, stellen Sie sich vor, dem Freund hier ist eingefallen, vor meiner Nase zu fliegen, und während ich auf den Wasserhahn vom Waschbecken schaute, aus dem rostiges Wasser tropfte, das das Porzellan braun färbte, fragte Senhor Vivaldo, der sich immer mit der anderen Angestellten aus dem Speisesaal im Verbandszimmer einschließt, der Rotblonden, Metallisches fiel hinter der Tür, und sie, aber, aber, dieses vorwitzige Händchen, Senhor Vivaldo, dieses freche Händchen, wahrscheinlich dasselbe, das er mir auf die Schulter legte, während er den Arzt fragte, den soll ich also wieder auf die Erde zurückholen, Doktor, die Tropfen am Wasserhahn rundeten sich, wurden länger, waren mit einem winzigen Fädchen am Rand befestigt, bewegten sich aufwärts, rundeten sich wieder und wurden mit der Entscheidung zu fallen vollkommen rund, und im Innneren die Deckenlampe in Miniatur, der Krankenpfleger nahm das vorwitzige Händchen von meiner Schulter, verschwand in der Höhle des Korridors, wo eine Angestellte den Fußboden schrubbte und flehte, warten Sie eine Minute bis das trocknet warten Sie eine Minute bis das trocknet warten Sie eine Minute bis das trocknet, der Arzt in nachdenklichem Tonfall, ohne mich anzusehen, wobei er mit dem Kugelschreiber auf den Daumennagel klopfte, wir sind also Vögel, sehr gut, sehr gut, das genau in dem Augenblick, in dem ein Tropfen, der langsamer war als die anderen, länger wurde und sich wieder zusammenzog, der Psychologe zeigte ihm meine Zeichnung vom Haus, der Arzt, glauben Sie, ich will Bildchen anschauen, Teixeira, sagte weiter, sehr gut, sehr gut, und brachte irgend etwas am Fingernagel in Ordnung, bis der Krankenpfleger mit einer Tablette auf einer Untertasse zurückkam

introibo ad altare Dei

weiß, groß, mit einem Spalt in der Mitte, er zwinkerte dem Arzt zu, forderte mich auf, zeig die Zunge, mein Vögelchen, genau das Gegurre, das auf die Metallteile und die Proteste der Rotblonden wegen des vorwitzigen Händchens folgte, der Arzt unterbrach ihn, sehr gut, sehr gut, starrte mit wohlwollender Zustimmung auf die Tablette, das vorwitzige Händchen zwängte sie mir in den Mund, das freche Händchen bot mir einen Becher Wasser an und machte ihn wieder zu, die Welt

wenn man es sich recht überlegt, ist das Leben schon recht ungewöhnlich

schrumpfte urplötzlich, das Universum ein Wassertropfen, der alles enthielt, das Haus, die Margeriten, das Mädchen mit dem Dreirad, das letztlich nicht Dália war, es war die Cousine, die beide gleichzeitig in die Pedale traten, sich etwas zuflüsterten, zuriefen, so taten, als würden sie mich nicht sehen

– Wir sehen dich nicht wir wissen nicht wer du bist

hin und wieder ein gleichgültiger Blick und unter der Gleichgültigkeit die Freude über ein Publikum, sie fuhren dicht an mir vorbei, das Kinn in der Luft, und einmal, da bin ich mir sicher

da bin ich mir sicher

– Mach's gut

das Haus, die Familie, will heißen, ich allein, der Baum, den ich gern als Zeder gehabt hätte, der aber nur ein Knäuel aus Strichen ist, obwohl ich es nicht schlecht gemacht habe, denn wir sind nicht in der Kunsthochschule, mein Junge, der Krankenpfleger, nun ist Schluß mit den Ausflügen in die Luft, jetzt bist du eine

Nacktschnecke, die vom Korridor fing wieder an, den Fußboden zu schrubben, während sie mich vom Sprechzimmer ins Bett schleppten, konntest du nicht warten, bis die Fliesen trocken sind, der Arzt zufrieden, das Vögelchen sagt keinen Pieps mehr, ich habe noch mit den Armen gewedelt und mich, kaum zu glauben, auf der Matratze nicht mehr gerührt, die Rotblonde zum Krankenpfleger, Sie haben ihn umgebracht, nicht wahr, Senhor Vivaldo, eine Platane lugte zu mir ins Fenster herein und verschwand wieder

das Leben ist schon ungewöhnlich

bevor ich einschlief, war mir so, als ob mein Vater

– Tanz Paulo

so daß ich einen Schritt nach rechts versuchte, der Fußboden rutschte weg, und ich rannte gegen die Wand, die Rotblonde mit einem Überraschungsquietscher, ich glaube, er ist nicht gestorben, Senhor Vivaldo, ich überlegte mir, auf der anderen Seite des Tejo nachzufragen

– War das so mit dem Wein Mutter war das so mit dem Wein?

meine Mutter nickte und hielt im Wolljäckchen die leere Flasche fest, der Arzt betrachtete mit gerunzelter Stirn den Fingernagel, verglich ihn mit den anderen ausgestreckten Fingerchen, der Kugelschreiber ewig weit weg, sehr gut, sehr gut, Dona Helena

– Hallo Dona Helena haben Sie gesehen wie ich fliege?

tauchte vom Bügeleisen auf und sah mich oben an der Decke zwischen den Flecken der Zeit, nicht nur Fotos werden alt, auch verglaste Balkons, als ich als Kind hier ankam, war die Brüstung ganz oben, und heute ist der Balkon abgenutzt, die Fliesen schmutzig wie Wäsche und Gesichter

gelb, gelb, mein Vater gelb

– Reich mir die Perücke bevor Rui kommt

kein Clown, eine Vogelscheuche, das Skelett aus Rohrstöcken und der Kopf aus Stoff, Augen und Mund mit Mennige gemalt, was aus seinen so echten, geraden Zähnen geworden ist, ich habe sie mit der frechen Hand in die Tasche gesteckt, aber, aber, dieses vorwitzige Händchen, Senhor Paulo

– Sie brauchen sie nicht mehr

und da die Mulatten noch kauen, sie in Chelas verkaufen, sobald eine dunkle Brille in der Dunkelheit des kleinen Fensters in der Tasche wühlt, die Gaumen mit der kessen Hand herzeigen, man hat Ihnen wohl nicht beigebracht stillzuhalten, Senhor Vivaldo, und dann gleich die Metallgegenstände im Verbandszimmer, der Griff vom Fenster geht zu, und wir gleich im Dunkeln, nicht wahr, wenn meine Chefin mich entdeckt, Möbel, die verrückt werden, ein Protest, der schwächer wird, umarmen Sie mich nicht so, Sie verbiegen mir die Rippen, was ich für

sehr gut, sehr gut

eine Rauferei unter Turteltäubchen hielt, denen die Flügel zerrissen wurden, der Krankenpfleger schnaufte schwankend wie einer, der ein Klavier schleppt, und zum Klavier, nun komm schon, nun lach doch nicht, warte, eine Pause mitten im Transport und am Ende der Pause verwirrte Langsamkeit, was war denn, Senhor Vivaldo, erneute, noch ängstlichere Rauferei unter Täubchen, aber nur kurz, ohne etwas zu zerreißen, alle Flügel unversehrt, das Klicken eines Feuerzeugs, fühlen Sie sich nicht gut, Senhor Vivaldo, soll ich das Fenster aufmachen, der Psychologe zeigte das Blatt, was für ein Baum ist das da zum Teufel, und ich, eine Zeder

die Zeder der Nächte, in denen es im Príncipe-Real-Park regnete, während ich auf der Bank saß und darauf wartete, daß mein Vater mich rief

– Geh kurz raus ich muß ein paar Sachen mit diesem Freund hier regeln

der Krankenpfleger oder das Klavier oder ärgerliche Schritte, kannst du nicht mal den Mund halten, verdammt, ein Grollen, eine Enttäuschung

sehr gut, sehr gut

Sohlenhinundher auf dem Linoleum, wenn du weitererzählst, was passiert ist, bringe ich dich um, bei jedem Wassertropfen ein Wirbelwind von Spatzen im Sprechzimmer des Arztes, in Chelas untersuchte ein Mulatte mit Sonnenbrille die Zähne, die wer weiß warum nicht lächelten, kein Bolero, kein Hallo ins Publikum

– Sind das deine?

eine Mulattin tauchte mit einer Emaillekanne aus dem Schatten auf, steckte sie sich in den Mund und verschwand in einem größeren Schatten, in dem Gläser, nennst du dieses Gekritzel eine Zeder, du steckst eine Margerite darauf und nennst dieses Dreieck ein Haus, wir werden dich nicht entlassen, du kommst hier nicht raus, Jorge

Paulo

Paulo oder Jorge, ist mir egal, du kommst hier nicht raus, das Fenster vom Verbandszimmer offen, der Krankenpfleger auf dem Korridor, alle Knöpfe zugeknöpft, die Rotblonde stieg die Treppe hinunter, als kennte sie ihn nicht, ich zum Mulatten mit der Sonnenbrille, Ihre Mutter hat meine Zähne mitgenommen, und der Mulatte, du hast sie mir doch geschenkt, das weißt du doch noch

sehr gut, sehr gut

zieh Leine, der Häher hinter meinem Rücken, und ein zweiter Mulatte, willst du eine Dame bestehlen, und so kam ich von der Decke des verglasten Balkons herunter, und Dona Helena

– Wo warst du Paulo?

Paulo oder Jorge, was macht das schon, wo warst du, Paulo, die Rotblonde bereits weit weg, schaffen Sie es nicht, Senhor Vivaldo, und der Krankenpfleger, Nutte, den Kolben der Spritze runterdrücken, und kein Unwohlsein, ein Schmerz, bis gleich, Dona Helena, ich komme schon, auf dem Bild von meiner Familie habe ich meine Mutter und meinen Vater nebeneinander gemalt und den Sohn flügelschlagend im Fluge, die Rotblonde zeigte dem Krankenpflegerhelfer den Krankenpfleger, der Krankenpflegerhelfer zum Krankenpfleger

– Stimmt das?

und der Krankenpfleger

ich jetzt so hoch, daß man Anjos nicht mal mehr sieht

– Glaubst du jeder Zicke?

vielleicht ist ja die Kirche da, dieses kleine Rasenquadrat, dieser Stadtteil und im Stadtteil Senhor Couceiro, der die Wand anschaut, ich bin nicht müde, Helena, er bat darum, das Licht auszumachen, und wurde zu einem Gegenstand, einem Regal, einem von Holzknacken durchzuckten Schrank, Noémia befreite sich aus dem Foto und wanderte durch die Zimmer, der Krankenpfleger hörte mit seinem fragenden Gegurre, hast du geschluckt, Vögelchen, als die Rotblonde mit den Essenstabletts kam, stürzte zu den Tauben raus, lehnte sich an einen Baumstamm, und das freche Händchen fand das Feuerzeug nicht, ich möchte wetten, dasselbe Händchen, mit dem er in der Nachtschicht den Strick um die Platane gebunden hat, mit dem er die Kiste richtig hingestellt hat, mit der er die Schlinge ausprobiert hat, wir haben nicht gehört, wie die Kiste umgefallen ist, oder falls doch, eine Katze, man weiß ja, daß die Katzen, am nächsten Morgen zeigte die Socke das Schienbein, das Feuerzeug im Gras, einer von uns hat es für die Zigarette aufgehoben, falls ich eine bekomme, mein Freund, wir haben in seinem Kittel eine Münze für einen Kaffee, mein Freund gefunden, Senhor Couceiro hingegen keine einzige Münze, er starrte an die Wand, während ein Büffel im Mainieselregen das Wohnzimmer durchquerte, der Krankenpflegerhelfer kletterte mit einer Schere auf die Kiste, sagte uns, haltet mal da fest

mir kam es so vor, als ob die Rotblonde sich im Ärmel versteckte

und der Kittel und die Socke im Gras, wo das Feuerzeug gelegen hatte, ich weiß nicht, welcher Kranke

ich?

ein Bettuch brachte, wenn mein Vater und Senhor Couceiro soweit sind, bringe ich auch ein Bettuch, ich bitte Rui und Dona Helena, haltet mal da fest, zeichnet mir einen Baum, ein Haus, der Krankenpfleger, der Senhor Vivaldo ersetzte, Ruhe, der Kolben näherte sich der Haut, und ich ruhig, zufrieden, sie brachten

wir brachten

das vorwitzige und das freche Händchen ins Verbandszimmer, ein Kamm rutschte aus seiner Hose, und einer von uns kämmte sich heute nachmittag damit

ich zog meinen Scheitel gerade und kämmte mich damit

wir haben ihn auf die Krankenliege gelegt, wo er mit schiefem Hals die Augen weit aufriß, ich schloß das Fenster, stieß hier und da Metallteile herunter, teilte der Rotblonden mit, der sie ein Glas Rotwein gaben und, was haben Sie denn nun, beruhigen Sie sich doch

– Senhor Vivaldo wartet auf Sie mein Fräulein

damit eine Rauferei unter Turteltäubchen, der Atem eines, der ein Klavier schleppt

– Lach jetzt nicht

und der Tag wieder in Ordnung, nichts passiert, dieser Kamm gehört nicht ihm, dieses Feuerzeug gehört nicht ihm, der mit den Krücken hat es uns gegeben, als sein Schwiegersohn ihn abgeholt hat, er hat uns im Zimmer versammelt und, dieser Kugelschreiber ist für dich, dieser Rasierpinsel ist für dich, diese Bürste ist für dich, verlier sie nicht, wir haben gesehen, wie er ging, das verdorrte Bein inmitten eines Taubenaufruhrs, er warf es nach vorn und vereinigte sich durch einen Ruck mit seinem Körper wieder mit ihm, schüttelte den Arm in einem Abschiedswinken, wie ich annehme, verschwand stückweise im Taxi

die Brust, die Stiefel, zum Schluß die Krücken, die von innen wie Ruder mühsam hineingezogen wurden, der Schwiegersohn eilig wie zu jemand, der Gepäck stapelt

– Nun verstauen Sie sich schon

und da die Scheiben geschlossen waren, hörte er auf zu existieren, er stellte immer das Damebrett vor den Spiegel und forderte sich selber heraus

– Glaubst du etwa du kannst mich betrügen?

und er besiegte sein Spiegelbild, wenn seine Tochter ihn besuchte, antwortete er überhaupt nicht, dann waren der Vater und das Spiegelbild stumm, wie geht es Ihnen und Stillschweigen, beim Schwiegersohn

– Senhor Pompílio

ein überraschter Seitenblick

– Kennen Sie mich von irgendwoher?

die Tochter lief mit Tränen in den Augen herum, konferierte mit dem Krankenpflegerhelfer, und der Krankenpflegerhelfer

– Machen Sie sich nichts draus

Senhor Pompílio rief uns zur Seite und erklärte, indem er auf sein Abbild wies

– Dieser Idiot da ist Vater und ich kann seine Verwandten nicht ausstehen

er redete mit Senhor Couceiro über Timor, weil während seiner Zeit bei der Marine sein Schiff manchmal, hörte unvermittelt auf zu reden, machte Senhor Couceiro ein Zeichen, daß er warten solle, und kniff sich ins Gesicht

– Du lügst wie gedruckt du Aufschneider

beim Mittagessen stellten Sie ihm zwei Teller hin

– Für Sie und für Ihren Freund Senhor Pompílio

Senhor Pompílio wies wütend einen Teller zurück

– Dieser Esel da mein Freund?

und schnaubte verächtlich zu einem leeren Stuhl hinüber, weigerte sich, ins Bett zu gehen, um nicht in Begleitung zu schlafen

– Bin ich etwa schwul oder was?

und eine Schlacht unter der Bettdecke, ein Schrei nach dem Krankenpfleger

– Holen Sie den da raus dieser Sack hat mich geschlagen

in den benachbarten Zimmern Stallgeräusche, die Tropfen am Wasserhahn, die das Porzellan braun färbten, der Schwiegersohn zum Arzt

– Warum zum Teufel soll ich wer weiß wen mit nach Hause nehmen?

zeichne mir ein Haus

und meinen Schwiegervater in den Spiegeln lassen, und tatsächlich hatte ich das Gefühl, nachdem das Taxi weggefahren war, als wäre jemand mit Krücken auf der anderen Seite des Glases, wenn ich mich rasierte, eine Silhouette, die ein Schachspiel aufbaute und die Figuren bewegte, der Teller und der Stuhl des anderen warteten im Speisesaal, die Rotblonde befreite sich mit einem Satz von den einsamen Besteckteilen, schüttelte was auch immer ab

– Aber aber dieses vorwitzige Händchen Senhor Pompílio dieses freche Händchen

eines Nachmittags habe ich auf einen Zug geantwortet, und er hat mich besiegt

mit aller Kraft den Kolben der Spritze in die Haut hineindrücken

die Tochter im Bad des Krankenhauses

– Kommen Sie sofort aus dem Spiegel raus

sobald ich zu fliegen anfing, galoppierten Dutzende von Pferden am Strand entlang

nein, Dutzende von Clowns tanzten auf der Bühne

nein, ein Mädchen auf einem Dreirad

nein, Gabriela mit mir am Mauerrest, ich habe Angst, binde mir den Arm nicht ab

nein, wo ich jetzt bin

endlich

ich habe so lange gebraucht

auf dem Karussell mit meinen Eltern, ich sitze auf dem Nilpferd, dem Zebra, der Antilope, glücklich und ängstlich, bis die Handfläche meines Vaters auf meiner Schulter, und dann nur noch glücklich

Jahrmarktslampen in den Bäumen

zeichne mir einen Baum

und am Fluß entlang, die Lampen auch im Fluß, sie tanzten mit dem Schlick, hin und wieder eine Welle, und die Lampen zersplitterten, dann wieder keine Welle, und die Lampen ganz, ein Bereich aus Dunkelheit im Ödland rechts

aber schau nicht hin, schau nicht hin

wo ein Mann in einem Bett und ein leerer Kleiderschrank

was heißt hier Bereich aus Dunkelheit, Bereich aus Dunkelheit, so ein Quatsch, die bunten Lampen, der Inder, der über Glas lief, Petroleum trank, die Nase zum Mond richtete und Flammen ausstieß, die alte Wahrsagerin, die Meeresschnecken in einem Sack schüttelte

– Du wirst Leutnant mein Kleiner

und vor allem das Karussell mit seinem Bretterasthma, der Besitzer bediente einen Hebel, und die Nilpferde, die Antilopen, die Zebras ruckelten, jedesmal, wenn ich an der Seite vom Ödland vorbeikam, der Mann da im Bett, der um was weiß ich bat oder um nichts bat, nur in wortlosem Schrecken auf dem Bett lag, aber schau nicht hin, schau nicht hin, zum Glück kam gleich wieder der Inder, die Alte, die Lampen, die im Tejo explodierten, an den Bäumen aber ganz waren

– *Was für ein Baum ist das da zum Teufel?*

– *Eine Zeder Herr Doktor und ich auf der Bank im Regen bis ein Zeichen mit der Gardine*

ich habe dir gesagt, daß du nicht hinschauen sollst, oder, mach mich nicht ärgerlich, schau nicht hin

der Inder aß, angezogen wie wir, ein Brot mit Schinkenwurst, hatte keine Flammen in der Speiseröhre, er wischte die Schuhwichse aus dem Gesicht und wurde weiß, meine Mutter hob ihre Frisur an, und ich bemerkte, wie glatt ihr Nacken war, das kräftig grüne Kleid hat sie bei der Hochzeit einer Cousine angehabt, und gleich im Jahr darauf hat es sich in einen Vorhang verwandelt und im nächsten Jahr in Rollen, die das Fenster abdichteten, und im Jahr gleich darauf waren die Rollen verschwunden, der Besitzer des Karussells ließ den Hebel einrasten, die Tiere und Bretter hielten schlingernd an, will heißen, Tiere schreckten hoch, die niemanden erschreckten, solange sie sich nicht bewegten, man verließ das Karussell über eine Eisentreppe, die bei jedem Schritt wackelte, meine Mutter tastete die Stufen so vorsichtig ab, wie der Finger zu Hause

– Zeichnen Sie mir ein ordentliches Haus was für ein Haus ist das denn zum Teufel

– Margeriten ein Zwerg aus Ton dem die Hacke fehlt Flaschen im Waschtrog im Garten

wenn ich ihm was von den Kienäpfeln erzählen würde, wenn ich ihm sagen würde, ich habe das Geld dabei, Dona Judite, ich zahle

so vorsichtig wie der Finger zu Hause die Suppe probierte, wenn wir vom Karussell heruntergestiegen waren, der Fluß, das Mäuerchen, das uns vom Wasser trennte, mich darüberbeugen und in den zertrümmerten Lampen auf meinen Vater und meine Mutter treffen, mein Vater mit blonder Perücke und meine Mutter, die den Besitzer des Cafés empfing, die richtigen Lampen suchen, und selbstverständlich war es nicht so, mein Vater mit mir auf dem Arm und meine Mutter, die ihre Frisur anhob, im Bus nach Bico da Areia einschlafen und die Gewißheit, niemals alt zu werden, das heißt, nicht richtig schlafen, am Mauerrest in Chelas hocken, und am Mauerrest der Inder, die Alte, die von Militärs beeindruckt war, wenn du dich ordentlich aufführst, wirst du Leutnant, mein Junge, ich werde Leutnant und befehlige einen Haufen Leute, Gabriela, durch das Kreisen des Karussells hindurch der Motor des Autobusses und die Unebenheiten der Straße, Autowerkstätten, Handwerksbetriebe, ein Campingpark mit Petroleumkochern vor den Zelten, die Aura eines Apothekenkreuzes

sehnsüchtig vermißter Vater sehnsüchtig vermißter Gatte

wies den Hustenfischkuttern im Dunkeln den Weg, wenn im Morgengrauen die Atemnot kam, wickelten sie mich in eine Decke, mein Vater

– Er wiegt Zentner

und das Kreuz floh immer vor uns, nicht an dieser Ecke, an der Ecke dort, nein, nicht an der Ecke dort, der Kreisverkehr bei der Fabrik, die Schritte zählen hilft, dreihundertachtundneunzig, dreihundertneunundneunzig, vierhundert, ein Ziegenbock, der ebenso verloren war wie wir, graste an einer Böschung

meine Frau

– Wird Paulo sterben Carlos?

vor der Apotheke nackte Rohre, dunkle Rohre und Wurzeln, die mich nicht trinken können und über denen ich fliege, Mutter, mein Vater hing an der Klingel, weckte ringsum Geräusche, Geschimpfe, Rolläden, ein Kinderweinen und vielleicht auch den Akkordeonspieler auf, den es nicht gab

– Ein bißchen Musik gefällig Gabriela?

verkrüppelte Finger modulierten die Luft, Noémia an einem Ostersonntag auf dem Fahrrad

nein, Noémia krank im Bett, wo sie immer weißer wird, bevor sie auf dem Foto immer weißer wird

schau nicht hin, du bist glücklich, schau nicht hin

bis das Nußknackergeräusch eines Schlosses, und mit dem Nüsseknacken der Apotheker im Unterhemd, der Ziegenbock, matte, dreckige Haare, die dich nicht erreichen können, wenn du fliegst, Paulo, nicht einmal der Häher tut dir weh, meine Frau setzte ihn auf eine Ecke des Tresens, nicht meinen Sohn, den Sohn des Cafébesitzers oder von einem der Hunde oder

nicht mein Sohn, weil ich kein Mann bin, ich bin nicht daran interessiert, Mann zu sein, ich habe mich nie als Mann gefühlt, wenn Judite mich küßte, habe ich immer

mein Sohn mit vier oder fünf Jahren, vier Jahren, in der Woche, bevor er fünf Jahre alt wurde, seine Mutter

ich mochte seine Mutter

Judite

ich wäre so gern in der Lage gewesen

mein Sohn

ich habe mein Sohn gesagt

der sich nicht beklagte, nicht weinte, nicht um Hilfe bat, ich erinnere mich

– Wird Paulo sterben Herr Apotheker?

an seine Füße in einem meiner Wollstrümpfe, den Hals, der dicker und dünner wurde

genau wie Sie in Príncipe Real, genau wie Sie jetzt

der Ziegenbock beobachtete vom Schaufenster her, wie dem Jungen Sauerstoff

– Vielleicht stirbt er nicht

in den Mund gegeben wurde, das Kreuz der Apotheke im Tejo zusammen mit den Jahrmarktslampen und Nilpferden, Zebras, Antilopen, der Inder, der Petroleum trank, hatte Nägel, die durch seine Ohren gingen, die Lockenwickler der Ehefrau des Apothekers, es wird dir gleich bessergehen, Kleiner, das Aquarium

darin ein Fisch, der die Lippen beim stummen Aufsagen des Einmaleins öffnete und schloß, und ich wie er, acht mal sechs, acht mal sieben, acht mal acht, jede Pupille eine kleine schlafwandlerische Perle mit einem roten Kern darin, meine Frau

– Paulo

warten Sie, Vater, strengen Sie sich nicht an, die Worte machen soviel Mühe, nicht wahr, bleiben Sie da nicht mit der Zeder redend im Bett liegen

zeichne mir einen Baum, was für ein Baum ist das da zum Teufel

und ich wärme Ihnen die Suppe auf, koche Ihnen einen Tee, schneide den Apfel in Stückchen oder zerdrücke ihn mit der Gabel, meine Mutter

– Wirst du sterben Paulo?

das Medaillon am Kragen, eines Nachmittags, nachdem mein Vater gegangen war, wollte ich es mir ans Hemd stecken, die Nadel zerriß den Stoff und stach mir in die Schulter, meine Mutter tauchte aus der Küche mit irgend etwas in der Hand auf, das ich damals nicht für eine Flasche hielt

– Laß das sein du Dummkopf

ich erinnere mich an einen Mann, den ich nie wiedergesehen habe, auf der Stufe am Eingang, vielleicht der Kapverdianer, der das Kindertaschenmesser auf- und zuklappte, vielleicht der Polizist in Fonte da Telha unter den Scheinwerfern der Jeeps

– Kennst du den?

vielleicht ein Zigeuner oder der Besitzer des Cafés

– Wenn du kein Geld hast brauchst du überhaupt gar nicht erst reinzukommen

ein Mann, den ich nie wiedergesehen habe

wen?

ich wartete darauf, daß die Flasche auf den Boden stürzte, daß meine Mutter mir das Medaillon vom Hemd abriß und das Hemd dabei noch mehr zerfetzte

– Laß das sein du Dummkopf

daß der Spiegel des Kleiderschranks leer war und ich im Garten, wo die Glyzinie Zweig für Zweig von den Drahtstützen verschwand und mit ihr mein Vater und die Handfläche auf meiner Schulter, es blieben die Haken und die Brücke der Möwen mit dem Geschrei und den Eiern, es blieben die Ziegelsteine des Mauerrests, die in der Sonne zerbröselten, ein alter Mann mit Krükken humpelte über einen Hof, ich zeichnete Häuser, Familien und Bäume, eine Person

welche?

rief

– Paulo

wie meine Eltern

– Paulo

in der Apotheke

und obwohl die Gesichter meinem nahe sind, wenden sie sich nicht an mich, sie reden nicht mit mir, sie legen mich auf einen Diwan, von ihnen durch eine fadenscheinige Überdecke getrennt, in der Fensterscheibe jenseits der Überdecke das Wäldchen, das sich mit den Geräuschen des Bettes vermischte, meine Mutter ein Arm, der einen Körper suchte und nur Bettücher fand, da mein Vater am Küchentisch

– Ich kann nicht ich kann nicht

zwei parallele Streifen liefen an seinem Gesicht herunter, an den Händen, die die Augen stützten, die Neugier, es wissen wollen, indem er auf den Elektriker, einen Lehrer aus der Schule zeigte, und die Panik, daß meine Mutter ihm antworten könnte

– Welcher von denen ist der Vater von Paulo Judite?

Nilpferde, Zebras und Antilopen auf dem Karussell mit den billigen Lichtern, während gleichzeitig ein Clown mit blonder Perücke für die Kunden tanzte, die ihm Pralinen, Zigaretten, Kamelien zuwarfen

– Welcher von denen ist der Vater von Paulo Judite?

und ich, Judite, in Bico da Areia, während mein Sohn flog und kein Mann bei mir war, ein Steinchen auf einem Grabstein und vielleicht der Duft von Mimosen

vielleicht mit etwas Glück der Duft von Mimosen

die antwortet

– Ich weiß es nicht

die Tage alle gleich und die Männer alle so gleich, daß ich es nicht weiß, es hat später noch ein Kind gegeben

wie viele Jahre später?

nur elf Tage lang, auf meiner Matratze versteckt, fast unter meinem Körper, mit meiner Brust, meiner Milch, mit dem Geräusch meiner Schritte auf dem Fußboden hinderte ich die anderen daran, es weinen zu hören, ein Mädchen, nur elf Tage, ohne Namen, beinah leblos, das ich von mir getrennt, genährt, versteckt habe, wenn sie mich besuchten, bedeckte ich es mit dem Morgenmantel, und

– Was ist das da Judite?

oder

– Was ist das da Dona Judite?

oder einfach nur

– Was ist das da?

und ich

– Nichts

sie machten einen mißtrauischen Schritt auf den Morgenmantel zu, denn da waren Bewegungen, leises Atmen, ich schützte meine Tochter, hinderte sie daran, sie zu entdecken, größer, als ich damals war, als ich die Puppen mit auf den Friedhof nahm und in den Grabmälern Häuser erfand, größer, als ich bin

– Nichts

ich ließ zu, daß sie sich meiner bedienten, ohne sie zu finden, umarmte sie vor dem Spiegel, wenn sie gegangen waren, und beruhigte sie mit meiner Wärme, meinem Leib, beruhigte mich mit einem Viertel, zwei Vierteln, drei Vierteln, bis meine Lippen nicht mehr zitterten, bis die Finger ruhig

– Keine Angst sie sind schon weg

die Hunde in den Fensterscheiben, der Elektriker

den Kolben der Spritze herunterdrücken, auch wenn Wasser und keine Blutspirale im Glas, den Kolben der Spritze in die Haut hineindrücken

zündeten im Wäldchen ein Feuer an, und der Schatten im Rot der Stämme, denn es war Winter, und es regnete, und die Hälfte der Hütte hatte das Dach verloren, der Besitzer des Cafés tat so, als würde er sich meinetwegen Gedanken machen, aber er machte sich wegen niemandem Gedanken, bei Frauen weiß man nie, und die Kunden waren seiner Meinung

– Bei Frauen weiß man nie

vor allem die Nutten, Senhor Figueira, bei Frauen weiß man nie, die Ehefrau, als würde sie nichts hören, einmal standen wir beide vor dem Gemüseverkäufer, und sie, im Weggehen

– Du tust mir leid

wenn man es sich recht überlegt, ist das Leben schon merkwürdig

der Besitzer des Cafés zögerte beim Eintreten

– Du bist dünner magerer geworden bist du krank Judite?

das Gefühl, daß da ein anderes Weinen, ein anderes Klagen,

eine andere Ruhe, weil meine Tochter schlief, also mußte er sich irren, ich habe kein einziges Kilo abgenommen, bin nicht krank, mein Herr, und die Tür zu, mein Rücken an der Tür, ich horchte in die Stille, einer der Hunde rief mich von der Mauer her, der Stuhl unter die Türklinge geschoben, damit

schau nicht hin, Paulo, schau nicht hin

– Ich habe das Geld dabei Dona Judite

sie nicht hereinkommen konnten, die Überdecke vom Bett anheben, das Schweigen meiner Tochter nicht verstehen, das Schweigen verstehen, denken, daß im Dorf, wenn Kinder beerdigt werden, die Glocken den ganzen Morgen lang läuten, der offene kleine Sarg wird die Straße entlanggetragen, so viele Narden, meine Mutter und die Nachbarinnen inmitten der Blechmusik, der Sakristan mit dem Sargdeckel vorsichtig wie mit einem Tablett

schau nicht hin, Judite, schau nicht hin, das rosa Kleidchen, in den Fingern ein zu großer Nardenzweig, du wirst die ganze Nacht von Leichen träumen, Judite, du wirst kraftlos aufwachen und dich fragen

– Lebe ich noch?

schau nicht hin, meine Nieren gegen die Tür, und der kleine Sarg auf dem Platz nach rechts und nach links, der Blinde aus Cardal steckt die Nase vor, aber keiner antwortet ihm, es gibt keine Wolken, nicht wahr, die Akazien versammeln sich auf der Anhöhe, der Besitzer des Cafés

– Judite

draußen

– Weh dir wenn ich deinetwegen krank werde Judite

das Schweigen meiner Tochter nicht verstehen, das Schweigen verstehen, das Bettuch im Bett nicht anheben, das Bettuch anheben, die Glocken, eine nach der anderen verscheuchen sie die Buchfinken, die Blechmusik macht mich taub, meine Mutter hält mit einer Kopfbewegung inne und bemerkt mich, macht mir ein Zeichen, daß ich im Haus bleiben soll, der Postangestellte mit Wäscheklammern an der Hose

hält sein Moped an, zieht die Mütze, wird älter, und ich hatte mir nicht vorgestellt, daß er eine Glatze haben könnte, das Steinchen werfen und in alle Kreidequadrate hüpfen, ohne die Linien zu berühren, ein sauberes Tischtuch für meine Tochter suchen, das, was wir zur Hochzeit geschenkt bekommen haben, mit Spitzenverzierung und meinem Namen in blauem Stickgarn in einer Ecke, sie in das Tischtuch wickeln, mich wartend aufs Bett setzen, die Flaschen aus dem Waschtrog holen, zeichne mir den Waschtrog, zeichne mir deine Tochter, Hunger haben und keinen Hunger haben, müde sein und nicht müde sein, nicht essen, nicht schlafen, warten, daß sie das Licht auf den Veranden mit vorwitzigen Händchen, das Licht in den Fenstern mit frechen Händchen löschen, der Elektriker, für den sich niemand interessierte, betrachtet die Wellen

dort

und sobald die Zigeuner im Wäldchen still sind, mit schrägen Fuchsschrittchen zu der Stelle am Strand gehen, an der Trauerweiden und Schilfrohr

noch vor ein paar Tagen oder, besser, noch vor ein paar Minuten war ich im Krankenhaus interniert, und nun bin ich hier bei ihr, rücken Sie zur Seite, Mutter, ich schaufle das Grab im Sand, gehen Sie nach Hause

haben Sie nie ein Haus gezeichnet, warum haben Sie nie ein Haus gezeichnet?

schauen Sie nicht hin

Ihre Brust brennt, weil die Milch nicht austrocknet, es fällt Ihnen schwer, in den Schuhen zu gehen, die früher weit waren, die Fußknöchel geschwollen, das Tischtuch, das herausschaut, mit Resten der Flut bedecken, ein leichtes Seufzen direkt hier, aber erschrecken Sie nicht, das ist der Fluß, holen Sie eine Flasche aus dem Herd, setzen Sie sich vor den Spiegel vom Kleiderschrank, damit Sie nicht allein trinken, freuen Sie sich an dem Duft der Mimosen, Mutter, tun Sie so, als würden Sie noch das Medaillon am Kragen tragen, und bald schon die Müdigkeit, Ihr Arm über der Stirn wie die Hälse der Schwäne, die fragen

fragen sie?

und, Mutter, hören Sie nicht auf die Fragen, steigen Sie immer tiefer in sich hinab, Sie vergessen allmählich, nicht wahr, Ihnen ist so, als würde ein als Clown maskierter Mensch singen, aber das stimmt nicht, Ihr Blut ist ruhig, das Hinundherwiegen der Zeder

ich auf der Bank

der kleine Sarg offen, Noémia in der Friedhofsschublade mit ihren gerupften Blumen, man klopfte an, und da war niemand drin, Senhor Couceiro klopft mit dem Spazierstock, und hohl und leer, Noémia mit dem Fahrrad, die sich nicht für euch interessierte, schaut nur, der Pony, die dünnen Beinchen, in ihrer Weigerung, in diesem Gerümpel zu leben, der Spazierstock beharrlich oder der Kugelschreiber des Arztes auf dem Fingernagel, sehr gut, sehr gut

– Noémia ist nicht da Helena

so wie auch ich nicht da bin, ich spähe Sie nicht von der Gartenpforte her aus, ich trabe nicht inmitten der Hunde um die Mauer, ich drücke den Kolben herunter und fliege, lassen Sie das Tischtuch, gnädige Frau, knien Sie da nicht auf dem Sand und kratzen Sie nicht im Sand und verheddern Sie sich nicht im Schilfrohr, ich besorge Ihnen ein Löffelchen, erhitze es mit dem Feuerzeug von Senhor Vivaldo, helfe Ihnen, das Gummiband festzuziehen, und dann, Ehrenwort, Mutter

sobald die Zigeuner im Wäldchen still waren, bin ich schräg zum Strand hinuntergegangen, so, wie laut meinem Onkel die Füchse laufen, wir bemerkten sie erst, wenn das Drahtgitter vom Hühnerstall wegstand und ein halbes Dutzend Federn auf der Erde lagen, das Tischtuch, das die Kolleginnen in der Schule uns zur Hochzeit geschenkt haben, und kein Gewicht und Stille, ein Tuch, das so teuer war, daß wir uns nicht trauten, es auf dem Tisch auseinanderzufalten, mich an der Helligkeit des Tejo orientieren, und wenn ich am Stadtviertel vorbei bin, wo jemand eine unsichtbare Schüssel auskippt, die Trauerweiden, Schilfrohr, was man durch die Seufzer der Reiher als Brücke erahnte, manchmal habe ich samstags auf einer Strebe gesessen, und Fischerboote, heute sitze ich auf der Strebe und habe meine Tochter im Arm, eine Tochter, die keine Tochter war, das Tischtuch mit der Spitzenapplikation und meinem Namen in kapriziösen Lettern

Judite

eine Grube im Sand machen und sie begraben, wieso, wo es doch nichts zu beerdigen gab außer einem sanften Schluchzen, einem Klagen, mich des Tischtuchs entledigen, wieso, wo ich es doch gegen Wein eintauschen könnte, falls der Besitzer des Cafés aufhören sollte, sich für mich zu interessieren, die Ehefrau schätzt die Qualität des Tuches, der Stickerei ab, wie sie meinen Namen auf der Rückseite des Leinens wieder abtrennen kann

– Ich gebe dir zwei Halbe dafür

oder einen Halben oder die Hälfte eines Halben, oder das Tischtuch wird mit der Gleichgültigkeit von jemand zurückgegeben, der einen Lumpen ablehnt

– Was soll ich damit?

der Mund nicht zu mir, in die Ferne

weiß nicht, wer ich bin, mich gibt es nicht

nachschauen, ob Flecken drauf, und es in die Schublade kippen, die Schublade schließen, heute die Trauerweiden, das Schilfrohr, eine Brückenstrebe, wo meine Tochter und ich

wo das Tischtuch und ich, wo man uns nicht bemerkte, ganz allmählich im Dunkel der Möwennester, das leise Sparbüchsengeräusch des Wassers, Kupfermünzen, die irgendeine Hand

welche Hand?

ausstreute und wieder einstrich, mir kam es so vor, als wäre es drei Uhr, vier Uhr, fünf Uhr, daß bald

bald?

Morgen war, ich war sicher, daß bald Morgen war, eine letzte Eule, die Straßenlaternen von Lissabon erloschen, Gebäude, die man in ihrer Nebelrolle schlecht erkennen konnte, etwas, was wie ein Hügel aussah, was wie Bäume aussah

– *Was für ein Baum ist das da zum Teufel?*

– *Eine Zeder und ich auf der Bank wo ich warte*

bald die Zelte der Zigeuner, ein Mädchen läßt die Pferde frei, der Wasserhahn vom öffentlichen Brunnen auf, bald die Möwen ärgerlich über mich, der Elektriker oder die Hunde in Kreisen auf dem Strand, beobachten mich, wie ich das leere Tischtuch wiege, zeigen bellend auf mich, provozieren sich gegenseitig, bitten

– Dona Judite

und ich empfange sie zufrieden, rücke das Medaillon mit der Kupferverzierung zurecht und lächle, wie ich immer lächle, wenn jemand sich für mich interessiert.

Kapitel

Und dann sagte ein Mann, der da am Eingang der Kirche herumging und Fragen stellte und die Antworten auf einen Block schrieb, in dem Augenblick, in dem die Särge und die Blumen in den Leichenwagen geschoben wurden, das ist der Sohn von Soraia, und darauf versammelten sich sofort fünf oder sechs Fotografen vor mir mit Apparaten und Lampen, die ihre Gesichter verdeckten, einer, der kniete, befahl, rühr dich nicht, Junge, damit du in der Zeitung richtig gut rauskommst, sie zogen die Filme aus dem Apparat und steckten sie in einen Beutel, holten Filme aus dem Beutel und steckten sie in den Apparat und verkündeten, nur noch eine Minute, Junge, und bewegten dabei die windgefüllte Fahne ihrer Hand, baten, heb das Kinn, als wären wir gar nicht da, und schau zu den Gebäuden da hinten, Gebäude, an denen nichts Besonderes war, die es nicht wert waren, angeschaut zu werden, trocknende Wäsche, kennt man schon, Käfige, deren Vögel weggeflogen oder gestorben waren

kennt man schon

eine Alte, die die Beerdigung beobachtete, während sie einer Katze gestrickte Socken anzog, einer der Clowns, ich glaube, Marlene, rückte meine Krawatte gerade, nicht daß du mit schiefem Schlips in den Zeitschriften erscheinst, der auf Knien, seien Sie so gut und rücken Sie ihm den Schlips noch einmal gerade, Fräulein, damit ich Sie beide raufkriege, Marlene fletschte die Zähne zu ihm hin, während sie mir den Hals zudrückte, und der Fotograf ganz verdreht, ein Stück Bauch nackt zwischen Hemd und Hose, großartig, großartig, jetzt geben Sie ihm den Arm, Fräulein, Vânia verließ den Trauerzug, um den schwarzen Spitzenhandschuh auf meiner Schulter zu plazieren, der Fotograf, während er seinen Bauch größer machte, großartig, Marlene leise zu Vânia, ohne aufzuhören, die Zähne zu fletschen, hau ab, du Nutte, ihr Arm um meinen gerollt, zog sie mich zu sich hin, und Puder, Parfüm, eine Lippenstiftspur am Ohr, Vânias Handschuh hielt, während sie ihre Stirn an meine gelehnt hatte, meinen Nacken, und sie drehte die Hüften auswärts, um die Taille zu betonen, hau du ab, alte Ziege, die Angestellten des Beerdigungsunternehmens versuchten, sich rechts und links der Särge von meinem Vater und von Rui aufzustellen, zerquetschten dabei lila Schleifen und Blumenkränze, während ich gehorsam die Gebäude im Hintergrund anschaute, will heißen, den Kirchplatz und die Dächer der nächsten Straße, wo, wie mir schien, meine Mutter

selbstverständlich nicht, nur der Köter mit der Schleife streunte ziellos herum, die Fotografen

jeder jetzt wieder mit seinem Gesicht

schraubten die Apparate auseinander, hatten mich vergessen, fünf oder sechs Köter mit Schleife bellten ein letztes Mal die Särge oder die Tante von Rui an, die ihn Jahre zuvor mit einem riesigen Zeigefinger oben an der Treppe aus dem Haus geworfen hatte, Rui verabschiedete sich von der Giraffe im Swimmingpool, und die Giraffe hatte Mitleid, das merkte man an ihrem Gesichtsausdruck

– Sehen wir uns nie wieder mein Freund?

er überlegte, ob er sie mitnehmen sollte, näherte sich dem Fliesenrand, gab auf, beschränkte sich darauf, ihr mit der Spritze den Bauch zu durchlöchern, um sie zum Schweigen zu bringen, und die Giraffe wurde mit einem leisen Pfeifen dünner, der Satz unterbrochen

– Sehen wir uns nie

sie schwieg, zu einem Lumpen geworden, den der Gärtner mit den Blättern in den Müll werfen würde, wenn ich könnte, würde ich ein Heftpflaster auf das Loch kleben, würde das Tier aufpusten und es auf den Leichenwagen auf die Blumen setzen, der Schwimmreifen zeigt den Weg

– Da entlang da entlang

Marlene und Vânia begleiteten mich in der Hoffnung zum Taxi, daß noch mehr Zeitungen und Fotografen, ich war die beste Freundin der Verblichenen, Herrschaften

hören Sie nicht auf meine Kollegin, verlieren Sie Ihre Zeit nicht mit ihr, die lügt nur, ich sage Ihnen, wie's war, beide so zerstreut, so blind

– Eine Giraffe wo?

unfähig, den Swimmingpool an dem Morgen zu sehen, an dem Rui weggegangen ist, ohne Gepäck, ohne eine Tasche, ohne einen Koffer, die Tante, du hast doch einen großen Hintern, also mach das Tor zu, du Flegel, und als ich auf der Avenida ankam, habe ich zufällig

zufällig?

zurückgeschaut, und es war merkwürdig, daß in meinem Zimmer kein Licht brannte, das Arbeitszimmer meines Onkels beleuchtet, meine Tante, ich möchte wetten, am Telefon im Wohnzimmer, Gott sei Dank sind wir das Problem los, Pilar, wenn die Freundin sie besuchte

– Er ist in einem Zustand das kannst du dir überhaupt nicht vorstellen Mädchen

Schrecken, Empörung

– Bist du dir sicher?

sie haben mich von meiner Großmutter geholt, als mein Vater starb, stell dir mein Pech vor, Pilar, meine Schwägerin nach der Geburt und dann gleich noch der Mann, der Junge steht nachts ständig auf und erscheint bei uns im Schlafzimmer, ohne zu weinen, tränenlos, und das damals, als meine Schwiegermutter schon alles durcheinanderbrachte

– Hallo Mutter

und sie zu Pedro

– Wer ist die da João

und João ist natürlich tot, Pedro wahnsinnig geduldig, denn bei seiner Mutter mangelt es ihm nie an Geduld

– Ich bin nicht João ich bin der Ältere Pedro
und sie verwundert als Echo
– Pedro
manchmal stolperte sie über eine ferne Episode, weil da etwas Sanftes war, aus dem man Ferien erriet, Bienen im Kirschgarten, die Schaukel im Landgut und meine Schwiegermutter mit weißem Hut, wie sie die Schaukel anschiebt
– Pedro
und dann gleich die Finger am Hut, der nicht da war, die Brillengläser verblüfft, weil keine Wurzeln aus dem Fußboden wuchsen, ein Erwachsener ohne Kinderschürze neben ihr stand
– Welcher Pedro?
Pedro schüttelte in einer Aufwallung von Verzweiflung ihre Knochen, erinnern Sie sich an die Bienen rings um uns herum, Mutter, erinnern Sie sich an Alenquer, nehmen Sie mir nicht diese Zeit weg, der Vater kam samstags
– Laßt mich ich bin müde
und legte sich den ganzen Nachmittag hin, erinnern Sie sich daran, wie wir einen Spatzen im Kamin gefunden haben und ihm das Bein mit Zahnstochern und Bindfaden geheilt haben, der wichtige, erfolgreiche, kinderlose Onkel schrie, erinnern Sie sich daran, wie wir ihm das Bein mit Zahnstochern und Bindfaden geheilt haben, ein Spatz von vor vierzig Jahren, der keinen Centavo wert war, entscheidender als das Unternehmen, das Steigen der Aktien, die Geschäfte, das ganze Leben, man stelle sich das vor, von einem Spatzen abhängig sein, die erhobene Faust, die sich in ein kindliches Schluchzen verwandelt
– Nehmen Sie mir nicht diese Zeit weg
anstelle des Landguts Gebäude, und dennoch, in seinem Kopf die Kirschbäume, Pilar, manchmal, selbst wenn Gäste da waren und mitten während des Abendessens, rennt er fast zum Ofen, durchstöbert die Asche mit dem Feuerhaken, anfangs fröhlich, dann enttäuscht, und ich
– Was ist denn Pedro?

und er, der immer so eigen ist, läßt den Feuerhaken auf dem Teppich liegen, dessen Reinigung ein Heidengeld kostet, einmal ganz abgesehen von der Glut, dieses Loch beispielsweise, diese Rüsche am Sofa, siehst du, er starrt die Gäste an, als würde er sie hassen, und bis der Obstgarten wieder verschwindet, haßt er sie, das möchte ich schwören, haßt er mich

– Es war nichts

einmal, als ich seine Wäsche nach Spuren von Geliebten absuchte, Telefonnummern, Briefchen, einen Satz im Terminkalender, fand ich ein halbes Dutzend Zahnstocher und einen aufgerollten Bindfaden, allein wenn er es vermuten würde, würde er mich umbringen, wir bezahlen eine Krankenschwester, damit sie sich um seine Mutter kümmert, die uns nicht einmal mehr erkennt, stumm im Sessel, und dennoch zieht Pedro den Schemel zur Unglücklichen hin

– Wer bin ich Mutter sag mir wer bin ich?

wenn du aufmerksam wärest, könntest du die Bienen hören, die Kirschblüten sehen, wie sie zu Boden fallen, wenn du dich anstrengen würdest, das Vibrieren der Schaukel spüren, die geölt werden muß, der Rachen meines Mannes am Ohr der Kranken erschreckt ganz Campo de Ourique

– Sag mir wer bin ich Mutter?

die Brillengläser meiner Schwiegermutter starrten ihn an, hörten auf, ihn anzustarren, und wenn man Glück hatte

– Wer bist du?

wenn man Glück hatte

– Mutter?

kam sie mühsam von einer vergeblichen Reise zurück, verloren, erschöpft

– Ich weiß nicht

während er da bei der Unglücklichen, der Fortführung von Alenquer, des Bruders und des weißen Hutes auf dem Landgut, mit dem Kretin von einem Neffen Karamelbonbons teilte, Pilar, den nicht interessierte, wer er war, obwohl meine Schwiegermutter zu uns, während sie ein Karamelbonbon annahm, das Pedro ihr auswickelte, und verblüfft mit dem Kinn auf ihn wies

– Und der da?

und der da, den wir mitgenommen haben und den Spatzen nicht interessierten, war an die Wohnung meiner Schwiegermutter gewöhnt, in der ein ewiger Februar sich dem Staub zugesellte, ein schmächtiges Gärtchen verlängerte die Küche, eine Linde, Gras, mir kam es so vor, als ob da ein Tretauto und jemand, der um ein Beet herumfuhr

unsere Macken, nicht wahr, unsere Phantasien

und in dem Augenblick, in dem es so aussah, als würde sie ihn gleich rufen

– Pedro

erspähte auch Pedro das Auto, ich schaute genauer hin, und es war nur ein von Rost dunkel gewordener Eimer, kein Mädchen mit weißem Hut in den Rahmen, Brigadiere, ein Junge im Matrosenanzug

mein Schwiegervater?

irgendein Prinz mit einem Rest eines Datums und einer Widmung

Mit meiner Wertschätzung Afonso

die verblichen war, Pedro schwenkte ein Buch mit Stichen

Die Apotheken Portugals

in der vergeblichen Hoffnung, zu finden, was man ihm genommen hatte, meine Schwiegermutter im Sessel, wo sie stundenlang mit von grundloser Enttäuschung traurigen Brillengläsern dieselbe Wäscheklammer drückte, wenn wir zu Rui

– Gib der Großmutter einen Kuß

ein Wellensittichtumult mit verdreckten Flügeln

– Und der da?

nach dem Flügelschlagen Desinteresse, das sich mit den Vorhängen und der Dunkelheit ohne Landgut vermengte, ohne Kirschbäume, ohne Bienen, Rui war dem Bruder von Pedro nicht einmal ähnlich, stand nachts alle paar Stunden auf und kam in unser Schlafzimmer mit Augen, die den Brillengläsern meiner Schwiegermutter ähnelten, wenn die Brillengläser verlassen waren, zwei Kreise

– Ich weiß nicht

zwischen einem leisen Räuspern und einem Seufzer, mein Mann böse, weil niemals die Bienenkörbe oder die Enthüllung, wer er war, nur ein Kind

nicht João, nicht er, ein Eindringling

kam in unser Schlafzimmer, verbot mir, ihm beim Anziehen zu helfen, ihn zur Schule zu bringen

– Das ist nicht João kümmere dich nicht um ihn

ich traf den Jungen in der Anrichte mit den Dienstmädchen an oder am Rand des Swimmingpools, wo er mit der Giraffe redete, bis sich vor sieben oder acht Jahren meine Schwiegermutter im Sessel aufrichtete, ich entdeckte einen weißen Hut bei ihr, der sich anschickte, einen Spatzen zu fangen, und in dem Augenblick, in dem mein Mann die Zahnstocher und den Bindfaden aus der Tasche zog, in dem Augenblick, in dem die Schaukel zu tanzen anfing

waren da Dutzende von Kirschbäumen im Obstgarten und die Brise der Bienenstöcke, mein Bruder nahm eine Kröte

– Ein Geschenk für dich Pedro

ich, die Hände hinter dem Rücken

– Die sind giftig die will ich nicht

der Schmied in weiter Ferne, und der Hammer so nah, man sah den Mann schlagen, wartete auf den Ton, und ein Weilchen später war der Ton neben uns, als wären wir

man erkläre mir mal, warum

am Eingang der Werkstatt, Alenquer drei Kilometer entfernt, der Brunnen mit Brettern zugedeckt, wo wir nicht spielen durften

man hob ein Brett an, und Echos, man warf einen Ziegelstein hinein, und das Wasser im Mittelpunkt der Erde verschluckte den Stein, der Patensohn des Hausmeisters versicherte, daß seine

Cousine ertrunken ist, und als sie sie von Grünalgen gebläht mit einem Stock herausfischten, ihre blauen Lippen

– Ich habe mich umgebracht

meine Mutter bereit, mir diese Zeit zu geben, indem sie die Schaukel anschob, ich setzte mich fest in den kleinen Sitz, hielt die Ketten

– Nun?

überzeugt davon, daß ich mit meinen Sandalen die Baumwipfel wegschob, ich bemerkte den Geruch nach Medizin, die Nervosität der Krankenschwester

– Madame

und sie, die Egoistin, die keine Liebe für mich empfand, der ich sie ernährte, ihre Miete zahlte, ihre Medikamente kaufte, rutschte vom Sessel, der Schmied

in der Ferne

hämmerte mein Blut, und nach einem Weilchen

man erkläre mir mal, warum

rollte der weiße Hut in den Obstgarten, und ich verlor ihn aus den Augen, die Bienen besessen, ich besessen, auf Knien neben ihr

– Sie haben nicht das Recht wegzugehen ohne mir zu sagen wer ich bin

bei der Beerdigung waren die Angestellten von Pedro überrascht, Kinderfingerchen und ein Stück Bindfaden vorzufinden, als sie ihm die Hand schüttelten, Kirschbäume anstatt Trauerweiden, Bienenkörbe anstatt Kreuze, mein Schwiegervater, altmodisch gekleidet

Mantel mit Samtkragen, Gamaschen

– Laßt mich ich bin müde

stürmte auf der Suche nach dem Diwan für die Siesta in die Kapelle, Alenquer drei Kilometer entfernt, mein Schwager mit einer Kröte auf der Handfläche

nicht tot, mit einer Kröte auf der Handfläche

– Bruder

sobald es dunkel wurde, im Landgut Gespenster und Hundegeheul, Pedro, der Arme, rannte aus dem Friedhof, schützte sich mit den Ärmeln vor den Angestellten, dem Vater, dem Bruder, der wiederkehrte, um ihn mit Tieren zu quälen

– Bring mich schnell aufs Landgut

du hast nicht das Recht, mich zu quälen, nur weil du vor mir gestorben bist, nur weil meine Mutter deinen Seebarsch von Gräten befreite, während ich

– Du bist schon alt genug um deinen Fisch allein zu zerlegen

nur weil du nicht reich warst, nicht studiert hast, in einer Bank gearbeitet hast

hast du in einer Bank gearbeitet?

du hast in einer Bank gearbeitet, in einer Woche der Gewissensbisse zwischen Reisen nach Spanien, Chormädchen, Roulette hast du mich bei der Arbeit aufgesucht, nicht abgewartet, daß mir die Sekretärin Bescheid sagte, ich hörte ihre Weigerung, Sie können da nicht rein, Sie können da nicht rein, und du setztest dazu an, ihr den Hintern zu liebkosen, ich gehe ja gar nicht rein, meine Liebe, da ist doch niemand reingegangen, zeigtest mir irgendein Stück Papier, wußtest, daß mir klar war, daß du mir irgendein Stück Papier zeigtest, das du vom Büroboten, von der Telefonistin oder einem drittklassigen Angestellten, der von Stempeln umgebene Summen addierte, erbeten hattest, oder, besser gesagt, eine zerknüllte Rechnung, eine Seite aus einem Block mit willkürlichem Gekritzel, von dem du wußtest, daß ich es nicht lesen würde, so tun würde, als sähe ich es nicht, du fischtest mir ein Haar vom Jackett, lobtest meine Sekretärin

– Ein reizendes Mädchen findest du nicht?

verrücktest mein Elfenbeinmesser, mein verziertes Tintenfaß

– Gib mir eine Wechselbürgschaft und du rettest mich vor einem Riesenproblem Bruderherz

während du das Aquarell an der Wand des Büros eingehend betrachtetest

– Schönes Ölgemälde Pedro
das Bronzepferd wogst, das mir meine Frau an Weihnachten
– Du hast doch hier einen Haufen Geld nicht wahr?
das Geld verschwinden ließest und meinen Jackenaufschlag glattstrichst und die Rechnung, ohne sie zu zerreißen
zerreißen, wie lästig
zum Rest des Mülls warfst
– Mein Retter du hast verhindert daß ich ins Gefängnis gehe
und dennoch, weißt du, obwohl meine Frau es nicht glauben will, könnte ich schwören, daß du mich mochtest
es ist so wichtig, mich zu versichern, daß du mich mochtest
im Gegensatz zu deinem Sohn, der mich nie mit Seiten aus einem Block beschwindelt hat, mir nicht erfundene Haare vom Jackenaufschlag fischte, er verdrückte sich in der Küche
schwierig, zurückgezogen
redete mit den Dienstmädchen oder empfing am Rand des Swimmingpools Geständnisse von der Giraffe, so anders als du, ich habe ihm Alenquer gezeigt, und er kannte das Städtchen nicht, ich habe ihm im Labyrinth der Gebäude, in das sich das Landgut verwandelt hatte, erzählt
– Wir sind fast jedes Ostern dort gewesen
und ihn langweilte das Landgut, er war nicht über die Hälfte des Gartentors gerührt, will heißen, einen Pfeiler aus Kalkstein, der an der Ecke eines Platzes trotzig ausharrte
– Wir kamen durch das Gartentor und waren glücklich
genau wie seine Mutter, die du wer weiß wo aufgegabelt hast
nicht in Spanien, keine Choristin, nichts davon, eine dumme, träge kleine Angestellte, daher wäre eine Spanierin, ein Chormädchen, eine Prostituierte, solange sie lebendig war, besser gewesen, João, du hast sie mit in die Versicherung gebracht, ihren Schafsgehorsam mit unsichtbarem Hirtenstab gelenkt
– Ich möchte dir meinen Millionärsbruder vorstellen Ofélia
du hättest auch ebensogut sagen können
– Ich habe dir diese Kröte mitgebracht Pedro

und ich, die Hände hinter dem Rücken

– Die sind giftig die will ich nicht

ein Geschöpf, das sich auf einem Sofa zusammenkauerte und den Griff des Handtäschchens malträtierte, man sollte ihr die Giraffe aus dem Swimmingpool geben oder die Gespräche der Dienstmädchen, damit sie sich mit ihresgleichen verständigt

– Du bist nicht mein Neffe du bist der Sohn der kleinen Angestellten verschwinde

und Rui sofort unter dem Tisch, wo er Karamelbonbons auswickelt, warum stehst du nicht auf, hast du nicht den Mut, irgendein Stück Papier zu zeigen, eine zerknüllte Rechnung, eine Seite aus einem Block mit willkürlichem Gekritzel

– Gib mir eine Wechselbürgschaft und du rettest mich vor einem Riesenproblem Onkel

warum arbeitest du nicht hin und wieder in einer Bank, und in den Arbeitspausen bohrt sich dein Zeigefinger in meinen Bauch, vielleicht verspottest du mich, aber bist trotzdem Kamerad, trotzdem dankbar

– Mein Retter du hast verhindert daß ich ins Gefängnis gehe

warum bist du in meiner Erinnerung immer ernst, du, der du nie ernst warst, sehe ich dich auf der Bettdecke ausgestreckt liegen, ein Kruzifix auf dem Hemd, wie du versichertest

– Es ist aus Bruderherz

mit einer Feierlichkeit, die ich an dir nicht kenne, steh auf, komm unter dem Tisch hervor, laß die Karamelbonbons liegen, erinnerst du dich noch an die Witwe in Alenquer, die uns in dem kleinen Häuschen gleich neben dem Besitz von Senhor Machado empfing, ein Zwicken in die Wange und

– Zieht euch aus

sie zog das Grammophon auf, entstieg ihrer nach Veilchen duftenden Wäsche, klein, rund, heiter, und was mache ich jetzt, nicht ihr Daunenbett verrücken

wir nur Schuhe und Socken

vor allem nicht ihr Daunenbett verrücken

– Verzeihen Sie Dona Clarisse, wir haben Ihr Daunenbett verrückt

und ihre Brust

meine Mutter hat wahrscheinlich genauso eine Brust

– Du hast es verrückt hast es verrückt böser Junge komm her damit ich dich bestrafe

nein, meine Mutter zieht sich nicht aus, mein Vater schläft immer, und meine Mutter ist immer angezogen, die Musik vom Grammophon eine Oper mit einer schlechtgelaunten Dame, die uns zwischen Geigen, Daunendecken bedrängt, und die Ulmen von Senhor Horácio, böser Junge, böser Junge

– Ungezogene Jungen böse Jungen

während wir in einer stummen Frage die Stirn runzelten, Porzellanengelchen flogen von der Kommode auf, einer von uns, wieso nur

– Entschuldige Vater

oder ich glaube, ich weiß es, aber weiß es nicht, eine Uhr mit römischen Ziffern in einer Glaskiste

wir haben so eine im Wohnzimmer

wer bin ich, sagt mir, wer bin ich

eine Haarspange klemmte sich in meinen Rücken

du rechts und ich links von der Witwe, meine beiden Lieben, meine kleinen Jungs, so wohlerzogen, daß ihr meine Arme nicht küßt, küßt meine Arme, ich fand die Impfnarben gruselig

ich auf der Seite der Impfnarben, so ein Pech, die Witwe später taub, ich kam vom Militär zurück, und das Haus mußte neu verputzt werden, die Uhr mit den römischen Ziffern auf einer verlorenen Stunde stehengeblieben, meine Mutter zu ihr

– Mein Sohn Pedro

nicht rund, nicht heiter, gebeugt, sie brauchte lange, bevor sie sich erinnerte

– Sie hatten doch zwei Söhne nicht wahr?

wie soll ich das Rui sagen

João sagen

wie ihm die Schuld daran geben, daß ich immer auf der Seite der Impfnarbe, gezwungen, die Augen wegen der Narbe zu schließen, wie ihn bitten

– Tausch heute mit mir

ich habe Porzellanengelchen gekauft, damit sie auf der Kommode auffliegen, und meine Frau

– Du wirst es nicht glauben aber er hat Porzellanengelchen gekauft damit sie von der Kommode auffliegen Pilar

Pilar ungläubig

– Wie furchtbar

ein Daunenbett, das Satin nachahmt, eines dieser Grammophone vom Dachboden, er hat den Chauffeur neben der Garage einen Hühnerstall bauen lassen, hat ihn einen Augenblick lang angeschaut, regte sich beim armen Chauffeur auf

ich glaube, damals war es Alberto

er hat Rui als Zeugen dazugeholt

– So hat der in Alenquer doch nicht ausgesehen oder?

er wies Alberto

Alberto oder Amadeu?

Amadeu

wies Amadeu an, den Hühnerstall kaputtzumachen, das Gitter auszubeulen, eine Platte vom Dach zu nehmen, wurde ruhiger

– So ist es gut du kannst gehen

der Chauffeur baff, ich baff, er vergrub sich im Arbeitszimmer, schalt uns

– Das könnt ihr nicht verstehen

ließ die Tür angelehnt, damit Rui hereinkam, was er nicht tat, Pedro beklagte sich darüber, daß der Neffe genauso wie seine Mutter war, träge

– Lieber eine Spanierin ein Chormädchen eine Prostituierte aber lebendig

und Rui bat in der Küche bei den Dienstmädchen um eine Zitrone, als ich zum ersten Mal eine Spritze bei ihm im Zimmer gefunden und es meinem Mann erzählt habe, hat mein Mann ihm die Magerkeit mit stotterndem Beleidigtsein vorgehalten

– Hast du beschlossen deinem Vater nachzueifern und auch zu sterben?

João, von dem er nie sprach, wenn ich ihn zufällig erwähnte, dann durchdrang er mich mit dem Blick und verlor sich auf einer Schaukel jenseits von mir, bestand darauf, daß er keine Familie habe, verbot mir, von ihm zu sprechen

– Glaubst du etwa es habe da einen Bruder gegeben?

mein Schwager, der die ganze Zeit mit mir gescherzt hatte, der meinen Rock mit komischer, ungehöriger Stimme anhob, böse Jungs, ungezogene Jungs, bestraf uns, bestraf uns, der eine Oper auf den Plattenspieler legte und, lachend zu Pedro hinüberschauend, Anstalten machte, mir die Bluse auszuziehen

und Pedro, das schwöre ich dir, einverstanden

haargenau die Witwe, Bruderherz, klein, rund, wenn unsere Mutter das wüßte, meine Schwiegermutter, die überhaupt nichts wußte, Namen verwechselte

– Ich weiß nicht

wenn ich schwanger geworden wäre, Pilar, hätte mein Schwager meinen Bauch abgetastet

– Für die hätte man keine Hagebutte gegeben Bruderherz aber am Ende

wenn ich es gekonnt hätte, aber leider Gottes bin ich unfruchtbar, auf Telefongespräche und Tees beschränkt, João mit einer spöttischen Pirouette

– Hab ich mir doch gleich gedacht Bruderherz

wenn er sich nicht in sein Zimmer einschloß, amüsierte sich Rui mit den Zitronen und der Giraffe, ich kam zum Swimmingpool und hätte ihn am liebsten geschlagen, verschwinde aus diesem Haus, dich will hier niemand, mein Mann schwieg, die Giraffe schwieg, ich befürchtete noch, daß die Giraffe

– Quälen Sie ihn nicht Senhora

aber sie beschränkte sich darauf, unter Windhauchspfeifen

dünner zu werden, wurde zu einem Lumpen, den der Gärtner zusammen mit den Blättern aus dem Wasser fischte, wenn mein Schwager mir nicht hin und wieder erscheinen würde, sogar heute, wo wir allein sind, und ich sehe ihn ganz genau mit mottenzerfressenem Bein auf dem englischen Stuhl, als würde ihm das Haus gehören, ich der Gast wäre, das Geld nicht von meinen Eltern käme, mach dir mal klar, daß alles auf meinen Namen läuft, dein Bruder ist mein Angestellter, verstehst du, wenn ich dazu Lust habe, werfe ich euch beide raus, verstehst du, und der freche Kerl fragt Pedro

– Hast du sie nicht über Bruderherz?

lädt ihn in ein kleines Haus ein

eine Baracke in Alenquer gleich neben dem Besitz von Senhor Machado, in der eine Witwe und ein Grammophon und Operngeschrei und ein Zwicken in die Wange und

– Zieht euch aus

bei der Witwe ist er nackt, bei mir im Morgenrock, Pilar, reibt die Handflächen auf den Knien

– Wo ist Rui?

und ich begreife, daß sein Mund

– Wo ist João?

sein Mund die ganze Zeit

– Wo ist João?

João, den Mutter vorzog, sie befreite deinen Seebarsch von Gräten und zu mir, du bist schon alt genug, um deinen Fisch allein zu zerlegen, schob bei dir die Schaukel länger an, wenn ich dran war, sie, ich bin müde, wenn er sich dem Brunnen näherte, mein Gott, so viele Bienen, Wespen, die der Wassergeruch schwindlig machte, die Kirschblüten so schön, wie ich sie noch nie gesehen hatte

Tausende so schöner Blüten

diese Fäden mit den kleinen Samen, die im Gras dahinschwebten, alles Schlechte

Suppe, Aspirin, Zähneputzen

gab es nicht mehr, wenn er sich dem Brunnen näherte, schlug sie ihn fast gar nicht, und wenn ich es war, willst du einen Klaps auf den Hintern bekommen, ich wollte ihr bei der Beerdigung den Arm reichen, und sie verweigerte mir den Arm, oder, besser gesagt, schämst du dich nicht, derjenige zu sein, der geblieben ist, meine Sekretärin, Sie können da nicht rein, Sie können da nicht rein, und João tat amüsiert, zufrieden so, als würde er ihren Hintern liebkosen, fuhr ins Grab hinunter, gab ein Zeichen, ihn mit Erde zu bedecken, verabschiedete sich

– Bis bald Bruderherz

João zur Sekretärin, ich gehe ja gar nicht rein, meine Liebe, wie kommen Sie nur darauf, da ist doch niemand reingegangen, bis ein Grabstein ihn zum Schweigen brachte oder nicht einmal ein Grabstein, denn mitten in der Versammlung erscheinst du in meinem Büro

– Kuckuck

unterbrichst die Engländer von den Landwirtschaftsmaschinen, trinkst meinen Kaffee, schlägst vor

– Wollen wir gehen?

bringst meine Unterlagen durcheinander

– Laß dich nicht übers Ohr hauen du bist so naiv Bruderherz

der verzogene Pingpongtisch im Schuppen des Landgutes, die Truhe, von der ich annahm, daß sie die Knochen unseres Großvaters enthielt, der Notar gewesen war, der Respekt der Familie vor dem Rahmen eines mageren Mannes, dem die Lobpreisungen Würde verliehen

– Dein Großvater hat in Coimbra mehr als tausend Urkunden unterzeichnet

und der magere Mann schrieb seinen Namen mit einem Federhalter, dem die Schreibfeder fehlte und der pompös wie eine Reliquie vorgezeigt wurde

– Der Federhalter von Großvater

der Pingpongtisch, die Engländer warteten, der Notarsgroßvater in der Truhe ungeduldig

– Nun?

mehr als tausend Urkunden in Coimbra, und jetzt klapperten die vom Fleisch gesäuberten Knochen in der Truhe, als ich sie mit einem Kuhfuß aufgestemmt habe, war da kein Großvater, schimmlige Vorhänge und leere Keksdosen, ich kann mich nicht daran erinnern, daß es regnete, ich erinnere mich an meine Mutter, die den Fächer zuklappte und sich über die Hitze beklagte

– Was für eine Hitze

ich erinnere mich an die Witwe, meine beiden Kleinen, die Engländer warten, während ich den Pingpongschläger und den Ball nehme

während ich den Federhalter nehme, dem die Schreibfeder fehlt

während ich meinen Federhalter aus der Jacke ziehe und anstelle meines Federhalters, den mir die Industrievereinigung geschenkt hatte, den Federhalter zum Urkundenunterzeichnen, mein Bruder nahm sich von den Zigaretten vom Chef der Engländer und pustete mir den Rauch ins Gesicht

– Überraschung

den Schläger besser halten, mich konzentrieren, damit der Ball auf die andere Seite des Netzes kommt, mein Vater schläft auf einer Liege, und obwohl er todschick, Brillantine, Anzug, Ring

den Ring habe ich unbedingt haben wollen

die Lackschuhe fielen auf, die nachts am Nachttisch standen, auf der Innensohle das Zeichen der Fabrik

Sapataria Mimosinha

die ihn mit schlafwandlerischer Langsamkeit durch die Zimmer transportierten

– Laßt mich

die Kirschen, an denen Bachstelzen pickten, der Besitz von Senhor Machado, Apfelbäume, Weinstöcke, Doktor Elói, der portugiesische Gitarre spielte

oder Banjo oder Gitarre

an Festtagen, Einweihungen, Hochzeiten, er trug einen Orden, besuchte die Witwe mit einem Fläschchen Likör, kam sich kämmend und die Jacke glattstreichend wieder heraus, die Witwe hat mich die gelbe Flüssigkeit probieren lassen, in der sich im Licht glühende Pailletten drehten

– Probier den Likör vom Anwalt Kleiner

sie sprach das Likörr aus

überall das Rasierwasser von Doktor Elói

und nach dem Probieren hätte ich mich gern, die Engelchen, das Grammophon, die Welt vergessend, hingelegt, mich, während sich mir die Narbe in die Wange bohrte, in ein zuckriges Gelee versenkt, die Engländer von den Landwirtschaftsmaschinen schauten einander fragend an, unser Betriebswirt zeigte die Linie, auf der der Vertrag gegengezeichnet wurde

dein Großvater, das heißt, die schimmligen Vorhänge und die Keksdosen haben in Coimbra mehr als tausend Urkunden unterzeichnet, sein Name fest, entschlossen, exakt

Orlando Borges Cardoso

meine Sekretärin mit einem Eau de Cologne, das ich nicht kannte, wer hat es dir gekauft, keine Ausreden

– Pedro

wir können nicht heiraten, aber alles andere können wir, wenn du dich ordentlich benimmst, ich habe ihr immer empfohlen, vorsichtig zu sein wegen eines halben Dutzends von Geiern und Lügnern, die frei herumliefen

– In deiner Wohnung bin ich Pedro oder was immer du willst im Unternehmen Herr Architekt vergiß das nicht

unser Betriebswirt erzittert beim

– Pedro

und Dutzende von Spielautomatenlämpchen klingelten in seinem Kopf, er versuchte sie auszumachen, bevor ich es merkte

Sapataria Mimosinha

– Möchten Sie noch irgend etwas hinzufügen Herr Architekt?

also nahm ich den Federhalter ohne Schreibfeder und schrieb Orlando Borges Cardoso, begann, Orlando Borges Cardoso in alten Schönschreiblettern zu schreiben, ein magerer Mann aus Coimbra mit mehr als tausend unterzeichneten Urkunden, bewundere ihn, der Pingpongball zum Glück auf der anderen Seite des Tisches, ich habe es geschafft, die Engländer erleichtert, meine Ölgemälde

Aquarelle

beruhigten sich an den Haken, meine Mutter ließ die Schaukel los und erklärte uns

– Man kann ihn nicht mit seinem Bruder vergleichen für den habe ich nie viel gegeben

die Aquarelle, die meinem Schwiegervater gehört haben und mir nie wohlgesonnen waren

– Hab ich mir doch gleich gedacht

wir können nicht heiraten, aber alles andere können wir, wenn du dich ordentlich benimmst, Freitagabend, Dienstreisen nach London, die Handtasche, von der du mir gestern erzählt hast, unser Betriebswirt ruft den Freund meines Schwiegervaters in der Absicht an, meinen Platz einzunehmen, Kopien von Briefen, ein Bericht des Innendiensts

– Wußten Sie daß der Architekt Senhor Simas?

Senhor Simas tauschte die Brille für die Fernsicht gegen die Nahsichtbrille aus, vertat sich, steckte sie zusammen mit dem Taschentuch und einer dritten Brille ein, die mir so vorkam wie die vom Mädchen aus der Buchhaltung

– Ist das wahr João?

– Ich bin nicht João ich bin der Ältere Pedro

Senhor Simas verwundert in einem Echo

– Pedro

das heißt, Senhor Simas bemerkte die dritte Brille, versteckte sie in der Hosentasche, wandte sich mir mit einem Briefchen zu, das geschickt zu haben ich mich nicht mehr erinnern konnte, Morgen nach dem Zahnarzt im Nest in Peña

– Ist das wahr Pedro?

der Pingpongball zu schnell wieder auf meiner Seite, wo das

verbogene Holz ihn abdriften ließ, mein Bruder, mach keinen Fehler, verlier das Spiel nicht, erklär Senhor Simas, daß das nicht deine Schrift ist, deine Schrift hat keine dünnen und dicken Striche, barocke Konsonanten, ein Zuviel an Kommata, und die Familie zu damaligen Zeiten stolz, jawohl, das ist die von Notar Orlando Borges Cardoso, dem in Coimbra hochgelobten, schauen Sie sich das verblichene Papier genauer an, die Tinte beinahe lila, die Begeisterung meiner Mutter, meines Vaters, des Onkels, der Rentner von Angolas Baumwolle war und etwas von Buchhaltung verstand, das Briefchen mit Inbrunst wie eine Hostie zur Lampe hochhielt, mich bat, das Beispiel zu ehren

– Dein Großvater João

– Ich heiße Pedro

– Dein Großvater Pedro

ein bedeutungsloser magerer Mann mit einer Amselnase hat deine Großmutter erobert

und Gott weiß, wie anspruchsvoll deine Großmutter war

mit Majuskeln, die ihr das Herz erweicht haben

– Heute lernt man so was nicht mehr in der Schule

meine Eltern zu Senhor Simas, der sie nicht zu sehen schien, mit der Bitte, die Perfektion der Tilde zu bewundern

– Die Perfektion der Tilde Senhor Simas

selbstverständlich war das nicht Joãos Handschrift

Pedros

natürlich, die von Pedro, selbstverständlich ist das nicht die Handschrift von Pedro, Pedro war doch immer so ungeschickt, das weiß jeder, unfähig zu so einer Harmonie, Senhor Simas überzeugt, daß ich zu ihm gesprochen hatte

– Was soll diese Geschichte mit der Perfektion der Tilde?

reichte das Briefchen von der Brille für die Fernsicht zur Nahsichtbrille, versuchte die des Mädchens aus der Buchhaltung, unterstrich die Welle des Akzents mit dem Fingernagel, seine Hand entfernte sich allein, unabhängig von ihm, hoppelte durch die Luft und zeichnete Kamelhöcker durch das ganze Büro

– Die Vollkommenheit der Tilde?

fing die Hand ein, so wie ich den Ball zu fassen bekommen hatte, schraubte sie schnell wieder an den Ärmel, krümmte und streckte die Finger, prüfte nach, ob es wirklich seine waren, meine Eltern halfen ihm, meine Mutter übrigens mit weißem Hut, in dem gürtellosen Kleid zum Spazierengehen auf dem Landgut, die Lackschuhe

Sapataria Mimosinha

knarzten auf dem Teppich im Büro

– Machen Sie sich wegen Ihrer Hand keine Sorgen Senhor Simas

Senhor Simas löste sich mühsam von der Perfektion der Tilde, verteilte die Brillen mit verblüffter Langsamkeit in den Jackentaschen, kam mühsam wieder zu sich

der Pingpongball auf seiner Seite, was für ein Glück, wir haben es geschafft, den Ball auf seine Seite zu bekommen, Mutter, eine Meinung von oben herab, von kleinen Klapsen unterstrichen, die Komplizität der Männer, die Sie, Mutter, nie akzeptieren werden, die Verbrüderung in der Sünde

– Solche Dinge macht man vorsichtig junger Mann

der letzte Rat mit der rechten Hand

wieder die Finger krümmen und strecken, da gibt es keinen Zweifel, es ist meine

auf dem Türknauf

– Und bitte ziehen Sie sich schnell andere Schuhe an der Lack knarzt wie verrückt

nicht bemerkend, daß ich nicht bei ihm war, sondern in der Kirche mit meinem Neffen in dem Augenblick, als sie die Särge und die Blumen in den Leichenwagen schoben, und ein Mann, der Fragen stellte und die Antworten auf einen Block schrieb

– Sind Sie ein Verwandter von Soraias Ehemann

so daß fünf oder sechs Fotografen sofort mit Apparaten und Lampen, die ihre Gesichter verdeckten, vor mir standen, rühr dich nicht, damit du in der Zeitung richtig gut rauskommst, sie zogen die Filme aus dem Apparat und steckten sie in einen Beutel, holten Filme aus dem Beutel und steckten sie in den Apparat, nur noch eine Minute, der Herr, und bewegten dabei die windgefüllte Fahne der Hand, baten, heben Sie das Kinn, als wären wir gar nicht da, und schauen Sie zu den Gebäuden da hinten, nicht Alenquer, nicht das Häuschen gleich neben dem Besitz von Senhor Machado, Gebäude, an denen nichts Besonderes war, die es nicht wert waren, angeschaut zu werden, trocknende Wäsche, kennt man schon, Käfige, deren Vögel gestorben waren, weil niemand da war, der sie mit Zahnstochern und Bindfaden geheilt hatte, und da rückte eine Frau

meine Sekretärin?

meine Krawatte gerade, nicht daß Sie mit schiefem Schlips in den Zeitschriften erscheinen, Herr Architekt, der Fotograf ganz links, der die Lampe ganz schell aus- und anmachte, seien Sie so gut und rücken Sie ihm den Schlips noch einmal gerade, Fräulein, damit ich Sie beide draufkriege, meine Sekretärin fletschte die Zähne zu ihm hin, und der Fotograf, ein Stück Bauch nackt zwischen Hemd und Hose, großartig, großartig, jetzt geben Sie ihm den Arm, Fräulein, meine Frau verließ den Trauerzug, um den schwarzen Spitzenhandschuh auf meiner Schulter zu plazieren, hau ab, du Nutte, und mein Bruder strahlend

– Deine Frau wer hätte das gedacht Bruderherz

Puder, Parfüm, eine Lippenstiftspur an meinem Ohr, der Fotograf zeigte mehr von seinem perfekten Bauchnabel, der Handschuh hielt meinen Nacken, die Stirn an meine gelehnt, drehte die Hüften auswärts, um die Taille zu betonen, meine Sekretärin, hau du ab, alte Ziege, während ich gehorsam die Gebäude im Hintergrund anschaute, den Kirchplatz und die Dächer der nächsten Straße, wo, wie mir schien, meine Mutter

– Wer ist Pedro?

meine Mutter selbstverständlich nicht, meine Mutter ist krank, jemand, der noch kleiner war, vielleicht ich auf der Schaukel nein, noch kleiner, ich glaube, der Schwimmreifen einer Giraffe im Swimmingpool, und ich beschwichtigte sie

– Beruhige dich Rui kommt gleich

während sie sich in meinen Händen mit einem Windhauchspfeifen leerte.

Kapitel

Er saß auf dem Boden. Er saß da wie ein Kind. Er saß da auf dem Boden wie ein Kind und mischte die Finger. Ich fragte ihn

– Was ist passiert Rui?

und er saß da auf dem Boden wie ein Kind und mischte die Finger, vor dem Bild, auf dem drei Nymphen mit durchsichtigen Schleiern, die sie noch nackter machten, die Arme in einem regellosen Tanz hoben, barfuß auf dem Gras, und Blütenblätter in verschiedenen Farben

Blau Gelb Braun

hier und da, die rechte Nymphe trug eine Kette mit einer kleinen Weintraube und streifte das Knie der mittleren Nymphe, mir war so, als würde mein Vater in der Küche singen, aber es konnte auch der Plattenspieler sein, mit dem er vor dem Spiegel übte und dabei die Federn wie ein Truthahn in kurzem Fluge schüttelte

– Vermißt du deine Tante und deinen Onkel Rui?

er hörte nur auf, die Finger zu mischen

im Dorf meiner Großmutter wurden sie mit Weizenbrei gemästet

wenn mein Vater und der Plattenspieler schwiegen oder irgend jemand mit einem Messer in den Hühnerstall kam

es pflegte meine Großmutter zu sein, die mit dem Messer in den Hühnerstall ging, das die Hühner den Kopf verlieren ließ, der Truthahn plusterte in einer Ecke sein Geschäftsführergelächter auf, die Klinge fand seinen Rücken, die Brust, den Bauch, Rui saß da auf dem Boden

oder im Bild der Nymphen

Blütenblätter in verschiedenen Farben hier und da, mein Vater auf dem Weg von der Küche durch den Flur ohne Licht zum Schlafzimmer

anstatt zu fliehen, der Truthahn reglos, resigniert, Kälte stieg vom Gebirge zu den Häusern herab, meine Großmutter packte seinen Kopf und bedeckte ihn mit einem Sack aus Werg, die Kehle offen

sing jetzt, Vater

und der Sack auf dem Boden, die Sitzstange, die eine Leiter mit Tintenklecksen war, verlor eine Stufe, die Stroh und Eier zermalmte, Rui kam aus dem Bild und kehrte auf den Boden zurück

– Vermißt du deine Tante und deinen Onkel Rui?

in dem Augenblick, als der Regen auf den Platz fiel und meine Großmutter den Truthahn zerteilte, Blut auf ihrem Rock, ihrer Schürze, ihrer Bluse, rote Tintenkleckse auf der Sitzstangenleiter, meine Mutter vergaß die Mimosen

– Komm aus dem Regen Paulo

Blut auch auf ihrem Rock, ihrer Schürze, ihrer Bluse, sie banden die Fußknöchel des Tiers zusammen, um zu verhindern, daß es ohne Kopf herumrannte, ich erinnere mich an eine Ente, die gegen einen Feigenbaum gerannt ist, vor ein paar Monaten fand ich meinen Vater so im Treppenhaus, einen Strick um die Handgelenke, einen Strick um die Beine, wegen der Lampe vor der Haustür, die seit Ewigkeiten durchgebrannt ist, begriff ich es anfangs nicht, glaubte, es sei ein Bündel, das auf den Morgen wartete, aber das Bündel bewegte sich, meine Großmutter und meine Mutter zerrten, die Kürbisse zerrupfend, den Truthahn durch den Regen zum Schuppen mit dem Ofen, drückten das, was vom Hals übrig war, in ein Stück Sackleinen, die Türklinke am Príncipe Real verweigerte sich wie üblich meinem Schlüssel, während meine Großmutter meine Mutter bat

– Der Eimer für die Eingeweide Judite

ich knipste die chinesische Lampe mit ihren Karnevalsdrachen und Fuchsienfransen auf der Diele an, und mein Vater rutschte ohne Ringe, ohne Armbänder, ohne Perücke an der Wand herunter, der Regen löste die Tomatenstöcke und die Vierecke vom Himmel-und-Hölle-Spiel auf dem Friedhof auf

Sie werden alles noch einmal malen müssen, Mutter

meine Großmutter zog den Truthahn auf dem Tisch zum Brotteigkneten aus, auch meinem Vater die Federn, die Polster, die Spitzen abnehmen

meine Großmutter hat Sie mit dem Messer im Hühnerstall aufgesucht, und nun schluchzen Sie mit dem Doppelkinn, man hat Ihnen Weizen gegeben, um Sie zu mästen, Vater, und mein Vater durch den zerbrochenen Schnabel, wo nicht Lippenstift, etwas anderes, was ich nicht genau erkennen konnte, dasselbe wie auf dem Rock meiner Mutter, ihrer Bluse, dem Kittel, mit dem sie sich jetzt schützte

– Mutter was macht meine Großmutter da mit meinem Vater?

warum die Eingeweide in einem Eimer, warum haben sie ihn getötet?

ihn die Treppe hinaufzerren und vor der Großmutter und Ihnen retten, ein Schuh verloren, der, der noch da war, schmutzig vom Lippenstift

es war kein Lippenstift, es war

der, der noch da war, schmutzig vom Lippenstift der Straße, wo Papier und Müll, ihn bis zur Überdecke zerren, die im Wohnzimmer als Teppich dient, ihm die Eingeweide herausholen, das Gummiband von der Taille nehmen, und die Haut Gänsehaut, weiß, die meine Großmutter, meine Mutter und ich mit Alkohol abrieben, meine Großmutter zu uns, das heißt, ich zu mir selber mit einem Handtuch und einer Schüssel voll Wasser

– Vorsicht mit dieser Wunde am Schulterblatt

Rui saß da auf dem Boden wie ein Kind und mischte die Finger

– Was ist passiert Rui?

nicht

– Was ist passiert Vater?

so ist es richtig

– Wer war das Vater?

und Rui saß da auf dem Boden wie ein Kind und mischte die Finger, es stimmt doch nicht etwa, daß du die Mulatten nicht bezahlt hast, Rui, daß du in Chelas Geld schuldest

diese Wunde am Schulterblatt

so wie meine Mutter im Café Geld schuldet, und der Besitzer des Cafés, ich komme zu dir nach Hause, wann immer ich will, Judite, so wie mein Vater beim Schlachter Geld schuldet, und der Geschäftsführer vom Schlachterladen vor Dona Aurorinha, die

– Quälen Sie ihn nicht quälen Sie ihn nicht

Sie Lügnerin, Sie Aufschneiderin, mit Ihren Verwandten, der Geschäftsführer vom Schlachterladen kam, sich die Hände an einem Tuch abwischend, um die Tonbank herum, Herr Architekt, gnädige Frau, vermißt du deine Tante und deinen Onkel, Rui, im Fenster das Café und so weiter, die Zeder in der Nacht aufgegangen, nicht nur der Lippenstift einer Wunde am Schulterblatt, an der Nase, am Mund, der Zunge, die sich zu befreien versuchte, indem sie mir zulächelte

und es war kein Lächeln, denn das einzige offene Auge starrte mich blind an, meine Mutter hielt auf dem dritten Quadrat vom Himmel-und-Hölle-Spiel inne, da plötzlich ein Milan über dem Schrecken der Küken, wenn ich schnell zum Garten, wenn ich sie schützen könnte, der Friedhofswächter näherte sich mit einer Hacke

– Wohin gehst du Juditinha?

ein Streichholz an den mit Alkohol bedeckten Truthahn halten, damit sein Fleisch fester, zarter wird, und mein Vater von einer blauen Flamme umgeben oder, besser gesagt, kleine Flammenwellen an seiner Brust entlang, setz dich nicht auf den Boden wie ein Kind, misch nicht die Finger, ihr kommt von der Diskothek zurück, und die Mulatten

– Guten Abend

nicht wahr, Rui, es ist nicht wahr, Rui, daß du wegrennst, du bei den Bäumen im Hintergrund, die lateinische Namen haben, Senhor Couceiro, an einen Stamm gelehnt, erklärt sie, und mein Vater

– Was ist passiert Rui?

es ist nicht wahr, daß einer der Mulatten mit einem Flaschenhals, glaube ich, einem Messer, der Kette von Noémias Fahrrad auf dem verglasten Balkon in Anjos, lassen Sie nicht zu, daß sie die Fahrradkette mitnehmen, Dona Helena, meine Großmutter trägt Feuerholz, Kiefernnadeln und Kienäpfel im Ofen zusammen, nimmt die Petroleumflasche, bringt den Fächer vom Nagel an der Wand, es ist nicht wahr, daß ein Auto in der Rua da Palmeira wartet, der Flaschenhals oder das Messer durchdringen das Umschlagtuch, durchdringen noch einmal das Umschlagtuch, einer der Mulatten zeigt auf die Eingangshalle

– Legt ihn da hin

du schaust hinter der Zeder hervor, und mein Vater

– Rui

es ist nicht wahr, daß der Milan mit einem Kaninchen in den Fängen zum Gebirge hinauffliegt, der Friedhofswächter, wenn du nicht weggehst, Juditinha, schenke ich dir eine Puppe, meine Großmutter zu meiner Mutter, reich mir den Spieß, Judite, es stimmt nicht, daß du denkst, mir tut der Bauch weh, das einzige, was wichtig ist, ist, daß mir der Bauch und die Eingeweide weh tun, die diese Bäuerinnen in einen Eimer kippen, mein Vater allein, Rui, mit Ausnahme des Köters mit der Schleife, der auf der Türschwelle jault, wenn es außer beim Schuppen auch noch in Príncipe Real regnen würde, und ich, zehn oder zwölf Jahre alt, warte auf einer Bank darauf, daß ein Herr aus dem Gebäude kommt und mein Vater an der Gardine das Geld zählt, der Mulatte mit der Sonnenbrille schüttete ihre Handtasche aus, Notizbücher, Aspirin, zwei oder drei Münzen

nein, das kleine Medaillon aus Fátima

– Ich werde nach Fátima gehen Paulo

wenn er große Sorgen hatte, ging er nach Fátima, gehen Sie nach Fátima, während die Kapverdianer Sie schlagen, Vater

– Zahlst du nicht was dein Zuhälter ausgegeben hat?

deine Tante am Telefon zeigt, zu uns gewandt, auf den Hörer, hast du gehört, Pilar, was der Gärtner aus dem Swimmingpool geholt hat, waren keine Zweige oder Blätter oder eine Plastikgiraffe, es war ein ertrunkener Clown, vierzehn Tage nicht im Keller tanzen, bis die Flecken, die Schwellungen, und was werden Sie essen, Vater

– Können Sie essen?

beim Krämer anschreiben lassen, die chinesische Lampe zum Pfandleiher bringen, Marlene

– Ich habe keinen Pfennig wenn ich was hätte sicher gern entschuldige

Dona Amélia gab ihm aus Mitleid heimlich das Wechselgeld vom Tablett

– Was haben die bloß mit Ihnen gemacht Soraia

deine Tante wies, zu meinem Vater gewandt, auf den Hörer, sprechen Sie da rein, gute Frau

– Hast du gehört Pilar?

die Freundin von Joãos Sohn, von dem, der auf unsere Kosten lebte und sich über mich lustig machte

– Die Frau die du bei der Verlosung gewonnen hast Bruderherz

er reichte mir ein Lächeln, das, wenn man es mit der Hand empfing, schon nicht mehr da war, und der Idiot vergnügt

– Überraschung

während Rui Angst vor den Negern von Chelas hatte oder auf dem Boden saß und die Finger mischte, schüttelt ein anderer

es heißt, Paulo

ihn am Arm

– Was ist passiert Rui?

der Mulatte mit der Sonnenbrille hat im Futter der Handtasche gesucht, im Kleid, unter der Perücke, wo du wirst es nicht glauben, daß Rui mit dieser Frau da, und mein Mann

– Sei still

ohne das Blut zu sehen, das der bescheuerte Sohn Lippenstift nannte, stell dir das vor

– So viel Lippenstift Vater

die Praça do Príncipe Real, wo die Rentner mit den Tauben Karten spielen, ein Teil Lissabons, durch den man fährt, ohne hinzuschauen, der Kapverdianer mit dem Stiefel auf dem Finger dieser Frau da, zermalmte ihr den Ring

– Zahlst du nicht was dein Zuhälter ausgegeben hat?

der Zwerg oben auf dem Kühlschrank oder der Geschäftsführer zu meinem Vater, indem er ihn nicht in die Garderobe ließ

– Willst du so auf die Bühne gehen Soraia?

die Schwellungen mit Rüschen und Ärmeln bedecken, oder aber eine komische Nummer, die das Publikum schätzt, Senhor, ein Pinguin zum Beispiel, einen Pinguin spielen, und Vânia, die alles von mir gelernt hat

– Pinguin wie lächerlich

ich habe sie hergebracht, habe aus ihr gemacht, was sie heute ist, ich habe ihr geholfen, als man ihr beim Notar gekündigt hat und sie Raul hieß, nach dem Regen im Dorf die Mimosen so gegenwärtig, will heißen, die Gerüche meiner Kindheit bei mir, die Stimmen meiner Kindheit bei mir

– Juditinha

die Jahre meiner Kindheit und mein Leben als Frau bei mir, mein Körper anders als ich, will heißen, ein zu großer Körper, in dem ich wohnte, ohne ihn zu kennen, die Reise mit dem Zug nach Lissabon, die Schule, in der ich unterrichtet habe, und kein Mann, mein Gott, vor allem kein Mann, ich frei, obwohl ich manchmal nachts, wenn ich mich auszog, nicht wußte, wer ich war, diese Beine beispielsweise konnten nicht auf den Grabstätten spielen, wo ich meine Beine von früher nicht fand, der Schuldirektor, als er meine Papiere prüfte, die Papiere zu jemand hochreichte, von dem er nicht ganz sicher war, ob ich es war oder der Friedhofswärter

die beiden genau gleich alt, zwei alte Männer

– Juditinha

in dem Augenblick, als der Direktor

– Sie sind also Judite?

und ich an Judite dachte, als mein Sohn sich herausbildete, habe ich es nicht geglaubt

– Ich glaube es nicht

ich hatte Angst

– Ich habe Angst

ich versuchte hinaus ins Gebirge zu gehen, aber es gab kein Gebirge, nur Häuser, Straßen, die ungebügelten Hemden meines Mannes auf dem Bügelbrett, eine Flocke Rasierseife im Abfluß, die Briefe über Kohlköpfe und Rheuma, die meine Mutter bei der Post diktierte, die Angestellte feuchtete den Klebestreifen des Umschlags mit der Lippe an

– Noch eine Nachricht für Ihre Tochter Tante Vivelinda?

meine Mutter wollte mir von Paulo erzählen, schwankte, schämte sich

– Nein

ich hatte Angst, als mein Sohn, denn ich bin zu klein, meine Mutter zog die Schuhe aus und zog für den Obstgarten und den Gemüsegarten die meines Vaters an

Judite, wenn du im August kommst, der Zitronenbaum

die Schuhe, die nicht unter dem Bett warteten, an den Herd gestellt waren, damit sie nach dem Regen trockneten, wenn du im August kommst, stutzen wir die Zitronenbäume, der Direktor reichte mir die Papiere zurück, indem er den Stamm hinauf- und hinunterkletterte, von dem ich nicht sicher war, daß es meiner war und auf den ich das Medaillon gepfropft habe, um mich wiederzuerkennen, wenn ich mich sah

und im Fenster Almada, meine Mutter schlug an den Zitronenbaum

– Sie sind also Judite?

nein, der Direktor

– Sie sind also Judite?

Judite zum Friedhofswärter, indem sie sich in eine Grabstätte setzte, in der sie die Kerzen der Särge zurechtrückte und mit ihnen redete

– Hier wohne ich

Judite faltete die Papiere zusammen und steckte sie in die Aktentasche, überrascht über den zu großen Körper, der ohne mich lebte, gehorsam wurde, den Körper wieder in die Pension mitnehmen und auf dem Linoleum die Geräusche der Schuhe meines Vaters bemerken

meiner Schuhe

und die Besitzerin der Pension aus dunkler Ferne, die das Emphysem noch vergrößerte

– Dies ist eine anständige Pension um elf Uhr schließe ich die Tür ab junges Fräulein

im Fenster Almada, die Statue im Profil, wenn meine Mutter im Profil die Wäsche aufhängte, hörte sie auf, meine Mutter zu sein, ich Waise

– Mutter

bis das Profil sich zur Seite wandte und wieder meine Mutter war, wenn sie einschlief, war sie auch nicht sie, das heißt, etwas, das meiner Mutter ähnlich sah, nahm ihren Platz ein, ein Makel an der Augenbraue, den sie nicht hatte, wenn sie wach war, die Schulter auf dem Bettuch hingegossen

der einzige Teil von ihr, der lebendig blieb

kleiner und größer wurde, wo sind Sie gewesen, Mutter, wo sind Sie, im Garten, im Schuppen, ich suchte im Garten, suchte im Schuppen, fragte das Ding

– Sind Sie die Schulter?

die Schulter mit einem Ellenbogen verbunden, der Ellenbogen lehnte das Licht ab, der Makel an der Augenbraue verschwand, Augenlider entknäulten sich, sahen mich, zwischen Stirn und Kinn bewegte sich alles, Lippen, die Satzreste aus dem Rest eines Traumes kauten, nicht eigentlich Sätze, Echos von Menschen, und ich glücklich

– Sie sind es

meine Mutter und ich, mein Sohn und ich, und da mein Vater und mein Mann Eindringlinge sind, nur ungebügelte Hemden und Schuhe unter dem Bett oder an den Herd gelehnt, so wie der Direktor und der Friedhofswärter auch Eindringlinge sind, der Elektriker, die Hunde, der, der sich in der Pastelaria nach der Schule mit einer Tasse vom Tisch erhob, die fast von der Untertasse fiel

– Erlauben Sie gnädiges Fräulein?

wie hätte es sein können

– Geh nicht Juditinha

oder

– Sie also sind Judite?

es ist gleichgültig, da kein Mann, mein Gott, vor allem kein Mann, ich frei, ein anderer Körper ist bei ihnen, der mit mir nichts zu tun hat, ich und die Mimosen auf dem Friedhof, in Almada, in Bico da Areia, mein Sohn glaubt, daß ich mit meinem Mann

– Carlos

ich

– Warum Carlos

und mit meinem Mann ich auch allein, ich sah, wie er die Überdecke zerknautschte und glattstrich, sich abschminkte, den Frauenschmuck verbarg, sich für etwas rechtfertigte, dessen ich ihn nicht anklagte, sich für etwas entschuldigte, für das ich ihm dankbar war, während ich ihn nicht hörte

warum sollte ich ihn hören?

das Steinchen in das erste Quadrat warf, und die Verbeugungen der Lorbeerbäume, du hast es geschafft, ins zweite Quadrat

– Wir sind so stolz auf dich Juditinha

ins fünfte, der Wurfstein auf dem Strich, ich schaute mich suchend um, keiner da, korrigierte mit der Schuhspitze, und die Lorbeerbäume taten zerstreut

– Wir haben nichts gesehen

so wie meine Kolleginnen, die in der Pastelaria zerstreut taten, Gekicher verschluckten, sobald die Tasse zitterte, der Löffel, das Päckchen Zucker und der Fleck auf der Krawatte, bei ihm erinnere ich mich nicht an die Stimme

alle Gerüche, alle Stimmen meiner Kindheit bei mir

weder an das Alter noch die Armbanduhr

nein, an die Armbanduhr erinnere ich mich

und an den Krawattenknoten

– Erlauben Sie gnädiges Fräulein

die Armbanduhr und den Krawattenknoten, wenn mein Mann

– Wer ist der Vater deines Sohnes?

antworte ich ihm, kein Mann, Gott sei Dank, kein Mann, ich frei, der Vater meines Sohnes ist ein Sekundenzeiger, der wie dieser von einem feinen Strich zum nächsten feinen Strich zittert, und ein Krawattenknoten, ich glaube, blau und grün, ich glaube, blau oder grün, die Lorbeerbäume tadelnd

– Juditinha

seit zwanzig Jahren tadeln sie mich

– Juditinha

voller Mitleid mit dem Sekundenzeiger korrigierte ich die Lage des Steinchens, will heißen, halte ich meinen Arm von der Krawatte fern

– Da ist niemand bei mir seid still

der aus der Pastelaria in Bico da Areia, während ich ihm mit der Tasse half, die er nicht hatte, nichts zitterte, nur er und die Hunde, die am Strand knurrten, ein Kienapfel an den Fenstern, und der Sekundenzeiger ängstlich

– Erlauben Sie gnädiges Fräulein?

ich spüre die Margeriten, die mein Mann gepflanzt hat und die sich langsam zur Nacht ausbreiten, die Armbanduhr, die mir entgegenschwankte, der Friedhofswärter oder der Schuldirektor oder mein Mann bei mir, und dennoch, ich allein, der Körper, der nicht meiner war, schlief im Spiegel, ein Makel an der Augenbraue, den ich nicht hatte, wenn ich wach war, die Schulter auf dem Bettuch hingegossen

der einzige Teil von mir, der lebendig blieb

kleiner und größer wurde, wo warst du, Judite, wo bist du, im Garten, im Schuppen, ich suchte im Garten, suchte im Schuppen, fragte die Schulter

– Bin ich die Schulter?

bemerkte, daß die Krawatte sich von mir entfernt hatte, daß die Schulter mit einem Ellenbogen verbunden war, der Ellenbogen lehnte das Licht ab, der Makel an der Augenbraue verschwand, Augenlider entknäulten sich, sahen mich, zwischen Stirn und Kinn bewegte sich alles, nicht eigentlich Sätze, Echos von Menschen, und ich glücklich

– Ich bin es

Ruis Tante am Telefon, die werden schwanger wie Tiere, weißt du, die kennen nicht mal gegenseitig ihre Namen, leiden nicht, leben in Baracken, die sie für Häuser halten, setzen sich auf den Boden und mischen die Finger oder vergnügen sich auf den Gräbern, wo ein kleines Mädchen, Kreidegekritzel und der Friedhofswärter, der sie in der Helligkeit der Lorbeerbäume ruft

– Geh nicht warte

sie zum Wärter

ich zur Krawatte, als er in der Pastelaria wieder näher kam und sich an meinen Tisch setzte

– Ich brauche Sie nicht mehr

ich zum Wärter

– Wollen Sie mit mir spielen?

und an einem Samstagnachmittag, um die Zeit, in der die Pferde vom Strand zurückkommen, mein Mann brachte die Glyzinie mit einer Drahtstütze in Ordnung

– Ein Sohn?

verteilte die Blütentrauben an der Mauer entlang, damit die

Sonne, verschwand in der Küche, um die Gießkanne zu füllen, und drinnen das Geräusch vom Wasserhahn, kam aus der Küche, betrachtete die Zweige, half dem kleinsten, das Licht zu erreichen, mein Mann, während er die Erde abschüttelte

– Ein Sohn?

ohne Wut, ohne Beschimpfungen, sein Haar kam mir heller, gefärbt vor

– Hast du das Haar gefärbt Carlos?

glänzende Fingernägel

– Hast du die Nägel lackiert?

aber das war im Spiegel, und im Spiegel die andere, die erwachsene, die, die weder mit mir zu tun hat noch sich um die Mimosen kümmert, diesen Geruch, der mich in eine Epoche von Fotos zurückversetzt, die nach dem Tod meiner Mutter aufgehört haben, mich in den Rahmen zu erkennen, so wie ich aufgehört habe, sie wiederzuerkennen trotz der Namen in Bleistift

Octávio, Juliana, Cousin Sequeira, wenn sie wüßten, wo ich wohne

– Was für ein Leben Juditinha

und auf deren Grabsteinen ich so häufig die Palmzweige und die Vasen in der Hoffnung umgeworfen habe, mich selber zu besiegen, und ich siegte, hatte das Gefühl, daß die Verstorbenen gegen das Spiel protestierten

– Das sind nicht sie das ist der Wind

nicht nur in den Lorbeerbäumen, im Unkraut, das die Grabstätten allmählich bedeckte, meine Mutter beim Abendessen

– Bemerkst du das Unkraut deiner Verwandten nicht?

und diese peinlich berührt

– Deine Tochter Nichte

obwohl ich in diesem Augenblick die Ankunft der Mulatten in Príncipe Real erlebte, die aus einem der Lokale mit den Plakaten der nackten Mädchen gekommen waren, und ich daher so tun mußte, als würde ich irgend etwas am Kragen in Ordnung bringen

einen Knopf, der sich löste, oder so

und dabei dachte, ich werde nie hübsch sein, mir schien, drei Mulatten, aber nein, vier, nein, fünf, fünf Mulatten mit Sonnenbrillen an einem Tisch im Café, bis die Lichter gelöscht wurden, und sogar nachdem die Lichter gelöscht waren, noch ein paar Minuten dort und später zwischen den Bäumen auf lateinisch von Senhor Couceiro, der ihre Textur untersuchte und meinen Sohn rief

– Kennst du den?

nach den Bäumen von Senhor Couceiro die Mulatten auf der Bank der Zeder, an dem Platz

an dem Platz, an dem der Neffe von Soraia, der niemals zugegeben hat, der Vater zu sein, und mal mein Neffe sagte, mal sagte

und sogar, als ich sie, ein Jahr bevor sie an dieser Krankheit gestorben ist, interviewt habe, die Schwule und Nutten umbringt, einmal gesagt hat

– Mein jüngster Bruder

auf das Zeichen im Fenster wartete, wenn die Gardine zweimal zur Seite geschoben wurde, und die Perücke bei einer kurzsichtigen Suche, wie oft habe ich ihr zu Kontaktlinsen geraten

– Die verändern sogar die Farbe Mädchen

und ihr angeboten, ihr das Geld zu leihen, von dem ich wußte, daß sie es nicht hatte, und sie, während sie zutiefst empört gegen die Möbel rannte

– Ich sehe ausgezeichnet

Soraia, die hinauslugte, und matte Umrisse, zwei Zedern anstatt einer, vor dem Interview hat sie eine Brille aufgesetzt

eine, die ihr nicht paßte

um einen Fleck vom Gürtel zu raspeln, bat mich in einer Art und Weise, die mich gerührt hätte, wenn ich dazu imstande wäre

Gott sei Dank bin ich es nicht

mich noch rühren zu lassen, man vertrocknet mit der Zeit, und mir haben außer der Zeit auch noch eine Zyste an der Bauchspeicheldrüse und das Krankenhaus die Seele vertrocknet

– Schreiben Sie in der Zeitschrift nicht daß ich eine Brille trage versprechen Sie es

daher

wo war ich stehengeblieben?

konferierten die Mulatten bei der Zeder, wo sogar noch im Juli beharrlich ein Rest Regen bleibt, ein einsamer Tropfen, zwei einsame Tropfen, ein paar Tropfen, einsame kann man nicht sagen, denn es sind mehrere, die hier und dort von einem Zweig fallen und unausweichlich und aus purer Perfidie in die Lücke zwischen Hals und Kragen, einer der Mulatten stellte sich neben die Bank und überwachte zugleich Soraias Haus und die Gemeinheit der Tropfen, bereit, zu ersterem hinzueilen und letzteren zu entgehen, was ihn zu einer Art Tanz zwang, sobald sich auf einem Zweig eine grüne Träne zu bilden begann, der zweite Mulatte

der sich sonst um den Stadtteil kümmerte und die Polizisten kannte

ging zehn Meter von der Tür entfernt vor Anker, zündete die Zigarette an, die man anzündet, wenn man den Eindruck machen will, daß man nur eine Zigarette anzündet, der dritte und der vierte an der Ecke beim Auto, wo der fünfte Mulatte mit einer kleinen Weißen bei sich, und ich bereute, den Fotografen nicht mitgebracht zu haben, überlegte, ob ich noch Zeit hätte, um in der Redaktion anzurufen, und bevor sie sauer auf mich reagierten, weil es schon spät war, gleich sagen, ich brauch schnell einen Knipser, das Problem ist, daß der Knipser fluchend hier ankäme und die Kapverdianer erschrecken würde, die wer weiß in welcher Nacht erst wieder herkommen würden, und die Reportage und das Schulterklopfen des Chefs wären dahin, ich brauchte meinen Frieden und mit zweiundsechzig Jahren

was bleibt mir anderes übrig

bin ich immer noch an der Front, so daß ich mich unter die Taxifahrer gemischt habe, die in der Nähe der Büste, die eine anonyme Berühmtheit ehrte, und bei dem ganz mit Holzläden verrammelten Kiosk auf Kunden warteten, ein Ehepaar mit einem Kind im Arm kam, über die Raten vom Kühlschrank streitend, an uns vorbei, der übliche Bettler mit dem üblichen Sack hob zart wie ein Koch, der seine Töpfe inspiziert, einen nach dem andern die Deckel der Mülltonnen hoch, und mein Chef mit einem erneuten Schulterklopfen vor versammelter Kollegenmannschaft, du kannst ganz beruhigt sein, ich werde dir nicht kündigen, das mit dem Koch, um das nicht weiter zu vertiefen, war großartig, man liest das, und peng, als würde man die Szene sehen, wo kriegst du nur all die Ideen her, Junge, der Bettler übrigens mit Handschuhen, und der Chef, hab ich es nicht gesagt, hab ich es nicht gesagt, das ist Beobachtungsgabe, nächste Woche mußt du mir unbedingt eine Reportage über Bettler machen, hörst du, er nahm ein fettiges Stück Papier und eine leere Schachtel, roch an einer Dose, die er nach hinten über die Jacke warf, ohne die Mülltonne zu treffen, der Chef, und du machst weiter, verdammt, der Hochmut des Elends, der Stolz der Ärmsten, in eine einzige Beobachtung zusammengefaßt, lernt was davon, ihr Ignoranten, in einem einzigen Satz, er streckte den Handschuh mit dem darauf schaukelnden fettigen Papier zu den Taxifahrern und mir hin, einer der Fahrer schaute den Handschuh an, ohne etwas dazu zu sagen, bis der in seinen Lumpenkleidern versinkende Bettler es mit frischer Neugier von vorn und hinten betrachtete und mit erhobener Hand, ohne aufzuhören, es zu studieren, mal auf dem einen, dann auf dem anderen Finger, fröhlich wie mit einer Trophäe davonging, er sah es sich unter einer Straßenlaterne noch einmal genau an, zeigte es von fern den Mulatten und verschwand für immer, der Chef begeistert, ich weiß gar nicht, ob erst nächste Woche, ich werde keine Woche mehr warten, ich will unbedingt morgen die Bettler im zweiten Heft, das Ehepaar mit dem Kind kam in der entgegengesetzten Richtung wieder zurück, unterbrach den Streit, weil sie an einem alten Sessel interessiert waren, der auf die städtische Müllhalde wartete und der mir einen Augenblick lang vorschlug oder hatte ich mir es selber vorgeschlagen, ich, zweiundsechzig Jahre alt und ein beginnendes Glaukom

der Arzt kratzte die gestrenge Nase

– Sie haben den Beginn eines Glaukoms

als sei das Glaukom eine meiner Kindereien oder als hätte ich es mal eben in der Intimität einer schuldhaften Beziehung erhascht

zweiundsechzig Jahre und die Aussicht auf einen Blindenhund, so kompetent so ein Hund auch sein mag, auch wenn es nicht so aussieht, sind die schwer

der Sessel

sagte ich

der mir einen Augenblick lang vorschlug, mich hineinzusetzen, in Begleitung der Kisten, aus denen der Bettler das Wunder der Hand gezogen hatte, die Frau ließ den Ehemann und das Kind stehen, um das Polster zu prüfen, einer der Fahrer warnte, vor einer Minute habe ich noch eine Ratte gesehen, die im Kissen ihr Nest baute, und die Frau ließ vom Sessel ab, laß uns gehen, Júlio

diesen Teil strich der Chef mit rotem Kugelschreiber aus

– Deine Beschreibung war so gut und nun schweifst du ab

und schon kehren wir zur Rente zurück

– Du hast mir die Prosa mit deiner Detailmanie kaputtgemacht Junge

also werde ich, um Details zu vermeiden, anklingen lassen, mein Junge

nein, behaupten, indem ich eine unnötige Tendenz zu faktischen Übertreibungen vermeide, die mich meine Anstellung kosten können

kurz und knapp sein

daß die Mulatten beim Erdgeschoß von Soraia, deren Beerdigung ich ein Jahr später beschreiben würde, und der Chef, der mir die Arbeit von einem ganzen Nachmittag nicht mit einem einfachen Strich

– Wenn du auf diesem abgelutschten Kram bestehst Junge wird das nichts

mit einer Serie paralleler Kleckse auslöschte, glaubst du, irgend jemand interessiert sich für die Beerdigung eines Transvestiten, kein Mensch interessiert sich für die Beerdigung eines Transvestiten, und daher habe ich in der Hoffnung, meine Anstellung zu behalten und zu verhindern, daß man mich auf eine Liege legte, damit ich den Märzsonnenschein auf dem Balkon ausnutzte

– Nutzen Sie den Märzsonnenschein auf dem Balkon aus

habe ich den Absätzen eine andere Wendung gegeben, erklärte in zwei zusammenfassenden Federstrichen, und der Chef

– Nun nicht gleich das Kind mit dem Bad ausschütten Junge

daß die Mulatten beim Erdgeschoß von Soraia, während die kleine Weiße, von ihnen unbeeindruckt, ihre Wimpern mit einem Bürstchen vervollkommnete

und eigentlich war es eine Pinzette

in einem Spiegelchen mit Schildpattrahmen, eine Kleine wie die, die ich mal als junger Mann hatte

wahrscheinlich dieselbe

und die mich nach viereinhalb Monaten gegen einen Hörspielschauspieler eingetauscht hat, ich näherte mich dem Wagen, denn Enttäuschungen vernarben nur schwer, auch nach fünfunddreißig Jahren

ach was, siebenunddreißig

und der Chef, das Fingerchen auf meiner Prosa, glaubst du, jemand interessiert sich für dein Leben, Junge, streich das

ich hätte am liebsten geantwortet, daß ich, selbst wenn ich sie aus der Prosa streichen würde, sie nicht aus mir streichen würde, aber ich hielt den Mund, und der Chef zu meinen Kollegen, der ist senil, der Arme, ich kündige ihm nur aus Mitleid nicht, er gibt mir den Text zurück, unbeeindruckt vom besten Teil, der mich, obwohl er nur kurz ist, mehrere Stunden Arbeit gekostet hat und von dem Augenblick handelt, in dem Soraia zu Hause ankommt, ich habe ihn aus der Erinnerung an die Leidenschaft geschrieben, die ich einmal hatte, um so zu verhindern, daß der Schmerz ganz verschwand

die Zeit hat mich gelehrt, daß es nichts Flüchtigeres gibt als Mitleid

und der Beweis dafür, daß es nichts Flüchtigeres als Mitleid gibt, ist, daß der Arzt das erste Mal, als ich bei ihm in der Sprechstunde war und er mir das Glaukom ankündigte, mit brüderlicher Feierlichkeit erklärte, wir werden beide mutig und mit diesen Tropfen morgens und abends kämpfen, und beim achten oder neunten Mal hörte ich, wie er in der Tür zum Sprechzimmer seufzend zur Krankenschwester sagte, lassen Sie den Einäugigen reinkommen, die Krankenschwester, bevor sie ihr Gelächter im Badezimmer ertränkte, gehen Sie rein, Herr Einauge, während ich mit dem Artikel zu meinem Schreibtisch in der Ecke ging, die am weitesten vom Fenster entfernt war, wo nicht einmal mehr ein Stückchen Himmel, ein Horizont aus Tischen, Heftern, Radiergummis, Zeitungsausschnitten an der Wand, der Chef zu den Kollegen, der arme Kerl bemüht sich ja, aber mit zweiundsechzig Jahren ist das schwierig, habt ihr schon mal seine auseinanderfallende Schreibmaschine bemerkt, der Buchstaben fehlen, fast das ganze Alphabet, er legt uns Fahnen mit Schiffbruchsresten aus einem halben Dutzend wahllos herumschwimmenden Vokalen vor, und ich, der ich die Eloquenzfetzen, die dahintreibenden Konsonantenleichen, den Gefühlsmüll nicht verstehe, die ihm im Alter übriggeblieben sind, sage dann, großartig, man liest das und glaubt, man sieht die Szene, wo hast du nur die ganzen Ideen her, Junge, von vor ein paar Tagen bis heute, um das nicht weiter zu vertiefen

und was Sie betrifft, können Sie das ewig vertiefen, denn die Abgründe des Alters sind unendlich

er bestürmt meinen Schreibtisch mit der Geschichte von ein paar Mulatten und einem Transvestiten, das Ganze vermischt mit einem Truthahn im Ofen, einer Hütte in Bico da Areia und einer verstorbenen Glyzinie, einem kleinen, vier- oder fünfjährigen Mädchen, das auf den Grabsteinen eines Provinzfriedhofs Himmel und Hölle spielt

sehen Sie, was das für ein Durcheinander ist?

das den Duft der Mimosen überhat, und ich sitze am Leitartikel, und er fast auf meinem Schoß mit einer dieser Anwandlungen von Senilen in ihren Rollstuhlwiegen und läßt nicht locker, beharrt auf der Reportage, die aus einem Bündel Blätter mit den besagten verlorenen Vokalen besteht, das Geschöpf heißt Soraia, sie wurde gestern beerdigt, wir könnten ihr Leben in Fortsetzungen erzählen, und die Auflage, um wieviel wollen Sie wetten, wird in die Höhe schießen, er zeigt mir leere Seiten und in der Leere der Transvestit, der Truthahn und das kleine Mädchen mit dem Himmel-und-Hölle-Spiel endgültig abgesoffen, ich könnte da stundenlang wie ein Rettungsschiff herumkreisen, ohne auch nur die geringste Spur von irgendwelchen Menschen zu finden, und trotzdem der Mümmelgreis in der Hoffnung auf die Eltern, die auf ihn warten bis zum letzten Tag, der Sohn von Tintenfischen verschlungen, beachten Sie diese Episode auf Seite siebenundfünfzig, die Mulatten warten im Príncipe-Real-Park, einem Platz, auf dem es in meinem Bericht regnet, das ist doch ganz klar, denn Tropfen zittern, genauso habe ich es geschrieben, mir scheint, das ist mir doch auf dieser Zeile recht gut gelungen, der zehnten von unten, und keine Zeile, so wie zu erwarten gewesen wäre, ein Fragezeichen auf einem Drittel der Seite links, ein Komma ein paar Zentimeter weiter längs, und er ganz stolz, da haben Sie es, Tropfen zittern an der Zeder, sehen Sie die gelöschten Lichter im Café mit dem Zigarettenautomaten gleich am Schaufenster und die Jacke vom Besitzer mit den gelben Knöpfen an einem Nagel, sehen Sie die Bäume auf lateinisch, sehen Sie die Zeder und die Bank unter der Zeder, auf die der Sohn des Transvestiten sich immer setzte und auf den Vater wartete

sehen Sie Soraia da an der Ecke

ein Akzent und ein fehlender Großbuchstabe, die das Band nicht gedruckt hat

die von den Diskotheken der Rua da Imprensa Nacional kommt, aus einem der Keller mit Stufen im Dunkeln und am Ende der Stufen Musik, die Tänzerinnen, jede Menge Bier, die Angestellte

Dona Amélia

mit dem Tablett mit den Pralinen, Parfüms und amerikanischen Zigaretten, das Paradies derer, die im Herzen rein sind, Homosexuelle, Lasterhafte, Melancholiker, Verwandlungskünstler, Lesben und Einsame wie ich, die vor fünfunddreißig Jahren ihr Ideal verloren haben

die ihr Ideal vor siebenunddreißig Jahren verloren haben, es aber pflegen, die Wimpern in einem Spiegel achten nicht auf mich, eine Kleine wiederfinden, die, mit Puderflecken und in Schildpatt gerahmt, ihre Wimpern vervollkommnete

Seite einhundertsechzehn

weder Akzent noch Großbuchstabe, absolutes Nichtvorhandensein, bis auf den Fettfleck eines Daumens, ich weiß nicht, ob der vom Chef oder meiner, obwohl, wenn ich es ihm sagen würde, der Chef

empört

– Deiner

und obwohl absolutes Nichtvorhandensein, wenn man davon ausgeht

und es ist nicht wahr

daß ein absolutes Nichtvorhandensein, jeder Leser ohne Vorurteile, jeder Leser

wie wir sie immer umschmeicheln

strikt objektiv, jeder Leser

wie wir ihrer Intelligenz immer Zucker in den Arsch blasen

der ein Mindestmaß an Unabhängigkeit besitzt, würde merken, daß in meinem kompletten, detaillierten Bericht ohne Auslassungen Soraias Sohn

– Was ist passiert Rui?

und Rui bei der Zeder, nicht Soraias Sohn, Rui bei der Zeder, während ein Bleirohr oder ein Messer oder ein Stück Flasche, während, zahlst du nicht, was dein Zuhälter schuldet, du Schwuchtel, und die Schwuchtel

will heißen, der Typ, dem ich freitags eine Kamelie zuwarf, und die Schwuchtel

will heißen, mein Vater, ohne zu protestieren, ohne eine Klage, ohne um Hilfe zu rufen

einer, der im Herzen rein ist, verstehen Sie?

auf der Fußmatte im Eingang, bedeckt mit etwas, was ich anfangs für Lippenstift hielt, ließ zu, daß sie ihm die Perücke abnahmen, ihm das Kleid zerrissen, die Ringe mit dem Absatz zermalmten, daß meine Großmutter mit dem Messer, das Hühner den Kopf verlieren ließ, losging

Seite zweihundert

ihm unter einem Wirbel aus Kalkschutt den Kopf in einen Sack aus Werg stopfte, von der Sitzstange eine Stufe weiter herunterfiel, Eier und Stroh zermalmte, daß Blut auf ihrem Rock, der Schürze, der Bluse, daß ein Strick

oder eine Rolle Draht

um die Fußknöchel des Truthahns ihn daran hinderte, ohne Kopf herumzulaufen, daß sie ihm die Leber rausholten, den Magen, die Eingeweide, und meine Mutter

die Mutter seines Sohnes

– Komm aus dem Regen Paulo

im selben Augenblick, als ich meine Seiten in der Schublade einlagerte, den Schal von der Garderobe nahm, wegging, an den Taxifahrern, die auf Kunden vom Sessel neben den Mülltonnen warteten, in der Hoffnung vorbeiging, Eveline wiederzutreffen, die im parkenden Wagen ihr Make-up auffrischte, bitten

– Komm mit mir Eveline

gestehen

– Jeden Abend stelle ich einen Teller für dich auf den Tisch Eveline

und ich brauche nicht dein Foto anzuschauen, denn wir sind wieder zusammen, du schweigst wie immer ungeduldig, nervös, und ich möchte sagen

– Ich liebe dich

(ich bin doch noch nicht so alt, ich bin doch für zweiundsechzig noch ganz gut drauf?)

und schweige auch, stumm vor Glück halte ich deine Hand.

Kapitel

Dona Helena sagte

– Paulo

ich bin sicher, daß sie mich gerufen hat

– Paulo

im Zimmer am Príncipe Real oder auf dem verglasten Balkon in Anjos

auf dem verglasten Balkon in Anjos

und dennoch bin ich sicher, daß ich sie nicht gehört habe, so wie ich mir sicher bin, daß sie ihre Hand nicht auf meinen Arm gelegt, dabei meinen Zorn gefürchtet hat

– Schlagen Sie mich nicht

der Ellenbogen entzieht sich

– Lassen Sie mich los

meine Augen, die auf ihren Fingern verweilen, nicht Fingern, Blutegeln, auf dem Fingerhut vom Mittelfinger, dem Zeigefinger mit dem verletzten Nagel

– Nehmen Sie das da weg

ich habe sie gehört und nicht gehört, denn ich bin nicht in Príncipe Real, nicht auf dem verglasten Balkon in Anjos, ich schaue auf das Publikum im Keller, folge dem Scheinwerfer, der sich dem Vorhang nähert, während die Trommeln die Musik ankündigen, das Tonband schaltet sich ein

und ein Bein meines Vaters

bleibt stecken, und ein Bein meines Vaters wartet, gehe ich, bleibe ich, beginnt, sich zurückzuziehen

ich gehe

als das Band sich wieder einschaltet, die Musik zu laut, das Bein, das schon getanzt hatte, wieder still, der Angestellte für die

Knöpfe stellt die Lautstärke leise, und das Bein tanzt wieder, Dona Helena auf dem verglasten Balkon in Anjos

nein, in Príncipe Real, hält meinen Arm fest

– Mach dir um ihn keine Sorgen Paulo

das zweite Bein, ein Fächer, der Haarsträhnen wedelt, das Knie schien mir kraftlos den Körper aus dem Gleichgewicht zu bringen, und mein Vater über der anderen Hüfte eingeknickt, der Fingerhut

– Warum bleibst du hier und schaust zu wie er stirbt laß uns gehen

der Mund oder nicht einmal der Mund, die Schminke auf dem Mund, der echte Mund in Príncipe Real zu Senhor Couceiro, zu mir, zu Dona Amélia, die beharrlich, streng dich nicht an, hindert Sie denn niemand daran, sich anzustrengen, verdammt, der echte Mund

– Rui

immer

– Rui

mich gibt es nicht, nicht wahr, Vater, und die Schminke ahmt im Keller Worte nach, wie bei den Proben vor dem Spiegel, Nachmittag für Nachmittag ein einziges Lied, das uns sogar, wenn es zu Ende war, schreiend verfolgte wie bestimmte Kinder, bestimmte reuige Gedanken, bestimmte Hunde, die Erinnerung an die Blinde, die mir übers Gesicht fährt

– Bist du mein Enkel?

und ich, den Tränen nahe

– Tun Sie mir nicht weh

wie oft denke ich, wenn die Angestellte aus dem Speisesaal bei mir ist, an meine Großmutter, fühle ich, wie sie sich dunkel an meiner Seite bewegt, der Seufzer der Matratze oder des Schemels in der Küche

des Schemels in der Küche, du bist zu meiner Großmutter geworden, Gabriela, das Knochenkrachen des Weidengeflechts, dich bitten, tu mir nicht weh, und du

– Warum Carlos?

sei nicht ärgerlich, ich dachte, daß du

– Warum Carlos?

und du mit dem Umschlagtuch, weißem Haar und einem Schälchen Pflaumenkompott auf den Knien

– Warum Paulo?

nicht in Bico da Areia, im Zimmer, in dem wir jetzt zur Miete leben, das Fenster mit einem Holzladen verschlossen, mir ist so, als ob Turteltauben, Senhor Couceiro und Dona Helena, die ich nie wiedergesehen habe

– Warum Paulo?

wahrscheinlich sind sie gestorben, es sind so viele Monate, so viele Jahre vergangen, vor zwei Wochen bin ich in Anjos vorbeigekommen, und das Gebäude mit einem Bretterverschlag umgeben, sofern sie mir nicht die Hand auf den Arm legen

– Lassen Sie mich los

werde ich sie suchen, das verspreche ich, auf den Grabsteinen Himmel und Hölle spielen, aber in der Zeit, von der ich rede, Marlene zu meinem Vater, dem sie die Kleider mit Sicherheitsnadeln zurechtmacht

– Du bist dünner geworden meine Liebe

nur zur Hälfte Clown oder, anders gesagt, nur ein Augenlid grün und das andere normal, weil es sich entzündet hat, guck, da habe ich einen Splitter ins Auge gekriegt, halb im Kleid oder, besser gesagt, im Rock, halb Mann, das Format der Füße, der unrasierte Bart, die Stimmen

– Bemerkst du die Stimmen nicht Gabriela?

und die Angestellte aus dem Speisesaal

– Beruhige dich ich tue dir nichts es ist ein Traum

mein Vater zu Marlene, während er dem Publikum mit einer unsicheren Verbeugung dankt

– Halt mich fest

trottet zum Vorhang, nimmt einen Strumpfhalter ab und bietet ihn in der Runde an, die Flaschen mit der Medizin, und seine ängstliche Frage, die mit jedem Wort mutiger wird

– Ich sehe doch noch gut aus nicht wahr?

die mit jedem Wort mutiger wird und das Interesse an einer Antwort verliert, was interessiert mich die Antwort, sie haben mein Plakat durch das von Vânia ersetzt, aber ich bereite hier im Bett liegend die Aufführung vor, kreiselt durch den Saal, Marlene hilf mir, der Arzt, hilf mir, denn ich sehe doch noch gut aus, nicht wahr, und Pralinen, Zigaretten, Parfüms, auf der Bühne die Kamelie des Herrn aus der ersten Reihe, und Dona Amélia mit einem Kärtchen freute sich für mich, hast du den dicken Ring gesehen, so teuer

– Tisch neun Soraia

hilf mir aufzustehen, Rui, richte meine Perücke, drück den Verschluß von der Kette mit den Turmalinen zu, denn Tisch neun wartet auf mich, die Reiher tauschten die Brücke gegen die Gärten bei den Häusern ein, man fand sie mit aufgeplusterter Brust, den Schnabel in den Margeriten vor, wo sie die Leute ankrächzten oder die Frettchen im Kiefernwäldchen der Zigeuner verfolgten, der Wind von Alto do Galo stöberte in den Fensterscheiben, rief mich

– Carlos

zeigte, indem er sich für mich freute, auf

– Tisch neun Soraia

Kadaver von Reihern, die wegen der Appetitlosigkeit der Hunde hinter dem Haus liegenblieben und die der Elektriker im Graben im Wäldchen begrub, Dona Helena lebte damals noch

das Gebäude ohne Bretterzaun, mein Bett auf dem Diwan, auf dem Senhor Couceiro sich nachmittags, das Latein der Bäume in den Reisfeldern Timors rezitierend, im Sumpffieber krümmte

Dona Helena lebte damals noch und hielt meinen Arm fest, warum bleibst du hier und schaust zu, wie sie stirbt, laß uns gehen, Paulo, wo er doch nicht sterben würde, da der Geschäftsführer sein Lied ansagte, die Lichter wurden angemacht, die verkehrten Scheinwerfer, das ist er nicht, der gelbe, und der gelbe überall auf dem Podium auf der Suche nach ihm, fand einen Schenkel, der sich auf dem Bettuch hob, die Spitze eines Fächers, einen Seufzer, der Herr mit dem Kärtchen setzte sie woanders hin

– Setz dich an meine rechte Seite ich hör auf diesem Ohr nicht

Marlene

– Soraia

wenn ich sie nach Hause brachte, hat sie mich immer eingeladen, mit raufzukommen

der Arzt

oder der als Arzt verkleidete Transvestit mit riesiger Brille und falschem Bauch bedeckte meinen Vater mit einer Decke, beunruhigen Sie sich nicht, mein Freund, der Geschäftsführer wartet auf Sie, und da ist er inmitten der gestorbenen Reiher und winkt niemandem zu

– Judite

setz dich an meine rechte Seite, denn mit zweiundsechzig Jahren und den Zeitungsdruckmaschinen den ganzen Nachmittag höre ich auf diesem Ohr nichts, mir wurde gesagt, daß sie dich Soraia nennen, und der Chef zu mir, ein Artikel über einen Transvestiten, bist du verrückt

und er winkt niemandem zu, während im Teich in Príncipe Real die Nacht begann und den Park einnahm

– Judite

nicht in den Bäumen, wie ich immer dachte, im Teich, wenn ich die Laternen anzünden würde, unsere Körper unter Wasser, schwerelos, Marlene und noch mehr Sicherheitsnadeln, noch mehr Klammern, mein Vater besorgt

– Ich sehe doch noch gut aus nicht wahr?

wie dünn du geworden bist, meine Liebe, wenn ich sie nach Hause brachte, lud mich Marlene immer ein, noch mit raufzukommen, ein Gebäude in Alcântara, und unten die Züge

wie lange das schon her ist

eine Eiche an der Ecke

möchtest du nicht noch ein bißchen ausruhen, Paulo, Gabriela und ich in Algés, und die Alte, die die Zimmer vermietete, wollte das Geld im voraus haben, seid ihr wenigstens verheiratet, Marlene, die mich mochte oder der ich leid tat

– Möchtest du nicht noch ein bißchen ausruhen Paulo?

das Bild eines Mannes umgedreht

– Er hat mich betrogen

einen Stuhl von Klamotten, Socken befreien, einen vertrockneten Käfer und einen Rest Staub wegpusten, sich vorbeugen, um zu husten, sich rot angelaufen wieder aufrichten, mit einer Zeitung fächeln

– Setz dich

Sie bezahlen mich auch im voraus, Fräulein Marlene, wie Sie es mit der Miete machen, Dona Helena, die alles hörte

ich werde sie suchen, das verspreche ich

entschuldigte sich, nun regen Sie sich nicht auf, gnädige Frau, das ist doch nur ein Kind, so etwas fragt man nicht, Paulo, so viele Kissen mit Fransen, so viel japanischer Krimskrams, so viele gläserne Maiglöckchen, ich habe Ihr Haus ausgespäht, Dona Helena, und niemand, ein Stück Regal, Backsteine, das Fahrrad vom verglasten Balkon, das nicht das Fahrrad war, sondern die Nähmaschine unter einem Durcheinander aus Bauschutt, daher, wenn Sie mir in Príncipe Real sagen

– Gehen wir Paulo

wohin gehen wir dann, wenn Sie keine Wohnung mehr haben, während Marlene mir ein Fransenkissen hinschiebt

– Ich bin deine Freundin weißt du das?

und mein Vater

– Marlene

ein zweiter Stock in Alcântara, man ging auf den Balkon und berührte die Eiche, ein Herr aß im Nebenzimmer, das Kinn am Teller, Suppe, schluckte eilig und versteckte das Brot, als wollten wir es ihm wegnehmen, Marlene

– Mein Stiefvater

in Bauernstiefeln und einem Satinumschlagtuch von einer alten Aufführung, nachdem er die Suppe aufgegessen hatte, betrachtete er den leeren Teller, indem er ihn an die Brust heranzog, die Augen von einer dreckigen Haarsträhne bedeckt

– Er hat als Schauermann gearbeitet und hat vor Jahren mit dem Kran eins auf den Kopf gekriegt

der Stiefvater wanderte ziellos umher, riß Stückchen aus der Brotrinde, die er mit seinen Fingern in den Mund steckte, und kaute dann unter unsicherem Zittern auf seinen Fingerknochen herum, Marlene ging mit Tropfen aus der Apotheke hinter ihm her, beruhigen Sie sich, es ist nicht bitter, erklärte mir, über die Schulter zurückgewandt

– Er hat keinen einzigen Zahn mehr der Arme

er hatte keinen Zahn mehr, mußte aber vor langer Zeit die Muskeln verschluckt haben, die ihm fehlten, er hockte sich, den Schal am Hals festdrückend, hin und käute die Tropfen wieder, die dreckige Haarsträhne umrahmte eine Klage

– Pech gehabt Pech gehabt

bis es mir so vorkam, als sei er eingeschlafen, denn das Tuch schrumpfte zusammen, Marlene, die haben ihm nicht einen einzigen Centavo Rente gegeben

– Keinen einzigen Centavo Rente haben Sie ihm gegeben

eines der gläsernen Maiglöckchen stimmte, im Licht schnell atmend, zu, ein Arbeiter grillte zwischen den Gerüsten in Anjos Buchfinken, leider keine Treppe, die Senhor Couceiro hinaufsteigen könnte, leider kein Treppenabsatz, der das Emphysem stützen konnte, Fliesen, Mörtel, die alten Gebäude der nächsten Straße, wie wird Senhor Couceiro es bloß anstellen, dort oben hinaufzukommen, welcher Spazierstock hilft ihm, welche weniger abgetragene Jacke zieht er sonntags an, Marlene wischte das Kinn ihres Stiefvaters mit dem Tuch ab, der Stiefvater, Pech gehabt, und Dona Helena

– Mit wem redest du da?

die Gerüste von japanischem Kram und Fransenkissen ersetzt, Senhor Couceiro vom Grab aus

– Mit niemandem

wie häufig erlebte ich in Lissabon, wenn die Lastwagen der Stadtverwaltung im Morgengrauen in Richtung Beirolas fahren, den Wechsel der Gezeiten in Bico da Areia, die Angestellte aus dem Speisesaal, die nur versteht, was im Zimmer geschieht, und nicht den Wind und die Erregung der Stuten, nicht die Albatrosse von Cova do Vapor spürt, die im Regen schreien, und mich deshalb an den Schultern rüttelt, beunruhigt die Zitrone und die Spritze bringt

– Was ist los Paulo?

und trotz der Spritze picke ich an den Margeriten herum, kann nicht fliegen, die Hunde packen mich an einem Flügel und schleppen mich ins Wäldchen, was ist los, Paulo, den Strick kräftig zuziehen, die Vene suchen, und während der Kolben, es ist nichts, was hast du bloß immer

– Es ist nichts was hast du bloß immer

nur die von Blättern geschwollenen Baumwipfel, die jedesmal, wenn ein Blitz, im Dorf das Fieber der von den Nägeln geschüttelten Töpfe, und meine Großmutter zu meiner Mutter, die sie dort suchte, wo sie nicht war

– War das ein Blitz mein Kind?

forschend die Nase von einer Seite zur andern in der Luft, die Augen, die uns an der Decke wähnten, das Gesicht ewig weit entfernt von den Gesten, die sie nichts angingen, während sie kochte, Marlene verwirrt

– Siehst du mich nicht Paulo?

ich weiß nicht, ob ich Ihnen erzählt habe, daß während Soraias Krankheit ihr Neffe oder vielleicht ihr Cousin oder vielleicht ihr jüngerer Bruder oder vielleicht ihr Sohn, also gut, schreiben Sie Sohn, es stört sie jetzt nicht mehr

ich setze mich rechts von Ihnen hin, warten Sie

niemanden beachtet hat, die Frau, die ihn aufgezogen hat

– Gehen wir Paulo

und er schüttelte den Ellenbogen

– Lassen Sie mich los

hin und wieder habe ich ihn zu mir nach Hause eingeladen, um ihn abzulenken

achten Sie nicht auf die Unordnung, ich habe es nicht mehr geschafft

er saß auf dem Stuhl, auf dem Sie jetzt sitzen, mein Herr, nur gerade, er hat nicht versucht, mich zu küssen, mein Stiefvater hat sein ganzes Leben lang als Schauermann gearbeitet, und eines Nachmittags hat der Kran die Ladung fallen lassen, er unsichtbar unter der Ladung, will heißen, die Stiefel

– Pech gehabt

so wie im Augenblick mein Tuch

nicht er, der nichts sagt, er wandert durch die Zimmer, die Taschen voller Brot, das Tuch einer alten Aufführung

– Pech gehabt

bei der Soraia und ich, Paulo stöberte in Schminke und Perücken herum

– Ihr Clowns

der Neffe oder Cousin, der niemals Neffe oder Cousin und auch nicht jüngster Bruder war, als Soraia ihn das erste Mal mitbrachte, hat sie mich angesehen, ohne mich anzusehen, so wie Leute, die, immer wenn sie lügen, uns von dem zu überzeugen versuchen, von dem sie sich selber überzeugen wollen

– Mein jüngster Bruder Marlene

und ich tat damals so, als würde ich nicht begriffen haben, was ich begriffen hatte, daß es sein Sohn war, der bei einer Frau, ich weiß zwar nicht, wo, aber nicht weit vom Meer entfernt lebte, denn an manchen Abenden vergaß sie den Reißverschluß vom Kleid und erzählte mir von Margeriten und Möwen, hatte hin und wieder diesen Blick, der nichts sieht, ihre Stimme hatte das Sprechen verlernt, verscheuchte Wörter, nutzlose Gesten

– Heute kann ich nicht mit dir kommen Marlene

und sie nahm den Bus auf die andere Seite des Tejo, man hat mir erzählt, daß da ein Zeltplatz von Zigeunern an der Costa da Caparica oder in Fonte da Telha, welke Kiefernwäldchen, die an die Strände anschlossen, die Vergangenheit, die die Ebbe immer auf dem Sand liegenläßt

in meinem Fall meinen Vater, der die Stirn aufs Jagdgewehr stützte

ein Straßencafé, eine Brücke, Hütten, die dem Winter beharrlich wie Büsche trotzten, diese mageren Zweiglein ohne Wurzel oder Stamm, die mit einer Berufung zur Ewigkeit aus den Felsen wuchsen, wir erfuhren durch einen Schwarm Wiedehopfe, daß mein Vater im Olivenhain, meine Mutter tippte ihn, ohne die Weintrauben loszulassen, die sie gerade aß, mit dem Fuß ein wenig an, warf eine Beere weg, rief mich heran

– Marlene

nicht Marlene, einen anderen Namen, haben Sie gemerkt, wie ich Sie angestarrt habe, ohne Sie anzustarren, als ich

– Marlene

gesagt habe, selbstverständlich einen anderen Namen, den Namen eines Jungen, und damals fünf Jahre alt, das ist im Februar passiert, und ich habe im Mai Geburtstag, ein Name, der Sie nicht interessiert und für mich nicht existiert, sie suchte eine Beere für sich und eine für mich aus und zog den Schuh zurück

– Möchtest du eine Weintraube Marlene?

oder, besser gesagt

da schaut sie noch einmal

– Möchtest du eine Weintraube Soundso?

wir beide haben die ganze Traube aufgegessen, die Wiedehopfe dort hinten auf der Korkeiche, mein Vater auf dem Bauch, und kein Pulvergeruch, das Jagdgewehr, das wir wieder an den Türriegel gehängt haben, als wir weggegangen sind, die Wiedehopfe kehrten in den Olivenhain zurück, und wir waren glücklich, weil alles so war, wie es sein sollte, und der Friede, den wir mochten

– Sie sind zurückgekommen

ich bin sicher, daß auch mein Vater glücklich, er, der die Unordnung der Welt haßte, lag das Deckchen schief, korrigierte er das Deckchen, wenn die kleine Vase nicht an ihrem Platz stand, stellte er die kleine Vase richtig hin, beim Abendessen drehte er den Teller so lange, bis die Landschaft auf dem Grund, eine Wassermühle mit einem Mädchen mit einer Blume in der Hand, zu ihm hingedreht war, meine Mutter klappte das Bügelbrett auf, und während das Bügeleisen heiß wurde

– Laß nichts anbrennen

rief sie die Polizei an, was meiner Meinung nach nicht notwendig war, da alles so war, wie es sein sollte, das Deckchen gerade, die kleine Vase, die Landschaft auf dem Teller zum Platz meines Vaters gedreht, die Jacke und die Hosen, die er anziehen würde, auf dem Drahtbügel am Fensterriegel, und er ohne Grund, sich über uns zu beklagen, ohne Grund, sich über was auch immer zu beklagen, zweihundert Meter vom Haus entfernt an der Wurzel eines Olivenbaums, mit dem Fortschreiten der Stunden immer schlechter zu erkennen und nicht mehr zu erkennen, als der Jeep kam, meine Mutter

– Paß auf das Bügeleisen auf

und der Polizist

– Guten Abend

damals, als es nicht notwendig war, die Trauben zu waschen, weil wir sie nicht spritzten, und der Wein in jenem Jahr zwölf Grad und noch reiner, ich paßte mit Spucke auf dem Finger auf das Bügeleisen auf, wartete darauf, daß meine Mutter sich vom Polizisten verabschiedete und es wieder hinstellte, um ein Tischtuch zu falten

– Du kannst es wieder hinstellen Marlene

hat sie meinen Blick bemerkt?

– Du kannst es wieder hinstellen Soundso

ich habe meinen Namen nie verstanden, er sieht mir nicht ähnlich, kein Name sieht mir ähnlich, wenn man Namen viele Male wiederholt, bedeuten sie überhaupt nichts, wie auch fremde Sprachen nichts bedeuten, für Glas irgendwelche Laute, die keine Ähnlichkeit mit Glas haben, wenn man ein Glas nicht ein Glas nennt, können wir es nicht benutzen, meine Mutter Lurdes, und wenn ich eine Minute lang Lurdes Lurdes Lurdes, existiert sie nicht mehr, ebenso wie Soraia nicht existiert, Vânia existiert, ist aber nicht Vânia, ist Raul, aber ich

– Raul

und niemand, Vânia richtet ihren Nacken, Sissi geistesabwesend, sie hat letzte Woche angefangen und macht nur beim Chor mit, hilft Dona Amélia bei den Pralinen und den Zigaretten, der Geschäftsführer schätzt sie ab, vielleicht wirst du Bárbara, und sie vertut sich bei den Wimpern

– Wie bitte?

der Geschäftsführer schätzt Bárbara genauer ab, zu einer Brünetten paßt das nicht so, Samanta, Vânia, wir hatten im Oktober eine Samanta, und der Geschäftsführer, du hast recht, wir nennen sie Dina, und die, die letzte Woche angefangen hat

– Dina?

und der Geschäftsführer, keine Diskussionen, du bist Dina, mir tut ein Weisheitszahn weh, ich bin zu keinem Gedanken fähig, woran ich mich bei meinem Vater erinnere, sind der Bügel und die Patrone, die ich Tage später gefunden habe, nicht da, wo der Körper gewesen war, sondern weiter vorn, zerbeult und angebrannt, ich habe sie mit Erde bedeckt, und da war keine Patrone mehr, und da der Bügel in den Schrank geräumt wurde und wir ihn für ein Mieder von mir reserviert haben, habe ich aufgehört, mich an ihn zu erinnern, ein paar Mittagessen später war der Teller mit der Landschaft belegt, ein Hühnerbein verbarg die Wassermühle

einer der Zöpfe des Mädchens war zu sehen

das Deckchen schief, meine Mutter zeigte auf den Zopf

– Er arbeitet als Schauermann

und in der Stille der Lampe waren seine Stiefel immer dieselben haben Sie auf die Stiefel geachtet?

das Haus mit Fahnen bevölkert, Masten und diesem Eingeweidegerappel der Schiffsmotoren, ein griechischer Tanker, auf dessen Bauch solche Buchstaben standen, wie ich in den Atem an den Fensterscheiben schrieb, bevor ich schreiben konnte, die Schiffe, die man von hier sah, und mich erinnern sie nicht an den Kai, sondern an Olivenbäume und Wiedehopfe, einen Schwarm von Wiedehopfen, die Schuhspitze meiner Mutter, die nachprüfte, ob, was, weiß ich nicht mehr, ich wachte auf, und der Geschmack nach Weintrauben, der Neffe oder Cousin oder jüngste Bruder von Soraia dort auf seinem Stuhl, aber gerade auf dem Sitz

– Die Weintrauben?

überlegte, wie er gehen könnte, ohne mich zu beleidigen, als wenn ich seinetwegen beleidigt sein könnte, und Soraia und der Sohn nahmen, ohne voneinander zu wissen, unterschiedliche Busse zur anderen Seite des Flusses, und ich bemerkte die Möwen, ich bemerkte die Kiefern, das Café mit einem Dicken am Tresen

– Wenn du mir nichts schenkst verkaufe ich dir keine Flasche Judite

und ein Rudel Hunde wartete, ich sagte noch

– Paulo?

ich fragte ihn noch

– Möchtest du nicht mit mir raufkommen Paulo?

nicht, um mich seiner zu bedienen, verstehen Sie, um nicht allein zu sein, denn wir sind seit zehn Jahren allein in Alcântara, mein Stiefvater und ich, taub von den Zügen

– Setzen Sie sich an meine rechte Seite denn ich höre auf diesem Ohr nichts

ich auf dem Weg von zu Hause zu den Proben, und er voller Sehnsucht nach griechischen Tankern, fröstelnd in einem Umschlagtuch, das schwarz wie Kneipenraben war, schimpfte mit dem Kran

– Teufel auch

und Soraia und der Sohn, jeder an seiner Ecke der Mauer, spähten die Frau aus, die das Café verläßt, älter, als ich angenommen hatte, mit Falten am Hals und im Gesicht wühlt sie in Flaschenhälsen in einem Steintrog, aber trotz der Häßlichkeit, der Ungepflegtheit, der Falten war etwas am Haar oder den Lippen, das mich an die Landschaft auf dem Teller und das Mädchen mit den Zöpfen denken ließ

das begriff ich jetzt

das bei der Wassermühle spielte, und es war, als würden meine Mutter und ich, aus einer unmöglichen Zeit zurückgekehrt, wieder durch den Olivenhain spazieren, ich fünf oder sechs Jahre alt, und sie

– Möchtest du eine Traube Soundso?

untersuchte in einem Schwarm von Wiedehopfen meinen Vater mit der Schuhspitze, als würden wir das Bügelbrett aufklappen und den Korb mit den Tischtüchern, den Kopfkissenbezügen holen, während das Eisen heiß wurde, irgend etwas an der Frau, das ich nicht erklären kann, das nicht mit dem Haar und den Lippen zu tun hatte, in denen Mimosen winkten, und eine Schwierigkeit, mich auszudrücken, mein Körper stand still, etwas, das mir wie Sehnsucht oder Unwohlsein oder nichts dergleichen vorkam, eine Art Trau

nicht eigentlich Trau, sagen Sie es mir, Sie sind doch studiert

ich, die ich nie traurig war, keine Traurigkeit, vielleicht der Wunsch zu gehen, daß man mich nicht anredete und mich eine oder zwei Stunden in Ruhe ließ, dann würde es vergehen, es geht immer vorbei, es kommt nachmittags ganz langsam, ohne daß ich es bemerke, ich gehe ans Fenster, nehme das Telefon nicht ab, kümmere mich nicht um meinen Stiefvater, aber abends, wenn ich zum Keller hinuntergehe, bin ich gut drauf, ein Erzittern von Olivenbäumen, eine kleine Vase, die nicht an ihrem Platz steht, höchstens ein oder zwei Wiedehopfe, aber die stören mich nicht, mein Vater angelt mit mir auf den Schultern im kleinen Bach, sehen Sie, wie ich Sie anstarre, ohne Sie anzustarren, und das ist jetzt keine Lüge, fassen Sie mich nicht an, warten Sie, keine Angelrute, ein Stück Besenstiel und ein Bindfaden mit einer Sicherheitsnadel am Ende, ganze Sonnabende haben wir so den Bäumen zugehört, er hatte den Besenstiel vergessen, ich ärgerte die Ameisen mit Erdklumpen und Steinen, einmal glaubte ich Fasane zu hören oder vielleicht keine Fasane, ein Stoffrascheln, schnelles Atmen, Leute, die sich versteckten, jemand, der

– Schnell

vielleicht

– Keine Angst schnell

ganz bestimmt

– Sei vorsichtig wegen Joaquim

nicht Joaquim

Quim

also gut, Schluß damit, ich bin Joaquim, das heißt, ich war aus Versehen Joaquim, Joaquim, so ein Quatsch, diese Sache mit den Namen, Joaquim Joaquim Joaquim, und es gibt keinen Joaquim, hat nie einen Joaquim gegeben, ich glaubte, Joaquim, aber ich habe mich geirrt, glauben Sie nicht, daß ich Joaquim bin, ich bin Marlene, also, ich glaubte Fasane zu hören, und meine Mutter, ein Mann, und das Jagdgewehr meines Vater war, gegen die Schulter des Mannes gepreßt, auf uns gerichtet, mein Vater machte die Sicherheitsnadel am Bindfaden fest, meine Mutter sah mich, hielt den Lauf fest, und

– Nein

das Jagdgewehr von uns abgewendet, der Mann

– Teufel auch

am Tag mit dem Olivenbaum, mit der Weintraube und den Wiedehopfen, die sich auf der Korkeiche dort wieder beruhigten, hatte mein Vater nicht das Jagdgewehr mitgenommen, sondern die Hacke, das Jagdgewehr am Türriegel, und meine Mutter nahm es und legte es wieder weg, bat mich

– Mach das Bügeleisen heiß Marlene

nicht Joaquim

Quim

nicht Soundso, Marlene, vergessen Sie meinen Blick

– Mach das Bügeleisen heiß Marlene

und während ich das Bügeleisen heiß machte, nahm meine Mutter eine Patrone aus der Kommodenschublade, so als würde sie keine Patrone aus der Kommodenschublade nehmen, gab das Jagdgewehr im Garten ab und setzte sich, wartend an das Bügelbrett gelehnt, ich hörte das Stoffrascheln vom Tag zuvor, die Fasane, die mit dem Geräusch von Stiefeln liefen

– Teufel auch

die Hacke meines Vaters ein- oder zweimal in der Erde

mehr als ein- oder zweimal, mehrfach in der Erde, und danach nichts, danach meine Mutter böse mit mir

– Halt den Mund

obwohl ich schwieg

ich schwieg

Joaquim Joaquim Joaquim, und es war Schluß mit Joaquim, das bedeutet überhaupt nichts, ich bin Marlene, meine Mutter stand wegen des Bügeleisens in dem Augenblick auf, in dem die Vögel

– Halt den Mund Marlene

haben Sie gesehen, nicht Soundso, nicht Joaquim, Marlene

– Halt den Mund Marlene

in dem Augenblick, in dem über der Korkeiche des Priesters ein Schwarm, meine Mutter schaute nach, ob einer der Pfirsiche, aber die Pfirsiche grün, rückte das Deckchen sorgfältig wie mein Vater zurecht, bemerkte, daß sie das Deckchen zurechtrückte, ärgerte sich, rückte es noch schiefer, schaute mich voller Furcht an, ich könnte erraten, was ich nicht wissen durfte, deshalb zog ich sie am Rock

– Was ist los Mutter?

und sie hörte mich nicht oder wollte mich nicht hören, suchte eine Weintraube im Obstkorb aus, wartete, daß das Rascheln von Stoff oder die Fasane näher kamen, etwas, was mir wie Husten vorkam, oder vielleicht war es nur eine Maus im Feuerholz, meine Mutter, die mir verbot, durch die Luke zu schauen, als ich rausgucken wollte

– Das war eine Maus im Feuerholz

obwohl es Dienstag war, nicht Sonntag, die Jacke und die Hose auf dem Bügel am Fensterriegel, die Schuhe geputzt, die Krawatte für die Prozessionen auf dem Bügelbrett zusammen mit dem Hemd, der Wind verstummte, da die Korkeiche stillstand, meine Mutter in Richtung Olivenhain

– Komm mit raus Marlene

die Landschaft auf dem Grund des Tellers am nächsten Donnerstag, genau dieselbe Mühle, dieselben drei Wolken, die Frau auf der anderen Seite des Flusses älter, als ich dachte, mit den Kniffen der Zeit am Hals und im Gesicht, ich hätte schwören mögen, daß mir eine Blinde, die Nase an der Decke, über die Gesichtszüge fuhr

– Wer ist die da Judite?

Paulo in der Garderobe stöberte in Schminke und Perücken

– Ein Clown

hin und wieder kommt es mir in den Sinn, warum, weiß ich nicht, vielleicht wegen des Mädchens auf dem Teller, zu bitten, daß sie die Musik unterbrechen, mich von meinem Schmuck, der Schminke, den Federn zu befreien, mich nicht um das Publikum, den Geschäftsführer zu kümmern

– Marlene

– Du bist entlassen Marlene

– Du wirst auf der Straße betteln gehen Marlene

und ich springe mit einem Satz von der Bühne, folge den Kreidezeichen, die niemand außer mir sieht, lasse meine Kolleginnen links liegen, die Angestellten, den Portier, der versucht mich festzuhalten, aber ich bin so leicht, verstehen Sie, ebensowenig zu fassen wie Mimosen, nur eine pflanzliche Unruhe, ein Seufzer in einer Ecke der Erinnerung, ein paar Umrisse mit dem Pinsel auf dem Ton eine Wassermühle, ein Mädchen

und er hält einen Seufzer in der Hand, Dona Amélia räumt die Parfüms auf dem Tablett auf, laß mich mit ihr reden, es ist die Einsamkeit, es sind die Nerven, wer hält denn dieses Leben aus

– Marlene

und ich erhebe mich, fliege weg, entfliehe, nicht in Lissabon, in einem Olivenhain, der heute Straße ist, Lastwagen und Palmen um ein Restaurant herum, in dem das Haus lag, ein Karren mit Ochsen, die mich durch die Gitterstäbe betrachten

– Weshalb haben Sie Vater das Jagdgewehr und die Hacke gebracht wo ihm die Hacke doch reichte Mutter?

meine Mutter stellte sie in den Hühnerstall

liebkosen Sie mich, wenn Sie wollen, aber vergessen Sie einen Augenblick lang meine Augen

– Was für eine Hacke Marlene?

sie brachte die Kohle für das Bügeleisen, zog einen Splitter aus der Handfläche, und während sie, ohne es zu bemerken, die Haut aufriß, überrascht zu mir

Sie haben versprochen, daß Sie meine Augen vergessen, nicht wahr?

– Was für eine Hacke Marlene?

die Hacke nah am Arm des Toten, das Jagdgewehr weiter weg, meine Mutter schob es zu meinem Vater hin, so wie er, wenn er nach Hause kam, die kleine Vase zurechtrückte

die Wiedehopfe brüteten ihre Eier auf der Mauer des Franzosen aus, wobei ihre Federn um den Körper herumlagen wie die Röcke bei den Zigeunerinnen, oder Dona Amélia drehte eine Öltube in der Garderobe auf und zu

– Fühlst du dich wohl Marlene?

meine Mutter in der Küche zu den nächtlichen Grillen

– Die Polizei ist gegangen verschwinde

über den Feldern eine glatte Decke aus Grillen, von einem Hahn oder einem Hund zerrissen, Dina hämmerte mit dem Pantoffel auf dem Spachtel zum Verteilen des Beinenthaarungswachses herum, hinderte mich daran, ein Rascheln von Stoff zu hören, und meine Mutter brachte die Grillen zum Schweigen, indem sie das kleine Fenster schloß, und die Grillen mit schnellem Atem

– Teufel auch

Leute, die sich versteckten, und sie zeigte mir die Nische am Herd, wo die Holzscheite gestapelt waren

– Was heißt hier Leute eine Maus im Feuerholz hast du gehört?

deshalb fühle ich mich wohl, Dona Amélia, warum sollte ich mich nicht wohl fühlen, wenn es eine Maus im Feuerholz war, so wie es ein Kran beim Entladen der Schiffe war, nicht hier im Haus, was für ein Unsinn, hier im Haus, am Kai, eine Unachtsamkeit meines Stiefvaters, so ein Pech, und ein Seil, das sich löst, ein Mißgriff bei den Hebeln, das Manöver eines Anfängers

warum stellen die auch Anfänger ein?

meine Mutter trat ins Zimmer, als ich die Hacke losließ

– Es war der Kran sehen Sie das nicht?

und mein Stiefvater in die Landschaft auf dem Teller gefallen, welcher Teller, Mutter, ein griechisches Schiff, mit einem Namen in solchen Buchstaben, wie man sie in den Atem an den Fensterscheiben schreibt, bevor man schreiben kann, es ist hier im Fensterrahmen, lesen Sie, bevor die Striche verschwimmen, ich bin mir nicht ganz sicher, aber ich möchte schwören, daß es ein griechisches Schiff ist, glauben Sie nicht auch, Seeleute, die eine fremde Sprache sprechen, die überhaupt nichts bedeutet, zum Beispiel Glas, irgendwelche Laute, die keine Ähnlichkeit mit Glas haben, wenn man ein Glas nicht ein Glas nennt, können wir es nicht benutzen, die einen sagen zum Beispiel Stiefvater, die andern sagen Maus, die einen sagen Hacke, die anderen Kran, und daher war es der Kran, nicht wahr, Dina hat aufgehört, mit dem Pantoffel herumzuhämmern, und trotz Lissabon jetzt wieder die Grillen, Dona Amélia macht die Wiedehopfe nach und stößt mit dem Tablett gegen den Hocker in der Garderobe

– Fühlst du dich wohl Marlene?

über den Feldern eine glatte Decke aus Grillen, von keinem Hahn und keinem Hund zerrissen, das Jagdgewehr ungefährlich am Türriegel, kein Erzittern von Olivenbäumen, das Bügelbrett zusammengeklappt, kaltes Wasser und Taschentücher an der Stelle des Kopfes, auf dem der Kran die Landschaft des Tellers zerbrochen und meinen Stiefvater verletzt hat, die Mäuse hin und her hinter dem Feuerholz, das Gehirn ist ausgetrocknet, wie schade, aber leihen Sie ihm Ihr Umschlagtuch, denn Ihrem Mann ist kalt, noch nicht mein Seidentuch für die Arbeit im Keller, und Dona Amélia

– Fühlst du dich wohl Marlene?

das Stück Wolle, das sie im Januar schützte, der von der Musik rief Dina, die eine der Ketten für die Schlußapotheose verloren hatte, die Grillen weiteten und zogen sich wieder zusammen, nähten die Dunkelheit, mach ihm eine Suppe, gib ihm einen Kanten Brot, knöpfen Sie ihm die Weste auf, damit wir ihn hinlegen, ich habe vorhin gerade erst gesagt, daß kein Hahn, und dennoch schmirgelt uns der Hahn von Doktor Magalhães die Knochen mit der Feile eines Schreis, Dina sucht unter den Kleidern, haben Sie zufällig meine Kette gesehen, Dona Soraia, und ich zum Polizisten, indem ich meinen Stiefvater zum Zeugen nahm, erzählen Sie dem Sergeanten, ob es nicht der Kran der Griechen war, der Ihnen auf den Kopf gefallen ist, meine Mutter sagte keinen Pieps, und er versteckte das Brot in den Taschen

– Teufel auch

floh aus der Küche, nahm den starren Teil seines Körpers, den der Kran hatte welken lassen, mit, und ich, der ich Mitleid mit Kranken habe, nehmen Sie zum Gehen den Besenstiel, mit dem mein Vater geangelt hat, den Bindfaden, den Angelhaken, und wir beide reglos

daran kann ich mich erinnern

den ganzen Nachmittag am Fluß oder, besser gesagt, einer trüben Wasserzunge, die auf den Steinen verweilte, die Langsamkeit des Landes von Stein zu Stein verlängerte, Olivenbäume, die

Jahre brauchten, um schweigend zu sterben, die Korkeiche, von der ich nicht weiß, ob sie noch lebt oder sich in Granit verwandelt hat, mein Vater, der vor Müdigkeit erschlafft, und kein Fisch, natürlich nicht, was für Fische denn, Algenfäden, der Beweis, daß Tote mich anrühren, ist, daß ich ihn nach dem Tod meiner Mutter

ein Versehen bei dem Mittel für Mäuse

ein Kran eines griechischen Schiffes

ein Versehen bei dem Mittel für Mäuse

zu mir in diesen zweiten Stock in Alcântara gebracht habe, wo Züge die Möbel durcheinanderbrachten und von Stunde zu Stunde darauf beharrten, daß ich gehen sollte, Dina verzweifelt wegen der Kette, die ich in meinem Koffer versenkt hatte

– Die Kette die Kette?

denn ich bin nicht mehr jung, demnächst wird der Geschäftsführer ihr meine Kleider geben und meine Lieder

– Mit dir ist es aus Marlene

und ich, ohne Arbeit, werde am Putz der Wände und an den bestickten Kissen nagen, vielleicht Paulo auf diesem Stuhl hier mit mir, oder nicht einmal Paulo, denn ich kann ihm die Besuche bei den Kapverdianern in Chelas nicht mehr bezahlen, ich an einer Ecke, verwirrt von den Zügen, verbrauche noch mehr Parfüm, stecke noch mehr Polster an die Brust, meide die Laternen, um das Alter zu verbergen, zünde eine Zigarette an, um das Lächeln zu ersetzen, und die Zigarette geht aus, die Frauen oder diejenigen, die sich um die Frauen kümmern

– Verschwinde

und ich in den Vierteln von Lissabon, wo zu Beginn des Morgens, bevor die Lichter ausgehen, die Lastwagen vom Markt und die Fahrer mit einer kleinen Handbewegung

– Komm her

Spanferkel, Obst, Gemüse, Maskottchen an den Rückspiegeln, die im Rhythmus schaukeln, aus den Lastwagen aussteigen, der Lippenstift überall auf den Wangen

– Was heißt hier zahlen du Schwuchtel?

– Hab ich dir nicht einen Gefallen getan du Schwuchtel?

meine Handtasche auf dem Sitz, die Brille, die Monatskarte

– Hast du keinen blanken Heller mehr du Schwuchtel?

– Ist es bei der Arbeit nicht gut gelaufen du Schwuchtel?

– Wem gehört dieses Foto du Schwuchtel?

– Will dich niemand du Schwuchtel?

die Brille in einen Buchsbaum geworfen, und ich auf allen vieren, ohne zu sehen, wie mein Vater vor dreißig oder vierzig Jahren meinen Stiefvater nicht gesehen hat

vor vierundvierzig Jahren und zwei Monaten, weil er trotz der Warnung der Wiedehopfe mit der Wurzel des Olivenbaums beschäftigt war

– Senhor Freitas

wie auch ich die Fahrer nicht sah, die sich meiner entledigten

– Findest du die Brille nicht du Schwuchtel?

mein Schwiegervater in einem Graben, wo er das Jagdgewehr einstellte, den Abzugshahn überprüfte, es auf meinen Vater richtete, sich umschaute, ob ich nicht irgendwo dort war, wartete, bis mein Vater sich aufrichtete, und die Wiedehopfe wechselten in heller Aufregung den Zweig, flogen um ihn herum

– Senhor Freitas

die Lastwagen in Richtung Norden, nur diese roten Lichter, manchmal nicht zwei, eines, die auf der Steigung kleiner wurden, ich fand meine Brille in dem Augenblick, in dem mein Vater sich aufrichtete oder auf den Blick meiner Mutter traf, die das Bügeleisen über dem Bügelbrett hielt, und indem er in ihm die Bäume, die Vögel, den Bach sah, der zwischen den Steinen trocknete, die Größe der Felder

wenn ich dort wohnen könnte, wenn es das Haus noch geben würde

starrte mein Vater meinen Stiefvater an, die Hacke hängt in seiner Hand, meine Mutter reicht mir eine Weintraube

– Möchtest du eine Beere Marlene?

Joaquim Joaquim Joaquim

– Möchtest du eine Beere Marlene?

ich heiße Marlene, habe immer Marlene geheißen

– Möchtest du mit mir raufkommen Paulo?

entschuldigen Sie, wenn man älter als fünfunddreißig ist, vertut man sich so häufig

– Möchtest du eine Beere Marlene?

möchtest du mit raufkommen, Paulo, und dich diesen kleinen Rest vom Nachmittag vergnügen, Dona Helena hat ihm nicht die Hand auf den Arm gelegt, dabei seinen Zorn gefürchtet

– Fassen Sie mich nicht an

wenn ich wieder dort wohnen könnte, würde ich das Deckchen richtig hinlegen, die kleine Vase flicken, die Mäuse aus dem Holz vertreiben

Paulos Ellenbogen entzieht sich

– Lassen Sie mich los

ich würde das Fenster aufmachen, um die Grillen zu hören

die Finger für ihn nicht Finger, Blutegel, der Fingerhut auf dem Mittelfinger flickt eine Mantilla, der Zeigefinger mit dem verletzten Nagel

– Nehmen Sie das da weg

eine Decke aus Hähnen erhellte die Nacht, und Paião im Hintergrund, die neue Siedlung, das Glühwürmchen einer Radioantenne pulsiert auf einem Hang, die Traube aus dem Obstkorb holen

– Möchtest du eine Beere Paulo?

zugleich der Scheinwerfer auf der Bühne, und ich schiebe Dina weg

– Der ist für mich

die Trommeln kündigen die Musik an, das Tonband schaltet sich ein

ein Bein zur Bühne hin schwenken

das Band bleibt stehen

das Bein wartet zögernd, gehe ich, bleibe ich, die blöde Dina

– Was ist Fräulein Marlene?

beginnt, sich zurückzuziehen

ich gehe

das Band schaltet sich wieder ein, Gott sei Dank, ich gehe nicht, die Musik ist zu laut, das Bein, das schon getanzt hatte, wieder still, der Angestellte für die Knöpfe stellt den Ton leiser, und das Bein tanzt wieder

– Paulo

ein zweites Bein, ein Handschuh

wir tragen alle Handschuhe

Pailletten, Gekreisel, Dona Amélia, sehr gut, Marlene, der Geschäftsführer, na, du schaffst es ja no

– Würdest du beleidigt sein wenn ich dir sagen würde daß ich dich mag Paulo?

du schaffst es ja noch, Marlene, du brauchst keine Ecke zwischen Laternen zu suchen, brauchst nicht das Alter zu überspielen, wir schicken dich nicht weg, wir erhöhen dein Gehalt, hängen ein Plakat von dir im Eingang auf, schmink dich nicht ab, nimm dir soviel Zeit, wie du brauchst, wir entlassen Dina, du bist entlassen, Dina, du brauchst nicht mit den Kunden zu trinken, die Einladung von Tisch neun anzunehmen, vergiß Tisch neun, den bieten wir Vânia an, keine Eile, wir warten, du bist kein Transvestit, du bist eine Künstlerin, Marlene, unsere Künstlerin, jetzt, wo du die Brille gefunden hast, klopf dir die Blätter von der Brust und den Knien ab und lächle, nimm nicht das Jagdgewehr, richte es nicht gegen dich selber, lächle, wie das Mädchen in der Landschaft auf dem Teller lächelt

erinnerst du dich?

schon etwas verblichen und dennoch so hübsch, schüttelt sie ihre Zöpfe und sagt zu dir hallo.

Kapitel

Warum ist dein Blick so weit weg, wenn du den Regen fallen hörst, Paulo, warum sprichst du nicht mit mir, nimmst du mich nicht wahr, sagst nicht

– Gabriela

warum setzt du dich allein aufs Bett und erklärst mir schweigend

– Du bist die Angestellte aus dem Speisesaal du bist niemand

hörst Stimmen und Schritte, die ich nicht bemerkte, und ich höre auf, für dich zu existieren, es existieren nur diese Stimmen und diese Schritte, von denen ich nicht weiß, zu wem sie gehören, und du hörst sie schweigend, hin und wieder redest du mit ihnen, aber so leise, daß ich es nicht verstehen kann

– Mit wem redest du da Paulo?

und die Blätter einer Ulme antworten vom verrammelten Fenster her, wo im September Echos eines Hofes, den wir nicht sehen, ein Knistern von Wäsche der Nachbarn, meine Schwester schaute meinetwegen besorgt das Bett, das Waschbecken, den Schrank an, schloß meine Finger über Geld in der Handfläche

– Und du lebst mit ihm zusammen Gabriela?

wenn mein Vater Akkordeon spielen würde, eine kleine Musik anstimmen würde, mich mit sich nehmen würde, würde ich sagen

– Ich gehe mit meinem Vater Paulo

und Paulo taub, mit dem Regen beschäftigt und dem, was aus dem Regen erwächst, beispielsweise ein Herr mit Spazierstock, der ihm die Ahorne auf lateinisch erklärt, beispielsweise eine Alte auf dem verglasten Balkon, auf dem er flog, bevor er mit mir flog, beispielsweise die Freundinnen der Schauspielerin, die uns hin und wieder besuchten und eine Fröhlichkeit aus Gelächter im Zimmer hinterließen

so glücklich, diese Sängerinnen

aus Parfüms, Schminkestreifen, wenn sie mir ins Kinn kniffen und meine Wangen küßten

– Deine Frau ist so sympathisch Paulo

sie umkreisten das Bett in einer Art freudigem Tanz, Fräulein Micaela, Fräulein Marlene, Fräulein Sissi, es fehlte Fräulein Soraia, die sechs Monate zuvor gestorben war, und als ich ihren Tod vergaß

– Und Fräulein Soraia?

kam Fräulein Micaela, die respektabelste, älteste, mit einem Tangoschrittchen auf mich zu

– Demnächst wenn du es am wenigsten erwartest hast du Fräulein Soraia hier mein Schatz

während ich mich fragte, warum mein Vater mich nicht von hier wegholte, wir haben uns schon so lange nicht gesehen, Vater, Sie suchen mich nicht auf, kommen nie, meine Schwester

– Du immer mit dieser Manie mit deinem Vater so eine Macke

und Paulo hörte zu, wie der Regen fiel, ich hatte noch überlegt, ob ich ihn zum Arzt ins Krankenhaus begleiten sollte, aber als ich mir überlegte, ihn zum Arzt im Krankenhaus zu begleiten, der, wenn er an mir vorbeikam

– Susana

ich

– Ich heiße nicht Susana Doktor

und er, obwohl er wichtig und ernst war, hatte, ohne aufzuhören, wichtig und ernst zu sein, ganz im Gegenteil, er war noch wichtiger, noch ernster, ein freches Händchen, so wie einst Senhor Vivaldo, nur hatte er sich noch nicht umgebracht

– Tut mir leid aber du siehst aus wie Susana Susana

wenn ich mir überlegte, ihn zum Arzt zu begleiten, gingen wir zu den Kapverdianern in Chelas hinauf, suchten den Mauerrest oder eine Baracke, der die Hälfte vom Dach fehlte und die einmal eine Autowerkstatt gewesen sein mußte, wegen des Bodens, der einmal aus Zement gewesen war, und jetzt nur noch Risse, Unkraut, Flecken von trockenem Öl und ein Reifen, wo wir die Zeitung auswickelten, die Zitrone zerschnitten, den Löffel erhitzten, und die Reise begann, mein Vater krümmte und streckte die Finger, ich

– Vielen Dank für die Musik Vater

und vergaß den Arzt, der meinte, ich hätte ein Susana-Gesicht, und Paulo, der im Zimmer dem Regen zuhörte, ich schwebte mit ausgestreckten Armen zwischen den Dachträgern der Autowerkstatt, ohne daß der Zorn meiner Schwester, die meinen Neffen auf dem Arm hatte und ihn an sich drückte

– Gabriela

mich dazu zwang herunterzukommen, und wenn ich herunterkam, dann traf ich mich immer selber, ohne mich treffen zu wollen, oder, anders gesagt, ein Mädchen mit Häubchen, das Mittagessen und Abendessen der Kranken von der Küche in den Speisesaal transportierte, verfolgt von Platanen und Tauben, und die Schauspielerin mitten im Hof, wo sie aufgeräumt, vergnügt Unentschlossenheiten zwinkerte

– Hast du meinen Neffen gesehen meine Liebe?

manchmal erschien die Künstlerin und manchmal jemand, der der Zwillingsbruder der Künstlerin sein mußte, am Tor mit um Verzeihung bittendem Drumherumgerede

– Hast du meinen Neffen gesehen meine Liebe?

genau dasselbe Gesicht, genau dieselben Ringe, anstatt der blonden Perücke eine graue Glatze, ein Anzug hatte das Kleid ersetzt, und dennoch genau dasselbe Seidentuch, mir schien, genau derselbe Leberfleck am Kinn, und da ein mit Bleistift gemalter Leberfleck bei einem Mann unmöglich war, mußte es ein echter sein

– Ist das dein Onkel Paulo?

einer der beiden Kranken in Príncipe Real, während ich, schwankend

– Welcher der beiden?

also, sobald Paulos Blick in die Ferne ging, wenn er zuhörte, wie der Regen fiel, und ich aufhörte, für ihn zu existieren, er nicht redete, mich nicht wahrnahm, entschuldigte er sich bei dem Herrn, der ihm die Ahorne auf lateinisch erklärte

– Ich werde Sie bald besuchen das verspreche ich

denn Lissabon ist nicht so groß, als daß er ihn nicht findet, meinen Sie nicht auch, der Imbiß, zu dem er die Kollegen aus Timor begleitete, die Bank, auf die er sich setzte, um die Lunge auszuruhen, die Angestellte aus dem Speisesaal unterbrach mich, die blöde Gans

– Hast du Sehnsucht nach deinem Onkel und deiner Tante Paulo?

ich habe nach niemandem Sehnsucht, ich ertrage niemanden, der Besitzer des Cafés brachte eine halbe Flasche Wein, während ich auf dem Fußboden mit leeren Streichholzschachteln spielte

– Schick diesen Quälgeist da weg Judite

oder aber er zog den Korken mit den Zähnen heraus, denn der andere Arm war an einer Stelle, an die ich mich nicht erinnern werde

– Mach den Mund auf Quälgeist

zog meinen Kopf nach hinten, gab mir zu trinken, und alles heiß, stach in meinem Magen, meine Mutter löste sich von ihm

– Senhor Alfredo

trocknete mich mit dem Ärmel ab, und der Ärmel purpurn, der Boden hindert mich am Laufen

meine Mutter auf dem Nilpferd vom Karussell, ich auf dem Elefanten, erinnern Sie sich an die Lichter im Tejo?

wenn ich versuchte, darauf zu treten, wurde er weich, ich tauchte einen Augenblick lang schwimmend in den Spiegel des Kleiderschrankes und war dann sofort nicht mehr da, suchte mich mit den Händen, und was ich fand, war ich, ohne ich zu sein, da die Hände abrutschten, ohne mich zu erreichen, und ich begann zu weinen, der Besitzer des Cafés, für den der Fußboden sich nicht verändert hatte

– Was ist denn Judite sei mir nicht böse komm her

ich erschien wieder im Spiegel, zusammen mit der Ecke, in der meine Mutter verschwand, und dann nur noch der Besitzer des Cafés, und dann keiner von uns, der Kühlschrank, der sich plötzlich erhob und etwas, das mich am Nacken verletzte, ich versuchte, mich an der Matratze festzuhalten, die wegrutschte, der Besitzer vom Café packte mich an der Taille

– Ich helfe dir beim Aufstehen Junge es ist nichts passiert

stärker als meine Mutter, dein Sohn sieht dünn aus, aber er wiegt jede Menge, der Gauner, der Boden beruhigte sich, die Lampe an der Decke wurde in dem Maße immer kleiner, wie der Teppich größer wurde, an der offenen Küchentür eine Möwe, die ihre Flügel kämmte, meine Mutter half mir bei der Stufe bei der Gartenpforte, der Besitzer des Cafés, reg dich nicht auf, es ist alles in Ordnung, gib dem Chef einen dicken Kuß, Kätzchen, der Körper meiner Mutter schüttelte sich, warte

– Du kannst ein bißchen am Strand spielen

nicht am Strand, denn da waren Reiher, im Garten, in dem eine Eidechse in einer Mauerlücke entkam, ich dachte noch, daß der Schwanz, und daher der Zeigefinger und der Daumen, aber die Spalte hatte mich bemerkt, nahm Schwung und verschluckte sie, Geräusche von Schuhen, ein Flaschenhals am Glas, der Besitzer des Cafés unsichtbar, machte ein Kind nach, na, wo bleibt denn der Kuß, die Frau vom Cafébesitzer wischte die Tische ab und beobachtete mich schweigend, das heißt, sie wischte unaufhörlich denselben Tisch, und deshalb versteckte ich mich in der Glyzinie, wo die Blütentrauben meine Nase suchten

– Bist du mein Enkel?

ein kleines Zimmer im Dunkeln, meine Großmutter machte nachts nie die Lampe an, man ging geräuschlos, und plötzlich das Herz der Uhr verändert, ein grauer Fleck wurde zwischen Schatten immer dicker

– Judite

und wurde mit der Geburt einer Stehlampe zu Trauerärmeln und Kohlebeckenasche, in dem Winter, in dem die Katze gestorben ist, hat meine Großmutter sie in eine Schublade voller Tablettenröhrchen, Briefen und diesen Schleifen für den Hals aus der Zeit, als sie jung war, und die jetzt verblichen waren, gesteckt

– Begrab sie mir nicht Judite

meine Großmutter, die hinter uns durch den Mais stolperte, obwohl der Regen ihre Züge löschte

– Ihre Stirn Großmutter Ihr Kinn?

während sie die Perlen des Rosenkranzes eine nach der anderen abtastete und ihre Kiefer malmten

– Begrab sie

die Pumpe vom Brunnen des Nachbarn hatte sie in die Irre geleitet, und wir haben sie am Zaun geholt, wo sie die Bretter in der Hoffnung zerkratzte, das Tier

– Begrab sie mir nicht Judite

die Katze, die kein Licht brauchte, um sich auf ihren Schoß zu setzen, sie rundete die Augen, wurde ganz Fell, und aus dem Fell ein Sichrecken mit Krallen, mein Vater klopfte das Grab mit der Schaufel fest, war auch ausgelöscht

– Ihre Stirn Vater Ihr Kinn?

meine Mutter ausgelöscht, ich ausgelöscht, der Brunnen und der Zitronenbaum ausgelöscht, die Schublade mit den Briefen leer, meine Mutter hat ihr die Schublade gegeben, die kleinen Flakons, Knöpfe zusammengeräumt, ich glaube, ein Foto mit einem Buch auf den Knien, ein kleiner Veilchenstrauß, der nach sehnsuchtsvollen Essenzen duftete

– Ihre Schublade Mutter

am nächsten Tag ist meine Großmutter auf der Suche nach der Katze durch den Mais gelaufen, hat mir ihr geredet

– Wenn du zuhörst wie der Regen fällt und nicht mit mir redest denkst du dann an die Katze Paulo?

wenn ich den Regen fallen höre und die Leute keine Stirn

und kein Kinn haben, denke ich an meine Großmutter im Studio des Fotografen, der Fotograf gibt ihr das Buch

– Legen Sie den Zeigefinger auf die Seite und tun Sie so als würden Sie lesen

meine Großmutter, die nicht lesen konnte, riß die Augen zu den Sätzen hin auf, dazu eine tropische Leinwand

Buchten, Kokospalmen

wohin sich die Umrisse des Apparats erstreckten, und wenn man genau hinsah, ein herrischer Arm

– Bitte recht freundlich

ein Mädchen, das keiner von uns kennengelernt hat, mit einem Hut, der von ihrer Mutter gewesen sein mußte, und die Schuhe nebeneinander, heute, wo sie blind ist

erzählen Sie mir

sieht sie noch immer die Buchten und Kokospalmen, mein Vater, der mit der Schaufel das Grab für die Katze platt klopft

– Sehen Sie wie es regnet

wegen des Regens konnte man das Gemüse nicht sehen, den Backofen für das Brot ja, den Hühnerstall ja, aber beide eingebeult, grau, diese Brillengläser der Erwachsenen, die die Welt schief machten

– Wenn Sie die aufsetzen wird dann auch alles so merkwürdig Vater?

schiefe Gesichter, auseinandergefallene Gegenstände, meine Großmutter tat die Schublade an ihren Platz, und eine Sekunde lang das Mädchen mit den nebeneinanderstehenden Schuhen, wie es sich über uns wundert, ein Arm befiehlt ihm

– Bitte recht freundlich

ich schaute genauer hin, und da war weder ein Arm noch ein Mädchen

– Sie ist nie jung gewesen nicht wahr?

nur meine Mutter war von dem Foto gerührt, und meine Großmutter wärmte ihre Füße am Kohlebecken, ich wartete darauf, daß die Eidechse wieder, an die Mauer geklammert, auftauchte, der Besitzer des Cafés kam an mir vorbei und kratzte sich

– Du kannst wieder zu deiner Mutter gehen Quälgeist

während die Frau den Tisch abwischte, ohne ihn zu sehen, bis der Besitzer des Cafés

– Bernadete

noch heute frage ich mich, ob er mich gesehen hat, wir haben das Foto mit den Buchten und den Kokospalmen nach Bico da Areia gebracht, und eines Tages ging es verloren

ich habe es verloren

ich habe es nicht verloren, ich habe es zerrissen, ich fand es ungerecht, daß meine Großmutter gestorben und das Mädchen lebendig, den Finger im Buch, sie ließen den Sarg an ein paar Seilen hinunter und ich

– Klopfen Sie ihr Grab nicht platt Vater?

meine Mutter sammelte die Stückchen zusammen und schaute mich mit einem Ausdruck an, der dem der Möwen und der wischenden Frau ähnelte, ein Zigeuner kam von den Wellen und schlug ein Pferd mit einem Rest Gürtel, wo ist die Schublade der Tablettenröhrchen und der Briefe, auf dem Schrank, im Waschtrog zwischen den Flaschen, ein Teil des Cafébesitzers in einem Teil von meiner Mutter, von dem ich lieber nicht wissen wollte

von dem ich nicht weiß

von dem ich weiß

von dem ich lieber nicht wissen wollte, der Zigeuner ausgelöscht durch einen Tonfall, der mich verwirrte

– Einen dicken Kuß für den Chef mein Kätzchen

der Korken, der mit den Zähnen herausgezogen wurde, weil der andere Arm an einer Stelle war, an die ich mich nicht erinnern werde

an die ich mich nicht erinnern wollte, und dennoch erinnere ich mich

– Mach den Mund auf Quälgeist

und daher habe ich vor ein paar Monaten eine Dose mitgebracht

vor dem Frühling, denn Alto do Galo war bedeckt und die Blüten der Glyzinie geschlossen, mein Vater in Príncipe Real

– Die Blüten der Glyzinie Paulo

daher habe ich vor dem Frühling eine Dose Petroleum nach Bico da Areia gebracht, und die Blüten der Glyzinie geschlossen, ich habe mich auf eine Strebe der Brücke gehockt, bis ein Stück Mond auf dem Wasser, will heißen, Lumpen und Krüge und ein Stück Korb, ohne daß der Elektriker oder die Hunde oder die Tante von Dália mich bemerkt hätten

seit Ewigkeiten radelt zwei Häuser weiter niemand mehr mit dem Dreirad

Lissabon auf dem Kopf, und die Lichter der Schiffe, verschiedene Lissabons und verschiedene, durch die Bewegung des Tejo übereinandergelagerte Schiffe, ein Lissabon, das sich ins andere faltete und dieses andere in wieder ein anderes, und dann war das erste wieder da, meine Mutter unterhielt sich mit einem Mann, der Mann kippte einen Eimer im Garten aus und schob die Tür auf, ich habe in Ruis Regenmantel eine Dose Petroleum mitgebracht, die Spritze, die Zeitung und das Feuerzeug zum Löffelerhitzen, seit Ewigkeiten radelte zwei Häuser weiter keiner mehr mit dem Dreirad, weil Ihre Nichte nicht die Braut eines Doktors geworden ist, sie bettelt auf der Straße, es heißt, daß Ihre Nichte auf der Straße bettelt, und die Tante

– Belästige mich nicht halt den Mund

Dália dreht und dreht sich im blauen Kleidchen, sieht wie ein Engel aus, sieht wie eine Fee aus, sieht wie eine Prinzessin aus, nicht wahr

– Halt den Mund

ich zu Dália auf dem Hügel von Chelas

– Willst du dein Dreirad haben Dália?

und Dália bewegt sich unter den Lumpen mit offenem Mund, wo sind deine Zähne, was ist mit deinen Doktorsgattinnenzähnen passiert, wußtest du, daß das Dreirad mit neuen Rädern auf dich wartet, Dália, wußtest du, daß deine Tante

– Halt den Mund ich habe dich nicht gehört halt den Mund

die Gardine zuzieht, das Türschloß, die Rolläden

– Belästige mich nicht halt den Mund

Dália in Bico da Areia versucht sich zu erinnern

– Woher kennst du mich?

sie hockt sich an den Eingang eines Stadtteils in der Hoffung auf Almosen, diese Wunden an den Fingern, diese bleichen Fingernägel, man spürte den Wind von Trafaria mit ein paar Fetzen Musik, die von deinen Schultern herabhingen wie deine Jacke, Dália, wenn die Glyzinien sich im Mai öffnen, dann verloben wir uns, möchtest du das, Dália, und der Quälgeist

– Schick mir diesen Quälgeist da weg Judite

der Quälgeist wartet darauf, daß die Zigeuner Ruhe geben, der Spiegel vom Kleiderschrank leer ist, den Korken von der Petroleumdose mit den Zähnen herausziehen, dem Café befehlen

– Mach den Mund auf und trink

Dália drückt den Kolben mit Hilfe des Quälgeists in einer Ader im Mund herunter, die an den Armen und den Beinen blutig, man suchte unter den Kleidern, und die Umrisse der Knochen nagten an der Haut, Vânia magerte genauso ab, und der Geschäftsführer, der die schlabbernde Bluse eingehend betrachtete

– Du bist doch nicht etwa krank Vânia?

wenn meine Großmutter über ihr Gesicht streichen würde, würde sie es begreifen, meine Großmutter in einem Loch, das mein Vater nicht platt geklopft hat, das haben zwei Typen mit Mütze gemacht, während der Priester sich, das Meßbuch an die Brust gedrückt, über die Kälte beklagte

– Schneller

keine Glocke tropfte für sie Trauer, das Mädchen mit dem Finger im Buch bei uns nein, eine Nachbarin

kein Buchsbaum, ein Baumstamm, ein Rechteck am Fuß des Hanges mit dem Kruzifix am Eingang

der Friedhof der Marannen, hieß es

Zypressen in Sackleinen, die später gepflanzt werden sollten, Weiden, Ulmen, Vânia

– Es ist mir nie bessergegangen

einmal haben wir meine Großmutter nach Bico da Areia gebracht, im Fenster alles rückwärts

will heißen, die Erinnerungen, die ich hatte, flitzten in der Fensterscheibe des Zuges, als würden sie augenblicklich altern, uns von den Dingen trennen, die letztlich alt waren, vom Haus, der Katze, den Mimosen, das Lächeln meiner Mutter endete im Mund

– Mach den Mund auf Quälgeist

wir haben meine Mutter zur Stufe am Gartentor gebracht, das Wiegenquietschen der Möwen, und sie versuchte sich ängstlich an uns festzuhalten

– Ich verstehe das Meer nicht Judite

im kleinen Zimmer hinten, wo der Korb mit den Bettlaken, die gewaschen werden mußten, der fast leere Kasten mit dem Cristofle-Besteck, das wir Stück für Stück verkaufen oder im Café abgeben, wo jetzt das Petroleum

der Quälgeist gab sie beim Café ab, wo jetzt das Petroleum, der Besitzer kratzte mit dem Taschenmesser an der Gabel oder am Löffel, wog sie in der Hand, steckte sie in den Kassenschrank und füllte ein Viertel Wein ab, meine Mutter zu meiner Großmutter

– Kommen Sie essen Mutter

und sie vor Angst verknäult

– Ich verstehe das Meer nicht Judite

– Sagen Sie Mutter ist der Besitzer des Cafés mein Vater?

meine Mutter stumm oder aber

– Was willst du hier verschwinde

und bevor ich gehe, hilft der Quälgeist Dália bei der Ader an der Zunge

oder vielmehr ist der Quälgeist allein und denkt, wenn ich Dália bei der Ader an der Zunge helfen könnte, der Rest Petroleum auf der Markise, einer der Hunde trottete dicht am letzten Haus entlang und verschwand in der Düne, wenn ich damals Senhor Couceiro gekannt hätte, hätte ich ihn gebeten, mit meiner Großmutter zu reden und ihr das Meer auf lateinisch zu erklären, die Stadt auf dem Kopf, die Lichter der Schiffe, der Quälgeist hält das Feuerzeug an die Zeitung und die Zeitung ans Petroleum, der Besitzer des Cafés in dem Haus im Viertel gleich links, mit einem Heiligen in einer Nische und Fliesen und Kakteen, die Ehefrau mit der Schürze wußte bestimmt

– Sagen Sie Mutter ist er mein Vater?

und meine Mutter mit geschlossenen Augen auf dem Bett erträgt meinen Anblick nicht

– Verschwinde

die Kunden wußten es bestimmt, der Elektriker, die Nachbarn, mein anderer Vater, Soraia

– Ein Neffe Dona Amélia

und Dona Amélia, indem sie eine Praline aussucht

– Magst du Pralinen Quälgeist?

Unsinn

– Magst du Pralinen Kleiner?

mein anderer Vater, Soraia, wußte es, mein Neffe, mein Cousin, mein jüngster Bruder, nenn mich Soraia Paulo, mach mein Leben nicht kaputt, Dália mit dem Quälgeist

nicht die Angestellte aus dem Speisesaal mag ich, Dália ist bei mir, wenn ich im Zimmer dem Regen zuhöre, ist Dália bei mir, eine Zigarette, mein Freund, eine Münze für einen Kaffee, mein Freund, zeichne eine Familie, der Kerl mit dem Damespiel verbietet sich selber den Mund

– Gauner

der Arzt zu Gabriela

– Tut mir leid aber du siehst aus wie Susana Susana

Pardon, der Arzt klopfte mit dem Kugelschreiber auf den Schreibtisch, langsam, grausam

– Was hat er angesteckt Vivaldo?

ich spähte in die Küche vom Krankenhaus, ein Insasse im Schlafanzug urinierte gegen einen Pfosten, mein Vater hat bei seinem Besuch Micaela mitgebracht, das Parfüm der beiden hat die Mimosen und meine Mutter im Dorf ausgelöscht

– Riechst du die Mimosen nicht Paulo?

Senhor Vivaldo mit spöttischer Förmlichkeit

– Madames

Micaela hingerissen, mit einer Juwelenspirale

– Sympathisch

dieser Blödmann hat einen Armeleuteladen in Caparica oder Fonte da Telha angezündet, aber die Markise hat nicht einmal gebrannt, ein paar Zigeuner haben ihn morgens auf einem der Brückenstreben gefunden, wo er mit den Möwen redete und sie

– Dália

nannte und versuchte, eine leere Spritze in die Zunge zu stechen, Senhor Couceiros Spazierstock schrieb auf dem Boden, Dona Helena hielt die Tränen mit der Nase zurück und versuchte mich zu umarmen

– Paulo

weder in Caparica noch in Fonte da Telha, in der Nähe von Trafaria, in Bico da Areia, einem dieser Barackendörfer längs des Tejo, mickrige Gärten mit Margeriten, Kiefernwäldchen, die gesäubert werden müßten, eine Frau zwischen Glyzinien, deren Alter man nicht ausmachen kann, nicht die mit der Schürze, die einen Tisch abwischt, die, die unter der aufgehängten Wäsche nach irgend etwas suchend im Waschtrog stöbert, und der Krankenpfleger, das ist die Mutter, Herr Doktor, die Ehefrau des Clowns, der ihn innerhalb des Zauns besucht, mit den Fingerspitzen den Sitz der Perücke überprüft, schauen Sie, wie sie mit dem Besen die Hunde bedroht, die sie am Strand anbellen, ihr Kienäpfel gegen die Fensterscheiben werfen, ich bin Ihr Freund, Dona Judite, lassen Sie mich herein, Dona Judite, ich zahle, sie machte ihnen die Tür auf, und sie wollten abhauen, wühlten in den Hosentaschen

– Ach was ich habe mich geirrt ich habe nur das hier Senhora

keine Männer, Hosenscheißer von höchstens dreizehn, vierzehn Jahren, die Ehefrau zog die Überdecke zur Seite

– Beeilt euch

und ein verzweifelter Seitenblick auf die Reiher dort draußen, Nasen, die wie die von Dona Helena Tränen zurückhalten, kindliche Stimmen, die sich zurückziehen, erlöschen

– Wenn wir es recht bedenken haben wir doch keine Lust Dona Judite lassen Sie uns gehen

– Ich nehme dich auf den Arm wenn du willst soll ich dich auf den Arm nehmen?

Senhor Couceiro hat mich nie auf den Arm genommen, sobald die Alte meine Taille packte

– Nehmen Sie doch Ihre Tochter auf den Arm ich bin kein Mädchen gehen Sie zum Teufel Dona Helena

wäre ich doch imstande gewesen, nichts zu sagen, als ich sie weinen sah, könnte ich es doch schaffen

– Entschuldigung

ihr das Taschentuch aus der Hand nehmen

– Ich habe doch nur Spaß gemacht vergessen Sie es

den Kopf an ihre Schulter lehnen, ihr helfen, mir helfen

der Besitzer des Cafés, das am Ende doch nicht gebrannt hat, gibt der Mutter vom Quälgeist eine Weinflasche, und dieser weist, zu uns gewandt, im Sprechzimmer im Krankenhaus, eitel auf was auch immer, das von einem Gummiband zusammengequetschte Haar, die roten Augen

– Finden Sie sie nicht hübsch?

der Quälgeist steigt mit einer Dose voll Petroleum die Stufe zur Gartenpforte hinauf und sagt immer wieder, Dona Judite, Dona Judite, ein Hund wie die anderen, ich zahle, Dona Judite, machen Sie sich keine Sorgen, ich zahle *die Angestellte aus dem Speisesaal richtet sich auf dem Kissen auf*

– Paulo

und Paulo hat ihr den Rücken zugekehrt und hört dem Regen zu

auf der Suche nach Scheinen und Münzen in der Hosentasche, und weder Münzen noch Scheine, der Kolben einer Spritze, eine Nadel, ein Stück Zeitung, der Quälgeist erkennt nicht einmal den Kleiderschrank, das, was früher einmal ein Auto mit Holzrädern gewesen war, auf der Überdecke, die Frau am Küchentisch neigt einen Flaschenhals

– Was ist mit dem Medaillon passiert Mutter?

der Duft, den er für Mimosen hielt und der, wenn man genauer schnupperte, der von Grünalgen im Tejo war, was für Mimosen bloß, mein Gott, was die Leute immer erfinden, Mimosen und Grabmäler und Lorbeerbäume und die Überzeugung, daß sie glücklich waren, als

das ist doch sonnenklar

so unglücklich wie heute, die Armen, die Clowns, Marlene, Micaela, Vânia, Sissi

– Rede mit deiner Mutter sei nicht schüchtern

der Quälgeist, an den Kühlschrank gelehnt

nein, der Quälgeist an die Platane im Krankenhaus gelehnt, eine Zigarette, mein Freund, und Senhor Couceiros sonntägliche Kekse, er brachte den Mut nicht auf, mit der Mutter zu reden, hielt sich auf der Strebe der Brücke im Gleichgewicht, der Besitzer des Cafés brüllte von unten, du hast meine Markise angesteckt, nicht wahr, du hast meine Markise angesteckt, nicht wahr, und er floh auf eine höhere Strebe, rutschte ab

– Dona Helena

als wenn die Verstorbene, die ihn aufgezogen hat, ihn retten könnte, die Verstorbene, zu der der Quälgeist, zu der ich

– Nerven Sie mich nicht lassen Sie mich los

nicht sagen wollte

– Nerven Sie mich nicht lassen Sie mich los
sagen wollte
– Dona Helena
ganz bestimmt sagen wollte
– Dona Helena
sagen wollte
– Sie hätten nicht sterben dürfen verstehen Sie?
und sagte
– Nerven Sie mich nicht lassen Sie mich los
entsetzt darüber war, daß ich gesagt habe
– Nerven Sie mich nicht lassen Sie mich los

Sie glauben es vielleicht nicht, aber hin und wieder kam es vor, daß ich mich bei Ihnen beschützt fühlte, wenn ich sah, wie Sie das Radio einschalteten, wie Sie häkelten, kochten, der Besitzer des Cafés, du hast meine Markise angezündet, nicht wahr, einmal habe ich die Blumen in Noémias Zimmer ausgewechselt, habe in der Schule ein Deckchen aus festem Papier gebastelt, habe die trockenen Blütenblätter weggewischt, frisches Wasser in die Vase gefüllt, als ich mich umdrehte, Dona Helena in der Tür, mit zitterndem Kinn

– Paulo

ich hatte nicht vor, die Vase kaputtzumachen, das schwöre ich Ihnen, warum sollte ich die Vase kaputtmachen, wo es doch eine Überraschung für Sie war, meine Hand hat beschlossen, sie kaputtzumachen, ich war sauer auf die Hand, stand da und habe die Scherben angeschaut, das auf dem Boden verteilte Wasser, die Rosen

ich habe die Frau im Laden gebeten, sie mir auf Pump zu verkaufen, habe ihr gesagt

– Diese weißen Rosen die großen

ich bin sicher, daß Sie mich gehört haben

– Ich war das nicht Dona Helena

obwohl mein Mund schwieg, so wie Ruis, nachdem er die Ringe meines Vaters verkauft hatte

– Ich war das nicht Soraia

obwohl sein Mund schwieg, verstand man

– Ich war das nicht Soraia

doch genau

ich schwieg, während der Besitzer des Cafés, du hast die Markise angesteckt, nicht wahr, und die Möwen waren so nah, eine, von Algen schmutzig, von den anderen entfernt, aber genauso wild und grausam, vom gleichen Haß erfüllt, ein Hund

zwei Hunde kletterten die Brücke hinauf, der Besitzer vom Café

– Macht den Mistkerl fertig macht ihn alle

stiegen über den Streben, schlugen mich, und ich verletzte mich nicht, verletzte mich an

– Schick diesen Quälgeist da weg Judite

ich verletzte mich an der Vase, wenn es das Gebäude in Anjos noch gäbe, würde ich die drei Stockwerke hinaufstürmen, klingeln und meinen Platz im Wohnzimmer einnehmen, der Kugelschreiber des Arztes

– Du heißt wie meine Tochter wie witzig möchtest du mit mir Mittag essen Susana?

beharrlich auf dem Schreibtisch

– Mir kommt es so vor als hätte man ihn geschlagen Vivaldo

aber ich hatte die Pferdepeitsche auf der Brust, an den Nieren nicht gemerkt, meine Mutter öffnete und schloß die Gartenpforte, in den Pausen zwischen den Peitschenhieben die Glyzinie an der Wand, eine der Ranken verzweigte sich am Schornstein, winkte, von Wespen umringt, mein Vater in Príncipe Real

– Die Glyzinie Paulo

ich in Príncipe Real

– Die Glyzinie Vater

und am Blick meines Sohnes begriff ich, daß er sich weder an die Glyzinie noch an seine Mutter erinnerte, ich war mir sicher, daß er sie in all diesen Jahren nie wiedergesehen hatte, samstags holte ich ihn auf dem verglasten Balkon ab, auf dem die Alte bügelte, während er in einem Korb saß und zuschaute, ich nahm ihn aus Mitleid mit, wenn ich etwas zu tun hatte

denn mein Leben ist nicht einfach

bat ich ihn, ein Weilchen bei der Zeder zu warten, während ich ein Problem mit einem Freund klärte, und ich sah ihn durch den Vorhang ruhig im Park, im Café gingen die Lichter an, die Gebäude wechselten in dem Augenblick die Farbe, in dem die Lichter angingen, ich erzählte meinen Freunden mit einer Aufregung, die ich selber nicht verstand

– Mein Sohn ist

nein, ich erzählte meinen Freunden, indem ich auf den Vorhang zeigte

– Mein Neffe ist da draußen

dem Botschafter, dem Wirtschaftsmenschen, dem Teilhaber des Konfektionskleidergeschäfts, die der Geschäftsführer oder Dona Amélia mir schickten

– Samthandschuhe das sind Respektspersonen Soraia

mißtrauisch, angespannt fragten sie mich sofort, es gibt doch keine versteckten Fotoapparate, nicht wahr, sie wiederholten immer wieder, daß es das erste Mal sei, schwitzten, wurden mit einem kleinen Cognac mutiger

– Puppe

setzten sich aufs Sofa, mein Neffe, ich hätte wetten mögen, daß er uns sah, und dann

ich hörte sie nicht mehr, so wie auch Paulo den Regen nicht mehr hörte

erschien die Glyzinie, ich war nicht mit ihnen zusammen, hatte die Gießkanne, abends, es waren schon keine Pferde oder Reiher mehr am Strand, die Kunden gingen im Wohnzimmer auf und ab, richteten die Krawatte, schauten sich die Plakate genauer an, versprachen Trinkgelder, aber ich konnte sie nicht hören, auch wenn es mich interessiert hätte, konnte ich sie nicht hören, da ich mich in einer weit zurückliegenden Zeit befand, bei meiner Frau ich habe mir nur einen Spaß mit Ihnen erlaubt, ich hatte nie eine Frau, wozu eine Frau, wo ich doch selber eine Frau bin, nicht wahr

ich arbeitete bei einem Uhrmacher, habe dich dann kennengelernt, Judite, ich auf dem Schulhof mit einem Strauß Hortensien, der als Lächeln herhielt, wenn ich das Lächeln übergebe, werde ich ernst, also hast du am Zweig gezogen, und ich hielt ihn kräftig fest, Respektspersonen neben mir auf dem Sofa

– Niemand weiß daß ich hergekommen bin nicht wahr?

der Träger löst sich von selber, mein Knie

– Ich bin diskret keine Sorge

ich kann das Knie nicht

– Ich kenne dich nicht Knie

organisierte mein Gesicht, um ein Lächeln aufzubauen und die Hortensien zu übergeben, was man alles bewegen mußte, die Augenbrauen, die Wangenknochen, die Ohren, Zähne, bei denen ich mir nicht sicher bin, ob ich sie zeigen soll, ein Schneidezahn ist braun, wie soll ich das alles benutzen, wie das alles zusammenbringen, mir gelang ein freundliches rechtes Auge, aber vielleicht nicht ganz so freundlich, denn Judite durch den Strauß hindurch besorgt

– Fühlst du dich wohl Carlos?

mein Neffe im Príncipe-Real-Park, ich möchte schwören, daß er uns sah, ungläubig wegen des Trägers vom Kleid, des Knies, des Cognacs

– Es ist das erste Mal Puppe ich schwöre dir daß nie

Jacketts, die dem Körper widerstanden, Kragen, die unmöglich zu öffnen waren, an die Glyzinie denken abends im Sommer, meine Frau um den Wäschesprenger für die kranken Blütentrauben bitten, wenn die Kletterpflanze ganz ums Haus herumgewachsen ist, werde ich imstande sein, mit dir zusammenzusein, Judite, und Vater meines Sohnes sein, ich bin doch der Vater meines Sohnes, nicht wahr, von dem, der fünf oder sechs Jahre alt ist

nein, älter, neun

draußen bei der Zeder, die Stehlampe wird von der Angst einer Geste umgeworfen

wenn ich Mitleid empfinden könnte, wenn es mir nichts ausmachen würde, Mitleid zu empfinden

und sie sammeln auf allen vieren auf dem Teppich die Scherben zusammen

– Seien Sie nicht böse ich bezahle das seien Sie nicht böse ich

Samthandschuhe, denn es sind Respektspersonen, strecken mir die Scherben auf der Handfläche entgegen, Soraia, nehmen Sie diese Flasche Pflaumen, diese mit Jamaica-Rum

– Wo liegt Jamaica?

das ist gleichgültig, wer weiß schon, wo Jamaica liegt, diese Flasche französischen Schaumweins, solange du nicht über den kleinen Strich am Etikett kommst, denn selbst wenn man Wasser hinzufügt, sind es sündhaft teure Getränke

den Korken mit den Zähnen herausziehen, denn der andere Arm war an einer Stelle, an die ich mich nicht erinnern werde

– Mach den Mund auf Quälgeist

du hast doch sicher Gläser im Haus, jeder hat Gläser im Haus

– Hat dein Verlobter deine Gläser verpfändet Soraia?

Dona Amélia, bitten Sie doch den Barmann, Ihnen ein halbes Dutzend Gläser einzupacken, die grünen, die sind unmodern, und sie sind zum Glück billig, falls der Verlobte sie wieder verpfänden will

die Glyzinie, die ich gepflanzt habe, als sie noch winzig war, zwei lächerliche Stengel

diese schrecklichen Zuhälter, die ihr euch zulegt, ich brauche dein Armband, wo ist das Armband, dringende Schulden, nächste Woche bekomme ich eine ausstehende Zahlung, ich löse sie beim Pfandleiher wieder aus, und das war's, die Respektspersonen schauten meine Sterne aus Glasperlen, das Heiligenstandbild lange an, ungläubiges Schweigen, Zögern

– Ich gehe

sie geben auf

– Ich gehe nicht

sobald mein Mund zu ihnen hin anschwillt, die Heilige in einer Gipswolke, die Karavelle aus Muscheln, die entgeisterte Neugier

weshalb?

– Hast du das gekauft Puppe?

jetzt, wo wir Freunde sind, geht der Kragen leichter auf, nicht wahr, der Mantel auf der Lehne, während ein Fingerchen Mut schöpft, um mir in den Bauch zu pieksen, ein Flüstern klärt mich auf

– Es ist besser der wird nicht kraus verstehst du?

das grüne Glas auf dem Alpakatablett

– Also gut also gut

die Kletterpflanze wächst im August der Sonne entgegen, der Tejo wusch, vor und zurück, am Strand die Tischtücher seiner Wellen, und sie redeten mit niemandem, nicht mit mir, ich weiß nicht, wie sie heißen, ich habe ihre Namen nie erfahren, auch wenn ich es gewollt hätte, könnte ich sie von dieser Seite des Tejo her nicht sehen, laß keine Schminke an meinen Kragen, Puppe, nun mach dir schon keine Sorgen, dein Neffe hält das noch aus, er ist das doch sicher gewöhnt, die Glyzinie breitete sich über der Mauer aus, rundete ihre Blütentrauben

– Zum Glück bist du wiedergekommen Carlinhos

wenn ich das Fenster am Príncipe Real öffne, bin ich sicher, das Café zu sehen, die Pferde, meinen Sohn auf unserem Bett, wie er lacht, meine Frau, kille, kille, Gänschen, das Schäfchen hat ein Schwänzchen, der erste Schneidezahn mit viereinhalb Monaten, der zweite mit sechs, der Geschäftsführer, sie haben mich angerufen und sich beschwert, daß sie nicht dafür zahlen, daß du dich auf der Matratze ausstreckst und über Schneidezähne redest, sich über sie mit Kinderreimen lustig machst, kille, kille, und ich, gefällt dir die Kletterpflanze nicht, Judite, ich, in der Hand die Gießkanne

– Was für Kunden Senhor?

da eine Wurzel von der Beetumrandung aus Backstein krank wurde, die Wurzel anheben, Phosphat darauf tun, den Strich ausbessern, der das Augenlid verlängert

– Was für Kunden Senhor?

was für Kunden, Senhor, wenn ich die ganze Zeit um die Pflanze herum zugange war, taub von der Tejoflut, und die Teerfalten am Strand, die ich vergessen habe, mit Reispuder zu bedecken, um ihr Alter zu verbergen, der, der die Stehlampe umgeworfen hatte, verwirrt

– Sag mir die Wahrheit lüg nicht bist du schon dreißig Puppe?

die Flucht der Möwen, die Pferde, die zurückweichen und ihre Mähne schütteln, im vergangenen Oktober

oder im Dezember, kurz vor Weihnachten, damals, als mein Sohn anfing zu laufen, haben wir eine Sperre aus Brettern und Steinen gebaut, und ein paar Stunden später, mitten in der Nacht, waren die Margeriten überschwemmt, ich lugte aus der Küche, und ein Albatros krächzte uns, Fledermäuse nachahmend, zu, ich drehte mich mit dem nunmehr zurechtgemachten Augenlid auf dem Hocker von meinen Spiegelbild weg, das sich noch weiter schminkte

– Kille Kille Gänschen Senhor?

nennen Sie ein Alpakatablett mit ein paar leeren Gläsern und ein paar Scheinen darauf Kunden, Senhor, ein Feuerzeug, das sie auf dem Tisch vergessen haben, eine Stimme oder Schritte

nicht Ruis, nicht Paulos, nicht meine

voller Furcht, man könnte sie bemerken, die bitten

– Komm nicht heraus ich kenne den Weg

wollen, daß der Treppenabsatz leer, die Treppe leer, Gott sei Dank der Treppenabsatz leer, die Treppe leer, der Kiosk geschlossen, niemand außer dem Jungen, der von der Zeder her kommt

der Neffe, der jüngste Bruder, vielleicht der Sohn, was weiß ich, Soraia sieht mich nicht, hatte mich wahrscheinlich nie gesehen, ich fragte sie etwas und sie

– Wie bitte?

– Entschuldige?

– Was?

oder aber Worte, die mir wie ein Lied aus der Zeit vorkamen, als ich noch ganz klein war, eine Verwandte, die mich aufgezogen hat, kille, kille, Gänschen, sobald sie aufhörte, ich

– Mehr

manchmal, wenn ich bei meiner Frau bin, erwische ich mich bei kille, kille, Gänschen, das Schäfchen hat ein Schwänzchen, meine Frau

– Was ist Henrique?

und ich natürlich

– Nichts

während mir dieses kille, kille, Gänschen den Verstand quält, ich hatte mich gewiß geirrt, wie konnte dieses arme Wesen meine Verwandte gekannt haben, ich schon auf der Straße, und immer noch marterten mich das kille, kille, Gänschen und die Alte, ich war böse, weil sie gestorben war, ich hob den Kopf, und Soraia im Erdgeschoß zwickte in den Vorhang, als würde sie die Blätter von einer dieser Kletterpflanzen abreißen, die die Bauern und die Leutchen aus den Vorstädten so lieben, die Blütentrauben zurechtrücken, die Zweige an einem Draht befestigen, fragte jemanden, der mir wie eine Frau auf einer Stufe vorkam

– Gefällt dir die Glyzinie Judite?

keine Bougainvillea, kein wilder Wein, eine Glyzinie, sagte

– Gefällt dir die Glyzinie Judite?

ein mit blau angemalten Backsteinen verziertes Beet, ich wollte die Kletterpflanze berühren, und meine Verwandte

– Faß das nicht an

kam aus dem Bett meiner Eltern zu meinem Bett, steckte die Wäsche fest, ließ die Lampe auf dem Flur brennen, befahl mir

– Schlaf

kam wieder zurück, um mir einen Kuß zu geben, wurde, während sie die Treppe hinaufstieg, im Zimmer mit dem Piano immer kleiner, und kurz darauf eine Polka, oder vielleicht war da gar keine Musik, nur der Regen draußen, ganz bestimmt der Regen draußen, meine Frau, warum wird dein Blick immer so, wenn du draußen Regen hörst, Henrique, sie verstand nicht, daß kille, kille, Gänschen am Fenster, beklagte sich, daß sie für mich nicht existierte, nie für mich existiert hat, und, du riechst nach Cognac, Henrique, du riechst nach billigem Parfüm, dem von deiner Verwandten oder dieser merkwürdigen Sängerin aus Príncipe Real, mit der du gehst, wie mir zugetragen wurde, du riechst nach Glyzinien, einfach geschmacklos, tu nicht so, als ob, nenn mich nicht Puppe

ich kann es einfach nicht glauben, Henrique

vor allem aber nenn mich nicht Puppe, während du meine Knie umfängst und um Entschuldigung bittest, mir Geld anbietest, die Reste einer Stehlampe vom Teppich klaubst und dich anklammerst, als wärest du ein Zweig an einem Drahtspalier.

Kapitel

Ich dachte, die Sprechstunde im Krankenhaus sei zu Ende, und räumte die Papiere in der Hoffnung weg, in Frieden mit Elisa zu Mittag zu essen, als die Krankenschwester ohne anzuklopfen eintrat

– Da ist noch ein Kranker Herr Doktor

eine dieser jungen Krankenschwestern, die serienmäßig in einem dieser Läden für Luxuskeramik hergestellt werden, bei denen es schwierig ist, böse zu sein oder nein zu sagen, keine Falte auf der glasierten Haut, eine winzige Veränderung an einem Zahn bringt es fertig, mich zu rühren, irgend etwas an der Taille, das bewirkt, daß ich mich alt und überflüssig fühle, als altes Möbelstück, Anrichte oder Kommode, das desinteressiert betrachtet wird, vielleicht imstande, ihre Tante zu verführen, nicht sie, das Mädchen begreift nicht, daß das schiefe Zähnchen, das fast auf die Lippe beißt, mich rührte und glücklich machte, ich strich mein Haar mit der Hand glatt, und sie achtete nicht aufs Haar, was mich dazu brachte, die Karteikarten mit schmollender Langsamkeit zu suchen

– Ich sehe keinen Namen

letztlich zufrieden, weil ich mich in der Nähe eines Körpers befand, der mich besiegte, noch bevor er angefangen hatte, mich zu besiegen, ein Nacken, auf dem helle Löckchen wuchsen, und wenn man sie berühren würde, weder Angst noch Ablehnung, ehrliche Verblüffung

– Sind Sie verrückt geworden?

Elisa ist drei oder vier Jahre jünger, aber von der Arbeitslosigkeit und dem Problem am Fuß entwertet, und dennoch im Kino, auf der Straße peinlich berührt, sie zog den Ellenbogen weg und tat dabei so, als zöge sie den Ellenbogen nicht zurück, schaute verlegen zu Leuten hin, die uns nicht anschauten, bat leise

– Hak dich nicht bei mir ein Luciano

ging einen Schritt vor oder hinter mir, übertrieb ihre Behinderung mit zerstreutem Gesichtsausdruck, um mich nicht zu kränken, in der Hoffnung, Fremde würden annehmen, sie ginge allein, wo ich doch sie und ihre Eltern unterhalte, ich komme auf den verglasten Balkon, und die Mutter, den Rücken zu mir gewandt

– Denk nicht einmal im Traum daran die Goldmine von einem Doktor aufzugeben um so mehr als du behindert bist

ohne die Augenbrauenzeichen ihrer Tochter zu bemerken, der Spitzbube von einem Vater breitet Dokumente auf dem Tisch aus

– Ich habe den Ehering verpfändet mein Freund

anfangs noch Herr Doktor, dann Doktor, heute Freund, irgendwann Luciano, er hängt meine Bilder um, bittet mich, ihm mein Auto zu leihen, belegt meinen Sessel

– Ich habe den Ehering verpfändet Lucianinho

Elisa am Telefon mit dem Cousin, oder sie hoppelt gelangweilt, genervt zwischen uns herum, sitzt in einer Sofaecke, die ich mit meiner Hand nicht erreiche, schlägt eine Zeitschrift auf, ohne die Zeitschrift zu lesen, sieht mich von der Seite her an

nimmt an, ich würde es nicht merken

wünscht mir den Tod, Elisa zuckt mit den Achseln, und die Mutter nimmt mir die Fernbedienung weg und stellt den Fernseher lauter, in dem ein Idiot sang

– Aber wieso Tod wo sie doch nichts anderes sieht Herr Doktor?

wo doch das einzige, was sie tatsächlich sah, der Idiot war, der ihr vom Bildschirm her Küsse schickte, und Elisa schob ihn nicht mit dem Ellenbogen weg und wuchs in ihrem Kleid, manchmal frage ich mich, warum ich mich nicht aufraffe und nach Hause zurückkehre, mit der Farbe in meinem Haar aufhöre, den Gürtel zwei Löcher weiter schnalle, unbeschwert atme, ohne die Muskeln anzuspannen, wie wenn die Krankenschwester im Krankenhaus das Häubchen geraderückt und ich, wenn sie das Häubchen geraderückt, vor Zärtlichkeit zerfließe

man könnte mich in ein Glas gießen

Röntgenaufnahmen durcheinanderbringe

– Die Karteikarte ist nicht hier Ihr Kollege aus dem Labor hat angerufen und darum gebeten

man könnte mich in ein Glas gießen oder meine Asche in den Mülleimer kippen, wenn ich mich morgens rasiere, bin nicht ich es, den ich rasiere, ich bin unsichtbar, habe keine weißen Haare und seife kein grauhaariges Kinn ein, das mir nicht gehört, vor unserem Fenster in Reguengos holte Senhor Dimas im Sommer immer den Stuhl aus seinem Laden, stellte ihn auf den Platz, band den Kunden das Handtuch um den Hals

die Wildtauben flogen vom Brachland auf

und rasierte sie in der Sonne gegen den Strich, ich erinnere mich an den Geruch von Sublimat, wenn sie vom Sitz aufstanden, und an Senhor Dimas, der stolz das Messer reinigte und ihnen in die Wange kniff

– Wie ein Kinderpopo wie ein Kinderpopo

Reguengos, eine Reihe Mönchsgrasmücken auf der Veranda der Kooperative, die ambulante Stierkampfarena, die sie am Ausgang des kleinen Städtchens aufbauten, wo die Stiere in einem Lastwagen eingesperrt waren, der nach Chlorbleiche roch, der Besitzer behandelte ihre Wunden vom vorherigen Kampf mit einer Kleesalbe, wir spähten hinein, und unglückliches Muhen, falls Sie mal nach Reguengos kommen sollten, der Barbier ist seit Ewigkeiten auf dem Friedhof, und keine einzige Mönchsgrasmücke als Anschauungsexemplar, wenn die Krankenschwester oder Elisa ahnten, daß ich so alt bin wie er, wenn sie mir glaubten, würde ich ihnen sofort erzählen, wo die Mönchsgrasmücken schlafen, eine der beiden, ich glaube, die Krankenschwester, weil Elisa mit dem Cousin

– Ich weiß im übrigen nicht genau ob es ein Patient oder eine Patientin ist mir kommt er wie ein Mann vor aber er kommt mit dem Ehemann

die Stiere aus dem Lastwagen rissen sich an den Nägeln blutig, und der einzige Matador trank Bier mit der Geschiedenen von der Pension, Elisa, die um die Hüften dicker wurde, wartete im Imbißladen auf mich und hatte den Fußknöchel fragend in die Luft gereckt, auf dem Korridor rief einer meiner Kollegen

– Bernardino

ein Wasserhahn ging auf und zu, schnelle Schritte

manchmal kreisten Mönchsgrasmücken wie Matrosen schwankend um den Platz, in jedem Sprechzimmer Reproduktionen französischer Maler und Flecken auf der Pappe, als wenn Fett oder Pilze

– Warte mal Bernardino

die Stühle aus dem Sprechzimmer auf den Platz tragen und die Kollegen in der Sonne rasieren, während die Stiere, die mir wie ein einziger mit mehreren Köpfen vorkamen, sich zwischen den Brettern bewegten, Bernardino, der gewartet haben mußte, denn

– Ich habe schon geglaubt du seist taub geworden

die Leiter des Geschöpfs, das saubermachte, wurde auf dem Fußboden entlanggeschleift, und da, der Feuerwerker aus Évora mit einem Bündel Rohrstöcken, und ich, lassen Sie mich einen abschießen, Senhor Borges, wie schwer es ist, seit September achtundfünfzig Jahre alt zu sein, Hexenschuß, Bluthochdruck und immer noch Böller mögen, die Krankenschwester hatte es eilig, mich zu verlassen

alles verläßt mich heutzutage

– Soll ich sie reinkommen lassen Doktor?

noch eine, die mit Herr Doktor angefangen hat, jetzt ist sie schon bei Doktor, und eines Tages

so wie die Dinge laufen

breitet sie mir ein Dokument auf dem Schreibtisch aus, zwinkert komplizenhaft, amüsiert in die Runde, laß den Methusalem ruhig zahlen

– Ich habe den Ehering verpfändet

und ich auf der Suche nach der Brille und fülle den Scheck wegen dieses Zahns aus, Senhor Borges reicht mir einen Rohrstock

– Die Zeit vergeht achtundfünfzig Jahre stimmt das wirklich?

er genau wie immer, da ich ihn nie wiedergesehen habe, ich mit diesem Elend an der Wirbelsäule, und der Masseur versichert mir mitleidig, daß ich mich für mein Alter gut gehalten habe, als er mich danach fragte, habe ich gelogen, habe bereut, gelogen zu haben, erklärte, daß ich mich immer verrechnete, sein Kugelschreiber verwandelte die zwei in sieben, es ist erniedrigend, daß Polizisten und Minister jünger sind als ich, als mein Vater siebzig wurde, hat er mir eine Nachricht aus der Zeitung über einen Siebzigjährigen gezeigt, der von einem Zug überfahren worden war, und im letzten Satz haben sie den Leichnam des Greises ins Leichenschauhaus gebracht, die Krankenschwester betrachtete meine Überreste am Rand der Uferstraße, kein Problem mit dem Fuß, ihre Haut rund, glänzend, sie küßte Bernardino, ihre Arme, mein Gott, ein Lächeln, ein Lächeln, wenn sie es mir schenken würde

– Soll ich sie reinkommen lassen Doktor?

kein Hexenschuß und das Cholesterin eines Kindes, nur als Hommage an das Lächeln, während die Böller in kleinen Wölkchen zerplatzten, und die Tauben von Cardal Florido vor Angst schrumpften

– Laß sie reinkommen Risoleta

der Name auf einem Blech auf Brusthöhe, in Cardal Florido der Bauernhof meines Großvaters in Schußweite, und mein Großvater, der sich im Schnurrbart an mich wandte

– Kratz mich an dieser Schulter da Luciano ich komme da mit den Nägeln nicht ran im gelben Schurrbart zwischen Nase und Lippe

– Der Tabak Junge

unter dem Gelb tiefgelbe Zähne, zwischen denen er eine kleine feuchte Zigarette herauszog, der Totenschädel zeichnete sich ab, und die Gesichtszüge beim Ziehen zwei Höhlen, Glut trat aus der Asche hervor, leuchtete einen Augenblick lang auf, der Bauernhof hier im Krankenhaus, der Traktor verschluckte Steine, Bernardino traf Elisa in der Pastelaria und zog das Jackett zurecht

– Hallo

das Geschöpf, das saubermachte, kam auf allen vieren vor meiner Tür mit einer Bürste und Seife vorbei, jemand klimperte im Verbandskabuff mit Metallteilen, ich habe Medizin studiert, weil in Reguengos der Arzt bei der Messe das Wasserkännchen reichte und die Männer den Hut abnahmen, während er niemanden grüßte, wenn er Interesse an den Böllern zeigte, brauchte es nur ein Wörtchen, und Senhor Borges stolz

– Sie gehören Ihnen

während er bei mir

– Laß es gut sein Junge

die kleinen Wölkchen, und der Knall nicht am Himmel, hier unten hallte er an den Wänden der Kirche wider, und die Apfelsinenbäume am Platz ließen Obst auf den Boden fallen, Risoleta führte die besagte Frau und den Mann herein

– Hier entlang hier entlang

achtundfünfzig Jahre, und wahrscheinlich die Prostata

ganz bestimmt die Prostata

ich bemerkte, daß einer der Brillenbügel an der Schraube wackelte, sah, daß ein Kleid und ein Paar Hosen dort herumschwebten, zeigte ihnen die Barbierstühle in der Sonne, die ebenfalls an den Wänden der Kirche widerhallte, wenn mein Großvater den Schnurrbart stutzen ließ, schlief er im Handtuch ein, der Barbier zog die Zigarette aus der Zange der Eckzähne, und der Totenkopf schreckte hoch, als er am Nichts saugte

– Was ist?

mein Totenkopf fängt an sich abzuzeichnen, ehrlich, sehen Sie nur die Knochengrate, wenn Sie mich auf dem Teppich schlafen sähen, würden Sie mich mit einem Taschentuch zudecken

– Er ist tot

so wie der Leichnam meines Großvaters im Wohnzimmer ausgestreckt unter der Leinenserviette schlief, Risoletas indische Armreifen wurden auf dem Flur immer leiser

– Adieu

das Kleid und die Hose materialisierten sich auf den Hockern und verwandelten sich in Gesichter, eine blonde Perücke, Ohrringe an einem Totenkopf, der meinem ähnelte, und der Totenkopf eines Jungen an seiner Seite, beide stumm, ohne Zunge, ohne Haut, entmutigte Skelette, die mir die Laborwerte reichten, die Bluse dort, wo mal ein Arm war, an der Naht eingerissen, im Fenster verließ ein Krankenpflegerhelfer im Blaumann den Block der Verwaltung, machte die Kette vom Gasspeicher auf, fünf oder sechs Flaschen, die von einer Ulme beschattet wurden, ein Schild

Feuerwerk entzünden verboten

drehte sich zitternd am Drahtgeflecht der Tür, der Arzt

reichte bei der Messe das Wasserkännchen und grüßte niemanden, zog das Stethoskop aus dem Koffer, hieß mich husten und ging schweigend, während der Paarungszeit knisterten die Tauben den ganzen Tag im Hafer, Dona Isaura im Badeanzug auf der Terrasse des Holländers, und meine Mutter, warum, weiß ich nicht

– Idiot

die beiden Totenköpfe schauten mich wartend an, wenn ich an den Vormittagen, an denen ich Sprechstunde hatte, ankam, waren da Dutzende von Verstorbenen wie diese hier, Regenschirme, Handtaschen, soll ich Ihnen die Schulter kratzen, Großvater, dort, wo Sie nicht mit den Nägeln hinkommen, ich zur blonden Perücke

– Wie heißen Sie gnädige Frau?

eine Pause im Knistern der Tauben, der Krankenpflegerhelfer im Blaumann machte die Tür wieder zu, und das Geräusch der Kette kam danach, nur einen Böller, Senhor Borges, der andere Totenkopf, der vom Jungen

– Soraia

ein kleines, an den Rohrstock gebundenes Säckchen voller Pulver, man zündete das Streichholz an, hielt das Streichholz an die Lunte, das brauchen Sie mir nicht beizubringen, Senhor Borges, man zündete das Streichholz an, hielt das Streichholz an die Lunte, die blonde Perücke, die einen der Ohrringe abzog und das Ohr massierte

das Stück vom Ohr, das die Totenköpfe manchmal

korrigierte den Jungen

– Ich heiße Carlos

als ich die Brille aufsetze, tatsächlich ein Stück Ohr, Stücke von Gelbsucht, die Lippenstift und Cremes nicht mehr verbargen, die Art von Helligkeit, die die Sterbenden umhüllt, meine Mutter beispielsweise, man brachte ihr einen kleinen Teller Hühnerklein, und sie suchte den Löffel und fand den Löffel nicht

– Findest du mich anders?

daher schrieb ich Carlos

der Barbier seifte meinen Großvater ein, bevor sie ihn im Hemd, im Anzug versteckten, seifte meinen Vater ein

dachte dabei nicht an Elisa, an meine Frau, die allein im Zimmer war, an meinen leeren Sessel

ich hatte mich geirrt und Luciano geschrieben, ich strich es aus und schrieb Carlos, und der Junge krümmte sich, als habe er eine Magenkolik

– Sie heißt Soraia und ich bin ihr Mann

suchte was auch immer in der Tasche, ließ die Tasche, kein Herr Doktor, weder Doktor noch Freund, ich hätte der Krankenschwester sagen sollen

– Ich kann jetzt nicht

hätte sagen sollen, indem ich die Unregelmäßigkeit am Zahn vergaß und das da an der Taille, was mir das Gefühl gab, alt zu sein

– Morgen

morgen, denn achtundfünfzig Jahre, das Cholesterin, die Prostata, und eine Reihe Mönchsgrasmücken wartet in Reguengos auf mich, früher ein oder zwei, jetzt Dutzende, Hunderte, ich schaue auf die Veranda, und da sind sie, ich schaue um mich, und das Geländer leer, Elisa, die an der Decke zog

– Was war das jetzt schon wieder?

und selbst ohne das Licht anzumachen, wußte ich, daß die Mönchsgrasmücken wieder da waren, in ihrem Gesicht hackten sie nach mir, die Totenköpfe berieten sich, und indem sie sich berieten, ein Auseinanderfallen von Rippen, Wirbeln, es ist die Krankheit, nicht wahr

oder, anders gesagt, die Wolken der Böller, und ich buchstabierte die Wolken, noch bevor die blonde Perücke

– Es ist die Krankheit nicht wahr?

eines Nachmittags im Alentejo das Skelett eines Kalbes, das die Füchse ausgezogen hatten, Knorpel auf dem Boden, ein kleiner Fetzen Haut, aasfressende Vögel watschelten ohne Angst vor uns herum, meine Schwester und ich

– Lauf weg Luciano

wir rannten nach Hause, und zu Haus kein einziger Knochen, Vorhänge, Teppiche, meine Mutter, die die Kerzenhalter vom Piano scheuerte, in denen nie Kerzen

warum stecken Sie da keine Kerzen rein, Mutter?

die blonde Perücke löste sich vom Schädel, sie heißt Soraia, ich heiße Carlos, sie heißt Soraia, ich bin ihr Mann, der gleiche Schrecken wie der meiner Schwester, als sie über das Kalbsskelett stolperte

– Das ist die Krankheit nicht wahr?

nur kein Haus da, in das sie sich flüchten kann, auf dem Bild im Sprechzimmer ein Gentleman mit Gamaschen, der eine Dame mit einem Collier fragt, das ist die Krankheit, nicht wahr, lauft, ihr seid nie dagewesen, habt niemals eure Knochen im Krankenhaus gefunden, auch wenn die Wohnung in einem alten Erdgeschoß liegt, eine Franse vom Taschentuch an den falschen Wimpern, und auf dem Grund der falschen Wimpern regnet lautlos die Zeder im Príncipe-Real-Park, wenn wenigstens die Kapverdianer aus Chelas ihnen helfen würden

– Helft uns

der Ehemann in einem Paillettenleibchen, das als Pullover diente, log wie Elisa, wenn ich sie fragte

– Magst du mich?

(würde ich sie mögen?)

ein Seufzer zur Decke, ihre Taille verschwindet aus meiner Hand, bereut es, denn, denk nicht einmal im Traum daran, die Goldmine von einem Doktor aufzugeben, um so mehr, als du behindert bist

– Ich habe schon zwanzigmal ja gesagt

lügen wie Elisa, ins Feld führen, es sei vielleicht nicht die Krankheit, wir machen die Laboruntersuchung noch einmal, und die Zeder abwesend, die blonde Perücke lächelt, der Gutsverwalter, der das Kalb begraben hatte, versichert den Totenköpfen, versichert meiner Schwester

– Sie haben einen Alptraum gehabt haben sich geirrt ich habe keine Knochen gesehen gnädiges Fräulein

ich kann weiterarbeiten, denn es geht mir ausgezeichnet, Dona Amélia, nur ein vorübergehendes Fieber, diese Herbstgeschichten, die Ganglien sind schon kleiner geworden, ich fühle mich nicht mehr schwach, das Gewicht, das ich hatte, in höchstens drei Wochen, sagen Sie dem Geschäftsführer, daß ich heute die Vorstellung mache, morgen, an jedem Wochentag, ein Irrtum vom Labor, eine Verwechslung bei den Nummern, den Hörer auflegen, Marlene anrufen

– Rate mal was sie mir im Krankenhaus gesagt haben mein Kindskopf?

ruhig, versöhnt, glücklich um sich schauen, und da schaut der Totenkopf sie zufällig an, nicht ich, nicht ich, das schwöre ich, ein Verstorbener, Micaela, die Mumien aus der Geisterbahn, die langsam, mit den Gliedern schlackernd, zwischen Judas, dem Gehenkten, und der Hexe hochkommen, die eine Eidechse streichelt, keine aus Gummi, ein echtes Tier, obwohl dein Verlobter schwört, daß alles falsch ist, wir beide

– Große Güte

achte mal darauf, wie dieses Handgelenk zittert, was ist mit meinem Handgelenk los, man legt den Zeigefinger darauf und begreift, daß das Herz ausgesetzt hat, Micaela deckt mich mit einer Decke zu

– Mach dir keine Sorgen das sind die Nerven

wir haben so viele Vorführungen zusammen gemacht, sind zusammen in einem Zirkus durch die Provinz gezogen, erinnerst du dich noch daran, der Zeuge Jehovas, der uns die Bibel hingestreckt hat

– Bekehrt euch

uns zeigte, wie der Atem Gottes Städte zerstörte, wir schlossen den ersten Teil mit deinem Tanz mit den Clowns ab, der, der nach Wein roch, hielt uns fest

– Bis später?

Micaela zu meinem Sohn

– Bring Wasser

mein Sohn ist seiner Mutter aus dem Gesicht geschnitten, wer weiß, wo sie seit Jahren ist, und verschüttet Wasser auf dem Boden, wahrscheinlich in Bico da Areia, oder sie ist wieder mit jemandem verheiratet, der sie nicht mit Anschuldigungen, Mißtrauen quält, sie stöberte in meinen Taschen, wühlte in meiner Wäsche, entdeckte ein Foto und zeigte mir das Foto, Alcides und ich umarmt am Strand

– Warum Carlos?

zerriß das Foto, warf es in die Margeriten, ich, ohne mich zu rühren, sagt mir einen Grund, weshalb ich einen Finger rühren sollte, und obwohl ich mich nicht bewege, meine Frau

– Halt mich bitte nicht fest

Micaela hielt mich fest, neigte das Glas, nur einen kleinen

Schluck, nun mach schon, es Dona Amélia erklären, die mich von der Tür aus beobachtet, nicht wagt einzutreten, sie ähnelt der Frau, die mit dem Gentleman mit den Gamaschen auf dem Bild im Krankenhaus redet, die Schüchternheit, das Flehen, sie beruhigen, genau wie Micaela

wir sind zusammen mit einem Zirkus durch die Provinz gezogen, und um zehn Uhr spielte das Orchester vor einem leeren Parkett, das heißt, ein Piano und zwei Trompeten

genau wie Micaela mich beruhigt hat, sorgen Sie sich nicht, Dona Amélia, denn ich bin doch gesund, sagen Sie dem Geschäftsführer, daß ich gleich auftreten werde, allerspätestens morgen, ein vorübergehendes Fieber, hat der Arzt gesagt, und Dona Amélia, als würde das Taschentuch ihr die Luft nehmen

– Aber natürlich

wenn sie mir nicht glaubt, dann soll sie doch den Arzt bei der Sprechstunde fragen, was meinen Sie, Doktor, seine Augenbrauen viele Tauben auf der Flucht

die Böller von Reguengos

nächste Woche, gnädige Frau

ich gnädige Frau, ich gnädige Frau, haben Sie es gemerkt, Dona Amélia, daß ich gnädige Frau, sehen Sie

der Doktor stöbert in Kalbsknochen, nicht Knochen, die mir gehören, in Kalbsknochen, nächste Woche ein Kongreß in Wien, wenn ich aus Wien wieder zurück bin, bringt mir eine neue Analyse, vielleicht doch nicht die Krankheit, ihr Ehemann, hast du gehört, Soraia, vielleicht nicht die Krankheit, meine Mutter, die den Löffel nicht findet, nicht wußte, wozu ein Glas gut ist, ein Teller

– Findest du mich anders?

war überrascht, fragte uns nach der Uhrzeit, nicht

– Wieviel Uhr ist es?

eine unvollendete Arabeske, die auf die Uhr zeigt, wir sagten ihr die Uhrzeit, und sie

– So früh

nächste Woche Wien, der Kongreß, das Hotel Mailberger Hof,

es gibt keine Totenköpfe, es gibt keine Verstorbenen, es gibt keine Elisa, meine Frau strickt vor dem leeren Sessel, das Geschöpf, das saubermacht, späht, auf den Wischmop gestützt, ins Büro oder, besser gesagt, späht die blonde Perücke aus

– Mein Gott

und die blonde Perücke

– Ich bin Künstlerin Doktor

bin Sängerin, bin Tänzerin, bin Schauspielerin, meine Eltern haben mich ins Theater in Beja mitgenommen, in dem zornige Personen in ausländischer Sprache herumschrien, ein Vorhang schloß sich ruckelnd und schief vor einem letzten Schrei, ein Hund bellte in den Kulissen oder in einer benachbarten Gasse, nah und fern wie die Geräusche auf dem Lande, wenn die Dämmerung beginnt, das Knistern der Nußbäume am Tisch zwischen uns, die Ziegen atmen in den Kleiderschränken, man zog eine Schublade auf, und nur Lavendel, Tischtücher, ich drehte die Tischtücher um, und die Ziegen abwesend, mit den Nußbäumen der Elfuhrpostzug und eine Laterne, die zwischen den Schienen schaukelte, meine Mutter

– Hört ihr nicht?

als die Lampen im Theater angingen, traten die Künstler

die falschen Wimpern, Ringe, Ohrringe

– Ich bin eine Künstlerin

aus dem Vorhang, den ein alter Mann zur Seite hielt

ich hätte schwören mögen, auch er achtundfünfzig Jahre alt, das Cholesterin, der Hexenschuß

so wie ich am Wagenschlag, damit Elisa vorbeiging, ihr Vater in einem Anzug, der mir gehört

mir gehörte

zwinkert seinen Freunden zu

– Ein Gentleman dieser Doktor

sie schickten mich los, einen Strauß was auch immer an die zu übergeben, die geschrien hatten, ich ging eine seitliche Treppe hinauf, wo Kulissen aufgestapelt lagen, und ein Herr

– Geh da entlang

die Künstlerin erwartete mich mit übertriebener Sympathie, von nahem gesehen war ihr Mund in ätzende Falten gelegt, meine Mutter zu meinem Vater

– Du hättest den Fotoapparat mitbringen sollen

auch eine Perücke, künstliche Fingernägel, die mich auf den Arm nahmen, mich zwangen, dem Beifall zu danken, während sie flüsternd, wütend im Inneren ihrer Sympathie empfahl, neig den Kopf, Idiot, und laut weiterredete, ohne Wut, mich am Ohr kraulte, obwohl es mir wie eine verächtliche Ohrfeige vorkam

– Wie heißt du Kleiner?

Teile des Straußes was auch immer ins Publikum warf, eine weitere Künstlerin stolperte über meine Schüchternheit

– Zieh Leine

wahrscheinlich war sie das hier, die ihre Laborwerte einpackte, ohne auf das Geschöpf zu achten, das saubermachte

– Mein Gott

wenn meine Eltern sich anschrien

spendete ihnen niemand Applaus

– Wollt ihr auch einen Blumenstrauß

die blonde Perücke und ihr Ehemann vor mir, und auf der Bühne Elisa, die den Ellenbogen wegzog und dabei so tat, als zöge sie den Ellenbogen nicht zurück

– Hak dich nicht bei mir ein Luciano

das Geschöpf, das saubermachte

– Mein Gott

meine Frau auf dem Sofa stimmt zu, ich komme nach Hause zurück, gib mir noch einen, noch zwei Monate, und Elisas Verachtung

– Wer ist die Alte Luciano?

hin und wieder, wenn ich gerade zufrieden im Wagen sitze, finde ich mich, ohne es zu bemerken, plötzlich auf der Avenida vor dem Haus wieder, habe nicht den Mut, hineinzugehen, wenn ich mir gerade überlege hineinzugehen, ein Nachbar, der Zahnarzt mit dem Jeep, der seine Post öffnet, die Briefe durchblättert, das Kinn hebt, und bevor ich mir dessen bewußt werde, drücke ich auf das Gaspedal und auf Wiedersehen, der alte Krämerladen, ein Modegeschäft, eine der Schaufensterpuppen

– Herr Doktor

die Kunstgalerie verlassen, die Konditorei, deren Namen sie geändert haben, von der Rückseite her feststellen, ob die Fenster erleuchtet, und es sieht so aus, als wären sie erleuchtet

erleuchtet

die Haushaltsgeräte in der Küche, der Boiler, die runde Uhr, die ich, seit sie die Zeit geändert hatten, nicht stellen konnte, die in sich selber in einer mal richtigen, dann wieder falschen Uhrzeit verschlossen war, aber wann richtig und wann falsch, man trank Wasser aus der Flasche aus dem Kühlschrank und schaute die Zeiger haßerfüllt an

– Was willst du mir sagen?

und die Uhrzeiger geistesabwesend, meine Frau

– Mit wem redest du da?

und wie soll ich ihr das erklären

sage mir das mal einer

daß meine Mutter da war, der von Zitronenbäumen umgebene Bauernhof des Holländers, Felsen mit Unkraut darum herum, von denen der Lehrer verlangte, daß wir sie respektierten

– Gräber lusitanischer Krieger habt Respekt

und nur Bekassinen auf diesen riesigen Steinen, wie erklären

– Mit wem redest du da?

daß meine Mutter da in der Uhr, der Geruch der Arzneien, Verwandte mit dem Rosenkranz, vorsichtige Füßchen, mein Vater zu uns

– Geht in der Anrichte spielen solange der Krankenpfleger

sie ersetzten ihr den Beutel oder so an der Lunge, bei uns nur Halspinsel, Tinkturen, wie Gesten erklären, die man an einem Ort suchte, wo sie uns nicht sah

– So früh

die eigene Stimme fremd finden, ihre Augen

– Nicht ich habe etwas gesagt

wie dich darum bitten, gib mir noch einen Monat, noch zwei Monate, wenn du wenigstens die verlogene, stumme Küchenuhr wegnehmen würdest, du löst sie vom Nagel, ohne zu verstehen, wie hättest du es verstehen können, du kannst es nicht verstehen

– Die Uhr?

du kannst es nicht verstehen, denn du kennst die Anrichte nicht

– Geht in der Anrichte spielen solange der Krankenpfleger

die Schüsseln, Gläser, der Pierrot aus der Kindheit meiner Mutter erschreckte uns, meine Mutter zu meinem Vater

– Ich bringe es nicht fertig die Puppe wegzuwerfen entschuldige

und da sie es auch nicht fertigbrachte, uns wegzuwerfen

– Ich bringe es nicht fertig euch wegzuwerfen entschuldigt

wir in der Anrichte, damit der Krankenpfleger den Beutel der Lunge auswechseln konnte, der Zahnarzt mit dem Jeep mit mir im Fahrstuhl, öffnet einen Brief mit einem Schlüssel, grüßt mich, und während er mich grüßt, die Stockwerke langsamer, als wenn ich allein, erster, zweiter, dritter, sobald die 3 leuchtete, verlöschte die 2, wechselte von der 3 zur 5, wobei es bei der durchgebrannten 4 eine Pause gab, man merkte, daß es die 4 war, da die Nummer grau, gleich unterbricht er die Lektüre und zieht einen Spatel aus der Jackentasche, tritt zu mir

– Na dann wollen wir mal sehen

eine Puppe, die im Herbst vom Kürbiskompott nach hinten verbannt wurde, und nur die Spitze des Hutes, unsichtbar

– Raquel

meine Mutter Teresa, meine Großmutter Manuela, meine Schwester auch Manuela, sie hat den Bauernhof geerbt, den der Ehemann an Ausländer verkauft hat

man hat mir erzählt, es seien Schotten

und er dennoch

– Raquel

– Wie heißen Sie gnädige Frau?

wie schwer die Worte fielen, verdammt, man vergißt, wie schwer Worte fallen, die Karteikarte auf die Tischplatte legen, und der andere Totenkopf, der vom Jungen

– Soraia

zu schnell, um ehrlich zu sein

– Soraia

zu angespannt, nicht herausfordernd, angstvoll, ich bin keine Schwuchtel, glauben Sie bloß auch nicht einen Augenblick, daß ich eine Schwuchtel bin, Doktor, sie heißt Soraia, ich bin ihr Mann, gekrümmt, als habe er eine Magenkolik, und die blonde Perücke, die einen der Ohrringe abzog und das Ohr massierte, widersprach dem Jungen

– Der Pierrot sagt, daß Mutter Raquel heißt

und meine Mutter

– Ich heiße Carlos

und meine Mutter mitten im Zimmer

– Raquel wie merkwürdig

eine Tante meiner Mutter, glaube ich, es heißt, daß nachts

der Gutsverwalter sagte, daß nachts eine gequälte Seele den Ehering im Brunnen suchte, aber die Gutsverwalter, die Armen, die glauben an gequälte Seelen und Werwölfe und Geister, in der Nacht oder der folgenden meine Mutter am Brunnen, wir haben sie mit der Taschenlampe geholt, und sie stocherte mit dem Regenschirm im Schlamm

– Wartet

sie zitterte so sehr

mein Vater, in der Tasche die Pistole, um sich gegen die Gespenster zu verteidigen

obwohl nur die Gutsverwalter, die Armen

ließ den reglosen, niedergeschlagenen Pierrot von den Kompottgläsern verbrennen, kaum war er verbrannt, da wurden schon die kleinen Kohlestückchen am Ende des Feldes weggeschüttet, und die Pistole kehrte in den Schreibtisch zurück, an einem Feiertag, an dem er mit uns auf Rotkehlchenjagd ging, meine Schwester

– Guck mal

ich glaubte wegen des Glitzerns, daß es ein Stück Mika war, und statt des Stücks Mika ein Ehering, in dem Rolando stand, mein Vater nahm ihn nicht in die Hand, steckte einen Stock hindurch und befahl uns, niemandem davon zu erzählen, und sagte immer wieder Rolando, fragte meine Großmutter beim Abendessen

– Wie hieß noch der Verlobte Ihrer Tante Raquel?

– Lüg den Doktor nicht an Rui warum den Doktor anlügen ich heiße Carlos ich heiße nicht Soraia

und indem ich besser achtgab, wurde mir klar, daß er weder nach Parfüm noch nach Deodorant, noch nach diesen Cremes roch, die sie immer benutzten, er roch nach Glyzinien und nach ärmlichen Blütentrauben, nach so etwas wie Flußmöwen, der künstliche Nagel vom Daumen verlorengegangen, ohne daß es ihm aufgefallen wäre, die blonde Perücke, die sich von der Stirn löste, während die Kletterpflanze wuchs und die Spur eines Bartes verbarg, und die Handtasche mit kaputtem Verschluß, der Junge

– Ich bin ihr Mann

bestand aus Stolz darauf

– Sie heißt Soraia Doktor geben Sie nichts darauf

und unvermittelt, warum, weiß ich nicht, saß ich im Auto, spähte das Gebäude mit meiner Wohnung aus, wartete darauf, daß ein Fenster erleuchtet war, wartete darauf, daß du

ein Bronzefasan in der Mitte des Tisches, der heilige Georg, wie er mit dem Drachen kämpft, in einem geschnitzten, vergoldeten Holzrahmen

als sie den Bauernhof verkauft haben

– Wie hieß noch der Verlobte Ihrer Tante Raquel?

haben sie auch das Bild verkauft, ich hatte das Gefühl, ihm

bei einem Antiquar in Sintra begegnet zu sein, bin aber sofort ausgewichen, um keine Gewißheit zu haben, der heilige Georg zu Pferde mit Rüstung und Helm, der Drache, der sein kleines Feuerzischen hinauf zum Schwert richtet, die Ohren zuhalten, nicht die Antwort hören, und noch bevor ich die Ohren zugehalten hatte, meine Großmutter

– Jerónimo

überwachte ich das Gebäude mit meiner Wohnung, wartete darauf, daß du am Fenster, noch zwei Monate, und ich komme zurück, bitte den Zahnarzt mit dem Jeep

– Mit Verlaub

damit das Gepäck reinpaßte, und der Zahnarzt schaute, indem er die Lektüre unterbrach, auf den Koffer, schaute mich an, im sechsten Stock aussteigen und wieder seine Fußmatte, wieder hinunter ins Parterre fahren, obwohl du allein im Wohnzimmer, weggehen, fliehen, um Verzeihung bitten, ohne daß du mich hörst, das Gepäck ins Auto schieben, dir versichern

nimm es mir nicht übel

daß ich nicht dorthin gehöre, Elisa, die gerade die Zähne putzt, verärgert, mich zu sehen, das Gepäck in der Diele stehenlassen, wenn ich versuchen würde, sie zu küssen

– Bei dieser Hitze Luciano?

daher eine der Zeitschriften aus dem Korb nehmen, ohne nachzudenken, ohne zu lesen, warten, bis sie eingeschlafen ist, um mich neben sie zu legen, zögern, ob ich sie streicheln soll, sie streicheln, bereuen, sie gestreichelt zu haben, da die Schulter

– Laß das

und ich unangenehm berührt beim Gedanken, daß der Zahnarzt mit dem Jeep sie gehört haben könnte, ich gehörte nicht hierher, mein Vater drehte den Kamm des Fasans zum Fenster, wo der Schatten des Brunnens

– Ich dachte er hieße Rolando

ich fragte im Antiquariat in Sintra nach dem Ölgemälde mit dem heiligen Georg, und ein Dicker mit einem Kinderlolli

– Um nicht zu rauchen Kumpel

kam von Frisierkommoden, Eckregalen, Konsolen her angesegelt

– Der ist nicht zu verkaufen Kumpel

da haben Sie es, nicht Herr Doktor, nicht Doktor Kumpel, demnächst Luciano und du

– Der ist nicht zu verkaufen Kumpel

der Lolli versuchte, mir ein paar Louis-VI-Stühle, Dutzende von Kuhglocken an der Wand aufzudrängen oder mich damit zu trösten, und genervt, wie jemand, der Offensichtliches erklärt

– Das wird heute in den Ferienhäusern benutzt Sie klingeln und statt einer Klingel Kuhglocken das erinnert ans Landleben wissen Sie

immerhin nicht du, sondern Sie, an einer zweiten Wand an Drähten aufgehängte Scherben von Fliesen, Reste von Landschaften, von Wildschweinen, Märtyrern, ich glaubte den Kamm des Bronzefasans zu sehen, aber in dem Augenblick schien die Sonne ins Fenster, und mit der Sonne war der Plunder wertlos, kein heiliger Georg, ein Bild, auf dem ein Eroberer über einen Graben springt, der Drache ein verletzter Indio mit lächerlichen Federn, vielleicht auf unserem Bild ein verletzter Indio mit lächerlichen Federn, mein Vater zu meiner Großmutter, im Grunde nicht zu meiner Großmutter, zu sich selber

– Ich dachte er hieße Rolando

meine Mutter

– Rolando?

der Arzt hat mich beruhigt, Micaela, er sagt, daß im Herbst jede Menge Viren unterwegs sind, ich mache die Untersuchung noch einmal, und wenn er aus Wien zurückkommt, Dienstag oder Mittwoch

Hotel Mailberger Hof in der Annagasse, Hotel Mailberger Hof

er läßt uns in die Sprechstunde kommen, wir geben ihm die neuen Laborwerte

– Vollkommen normal gnädige Frau kein Grund zu erschrekken

und das war's dann, erinnere mich daran, daß ich ihm eine Einladung für die Show schicke, am Ende der Sprechstunde, als er sich verabschiedet

Ehrenwort

– Sie riechen nach Glyzinien wußten Sie das?

nicht mehr und nicht weniger, ich schaue ihn an, Rui sprachlos

– Sie riechen nach Glyzinien wußten Sie das?

und unmittelbar Bico da Areia, Judite, die Stuten der Zigeuner, die vom Meer zurückkommen, ich

wie soll ich es anders ausdrücken

zufrieden, nicht sehnsüchtig, zufrieden, die Albatrosse, die Brücke, mein Sohn

mein kleiner Neffe, ich hatte Lust

du wirst mich auslachen, lach mich nicht aus

zu tanzen, zum Glück hat mich Rui zur Ordnung gerufen

– Soraia

und das Geschöpf, das saubermachte, schaute uns mit diesem Gesicht an, mit dem sie uns immer anschauen, bekreuzigte sich

– Mein Gott

aber ich habe ihm die Hand gegeben, und er hat mir die Hand gegeben, wir haben uns die Hand gegeben, und ich begriff

Hotel Mailberger Hof, ich im Hotel Mailberger Hof mit Reproduktionen flämischer Meister

spanischer, italienischer?

Möbeln, die Empire nachahmten, zwei Fläschchen Sankt Leopold auf einem quadratischen Deckchen

ich begriff, daß er mich beruhigte, daß er mich für gesund hielt, daß er mir Glück wünschte, die Lippen bewegten sich, aber man hörte nichts, er stand sehr aufrecht da und machte den Mund auf und zu, Rui

– Was hat das Männlein bloß?
und ich näh
zwei Fläschchen Sankt Leopold auf einem quadratischen Deckchen
ich näherte mich
– Doktor
und der Doktor
– Rolando
das Zimmer war groß, mit Reproduktionen flämischer Meister
spanischer, italienischer?
Möbeln, die Empire nachahmten, zwei Fläschchen Sankt Leopold auf einem quadratischen Deckchen. Das Bett kam ihm zu groß vor, wirkte so, als hätte es in der Nacht zuvor für die Totenwache eines würdigen Leichnams gedient. Er hatte im übrigen das Gefühl, einen Herrn mit Lackschuhen auf der Überdecke ausgestreckt zu sehen, der ein Kruzifix in den Fingern hielt und dessen Gesicht mit einem Taschentuch bedeckt war. Vom Fenster aus sah man die Annagasse
eine Straße ohne Autos
und ein neapolitanisches Restaurant dreißig Meter weiter. Als er wieder zum Bett hinüberschaute, nachdem er das Fenster über der Annagasse geschlossen hatte, war der Herr mit den Lackschuhen verschwunden. Aber der Abdruck des Körpers auf der Überdecke war noch da. Er nahm den Kugelschreiber, der dem Wein Gesellschaft leistete, und begann die Karte für das Frühstück auszufüllen, die oben ein Loch für den Türknauf hatte. Er zögerte wegen des Leichnams, ob er zwei Personen oder eine Person eintragen sollte. Entschied sich für eine Zwischenlösung und bat um *2 Eier im Glas*: Dreißig Schilling ist nicht viel Geld. Zudem sind die Österreicher freundliche Menschen: Ein Kärtchen verkündete: *Wir sind immer zu Ihren Diensten*
wir sind immer für Sie da
und die Dame am Empfang, mit geschminkten Augen hinter

der Brille, schenkte ihm ein gütiges Lächeln über dem Stadtplan von Wien. *Wien.* Eine geruchlose, schwerelose Stadt

vielleicht das Aroma von Zucker

die ihn vage an Paris erinnerte, allerdings leichter, sanfter, intimer. Die Biskuittextur der Haut der jungen Mädchen begeisterte ihn, insbesondere wenn das Gelächter wie Glasschalen zerbrach. Er füllte die Karte fürs Frühstück ganz aus, hängte sie vor die Tür und wollte sich gerade hinlegen: Die Erinnerung an den Verstorbenen mit den Lackschuhen hielt ihn zurück. Ein Sessel stand vor dem Fernseher mit sechsunddreißig Kanälen. Er schaltete aus Respekt vor dem Toten den Ton nicht an. Das erste Fläschchen Sankt Leopold, auf dessen Etikett ein Palast gedruckt war, schmeckte wie Mundwasser, und daher öffnete er den Verschluß des zweiten nicht mit dem Metallöffner. Das Telefon hatte weiterhin den bedrohlich stummen Ausdruck, den laute Dinge haben, wenn sie keinen Lärm machen. Die elektrische Uhr verkündete mit roten Ziffern 2234. Eine Heilige Jungfrau mit gesenkten Augenlidern hielt das Jesuskind und einen kugelrunden Freund gegen gespenstische Zweige und einen stürmischen Himmel. Er zählte die Zehen vom Jesuskind und dem kugelrunden Freund und ärgerte sich, daß die Zahl stimmte. Obwohl er nicht älter als drei oder vier Jahre war, litt der Freund schon an Überbeinen. Das mußte etwas sein, das zu Zeiten des Malers sehr geschätzt wurde. Als er den Kopf nach links wandte, traf er im Spiegel des Kleiderschrankes auf sich selber. Er nutzte das, um sich im Profil hinzustellen und den Bauch zu begutachten. Er zog den Gürtel enger und begutachtete erneut den Bauch. Außer dem Bauch mißfiel ihm die Tatsache, daß das Hemd nicht zur Krawatte paßte und Krawatte und Hemd nicht zur Hose paßten. Er fand sich zu alt. Die Uhr war von 2234 auf 2243 gegangen, und er hatte die Zeit nicht bemerkt. Nein: 2244. Er suchte die Speisekarte mit dem Foto von verschiedenen Gemüsesorten

und so gesund

einer Pfeffermühle und einer Schüssel Sauce, er ging die Seiten durch, kam beim Rahmgulyash an, gab es auf. Rahmgulyash mit Serviettenknödeln. Er stellte die Speisekarte wieder gegen die Lampe, und die Uhr, unversöhnlich, 2249. Er wünschte sich, wußte aber nicht, wieso, es gäbe eine Bibel im Nachttisch. Es gab keine. Er nutzte die Gelegenheit, die Anweisungen im Falle von Feuer mit erklärenden Bildern zu lesen. Das letzte Bild zeigte eine liegende Frau, die rauchte, wobei die Zigarette von einem knallroten Kreuz bedeckt war: *Rauchen Sie bitte nicht im Bett.* Er warf einen heimlichen Seitenblick auf die Bettdecke: Der würdige Herr, der die Anweisungen befolgte, rauchte nicht. Vielleicht, wenn er ihm das Taschentuch vom Gesicht nahm. Er nahm es weg. Will heißen, er hatte die Absicht, es wegzunehmen, aber als er danach griff, war niemand auf der Bettdecke. 2255. Ländliche Szenen in Schwarzweiß auf zwei Stichen neben dem Badezimmer. Auf dem linken zwei Jäger mit geschultertem Gewehr und sehr hohen Bäumen. Ganz im Hintergrund ein Gebäude, das verlassen wirkte. Auf dem rechten Stich dasselbe Gebäude aus einem anderen Blickwinkel, dieselben Bäume, verschiedene Personen. Die Untertitel waren auf beiden dieselben: *Promenade Publique de Vienne* in schnörkeliger Schrift. Wahrscheinlich war Wien 1779 eine Art Landgut, da unter dem Titel verkündet wurde, daß dies

d'après nature

von Laurent Janfcha gezeichnet worden sei, einem Schüler des berühmten Professor Brand, dessen Berühmtheit 1780 verpufft sein mußte. Oder 81. Er beschloß, es sich aufzuschreiben, damit er nicht vergaß, am Empfang nach diesem Professor Brand zu fragen, für den die öffentliche Promenade von Wien die Proportionen einer Provinzansicht angenommen hatte. Mit ein wenig Glück würde er vielleicht die Jäger mit den Gewehren finden. Er verstand ebensowenig, warum die Seife im Bad Ginkgo Classic hieß. Er probierte Ginkgo Classic aus, und die Hände rochen hinterher nach Zeder. Es gab übrigens ein Bild von einer Zeder auf dem Ginkgo Classic, und dann stieß er auf acht Faune an der

Wand, die auf blauen Felsen hockten. Sollte der Fluchtweg voller Rauch sein, schließen Sie die Tür, und bleiben Sie im Zimmer. Machen Sie vom Fenster aus auf sich aufmerksam. Warten Sie auf die Feuerwehr. Wer würde auf die Nummer 329 achten? Apropos 329, die elektrische Uhr zeigte 2327. Das Jesuskind und sein kugelrunder Freund 5 Zehen an jedem Fuß. Wenn man die Faune mitzählte, 100 Zehen. Er nahm den Metallöffner und hebelte die zweite Flasche auf. Sie schmeckte auch nach Mundwasser, aber es verringerte seine Angst vor dem Sterben.

Kapitel

Es wird nicht lange dauern, und sie haben meinen Vater vergessen, denn niemand erinnert sich an einen toten Clown, so wie sie auch Marlene, Micaela, Sissi, Vânia vergessen werden, die zu alt sind, um im Keller zu tanzen, zu sehr aus der Form geraten, als daß ihnen das Privileg zuteil wurde, an einer Ecke zu stehen, aus einem Hauseingang ins Laternenlicht zu treten

– Hallo

und dann ist da niemand, ich hatte gedacht, ein Auto, das mich abschätzt

– Was kostet die Nummer?

sondern nur ein Hydrant oder der Widerschein eines Hotelnamens, der auf dem Bürgersteig zittert, immer derselbe Hotelname

Quartos Chambres Rooms Zimmer

der auf dem Bürgersteig zittert, se habla español, English spoken, aber weder Spanisch noch Englisch, Fähnchen am Tresen, ein Typ, der sich von der Zeitung aufrichtet, die weiß ich wie viele Wochen alt ist, und mit den Fingern das Doppelte des mit Bleistift auf das Plakat geschriebenen Preises angibt, den kleinen Finger und den Ringfinger zu komplizenhaftem Rabatt krümmt, und dennoch acht Finger, mit der Zigarette neun, neun Scheine, der Herr, neun Scheine Monsieur Señor Sir, es gibt kein Bad, aber ein kleines Waschbecken, nur haben sie uns leider und völlig grundlos das Wasser abgestellt, eine Treppe zum oberen Stockwerk, näher an Gott, manchmal hören wir seine Schritte auf dem Dachboden hin und her gehen, Ordnung in die Welt bringen, ich habe diejenigen, die nicht an ihn glauben, nie verstanden, denn Gott stellt einen anderen Radiosender ein, wirft mit unsicherem

Knie Schemel um, der graue Star, wissen Sie, die Augen, die müde sind von der Suche nach dem verlorenen Lamm unter so vielen Sündern, die zur Hölle verdammt sind, Wucherer, Polizisten, Gasgebührenkassierer, Gott ein bißchen unsicher auf den Beinen, das stimmt schon, aber barmherzig, aber gut, entschlossen, zu vergeben

– Kommt zu mir kommt zu mir

der Typ vom Hotel brachte ihm hin und wieder die Almosen eines Süppchens, denn Gott ist Witwer und hat zu Hause keinen Ofen, in Schlafanzug und einem Gummiumhang, seit diese Dachpfanne

– Diese verdammte Dachpfanne

die wegen des Hagels oder der Engel zerbrochen war

– Du hast doch die Bibel gelesen nicht wahr?

die ich, weil sie gegen mich aufgestanden sind, in die Finsternis verbannt habe, stell das Süppchen hier auf den Boden, stell den Hocker wieder hin, leiste mir einen Augenblick Gesellschaft, denn ich langweile mich im Himmel, sag deinen Gästen, daß sie Buße tun sollen, da die Stunde nah ist, bereitet die Arche vor, Monteiro, denn ich warte nur darauf, daß die Wasserwerke das Wasser anstellen, damit ich mich um die Sintflut kümmere, die Fähnchen auf dem Tresen zerfleddert, und das von Australien löst sich vom Stock, der Aschenbecher, der eine Metallschildkröte darstellte, man hob den Deckel, und der Ekel kalten Tabaks in der Muschel, also neun Scheine

na gut, acht

acht Scheine, der Herr, und die Nachbarschaft Gottes, was wollen Sie mehr, Gott entscheidet auf der Bettkante über das Universum, seit ein Aneurysma die Ehefrau, im Leben verkleidete er sich als Büroangestellter mit Fliege, peinlich genau, überlegt, beobachtete uns, studierte unsere Tugenden, guten Tag, guten Abend, und ließ niemanden an sich heran, damit man seine göttliche Natur nicht ahnte, aber kaum war der Sarg heruntergelassen, das muß etwa fünf Jahre her sein, hat er beschlossen, sich zu zeigen

– Ich bin der der ich bin

Marlene, Micaela, Sissi, Vânia wuchsen im Regen

– Hallo

auch Dona Amélia, man hat mir gesagt, auch Dona Amélia, ohne Pralinentablett, seit ihr Mann operiert wurde, nicht mit den anderen zusammen, allein, die Medikamente, die Verbände, gekochtes Hähnchen, alles teuer, ich dachte, ein Kunde

– Soraia

als könnte es Soraia sein, als wenn mein Vater, der nie alt geworden ist, denn unten auf dem Foto

nicht mit dem Kugelschreiber geschrieben, gedruckt und daher wahr

Soraia der Star, ich dachte, ein Kunde

so ein Quatsch

– Paulo

und ich merkte, daß die Angestellte aus dem Speisesaal aufhörte, sich anzukleiden

die Bluse mit den Ankern

wie viele Monate ist das her, wie viele Jahre, Gabriela?

die ich vergessen hatte, wie sie sich im Schlafzimmer besorgt um mich weitete

– Paulo

als würden plötzlich Dona Helena und Senhor Couceiro in ihr stecken, der gleiche Ausdruck, der gleiche zitternde Mund, die Angst, ich könnte

– Nerven Sie mich nicht

ich zu ihr oder zum Kunden im Auto

– Nerven Sie mich nicht

und beleidigt den Rückzug in den Hauseingang antreten, eine Schwuchtel, ein Transvestit, ein toter Clown, während Gott im Schlafanzug mich von dem kleinen Dachbodenfenster her ausspäht, mich aber nicht sehen kann, wenn ich ihn rufen würde, ein Befremden, ein Schreck, die Einsicht, übereilt gehandelt zu haben, als er alles in sechs Tagen schuf, und eine kleine schuldbewußte Segnung, mein Vater hielt immer noch einmal inne, obwohl die Musik bereits angefangen hatte, und der Angestellte für die Scheinwerfer

– Beeil dich

er hob den rechten Fuß und bekreuzigte sich, bevor der Vorhang der Bühne, Rui hatte zum ersten Mal eine Weste an, die Vânia ihm geschenkt hatte, und mein Vater mitten im Gebet

– Wir reden noch miteinander

Rui, rauchend an eine Säule gelehnt, Geld in der Tasche der neuen Weste

– Versprich mir daß du deinem Alten nichts sagst

und wir beide in Chelas, Caballero Monsieur Signore Sir English spoken, auf dem Treppenabsatz von Senhor Couceiro in Anjos oder, besser, dicht hinter uns der Esperantolehrer, ein Männlein mit weißem Bart mit einer Siamkatze, die ihm vom Schoß sprang, sich wie die Tauben aus den Taschen der Zauberer in Luft auflöste, das Schild neben der Klingel, esperanto parolata, er verweilte auf der Treppe, überzeugt, brüderlich, niemals ein Fleck, eine Falte, alle Bügelfalten perfekt, er mit Siamesen, die ihm vom Gürtel sprangen und sofort verflogen

– Es ist eine Frage von Monaten nicht einmal zwei drei und wir werden alle eine einzige Sprache sprechen Brüder

seine Neffen, die nicht die Sprache sprachen, haben seine Wörterbücher, seine Grammatiken, die Büste des hochverdienten Polen, der diese verbale Orthopädie erfunden hatte, nach Gewicht verkauft, Vânia schaute mein Gesicht voller Mitleid forschend an, wie lange nimmst du schon Drogen, Vânia, deine Knie sind so mager

– Wenn du wenigstens so hübsch wärst wie Rui Paulinho

wenn Gott doch vom Dachboden herunterkäme und meine Unvollkommenheiten korrigierte, meine Nase begradigte, die Angestellte aus dem Speisesaal betrachtete den Knochen, den ich zu verschmälern versuchte

– Was ist mit deiner Nase Paulo?

nicht nur die Knie, Vânia, der Körper so mager, und ich habe dich nie in Chelas gesehen, Dália schon, dich nicht, sie haben aufgehört, dir von den Tischen Kärtchen zu schicken, die neun wartet auf dich, Mädchen

ein Hydrant, mein Vater trat aus einem Hauseingang vor

– Hallo

mit dem zaghaften Lächeln, da er nicht zu Hause geschlafen hatte und meine Mutter zur Verzweiflung brachte

– Wo bist du gewesen Carlos?

vor Bico da Areia haben wir einen Monat lang in Lumiar gewohnt, mein Vater beharrlich

– Erinnerst du dich an Lumiar?

ich

– Ich erinnere mich an gar nichts

und er, enttäuscht von mir, ein paar braune Gebäude gleich hinter der Kaserne, ich bin mit dir sonntags immer nach Ameixoeira gegangen, da gab es eine verlassene Fabrik, wenn wir husteten, Echos und Echos wie gehende Menschen, Lumiar, während er eine rotblonde Perücke in Ordnung brachte, und ich verachtete ihn

– Werden Sie etwa diesen Mist da aufsetzen?

eine rotblonde Perücke, um im Regen eine Stufe hinunter aus einem Hauseingang zu treten

– Hallo

ich bat den Typ von der Pension, mich auf den Dachboden zu bringen, wo Gott wohnte, eine von einem Schrank verborgene kleine Treppe im dritten Stock, man zog den Schrank zur Seite, und die kleine Treppe im Dunkeln, das schwierige, jedoch notwendige

nach angetrocknetem Urin und Schimmel riechende

Nadelöhr, das vor dem Himmlischen Reich kommt, der Tresen mit den Schlüsseln im Erdgeschoß, so unwichtig, der Typ, der mit mir hinaufging, nur siedende Lungentöpfe

– Das sieht zwar nicht so aus ist aber anstrengend

angetrockneter Urin und Schimmel, die stärker wurden, eine

Ahnung von Helligkeit, wo bestimmt das Paradies und diejenigen, die mit Psalmen die Macht und die Herrlichkeit rühmten, ein immer näher kommendes Getümmel von Märtyrern, Seraphim, der Typ, der die Winkel der Ewigkeit kannte, klopfte an irgend etwas Unsichtbares wie eine Tür, nicht mit den Fingerknöchelchen, kräftig, denn im Laufe der Jahrtausende und der Vernichtung der Städte ohne Gerechte waren die Trommelfelle Gottes ein ganz klein wenig verhärtet, daher klopfen, ungeduldig werden, weil es unglücklicherweise dem Menschen eigen ist, angstvoll und gierig zu sein

– Senhor Lemos

im Stockwerk darunter jemand, noch zu sehr aus Ton, noch ans Irdische gefesselt

– Schon wieder die Kriminalpolizei?

die Angestellte aus dem Speisesaal packte mich am Jackenaufschlag

– Geh nicht Paulo

sie hatte eine Lampe aus dem Krankenhaus organisiert, die anging, wenn man sie schüttelte, und wir blinzelten, weil wir nicht ans Licht gewöhnt waren, sie baute eine Art Kommode aus Regalen aus dem Abstellraum, wenn man den Verschlag von den Fenstern nehmen würde, vielleicht der Tejo, ein Park, Menschen wie wir, die auf der anderen Seite der Straße Teppiche ausschüttelten, der Jackenaufschlag so wie früher meine Mutter

– Geh nicht Carlos

– Geh nicht Paulo

eine Stille, die forderte, bat, gebt mir das Auto mit den Holzrädern

ich höre nicht einmal die Wellen

damit ich es auf dem Boden zermalme

wo die Treppe aufhörte, die Luft verbraucht, feierlich, viel höher als die Wolken, der Typ vom Hotel versuchte, welch ein Sakrileg, das Schloß mit einem kleinen Draht aufzubekommen, drehte die Türknäufe

– Der alte Mistkerl ist taub

der Esperantolehrer liebkoste die Siamesen mit langen Gesten, seine Hände zeichneten die Katzen, anfangs nichts, dann eine Schnauze, eine Pfote, ein Leben als Knäuel, das sich mit einem Satz streckte, und ein Tier, das entwischte

der Türknauf löste sich mit einem Klicken, er hob den Riegel zum – wenn die Scheiben nicht geputzt werden – trüben Glanz der Glückseligkeit, darin Müll aus Kometen, Mondabfall, die Suppenschüssel vom Vortag oder Vorvortag kühlte auf der Fensterbank ab

– Essen wir etwa nicht Senhor Lemos?

und niemand im Kabuff, will heißen

se habla español, on parle français, English spoken, hin und wieder ein verirrter Ausländer, ein Japaner, der, am Strick des Arms geführt, protestierte

– No no

ein barfüßiges Mädchen bat ärgerlich um Kopfkissenbezüge, si parla italiano, und der Japaner direkt auf die Straße

– No no

als ich das erste Mal mit einer Frau ins Bett gegangen bin

nicht genau mit einer Frau, mit Micaela

als ich das erste Mal mit einer Frau ins Bett gegangen bin, lag ich reglos wartend da, eine Terrine mit einem Aquädukt besagte Cidade de Elvas, und ich, ohne das Hemd auszuziehen, ohne die Hosen auszuziehen

– Elvas Elvas Elvas

zog mich zusammen, wenn sie mich suchte, wies ihre Hand ab, die Nachttischlampe war die Nase eines Seehunds, der die Lampenkugel balancierte, neben dem Seehund ein Rasierpinsel mit einem angetrockneten Schaumrest, und ich, den Blick auf der Terrine Elvas Elvas Elvas, sosehr ich auch versuchte, etwas anderes zu sagen, wollte immer nur sagen

– Ich will nicht

ein Fieber in mir, Elvas Elvas Elvas, wenn es mir gelingen

würde, über das Aquädukt zu fliehen, wenn ich über das Aquädukt fliehen würde, Micaela zog hektisch den Büstenhalter an

– Ich tu dir einen Gefallen und du stößt mich weg

der Seehund erlosch, und wir verschwanden alle, kein Viadukt, auf dem

sobald der Esperantolehrer mit einer langen Liebkosung, wuchs mir eine Schnauze, eine Pfote, ein Leben als Kugel, ich streckte mich mit einem Satz und

welche Erleichterung

adieu

– Entschuldigen Sie Fräulein Micaela

kein Viadukt, auf dem ich entkommen könnte, Micaela schließlich ein Mann, Finger ohne Ringe, die mir die Fußmatte zeigten

– Geh mir aus den Augen

und anstatt

– Entschuldigen Sie bitte wenn ich Sie verletzt habe Fräulein Micaela

– Ich wollte Sie nicht beleidigen Fräulein Micaela

– Es ist mir wahnsinnig peinlich Fräulein Micaela

gehorchte mir die Kehle nicht, Elvas Elvas, ich rannte über die Terrine in Richtung Spanien, ein Schmollen, das schwächer wurde

– Undankbarer Kerl ich wollte dir einen Gefallen tun

hinter den Postkästen des Eingangs nicht Sevilla, auch nicht Elvas, Lissabon, welch ein Glück, ich hielt mich an einem Zementmischer einer Baustelle fest

Elvas Elvas

in der Gewißheit, daß ich, solange es Terrinen gab

und Gott sei Dank gab es genug Terrinen

weiterrennen würde

eine zusammengerollte Matratze, ein Halbdunkel mit Hausrat, die Schüssel mit der Suppe vom Vortag oder vom Vorvortag weiterrennen würde

der Typ vom Hotel spähte in die Schüssel

Elvas Elvas mit einer unangemessenen Empörung Gott gegenüber, auch wenn Gott hinfällig und taub war, von Engeln umgeben, die schon nicht mehr flogen, wahllos in bemitleidenswerter Niedergeschlagenheit zusammengekauert waren

– Essen wir nicht mehr Senhor Lemos?

niemand im Paradies, will heißen, keine Märtyrer, Seraphim, meine Großmutter beispielsweise, die wegen ihrer Blindheit litt

– Und der hier Judite?

das Nachthemd der Ehefrau auf dem großen Armstuhl mit nur einer Armlehne, von dem aus er Gomorrha vernichtete und den Kurs der Sternennebel dirigierte, die Dachluke geöffnet, Dämpfe von am zweiten Tag geschaffenen Konstellationen jenseits des Brückenbogens und der Statue des Sohnes, der uns allliebend von den Hügeln Almadas her segnete, der Typ vom Hotel aus der Dachluke gelehnt, ein Schuh auf dem Boden, der andere in der Luft hängend

– Der Gauner wird doch nicht etwa

Micaela, die im Keller die Ohrringe wechselte, mit farbloser Stimme

– Ich gefalle dir nicht oder?

der Typ vom Hotel rief mich zu sich, indem er Luft mit der Handfläche schöpfte

– Komm her

und Gott an den Schornstein geklammert, wo er die Krusten der Tauben abklaubte, ich fragte ihn nach meinem Vater, und er

– Was?

ich klärte ihn darüber auf, daß er in Bico da Areia gewohnt hat, Margeriten mochte, eines Tages mit dem Linienbus von zu Hause weggefahren war, sich darauf versteifte, sich zu verkleiden, wissen Sie, er arbeitete als Clown in einem Keller, ich weiß nicht, ob Sie mich verstehen

Elvas Elvas, um nicht weiter auszuholen, noch gestern nacht bin ich mitten in einem Traum aufgewacht, Micaela oder die Angestellte aus dem Speisesaal küßte mich

oder ich glaubte, daß sie mich küßte, und sofort die Terrine mit drei Drahthaken

er hat als Clown in einem Keller gearbeitet, tat so, als würde er singen, er begleitete den Herrn von Tisch neun nach der Vorführung, man befahl ihm, Nummer neun, Soraia, und der Tisch neun

– An meine linke Seite Fräulein

Sie müßten sich an ihn erinnern, wie er, von den Pfiffen der Angestellten der Stadtverwaltung, die den Platz mit Schläuchen abspritzten, verspottet, zum Príncipe Real zurückkam, die Ringe wegpackte, das Gummiband von der Perücke lockerte, sich der hohen Hacken entledigte, man konnte ihn einfach nicht übersehen, ich hatte gehofft, daß Gott die Krusten der Tauben abklaubte, den Schornstein losließ, mich eines Blickes würdigte, während der Typ vom Hotel, ich werde die Feuerwehr anrufen, Senhor Lemos, und Gott, der mir nachdenklich zuhörte

– Ihr seid so viele mein Junge

ich setzte mich aufs Dach, sog den Geruch von den toten Federn der Vögel, dem Kot der Vögel, des Unkrauts ein, das im Rost der Regenrinnen wuchs, der Herr in seiner unendlichen Güte, der Barmherzigkeit seines Herzens und seinem himmlischen Gestank nach angetrocknetem Urin und Schimmel zu mir

– An meine linke Seite mein Junge

laß sie zu mir kommen, die

während ich versuchte, seinem Gedächtnis auf die Sprünge zu helfen, Ihr kennt doch möglicherweise Bico da Areia, hinter Caparica, in der Nähe von Trafaria und von Alto do Galo, kein Ort für Reiche, seid beruhigt, ein Ort für Leute wie Euch, Eure Majestät, und mich, immer wenn der Tejo herankam, versetzten wir die Gärten zum Wäldchen hin, ich könnte Euch von den Zigeunern erzählen, vom Kiefernwäldchen, der Ehefrau des Café-

besitzers, die meine Mutter ansah, ohne zu bemerken, daß sie die Tische wischte, ist es möglich, daß Ihr meine Mutter nicht kennt, sie nicht von ihren Kolleginnen unterscheidet, wenn sie aus der Schule kommen, aber Ihr erinnert Euch doch bestimmt an den Park mit den Rentnern, die Euch ähnlich sind, die bei der winterlichen Zeder mit der Trumpfkarte in der Luft auf die erste Karo Sieben warten, und an einen kleinen Jungen

mich

der auf das Zeichen wartet, auf den Vorhang, der zur Seite gleitet, und ein Clown, keine Frau, ein Clown

mein Vater

– Paulo

und Gott in seiner unendlichen Willfährigkeit nahm sich endlich meiner an, schaute einem Schuh nach, der ihm entwischte, klammerte sich an den Schornstein

– Warte

Micaela wechselt erneut die Ohrringe, jetzt riesige Perlen

– Gefalle ich dir immer noch nicht Paulinho?

ein Mann, paß auf, das ist ein Mann, in die Terrine gehen und auf dem Viadukt entkommen, bis nichts mehr von mir auf dem glasierten Steingut übrigbleibt

Elvas

als Gott in seiner unendlichen Willfährigkeit ruhiger geworden ist, wegen des Schuhs, den anzuziehen er geschafft hat

– Warte

bemerkt er meinen Vater

Gott sei Lob und Preis

das sah man seinem Gesicht an, streckte den Ärmel des Schlafanzugs aus und wies vom Dach aus auf irgendeinen Punkt zwischen Dutzenden irgendwelcher Punkte, eine Straßenecke, einen Hauseingang

– Hallo

der Typ vom Hotel hinter mir glaubte, daß er existierte, existierte aber in Wirklichkeit nicht, wir existierten, die wir auf dem

Dach saßen und die Krusten der Tauben abklaubten, der Herr riet mir in seiner Weisheit

– Warte

ein Horizont aus Antennen, kleine Innenhöfe und abgeschaltete Neonröhren, einen Augenblick lang strich meine Großmutter mit ihren Fingern über mich, dachte

– Ist das dein Sohn Judite?

ein Grabstein auf dem Friedhof, auf dem ein kleines Mädchen damit beschäftigt war, mit Kreide Quadrate zu malen, der Typ vom Hotel verscheuchte das Mädchen, indem er den ausgestreckten Zeigefinger hob und senkte

– Ich schwöre ich habe die Feuerwehr angerufen Senhor Lemos

und Gott gleichgültig, der Schöpfer Abrahams, Isaaks und Jakobs, der Vernichter der Erstgeborenen, der Scharfrichter von Ninive, der Henker der Sodomiter, streckte die krummen, vom Blut der Unfrommen oder von Altersflecken beschmutzten Hände aus, versuchte den Kragen zuzuknöpfen und griff am Knopf vorbei

– Es ist kalt hast du nicht eine Zeitschrift oder so dabei in die ich mich wickeln kann?

Gott, dessen Schlafanzug in der Taille mit einem Band zusammengeschnürt war, setzte die Brille auf, der ein Glas fehlte

– Ich sehe da jemanden

Micaela gab die Ohrringe auf, trank aus einem Fläschchen und hustete zu mir herüber, während Dona Amélia, ihr seid immer noch da, Kinder

– Wenn du möchtest Paulo

ich möchte nur reden, ehrlich, mich in Gesellschaft von jemandem fühlen, jemanden im Zimmer haben, es heißt, dieser Husten und Ärzte und wer weiß was und ich Behandlungen, kommt nicht in Frage, wozu Behandlungen, ich habe mich immer selber behandelt, ein Kunde, beinahe ein Freund, mit der Zeit gewinnt man die Leute lieb, erschreckt wegen meiner Lunge

– Paß auf dich auf

du magst das vielleicht blöd finden, aber immer, wenn er

– Paß auf dich auf

schaue ich das Aquädukt an, die Landschaft und antworte ihm

– Elvas

und denke dann, wieso Elvas, warum habe ich Elvas geantwortet, ich habe nie in Elvas gelebt, eine Stadt, die, wie man mir erzählt hat, fast eine Burg ist, ein Fort mit Gefangenen, hat man mir erzählt, die Terrine war schon da, als ich die Wohnung gemietet habe, wahrscheinlich hat der Vormieter auch

– Elvas

wie ich, er hat sie an den Haken gelassen, um sich von einem Schicksal zu befreien oder, besser, von uns, die wir es nicht erwarten, und unser Mund

– Elvas

der Kunde

nur eine Augenbraue

hält beim Knoten inne

– Verzeihung?

und ich halte den Husten zurück, versuche zu verhindern, daß mein Mund Elvas, versuche

– Elvas

durch

– Nichts

zu ersetzen

richte den Morgenmantel, um irgend etwas zu richten

Gott schob die Brille hoch, die ihm wegen des Scharniers am Bügel vom Antlitz rutschte, beklagte sich, ohne auf den Typ vom Hotel zu achten, über diese verfluchte Kälte, die mir wie kaltes Wasser in die Knochen dringt, wenn ich den Arm schüttle, hörst du das Wasser blubbern, hast du nicht eine Zeitschrift oder so dabei, als sie es noch konnte, hat meine Gemahlin uns beim Kiosk immer ein paar Zeitungen aufgesammelt, der vom Kiosk machte ihr am Ende des Tages ein Zeichen

– Tantchen

streckte ihr die nach dem Aufräumen der ganzen Papiere übriggebliebenen Nachrichten hin

– Hier ein Federbett für Sie Dona Berta

Gott der Allmächtige und Quelle der Erlösung, der trotz des Kastagnettenklapperns seiner von der Kälte zusammengezogenen Gaumen die Seelen mit seiner Gegenwart frohlockend tröstet

– Da frieren einem die Eier ab Junge

klammerte sich am Schornstein fest, um den Verrat des Nordwinds und die Feuchtigkeit in den Gelenken zu meiden, ich kann kaum laufen, ich habe da irgendwo eine Krücke, aber die Polsterung fehlt und daher verletzt sie meine Achsel

– Da ist niemand der dein Vater sein könnte

wo für Sterbliche

dir Lob und Preis

nur Häuser, ein öffentlicher Brunnen mit dem Wappen des Königs

MDCCCXXXIV und eine Traufe, wo einst die Schindmähren der Kutschen, die Farne des Botanischen Gartens knisterten Mysterien, sogar am Tag Mysterien, sogar nachmittags Mysterien, vor allem bevor es dunkel wurde, tropften Vögel von ihnen herab, die Farne enthüllten mir, was aus mir werden würde

– Pzgtslm

Senhor Couceiro bat sie

– Sagt das noch einmal

suchte in seinem Latein pzgtlsm, klagte verwirrt pzgtlsm

– Ich kann es nicht verstehen

die Farne mit einem Wogen von Offensichtlichkeit, und ich zornig auf die Farne, zornig auf ihn

– Wahrscheinlich erzählen sie was von Noémia Senhor Couceiro verkünden daß sie herumjammert weil sie keinen Besuch bekommt und sie gebeten hat Ihnen zu sagen daß sie leidet

ein Zittern des Spazierstocks, denn Noémia starb noch einmal, die Meningitis, das Koma, der Krankenpfleger, der sich Rettungen ausdachte, man weiß es nie, wenn man es am wenigsten erwartet, man denkt, es kommt so, und dann kommt es anders, Dona Helena konsultierte eine eingeweihte Nachbarin, die etwas von Karten verstand, diese rote Dame lächelt, haben Sie gesehen, dieser Pikbube und dieser wundertätige Fünferpasch in der Mitte, machen Sie sich keine Sorgen, ein bißchen gekochter Fisch, eine Wärmflasche an den Füßen, und sie wird wieder gesund, die Farne eilig pzgtlsm pzgtlsm, und Senhor Couceiro an der Zimmertür auf der Suche nach dem Wörterbuch

– Ich verstehe das nicht

während Gott, der es verstand, sich zum Datum auf dem Brunnen neigte, so daß der göttliche Mantel seines Gummiumhangs um ihn herumwehte

– Laß mich noch mal genauer hinsehen es könnte dein Vater sein

eine Schwuchtel, mein Herr, ein Transvestit, ein Clown, dem der Sohn in Eurem Heiligen Namen vergeben hat, wer reinen Herzens ist, der werfe den ersten Stein, wißt Ihr noch, und Gott, der mich zerstreut nicht wahrnahm, ein einfaches Staubkörnchen in der Weite der Galaxien, pustete auf seine Finger und kehrte mit vom Diktieren von Geboten müden Gaumen zu den Zeitungen zurück

– Nicht mal eine Seite aus einer Beilage Junge?

weil er an den Kiosk und an seine Frau dachte, man versucht einen Schritt, und die Zeitungen gleich

– Pzgtlsm

wie die Farne, mein Junge, er hob ein knochiges Schienbein, zeigte mir den Schritt, rutschte vier Dachpfannen hinunter, eine schlafende Taube entfleuchte jammernd, der Typ vom Hotel verzweifelt

– Heiliger Strohsack

ich habe nie gedacht, daß es in einem Gesicht so viele Adern geben könnte pzgtlsm

– Ich habe Ihnen doch gesagt daß in fünf Minuten die Feuerwehr auf der Treppe erscheint Senhor Lemos

und nicht nur der Typ, eine Bewohnerin der Pension beunruhigt, eine weitere Pensionsbewohnerin stimmte zu, ist das in Ordnung, wenn ich eine Woche das Zimmer nicht zahle

– Neulich haben Sie mich um zwanzig Minuten gebeten nicht wahr Senhor Lemos wenn Sie schnell kommen gebe ich Ihnen eine ganze Stunde

der Kunde zu mir

– Du hast Elvas gesagt oder?

kein Kunde, ein Freund, er hängte mir eine Schülerinnenuniform in den Schrank, kaufte mir Lineale, Hefte mit dem Einmaleins, wollte, daß ich mich auf seinen Schoß setzte, während er unter meinem Rock herumfummelte

– Frechdachs Frechdachs

er blätterte in meinen Heften, in die ich Diktate, Subtraktionen, Namen von Bergen und Flüssen schrieb, flehte mich an, mit Buntstift große lachende Sonnen zu malen, sie mit dem Radiergummi wieder verschwinden zu lassen und sie neu zu malen, er hielt inne, während er die Gouache suchte, und legte noch mehr Geld auf den Nachttisch, ein oder zwei Scheine, manchmal drei Scheine

– Dir fehlt der Fleck im Gesicht willst du einen Tintenfleck im Gesicht haben Micaela du Frechdachs

er schenkte mir Puppen, Tiere zum Aufziehen, Puzzles

und er um mich herum, spiel, Micaela, wenn ich die Puppe wiegte, zeigte er sich enttäuscht von mir

– Du denkst an etwas anderes

und ich dachte tatsächlich gerade an etwas anderes, an das Aquädukt, an Elvas, manchmal an meine Tochter

obwohl meine Tochter

der Kunde hielt mit dem Blick auf die Terrine inne

– Was ist mit der Terrine nun sag schon?

ohne zu bemerken, daß ich nicht im Haus war, hustete, ich lief über das Aquädukt nach Spanien hinüber, dieser Schmerz an den Rippen, diese Schwierigkeit mit der Luft, sie kommt herein, weigert sich, wieder hinauszugehen, kommt herein, weigert sich, wieder hinauszugehen, ich setze mich, und die Luft stagniert, der Kehlkopf zu, das Aquädukt, über das ich nicht gehe, eine andere geht darauf, ich schaue zu, wie sie weggeht, so daß ich den Kunden nicht höre, der mich an den Schultern hält

– Micaela

überlegt, ob er die Tür öffnen und jemanden rufen soll, aber wen, einen Nachbarn wecken, aber was soll ich dem Nachbarn sagen, ihr seid doch alle gleich, mir ist doch egal, ob Ihr Clown stirbt, sie von der Schuluniform befreien, den flachen Schuhen, den Schülerinnensocken, die Hefte im Schrank verstecken, aber im Schrank Seidentücher, Mantillas, Federschmuck, das Geld vom Nachttisch einstecken, damit niemand glaubt, daß ich, anstelle der Treppe das Aquädukt nehmen, das zudem noch schlecht gemalt, krumm ist

Elvas, eine Stadt mit einem Fort und den Gefangenen, die den Hügel hinaufsteigen, Fässer tragen

und in Badajoz oder Cadiz ankommen oder irgendwo noch weiter weg, am Ende Lissabon, am Ende eine Gasse, die von einem Platz abgeht, mit Glück Dutzende und Aberdutzende von Gassen, und solange es Gassen gibt, rennen, meine Frau weigert sich, Schulmädchensachen anzuziehen

– Was für eine Macke Eduardo

und stopft mir noch ein Kissen unter den Nacken

– Hat dich die Versammlung in der Versicherungsgesellschaft so müde gemacht?

die Luft, die hereinkommt und sich weigert, wieder hinauszugehen, hinausgeht und sich weigert, wieder hereinzukommen, stagniert, ohne herein- oder herauszukommen, der Kehlkopf zu, meine Frau

– Eduardo

aber ich kann sie nicht hören, denn das Geräusch meiner Schritte auf einem fernen Pfad, niedrige Häuser, Lagerhäuser, Bellen an einem Plakat entlang, Besuchen Sie unsere Modellwohnung, hin und wieder ein erleuchtetes Erdgeschoß, Bettler auf einem Segeltuch, ein großes Schiff, der Tejo, Micaela

– Elvas

ich

– Elvas

und daher mich aufs Sofa setzen und meine Frau beruhigen, die Versammlung hat mich nicht müde gemacht, ich brauche keine Kissen, es geht mir gut, laß mich einfach ein Augenblickchen an die Arbeit denken, ein Ehepaar mit einem Kind, die glücklich vorschlagen, Besuchen Sie die Modellwohnung, der Vater brünett, die Mutter blond, das Kind auch blond, das Kind und die Mutter lächeln den Vater an, der sie

– Neulich haben Sie mich um zwanzig Minuten gebeten nicht wahr Senhor Lemos ich gebe Ihnen eine ganze Stunde

beide umarmte, und jenseits der Familie die Siedlung mit einer Heiligenaureole auf einer Rasenfläche, Luxus, Zentralheizung, vollständig eingerichtete Eichenholzküche, fragen Sie uns

FRAGEN SIE UNS

kaufen Sie nicht, ohne uns zu fragen, fragen Sie uns, und am Plakat entlang Gebell, fragen Sie uns

eine ganze Stunde lang, und Gott läßt von mir ab, macht es sich auf den Dachpfannen bequem, starrt den Typ vom Hotel an

– Eine Stunde sagst du?

nimmt die Brille ab, und das Datum des Brunnens

das MDCCCXXXIV

unsichtbar, die Farne im Botanischen Garten pzgtlsm

– Nein ich habe mich geirrt Junge es ist doch nicht dein Vater es ist ein Briefkasten

und ich hatte vergessen, daß der Boden, den ich betrat, heilig war und daß niemand, nicht einmal Moses, es sich erlaubt, seinen Blick auf Gottes Augen zu richten, das kann kein Briefkasten sein, Senhor Lemos, mit ein bißchen Aufmerksamkeit sollten Sie eine Schwuchtel entdecken, einen Transvestiten, einen Clown am Príncipe Real um fünf Uhr morgens, orientieren Sie sich an der Zeder, am Café, am Teich, und er wandelte über die Dachpfannen

– Cafés gibt es hier jede Menge mein Junge

die Hosen hochgerollt, die Ärmel verbergen seine Finger, die Pensionsbewohnerin in der Dachluke mit dem Typ vom Hotel mit einer Taschenlampe, die ihr Haar anstrahlt

– Hier entlang Senhor Lemos

und Ihr, die Ihr zu den Menschen redet, die nicht reinen Herzens sind, verlaßt meinen Vater nicht, der Arzt hat ihm versichert, daß er nicht krank ist

– Machen Sie sich keine Sorgen Sie sind nicht krank Dona Soraia

und mein Vater

– Ich heiße Carlos

lügt aus Mitleid, hat Fieber, ist krank

– Ich bin krank Marlene

denkt an Bico da Areia, an meine Mutter, an die Glyzinie, füllt die Gießkanne am Wasserhahn vom Waschtrog, ich lasse sie nicht vertrocknen, Judite, sehen Sie nur, er ist blaß geworden, es fällt ihm schwer, sich zu bewegen, die Gießkanne löst sich aus seiner Hand, und er kann sich nicht bücken, ein Schwindel, eine Ohnmacht

– Tut mir leid Neffe

oder Cousin oder jüngster Bruder oder ein kleiner Junge ohne Familie, den ich beschütze, den Armen, mein Vater zu dem kleinen Jungen ohne Familie, den ich beschütze, den Armen,

– Tut mir leid Neffe

das kann kein Briefkasten sein, Senhor Lemos, das muß mein Vater sein, er trägt eine blonde Perücke, nicht wahr, ein Kreis aus Lippenstift zwischen Nase und Kinn, falsche Wimpern, die sein Gesicht verschatten, fragen Sie nach seinem Namen, Senhor

Lemos, versuchen Sie ihn nach dem Namen zu fragen, obwohl Rui

– Ich bin ihr Mann sie heißt Soraia

er wird Ihnen antworten

– Carlos

um was wollen Sie wetten

gehen Sie nicht, wir sind fast am Ende angelangt, um wieviel wollen Sie wetten, daß er

– Carlos

antwortet, und wenn er

– Carlos

antwortet, dann störe ich Euch nicht weiter, dann rede ich mit Dona Helena, und eine Messe Euch zu Ehren, ich bitte die Angestellte aus dem Speisesaal, und das Gehalt im selben Kästchen wie die Almosen

Seelen im Fegefeuer

pzgtlsm

das Rui und ich eines Nachmittags mit einem Nagel und einem Hammer, ein Holzsplittern, und ein halbes Dutzend Münzen, denn das Volk

das wißt Ihr wohl

das Volk, nicht ich, ist geizig und egoistisch geworden, Herr, gebt mir meinen Vater zurück, der auf dem Nachhauseweg an einer Ecke ausruht, sein Kreuz trägt, das kleiner ist, obwohl Euer Sohn, den nur Ihr und ich kennen

eine Schwuchtel, ein Transvestit, ein sterbender Clown, der die Seidenüberdecke zerknautscht und glattstreicht, sich erhebt, weggeht

laßt nicht zu, daß er weggeht, befehlt ihm

– Die Glyzinie Carlos

und er gehorcht Euch, stellt den Koffer hin, humpelt zur Mauer

Kyrieeleison

auf der im Winter aus Angst vor den Wellen die Möwen,

und die Brücke und die Pferde, so wie ich zum Rand des Daches humple, die Tauben verteile, und der Typ vom Hotel, den ich höre, ohne ihn zu hören

– Paß doch auf du Esel

nicht hinter mir, so weit weg, Herr, mein Vater entfernt die trockenen Blätter und pflegt die Zweige, bringt mit einem Bindfaden einen kleinen, aus der Reihe gewachsenen Stamm in Ordnung, richtet einen Zweig auf, den der Regen

oder die Hunde oder der Wind

zu Boden gedrückt hat

– Halt das mal fest Neffe

und während ich über die Dachpfannen rutsche

danke, Herr

halte ich es fest, höre nicht auf, es festzuhalten, und helfe ihm und falle zwischen Lärm und Haß, habe den Frieden im Sinn, den es in der Stille geben kann, in der Gewißheit, daß die Angst aus der Einsamkeit, der Erschöpfung und dem Nichtvorhandensein von Disziplin und Sorge mir selbst gegenüber erwächst, dem Sohn des Universums nicht weniger als Bäumen und Sternen, und sei es hell oder dunkel für mich, in Frieden mit Gott, gleichgültig nach welchem Vorbild ich ihn sehe und was meine Mühen und mein Streben sein werden, bleibt meine Seele gelassen in der eitlen Unordnung des Lebens, denn trotz allen Irrtums und allen Wahnsinns und nicht erfüllter Wünsche ist Eure Welt, Herr, eine vollkommene Welt. Und ich werde sorgsam sein. Und werde versuchen, glücklich zu sein. Und die Natur wird meinen Geist stärken, wird mich vor den Wechselfällen des Lebens schützen. Ich werde der Tugend gegenüber nicht blind sein. Ich werde versuchen demütig zu sein angesichts des schwankenden Glücks der Jahre: Angesichts der Enttäuschung und der Dunkelheit wird die Liebe unvergänglich sein wie das Unkraut, und wie Unkraut wird sie für immer überleben, während ich gleichzeitig falle und falle, fange ich aufs neue zu leben an und fürchte nichts, mein Herr und Gott, denn mein Vater eine Schwuchtel, ein Transvestit, ein kranker Clown

– Halt das mal fest Neffe

und der Duft der Glyzinie, der mich umgibt und umhüllt, beschützen mich vor dem Tod, heben die Erfüllung und die Hoffnung der Liebe, die ich für Euch hege, aus dem Kot der Tauben zu Euch empor.

Kapitel

Ich sage ja nicht, täglich, aber mindestens einmal in der Woche besuchte sie uns, meinen Mann und mich, in der kleinen Wohnung, die meiner Schwiegermutter gehörte und in der wir fast direkt an der Burg wohnten, die Pfauen hörten, die uns nicht schlafen ließen, weil sie seit acht Jahrhunderten im Efeu der Zinnen nieder mit den Sarazenen, es lebe Portugal schrien, mein Mann, dem der Arzt Ruhe und eine kleine Diät verschrieben hatte

nichts Gebratenes und dieses Fläschchen mit den Tropfen für die Schwellung in den Beinen, zehn nach dem Mittagessen und zehn nach dem Abendessen in einem halben Glas Wasser, mit ein bißchen Zucker, denn die sind bitter, wissen Sie

mein Mann stellte Dosen mit Mais mit dem Mittel gegen Küchenschaben auf und protestierte, ich ertrage diese Viecher nicht, aber nicht die Pfauen starben, sondern die Möwen, Möwen hingen am nächsten Tag in den Pfirsichbäumen oder waren in den Schüsseln im Hühnerstall ertrunken und hatten die Gänse erschreckt, die Pfauen unversehrt auf den Türmen, nieder mit den Sarazenen, es lebe Portugal, und mein Mann zu meiner Schwiegermutter, während er in der Truhe herumstöberte und Fotos von dem kleinen Jungen fand, der in ihm gestorben war und mit jedem neuen weißen Haar, jeder neuen Falte, jedem neuen Krampf des Lendenbruchs weiter starb, wo ist das Gewehr meines Vater abgeblieben, Mutter, ein einziger Lauf kam aus dem Kolben, mit dem er seit vielen Jahren, peng peng mit dem Mund, die Nachbarn erschreckte, drei Stockwerke mit dem Gewehr heruntersteigen, peng zu den Pfauen machen, vielleicht würden ja die Pfauen, wie es bei den Nachbarn der Fall war, die Hand an die Brust führen, die Augen verdrehen und erklären, du hast mich umgebracht, und bis er wieder ging, würde Stille in der Burg herrschen, er würde der Mutter den Schießprügel übergeben und sich rühmen, ich mußte nicht einmal abdrücken, damit die Pfauen aufhörten, sehen Sie, der kleine Junge schaute ein ganz klein wenig aus seinem Gesicht, setzte sich wieder mit einem Spitzenkrägelchen auf den Schoß seiner Patentante, die ich nicht kennengelernt habe und die mir aus dem Rahmen versicherte und, sobald sie mich sah, nicht mehr lächelte, du bist keine Frau für Álvaro, und ich war vielleicht wirklich nicht die Frau für Álvaro, denn wir haben uns zwar nicht im Keller kennengelernt, in dem ich jetzt arbeite, damals gab es noch keinen Keller, aber in einem Lokal in der Vorstadt, wo man das Elend des Lebens vergaß, das sich anstatt vorwärts nur rückwärts bewegte, so'n Mist, mit Papiergirlanden, billigem Bier, einem Akkordeon und einem Klavier auf einem Podium, ich siebzehn Jahre alt

besser gesagt, sechzehn, und obwohl ich Angst vor der Dunkelheit hatte und mit einem Bakelithuhn schlief, bei dem man an einem Bindfaden zog, und dann flatterte es mit den Flügeln und legte ein Ei aus Glas, ich hatte einen Körper wie dreißig und Gesichtszüge wie fünfunddreißig, was mich erschreckte, weil es mir das Gefühl gab, meine eigene Stiefmutter zu sein, die mir befahl, wirf das Huhn weg, Amélia, das nicht einmal einen Schnabel hat, sechzehn Jahre, und mein Beruf war, unter den Papiergirlanden und den Schmetterlingen der Lampen zu sitzen und auf die Männer zu warten, deren Leben sich nur rückwärts bewegte, so'n Mist, mit ihnen zu tanzen, ihre Klagen anzuhören, hast du schon mal ein größeres Pech gesehen, verdammt, mich, um sie zu trösten, mit ihnen in einem der Zimmer im Anbau ins Bett zu legen und dabei zu denken, hoffentlich machen sie das Licht nicht aus, das Bakelithuhn war in Reichweite, entschlossen, mich zu schützen, bis in irgendeiner Nacht mein Mann, der nicht wagte sich zu nähern, schüchtern mit diesem verlorenen Gesichtsausdruck vom Foto am Tresen stand, einer, der den Bindfaden ziehen und sich über das Ei freuen konnte, das Akkordeon und das Klavier bewunderte, stundenlang vor dem nicht angefangenen Bier saß und mich, sein Glas vergessend, mit den Blicken verfolgte, als ich während eines Walzers oder eines Tangos in Begleitung eines Mannes, dem das Leben, so'n Mist, in eines der Zimmer im Anbau ging, in dem manchmal ein Ei aus Glas von ganz allein in die Stille fiel, und ich möchte wetten, daß der Junge vom Foto zuhörte, ich habe so häufig für ihn am Bindfaden gezogen, ohne daß mein Mann ahnte, daß dies meine Art war, seinen Namen zu sagen, den ich nicht wußte, ich zog am Bindfaden, und die Männer, denen das Leben, so'n Mist, ich bin nicht hier, um deinem Huhn zuzugucken, während ich wartete, daß die Flügel aufhörten zu flattern und mir erlaubten, du kannst gehen, Amélia, und das, was von ihnen im Bettuch übrig war, suchten, mir kam es so vor wie eine Angst, die meiner glich, die Männer, die sich selber aufsammelten, wenn sie auf dem Bauch liegend die Wäsche aufsammelten, schau, dieses Bein, dieser Ellenbogen, dieser kleine Finger, ich habe sie doch nicht verloren, na so was, die sich wieder zusammensetzten, bis sie ein Wesen bildeten, das mit den Schnürsenkeln der verwechselten Schuhe kämpfte, und eine Stimme aus dem Dunkelsten der Dunkelheit, wo Drohungen von Hexen, aber letztlich Bäume, Büsche

– Stör mich nicht beim Anziehen

nicht die Stimme eines Erwachsenen, die von irgend etwas in der Truhe, vielleicht die eines Taufkleides, vielleicht das Fiepen der Kaninchen

vor langer Zeit

in einem Winkel des Landgutes nach der Weinlese, die Ochsen, die die Trauben transportierten, rochen nach Erde, die Schnürsenkel mit den Fingern

die Schnürsenkel waren es, die in die Finger Knoten machten

mein Mann verfolgte mich erleichtert mit dem Blick, hatte das Glas vergessen, wenn ich während eines anderen Walzers, eines anderen Tangos aus dem Anbau zurückkam und mich wieder auf den Stuhl setzte, mit dem Rock die

wie er dachte

Schamhaftigkeit der Knie bedeckte, ohne zu verstehen, daß meine Hände den Geruch der Weinstöcke und die Flucht der Hasen verbargen, diese so flinken Schnauzen, die eine Sekunde lang ewig sind, mein Leben, das damals nicht rückwärts lief, so'n Mist, vorwärts lief, vor allem nach dem Regen, da öffnete man die Tür, und die lackierten Tomatenstöcke begrüßten mich

– Amélia

ich übertreibe nicht

– Amélia

mein Mann, der auf den Tresen gestützt sein Bier in der Hand wärmte, bis sie die Tanzveranstaltung schlossen und das Klavier ein nutzloser Schrank vor den Girlanden an der Wand war, der Akkordeonspieler die Träger vom Instrument mit der Geste eines abnahm, der sich auszieht, und es, anstatt sich auszuziehen, in den Koffer packte, den Jackenkragen hochstellte und auf der Straße verschwand, allerdings wußte niemand genau, zu welchem Vorort er sich aufmachte, und vielleicht überhaupt kein Vorort, vielleicht wartete niemand auf ihn, ein keineswegs unglückliches, zerstreutes auf Wiedersehen, bis morgen, die Herrschaften, wobei er mit die Herrschaften die Kellner meinte, die den Saal dichtmachten und den Fußboden mit einem schnellen Wischmop schrubbten, mit Ausnahme dessen, der meine Tante bezahlte, die Scheine mit der Spucke am Daumen zählte, heute nacht drei Scheine, Madame, denn Ihre Nichte hat einen Kunden mit dem Huhn daran gehindert, das Zimmer zu verlassen, jemand mußte hingehen, um ihn zu holen, und er mit durcheinandergebrachten Fingern hinter Hasenfluchten her

– Spürt ihr den Duft der Weinstöcke?

einmal ganz abgesehen von dem Jungen auf dem Foto, der um diese Zeit am Morgen vor Müdigkeit alterte, weiße Haare, Falten, Koliken am Lendenbruch, etwas zum Bier oder zu meiner

Tante hin murmelte, während ein von Góis herkommendes kleines Sonnenanführungszeichen die Papiergirlanden sprenkelte, die die Nacht heilmachte und wiederherstellte, ich gebe Ihnen sechs Scheine für sie, überzeugt, daß ich die dreißig Jahre meines Körpers besaß und waschen und bügeln und mich um eine kleine Wohnung kümmern könnte, die fast direkt an der Burg lag, wo die Pfauen seit acht Jahrhunderten im Efeu der Zinnen nieder mit den Sarazenen, es lebe Portugal schrien, und ihm die Wäsche flicken und Essen machen könnte, obwohl ich nur den Bindfaden des Huhns ziehen, das Ei in der Handfläche auffangen und meinen Mann sehen konnte, dem das Mittel gegen Küchenschaben ausgegangen war und der das Gewehr mit dem losen Kolben und einem einzigen Lauf, das seinem Vater gehört hatte, auf den Balkon brachte, diesen nutzlosen Schießprügel an die Schulter legte, der das unechte Kompetenzgehabe unnützer Dinge hatte, ihn langsam mit einem geschlossenen Auge zu den patriotischen Überspanntheiten emporhob, die mal auf diesem, mal auf jenem Stein hockten, wartete, bis eines der Männchen die Brust zu den Wolken anschwellen ließ, beim nächsten nieder mit den Sarazenen, es lebe Portugal mein Mann

– Peng

und eine Möwe hing in einem der Pfirsichbäume der Gärten oder war in den Schüsseln der Hühnerställe ertrunken und hatte die Gänse erschreckt, meine Tante zu meinem Mann, elf Scheine, mein Mann außerstande, sie anzusehen, weil er niemanden ansah, er wandte sich mit gesenktem Kopf an die Leute und betrachtete dabei eingehend seine Daumen, und jetzt betrachtete er eingehend die im Bierglas unter dem Schaum gelben Daumen, sechs Scheine und einen halben, und wir reden nicht mehr darüber, ich erinnere mich an meinen neuen Umhang

blau

und an das kleine Sonnenanführungszeichen, das eine Akazie mitbrachte

einen Farn

pzgtlms

den Schatten einer Akazie, der auf den Ellenbogen über die Dielen robbte und von uns unbemerkt auf das Podium gelangte, mein Mann kratzte mit einem Daumen am anderen, und die Daumen waren einverstanden

– Acht Scheine

ich nenne Akazien immer Farne, machen Sie sich nichts daraus, wenn der Farn oder die Akazie merkten, daß ich sie wahrgenommen hatte, begrüßten sie mich sofort

– Amélia

meine Mutter unterbrach ihr Geschäft

– Du redest mit Bäumen?

und daher war ich stumm auf dem Sitz, an einem Fußknöchel ein Schatten, am anderen keiner, und sobald beide Füße festgehalten, wer hilft mir dann beim Gehen

antwortet mir

ist mein Schatten hinter mir, fürchte ich mich vor ihm

– Laß mich los

ich blieb stehen, und der Schatten auch reglos, behinderte meine Bewegungen, der Kopf winzig, die Hüften riesig, wir hoben gleichzeitig den Arm, und wer gehorcht nun wem, wer von beiden hatte das Sagen, ich drehte mich nach vorn, die Hände in der Taille, ich habe keine Angst vor dir, meine Hände fünf Finger, seine Hand keinen einzigen, sie waren in der Taille verschwunden, ich hielt die Hände vom Körper weg, und der Schatten, der mich nachahmte, auch fünf, aber länger als meine, der Mittelfinger ein Stein, die anderen Unkraut, wenn ich mich am Kopf kratzte, verschwanden sie wieder, mein Kinn normal, und das Kinn merkwürdig, aber ohne Augenbrauen oder Nase, höchstens ein Ohr, und dennoch hörte es mich, wenn mein Mann das Gewehr nehmen und mit dem Mund

– Peng

machen würde, würde der Schatten tot auf dem Boden liegen, mit Ameisen bedeckt wie die Kadaver der Frösche, kam ich am nächsten Tag wieder, kaum noch Schatten, die Hälfte des Kopfes, die Hälfte der Hüften durchlöchert, den Rest hatten die Raben mitgenommen, meine Tante zu meinem Mann, zehn Scheine und das Huhn als Geschenk dazu, der Farn

oder die Akazie

schraubten mich auf den Stuhl, und wie komme ich hier weg, wenn ihr mir das Gesicht bedeckt, höre ich auf zu atmen und dann, mein Mann schaute sich das Huhn an

– Das ist keinen Heller wert der Schnabel ist kaputt

nahm es, fand den Bindfaden

– Geht das so?

und die Flügel auf und ab in schräger Mühe, auf einer anderen Hand als meiner fand ich es häßlich und leblos und nicht nur der Schnabel, der linke Fuß gespalten, wenn es die Flügel nicht bewegte, war es ein Wesen, das außerstande war, mich vor der Dunkelheit zu beschützen, mein Mann steckte es in die Tasche, und zum ersten Mal wanderte sein Blick vom Bier zu mir

– Sie heißt Amélia nicht wahr?

während die Akazie

oder der Farn

sich zum Klavier hin bewegten, und ich frei, in der kleinen Wohnung fast direkt an der Burg, nur Wolken kreuzten auf dem Weg vom Festland zum Meer die Veranda, und die Zeit brauchte keine Uhren, denn es war immer drei Uhr, kein Kaninchenfiepen, kein Duft nach Weinstöcken, eine Grille in einem Käfig aus Rohr, und von der Grille ausgehend, erfand ich die vom Regen lackierten Tomatenstöcke, das heißt, von ängstlichen Beinchen, suchenden Fühlern, Grillen in den Wurzeln, den Terrassenstufen, im Inneren des Windes, mit den Grillen, Ochsen, die die Erde abschnüffeln, und ich

ach, die Erde

schnüffle sie mit ihnen zusammen ab, liege im Eukalyptushain auf dem Boden, während der Wünschelrutengänger mit einer Gabel aus Apfelbaumholz, nicht auf die Steine achtgebend, im Kreis herumging, und alle warteten, er ging vor und zurück wie ein Blinder, die Gabel neigte sich zitternd, beharrte auf einem Hang, den der Pflug verweigerte, und er im Tonfall eines, der irgendwo anders aufwacht

– Dort

es wurde ein Brunnen gegraben, und unser Gesicht spiegelte sich wider, löste sich dort unten auf und setzte sich wieder zusammen, ich auf dem Boden des Eukalyptushains, ein einziges Mal ohne Schatten, denn die Ameisen und die Raben

mein Mann zu meiner Tante, während er das Huhn ausprobierte

– Und ihre Kleider Senhora?

hatten mir die Hälfte vom Kopf und die Hälfte der Hüften genommen, ich nur ein Teil von mir, der übriggeblieben und der zerlöchert und schief war, mich gibt es nicht, ich existiere nicht, und das Raunen der Eukalyptusbäume geht durch etwas hindurch, das nicht ich bin, während der Schatten des Wünschelrutengängers, der sehr wohl ganz war, den Wünschelrutengänger gibt es, Gott sei Dank existiert einer von uns beiden, Gott sei Dank liegt der Schatten von einem von uns über den Zweigen, und die Zweige neigen sich, obwohl er nichts wiegt, ich habe den Schatten des Hutes, der Gabel, der Hosen in den Stiefeln gesehen, ihn niemals, den echten Schatten, ihn nicht, er ging, nicht auf die Steine achtgebend, im Kreis herum, und der Schatten mit ihm, meine Familie auf dem Feld wartete, daß die Gabel sich plötzlich neigte

– Dort

auf einem Hang, den der Pflug verweigerte, und sie sich auf dem Grund des Brunnens spiegeln konnten und sich in einer Dunkelheit aus Wasser auflösten und wieder zusammensetzten, der Schatten des Wünschelrutengängers nahm meinen Ellenbogen, ich dachte

– Wenn er das Haar wegschiebt habe ich dann noch ein Ohr?

dachte

– Wenn er die Finger voneinander löst wird noch ein Finger zwischen den Blättern sein?

und selbstverständlich weder Ohr noch Finger, denn die Ameisen und die Raben, die Hunde, drei Hunde streiten sich um meine Schulter, fliehen ins Brombeergebüsch, und daher keine Schulter, was wollen Sie, wenn da nur Ihr Schatten, nicht meiner zwischen den Baumstämmen, sehen Sie, wie der Wind nicht auf meinem Körper verweilt, er durchdringt mich, sehen Sie, wie ich eine Geste versuche, und es gibt gar keine Geste, er berührt nur Beeren und Steine, knöpft nur etwas auf, das nicht da ist, der Hut wird größer, die Gabel auf dem Boden, und daher die Gabel ohne Schatten, und daher gibt es auch die Gabel nicht, will heißen, es gibt sie, aber sie ist kein Schatten, und deshalb ist sie nicht da, oder sie wird sich plötzlich neigen, wenn ich mich ein bißchen erhebe und schaue, sehe ich den Pflug, einen der Ochsen, die seit Jahren kaputte Wetterfahne des Getreidespeichers zeigt immer nach Süden, die Gabel, da, wo ich nicht bin, zeigt meine Verwandten

mein Mann sucht in den Schubladen

– Hat Ihre Nichte nur diese Wäsche Senhora?

ein Mysterium aus Schlamm, das Wasser erst schwarz und dann braun und später unsichtbar, oder, anders gesagt, man hörte schon sein Rauschen, spürte es im Fleisch, man füllte es in Schüsseln, und die Tomatenstöcke lackiert, rot, die Eukalyptusbäume

– Pzgtlms

in dem Augenblick, als ein Knie meine Knie teilte, die ich nicht hatte, kaum ein Hauch, den die Wetterfahne nicht mit ihrem rostigen Hahnenschnabel verlängerte, offen dort, wo einmal mein Hals gewesen, möglicherweise hat er mit mir gesprochen, aber ich konnte ihn nicht hören, da ich keine Ohren hatte, ich schob das Haar zur Seite und

genau wie ich angenommen hatte

tatsächlich kein Ohr, möglicherweise hätte ich mit ihm gesprochen, wenn nicht die Ameisen und die Raben oder der Fuchs, den wir in der Falle getötet haben er war am Rücken steckengeblieben, und dann die Hacke, die Rebschere, ein Messer

– Hurensohn

fuhr hinein und heraus, stieß an einen Knochen, fuhr am Knochen vorbei, die Lunge pfff, ich erinnere mich daran, wie meine Tante

– Macht das Fell nicht kaputt

aber sie haben sein Fell kaputtgemacht, das nach Wald und nach Blut und nach Eingeweiden stank, wenn sie mir

aber das haben sie nicht

die Zunge gelassen hätten, würde ich ihn fragen

– Und ich wonach stinke ich?

der Schatten, dort, wo mein Hals sein mußte, du stinkst nach Schlamm, das Wasser erst schwarz und dann braun und später unsichtbar, die Blätter und Früchte des Eukalyptusbaums, der Wald, das Blut, die Eingeweide

mein Mann

– Hat Ihre Nichte nur diese Wäsche Senhora?

meine Tante zu meinem Onkel, zu den anderen, zu einem Schattenarm, der den Hut geraderückte, über mir kleiner wurde, nahm die Ga

– Mach das Fell nicht kaputt

bel, und die Gabel ebenfalls wieder ein Schatten

du stinkst nach Wasser

mein Mann hat mir nie gesagt, daß ich nach Wasser stinke, mein Mann hat nie

sagte, daß ich nach Wasser stinke und ging mit ihr weg, dort im Vorort, wo ich gearbeitet habe, war mein Schatten abwesend, ich allein, ich bemerkte die Männer kaum, die ihre Finger wie Schnürsenkel verknoteten und deren Leben anstatt vorwärts rückwärts, so'n Mist, weil sie auch nicht den geringsten Schatten hatten, sie hatten keinen Schatten, sie waren nichts, allenfalls Stimmen

– Stör mich nicht beim Anziehen verschwinde

auf dem Bauch auf der Matratze sammelten sie sich selber zusammen, während sie glaubten, ihre Wäsche zusammenzusammeln

– *Hat Ihre Nichte nur diese Wäsche?*

bis sie einen Erwachsenen mit dem Foto eines verstorbenen Kindes darin bildeten, ich half ihnen, so wie ich meinem Mann helfe

– Paß auf du vertust dich bei den Knöpfen

ich half ihnen

– Passen Sie auf Sie vertun sich bei den Knöpfen mein Herr

so wie ich ihnen half, Marlene, Micaela, Vânia, Sissi, Soraia, der Armen, bevor sie krank geworden ist, ich habe zwar nicht gesagt, daß sie jeden Tag kommen sollte, aber mindestens einmal in der Woche hat sie uns in der kleinen Wohnung besucht, die meiner Schwiegermutter gehört hat und fast direkt an der Burg liegt, bei jedem Besuch ein anderer Verlobter

– Ich möchte Ihnen meinen Verlobten vorstellen Amélia

bis irgendwann nur noch der jüngste Bruder und Rui, Soraia auf dem Balkon, wo sie versuchte, das andere Ufer zu erkennen

– Man kann das andere Ufer nicht sehen wie schade

und als ich sie fragte, wieso das andere Ufer, hat sie mir geantwortet, Margeriten, ich zeigte ihr einen der Gärten, in denen zufällig keine einzige tote Möwe lag, da sind Margeriten, Soraia, es sind nicht diese Margeriten, Dona Amélia, und ich verstand nicht, welche Margeriten sie meinte, Blumen, die sie vor vielen Jahren verloren haben mußte, so wie ich meinen Schatten und die Flucht der Hasen verloren hatte, manchmal glaube ich ihn im Keller wiederzufinden, wenn sie die Lichter anmachen und eine Form an der Wand zittert, ich glaube, der Wünschelrutengänger, aber es ist Sissi, die singt, mein Mann zu meiner Tante, während er mein Gepäck einwickelte, will heißen, einen beinahe leeren kleinen Beutel, nur Eier aus Glas und der Geruch der Hasen

– Und ihr Schatten Senhora?

mein Mann versuchte, die Margeriten zu entdecken, denn auch er, als er klein war

– Ich erinnere mich noch daran Amélia

und seine Augen blickten nach innen, wo ich glaubte, eine Wiege in einem leeren Zimmer zu sehen, und sobald mein Mann

– Du kannst reinkommen

nur das Unterteil der Wiege, eine Muschelkette, die an einer rostigen Arabeske zerbröselte, und eine kleine Spieluhr in Glokkenform, in der keine Musik mehr war, mir tat sein Waisenseitenblick leid

– Hast du meine Wiege gesehen Amélia?

und er zeigte mir ein leeres Zimmer, das sehr viel kleiner war als das, das er verlassen hatte, ein winziges Fenster zu ein paar Stengeln, die nicht einmal Margeriten waren, und auf dem Fußboden, was noch vom Eisenskelett übrig war, die kleine Glocke von einer Rostspirale umgeben, die mein Mann nicht abbekam

– Ich bekomme das nicht ab Amélia

obwohl er sie auseinandergenommen hatte, um in der Hoffnung auf eine langsame Kantilene, die jedes Wort von weißt du wieviel Sternlein stehen einzeln wiedergab, den Mechanismus zu studieren, und trotz meiner Bemühungen kein einziger Ton, Amélia, ich bitte doch nur um einen einzigen kleinen Ton, der mir meine Mutter mit achtzehn Jahren wiederbringt, vom Duft eines Märzes mit Schwalben und Sechsuhrlicht durchdrungen, von dem ich glaubte, es wohnte in einer Schüssel mit Wäschelauge, nicht diese Alte, die ich kaum kenne und die mich allem Anschein nach auch nicht kennt, an mir vorbeikommt wie an einem Fremden, befiehlt

– Mach den Flur frei

inmitten der Empörung der Pfauen die Hemden meines verstorbenen Vaters aufhängte, mein Mann mit einer Stimme, die er zusammen mit den Fotos aus der Truhe holte und die ich ängstlich in Empfang nahm wie diese alten Seidenschleifen, die zerreißen, wenn wir sie berühren

– Hilf mir zu finden wer ich war Amélia

ein Zimmer, von dem ich nicht weiß, in welchem Stadtteil, in welcher Straße, in welchem Haus, und er versicherte mir mal erwachsen, mal schüchtern, je nach den Launen seines Gedächtnisses beharrlich, man verliert das Sechsuhrlicht nicht einfach wie einen Schlüssel, gib mir das Sechsuhrlicht wieder, Amélia, Soraia, das Sechsuhrlicht, Senhor Osório, glauben Sie, daß das Sechsuhrlicht, Rui meinte, er könnte es an die Kapverdianer in Chelas verkaufen, es im Löffel erhitzen, Zitrone darauf träufeln, es in die Adern spritzen, du bist das Sechsuhrlicht, Rui, den Dekkel der Truhe anheben, und Papierchen, Schimmel, das Sechsuhrlicht, wo ist das Sechsuhrlicht, mein Mann lächelte zu der Wiege mit seiner kleinen neuen Glocke hinüber, die weißt du wieviel Sternlein fragte, mein Mann, während meine Schwiegermutter den Flur freimachte

– Wo war die Wohnung Mutter?

ein Aufschneider, der sich mein Sohn nannte, als würde ich meinen Sohn nicht kennen, als wäre mein Sohn nicht bei mir, ruhig mit einer Muschelkette spielen, ein verbrauchter Mann in Begleitung einer Frau ohne Schatten, die beinahe genauso verbraucht ist wie er, ein Geschöpf voller Ohrringe, Ringe, und zwei spindeldürre Jungen, die meine Schubladen aufzogen, in meinen Kochtöpfen stöberten

– Wo war die Wohnung Mutter?

wenn es wirklich mein Sohn wäre, wüßte er, wo die Wohnung war, er würde ohne zu zögern die Travessa de São Bernardino wählen und die zweite Tür links, er brauchte nicht zu fragen, die Pfauen mit dem Gewehr zu bedrohen und dabei mit dem Mund peng zu machen und die Möwen zu töten, die Travessa de São Bernardino vor dem Kloster, hin und wieder sammelte eine Novizin Mandarinen vom Boden auf, um vier Uhr morgens Gebete in der Kapelle, und der Hühnerhund des Zollbeamten, der im Schlaf jaulte, es war ihnen schon passiert, daß sie um vier Uhr morgens mit den Gebeten in der Kapelle aufwachten, und der Aufschneider, als wäre irgendwo in ihm ein Echo der Gebete, das Geschöpf mit den Ringen verwirrt, man brauchte sie nur anzusehen, um zu verstehen, daß auch eine Wiege, nur bescheidener als unsere und nicht aus lackiertem Metall, aus ordinärem Holz, in der ich mich geschämt hätte meinen Sohn einzuwiegen

– Was ist Senhor Osório?

das Parfüm vor ihr da, man bemerkte das Parfüm schon, bevor noch jemand auf der Treppe war, das Parfüm im Wohnzimmer bat, eintreten zu dürfen

– Mit Verlaub

und die verbrauchte Frau zu dem, der nicht mein Sohn war

– Mach dich schnell fertig da kommt Soraia

während ich auch gern eine Mandarine gehabt und auf die Wiege aufgepaßt hätte, mit Kindern weiß man nie, ob sie Hunger haben oder Angina, die verbrauchte Frau entschuldigt sich, als wäre meine Mutterpflicht

– Die ist seit Ewigkeiten in ihrer eigenen Welt kümmern Sie sich nicht um sie

ich zu Soraia, die ist seit Ewigkeiten in ihrer eigenen Welt, kümmere dich nicht um sie, sie spricht nicht, ist nicht an uns interessiert, hin und wieder macht sie den Eindruck, als würde sie die Bettdecke um den Körper von niemandem richten, denn niemand ist so klein, aber das wird es nicht sein, das ist das Rheuma, eine Sprungfeder im Gehirn, die grundlos vibriert, Erinnerungsfetzen, die hochkommen, dahintreiben, verblassen und verschwinden, in meinem Fall

nur ein Beispiel

der Wünschelrutengänger mit der zerbrochenen Gabel und die Rebschere im Rücken, ohne eine Hälfte des Kopfes, weil die Ameisen und die Raben, und ein Schatten aus Blut überlagert den Schatten, etwas, was mir wie Frieden vorkam in meinem Onkel, der ihn ansah, meine Tante hielt rechts und links nach Nachbarn Ausschau, wusch die Schere, fragte in die Hand hinein, damit der Wind ihre Worte nicht zu dem an unseren anschließenden Weinberg mitriß

– Möchtest du nicht die Schaufel haben Alberto?

ein einziger Stiefel, die Finger in der Hoffnung, mich noch festzuhalten, du riechst nach Wald, Amélia, du riechst nach anfangs schwarzem, dann braunem und später unsichtbarem Wasser, ich gieße dich in Schüsseln, und die Tomatenstöcke lackiert, rot, du riechst nach Schlamm und Wurzeln, riechst nach Wald, nach Eingeweiden, der Wünschelrutengänger atmet pfff in der Falle des Fuchses, und dann die Hacke

natürlich

der Feuerhaken aus der Küche, als wir näher kamen, schaute er uns an, drückte, den Hut auf dem Kopf, die Eisenzähne weg, war besorgt wegen eines Risses im Strumpf

– Ich wußte nicht, daß es hier Füchse gibt

die Eisenzähne da, wo als Köder ein Stück Speck, und die Wetterfahne beobachtete uns heimlich, meine Tante, die Angst vor der Wetterfahne hatte

– Alberto

wozu Angst haben, wenn der Hahn gar nicht krähen konnte, ein Kamm aus Aluminium, ein gelber Schwanz

du riechst nach Beeren, Amélia, beunruhige dich nicht, warte, laß mich die Beeren riechen, du riechst, wie die Ochsen riechen, wenn sie an der Erde riechen, wonach die Hasen im Hafer riechen, diese flinken Schnauzen, die einen Augenblick lang ewig sind

der Wünschelrutengänger bat

– Komm hilf mir mal Alberto

der Wünschelrutengänger bat, während er sein Bein massierte

– Komm hilf mir mal Alberto

und bemerkte die Schere, mit der wir die Trauben abschnitten, und verstummte, der Schatten war jetzt dichter, die beiden Arme ein Arm, nur daß er sich duckte, zurückwich, die Gabel zeigte auf meinen Onkel, bevor sie in die Blätter fiel und aufhörte, der Schatten einer Gabel zu sein, um nur noch Gabel zu sein, ein Stiel aus vom Gebrauch poliertem Apfelbaumholz, auf den mein Onkel trat, der Kopf ohne Hut, will heißen, zwei Ohren, die größer wurden, der Schatten des freien Stiefels radelte auf dem Boden, erreichte meinen Onkel und entfernte sich von ihm, denn die Schere, etwas, das ein Mund sein mußte

der Schatten eines Mundes

das ein Mund war, ich habe später festgestellt, daß es ein Mund war

– Wir sind doch Freunde Alberto?

der Hut dicht bei mir, nicht der Schatten eines Hutes, der grüne Hut mit einem Band, und im Band eine Zigarette

man zündete ein Streichholz an, während sie den Brunnen gruben, gab es keinen Schatten der Flamme, als der Taubenschlag brannte, ich erinnere mich an den Schatten an der Wand des Schweinestalls, den Schatten der Flammen und den Schatten des Rauchs, der Eimer, mit denen die Nachbarn angelaufen kamen, die miteinander vermischten Schatten der Schweine, ein einziges Schwein mit so vielen Rüsseln, so vielen Schwänzen, die Schüssel für das Schweinefutter umgekippt, die Schatten der Nachbarn auch miteinander vermischt

du riechst nach Eukalyptusblättern, Amélia, du riechst nach Beeren, du riechst nach Wald, nach Eingeweiden, so wie Tiere riechen, und ich bäuchlings auf der Erde

man sah das Caramulo-Gebirge

ich erinnerte mich an die Brombeeren auf dem Weg durch den Kiefernhain, meine Tante, wenn du zu viele Brombeeren ißt, wirst du leberkrank, mein Onkel schenkte sich gegen die Anweisungen des Arztes aus der Flasche auf der Anrichte ein, ich wachte auf, und seine nackten Füße tranken, nicht mein ganzer Onkel, die nackten Füße, ich hörte das Geräusch der Flasche, als er sie wieder zurückstellte, der Arzt

– Du machst es keine sechs Monate mehr Alberto

und er machte es auch nicht

mein Onkel knöpfte nach der Untersuchung die Jacke zu, der Bauch aufgetrieben, die Nase so weiß

– Solange ich Zeit habe einem Fuchs ein Ende zu bereiten von dem ich weiß

der Schatten des Wünschelrutengängerfuchses hockte in der Falle, der Schatten des Hutes, den meine Tante mit dem Fuß zermalmte, Soraia in der kleinen, fast direkt an der Burg gelegenen Wohnung

– Ich will sie nicht sehen Dona Amélia ich kann sie auch nicht sehen

bei jeder Fuchspfote fünf Finger und jeder Finger vom anderen getrennt

– Wenn es um deine Nichte geht sie ist immer noch Jungfrau Alberto

bevor die Schere das erste Mal, und als die Schere ein zweites Mal

– Stürz mich nicht ins Unglück und erzähl deinem Onkel daß du noch Jungfrau bist Amélia

ich nehme an, daß er mich ansieht, aber wer kann erklären, wohin die Schatten schauen, als die Schere ein drittes Mal, schwieg der Fuchs, und die Zunge dunkel im Maul

oder aber ein Klumpen Erde oder aber ein Stein oder meine Tante, da ihr Schatten über seinem lag und seinen Hals mit einem Lumpen zudeckte, um ihn am Sprechen zu hindern, ein schwarzes Wasser auf dem Taschentuch, das dann braun und später durchsichtig war, die hohlen Lippen auf den Blättern, die Kleider hohl

du riechst, wie die Ochsen riechen, wenn sie an der Erde riechen

nicht ich roch nach Beeren und nach Wald, nach Schlamm, nach Wurzeln, nach Wasser, er war es, ich hatte das Gefühl, daß

– Alberto

und es war nicht meine Tante

– Alberto

es war der Hahn der Wetterfahne, er war es, beschwören kann ich es nicht, ich glaube, er war es

– Wenn es um deine Nichte geht sie ist immer noch Jungfrau Alberto

die Schere an seinem Hemd abwischen

oder am Hosensaum, Soraia eilte auf den Balkon, wo ein Pfauenweibchen

welches?

schluchzte

– Ich will sie nicht sehen Dona Amélia kann sie auch nicht sehen

die Zitronenbäume in den Gärten atmeten dort draußen, und meine Schwiegermutter, seit Ewigkeiten in ihrer Welt mit der Taubheit und ihren Truhen voller Müll, zieht etwas auf, das mir wie eine kleine Glocke vorkam

und jetzt den Körper in den Brunnen werfen und den Bretterdeckel darüberlegen

– Es hat doch kein Wasser gegeben er hat sich geirrt

trotz der Spiegelungen dort unten, meine Tante, mein Onkel, ich, drei Köpfe, darüber eine Wolke

keine Wolke, eine Falte im Wasser

keine Falte im Wasser, ein Sack ungelöschter Kalk über dem Hut und der Gabel

du riechst nach Eukalyptusblättern, du riechst nach Zweigen, wenn es um deine Nichte geht, die ist noch Jungfrau, Alberto

wir haben die Spuren mit Büschen verwischt, haben gewartet, daß die Brombeeren dort wuchsen, wo er

wo sein Schatten oder ein Schwarm Reiher vom Staubecken zur Lagune, in wie vielen Nächten, zum Beispiel, bin ich sicher, daß ich Soraia auf dem Treppenabsatz vorfinde, wo sie auf mich wartet

– Ich muß mit Ihnen reden Dona Amélia

und als ich die Fußmatte erreiche

Gott weiß, wie schwer es mir mit dreiundsiebzig Jahren fällt, die Fußmatte zu erreichen

dreiundsiebzig Jahre, nicht sechzehn und auch nicht dreißig, mit dreiundsiebzig Jahren

und den Schlüssel ins Schloß stecke, sie einlade

– Komm herein

bemerke ich, daß ich mit der Aufregung der Pfauen allein bin, ich sage ja nicht, daß sie jeden Tag kam, aber mindestens einmal in der Woche besuchte sie uns, meinen Mann und mich, in der kleinen Wohnung, in der wir fast direkt an der Burg wohnten, und obwohl sie kein Geld hatte und ihre Kleider zum Pfandleiher brachte, immer ein hübsches Geschenk, ein Päckchen Tee, eine niedliche Keramik, die vielleicht nicht teuer war, sie aber in Unannehmlichkeiten brachte, Micaela hat mir erzählt, daß sie, bevor sie mit dem Kunden von Tisch neun in die Herberge oder in die Pension ging

se habla español English spoken

wo sie ein Zimmer nahm

ein Tresen mit kleinen Fahnen

sogar die von der Elfenbeinküste, Dona Amélia

ein halbverrückter Alter auf dem Dach, der sich mit den Tauben unterhielt

in die Küche ging und um die Reste von den Butterbroten und Kuchen bat, denn mein wählerischer Hund

ein Köter mit Schleife

liebt das so, aber es war nicht mein wählerischer Hund, der das aß, wenn sie nach Hause kam, sondern sie, der Geschäftsführer schalt sie immer, weil sie einen Herrn von Stand mit einem Paket im Arm begleitete, es gibt Kunden, die mögen das nicht, Soraia, du siehst wie eine arme Frau aus, die den Müll durchsucht, der wählerische Hund erschien später in Fonte da Telha und murmelte Trauer um die Leiche von Rui, und eine Welle hat ihn mitgenommen, der Polizist, der merkte, daß er weg war

– Der Köter?

als würde der Köter ihnen erzählen können, daß wir, der Verstorbene und ich, am Dienstag, dem einundzwanzigsten September neunzehnhundertachtundneunzig, mit dem Bus in Fonte da Telha angekommen, an den Dünen entlangspaziert sind, wo die Flaschenhälse und die Sandalen und Dreck und Blechbüchsen, wir haben das Handtuch auf dem Sand ausgebreitet, haben uns an der Stelle hingelegt, wo wir uns immer hinlegten, gleich hinter den Hütten, wo die Kalanderlerchen auf einem Felsen mit Mittagsblumen ihre Eier legten, haben auf das Meer geschaut, das übrigens um diese Zeit eher smaragdgrün als blau ist, wegen

denke ich

eines Algenbandes von der Strömung vom Vortag, das zur Verlagerung der Möwen zur eigentlichen Costa da Caparica oder sogar noch weiter wegführte, beispielsweise nach Santo António da Caparica, São João da Caparica, Bico da Areia, Alto do Galo oder sogar Trafaria, diese Elendssiedlungen aus Hütten, wo

wenn ich mich nicht irre, in Bico da Areia, aber ich bräuchte noch zusätzliche Informationen, um besser zu beurteilen, was ich erkläre

wo, wie gesagt, und das unter Vorbehalt, eine Frau im Alter zwischen siebenundvierzig und dreiundfünfzig mit der Schürze die Tische eines Straßencafés abwischt

zwanzig Meter?

von einem Haus entfernt

von einer Hütte entfernt

von einem hüttenartigen Haus mit einer Glyzinie

da bin ich mir sicher

die um das Haus herum siechte, und indem ich nach dieser möglicherweise unnötigen Abschweifung die Erklärungen, die ich lesen, für übereinstimmend befinden und unterzeichnen werde, wiederaufnehme, breiteten wir das Handtuch aus und zogen uns, aufs Meer blickend, aus, versicherten uns, daß die Spritze ebenso in der Tasche war wie der Löffel, das Feuerzeug und eine elffache Dosis des in Chelas in der dem Tage, den ich oben erwähnt habe, direkt vorausgegangenen Woche von Personen gekauften Heroins, deren Name, Wohnsitz und Beruf

neben Familienstand, Staatsangehörigkeit und besonderen Kennzeichen

wir auf Ehre und Gewissen schwören nicht zu kennen, nachdem wir den Ellenbogen über unsere Augen gelegt hatten, um das übermäßige Sonnenlicht abzuwehren, das der

wolkenlose

Wohnsitz der Götter unangenehm für uns gestaltet, deren Augen von der täglichen, wahrscheinlich aber nur jeden zweiten Tag stattfindenden Einnahme von Betäubungsmitteln mit einem hohen Grad von Verunreinigungen bereits empfindlich geworden sind, von denen einige die Leber und zumindest aber eine die Niere schädigen

zur Untermauerung unserer Behauptungen bitte Anlage 2 konsultieren

(zwei)

des Autopsieberichts

deren Augen von der regelmäßigen Einnahme von Betäubungsmitteln bereits empfindlich geworden sind, wozu noch das unbestrittene Vorhandensein eines angeborenen Glaukoms hinzukommt

Anlage 4

(vier)

desselben Berichts

mit möglicher Einschränkung des Sichtfeldes, vor allem links, auf dem Handtuch auf dem Rücken liegend ausgestreckt, der monotonen Folge der Wellen lauschend

(Anmerkung zur Mitteilung, die kein Handzeichen des Befragten trägt, jedoch vom Ermittlungsrichter im Anschluß an eine telefonische Nachfrage bei der Verwaltung des Hafens von Lissabon akzeptiert wurde, wo sie mich ewig haben warten lassen, obwohl sie wußten, daß sie es mit einem Richter zu tun hatten, und dadurch einen energischen Protest meinerseits hervorgerufen haben, auf den ich noch keine Antwort erhalten habe, die allerdings angesichts der Wartedauer am Telefon kaum jemals kommen wird, Notiz am Rand, Ebbe zwölf Uhr und dreiunddreißig Minuten, wobei hinzugefügt wurde, wenn es nicht um zwölf Uhr und dreiunddreißig Minuten war, dann war es um sechzehn Uhr und vier Minuten, als auf dem Schreibtisch des Kapitäns ein Durcheinander von Papieren, das können Sie sich überhaupt nicht vorstellen, werter Herr Richter)

wir also, wie ich schon sagte, hörten auf dem Handtuch der monotonen Folge der Wellen zu, die definitiv genauso wie die am Sonntag im Winter waren, ich schrieb auf der Maschine, während meine Lebensgefährtin unseren Sohn fütterte und vorschlug, du könntest das mal einen Augenblick weglegen und mir bei diesem gräßlichen Brei helfen, mit dem mich das Kind bisher nur eingesaut hat, was zu zwei Fehlern führte, die eigenhändig am Ende der Seite berichtigt wurden, und hoffe nun, daß der Chef der Brigade

– An dem Tag an dem du ein ordentliches Protokoll zustande bringst schieße ich Feuerwerksraketen ab

mich nicht zwingt, alles noch einmal zu tippen, wir also rücklings auf dem Handtuch, bis

mehr oder weniger

achtzehn Uhr und dreißig, laut einer Zeugenaussage zweifelhafter Glaubwürdigkeit aufgrund der notorischen Trunkenheit des Angehörten, aber dennoch der einzigen Zeugenaussage, die wir haben aufnehmen können und die in Kapitel 4

(vier)

zu finden ist

Darlegung und Schlußfolgerungen

der vorliegenden und einzigen, die wir aufgrund der Feindseligkeit

und des Mißtrauens

das uns die Bevölkerung von Fonte da Telha

mit Ausnahme des brüderlichen Trunkenbolds

bei der auf dem guten Willen und dem legitimen Wunsch der Polizei fußenden Bemühung, präzise zu sein, entgegenbrachte, haben aufnehmen können, aber die Undankbaren haben, indem sie die Wahrheit mißachteten und strafrechtlich verfolgt werden könnten

was ihnen wiederholte Male gesagt wurde

darauf bestanden, daß sie nichts wüßten, nichts gesehen haben, ich rede nicht mit euch, laßt erst mal meinen Schwager frei, dann sprechen wir, und daher können wir nur vermuten, daß Rui

daß ich

nicht auf den Köter achtete, den ich nie mochte und den die Kapverdianer mir nicht abkaufen wollten, der mit der Schleife um den Hals

so bescheuert, Herrschaften

über den Teer trabte und das Schilfrohr anbellte, und jedesmal, wenn er zu mir kam, schubste ich ihn mit dem Knie weg

– Nerv mich nicht

und dies blöde Vieh war, anstatt das zu begreifen, noch zärtlicher, war überzeugt, ich sei Soraia und würde ihn mein Liebling nennen und mit ihm die Reste aus dem Keller teilen, um halb sieben, als die Sonne aufhörte, mich zu stören, habe ich eines der Päckchen nach dem anderen erhitzt, vielleicht waren sie zu grau, aber was machte das, wo ich nicht fliegen wollte, da sie mich morgens um neun

(neun Uhr und elf Minuten, Worte der Aussagenden Maria Alice Nunes Garcia, Krankenschwester 2. Klasse

zweiter Klasse, die ihre Schicht zur Verärgerung der verantwortlichen Diensthabenden mit einer leichten Verspätung begonnen hat, etwa fünfzig Minuten zuvor)

vom Krankenhaus angerufen und mir mitgeteilt haben, daß Soraia, und ich starrte den Apparat an, als würde der Apparat

ich legte den Hörer auf die Gabel, riß das Kabel aus der Dose, als würde das Telefon schlug mit ihm auf die Ecke des Küchentisches, bis das Bakelit zerbrach, ich zerquetschte die Glocke, zerstörte den Widerstand, wickelte die Spulen ab, warf alles das, was mich anlog

nicht Soraia

auf den Teppich, der hinter dem Haus in Príncipe Real trocknete, wo sie mich auf dem Büro von der anderen Seite der Straße nicht ansahen, in dem mir manchmal die Schreibkraft zulächelte

oder ich erfand, daß sie mir manchmal zulächelte, eine magere Blondine, die wer weiß wieso traurig war, und traurige Blondinen tun einem mehr leid als Brünette, solange sie nicht weinen, die Schminke nicht verläuft, nachdem die Krankenschwester 2. Klasse

(zweiter)

Maria Alice Nunes Garcia, dieses gleichförmige, monotone Geräusch gehört hatte

nicht monoton wie die Wellen, die abbrechen und erneut beginnen

das gleichförmige, monotone Geräusch eines abgebrochenen Telefongesprächs, angesichts dessen ich, nachdem ich meiner Verpflichtung nachgekommen war, das Ableben des Kranken mitzuteilen, die Aufgabe vor mir hatte, dringend das Bett neu zu beziehen und mich mit der schwerfälligen Bürokratie wegen eines Todesfalls in Verbindung zu setzen, den ich zu bearbeiten hatte, den Arzt, die Krankenträger rufen, der Buchhaltung eine Mitteilung machen, den Leichnam ordnungsgemäß mit dem entsprechenden Schild und dem Stempel der Einheit auf der Stirn identifizieren, nachdem ich am darauffolgenden Morgen Kenntnis vom tödlichen Ende des Mitbewohners des Kranken erhalten habe, der in ungehöriger Weise vorstellig geworden war und erklärt hatte, der Ehemann zu sein, und vom betreffenden Kranken als von einer Person weiblichen Geschlechts gesprochen hatte, was er nachweislich nicht war, nachdem ich aus den Zeitungen vom tödlichen Ausgang erfahren hatte, und da wir nun schon einmal hier sind und damit das reingeht in diesen Dickschädel entschuldigen Sie bitte, wenn ich Sie beleidige

aber ich habe weder Zeit noch Lust, mit Ihnen zu Mittag zu essen, zudem tragen Sie, Herr Polizist, einen Ehering, und nun sagen Sie mir bitte, wo ich unterzeichnen soll, ich habe noch zu tun

ich habe alles, was mich anlog

nicht Soraia

auf den trocknenden Teppich hinuntergeworfen, ich erinnere mich nur dunkel daran, wie ich den Ziegelstein hochhob, unter dem ich das Heroin versteckte, ich erinnere mich nicht daran, den Köter herangepfiffen zu haben, obwohl ich zugeben muß, daß ich es vielleicht getan habe, weil Soraia, die so zärtlich war und sich wünschte, daß wir gut miteinander auskämen

– Kümmere dich um das Tierchen das tust du doch versprich mir daß du dich um das Tierchen kümmerst

sie hätte gern gehabt, so wie ich sie kenne, daß das Tier mit mir zusammen, ich habe noch ein unscharfes Bild vom Bus nach Fonte da Telha, vor allem von einer alten Frau, die neben mir saß und mich bat

– Darf ich ihn streicheln?

während sie mich zugleich mit einer verzweigten, detailreichen Geschichte von einem Basset verrückt machte, der ihr in der Kirche São Domingos abhanden gekommen war, ich nehme an, von irgendeinem Märtyrer geklaut, der mit unschuldigem Gesichtsausdruck zwischen Kerzen und Blumen auf dem Altar hockte, und die Dame, die ihre Finger ins Fell des Köters vergraben hatte, lassen Sie mich ihn auf den Schoß nehmen, um meine Sehnsucht zu stillen, nur fünf Minuten, während ich ein wenig darüber glücklich war, daß es Menschen gab, die noch einsamer waren als ich, ein Glücksgefühl, das mir zweifellos Mut gemacht hat, das Handtuch auf dem Sand auszubreiten, das Heroin im Löffel zu erhitzen

nicht elf Dosen, verbessern Sie die elf, zehn, und sie eine nach der anderen in die Spritze zog, ohne mich darum zu scheren, ob man mich bemerkte, und ich möchte nicht beschwören, daß die Fischer und die Bewohner der Hütten mich nicht bemerkt haben, denn vielleicht hatte ich ja Geld, vielleicht mein Hemd oder meine Pantoffeln oder irgendein Ring, den der Junkie zufällig trägt und den sie bestimmt in Barreiro oder in Almada kaufen würden, ich spürte ihre Hoffung, und diese Hoffnung half mir, das Gummiband um den Arm, die Nadel beinahe nicht wahrzunehmen, verstehen Sie, beinahe nichts wahrzunehmen, nur das Meer.

Kapitel

Mein Vater nähte einen Saum fest, während ich auf dem Sofa saß, die Beine ausgestreckt hielt und die Schuhe gegeneinanderschlug, an die Decke schaute und darauf wartete, daß irgend etwas Interessantes passierte, denn hier unten passierte nie etwas Vernünftiges, und in dem Augenblick, als ich meinte, der Lüster würde sich nun doch lösen und es wenigstens ein Freudenfest mit Glas auf dem Boden geben, suchte das Gesicht meines Vaters mein Gesicht, ich tat aber so, als ob ich es nicht bemerkte, ich zum Lüster

– Wird das heute noch mal was?

in der Hoffnung, daß das Zittern der Klunker sich in eine Kaskade verwandelte, ich hörte auf, die Knöchel aneinanderzuschlagen, und schlug mit den Füßen auf den Boden, um den Sturz zu beschleunigen, worauf mein Vater seine Gesichtszüge um die Nasenlöcher, die Augenbrauen, die Lippen herum in meine Richtung zusammenballte

– Paulo

während die Klunker sich beruhigten, nur ein Lastwagen auf der Straße, und der Lastwagen jetzt wieder weit weg, wenn wir das Fenster öffneten, kam es mir so vor, als wäre der Lüster ein Baum, der allerdings mit seinen Früchten aus durchgebrannten Birnen umgekehrt eingepflanzt war und sich mit den anderen Wipfeln wiegte, ein durchsichtiger Baum

ausgenommen der Stamm aus Blech und die Häkchen der Zweige, deren Namen Senhor Couceiro auf lateinisch wußte, er schrieb mit dem Spazierstock Klammern in die Luft und erklärte mir, nun erklären Sie mir doch bitte mal, warum ich außerstande bin, ihm die Hand zu geben und ihm guten Tag zu sagen, ich brummle etwas, verschwinde, schließe mich auf dem verglasten Balkon ein, böse, weil ich mich auf dem verglasten Balkon einschließe, wenn ich es könnte, es mir gelänge, wenn ich mich nicht schämen würde

und ich kann nicht und es gelingt mir nicht und ich schäme mich, ins Wohnzimmer zu kommen und ihm Gesellschaft zu leisten, ich will nicht

werde ich es nicht wollen?

ich will nicht, daß Dona Helena mit glücklicher Dankbarkeit von der Strickarbeit aufblickt, ich will nicht, daß sie alt werden, daß sie sterben, eure Medikamente bei Tisch erschrecken mich, wenn die Fingerchen überlegen

die Kapsel oder die Pille?

und die Kapsel wollen und die Pille nehmen, mit Wasser nachhelfen, der Wunsch, mich zu interessieren, voller Angst vor der Antwort

– Was hat der Doktor empfohlen?

weil sie ganz bestimmt noch gebeugter, noch langsamer, damals, als sie mich mit sich genommen haben, Dona Helena ohne Flecken

sie bekleckerte sich nie beim Essen

sie brauchte sich nicht am Stuhl abzustützen, ich genervt von diesem Theater

– Nun tun Sie doch nicht so als fiele Ihnen das Gehen schwer

wollte sie schlagen und hatte den Wunsch, sie in den Arm zu nehmen

kein Wunsch, sie in den Arm zu nehmen, nur der Wunsch, sie zu schlagen, diese Simulanten, die mich mit ihrem Gestolper rühren wollten, als wenn mir als Clown nicht schon mein Vater reichen würde, mitten in der Nacht gingen sie in die Küche, stießen sich an den Ecken und weckten das ganze Gebäude mit dem Vorwand, Durst zu haben, nicht Pantoffel schlurften über den Fußboden, Kreidestücke quietschten über die Schiefertafel und verursachten mir im Schlaf Gänsehaut, zogen das Pflaster, das ich selber war, von der Haut, die ich auch war, die Spüle frenetisch mit unzähligen Dingen, die wir nie gehabt hatten, Dutzende von Töpfen, Besteckteilen, Krügen, Sieben schlugen gegeneinander, fielen hinunter, rollten unter Metallgetöse bis zu mir, und dann in der Stille das Wasserrinnsal im Glas

ein Glas ohne Boden, da es überhaupt nicht voll wurde

ein betäubendes Rinnsal, eine Bleikaskade donnerte unter maßlosem Gurgeln in ihren Rachen, von dem ich nicht angenommen hatte, daß er so weit war, die Pantoffeln kehrten trotz des Kissens auf meinem Kopf ins Schlafzimmer zurück, und ich Pflaster, ich Haut, oder aber ein Warten, das sich unendliche Sekunden lang ausdehnte, das Kissen vom Kopf nehmen, die Ohren in einer bangen, wachsenden Ahnung einstellen, ein Körper quer über dem Brotbeutel, die Züge zu einer Horrorgrimasse verzogen, der Ärmel hängt in einer Traube toter Fingernägel herunter

sterbt nicht

der Verdacht, die Möglichkeit, die Gewißheit, daß sie vielleicht ohnmächtig geworden sind, aus dem Bett steigen, mich im Laken verheddern

sie könnten durchaus gestorben sein

mich aus dem Laken schälen

sterbt nicht

die Schlafanzughosen hochziehen, die nicht an der Taille sitzenbleiben und zu den Knien heruntergerutscht sind, denn obwohl ich es schon vor drei Monaten gesagt habe, hat Dona Helena, die sich an die Stirn schlug

– Du hast ja recht mein Sohn

nennen Sie mich nicht Sohn

das Gummiband nicht ersetzt

sie können noch einmal sterben

an die Hose geklammert zur Küche humpeln, an dieselben Ecken anstoßen wie sie, nur barfuß, ein Nagel und eine Infektion, Tetanus, Delirium, Fieber, Schmerzen

– Da ist nichts mehr zu machen Sie haben der Impfung keine Bedeutung beigemessen gnädige Frau

ich kam am Badezimmer mit seinen Gerüchen ewiger Gezeiten vorbei, in dem sogar im Dunkeln der Spiegel mich so besorgt wie ich selber rief

– Schnell

das Zimmer, in dem Dona Helena oder Senhor Couceiro

ich wußte nicht, wer von den beiden den anderen überlebt hatte

im Gleichtakt mit dem Wecker hustete, hinter dessen Glas sich eine rätselhafte Fliege befand, die der Minutenzeiger alle halbe Stunde zu harpunieren versuchte, und in der Küche, die von den Straßenlaternen verlängert wurde

vergiß nicht, wie die Laternen die Wohnung verlängern, wenn du auf der dunklen Treppe nach Hause kommst, wenn du noch mit einer Stufe rechnetest und das Bein auf einem unerwarteten Treppenabsatz versank, vergiß nicht, wie du, bevor du den Schlüssel ins Schloß stecktest, ein Streichholz angezündet hast, die Flamme des Streichholzes auf die Fußmatte fiel

vergiß nicht, wie die Flamme der Streichhölzer auf die Fußmatte fiel

und das Haus hörte genau wie du auf zu existieren, aber inzwischen drehte sich der Schlüssel von selber, die Laternen verlängerten das Wohnzimmer zu anderen Zimmern, enthüllten dir Schatten von Sofas, die es nicht gab, und du riefst Fremde

vergiß nicht

die niemals existiert haben und dennoch in der Leere der Stille mit dir redeten, die Straßenlaternen an den verregneten Freitagen, von schiefen Linien gestreift, trotz Windstille, dein Spiegelbild in jedem Tropfen an der Scheibe, Dutzende Dus im Rahmen, die dich desinteressiert anschauten, denn das bist du, nur dies, du weißt nicht, wer du bist, und daß du dies bist, erschreckt dich, verwirrt dich, du näherst dich der Gardine, und niemand nicht einmal du

im Spiegelbild, es ist sinnlos, dich zu fragen, etwas zu vermuten, Angst zu fühlen, vor dir die Offenkundigkeit deines Lebens, vergiß nicht zu denken

– Wer bin ich?

selbst wenn du keine Antwort erhältst, und du bekommst keine, niemand ist bei dir, niemand kann dich treffen, du triffst dich selber, und dein Herz bleibt stehen, du läßt die Gardine, weil du die Zukunft gefunden hast, nicht deine Zukunft, die der anderen, deine Zukunft ist zu Ende

vergiß nicht

wenn du dich hinsetzen würdest, um zu reden, wo würdest du dann die Worte finden, glaube nicht, daß du, wenn du das Licht anmachst, was auch immer wiedererlangst, denn du hast dir vorgestellt, du würdest erwartet

sag nicht, daß sie dich erwarten

sie erwarten dich nicht

beunruhige dich nicht, steck das Taschentuch ein, gib auf, vielleicht findest du ja, wenn du das Taschentuch einsteckst, Apfelkerne in deiner Tasche, einen Bleistiftstummel, ein verlorenes Taschenmesser, die dir helfen, eine Archäologie der Stimmen zu rekonstruieren, deinen Vater, deine Mutter, deine blinde Großmutter, die sich irrt

– Ist das mein Enkel Judite?

und den Mimosenduft, den du nicht erkennen konntest, daher geht deine Geschichte weiter, vergiß nicht, daß du am Badezimmer vorbeigekommen bist, durch den Flur, am Schlafzimmer vorbei, und in der von den Straßenlaternen verlängerten Küche

und in der von den Straßenlaternen verlängerten Küche

vergiß nicht

in der von den Straßenlaternen verlängerten Küche gleitet keiner von beiden am Kühlschrank herunter wie eine Margarineträne am Päckchen und wartet auf mich, damit ich ernsthaft traurig werde, die Kirche von Anjos liebt Unglück

– Zu spät Paulinho

und

das ist offenkundig

gelogen, was heißt hier, zu spät, Senhor Couceiro auf dem Schemel, auf dem sie mir, als ich klein war, zu essen gaben, und Senhor Couceiro zählte die Löffel, noch acht, noch sieben, noch sechs, noch fünfeinhalb, und ab fünfeinhalb, da man den Grund des Tellers nicht sah, ein Zeichen von Dona Helena, und Senhor Couceiro, während Dona Helena den Rand abkratzte, noch fünfeinviertel, und von viereinhalb bis null, sobald Dona Helena

– Fertig

oder aber, wenn er übereilt zählte und die Einheiten dann in immer kleinere Teile teilte, noch ein Dreiviertel, noch die Hälfte, noch ein Viertel, noch die Hälfte von einem Viertel, noch die Hälfte der Hälfte von einem Viertel, es fehlt fast nichts mehr, es fehlt noch die Hälfte von nichts mehr, Dona Helena, den Löffel in der Luft, und ich, die Serviette um den Hals gezurrt, fasziniert von der Elastizität dieser endlosen Rechnung, noch heute passiert es mir, daß ich die Gabelfüllungen abschätze, wenn man mir das Mittagessen serviert

– Es fehlen noch siebzehn Paulinho

die Menge Spaghetti zu- oder abnimmt, bis null erreicht ist, in Gedanken mit dem Spazierstock auf die Fliesen stoßen, den Blick heben, durchs Restaurant schauen, und die Gewißheit, daß Dona Helena bei mir ist, ich bin bei null angekommen, Dona Helena

– Ich bin bei null angekommen Dona Helena

weil ich die Gewißheit habe, daß Senhor Couceiro bei mir ist

– Sehen Sie ich bin bei null angekommen Senhor Couceiro?

Senhor Couceiro steht am Herd

vergiß das auch nicht

schaut mich an, als würde ich nicht hereinkommen, folgt mir mit dem Blick, ohne mich mit dem Blick zu verfolgen, weist auf die Kiste

die, auf der immer der Wäschekorb stand

ohne auf die Kiste zu weisen, die aus Achtung vor dem Wäschekorb niemand von uns benutzte, die Kirche log mich an, das merkte man sofort

die Kirche von Anjos, wenn ich es recht bedenke, ist es noch nicht zu spät, ich habe mich geirrt, die Margarine, diese Simulantin, verbirgt ihre Träne im Lid des Päckchens, wir säten immer Petersilie in Konservendosen auf der Fensterbank aus, sie ließen mich die Petersilie mit dem Portweinglas mit den goldenen Verzierungen begießen, sie hoben mich an der Taille hoch, und ich kippte das Glas in die Dosen

– Das ist meine Petersilie nicht wahr Dona Helena?

Petersilie oder Majoran?

nachmittags die Sonne auf den Bratpfannen, den Tüchern, Dona Helena wagte nicht, den Reis abzuschmecken, wenn ich in der Nähe war, einmal habe ich sie erwischt, als sie ein Blatt stibitzte

– Tun Sie meiner Petersilie nicht weh

Majoran?

und Dona Helena ließ das Messer los, als wäre es etwas Lebendiges, das Fahrrad schien trotz der platten Reifen gerade aus dem Garten angekommen zu sein, hätte ich Wangen, wären sie vom Wind gerötet, beim Abendessen die kleine Perle des Auges der wegen ihres Doppelkinns schnarchenden Seebrasse, Senhor Couceiro und ich im Zentrum der Welt, und um uns herum, nebensächlich, Ghana, Alaska, China, das Plakat mit Palmen

Visit Bahamas

im Reisebüro, einen Monat später die Bahamas verknittert, der Angestellte ersetzte sie durch eine Negerin mit Ohrringen, die Ananas, Papayas anbot

Visit Curaçao

ich war ein ganzes Jahr lang in diese Negerin verliebt, und Bahamas und Curaçao ebenfalls um uns herum, ich wollte gerade sagen, daß ein Vogel am verglasten Balkon entlangschrammte, dem elektrokardiogrammartigen Flug zufolge aber glaube ich, es war eine Fledermaus, solange Sie mich nicht mein Sohn nennen und meine Schulter umarmen

umarmen Sie nicht meine Schulter

fühle ich mich so wohl, wir könnten stundenlang ins Nichts schauen, wenn der Zeiger des Weckers in seinem Ingrimm, die Fliege zu harpunieren, uns nicht den Tag bringen würde, die ersten Busse kamen die Avenida Almirante Reis herunter, zwangen sie, sich von Kreuzung zu Kreuzung an den Ampeln entlang zu recken und zu strecken, und plötzlich Wasserhähne, Leute, Spatzen, die Welt, die sich dezentralisierte

vergiß die Nacht nicht, in der ein Mädchen, ohne sich um dich zu kümmern

du niemand, du niemand

auf einem beleuchteten Balkon tanzte, Noémia verschwand im Rahmen, und anstelle von Noémia das Mädchen, das einen Blumentopf nahm und mit ihm tanzte, Senhor Couceiro veränderte die Ordnung der Dinge auf der Anrichte, und wieder Noémia, vergiß nicht, daß du mit dem Comicheft und dem Schulbuch das gleiche gemacht hast, kaum hörtest du Schritte, das Schulbuch darüber

Senhor Couceiro ging vom Herd zurück ins Schlafzimmer, die Knie langsam, der Mund verzogen, die Kirche hochzufrieden über den Ellenbogen, der sich am Tisch abstützte

– Ob es diesmal soweit ist Paulo?

aber es war erst Jahre später soweit, als ich nicht mehr bei ihnen lebte, sie haben nie erfahren, daß ich

sie haben nie erfahren, daß ich Freundschaft für sie empfand

daß ich Freundschaft für sie empfand, ich sage ja nicht, daß sie groß

ich sage lieber nicht, daß sie groß war, wozu sagen, daß sie groß war, ich empfand Freundschaft für sie, viereinhalb, viereinviertel, vier, dreidreiviertel, dreieinhalb

ich empfand Freundschaft für sie

was ist mit meiner Petersilie geschehen, meinem Serviettenring mit dem darauf abgebildeten bösen Wolf mit Matrosenmütze, auf dem ich immer mit dem Nagel kratzte, wenn der böse Wolf mich anschaute, tröpfelte ihm Freßgier vom Kinn, wer garantiert mir, daß er Noémia nicht gefressen hat, ein Biß, und das war's, daß er uns nicht frißt, als ich die Decke hochziehe, nagt die Stille an mir, oder mein Vater näht einen Saum fest, während ich auf dem Sofa sitze, die Beine ausgestreckt halte und die Schuhe gegeneinanderschlage und darauf warte, daß irgend etwas Interessantes passiert, daß der Lüster sich löst und es wenigstens ein Freudenfest mit Glas auf dem Boden gab, mein Vater winkte mir einen Clownsabschied zu

– Paulo

sagte, ohne es zu sagen

– Paulo

sagte

– Paulo

nicht mit der Stimme, an die ich mich von Bico da Areia her erinnerte, und im Oktober die Tauben, eine höhere Stimme, Micaelas Stimme

– Ich bin deine Freundin weißt du?

Marlenes, Vânias, Sissis Stimme, die in der Garderobe wegen des Lippenstifts, des Puders, des Klebstoffs für die Perücke stritten, die hier liegen sollten und nicht da sind, wer hat meine goldenen Wimpern gestohlen, ihr Diebinnen, wer hat meinen Absatz kaputtgemacht, guckt euch bloß mal diesen Absatz an, der Flakon mit dem Parfüm ohne Stöpsel, das riecht nur noch nach Alkohol, die Wachsblumen nichts als Drahtstengel, auf dem Bildchen eines Heiligen, der gegen Krankheiten schützte, waren diesem mit Eyeliner ein Schnurrbart und eine Brille gemalt worden, Marlene empört

– Warst du das Rui?

und Rui, dem Vânia etwas gegeben hatte, das mir wie Geld vorkam, zog die Zitrone aus der Tasche und betrachtete die Zitrone eingehend, mein Vater im kleinen Zimmer am Príncipe Real, wo die Klunker zitterten, sich mit jedem Bus, der die Gasse heraufkam, weiter lösten

– Warum laßt ihr mich nicht eine Frau wie die anderen sein Paulo?

meine Großmutter fuhr mit den Fingern über sein Gesicht, wunderte sich, der Winter kam vom Gebirge, pfiff in den Dachpfannen

– Hast du eine Freundin mitgebracht Judite?

schau meine Männerhände an, Paulo, meinen Männerhals, die falschen Brüste und Hüften, die nach unten gerutscht sind, seit ich dünner geworden bin, als er mich das erste Mal in Anjos als Clown verkleidet besucht hat, habe ich ihn nicht erkannt, wie er neben dem Stuhl stand, den Dona Helena ihm anbot, nicht wagte, sich zu setzen, von einem Fuß auf den anderen trat, Kälte bekämpfend, obwohl es nicht kalt war

– Ich bleibe nicht lange Madame ich wollte nur meinen Sohn sehen

eine Praline aus der kleinen Handtasche zog und sie mir anbot, will heißen, nicht wagte, mir die Praline anzubieten, die in seiner Hand weich wurde, sie mit einem entschuldigenden kleinen Lächeln auf der Kommodenplatte ablegte, das von den Lippen zu gleiten und welk auf den Boden zu fallen schien

– Wenn Sie sie in den Kühlschrank legen wird sie wieder hart

im Bauch von Senhor Couceiro hüpfte irgend etwas, Dona Helena rückte ein Deckchen zurecht, mein Vater beugte sich zu einem Kuß herunter, ein Hauch von Kölnischwasser näherte sich mir

Dona Helena hielt das Deckchen fest

und küßte mich dann doch nicht

Dona Helena ließ das Deckchen los

der Kölnischwassergeruch nahm ab, und der Bauch ruhig, mein Vater in der Diele

– Bemühen Sie sich nicht ich kenne den Weg

brachte eine Vase in Gefahr, stellte sie wieder an ihren Platz, der nicht ihrer war

– Wie kann einer nur so ungeschickt sein nicht wahr?

und stellte sie wieder an ihren Platz, der nicht ihrer war, Dona Helena drehte den Drachen nach vorn, und der Spazierstock still, obwohl mein Vater bereits auf der Straße war, blieb die Praline auf der Kommode liegen, sie mit Daumen und Zeigefinger nehmen, so weit weg wie möglich halten und in den Müll werfen, in das, was innen an der Schranktür mit einem Plastikbeutel darin angebracht war und dessen Deckel immer mit der Tür aufging, die Praline inmitten von Milchtüten und Knochen und Schalen, den Schrank schließen, und jetzt endlich die Wohnung ohne Clown, wir in Frieden, alles in Ordnung, Senhor Couceiro rückt die Vase zwei Millimeter weiter, und Dona Helena, die Proportionen kritisch würdigend

– Noch nicht

Senhor Couceiro mit zurückgelegtem Kopf auch ihrer Meinung, dreht die Vase, wischt den Drachen mit dem Ärmel ab, versucht einen Millimeter, Dona Helena

– Ich glaube jetzt ja

und dennoch am Drachen irgend etwas nicht genau richtig, ich weiß nicht, ob die Zunge, ob die Schuppen, ob die Flügel, Dona Helena, die Nase am Tier

– Mach jetzt nichts weiter daran

während des Abendessens, sobald einer von ihnen das Kölnischwasser roch, ein panischer Seitenblick zur Vase, Dona Helena füllt mir Suppe auf, und Senhor Couceiro zählt die Löffel nicht

fünfzehn, vierzehn, dreizehn

voller Furcht, mein Vater könnte mich mitnehmen, obwohl mein Vater seine Haarsträhnen zurechtrückte, sich der Ohrringe versicherte, das Dekolleté kleiner machte, sich bemühte, nicht zu wirken, als würde er bitten, aber trotzdem bat, er spazierte mit mir auf den Schultern am Strand entlang *du befahlst ihm*

– Im Galopp

vergiß nicht

auf seinen Schultern eingehakt, hieltest du dich an seiner Stirn fest, der Mütze, den Ohren, dachtest

– Ich werde runterfallen

während dein Vater über die Höhenunterschiede im Sand stolperte, merktest du an den Händen, die von deinen Sandalen abrutschten, daß er müde war, am Mund, der schnaufte, und dennoch

– Im Galopp

näherte sich die Brücke, eine Welle, die seine Hosen naßgemacht hatte, ging wieder, einer der Hunde rief seine Kameraden, die an den Brückenstreben nach Miesmuscheln suchten

– Die Schwuchtel ist die Stute vom Kleinen

und nicht Galopp, Trab, und nicht im Trab, ein erschöpftes Tasten, wenn du eine Peitsche hättest, eine Weidengerte, einen um einen Holzstab gewickelten Draht, wenn du ihn auspeitschen, ihm befehlen könntest

– Ich verbiete Ihnen mit dem Galopp aufzuhören

und dein Vater erreichte die Brücke, lehnte sich an die Streben, starrte dich an, wie

mein Vater Dona Helena anstarrte, während er nach einem fehlenden Häkchen suchte, das die Brustpolster verbergen könnte

– Ich bleibe nicht lange Madame ich wollte nur meinen Sohn sehen

der fehlende Mut, die Scham, diese Kälte unter dem ich bleibe nicht lange, Madame, ich wollte nur meinen Sohn sehen

– Warum laßt ihr mich nicht eine Frau wie die anderen sein Paulo?

das Comicheft unter dem Schulbuch, um zu verhindern, daß die Vase mit dem Drachen ins Schwanken geriet, sie brachten mich samstags nach Príncipe Real, warteten im Park auf der Bank bei der Zeder auf mich, auf der ich später warten sollte, die Klingel vom Erdgeschoß stieß ein mattes Flehen aus, das so wirkte, als würde es in endlosen Höhlen widerhallen

Staub, Spinnen

ein Mann, der nicht mein Vater war, aber mit seiner Uhr am Handgelenk, seinem Ring am Finger, der mich auf der Fußmatte ansah

– Ein kleiner Mann für dich Soraia

der Mann änderte sich von Samstag zu Samstag, die Uhr und der Ring gehörten aber immer meinem Vater, durchs Fenster sah ich auf der Bank Dona Helena und Senhor Couceiro, dessen Spazierstock zwischen den beiden ungeduldig, genervt herumhüpfte, mein Vater als Clown mit zitternden Spitzen verkleidet, und das Kölnischwasser unheimlich, die Gesten rund, voll von zum Haken geformten Ringfingern, die Ungeduld, die er in Fröhlichkeit umzuwandeln versuchte

– Kennst du mein Patenkind Eliseu?

oder Eurico oder Agostinho oder Ernesto oder Floriano

– Kennst du mein Patenkind Floriano?

das Erdgeschoß eines alten Hauses zwischen alten Häusern ohne Zigeuner oder Meer, ein in die Wand gesteckter Besen hielt das Waschbecken, es gibt keine Glyzinie, Vater

ich meine Patenonkel

es gibt hier keine Margeriten, die übliche Praline, die in der Hand weich wird, die Angst, daß Eliseu

oder Eurico oder Agostinho oder Ernesto oder Floriano

den Verdacht haben, ahnen könnten, ihn meinetwegen verachten würden, ein unter dem Vorwand einer Liebkosung zugeflüstertes

– Nenn mich Patenonkel Paulo

der Köter mit der Schleife erleichterte sich in den Ecken, wären Sie nicht lieber in Bico da Areia, wären Sie nicht lieber bei meiner Mutter, erinnern Sie sich an die Kiefern, an die Albatrosse im Juni, daran, wie wir in Cova do Vapor kleine Sardinen zu Mittag gegessen haben und wie Mutter Sie mit ihrer Serviette abgewischt hat und Sie dabei anlachte

– Du bist jünger als dein Sohn Carlos

an den Alten mit der Mundharmonika, der sein Spiel unterbrach und uns lobte

– Was für eine nette Familie was für eine nette Familie

die Kunden applaudierten der Musik, und wegen des Applauses bemerkte man das Geräusch des Wassers nicht, das stieg und stieg, das Schilfrohrdach zwang die Sonne, Streifen auf den Boden zu drucken, wenn ich den Arm inmitten der Flaschenhälse und des Rauchs der Fische ausstreckte

Zahnbrassen und Meeraale

mein Arm gelb-schwarz gestreift, und meine Mutter schwieg, mein Vater streckte den Arm aus, sein Arm gelb-schwarz gestreift, und meine Mutter lachte

– Du bist jünger als dein Sohn Carlos

erinnern Sie sich nicht daran, Vater?

– Nenn mich Patenonkel Paulo

– Sind Sie sicher daß Sie sich nicht daran erinnern Vater?

Zorn in den Augen, das restliche Gesicht unbewegt, der Freund meines Vater richtete seinen Schnurrbart mit der Zahnbürste, und mein Vater kniff mich kräftig, der Fleck noch ein paar Stunden später am Rücken, ein paar braune Flecken, die blau wurden, am nächsten Tag wurde das Blau wieder zu Haut

– In Gottes Namen nenn mich Patenonkel Paulo

tun Sie mir nicht weh, ich lasse Sie eine Frau wie die anderen sein, Patenonkel, ich vergesse Cova do Vapor, die kleinen Sardinen, meine Mutter, die die Gräten von Ihrem Teller nahm und sie auf ihren legte, sie suchte für Sie das Beste vom Fisch aus, gab Ihnen den Rogen, klaubte die Zwiebeln aus Ihrem Salat, da Sie keine Zwiebeln mögen, wenn noch ein kleiner Rest zwischen den Tomaten und dem Salat war, bat sie Sie um Verzeihung

– Du bist so kleinlich Carlos

böse mit mir, wenn ich

– Du bist so kleinlich Carlos

gerührt, glücklich servierte sie Ihnen Öl und Essig

– Warte mach dich nicht schmutzig

wenn Ihre Serviette runterfiel, nahm sie mir meine weg

– Nimm die Tischdecke Paulo

ohne zu bemerken, daß das Wasser des Flusses stieg und stieg, und die Fischkutter auf Augenhöhe, der Alte mit der Mundharmonika schlief, einen Zahnstocher zwischen den Gaumen, ein, der Mann, der seinen Schnurrbart mit der Zahnbürste richtete, bewegte den Mund nach rechts und nach links, während er die Haare andrückte

– Wie alt bist du kleiner Mann?

nahm ein Emaillekästchen, das ich, soweit ich mich erinnern kann, nicht in Bico da Areia gesehen habe, klappte den Deckel auf, klappte ihn zu, steckte es in die Tasche und flüsterte meinem Vater zu

– Ich habe kein Geld für den Bus Soraia

eine Damenhandtasche, ein Damenportemonnaie, ein, zwei, drei Scheine, der Mann

– Es fehlt immer noch was Soraia

vier Scheine, ein ziseliertes Kupfermesser erschien im Kästchen

– Ich gebe dir nachher das Wechselgeld

wenn er bei uns wäre, würde meine Mutter ihm verzeihen, den Alten mit der Musik als Zeugen anführen, aber der Alte debattierte mit einem Glas Baumerdbeerschnaps, dem er Vertraulichkeiten, Unglücksfälle erzählte, würde sie mich als Zeugen anführen, aber ich trocknete mich an der Tischdecke ab, stolz auf meine gelb-schwarz gestreiften Arme, versuchte die Anzahl der Zahnstocher im Behälter zu erraten und leerte den Behälter für die Zahnstocher aus, um nachzusehen, ob ich richtig geraten hatte, meine Mutter ohne Zeugen mit resigniertem Murmeln

– Du bist jünger als dein Sohn Carlos

der Mann verschwand im Café, Dona Helena stieß Senhor Couceiro mit dem Ellenbogen an

– Hast du gesehen?

und der Spazierstock pickte auf dem Boden, die Zeder

was soll man schon von Zedern erwarten?

stimmte ihm zu

– In der Tat in der Tat

ihr Wipfel war so groß, daß er mit einer Eisenkrücke gestützt werden mußte, sogar im August war auf der Bank immer Oktober, ich konnte nicht bei meinem Vater auf den Schultern herumspazieren, da es keinen Sand und keine Brücke gab, und daher teilten wir die Praline auf einem Kanapee sitzend, dessen Verzierungen, die Gold nachahmten, unter der abgesprungenen Farbe das nachgedunkelte Zink zeigten, beide hatten wir nichts zu tun, ödeten uns an, wenn es doch wenigstens eine Glyzinie an der Wand gegeben hätte, ein paar Margeriten hier und da, ein Auto mit Holzrädern, mit dem man auf den Boden schlagen konnte, wir hatten die Praline aufgegessen, und ich fing an, die Risse in der Scheuerleiste zu zählen

gerade oder ungerade?

während mein Vater, die Fußknöchel beieinander, wie meine Mutter es tun würde, eingehend seine Nägel betrachtete, die zarte Borte an der Bluse, einen Makel am Rock, mich eingehend betrachtete

– Geben sie dir wenigstens was zu essen?

aber ich war noch ich, und Sie waren nicht Sie, hatten verlernt, Flugzeuge aus Papier zu falten, die beinahe flogen, obwohl sie gleich runterfielen, hatten verlernt, mit mir zu reden, ich suchte am Handgelenk die Uhr, die Eliseu mitgenommen hatte, und sogar ohne Uhr mindestens zwei Stunden, wie beschäftigt man ein Kind zwei Stunden lang

bringt es mir bei

wenn es weder Spiele noch Spielzeug noch Bonbons im Haus gibt, und es mir das Kanapee mit seinen dreckigen Fingern schmutzig macht, ich wasch ihm die Hände, und allerhöchstens drei Minuten später, daher fehlen noch eine Stunde und siebenundfünfzig Minuten, leihe ich ihm die Puppe vom Kopfkissen, die beiden Bäuerinnen für Essig und Öl, das Vögelchen, das man am Schwanz aufzieht und das in einem Bambuskäfig die Nationalhymne pfeift, er leiht mir ein witzloses Vögelchen in einem Bambuskäfig, das eine Musik voller Trommeln pfiff, die nicht aus dem Vogel, sondern aus dem Unterbau des Käfigs kam, das Tier schaukelte, ohne einen einzigen Ton hervorzubringen, hin und her, und um ihm eine Freude zu machen, tat ich so, als würde es mich interessieren, während mein Vater, der überzeugt war, mir einen Gefallen zu tun

– Ein echtes Vögelchen Paulo

als die Trommeln ausgetrommelt hatten, hörte der Unterbau des Käfigs auf zu zittern, der Vogel guckte blöd, mein Vater zeigte auf das Tier, das als Kanarienvogel verkleidet war, so wie er sich als Frau verkleidet hatte

– Ist es nicht hübsch Paulo?

der Vogel und mein Vater flehentlich, lächerlich, bettelten um was weiß ich mit ihren angemalten Schnäbelchen, während ich sie hörte, ohne sie zu hören, bemerkte ich vom Fenster aus Dona Helena, die ihre Häkelarbeit auswickelte, und Senhor Couceiro erklärte den Stämmen hilfsbereit auf lateinisch, wer sie wirklich waren, mein Vater stellte den Käfig wieder auf die Frisierkommode, und der Vogel schaute mich besiegt an, als wenn ich

– Warum Carlos?

Sie zerknautschten die Überdecke und strichen sie wieder glatt, und da unser Haus, nicht die Wohnung in Príncipe Real, nicht die in Anjos, unser Haus, der Elektriker, das Café

vergiß nicht das Geräusch des Wassers, das stieg und stieg

unser Haus, obwohl sie mich nie nach Bico da Areia gebracht haben, die Sozialarbeiterin reihte ein paar Papiere auf, heute paßt es mir nicht, verstehst du, nächste Woche, nächsten Monat, kein Grund zur Eile, keine Lust zu

– Deine Mutter will dich nicht sehen

zu

– Deine Mutter will nicht den Sohn einer Schwuchtel sehen

und da war die Aufregung des Spazierstocks, die Worte, als würde sie schreien, nicht den Sohn einer Schwuchtel sehen, nicht den Sohn einer Schwuchtel sehen, und das Geräusch des Wassers

seien Sie beruhigt, ich habe es nicht vergessen

das stieg und stieg, der Sohn der Schwuchtel weigerte sich, Suppe zu essen, Senhor Couceiro

– Noch zehn Löffel Paulo

und ich mit geschlossenem Mund

– Ich esse nichts

die Rübenschößlinge rannen mir vom Mund in das um den Hals gezurrte Tuch, wenn du ißt, gehen wir ins Kino, in die Geisterbahn, in den Zirkus, in dem andere Clowns in der Manege Saxophon spielen, einer würdig, elegant, mit weißer Creme im Gesicht und Augenbrauen wie die meines Vaters, wenn er sich über die Ungeschicklichkeit seiner Kolleginnen ärgert

– Vânia kann nicht einmal tanzen Paulo ich verstehe nicht warum sie die eingestellt haben

kaum weinte einer der Clowns, spritzte ihm eine Fontäne aus den Augen, mein Vater hat nie so geweint, wenn er mir vom Zwerg aus Schneewittchen erzählte

und mit Zwerg aus Schneewittchen ist die Zeit gemeint, in der wir auf der anderen Seite des Flusses lebten

drehte er den Kopf von mir weg, holte den blöden Vogel von der Frisierkommode, und wegen der Trommeln der Hymne hörte man überhaupt nichts, weder Pferde noch Möwen, vielleicht die Zeder, die ständig wiederholte

jemand so Egoistisches ist mir nie wieder begegnet

– Ich bin hier ich bin hier

wenn sie meinte, wir hätten sie vergessen, rief sie uns mit schmollenden Nadeln, reckte die Zweige in den Park, bis wir sie wieder wahrnahmen

– Was für ein schöner Baum so ein Schatten

ich sagte meinem Vater, daß ich an Pflanzen glaubte, und mein Vater

– Sei doch nicht dumm Paulo

er glaubte nicht an Pflanzen, glaubte aber, daß er eine Frau sei

– Ich bin eine Frau

reckte sich vor mir mit ausgebreiteten Armen, das Kinn angehoben

– Ich bin eine Frau

ich forschte mit der Zunge nach einem Rest in den Backenzähnen verlorener Praline

– Sie sind eine Frau

um zu vermeiden, daß die Fontänen aus den Augen, ich glaube, man drückte auf ein kleines Gummibällchen in der Jackentasche, und selbst wenn ich sicher gewesen wäre, daß man auf ein kleines Gummibällchen in der Jackentasche drückte, wenn die Clowns weinten, weinte ich auch, der Mann, der den Schnurrbart mit der Zahnbürste richtete

– Hör damit auf Blödmann

zur Mittagszeit begann Dona Helena die Strickarbeit zusammenzurollen, sagte etwas zu Senhor Couceiro, und mein erleichterter Vater brachte mir etwas zu schnell den Mantel

– Sie kommen leider gerade um dich abzuholen Paulo

mir kam es so vor, als wäre eine Naht gerissen, und er bemerkte die Naht und scheuchte mich weg

– Das sieht man gar nicht du siehst prima aus

auf Zehenspitzen konnte man den Fluß erkennen und hinter dem Fluß Bico da Areia, in das ich jahrelang nicht zurückgekehrt bin, ob die Stuten noch immer bei den Wellen traben, wenn ein Zigeuner starb, versammelten sie sich rabengleich und spielten Gitarre, die ganze Nacht lang Gesänge, Schuhsohlen, die auf die Erde knallten, die ich nicht für hohl gehalten hatte, was sie aber war

– Ist die Erde wie ein Tamburin Mutter?

die Ehefrau des Verstorbenen war auf Freunde gestützt, die sich schreiend die Kleider zerrissen, alle betrunken im Café, obwohl der Besitzer

– Ich habe schon geschlossen ich habe schon geschlossen

immer ein Schuß, ein Messer, mehr Schüsse im Kiefernwäldchen, der Tote, den ich eines Nachmittags gefunden habe, lächelte auf den Kiefernnadeln, ein kleines, unbedeutendes Loch im Nacken, fast kein Blut, und er so glücklich, mein Gott, meine Mutter schlug die Hände vor den Mund, der Besitzer des Cafés ging um den Körper herum und dachte sich Lösungen aus, schlug vor, indem er die Zelte ansah, wir vergessen das hier lieber, kam am Ende aber mit einem Offizier der Guarda Republicana wieder, und keine einzige Spur, eine Amsel, die sich über uns amüsierte, der Offizier zum Besitzer des Cafés, du machst dich wohl über uns lustig oder was, wie's scheint, habe ich im Lotto 'nen Witzbold gewonnen

hätte ich nicht Respekt vor der Polizei gehabt, wäre nicht einmal eine Zwille notwendig gewesen, um die Amsel zu treffen

der Besitzer des Cafés, der hat hier gelegen, Senhor, weil ich keine Komplikationen wollte, habe ich noch zu Judite gesagt, wir sollten das lieber vergessen, er, der bei uns ohne anzuklopfen ins Haus kam, mir befahl

– Geh raus du da

jetzt respektvoll, unterwürfig, die Amsel flog in dem Augenblick weg, in dem ich einen anständigen Stein gefunden hatte, die Flut kam oder ging

kam

und der Tejo anders, einer der Soldaten mit Gamaschen

ich erinnere mich an die Gamaschen, die geputzt werden mußten und denen Schnallen fehlten

stieg aus dem Jeep und kämpfte dabei mit einem Feuerzeug, das sich weigerte anzugehen, der Daumen zog an einem kleinen Rad, ein Funke und nichts weiter, die Zigarette aus

– Wir könnten den Witzbold auf die Wache einladen und die Kollegen hätten auch etwas zu lachen Herr Unteroffizier

die Flut kam nicht, sie ging, denn das Geräusch war gemächlicher, langsamer, einen Augenblick später Dutzende von Algen am Strand

der Besitzer des Cafés, der nicht aufhörte, herumzuzappeln und meine Mutter schweigend zu warnen

– Du wirst schon sehen was ich mit dir mache Judite

zog die Streichhölzer aus der Tasche, um dem Soldaten zu helfen

die Amsel kam einen Augenblick lang zurück und schaukelte auf einem schwindelnd hohen Wipfel

aber die Streichhölzer entwischten ihm, er konnte sie nicht halten, der Soldat klemmte die Zigarette in die Falte seiner Schiffchenmütze

– Du wirst schon sehen was ich mit dir mache Judite

und löschte die Streichhölzer mit dem Stiefel, ich hielt die Hand meiner Mutter fest, und ihre Handfläche naß

da gab es keinen Zweifel, sogar ein Kind begriff, daß die Ebbe kam

der Soldat lud den Besitzer des Cafés ein

– Dieser Spaß da mit den Streichhölzern war auch ziemlich witzig kommen Sie damit wir darüber auch auf der Wache lachen können

als sie wegfuhren, hatte ich das Gefühl, daß der Tote glücklich ein paar Kiefern weiter lag, aber ich hatte mich geirrt, ein Fetzen Decke hing über einem Zweig, der Besitzer kam am nächsten Dienstag wieder ins Café zurück, preßte den Ärmel an die Augenbraue, ein Bein war langsamer, um ihn herum die Frau, die immer mit Schüssel und Seife bewaffnet den Tisch wischte, und die Hunde mit den Kienäpfeln, Dálias Tante und Dália auf dem Dreirad schauten der Wundversorgung verblüfft zu, in dieser Nacht kappten sie uns das Licht, rissen uns die Margeriten aus, warfen drei Fensterscheiben ein, wir hörten sie im Garten, wo sie uns die Bettlaken stahlen, die dort trockneten, und Chlorbleiche in den Waschtrog kippten

wuchsen im Kleiderschrank als ziellose Spiegelungen, meine Mutter im Bett, an mich geklammert, ihre Brust ganz schnell, ich hätte schwören können, Tränen, ich suchte mit dem Finger und fand Haar, mein Gesicht an ihrem Hals, möchten Sie den Duft von Mimosen, möchten Sie Wein, möchten Sie das Auto mit den Holzrädern, Mutter, und meine Mutter antwortete nicht, möchten Sie meinen Vater, Mutter, soll ich Vater rufen, und ihr Haar bedeckt meinen Mund

mein Vater Carlos, meine Mutter Judite

Carlos Carlos

der Spiegel des Kleiderschranks beruhigte sich, oder aber ich schlief ein, die Angestellte aus dem Speisesaal war eingeschlafen, wir waren eingeschlafen, Mutter, sie tun uns nichts, solange wir schlafen, das sind keine Schläge an der Tür, es ist der Wind, da draußen ist niemand, das sind die Blütentrauben der Glyzinie, die wachsen, der Angestellten aus dem Speisesaal erzählen, daß wir allein, wir allein, Gabriela, nicht ich und du, entschuldige, daß ich es dir gestehe, aber mich interessiert dies ich und du nicht, ich und meine Mutter allein, und jetzt nur noch das Meer, das steigt oder fällt

steigt

vergiß nicht das Wasser, das stieg und stieg

in wenigen Augenblicken keine einzige Alge am Strand, keine Brücke, kein Haus, kein Bico da Areia, auch wir nicht

kleine Sardinen

wenn man auf Zehenspitzen den Fluß erkennen könnte, aber man erkennt Cacilhas nicht, auch nicht, wo wir vor vielen Jahren gewohnt haben, nur die Wellen, Mutter, die Brücke nicht, Alto do Galo nicht, sie im Garten nicht, die Angestellte aus dem Speisesaal

– Paulo

sucht, sich aus den Bettüchern lösend, die Lampe, knipst sie an, und das Fenster mit Holzläden verrammelt, Lissabon, Mutter, Lissabon, als wir in Bico da Areia

ich auf den Schultern meines Vaters

– Im Galopp

ich hielt mich an seiner Stirn fest, der Mütze, den Ohren, dachte

– Ich werde runterfallen

während er über Gräsertuffs, Müll, Bauschutt auf dem Weg zur Brücke stolperte, und kein Galopp, Trab, hätte ich eine Peitsche, eine Weidengerte, einen um einen Holzstab gewickelten Draht, wenn ich ihm befehlen könnte

– Halten Sie nicht an ich verbiete Ihnen mit dem Galopp aufzuhören

tun Sie nicht so, als wären Sie müde, wegen der Hände, die von den Sandalen abrutschen, glauben Sie nicht, daß die Angestellte aus dem Speisesaal Sie verteidigt, wenn sie

– Paulo

ruft, die Arme, mir, weil sie dachte, ich würde ihr glauben, versichert

– Es ist nichts Paulo

denn natürlich ist nichts, das ist ja ganz was Neues, ich weiß sehr wohl, daß nichts ist, da ist einer

wenn überhaupt

einer, der zu den Streben kommt, wo Möweneier und Miesmuscheln und Grünalgen, der sich an eine Strebe lehnt

wollen Sie noch immer, daß ich ihn rufe, Mutter, wollen Sie wirklich, daß ich ihn rufe?

einen Schuh auszieht, um ihn von einem Steinchen zu befreien, ihn schüttelt, ihn wieder anzieht, und ich mit den Fersen direkt an seinen Nieren

– Im Galopp

denn die Schwuchtel

sagen die Hunde

ist die Stute vom Kleinen, und daher im Galopp, versuchen

Sie nicht, mich zu unterhalten, bieten Sie mir keine Pralinen an, zeigen Sie mir nicht den Käfig und die Musik mit der Hymne, denken Sie nicht, daß Dona Helena und Senhor Couceiro Ihnen helfen

sie können Ihnen nicht helfen, nicht mal Eliseu kann Ihnen helfen, wissen Sie, nicht einmal meine Mutter

– Laß ihn los

ich würde Sie loslassen, wissen Sie, ziehen Sie sich nicht wie eine Frau an, benutzen Sie keine Wimperntusche, verkleiden Sie sich nicht mit einer Perücke, fragen Sie mich nicht

– Findest du daß ich eine Frau wie die anderen bin?

auch wenn Sie die Augenbrauen zupfen, werden Sie nie genau wie die andere

und Sie werden nie genau wie die andere, mein Herr, Sie sind ein Clown, und Clowns haben andere Augenbrauen, die linke ist normal, und die rechte geht nach oben

frag mich nicht, warum man mich daran hindert, Frau zu sein, wo ich doch mehr Frau bin als die anderen Frauen, schau meine Taille, Paulo

– Hast du meine Taille gesehen Paulo?

wenn er mich Senhor Couceiro übergab, streckte er seine Hand zu ihm aus, und Senhor Couceiro streckte seine nicht aus und beachtete die egoistische Zeder nicht

– Schaut her da bin ich

die auf ihre Eisenkrücken gestützt war und die Zweige über den Platz reckte, unsretwegen beleidigt war, wir gingen durch den Park in Richtung Anjos, und ich bemerkte ihn am Fenster, wie er den Vorhang zuzog, zu einer Art Fleck wurde, und kaum verschwand der Fleck, ich Waise, hoffentlich schlurfen heute die Pantoffeln über den Fußboden, stoßen auf dem Weg in die Küche an den Ecken an, die Spüle frenetisch

Hunderte von Töpfen, Krügen, Sieben, hoffentlich der Hahn aufgedreht, und ein Glas ohne Boden, das nicht aufhörte, sich zu füllen, hoffentlich wartet einer von euch am Herd auf mich, vergiß nicht, wie die Straßenlaternen das Wohnzimmer verlängerten, dir Schatten von Sofas enthüllten, die es nicht gab, und du sprachst Fremde an

deine Mutter, deinen Vater, deine Großmutter

– Mein Enkel Judite?

die es nicht gab, die es nie gegeben hat, und dennoch reden sie mir dir in der Stille, niemand begleitet dich, niemand vermag dich zu berühren, du berührst dich selber, die Angestellte aus dem Speisesaal

– Paulo

– Was ist passiert Paulo?

– Das gilt nicht Paulo

– Jag mir keinen Schrecken ein Paulo

es sieht so aus, als wäre jemand bei dir, aber sieht man genauer hin, die Bretter vorm Fenster und hinter den Brettern Lissabon, Lissabon, Mutter, Lissabon, ich dachte, es sei Lissabon, aber es war der Regen, du von schrägen Linien gestreift, obwohl es draußen windstill war, dein Spiegelbild in jedem Tropfen auf der Scheibe, Dutzende Dus im Fensterrahmen, die deinen Vater bitten

– Im Galopp

solange du es kannst, bitte deinen Vater

– Im Galopp

damit du nicht feststellst, daß du kein Fleisch besitzt, nur Zähne, nur Augenhöhlen und Zähne, wie bei Totenschädeln staunend geöffnet, deck dich mit den Margeriten zu, zieh das Bettlaken über den Kopf, wenn die Angestellte aus dem Speisesaal

– Paulo

antworte nicht, vergrab dich in der Matratze, damit du nicht auf die Zukunft triffst, nicht deine Zukunft, die eines anderen, deine Zukunft ist schon zu Ende.

Kapitel

Ich hätte am liebsten ein Geschäft, das mir gehört, einen kleinen Laden im Stadtviertel, der mich nicht zwingen würde, jeden Morgen um halb sieben halbtot vor Müdigkeit aufzustehen, in dieser Kälte den ganzen Winter über, und draußen kein Licht, mich im Dunkeln unter der Bettdecke, ohne die Matratze zu verlassen, anziehen, die Knöpfe im Liegen zumachen, den Rock hochziehen, indem ich mich auf die Fersen und die Schultern stütze, denken, ich gehe wieder schlafen, denken, sie werden mein Fehlen eintragen, denken, ich verliere meine Arbeit, den Fußboden mit dem durchgefrorenen rechten Fuß abtasten, den linken Schuh finden und erschrecken, weil sich über Nacht meine Form verändert hat, wenn ich die Augen ein Weilchen schließe, erlange ich meinen Körper wieder, aber ich habe keine Zeit, meinen Körper wiederzuerlangen, weil Paulo nicht arbeitet, den zweiten Schuh neben der Wand finden, wo ich ihn, soweit ich mich erinnern kann, nicht gelassen hatte und der mir doch paßt, oder ich habe mich in dem Maße verändert, wie ich aufwache, das Haar mit einem Gummiband zusammenbinden, das ich immer vorsichtshalber am Handgelenk lasse, für den Fall, daß es auch diese Macke bekommt, sich mir zu entziehen, den Regenmantel so kräftig vom Haken nehmen

meine Hände werden allmählich wieder zu meinen Händen, sind aber noch nicht ganz wieder meine Hände

daß das Bändchen zum Aufhängen reißt, der Beweis dafür, daß es irgend etwas in meiner Hand gibt, ist, daß mir der Regenschirm herunterfällt, Paulo, irgendwo, denn ich kann den Standort des Bettes nicht mehr lokalisieren

– Kann man denn nicht mal ausruhen Gabriela?

zur gleichen Zeit in meinem Ohr, weil ich hochschrecke, und sehr weit weg, weil ich gleichgültig bleibe

obwohl ich schon mehr ich bin, gibt es da immer noch Fragmente von einem Nicht-Ich, beispielsweise diese Schulter, beispielsweise das Herz, das nicht schlägt, zu arbeiten anfängt, aussetzt, aufgibt, mal in der Brust, mal im Bauch, es findet seinen Platz nicht, bis es sich in den Rippen einnistet, sich beruhigt, und das war's dann, ich endlich ich, Arme, Müdigkeit, Beine, der Wunsch, mich auf dem Boden auszustrecken, zu sterben, ich sah das Zimmer, sah den Schrank, sah den eisigen Türgriff, der vor kurzem noch unmöglich, aber jetzt zu drehen war, auf dem Treppenabsatz schwebten Märzfetzen in einer grauen Helligkeit wegen des kleinen, von den Tauben getrübten Fensters

nicht nur Taubenkot, auch Federn, eine Wolke, die die Nacht verfolgte, ohne sie zu erreichen

die Gewißheit, daß ich, wenn ich die Treppen hinuntersteige, oben geblieben bin, bleischwer, abwesend, die Hälfte der Zähne ins Kissen gedellt, ein Auge blind, das andere Auge durchforschte die Dunkelheit, drehte sich um und war ebenfalls blind, in dem Augenblick, in dem auf der Wand mit Kohle Marina & Diogo, wobei Diogo mit einem Kreuz abgelehnt und durch Jaime ersetzt, Jaime größer als Diogo und dennoch außerstande, ihn auszulöschen, Jaime lebte mit Marina im Keller, Diogo ist mir im Haus nie aufgefallen, da weiter unten Marina & Jaime, und wir, ohne uns um Jaime zu kümmern, suchen Diogo

– Wo ist bloß Diogo?

der Wunsch, ein Kreuz durch Jaime zu machen und Marina, die bei der Stadtverwaltung arbeitete, Diogo zu schenken, ein Marina & Jaime am Erdgeschoß, bei dem jemand angefangen hatte, Jaime auszulöschen, mit jeder Woche Jaime aufgelöster, und Diogo nimmt, obwohl abwesend, seinen Platz ein, eines Nachmittags erwischte ich Marina, die zum Putz heruntergebeugt mit dem Ärmel auf Jaime herumwischte, die Vermieterin hat mir erzählt, daß Diogo

– Er hat der Naiven übel mitgespielt die war schon immer dumm

mit ihren Ersparnissen nach Australien verschwunden ist, zeigt mir ein kleines Diogo im Inneren eines mit Bleistift gemalten Herzens, gleich neben den Briefkästen in der Hoffnung, daß ein Brief, aber trotz der Hoffnung niemals ein Brief, jeden Tag das bange Schlüsselchen, in einer Sintflut aus Flugblättern vom Supermarkt, Werbung für Elektrogeräte, Anzeigen von spirituellen afrikanischen Hellsehern mit Mütze und Sonnenbrille Diogo suchen

Professor Isaías, Professor Claudecir

die Menschen heranholten oder wegschickten, im Falle von Diogo eine Neutralität des Mediums, die Marina aufregte, wenn ich aus dem Haus komme, die Wolke, die die Nacht verfolgte, ein rosiger Hauch am Ende des Häuserblocks, nicht Marina, ein unrasierter Jaime rückte an der Bushaltestelle seine Mütze zurecht, ich

– Ich weiß nicht wieso aber du rührst mich

entschlossen, gleich heute nachmittag seinen Namen im Erdgeschoß zu unterstreichen

oder eigentlich weiß ich es, seine Finger sind denen meines Vaters ähnlich, wenn sie über die Tasten

– Eine kleine Musik gefällig Töchterchen?

und ich war böse, Sie hätten nicht so sterben sollen, wissen Sie

die Häuser

genau wie ich mit der Bluse und dem Rock vor zehn Minuten

zogen sich Fenster und Balkons an, ohne das Licht anzumachen, man merkte es an dem Ruckeln unter den Bettlaken der Fassaden, dieser Stich hier, dieser Obstkorb da, Jaime steckte die Hände in die Taschen, und ich haßte ihn dafür, weil ich meinen Vater am Mittagstisch verlor, der das Akkordeon auf den Knien hatte, das kleine Lächeln, das meine Mutter ärgerte und mich fröhlich stimmte, das Instrument mehr Keuchen als Töne, ein kranker Husten, und er tat nicht weh, mir gefiel es, sogar heute, wenn ich schlecht drauf bin, höre ich ihn spielen, und es geht mir besser, wenn er ahnen würde, was mir passiert ist, wo ich arbeite, wie ich lebe, daß der Krankenpfleger

dieses freche Händchen, Senhor Vivaldo, dieses kesse Händchen

mich an den Tagen in das Verbandszimmer gerufen hat, an denen die Rotblonde fehlte, du hättest dir einen Mann mit einer ordentlichen Arbeit nehmen sollen anstelle eines Insassen, einen anständigen Jungen, der sich um dich kümmert, mein Vater, der die Knöpfe und die Tasten vergessen hatte, mitleidig

– Du warst immer so dünn

eine ängstliche, schwache Sonne färbte die Flecken

– So dünn

vom Regen, der Bus hielt mit einem Seufzer an, der ihm zustimmte, Jaime wartete, bis ich eingestiegen war, wahrscheinlich war irgendwo auf seiner Kanvasjacke mit dem Pelzkragen mit Kohle Diogo gemalt

es suchen, ohne daß er es bemerkte, und es wegwischen, der Vermieter verachtete ihn, dieser Blödmann, dieser Hahnrei, ich kann mich nicht daran erinnern, daß Marina mit ihm redete, der Tag organisierte sich, Lissabon setzte während der Fahrt kleine Plätze, Bäume, die Kräne am Tejo an die Stellen, an denen es eine tiefe Schattenleere gegeben hatte, und zwei oder drei Stunden zuvor Paulos Knie an meinem Bauch, als keiner von uns beiden jemand von uns beiden gewesen war, ich glaubte

das ist eine Annahme

in dem mit einem Bretterverschlag verrammelten Fenster Wipfel zu sehen, und fragte mich dennoch, ob es Wipfel in einem verrammelten Fenster waren oder das Meer von Peniche vor vielen Jahren, als wir meinen Großvater im Fort besucht hatten

ich ganz jung

Flure über Flure, und die Wellen nicht gesehen, gehört, wie sie am Stein rüttelten, mein Großvater

– Sie haben mir nichts getan

will heißen, ich erinnere mich nicht an das Gesicht, ich erinnere mich an die Stimme

– Sie haben mir nichts getan

meine Mutter zog irgend etwas aus ihrem Rock und gab es ihm, einer der Polizisten zu meiner Mutter

das Meer von Peniche jetzt mit aller Kraft

– Du da

mit so großer Kraft, daß man das kleine Päckchen auf dem Boden nicht hörte, sie schubsten meinen Großvater, der Polizist hob den Arm, sah mich an, und der Arm reglos wartend, ich erinnere mich an die Hütten der Fischer

sie haben mir später erzählt, daß das die Hütten der Fischer waren, sie hatten meinen Großvater mit Papieren gegen weiß ich wen in den Taschen angetroffen und haben ihn wegen der Politik mitgenommen, sie öffneten das kleine Päckchen, und Zigaretten, Mandeln, Butter, eine Karte mit einer Zeichnung und ein paar Sätzen in der Butter, der eine Polizist holte einen anderen Polizisten, und der andere Polizist zu meiner Mutter

– Was ist das da?

in dem Augenblick, in dem ich ins Krankenhaus trat, und sofort kamen die Platanen mit Zweigen und Blättern schlagend auf mich zu, hüpften fröhlich wie Hühner um mich herum

– Ich habe keinen Mais dabei hört auf

verließen die Augen des Pförtners in seinem gläsernen Käfig das Gesicht, um sich, Feuchtigkeit triefend, die in meinen Kleidern blieb, an meinen Körper zu heften, ich hätte am liebsten ein Geschäft, das mir gehört, einen kleinen Laden im Stadtviertel, eine Reinigung, die Freundinnen von Paulos Vater

Paulos Tante

würden mir die Kleider bringen, in denen sie im Theater tanzten, und die Kunden respektvoll zu mir

– Wir hätten nicht gedacht daß Sie Künstler kennen Dona Gabriela

nicht nur meinen Großvater, sie schubsten auch meine Mutter

– Was ist das da?

durchwühlten ihre Handtasche, durchwühlten ihre Bluse, Kommunistin, Kommunistin, wenn mein Vater mit dem Akkordeon, würden sie uns in Ruhe lassen

– Spiel etwas Musik Vater

und mein Vater

das war das einzige Mal, daß er mir den Gefallen nicht tat

befahl

– Sei still

nicht mit dem Mund, mit einer Falte auf der Stirn, befahl er meiner Schwester

– Weine nicht

und meine Schwester weitete den Rachen und verschluckte sich selber, übrig blieb der offene Mund, sie darinnen, erschrocken, nach ein paar Wochen erhielten wir eine Postkarte aus dem Fort, und mein Großvater in einer verschlossenen Kiste, die wir nicht aufmachen durften, die Polizisten nahmen mit uns zusammen an der Beerdigung teil, verboten uns, den Namen in den Grabstein zu gravieren

es gab nicht einmal einen Grabstein

verboten den Kollegen meines Großvaters, den Friedhof zu betreten, drei oder vier alte Männer mit Krawatte, nicht einer Trauerkrawatte, einer roten

– Nur die Familie Herrschaften

vor ein paar Monaten bin ich in Peniche vorbeigekommen, und da waren die Wellen, die am Stein rüttelten, nach der Beerdigung die Polizei an unserer Tür, die Kollegen mit der roten Krawatte auf dem Bürgersteig und wir vier im Wohnzimmer in Sonntagsschuhen und dem Spitzentischtuch, die Kollegen gingen einer nach dem anderen, ein Polizist klingelte, um uns zu warnen

ein Geschäft, das mir gehört

– Haltet eure Zunge im Zaum

kein Kruzifix, kein Priester, kein Sakristan, die beteten, meine Mutter bot meiner Schwester und mir einen Fingerhut voll Wein an, ein Tropfen verdoppelte sich am Etikett, rann weiter herunter, haltet ihn mit der Serviette auf, laßt ihn nicht herunterfallen, meine Schwester mit sich selber im Magen wrang die Lumpen ihrer Hände, bevor mein Vater

– Weine nicht

holte die Leiter aus der Küche, ging mit der Leiter durch die Wohnung und stieß dabei an die Möbel, stellte sie vor den Schrank im Schlafzimmer, stieg hinauf, während ich dachte, ich sei ein Weintropfen, haltet mich mit der Serviette, laßt nicht zu, daß ich falle, mir kam es so vor, als ob mein Vater

– Wie ein Hund genau wie ein Hund

aber so leise, daß ich mich womöglich geirrt hatte, brachte das Akkordeon, das lebendig seufzte und auf meinem Schoß atmete

– Spiel ein bißchen Musik Vater

meine Mutter lief zum Fenster, wo ihre Schultern zuckten, mein Vater ahmte meine Schwester nach und verschluckte sich ebenfalls, das Akkordeon breitete sich auf dem Fußboden aus und verstummte unter dem Geglitzer von Silberverzierungen, seine Lunge entleert, tot, meine Mutter nur Rücken, sie zerknitterte die Gardine, ohne zu uns zu sehen, als Vater

als die Tante, die Patentante, die Cousine Paulos starb, rüttelte kein Stein am Fort, kein Akkordeon auf dem Fußboden, die Kolleginnen zankten sich in Príncipe Real um ihre Straußenfedern, die womöglich gar keine Straußenfedern waren, Paulo lachte, aufs Radio gestützt, während der Köter mit der Schleife seine Schuhspitzen leckte, Dona Amélia suchte Geld

so war es nicht

denn da mußte Geld sein, er muß Geld hinterlassen haben

in den Schubladen, in der Truhe, im Brotbeutel, Rui

Rui konnte es nicht sein, Rui war zu diesem Zeitpunkt in Fonte da Telha, der Arme, und daher der Köter auch, alles verwirrt sich in meinem Kopf

Rui zu Dona Amélia

so war es nicht

– Es lohnt sich nicht seine Sachen zu durchwühlen er war nur ein Clown wissen Sie

Paulo lachte und war auf der Hut, lachte und merkte alles, er löste sich von Marlene

einer nicht sehr jungen, aber besser als die anderen gekleideten und hübschen Sängerin

stieg die Treppe hinunter, ohne mich zu hören

– Paulo

ging durch den Garten, ohne sich um wen auch immer zu kümmern, knöpfte die Jacke auf, die Dona Helena ihm geliehen hatte, die Füße wie im Sand am Strand, die Ellenbogen schoben jemand weg, den ich für Senhor Couceiro hielt, und dann die Blütentrauben der Glyzinie, die ich erriet, nicht sah, wenn ich ein Geschäft aufmachen würde, ein Geschäft im Stadtviertel, Paulo lachte immer weiter, bis wir in Chelas ankamen

eine Maus schaute aus dem Kadaver eines Hahns, von dem ein paar Knorpel, ein paar Knochen übrig waren

Knorpel oder Knochen?

lachte die Kapverdianer an, die seine Fröhlichkeit nicht verstanden, setzte sich ins Gras

ich dachte, daß ein verstorbenes Akkordeon nicht spielen könne, und dennoch, mein Vater

eine Sekunde lang die Augen anders, als wäre da Traurigkeit oder so, Gott sei Dank dann wieder Fröhlichkeit, die Kapverdianer zu uns

und eine Messerklinge, glaube ich

wir verkaufen euch nichts, haut ab, als ob Paulo sie erschreckte, der so bedeutungslos, so ruhig war, ich dachte, daß ein verstorbenes Akkordeon nicht spielen könnte, und dennoch, eines Sonntagmorgens, ich ging damals schon zur Schule, erschrak ich, als ich es hörte, bis meine Mutter

– Ruben

als wir zum Príncipe Real hinunterkamen, war die Wohnung der Tante, der Patentante, der Cousine

warum so tun, als ob, von Paulos Vater

leer

er war nicht einmal Künstler, tat so, als würde er singen, trotz der Proben vor dem Spiegel, der Wiederholungen, der Bemühungen begleiteten die Lippen die Geigen nicht, er stellte sich wieder vor den Spiegel, streckte die Hand aus, um die Töne zu packen, die mal langsam, mal schnell waren und es darauf angelegt hatten, ihn zu demütigen, er warf sich aufs Sofa, bat um den Fächer

– Den Fächer sei so gut

mein Großvater, der Vater meiner Mutter, in Peniche, wenn man nach ihm fragte, spähte meine Mutter zu den Nachbarn, Schritte, Geschirr, ihre erstickte Panik

– Sei still

er hielt den Fächer, hinderte ihn daran, zu gehen und zu fliegen, und anstatt des Fächers war es sein Gesicht, das Augenbrauen hinter den Stäben flattern ließ

– Ich kann es nicht

von meiner Großmutter weiß ich nichts, ich glaube, ich hatte keine

– Die Frau von Großvater Mutter?

und meine Mutter flüsterte, wegen der Schritte, wegen des Geschirrs, wegen Ohren auf der anderen Seite der dünnen Wand

– Sie ist gestorben

kein einziges Foto, kein Brief, die Kollegen meines Großvaters wechselten auf die andere Seite des Bürgersteigs, wenn sie uns sahen, hin und wieder eine Explosion, ein versenktes Schiff und ihre Fotos, die ja, in der Zeitung, mein Vater faltete sie auf dem Tisch auseinander, und sobald die Fotos, zeigte meine Hand auf die Seite

– Verbrenn das Ruben

eine kleine Flamme, und die Fotos kräuselten sich im Waschtrog, erhoben sich über die Buchstaben, versuchten am Leben zu bleiben, und dann gelb und dann schwarz und dann grau, und dann drehte der Wasserhahn sie im Ausguß im Kreis, das Wasser lief immer weiter, obwohl niemand mehr da war, den es mit sich nehmen konnte, einmal, vor Peniche, haben sie an die Tür geklopft, meine Mutter verbarg den Türspalt mit dem Körper, während sie wütend zum leeren Treppenabsatz wisperte

– Zerstören Sie nicht mein Leben Vater gehen Sie

meiner Meinung nach war da niemand auf der Fußmatte, aber man kann sich ja irren, denn sie lehnte sich an den Türgriff und starrte uns niedergeschmettert an, beugte sich über die Fensterbrüstung, kam zum Türgriff zurück, ein Knie ging von ganz allein

nur das Knie, der Schenkel und der Fußknöchel reglos

– Sie haben keine Ruhe gegeben bis Sie meine Mutter mit der Politik umgebracht haben und jetzt geben Sie keine Ruhe bis Sie auch mich umgebracht haben

und dennoch, obwohl mein Großvater ihr Leben kaputtmachen wollte, gab es ein loses Dielenbrett in der Speisekammer, in der Hefte, Pakete, Rohre, die mit Wachstuch und Bändern eingewickelt waren, meine Mutter schickte uns in unser Zimmer, bevor sie das Brett anhob

– Wartet da einen Augenblick

ein Knacken von Holz, ein gedämpftes Knistern, mein Vater auf der Treppe, hatte die Suppe nur halb aufgegessen, das Knie zu uns in einer Bangigkeit, die uns am Sprechen hinderte

– Er ist Zigaretten kaufen gegangen

mein Vater, der nicht rauchte, Zigaretten haßte, kam wieder zurück und setzte sich mit leeren Taschen an den Tisch, nahm den Löffel, und der Löffel entglitt ihm, sein Knie fuhr ebenfalls auf, das Taschentuch an der Nase, ohne sie recht zu treffen

– Ist schon gut

einer der Kollegen meines Großvaters

– Ist das nicht der aus der Zeitung Mutter?

und meine Mutter

– Welche Zeitung?

ich holte alles aus dem Mülleimer, das Akkordeon ohne jegliche Musik, die Wohnung schien mir auch Knie zu haben, will heißen, der Kalender, die Rohre, meine Mutter, zu den Nachbarn hin horchend, zur Wohnung

– Mach nicht solchen Lärm verdammt noch mal

bis nach ein paar Nächten eine Bombe in einer Waffenfabrik, verbrenn das, verbrenn das, ein paar

der Fächer schloß sich, als ob das Leben zu Ende sei, Paulos Vater tauchte mit einem Spatzenzwitschern hinter den Stäben auf

– Ich kann es nicht Rui

Flugzeuge zerstört, verbrenn das, die Wellen von Peniche kratzten an der Wand, meine Mutter zur Fußmatte, ein Geheimnis weitergebend, das alle hörten

– Jetzt ist Schluß was kümmert mich die Diktatur ich werde

das Erdgeschoß am Príncipe Real leer, sogar der Lüster, man stelle sich das vor

euch nicht mehr helfen

die Wohnung, die sich etwas beruhigt hatte, regte sich erneut auf, ich wußte nicht, wieso die Tassen im Schrank herumhüpften, mein Vater versuchte nicht, nichts zu sagen, und obwohl er nicht versuchte, nichts zu sagen, wandte sich meine Mutter an die Tür

– Mit meinem blöden Alten rede ich verstanden?

im Erdgeschoß am Príncipe Real rollte sich eine von Fingern eingedrückte Tube ohne Deckel zusammen

mein Großvater

der blöde Alte

ruderte auf dem Tejo direkt auf die Fregatte zu, die Kameraden wußten, wo sie entlangmußten, kannten die Untiefen, die Strömungen

Frauenschminke und Frauenkleider, die ich anzuziehen mich nicht trauen würde, wahrscheinlich war er gar kein Mann, Paulo hat sich einen Spaß erlaubt, hat mich angelogen, er konnte kein

Mann sein, wenn es weder deine Tante noch deine Patentante ist, sondern dein Vater, wer ist dann deine Mutter, zeig mir deine Mutter, du hast doch nur Spaß gemacht, nicht wahr, du hast doch nur gelogen, nicht wahr, wie kann es dein Vater sein

mach mir nichts vor

wenn sie mit einem Mann lebt, alle sie Soraia nennen, kennst du einen Mann, der Soraia heißt, und dann die Freundinnen, Dona Micaela, Fräulein Sissi, all diese Herren, die sie besuchen, der Ingenieur, der Doktor

die Kameraden kannten die Untiefen, die Strömungen, die Stellen, an denen die Schmuggler oder die Boote der Marine

Paulo zeigte mir die Spritze, den Löffel, drückte meine Handgelenke aufs Bett, hatte nicht die Kraft, mir die Handgelenke aufs Bett zu drücken

– Woher hast du das Heroin Gabriela?

– Was erzählst du da Gabriela?

– Was erzählst du da von meinem Vater von deinem Großvater wie lange bist du schon so drauf Gabriela?

außerstande zu begreifen, daß seine Tante

– Ich kann es nicht

daß mein Großvater und ich in einem Boot rudern, verbietet mir zu rudern

– Zerreiß die Bettlaken nicht

ich erlaube nicht, daß du es mir verbietest, niemand verbietet mir etwas, wenn deine Tante dein Vater ist, zeig mir deine Mutter, trau dich, und er

– Gabriela

außerstande zu ertragen, daß ich keine Übelkeit, keine Schmerzen verspürte, mir war vielleicht ein bißchen kalt, aber alle wissen, daß der Tejo im Februar, leg dich nicht auf mich, halt mir den Mund nicht zu, wein nicht

– Ich weine nicht

es lohnt nicht zu weinen, denn die Kameraden kennen die Untiefen, die Strömungen, und mein Foto morgen in der Zeitung, im Februar ging ich mit meinem Vater auf der Mauer am Fluß, und mein Vater legte mir den Schal um den Hals, drückte nicht so zu wie du

– Ich drücke nicht zu ich möchte nur daß du ausruhst wer hat denn hier zugedrückt Gabriela

legte mir den Schal um den Hals, ohne reden zu müssen, wir brauchten nie zu reden, nicht einmal vor der verschlossenen Kiste, die die Polizisten uns nicht zu öffnen erlaubten, keinen Sarg, eine Kiste ohne Kruzifix und Griffe, mit Scharnieren, die zu sehen waren, mit einer mit Kreide aufs Holz geschriebenen Nummer, und meine Mutter mit festen, harten Knien

– Wer beweist mir daß mein Vater da drin ist?

ruhig, ohne Trauer, ohne Zorn

– Wer beweist mir daß mein Vater da drin ist?

nicht in unserer Wohnung, in der Kapelle auf dem Friedhof, am Eingang ein paar Beete und ein Typ, der sie friedlich wie jemand pflegt, der einen Garten bestellt, da war kein Priester, da waren die beiden Polizisten und die Kiste auf dem Backsteinboden

meine Schwester behauptet, mehr als zwei Polizisten

ist egal

da waren zwei Polizisten

oder drei oder vier oder fünf

mit einem Formular, das wir unterzeichnen sollten, mein Vater mit einem Trauerflor am Ärmel, meine Mutter in Trauerkleidern, meine Schwester und ich, wie, weiß ich nicht mehr, wir hatten keine schwarzen Kleider, daher hatten wir wahrscheinlich auch einen Trauerflor am Ärmel, mit einer kleinen Sicherheitsnadel festgesteckt, und ich stolz auf den Trauerflor

– Ich bin schon groß

die Polizisten legten das Formular auf die Kiste

gewöhnliche Männer ohne Uniform, die mir nicht auffallen würden, wenn ich ihnen auf der Straße begegnen würde, meine Mutter, ohne den Kugelschreiber zu nehmen

– Wer sagt mir daß Sie meinen Vater bringen ich will ihn zuerst einmal sehen

und die Polizisten, wir haben keine Zeit, machen Sie uns keine Arbeit, sehen Sie hier das Prägesiegel, den Stempel des Gefängnisdirektors, und daher hat mein Vater unterschrieben, nicht schnell, Buchstabe für Buchstabe lernte er die Wörter, von der Generaldirektion für Sicherheit habe ich empfangen, er hielt inne und betrachtete die Kiste, und die Polizisten nahmen an Zahl zu, jetzt sieben, jetzt zehn, jetzt zwölf

mein Großvater nicht tot, er ruderte auf einem Schiff auf dem Tejo zu einer Fregatte, die vor Anker lag

eine Kapelle mit einem Podium, und auf dem Podium ein Tisch, der als Altar diente, ein Kirchenfenster, das mit einem Stück Klebeband repariert war, der Trauerflor rutschte mir zum Handgelenk herunter, ich zeigte es meiner Mutter, die die Sicherheitsnadel nachbesserte, und es muß eines der wenigen Male gewesen sein, daß ich ihre Hände spürte, man hörte nicht, wie die Wellen am Stein rüttelten, die Polizisten nahmen meinem Vater das Formular ab

– Zum Unterschreiben reicht das

ich sagte, daß man nicht hörte, wie die Wellen am Stein rüttelten, auch keine Schlösser, keine Türangeln, kein Schiff, das sich der Fregatte näherte, auch meinen Vater nicht

auch nicht die Tante, die Patin, die Cousine von Paulo

– Ich muß mich um ihn kümmern was soll's er ist noch so klein

versucht, sich mit dem Fächer von ihren Ängsten zu befreien

– Ich kann es nicht

man hörte den Karren auf dem Friedhofsweg, meine Mutter wollte die Kiste küssen, mein Vater hinderte sie daran, sich hinunterzubeugen

binde mich nicht am Bett fest, halt mir nicht den Mund zu, ich habe das Fliegen aufgegeben

einer der Polizisten half ihr spottend

– Nun küssen Sie schon die Kiste gute Frau

und wenn ich bedenke, daß meine Mutter ihren Vater nicht mochte, so wie du deinen Vater nicht magst, warum den Vater mögen, wenn er ihr Leben zerstört hat

hat dein Vater dein Leben zerstört Paulo?

ein Weg dicht an der Mauer, nicht nur die Februarkälte auf dem Tejo, der Februarregen, man stellt den Zünder ein, nimmt das Paket im Wachstuch

– Dein Vater hat dein Leben zerstört nun komm mir nicht mit der Geschichte daß dein Vater das Leben deiner Mutter nicht zerstört hat die Margeriten Bico da Areia Dália bemerken dich nicht einmal

wir hielten uns im Boot im Gleichgewicht, reich das Päckchen und einen Magneten rüber, mach alles an der Schiffswand fest, ich glaube, daß mir jemand auf dem Friedhof beim Gehen geholfen hat, denn meine Beine taten mir weh, ich glaube, jemand hat mich auf den Arm genommen, ich glaube, mein Vater hat mich auf den Arm genommen, Paulo

du schlugst auf seine Stirn, seine Schultern, seine Ohren

– Hören Sie nicht auf zu galoppieren lehnen Sie sich nicht an die Brückenstrebe ich verbiete Ihnen sich an die Brückenstrebe zu lehnen

und die Möwen, nicht wahr, du haßtest sie, aber dennoch hast du die Möwen nicht vergessen, wie sie den Fisch verschlangen, dieses Kindergeschrei am späten Nachmittag

und dann weder Grabstätten noch Cherubim, ein bereits fertiges Grab hinter den Gräbern, nicht dazwischen, eine Harke, die mich anflehte

– Bitte Gabriela

etwas erbat, etwas wollte, meine Mutter vergaß die Kiste einen Augenblick lang

– Hör nicht hin Gabriela

und vielleicht weil sie die Kiste einen Augenblick lang vergessen hatte, kippten die Friedhofsangestellten sie in das Loch, während darin etwas klapperte diese Keksdosen, die man leer glaubt, und wenn man sie nimmt, hört man noch einen Keks

diesmal war es nicht das Knie, es waren die Lippe meiner Mutter und die Zähne, die zu sehen waren, die immer größer wurden, als sie mit der Erde anfingen, ihre Lippen Zähne, ihre Gesichtszüge Zähne, ihr Körper Zähne, mein Vater beharrlich

– Wie ein Hund genau wie ein Hund

aber so leise, daß ich mich vielleicht geirrt habe, will heißen, ich habe mich nicht geirrt, denn einer der Polizisten, der mit dem Formular

– Haben Sie daran gezweifelt daß Ihr Schwiegervater ein Hund war?

und die Zähne meiner Mutter verschwanden einer nach dem anderen

er war ein Hund, er war ein Hund, Sie haben ganz recht, Herr Polizist, er war ein Hund, ein Hund, der auf dem Tejo direkt auf die Fregatte zuruderte, und Paulos Arme hielten meine Arme fest, seine Handfläche hielt meinen Mund zu

– Du weckst gleich das ganze Haus auf Gabriela

im Anschluß an die Mauer unbewohnte Häuser, Chinabäume, Gartentore, eine kleine Frau, die einen Truthahn mit einer Gerte vor sich hertrieb, der mit dem Formular zu meiner Mutter, und Sie haben für einen Hund Trauerkleider angezogen, gute Frau, nun sagen Sie schon, ob es sich lohnt, für Hunde Trauerkleider anzulegen, die beißen einen, verraten einen, wir in Peniche haben den Hundezwinger auszuräumen, wenn sie keine Leute finden, die sie beißen können, bellen sie gegen die Regierung und beißen sich gegenseitig, das garantiere ich Ihnen, der Schatten einer Wolke

keine Wolke, der Schatten einer Wolke, Paulo, ging über uns hin, der Fleck verdunkelte einen Augenblick lang die Cherubim aus Gips, die Heiligen Jungfrauen, die zu weiße Statue eines Mädchens, das so groß war wie ich

ein bißchen größer

Ewige Sehnsucht

und das Heiligenbild des Mädchens von der Statue in einem Kupferoval

betete auf einem Grab, die Statue, nicht das Bild, das Mädchen verwundert darüber, daß man es dorthin gestellt hatte

– Ist was mit mir passiert?

man sah auf dem Email nicht den Zeigefinger an der Brust, der argumentierte, das bin unmöglich ich, das muß eine Verwechslung sein, der sich wunderte, daß man es auf den Marmor über Geliebte Tochter gestellt hatte, den Namen und zwei goldene Daten, es blickte um sich, war beunruhigt

– Nun sagt schon ist etwas mit mir passiert?

und was antwortet man da, Paulo, sag du es mir, ich zeigte dem Mädchen die kleine Vase mit vertrockneten Blumen, der Einfriedung, der eine Lanze fehlte, gestand ihm

– Ich weiß es nicht

denn ich fühlte mich außerstande, es zu enttäuschen, verstehen Sie, mir ging noch durch den Kopf, interessiert zu fragen, wo ist denn deine Mutter, dein Vater, ihm zu versichern, daß seine Mutter und sein Vater gleich kommen würden, um es abzuholen

und der Schatten einer zweiten Wolke ganz nah bei uns, man schaute zum Himmel, und sie war nicht rund, langgezogen, mit goldenen Rändern, wenn es mir gelänge zu lesen, würde ich es mit seinem Namen anreden oder seinen Vater, seine Mutter rufen

– Es wartet dort auf Sie vergessen Sie es nicht

sie sind spazierengegangen, hab keine Angst, sie vergessen dich nicht, sie haben Geld, schlafen bei gelöschtem Licht, sind erwachsen, und das Mädchen im Kupferoval beruhigt, zufrieden, macht es sich inmitten des Zierats bequem, nimmt den verantwortungsbewußten, ernsten Gesichtsausdruck der Verstorbenen an, sie lügen nie, man kann ihnen ein Geheimnis anvertrauen, denn sie erzählen es niemandem weiter, sie halten, was sie versprechen, einmal habe ich meinen Eltern eine Münze gestohlen, vor dem Foto meines Onkels, meine Mutter

– Warst du das Gabriela?

und mein Onkel stumm, wahrscheinlich hieß er es nicht gut, aber stumm, meine Schwester, die es zwar guthieß

konnte beim dritten oder vierten Mal, als meine Mutter

– Warst du das Gabriela?

nicht mehr an sich halten und fing an zu prusten, mein Onkel hingegen auf meiner Seite, nicht wie mein Vater und die anderen Erwachsenen angezogen, mit einer Feuerwehruniform und einem Orden

Onkel Firmino

wenn er den Helm abnehmen würde, könnte man, das möchte ich wetten, die Glatze darunter sehen, deshalb nahm er ihn nie ab, die Friedhofsangestellten hatten das Grab festgetrampelt, ohne auf die Harke zu achten, die

– Bitte

nicht zu meiner Schwester, zu mir, und ich gab ihr zu verstehen, daß sie noch zu gebrauchen war

– Du bist noch zu gebrauchen Ehrenwort

obwohl sie von fünf Blättern mit etwas Glück nur zwei zu fassen bekam, kaum hatten die Friedhofsangestellten die Schaufeln auf den Karren gelegt, die Polizisten zu meiner Mutter

nicht zwei, mehrere, Paulo, meine Schwester hatte recht

sie scherzten mit den Angestellten, guck, was für Angst die Blödmänner vor uns haben, die wir keinem etwas tun, der sich nicht mit dem Staat anlegt, wieso danken Sie uns nicht dafür, daß wir Ihr Problem mit dem Hund gelöst haben, gute Frau, er bellt nicht mehr an Ihren Hacken herum, belästigt Sie nicht, stört Sie nachts nicht mit leisen Schlägen an die Tür, und Sie voller Angst wegen der Nachbarn, die uns anrufen, einen Brief schreiben, Sie denunzieren könnten, der Hund bellt Ihnen in die Ohren, versteck mir das hier, Isabel, und Sie im Frauengefängnis, Sie fabrizieren eine ganze Reihe Jahre im Gefängnis Kunsthandwerk, Topflappen, Körbe, Häkelarbeiten, während Ihnen die Aufseherin beibringt, das Vaterland zu lieben

– Liebe das Vaterland Isabel

mehrere Polizisten, Paulo, du kannst meine Arme loslassen, ich haue nicht ab, dieses Heroin ist mit viel Talkum verlängert, mehrere Polizisten, die uns begleiten, und mein Großvater in der Nähe der zu weißen Statue, deren Eltern erwachsen sind, bei gelöschtem Licht schlafen können, sie würden sie nicht vergessen, sie mit nach Hause nehmen, ihr Abendbrot geben, sie ins Bett legen, und es wäre Schluß mit Friedhöfen, Umfriedungen, kleinen Vasen

– Dir ist nichts passierst siehst du dir ist nichts passiert

so wie auch mir nichts passiert ist, biete mir keinen Kamillentee an, wärme meine Füße nicht, es ist nichts passiert, was auch immer Senhor Vivaldo behauptet, es ist nichts passiert, Paulo, die Kollegen meines Großvaters auf dem Platz vor dem Friedhof, und die Polizisten

acht Polizisten, definitiv acht Polizisten

hast du diese Hunde gesehen, schau dir diese Hunde an, es wird nicht lange dauern, und jeder hat seine Kiste, und es ist Schluß mit den Flöhen, dem Kommunismus, der Respektlosigkeit der Kirche gegenüber, Ihr Mann legt Pakete in Mülltonnen ab, gute Frau, was für ein elendes Schicksal, so ein mieser Gestank, seine Panik macht Ihr Leben kaputt, das kleine Dielenbrett endlich in Frieden, das Ruderboot neben der Fregatte, diese Lichter auf dem Wasser sind nicht einmal Lichter, Spiegelbilder, doch wovon, wenn nicht einmal Mondschein, laß mich mich ein bißchen aufsetzen, Paulo, laß mich atmen, ich fühle schon nichts mehr, weißt du, ich schreie nicht, versuche nicht, dich zu schlagen, mir geht es gut, ewig lange ist es mir nicht so gutgegangen, schau, wie ich die Tabletts in den Speisesaal trage, ohne daß ein Löffel zittert, die Hunde auf dem Platz vor dem Friedhof, ein ganzes Rudel, scheu, haben Sie gesehen, wie feige die sind, wir werfen einen Stein auf sie, und sie laufen weg, Ihr Vater war nicht anders, gute Frau, man warf einen Stein nach ihm, und er rannte weg, wie anders kann man sie begraben als in Kisten, denn sie sind keinen Heller wert, die Mine zündet nicht, hilf mir, das Klebeband der Mine klebt nicht, was nun, versuch es noch einmal weiter längs, wo Farbe fehlt, dort, an der Wand des Zimmers zwischen Bett und Fenster, nutze den Schwung des Flusses aus, die muß haften, verdammt, wenn kurz darauf die Wand des Zimmers, können wir das hier alles vergessen, Príncipe Real, Anjos, Chelas und in Frieden einschlafen, die Polizisten mit uns vom Friedhof nach Hause, um euch vor bösen Begegnungen zu schützen, Freunde, während meine Mutter nickt, meine Schwester hat sich an ihre Beine geklammert, und die Finger meines Vaters spielen auf der Weste Akkordeon, ich sagte zum Mädchen im Kupferoval

– Ich komme gleich wieder

und die dumme Gans hat das geglaubt, ich habe sie betrogen, ich komme nicht, denn so wie du mich manchmal anschaust, denke ich, daß du nicht kommen wirst, Paulo, die Polizisten verabschiedeten sich auf dem Treppenabsatz vor der Haustür von uns, macht uns keinen Ärger, Freunde, streckten die Hand zu meinem Vater aus, und mein Vater drückte sie, streckten die Hand zu meiner Mutter aus, und meine Mutter sah sie reglos an, finden Sie nicht, daß das reicht, Sie lassen uns nicht in Ruhe, die Lampe an der Decke vermischte uns alle, und dennoch erkannte das Mädchen mich, zog mich am Kleid

– Du kommst doch wirklich Gabriela?

und ich, die ich nicht einmal wußte, wo der Friedhof war, keine Angst, ich komme bestimmt, was für eine dumme Frage, habe ich je gelogen, meine Mutter schloß die Tür, Sie haben mich genug gequält, ärgern Sie mich nicht weiter, wir hörten, wie sie sich auf dem Treppenabsatz berieten, die Treppen hinuntergingen, auf der Straße verschwanden, wir holten Wein, Kekse und die Feigen für die Trauer aus der Speisekammer, und kein Nachbar bei uns, um den Verstorbenen zu ehren, ich nutzte den Schwung des Flusses und klebte die Mine an die Wand, ich stellte die Uhr, verband sie mit zwei dünnen Drähten mit dem Mechanismus, eine halbe Stunde, Paulo, neunundzwanzig Minuten, achtundzwanzig, siebenundzwanzig, in siebenundzwanzig Minuten, falls der Wecker ordentlich funktioniert, und das tut er, wenn die Kollegen meines Großvaters recht haben, und das haben sie, werden wir am Ende nach so vielen Monaten wissen, was hinter dem verrammelten Fenster ist, ob es das Meer von Peniche ist, ob Dona Micaela, die tanzt, ob Senhor Vivaldo im Verbandszimmer mit dem kessen Händchen, der sich von den Pillen für das Abendessen abwendet

– Du wirst mit jedem Tag appetitlicher Kleine

wenn wir kein Geld hatten, Paulo zu den Kapverdianern in Chelas, indem er sie und mich maß, und sich entschied

sechsundzwanzig Minuten

– Wenn ihr meine Freundin ein bißchen haben könnt gebt ihr mir dann dafür eine Dosis?

er blieb auf einem Stamm sitzen, malte mit einem Stöckchen auf dem Boden, wenn ich ihm das Heroin gab, malte er weiter, wenn ich ihn küßte

– Laß mich los

wenn ich

– Paulo

zu ihm sagte, löschte er, was er gemalt hatte, und drehte sein Gesicht dahin, wo ich nicht war

– Rede nicht mit mir du Nutte du Nutte

wenn ich mich vor ihn hinstellte, ich habe sie nicht gespürt, Paulo, ich kenne sie nicht, ich erinnere mich nicht an sie

– Verschwinde aus meinem Leben hau ab

fünfundzwanzig Minuten

in einem Tonfall, der flehte, verschwinde nicht aus meinem Leben, geh nicht, und der unsichtbare Häher verspottete uns, wenn das Mädchen im Kupferoval, gewohnt, daß

zwanzig Minuten

man sie betrog

– Versprichst du daß du mich nicht im Stich läßt Gabriela?

ich mußte einen der Drähte von der Uhr besser festmachen, will heißen, da gab es eine Schraube, die man anzog, und das war's, der Zeiger bewegte sich nicht ruckweise, glitt über die Ziffern, man dachte, zwanzig Minuten, da waren zwanzig Minuten, und dann plötzlich neunzehn, achtzehn

Paulo trotz der Koliken, trotz der Schmerzen, dieser Wunde in der Leber

– Scheiß auf deine Droge nimm sie spritz sie dir und fick dich selber

wenn ich ein eigenes Geschäft hätte, einen kleinen Laden im Stadtviertel, eine Reinigung, einen Kiosk, vielleicht wäre ich dann glücklich, mir fällt das Mädchen ein, und das macht mir ehrlich ein schlechtes Gewissen, aber wie soll ich in einem Zimmer Platz für sie finden, in das nicht einmal ein Diwan paßt, wir haben einen Nachttisch, einen Koffer mit der Wäsche, wir essen auf dem Bett sitzend, am nächsten Tag werfe ich die Pappteller in die Mülltonne, und wenn ich die Teller in die Mülltonne werfe, passiert es mir manchmal, daß ich meinen Vater treffe, der ein Paket der Kommunisten versteckt, ich hatte gedacht, er sei gestorben, ist er aber nicht

– Guten Tag Vater

er ist nervös, bis er mich erkennt, und als er mich erkennt, bewegt er die Arme nach außen und nach innen, bewegt die Finger auf einem Akkordeon, das es nicht gibt

– Ich werde dir unsere kleine Musik vorspielen mein Kind

wir, die wir überhaupt keine kleine Musik hatten, das ist gelogen, Vater, Sie haben nie von einer kleinen Musik gesprochen, die uns beiden gehört hat, Sie haben mir nie angekündigt

– Die hier gehört uns mein Kind

Sie haben nie auf dem Treppenabsatz mit Kohle Gabriela & Vater geschrieben, ich kam aus dem Speisesaal oder aus der Schule

aus dem Speisesaal

schaute ganz zufällig auf den Putz, und inmitten so vieler Striche, Risse, bloßgelegter Backsteine, als wir beim Briefkasten waren oder dort, wo die Treppe eine Kurve beschreibt, von wegen Gabriela & Vater, immer Marina & Diogo, niemals

zwölf Minuten

wir, ich habe die Schraube und den Draht getestet, sie mußten in Ordnung sein, da die Uhr lief, ein ständiges Vibrieren im Innern der Mine, irgend etwas, das sich langsam weitete, so wie ich mich langsam in mir selber weite, wenn ich dir gestehen würde, das Stöckchen, das auf den Boden malt

– Von welchem der Neger bist du geschwängert worden Gabriela?

eine Nutte wie die Stuten der Zigeuner, die den Hengst nicht auswählen, meine Mutter beispielsweise, denn mein Vater sieht mich an und fragt mich, welcher von denen, der Besitzer des Cafés, der Elektriker, die Hunde

– Wenn du es mir sagst werde ich nicht böse Judite

oder besser, er ging in den Garten hinunter und kümmerte sich um die Glyzinie

acht Minuten

schmollte, so wenig Zeit, um das Boot zu entfernen, acht Minuten, meine Eltern, meine Schwester und ich, wir vier im Wohnzimmer mit Sonntagsschuhen und der Spitzendecke, ein Tropfen, der über das Etikett hinweg weiter herunterrann, halt ihn mit der Serviette fest, Mutter, bevor das Akkordeon sich auf dem Fußboden ausstreckt und unter dem Geglitzer von Silberverzierungen verstummt, die Lunge entleert, tot, Paulos Mutter antwortet dem Vater nicht oder antwortet

– Er ist nur meins

zwei Minuten, und ich werde keine Zeit haben, ich schaffe es nicht, wenn ich den Satz nicht zu Ende bekomme, wirst du es nicht wissen, Paulo, ich wollte nur, daß du und ich, wollte nur, daß

ich hätte nur gern, daß

schimpf nicht mit mir, ich hätte nur so gern, daß

wir vier im Wohnzimmer mit Sonntagsschuhen, in Sonntagskleidern, die Kekse, die Feigen, das erste Mal kein Ton von den Nachbarn, voller Schrecken vor der Polizei, die Kommunisten

– Die da das sind Kommunisten

und unten die Wellen

eine Minute und elf

rütteln und rütteln am Stein des Forts

keine Rohre, keine Wasserhähne, keine Stimmen, das Haus verlassen, und wie gut, daß das Haus verlassen ist, denn in einer Minute und elf

wenn in einer Minute, wenn in dreiundfünfzig Sekunden, dann nur wir vier im Stadtteil, nur wir beide in diesem Zimmer, warten darauf, daß das verrammelte Fenster endlich, und in dem Augenblick, in dem das verrammelte Fenster aufgeht, beginnt das Orchester, ein gelber Scheinwerfer und ein silbriger Scheinwerfer kreisen im Publikum, entdecken Hemdkragen, Gläser mit Schaumwein, Dona Amélia und das Tablett mit den Zigaretten, den Pralinen und französischen Parfüms, die Scheinwerfer zeigen einen Samtvorhang, während die Musik lauter wird, macht der Geschäftsführer Micaela, Marlene, Soraia ein Zeichen

Soraia

Vanda, Sissi, ein Fußknöchel wächst aus dem Vorhang, ein Bein, ein langer Handschuh, ich drücke die Zitrone auf dem Löffel aus, erhitze den Löffel, erstarre, weil das Mädchen aus dem Kupferoval

– Gabriela

– Ich warte seit über fünfzehn Jahren auf dich Gabriela

– Du erinnerst dich wohl nicht mehr an mich Gabriela?

die Statue, die kleine Vase, die Umrandung des Grabsteins, vielleicht habe ich mich nicht daran erinnert, aber heute erinnere ich mich daran

sechzehn Sekunden, aus dem Augenwinkel sieht es wie sechzehn aus, aber es sind weniger, Paulo malt mit gesenktem Kopf auf dem Bettlaken

– Rede nicht mit mir

überzeugt davon, daß ich mit ihm redete, aber ich redete nicht mit ihm, wie konnte ich mit ihm reden, wo ich mich doch an den Grabstein wandte, dem Mädchen schwor

– Es ist nichts passiert

das Mädchen beruhigte

– Deine Eltern sind spazierengegangen hab keine Angst sie haben dich nicht vergessen

und der Schatten einer Wolke senkt sich fast auf uns herunter, man schaute zum Himmel, und sie war nicht rund, langgestreckt mit goldenen Rändern, jetzt, wo ich den Namen über den Daten lesen kann, das Datum meiner Geburt und das Datum von heute, und darüber Gabriela

Gabriela Matos Henriques

die kleine Vase mit vertrockneten Blumen genau wie die kleine Vase meiner Eltern, mein Name

Gabriela

das Mädchen anlächeln

– Ich bin es

und weiter lächeln, als der Zeiger auf der Null, das Schiff meines Großvaters sehen, wie es sich auf dem Tejo wiegt, ein blasser Blitz, das verrammelte Fenster Gott sei Dank offen, und im Fenster ein Mann, der mit dem Akkordeon innehält, es auf das Sofa legt und mich mit sich nimmt

und ich so schwerelos

über die Bäume des Friedhofs, die mich, so sehr sie sich auch anstrengten, so häßlich, dunkel sie auch waren, nicht aufhalten konnten.

Kapitel

Nachts reicht es, daß die Scheinwerfer der Autos die Decke dieses Zimmers mit Licht peitschen, eine Sekunde lang die Ecke eines Schrankes enthüllen, auf dem mein Koffer liegt, der mir sagt, daß ich später oder früher

früher

gehen muß

mir bleibt nichts anderes übrig, als zu gehen

die Tulpe der Lampe, die ich anfangs haßte und die ich jetzt zu mögen beginne mit ihren ungeschickt symmetrischen Blütenblättern, die irgendein Arbeiter in irgendeiner anonymen Fabrik mit Geduld und schlechtem Geschmack im Feuer geformt hat, es reicht, daß ich, bevor ich, durch die von der Dunkelheit verzerrten Geräusche auf der Straße wach gehalten, einschlafe

der Schlauch, der die Bürgersteige wäscht, eine gewisse Veränderung im Rauschen der Bäume, die Blätter, die den Teich aufmerksam wie eine Stirn in Falten legen, die auf der Suche nach Erinnerungen ist, von denen sie weiß, daß es sie gibt, die ihr aber entwischen, es reicht, daß dein Arm meinen in der Strömung des Schlafes streift, wo in den Gesten die Algentiefe ertrunkener Frauen enthalten ist, die am Ufer liegen und fragen

– Bist du es?

es reicht, kurz gesagt, daß ich deine Anwesenheit in deiner Abwesenheit ahne, außerhalb der Zeit und deines Körpers, von dem ich nur zwei oder drei Finger sehe, die im Kissen nicht den Umrissen meines Gesichts, sondern eines Gesichts folgen, das nicht mir gehört

das eines anderen Mannes, der das Recht erwirkt hat, mich zu ersetzen, und dir die Zärtlichkeit und den Frieden zu schenken weiß, den ich dir nie gebracht habe, die konkave Stille, in die du deine Ängste legen kannst, den Schraubenschlüssel einer praktischen Veranlagung, die mir aus Ungeschicklichkeit fehlte, um die Scharniere des Lebens eines nach dem anderen festzuziehen, bis es sicher gemacht war

solide, bewohnbar, die Wochen, Monate, Jahre zu einer ruhigen Harmonie zusammenzufügen, in der ich nicht leben könnte, der ich die Zufälligkeiten einer Welle gewohnt bin, die mich wegspült und herbringt, ohne mich festzuhalten, eine armselige, resignierte Flasche, die den Sand nicht findet und, wenn sie ihn findet, gleich von ebenso nutzlosem Müll bedeckt wird

Aluminiumtöpfen, Strohhüten, diesen kaputten Puppen, auf denen unveränderlich ein glückliches Lächeln zittert, das mich, anstatt mich froh zu stimmen, traurig macht und das ich beneide, das mit den kranken Gewissensbissen der Bosheit in mir die Lust zu zerstören weckt, es reicht

sagte ich

daß ich mich allein neben dir fühle, von den numerierten Puzzleteilen einer Existenz umgeben, die auf dem Tisch verteilt wurden und die ich mich, obwohl es einfach ist, zusammenzulegen weigere, um zu begreifen, daß ich mich wieder erheben muß, das durchmessen muß, von dem du weißt, daß ich es bin, zu dem hin, was ich auch bin und von dessen Existenz du nichts weißt, was ich dir verberge, was ich nicht gestehe, von dem ich nicht rede, meine Eltern, die Angestellte aus dem Speisesaal, Chelas, das alte Ehepaar, das glaubte, mich in einer Wohnung in Anjos aufgezogen zu haben, dessen Kirche mir aus Spatzen gebaut vorkam, denn bei jedem Glockenschlag wurde sie in einem Wirbeln von Flügeln dünner, ich, der ich dir gesagt habe, ich hieße António, obwohl ich Paulo heiße, ich finde mich nicht in diesem Haus mit Kommandeuren und Ingenieuren und Damen mit blonden Strähnchen und deutschen Autos, sondern auf einem verglasten Balkon in der Avenida Almirante Reis, stell dir vor, auf dem Dona Helena im Winter bügelte und auf den sie im Sommer den Weidenstuhl brachte, die Schuhe auszog und die Ferse auf einem Sack oder einem Schemel ablegte, um die Arthrose zu lindern, während der Ehemann ihr mit einem Streichholz im Mund Gesellschaft leistete

ich erinnere mich so deutlich an die Fliesen auf dem Boden

so merkwürdig es dir vorkommen mag

es gibt Augenblicke, da kommt es auch mir merkwürdig vor

ich mochte sie, obwohl ich außerstande war, es zu sagen, so wie ich auch außerstande bin, dir zu sagen, daß ich dich mag, obwohl ich, wenn du mich fragen würdest, ja sagen, mich möglicherweise fragen würde

– Mag ich sie überhaupt?

womöglich die Worte durch eine Liebkosung ersetzen würde, die sich vage auf deinem Nacken oder am Hals verlöre, bevor sie zur Zigarette zurückkehren würde, im Bewußtsein meines Alters und dessen, was das Alter an Scham und Angst mit sich bringt, das Herz verwest unter einem Stein

oder wie durch ein Wunder unversehrt, wer weiß das schon, ich, der ich nicht an Wunder glaube, bin die Flasche, von der ich gerade gesprochen habe und die, wenn sie den Strand erreichte, von einem Felsen zerschmettert würde, also hocke ich auf einem Mädchenfahrrad, dessen Scheinwerfer sich vom Schutzblech gelöst hatte und sein erloschenes Äuglein am Rad herunterhängen ließ, die Alten kümmerten sich mit einem Eifer um mich, der mich damals ärgerte, aber jetzt, wenn ich das Herz unter dem Stein hervorholen könnte und dazu die Tränen, die meine Mutter mir gestohlen hat, um sie um sich selber zu weinen, würde ich vielleicht gerührt sein, also ändern sich die Geräusche allmählich und erhalten einen Oktoberklang, während der Nachmittag seinem Ende zugeht, die Spatzen sich zusammenrotten, um die Kirche zu bauen, und ich höre, wie du die Schlüssel auf den kleinen Tisch in der Diele legst, und gleich darauf dein Lächeln

dein Lächeln immer zuerst, das fröhliche Hündchen deines Lächelns steht wartend mitten im Wohnzimmer gleich darauf das eilige Ticktack der Absätze, gleich darauf du, und auch mein Lächeln, in der Zunge verheddert, halb im Mund verborgen, ganz darauf aus, deines zu treffen, und es zieht sich zusammen, flieht, ich nicht in diesem Sessel

nimm es einmal an

auf dem Fahrrad zwischen meinen beiden Alten auf dem verglasten Balkon hockend, die förmlich mit dir sind, unterwürfig, demütig, Dona Helena, das Bügeleisen reglos über dem Bügelbrett, und ihr Mann, Senhor Couceiro, langt nach der Jacke, die er auf den Bügel gehängt hat, beide vor Unbehagen eingerollt

– Verzeihen Sie gnädiges Fräulein

aufgeregt wegen des Bodens, den sie hätten schrubben müssen, und wegen der Kommode, die sie hätten wischen müssen, der Tee hätte fertig auf dem Lacktablett stehen müssen, das mit seinen Röschen aus Perlmutt und seinen Intarsienkörbchen stolz wie eine Jagdtrophäe an der Wand hing

wertlose Nippes, siehst du?

das Deckchen auf dem Tablett, dem Zuckertopf aus Kupfer fehlt ein Henkel

der Zucker wurde mit einem nicht dazu passenden Löffel serviert, denn der Löffel vom Zuckertopf

– Zwei Löffel gnädiges Fräulein?

das Händchen unsicher

– Zwei Löffel gnädiges Fräulein?

ist auch verschwunden, die armen Alten gingen in die hinteren Zimmer, um sich umzuziehen, und du verständnislos, leise, und dabei schautest du auf die Tür, du, die du gedacht hattest, du würdest mit ein paar Freunden zu Abend essen, schütteltest den Kopf zu der Tasse mit der Freiheitsstatue

– Befinden wir uns in einem Theaterstück António?

Dona Helena kämmte sich, indem sie die Haare zusammenhielt, die der Bürste entwichen, und zog die Schuhe mühsam mit einem aufgeregten Schuhlöffel an, Senhor Couceiro bat darum, sich eine der Blumen von Noémia ausleihen zu dürfen, um dem

Jackenaufschlag nachzuhelfen, ein Marionettentheater, du hast schon recht, achte auf die Papierkulissen der Wände, auf das Detail der Auslegeware, die nicht auf dem Boden aufliegt, auf das Bord mit den Keramikentchen in abnehmender Größe, zwei davon ohne Schwanz, die sich in amputiertem Protest runden, den Zucker, dessen Würfel sich nicht auflösen, den Tee, der nach Rost und Dosengrund schmeckt, die Blätter, die sich einem mit saurer Beharrlichkeit an die Gaumen kleben, ich habe sie mit dem Fingernagel herausgeholt, aber wo soll ich sie bloß hintun, mein Gott, deine Freunde warten, und du ungeduldig, schaust die Tasse an und die Alten, die stehend auf einen Satz von dir warten, der nicht kommt und der, weil er nichts bedeutet, so viel bedeutet, aber die Tapete, die Auslegeware, die Entchen, die Hälfte deines Gesichts wohlwollend zu Dona Helena, die andere Hälfte verzweifelte Augenbrauen, die Zeichen mit wachsender Verärgerung morsen

– António

und deshalb steige ich unwillig von dem Fahrrad auf dem verglasten Balkon herunter, habe keine Zeit mehr, die Reifen aufzupumpen oder die Lampe aufzurichten, fahre mit einem zufriedenen Finger über die Keramikfamilie, nutze das, um das kleinste Entchen wieder gerade hinzustellen, bemerke, daß Dona Helena den Rock mit einer Wäscheklammer enger gemacht hat, weil die Tabletten vom Doktor sie auszehren, oder aber die Anämie, die Blässe und die Säcke unter den Augen sind ein Tier im Inneren ihrer Brust mit einem schrecklichen Namen, den ich nicht zu denken wage, die armen Hoffnungen, die verräterischen Besserungen

– Seit Ewigkeiten habe ich mich nicht so gut gefühlt

die Müdigkeit, das Krankenhaus, die kleinen Mitbringsel, die sie nicht ißt

Obst, Kuchen, Mandeln

nicht essen kann, Zeitschriften, die sie nicht liest, halt das mal einen Augenblick, die, ohne daß sie es bemerkt, von der Bettdecke zu Boden rutschen, der Blick, der uns, als wir gehen, bis zur Tür folgt und aufgibt und dunkel wird und dort bleibt

ein Gegenstand ohne festen Platz

bis die Krankenschwester ihn mit einem Beruhigungsmittel oder einem Sirup wieder aufs Kopfkissen zurücklegt, Senhor Couceiro, der keinerlei Zweifel hegt, der dem Chirurgen glaubt und Mitleid mit Hoffnung verwechselt und auf die Teekanne zeigt

– Mögen Sie den Tee nicht gnädiges Fräulein?

der uns begleitet

hörst du sein Asthma?

bis zu dem Gerümpel in der Diele, die Regenschirme in einem Topf, der Riegel, der das Schloß verstärkt und den er nicht anheben kann

– Hat Ihnen unsere Wohnung nicht gefallen gnädiges Fräulein?

voller Sorge, daß du seinetwegen das Interesse an mir verlieren, beschließen könntest, daß ich so wie er bin oder, anders gesagt, verkrüppelt und alt, mich nicht mehr sehen willst, mich ablehnst, und du lehnst mich tatsächlich ab, eine nachdenkliche Langsamkeit, die Nase, die Lügen erschnuppert

– Der kleine Alte hat dich Paulo genannt António?

die Scheinwerfer der Autos, die die Decke dieses Zimmers mit Licht peitschen, eine Sekunde lang die Ecke eines Schrankes enthüllen, auf dem mein Koffer liegt, die Tulpe der Lampe mit ihren ungeschickt symmetrischen Blütenblättern, die irgendein Arbeiter

Senhor Couceiro?

und während du an Senhor Couceiro denkst, dein Gesicht

– Der da?

in irgendeiner anonymen Fabrik mit Geduld und schlechtem Geschmack im Feuer geformt hat und die dir, ich weiß nicht wieso

wieso?

gefällt, ich, von den Geräuschen auf der Straße wach gehalten, die durch die Dunkelheit verzerrt sind, denke an die Bewährungsfrist meines Lebens mit dir, an dieses tägliche Aufschieben einer Trennung

ohne Szenen und Dramen

von der wir beide wissen, daß sie unausweichlich ist, und von der keiner von uns beiden spricht

unterschiedliche Interessen, wird den anderen erklärt, wenn es nichts zu erklären gibt, warum uns rechtfertigen, wenn es nichts zu erklären gibt, und da es nichts zu erklären gibt, reden wir von unterschiedlichen Interessen, unterschiedliche Interessen, João

oder Eduardo oder Daniel oder Gonçalo

unterschiedliche Welten, so unterschiedliche Charaktere, die die Routine verstärkt, ich denke nicht an dich, an die zwei oder drei Finger, die aus dem Bettuch herausschauen und auf dem Kissen den Umrissen eines Gesichts folgen, das nicht mir gehört, das João, Eduardo, Daniel, Gonçalo gehört, undeutliche Erinnerungen an undeutliche Leute, undeutliches Händeschütteln bei undeutlichen Abendveranstaltungen, die plötzlich konkret werden, als ich in einem Restaurant oder einem Kino auf euch treffe, du das Haar kürzer, was dich jünger macht, ein Kleid, das ich nicht kenne, Perlen, an die ich mich nicht erinnern kann, deine künstliche Sympathie

nein, deine Gelassenheit

die Leichtigkeit deiner Gelassenheit, als du ihn mir vorstellst

– Du kennst doch Daniel?

ein Arm, der deine Schulter losläßt, um mich zu begrüßen, und dann, nachdem er mich begrüßt hat und nach einem halben Dutzend herablassender Freundlichkeiten

oder die meine Eifersucht für herablassend hält

die mir zu hören nicht gelingt, die ich nicht neugierig bin zu hören, die ich mich zu hören weigere, führt er dich, wieder auf deiner Schulter, von mir weg, ich erkenne dich einen Augenblick lang zwischen zwei Köpfen, höre auf, dich zu sehen, stelle mich auf Zehenspitzen, und du bist mit ihm verschwunden

wohin?

ich möchte lieber nicht darüber nachdenken, und so verhalte ich mich ganz ruhig, ein Schild am Straßenrand kündigt irgendwelche anonymen Städtchen oder die Ruine einer Kapelle an, die Ruine, die ich für dich bin, eine Falte in der Vergangenheit, die man nicht verbirgt, weil man sie nicht bemerkt, oder der, den ich fast nicht wiedererkannt habe, große Güte, oder der, bei dem ich heute noch nicht weiß, wie ich das machen konnte, oder derjenige, der, als er dich im Wagen vorbeikommen sah, den Spiegel in der Sonnenblende heruntergeklappt und sein Make-up geprüft hat, oder der mit einem Winken oder einer Bitte im langsamen Heben des Ärmels, der auf dem Bürgersteig, der nicht bemerkt, daß es regnet, es sei denn, der erste Tropfen zwischen Stirn und Brille löscht ihm ein Augenlid, und er nimmt die Brille ab und kämpft mit dem Tropfen, und der Tropfen bleibt beharrlich

man weiß ja, wie trotzig der Regen ist

oder der ohne Brille, der den kleinen Platz und die wirren Gebäude anschaut, das, was ganz sicher Beete sind

– Sind das keine Beete Tropfen?

eine Neonreklame, die schwer zu lesen ist, obwohl ich die Traurigkeit, die Reue lesen kann, im Wohnzimmer bemerken, daß du die Möbel umgestellt hast, den Glasaschenbecher, den wir nicht zusammen gekauft haben, die Größe des Tropfens oder meines Mitleids mit mir selber auf dem kleinen Beistelltisch, den Stich, den ich zu meinen Zeiten in die Anrichte verbannt habe

braune und blaue Äpfel, Birnen, Kirschen auf der Ecke eines Tischtuches, der Hintergrund rot, und in Bleistift unten, 35/200 und eine eilige Signatur

und der jetzt beim Abendessen den Vorsitz hat, karierte Bettlaken, ehrlich, eine andere Armbanduhr auf dem Nachttisch auf meiner Seite, ein Buch auf englisch, der ich schlecht Englisch lese, die Miniatur eines Götzenbildes aus Thailand, das zu mir hin Grimassen schneidet und mich bedauert

– Ach Paulo

besser gesagt

– Ach António

Dona Helena auf dem Friedhof, die Daumen vom Rosenkranz gefesselt, ohne Mut, dem Gott aus Terrakotta zu widersprechen, sie, die niemandem widersprach

– António

während sie die Brille mit einem Rest Tropfen wieder aufsetzte

man weiß ja, wie der Regen ist

der zitterte, beharrte, die Gebäude am kleinen Platz deutlich, die Neonreklame, Club Soundso, vielleicht so ein Keller, in dem mein Vater gearbeitet hat, und einen Augenblick lang tauchte mein Vater, den eine Kollegin rief

Marlene, Sissi?

mit blonder Perücke am Eingang auf, entschuldigte sich, zog das Dekolleté hoch

– Es tut mir ehrlich leid aber ich kann dir nicht helfen

und so verließ ich, ohne es zu bemerken

ich bemerkte es

fast ohne es zu bemerken, den kleinen Platz, verließ ich schnell den kleinen Platz, bevor ein weiterer Tropfen zwischen Stirn und Brillenglas, denn der Regen hört nicht auf

hört nicht auf

auch wenn der Regen aufhört

und er muß aufgehört haben, ich möchte wetten, er hat aufgehört, und er hört nicht auf, ich spürte ihn an den Fenstern des Wohnzimmers, wo der Glasaschenbecher, der Stich mit den Äpfeln und Daniel, der größer ist als ich, deine Hüften hält, dich zu ihm hindreht und

ich verlasse wütend den kleinen Platz, weil du nicht protestierst, dich gehenläßt warum läßt du dich gehen?

ihn auch festhältst, die Wut, die Augen nicht schließen und dich aus mir vertreiben zu können, daß du dich mit dem Tropfen verflüchtigst, dich mit ihm auflöst, daß das kurze Haar und das Kleid, das ich nicht kenne, mir aus dem Sinn verschwinden, das Auto bis zur Tejobrücke lenken, während der Scheibenwischer diesen Regen wegschiebt, der die Lampen und dein Bild in endlosen Reflexen vervielfältigt, du im Profil, du sitzend, du, wie du die Mappe neben das Sofa stellst, du, wie du mich aufs Ohr küßt

mich aufs Ohr küßt

ohne den Regenmantel auszuziehen, die Botschaft des Dienstmädchens auf dem Block in der Küche entzifferst, amüsiert über die Fehler, du, wie du einen Ellenbogen drückst, der nicht meiner war

– Du kennst doch Daniel?

und es tut weh und tut weh, du zwingst mich, zu bremsen, zu schlittern, das Lenkrad wieder geradezuhalten, das aus dem Gleichgewicht geratene Herz zu besänftigen, das etwas brauchte, bis es sich beruhigte

– Habe ich dich getötet?

bis du begriffen hast, daß ich dich nicht getötet habe, daß nicht du, nicht ein Mann bei dir ist, eine Kiste aus Pappe, die der Wind auf der nun endlich regenlosen Brücke vor sich hertrieb, dich in der Hosentasche mit dem Tropfen begraben, indem ich das Taschentuch begrabe, Micaela neben mir biegt mit den Zähnen den Verschluß des Armbandes zurecht

– Du magst mich doch du magst mich doch Paulo?

benutzt die Augenbrauenpinzette, um ihn besser zuzubekommen, ihr antworten

– Ein bißchen

während ich aus dem Augenwinkel, indem ich ein Mofa als Grund vorschiebe, ihre leere Bank ausspähe, auf der Straße nach Caparica, bei einem Haufen Steinen, rauchte ein Geschöpf, das ich für Dália hielt, die Zigarette mal lebendig, mal ruhig zwischen

Mund und Hose, wenn lebendig, dann verdeckt eine Bauernbaskenmütze ihre Augenbrauen, wenn sie ruhig ist, ein Kind in Bico da Areia, das mich nicht beachtet, neben ihr stehenbleiben

– Dália

sagen, ein entsetztes Zurückweichen, und wieder die Baskenmütze, nach rechts gehen, der Baskenmütze entkommen, zweistöckige Häuser, wo früher Ödland, der Judasbaum, an dem sich ein Cousin vor meiner Zeit aufgehängt hat und wie eine Glocke hin- und herschwang, die Erde wollte ihn nicht, und er wollte die Erde nicht, der Gemeindevorsteher mußte ihm den Strick abschneiden, um dem Tanz ein Ende zu bereiten, und der Cousin starrte ihn von der Bahre her mit jener großäugigen Verblüffung an, mit der er, als er noch lebte, die Leute ungeduldig angeschaut hatte, er wechselte seinen Ausdruck nur, wenn er die Spielzüge in der Hütte mit den Billardtischen kalkulierte, um sie herumging, Winkel ausrechnete, den Queue über der Schulter, gemächlich wie ein Jäger, den rechten Fuß in einer Ballettattitüde hob, während sich der Rest, am Zeigefinger einen Ring, über das Tuch verteilte, der Cousin eine Frucht im Paletot, steif an einem Zweig, den Cousin hinter mir lassen, der sich darauf beschränkte, auf dem Dachboden fremder Erinnerungen zu existieren, und so erreichte ich, ohne darüber nachzudenken

während ich darüber nachdachte, es lohnt nicht, darauf zu beharren, daß du nicht daran gedacht hast

Santo António da Caparica, und die zweistöckigen Häuser wurden von einfachen Häusern, Werkstätten, dem Ofen eines Bäckers ersetzt, der zu arbeiten begann und meine Eifersucht rot färbte, São João da Caparica, wo wir in die Drogerie, zum Schlachter gingen, und weder eine Drogerie noch ein Schlachter, ein Kreisverkehr, der irgendwohin führte, der Campingpark mit den Petroleumkochern

keine Tulpen mit asymmetrischen Blütenblättern, die irgendein Arbeiter und so weiter

ein Junge in meinem Alter tauchte aus den Zelten auf und

richtete eine Spielzeugmaschinenpistole auf mich, die Pingpongbälle abschoß, er drückte ab, und ein welker Ball fiel ihm vor die Füße

– Ich hab dich totgeschossen

ich erinnere mich noch heute daran, daß ich damals gestorben bin, ich habe mit sechs Jahren aufgehört zu existieren, von da an, wer bin ich da, der Junge verblüfft

– Du fällst nicht um?

meine Mutter, die aus dem Schlachterladen kam, sah mich im Todeskampf am Drahtzaun, hob mich unter den Achseln hoch, weil ich die Socken dreckig machte

– Was soll dieser Affenkram?

während der Mörder einen zweiten welken Ball auf sie abschoß, und ich konnte sie nicht retten, meine Mutter unverletzbar

– Was soll dieser Affenkram?

ich bin mit sechs Jahren durch einen Pingpongball gestorben, der, als er mich nicht erreichte, meine Aorta durchbohrte, und daher, was können mich die Gelassenheit oder die Unverschämtheit stören

die Unverschämtheit

– Du kennst doch Daniel?

denn Daniel und du, der Stich mit den Birnen, der Glasaschenbecher, die Armbanduhr, die karierten Bettlaken, die ich nicht gesehen habe, aber ich kenne das Spitzennachthemd auswendig, das gekauft wurde, nachdem ich gegangen war, die Sorgfalt mit dir selber, Depilationen, Massagen, kleine chirurgische Utensilien

Pinzetten, Scheren, kleine verchromte Stiele mit einer Bürste oder einem Pinsel an der Spitze

zur Perfektionierung der Hingabe, als ich an São João da Caparica vorbeikam, vor der Umleitung, die sie auch verändert haben, erinnerte ich mich daran, daß ich seit vielen, vielen Jahren tot war, und es beruhigte mich, tot zu sein, früher ein Weg zwischen Kiefern, heute fast eine Allee, nach Bico da Areia kommen, ohne

Bico da Areia zu bemerken, da Dutzende von Gärten, das Straßencafé mit anderen Stühlen, fünf oder sechs Gassen, und in welcher haben wir gewohnt, die Streben der Brücke, die mit den Gezeiten stiegen

ob es Möwen gab?

die Nähmaschine der Wellen wurde schneller, um die Felsen zu nähen, die Gischt mit einer Linie Algen zu fälteln, mir war so, als ob die Hunde, aber nein, die Hunde in meinem Alter konnten nicht laufen, Kienäpfel werfen oder

– Ich habe das Geld dabei Dona Judite

nehmen Sie neue, kleinere Hunde, die mich ängstlich anbellen und weglaufen, deine Hütte, Dália, ohne Garten und Fenster, in die Erde versunken, im Café eine auf einer Stuhllehne schlafende Taube, die Tante, etwa wie Dona Helena, aber grimmig, kam nicht etwa heraus und befahl mir

– Verschwinde

ganz im Gegenteil

– Kommen Sie herein kommen Sie herein

in der Hoffnung, ich würde dich aus Chelas mitbringen und dich heiraten

– Sie war eine Prinzessin mein Herr die Arme eine schlimme Geschichte

Dália, die die Kapverdianer vor Ewigkeiten am Abhang von Chelas gefunden hatten, ihr Blouson rutschte ihr von den Schultern, bedeckte die roten Eingeweide, die ein Taschenmesser durcheinanderbrachte, während zehn Schritte von ihr entfernt, fünfzehn Schritte von ihr entfernt, ein bärtiges Skelett mit der Spritze die Ader am Hals suchte

– Sie haben ihr die Eingeweide rausgeholt Dona Alice

ein Vordach mit einer Laterne, vielleicht eine Glyzinie, apropos Glyzinie, diese Pflanze da, nein, die andere nach dieser hier, die violetten Blütentrauben, sieh nach, ob Flaschen im Waschtrog, Margeriten, der Zwerg aus Schneewittchen auf dem Kühlschrank, die Frau stützen, die sich in der Küche bewegte

– Du kennst doch meine Mutter?

nicht meine Mutter, nicht eine Frau, einen alten Mann

der Mann von einst an der Stelle meines Vaters?

der Müll in einen Eimer kippt, ein Regentropfen, der immer noch nicht heruntergefallen war und den ich nicht mit dem Ärmel abgewischt habe

– Ich kann dir meine Mutter nicht vorstellen verzeih mir

und du zu Daniel, der dich weit von mir wegführte

ich habe dich einen Augenblick lang erkannt, habe dich nicht mehr erkannt, habe mich auf Zehenspitzen gestellt, und du bist mit ihm verschwunden

– Wie sich António verändert hat

ich möchte mir lieber nicht vorstellen, wohin, und daher bin ich im Straßencafé von Bico da Areia, werde vom Besitzer bedient, der nicht der von damals ist, draußen, das möchte ich schwören, läuft eine verirrte Stute im Kreis am Strand, und ein Zigeuner mit Peitsche pfeift hinter ihr her, den Besitzer des Cafés fragen

– Was ist mit der Glyzinie passiert?

wie schläfst du jetzt unter der Tulpe aus Glas, mit wem schläfst du jetzt, mit Eduardo, mit Gonçalo, mit João, mit wem spielst du Streitpatience oder Händewegziehen

– Wollen wir Händewegziehen spielen?

und meine Hände über deinen, die mit dem Ring schlug mich ständig

– Ich habe noch nie jemand so Langsamen gesehen

die entfärbten Härchen auf den Armen, einmal in der Woche schlossest du dich im Badezimmer zu geheimnisvollem Tun ein, die Schublade des Unterschranks vom Waschbecken klemmte in der Schiene, ein Gerüttel von Etuis, Flakons

– Komm nicht rein

ich guckte, Husten unterdrückend, durchs Schlüsselloch, der Rachen, ein leises Geräusch, du verärgert

– Das gilt nicht António

und ein Schnurrbart aus Wachs, wenn du den Schnurrbart abzogst, ein kleiner Schmerzensschrei, mein Bademantel, der dir bis zu den Fußknöcheln reichte

– Guck mich nicht an

Episoden, die ich damals haßte und die mir heute fehlen, du, die Knie am Mund, wie du die Zehennägel lackiertest, sie zum Trocknen auf meinen Schoß legtest, und während sie trockneten, weitete sich der Bademantel, deine Brustwarze forderte mich heraus, und ich tat so, als würde ich nichts sehen, du zogst den Bademantel enttäuscht wieder zu, weil ich nicht gemerkt hatte, daß die Brust herauslugte

ein Händewegziehspiel, aber ohne Hände auf Händen, und du, mein Gott, António, du begreifst überhaupt nichts, wenn du mich küßt, tust du mir weh, schau nur, der Fleck am Hals, sogar mit einem Pullover merkt man es, und ich hasse Pullover, was soll ich den Kollegen sagen, der Junge mit der Maschinenpistole kam vom Campingplatz, zielte mit dem Pingpongball, tötete mich, ich schaute auf meinem Kittelchen nach Blut, bevor meine Mutter mich zwang aufzustehen, weil ich meine Socken dreckig machte

– Was soll der Affenkram?

ich kann sie dir nicht vorstellen, sie wohnt nicht mehr hier, sie war Lehrerin in Almada, sie zeichnete fast immer schiefe Quadrate, wenn sie zu schief waren, wischte sie sie mit der Hand weg, zeichnete sie wieder und spielte Himmel und Hölle auf dem Friedhof der kleinen Stadt

des Dorfes

der kleinen Stadt, denn seit ein paar Jahren ist es eine kleine Stadt, sie wird ein Gericht haben, trug eine Kamee

ein Gericht haben macht mich eitel

eine Kamee aus Perlmutt, zuletzt die Kienäpfel an den Fenstern, auf dem Dach, ich habe das Geld dabei, Dona Judite, lassen Sie mich rein, Dona Judite, ich bin nicht wie die anderen, Dona Judite, ich zahle, der Besitzer des Cafés, nicht dieser, der alte

Bico da Areia wird nie ein Gericht haben

mit einem Viertel Wein, der mir befiehlt, raus mit dir, du Störenfried, und ich verfolge eine Eidechse in einer Spalte zwischen den Ziegeln

– Ich höre euch nicht ich höre euch nicht

die Frau, die im Straßencafé die Tische wischte, starrte mich an, die Hunde, die sich der Mauer näherten, ich bin vor Jahren beim Campingplatz von São João da Caparica gestorben, ich bin tot, auf dem Rückweg nach Lissabon habe ich meine Leiche am Zaun gesehen, einen Jungen mit einem Pingpongball im Herzen, ich habe weggeschaut, um nicht dieses bange Gefühl zu haben, diese Art von Kolik, als wären da noch das Heroin, das Krankenhaus, die Platanen, mein Vater, der mich in rosa Satin besuchte mit einem riesigen Hut auf der Perücke

– Deine Tante Paulo

sich an den Zaun vom Krankenhaus lehnte, meine Finger nahm, ein Hüftpolster verrutscht, und ich

– Vater

oder besser gesagt

– Bringen Sie mich nicht dazu mich zu schämen Vater

oder besser gesagt

– Die machen sich über uns lustig Vater gehen Sie

und er grüßte in die Runde, wich den Tauben aus, ich mag mir gar nicht vorstellen, was passiert, wenn die mir das Kleid kaputtmachen, nahm armreifenklingelnd mein Kinn

– Du bist dünner geworden Paulo

sein Gesicht unter dem Gesicht des Clowns biß sich auf die Lippe, wie damals, als meine Mutter

– Mit welcher Frau treibst du es Carlos?

ihm einen Lippenstift zeigte, einen kleinen Flakon, eine Cremetube, das bereits gefärbte Haar

glaube ich

denn gelbliche Farbtöne, als meine Mutter

– Mit welcher Frau

schaute er sofort in den Kleiderschrankspiegel, errötete, indem er eine halb schwarze, halb rotblonde Haarsträhne anhob

– Verstehst du denn nicht daß das von der Sonne kommt?

eine Zigarette, mein Freund, eine Münze für einen Kaffee, mein Freund, der Spott der Krankenpfleger, der Krankenpflegerhelfer, Dutzende von Ellenbogen an Dutzenden von Rippen, der Fahrer des Krankenwagens hatte die Bahre vergessen

Senhor Peres

saß mit offenem Mund am Steuer, und ich zu mir, mach dir nichts daraus, du bist tot, glaubst du, daß Tote sich daraus etwas machen würden, stand auf

– Auf Wiedersehen Vater

streckte mich auf dem Bett aus, wo im Fenster ein kleiner Rest Dach und der Vieruhrhimmel, in dem manchmal Störche ihr Nest auf dem Schornstein der Autowerkstatt bauen, in Bico da Areia ein Flamingo, der vor Erschöpfung auf einer der Brückenstreben blinzelte, und die Hunde warfen Steine nach ihm, ein Stein ließ ihn auf den Strand fallen, und ein Wirbel aus Pfoten und Bissen und Gewinsel, rosa Blut, das die erste Welle mit sich nahm, und daher anstatt dich lieber das kleine Zimmer mit dem verrammelten Fenster suchen, Gabriela wachte um halb sieben auf, da um acht Uhr der Speisesaal, die Gewißheit, daß sie vor dem mit Kohle auf die Wand gemalten Marina & Diogo stehenblieb, die Nachbarn, die sie grüßte, ich nicht, die Vermieterin, die ganz in Trauergewänder verschlossen war, die ihre Empörung noch vergrößerten, wenn sie wegen des Mietrückstandes protestierte, mein Vater holte am Príncipe Real die kleine Schatulle aus dem Versteck in der Speisekammer, bemerkte, daß die Kette vom Schloß zerbrochen war und die kleine Schatulle leer, murmelte, das kann nicht sein, das kann nicht sein, rief

– Rui

und niemand, der Blick bewölkt, ein kleiner Finger, der einen Strich Wimperntusche zurückhielt, der fast die Wange erreicht hatte, ihm kräftig die Schulter drücken, der Schatulle einen Fußtritt versetzen, in der ein Papier Entschuldige

– Machen Sie keine Szenen Vater

knien Sie nicht nieder, so was Blödes, entwölken Sie diesen Blick

gewahr werden, daß er krank, der kleine Nacken schmal, irgend etwas auf der Haut, die Laboruntersuchungen werden noch einmal gemacht, und es ist nichts, du wirst schon sehen, die Labore irren sich, er gab mir den Schein, den er in den Büstenhalter gefaltet hatte

– Für dich

die Vermieterin schnupperte mißtrauisch daran, zerknüllte ihn, zog ihn glatt

– Der ist doch nicht falsch Junge?

um zehn vor fünf Uhr morgens an deinem Haus ankommen

ich tot am Campingplatz und tot in deinem Leben, und da ich tot bin und die Toten nichts fühlen und noch viel weniger leiden, so ein Quatsch, das hätte gerade noch gefehlt, leiden, mir ist egal, ob es regnet, es regnet nicht, nicht ein einziger Tropfen hängt an meinem Augenlid oder trübt meine Brille, um zehn vor fünf Uhr morgens, wenn die ersten Busse Lissabon durchqueren

der Fisch, das Kleinvieh, das Gemüse

mein Vater kehrte auf den Absätzen schwankend aus dem Keller zurück, du mit Daniel

oder Eduardo oder Gonçalo

fährst mit zwei oder drei Fingern nicht über die Umrisse ihrer Gesichter, sondern über ein Gesicht, das vielleicht meines ist

ich ein anderer Mann, und der gibt dir scheinbar

er gibt dir

die Zärtlichkeit und den Frieden

die Menschen ändern sich, warum solltest du nicht glauben, daß ich mich geändert habe?

den sie dir nie gegeben haben, heute um zehn vor fünf Uhr morgens ich in dem Haus, in dem ich sechzehn Monate mit der

Angestellten aus dem Speisesaal gewohnt habe und wo Marina & Diogo bei den Briefkästen mit den Nummern der Stockwerke in der Mitte begannen, ich könnte unsere beiden Namen schreiben

ich hatte daran gedacht, unsere beiden Namen zu schreiben

ich habe beschlossen, unsere beiden Namen zu schreiben

ich hätte unsere beiden Namen geschrieben, wenn ich in der Tasche

und ich hätte ihn da haben müssen, aber die Kindheit ist so weit, verstehst du, das Vergnügen, Buchstaben zusammenzuzählen, so lange schon verloren

einen Bleistift hätte, ein Stück Kohle, einen winzigen Rest Kreide anstatt des Federhalters, von dem mir versichert wurde, er sei widerstandsfähig, und dessen Feder nach einem lächerlichen Strich verstopfte und sich anschließend auf dem Putz verbog, mich daran hinderte, uns beide mit einem Herz und einem Pfeil zu verewigen, warum nicht ein Herz und ein Pfeil, es gibt Tausende von Herzen mit Pfeilen an den Wänden Lissabons, und niemals uns, niemals uns, ich stopfte den wertlosen Federhalter haßerfüllt in die Tasche, probierte den Lichtschalter in der Eingangshalle aus, obwohl ich sicher war, daß er nicht funktionierte, und er funktionierte nicht, hat niemals funktioniert, es dauerte etwas, bis ich mich wieder an die Stufen gewöhnte, die mal zu hoch und mal zu niedrig waren, dem Zögern meiner Schritte mit übermäßigem Lärm antworteten, in dem Warnungen mitschwangen, die ich nicht verstand, ab dem dritten Stockwerk enthüllte mir das kleine Fenster im Dach die Umrisse der Fußmatten, eine Fünfliterflasche, Müllsäcke, in denen saure Gerüche, im vierten Stock das kleine Fenster nicht schwarz, lila, Marina & Diogo größer, von einem Rechteck aus blauen Blümchen umringt, die erste Taube oder die letzte Fledermaus berührte den Fensterrahmen, eine Helligkeit, die mich an das Meer an den Sonntagen erinnerte, an denen wir in Cova do Vapor zu Mittag aßen, meine Eltern und ich, und das Tuten eines Frachters langsam wie Asche auf uns niederging, die Erinnerung an meine beinahe zufriedenen, beinahe an mir interessierten Eltern machte mir Mut, die noch fehlende Treppe schneller hinaufzusteigen

zwei Treppen, die Nichtigkeit von zwei Treppen, und gleich die Unordnung und Armut

ich fürchte nicht, es zu sagen, du kannst dich über mich lustig machen, soviel du willst

die ich damals verachtete und die ich in diesem Augenblick, so merkwürdig es sein mag

und es erscheint dir merkwürdig

haben möchte, haben will, die im Krankenhaus gestohlene Lampe aus gelochtem Blech, die nicht am Schalter, sondern mit einem Schlag gegen das Brett anging, die Bettdecke, die aus einem Sichtschutz gemacht war, den die Ärzte

– Bitte zurücktreten

um ein Bett herum auseinanderklappten, in dem jemand starb, Gabrielas Vater spielte Akkordeon, und Gabriela wiegte den Kopf im Rhythmus einer Musik, die ich, sosehr ich mich auch bemühte, nicht hören konnte

– Mein Vater

zwei Treppen, zwei kleine, in einem Sprung genommene Treppen, zwei elende Treppen, und ich bin da, und fertig, und es ist vollbracht, ich habe mich von dir befreit, bin wieder zu Hause, das kleine Fenster fast in Reichweite, die besagte Taube

keine Fledermaus

richtet ihre Flügel über meinem Kopf, hilft mir, ein zweites Rechteck mit blauen Blümchen zu lesen

Rosen, Narzissen, Lilien

im Rechteck nicht Marina & Diogo, Gabriela & Paquito, was für ein gräßlicher Name, das klingt nach Brillantine und Krawattennadel, nach Vorstadt, so dürftig

nicht Daniel, nicht Eduardo, nicht Gonçalo, Gabriela & Paquito, der Archivar, der manchmal länger im Speisesaal blieb, sich mit dir unterhielt, da er von mir wußte, aus respektvoller Distanz, Gabriela & Paquito unmöglich, was für ein dummer Gedanke, Gabriela & Paquito vor der verschlossenen Tür wiederholen, hinter der, wer weiß, eine keuchende Musik, Gabriela & Paquito wiederholen, von Treppenabsatz zu Treppenabsatz hinunter, während sich die Eingangshalle und die Briefkästen auf mich zubewegten, endlos, monoton, mechanisch Gabriela & Paquito wiederholen, auf dem Bürgersteig mit einem Regentropfen zwischen Augenbrauen und Brille kämpfen, während ich wegen der Kälte mit den Sohlen auf dem Pflaster aufstampfe, den Kragen hochstelle, in die Handflächen puste oder im Rhythmus des Akkordeons tanze, solche Tricks helfen nämlich.

Kapitel

Es kann nicht sein

ich glaube es nicht

es ergibt keinen Sinn, daß mein Vater nur das gewesen sein soll, ein Clown, der die Dinge am Príncipe Real umstellte, mich bat, ihm zu helfen, die Frisierkommode in die andere Ecke des Zimmers zu schieben, und soviel Glas zittert darin, der die Lithographie an die Stelle heftete, an der das Nachmittagslicht, wenn es durch den Vorhang ging, die Bäume in Wasserbewegungen verwandelte, die unaufhörlich an der Wand hin- und herflossen, Linien von Zweigen, in denen die Taubenfische oder die alten Männer auf den Bänken ebenfalls wogten, es ergibt keinen Sinn, daß mein Vater im Büro des Geschäftsführers, einem Kabuff im ersten Stock

Privat

Zeitungsausschnitte, Plakate von Shows, der Geschäftsführer, ohne ihn aufzufordern

– Setz dich

am eigenen kleinen Finger interessiert, ein Häutchen abzupfte, ihn wieder betrachtete und eine Schere aus der Schublade zog

– Einen Augenblick wir reden gleich

und die Ecken abknipste, er legte, mit der Reinigungskraft schimpfend, die sie immer durcheinanderbrachte, die Akten woanders hin, bellte

– Jetzt nicht

als jemand an die Tür klopfte, eine Geste, der Finger abhanden kamen, bis sie auf der Krawatte erstarb, er pflückte ein unsichtbares Staubkorn vom Schreibtisch und schüttelte es, körperlos und riesig, in den Papierkorb, konzentrierte sich mit solch grimmiger Intensität auf einen Bereich oberhalb der Schulter meines Vaters, daß die blonde Perücke mit einer schnellen Bewegung aufschaute und dabei gleich eine Fotografie von Marlene sah, das hellere Quadrat einer zweiten, fehlenden Fotografie mit einer Visitenkarte, die Soraia verkündete, die Augen des Geschäftsführers gingen im Hauptbuch vor Anker, dessen Zahlen er nicht sah, seine Hände mit mehr Fingerknochen als kurz zuvor argumentierten für ihn, während man zugleich die Bohnermaschine hörte, die die Tanzfläche bürstete

– Wir müssen das Alter hinnehmen Soraia auch ich bin älter geworden aber ich tanze nicht

während ich dachte, daß ich ihn nicht zu hören brauchte, es reichte, die Fingerknochen zu sehen, und ich verstand ihn sofort, sie nahmen ein Gummiband und vergaßen es, stellten schnell ein Glas von rechts nach links und langsam von links nach rechts, zwängten sich zwischen Hals und Kragen, verschwanden in der Tasche, kamen aus der Tasche wieder mit einem Schlüsselring hervor, schlugen mit einer freundschaftlichen Wellenbewegung vor, indem sie einen Würfel in die Luft gruben und mir den Würfel anboten, du könntest in der Provinz arbeiten, Soraia

als wäre ich am Ende, als könnte ich in der Provinz arbeiten, und Paulo, als er mich auf dem Bett sitzen sieht, das kann nicht sein

ich glaube es nicht

das ergibt keinen Sinn, daß mein Vater nur ein Clown ist, nur das, sich wer weiß was vorstellen, ihm sagen, du kannst es einfach nicht verstehen, daß ich dir nicht nütze, ihm sagen, such deine Mutter und laß mich, sagen, geh wieder zu diesen Leuten in Anjos, stör mich nicht weiter, und er um mich herum, tut so, als würde er helfen, kann mir aber nicht helfen, ich brauche keine Hilfe, die Fingerknöchel gruben einen zweiten Würfel in die Luft und reichten ihn mir, wer Provinz sagt, meint Emigrantenfeste, Volksfeste, Paulo verärgert über das Volksfest

– Ein Volksfest Vater?

als wäre er besser als ich, aber er ist es nicht, war es nie, zumindest hat man mich nie in Krankenhäuser eingewiesen, ich renne nicht hinter Leuten her und tauche plötzlich vor ihnen auf, wie oft habe ich ihn, wenn ich von der Show kam, dabei erwischt, wie er an einen Baumstamm oder ein Schaufenster oder so gelehnt dastand, glaubte, ich würde, da ich kurzsichtig bin, nicht sehen, wie er mir von fern folgte, wenn ich allein war, und aus noch größerer Entfernung folgte, wenn ich in Begleitung war, ich trat ans Fenster, und er war dort draußen, ich befahl, geh weg, er tat so, als würde er mir gehorchen, entfernte sich zehn Meter und blieb weiter da, denn ich spürte seine Anwesenheit ganz genau, auch wenn ich ohne Brille nicht sagen konnte, ob er beim Teich oder bei der Statue oder beim Zeitungskiosk war, auf mich aufpaßte, wie er dachte, sich um mich sorgte, als hätte es einen Grund gegeben, sich um mich Sorgen zu machen, den gibt es nicht, sieh doch mal, wieviel Luft, und die ganz für mich, der Geschäftsführer mir hinstreckt und auf der Handfläche balanciert, denn die Provinz, die Feste, die Volksfeste

– Du bist alt geworden Soraia

in dem Monat, in dem ich im Keller angefangen habe, die Pausen zwischen den Nummern gemacht hatte und an den Tischen bediente

damals nannte ich mich Luci

traf ich Dona Soraia, die ihre Kostüme in einen Koffer packte, die Kleider nicht faltete, sie wahllos häufte, einen Schuh, einen Haarreif, einen Schleier vergaß, ich fragte, was ist denn los, Dona Soraia, Marlene stumm, Micaela stumm, der Schminkspiegel mit dem Rand aus Lampen warf mir das Schweigen zurück, niemand im Rahmen, ich beugte mich vor, um mich zu treffen, und Leere, die Angestellten stapelten die Stühle aufeinander, Dona Amélia gab das Geld von den Pralinen und den Parfüms an der Bar ab, die Lichter waren gelöscht, auf der Straße eine Art dreckiger Morgen, weder Bäume noch Arbeiter

ein dreckiger Morgen auf der Straße

Dona Soraia drückte mit dem Knie auf den Koffer, zog die Riemen fest, wischte die Schminke ab, und der Bart wuchs schon

– Mir wurde gekündigt

der Portier stellte die Flaschen auf den Tresen, die Musik spielte zwei oder drei Sekunden lang auf der Bühne und verstummte, Marlene versuchte mit dem Gepäck zu helfen, aber der Spiegel oder Dona Soraia antworteten ihr

– Nein

und so blieben wir drei zwischen den Bügeln, den offenen Schränken, den Strelitzien vom Kunden aus Beja zurück, hin und wieder rief Judite vom Café aus an, und es war schwierig, sie zu verstehen wegen der Möwen, die mit ihr schimpften

– Du bist ein Dummkopf du bist ein Dummkopf

– Kommst du nicht nach Hause Carlos?

als hätte ich ein Haus, als gäbe es ein Haus, als wäre es möglich, daß wir beide, aber es war nicht möglich, und daher zählte ich, den Hörer am Ohr, die Wellen

– Ich weiß daß du mich hörst Carlos

oder atmete tiefer oder flacher, das Würfelspiel der Steine im Hin und Her des Bechers der Gischt, vor und zurück

– Leg nicht auf

und ich legte auf, will heißen, ich ersäufte Katzen in einem Waschtrog, das ist einfach, man macht einen Knoten in den Strick, erlebt eine immer schwächer werdende Raserei, die Tiere im Sack tropfen reglose Glieder, meine Frau schwieg, indem ich dem Pförtner ins Gesicht sah

– Irgendeine Verrückte

ich hatte sie getötet, aber das Meer und die Möwen störten mein Ohr, wir sahen, wie Dona Soraia den Koffer durch den Keller schleifte, ohne sich von Dona Amélia zu verabschieden, wir schauten uns im Spiegel an, der beschlossen hatte, uns und unsere Mängel, unsere Fettpolster wahrzunehmen, die wir mit Cremes und Korsetts verbargen, der Spiegel zu uns

– Ihr seid nicht mehr zu gebrauchen ihr seid alt geworden ihr werdet nach der Show nicht mehr an Tisch neun eingeladen

wies auf Unvollkommenheiten, Narben hin, dieses Problem mit dem Rücken, das mir übel mitspielte, wenn ich mich für den Applaus bedankte, vielleicht habe ich ein Haus, vielleicht war da ja doch ein Haus, mit ein wenig Glück würden sie mich wieder beim Uhrmacher einstellen, Paulo müßte mich nicht mehr von einem Schaufenster, einem Baumstamm her ausspähen, Dona Soraia in Richtung Bahn oder Fluß, anfangs dachten wir, es wäre die Bahn, aber der Spiegel zeigte uns, daß sie zum Fluß ging, Marlene, die an der Frisierkommode stand, versuchte sie davon abzubringen, Micaela beschlug das Glas, als sie bat, sie solle es nicht tun, im Glas Autobusse, Straßenbahnen, die fliegenden Händler, die die Körbe auf den Stufen des Bahnhofs verteilten, das Telefon läutet, und ich werde nicht drangehen, gehe nicht dran, ich habe kein Interesse an Wellen, das ist irgendeine Verrückte, die herumschimpft, das sind Margeriten, das sind Pferde, das Meer, das die Steine bewegt, und ich rede nicht mit dem Meer, Dona Soraia stellte den Koffer auf die kleine Mauer am Tejo, Dona Amélia

– Soraia

hielt ihren Arm fest, aber der Arm entwischte, der Geschäftsführer kam in dem Augenblick an die Tür, in dem der Koffer lautlos herunterfiel, ein Kreis, zwei Kreise, eine kleine Veränderung im Wasser, vielleicht war da ja gar kein Koffer gewesen, wir haben uns geirrt, Dona Soraia betrachtete Abwesenheiten, meine Frau

– Ich weiß daß du mich hörst Carlos

zu mir, der aufgehört hatte zu hören, der ich jetzt taub bin, eine der Händlerinnen steht am Bahnhof, ein Schlepper, die Schornsteinzigarre im Mund und ein Passagierschiff Huckepack, das er an der Mündung abgeben wird, und der dann wieder den Fluß heraufkommen wird, tutet zufrieden, Micaela trabte, wenn auch in der Garderobe, am Kai entlang und rückte dabei ihr Hüftpolster zurecht

– Warten Sie Dona Soraia

ich war mir sicher, daß sie sie erreichen würde, alle sahen wir, daß sie sie Gott sei Dank erreichte, aber Dona Soraia war aus ihrer Jacke verschwunden, Marlene starrte auf die auf den Steinen zusammengesackte Jacke, beugte sich im Spiegel zu den Ölflekken herunter, die dort unten zitterten, etwas, das mir vorkam wie ein Körper, der einen Augenblick lang schwimmt, Mund Nase Augen, die Händlerin rief ihre Kollegen, ich glaube, jemand mit einem Stock, der Schlepper, die Hände in den Taschen, im Spiegel immer größer

– Guten Tag

alles wurde im Spiegel immer größer, nur Dona Soraia nicht, ein Fußknöchel, zwei ineinander verschlungene Kreise, und der Fluß gleichgültig, Dona Amélia

– Micaela

Micaela, die in der Garderobe zurückwich, Schärpen zum Herunterfallen brachte, die Beine ebenfalls auf dem Fußboden gehäufte Schärpen, meine Frau richtete mir in Cova do Vapor den Salat an, und ihr Lächeln

– Carlos

ein Telefon klagte schluchzend im Keller, wenn die Stuten der Zigeuner krank wurden, klagten sie so, und Paulo, das kann nicht sein

das glaube ich nicht

es ergibt keinen Sinn, daß mein Vater

so wie es auch keinen Sinn ergibt, daß wir drei in einem von bunten Lampen umgebenen Spiegel, bei dem Kärtchen der Verlobten, die nie Verlobte waren

– Wir sind bestohlen worden Paulinho

zwischen Holz und Glas steckten, im Keller miterlebten, wie Dona Soraia von der Mauer geholt wurde, ein zerrissenes Kleid, ein Stück Grünalge, eine Wunde auf der Stirn, die ich kaum ansehen konnte, der Ölfleck verschwand vom Wasser, gerann an ihrem Hals, den Marlene säuberte, Micaela schraubte den Lippenstift in der Hoffnung auf, ihr die Lippen anmalen zu können, bat Dona Amélia um die Seidenbluse, geben Sie mir die Seidenbluse und die Strümpfe, die Paillettentiara, die sie so sehr liebte, Dona Soraia zugleich nackt im Leichenhaus und angezogen bei uns, wo sie uns mit dem Lidschatten, dem Puder, den Haarklammern half, der Arzt richtete auf einem der Marmortische das Licht auf den Körper, und sie zu Dona Amélia, ohne auf das Messerchen zu achten, das ihre Rippen öffnete

– Lackieren Sie mir die Nägel blau Dona Amélia mit Blau fühle ich mich wohl

ich glaube

nein, das kann nicht sein, ich glaube es nicht

andere Tische, andere Tote, die darauf liegen, bald schon elf Uhr, und der Portier zieht seine Uniform an, der Vorhang, die Musik, Dona Soraia steckt die Ringe auf, derweil ein Lied, und die Tänzerinnen auf der Bühne, sie schaut sich aus dem Augenwinkel an, obwohl ein Messerchen ihre Lunge zerriß, steckte sich zusammengefaltete Zeitungen in die Miederhose

– Jetzt seid ihr an der Reihe Mädchen ich bin alt ich bin zu nichts mehr nütze

und daher ruft mich nicht ans Telefon, ich gehe nicht dran, was kümmern mich dieses Geräusch von Steinen, diese Kiefern, dieses Wäldchen, meine Frau im Café

– Ich weiß daß du mich hörst Carlos

einmal hat sie mich abgepaßt, als ich von der Arbeit kam, sie hatte sicher den Sohn in Bico da Areia schlafen gelegt, denselben Bus genommen, den ich vor Ewigkeiten genommen hatte, war durch ganz Lissabon gefahren, hatte sich in den Straßen verlaufen, den Ort gefunden, wo ich zufällig mit dem Sevillanerkamm mitten auf dem Plakat, und nachdem sie Stunden über Stunden gewartet hatte, die Kamee am Kragen, an ein kleines Päckchen geklammert, in dem wahrscheinlich ein Butterbrot war, eine Apfelscheibe, eine Weintraube, und sie wußte nicht, wo sie es ablegen konnte, ich küßte gerade den Portier, kam mit Alcides heraus, und diese Vogelscheuche starrt mich an, so blöd wie im Dorf, wo sie über die Mimosen gestaunt hatte, ihre Mutter ging langsam, wie Blinde es tun, durch den Garten, achtete auf eine liegengebliebene Sichel oder einen zu tief hängenden Zweig

– Judite

auf dem Dorffriedhof das Grab des Vicomte mit einer Heiligen Jungfrau aus Basalt, die für uns alle weinte, der Baum, in dem sich die Sonne in den Blättern verspätete und schnell zum Mittag aufstieg, meine Frau als Braut, die sich an mich wandte, und ich unter dem Lächeln, während der Priester die Seiten im Meßbuch umblätterte

– Und jetzt?

ein Angestellter des Leichenschauhauses wusch Dona Soraia, und Marlene wollte ihn davon abhalten, indem sie sich im Spiegel aufregte

– Er wischt ihr den Lippenstift ab

nach der Beerdigung die Hortensien von Dona Amélia, der Geschäftsführer rief mich in dem Augenblick zur Seite, als der Sarg heruntergelassen wurde und sie noch einmal ersäuft wurde, nur anstatt von Ölflecken und einem Kreis von zwei Kreisen Erde, die versicherte, ich habe hier niemanden, Winken von Taschentüchern mit Eigenleben, die aufbrechen wollten und die, wenn wir sie nicht festhielten, mit den Vögeln zusammen ins nächste Stadtviertel fliegen würden

– Du bekommst ihren Namen Luci du heißt jetzt Soraia und so sparen wir bei den Anzeigen

ihr Name, ihre Kostüme, ihre Schubladen, die Sequenz, in der sie mit Federn und Pelzen die Treppe herunterkam, Dona Amélia beharrte darauf, eine letzte Hortensie dortzulassen, wußte nicht genau, wo, denn es gab weder einen Grabstein noch ein Kreuz, eine Erhebung mit einer Schaufel darauf, Dona Amélia in der Hoffnung, eine Stimme möge ihr helfen

– Soraia

wenn sie Hilfe brauchte, fand meine Großmutter sie, ich bei den Rohrstöcken der grünen Bohnen, und da Stiefel, die um mich herummarschieren

Judite, die das Päckchen störte

– Carlos

die Finger in meinem Gesicht

– Du hörst ja nicht auf zu wachsen mein Junge

ich bin dreißig Jahre alt, ich habe nicht aufgehört zu wachsen, Großmutter, du würdest mich nicht wiedererkennen

und Dona Soraia unter der Schaufel, sie wohnte an einem kleinen Platz, auf dem ein Bronzegeneral Kästen mit Pelargonien und widerstrebenden Balkons den Befehl gab, die französischen Invasoren nach Spanien zu vertreiben, wir sahen im Spiegel in der Garderobe nicht uns, die wir bereit waren, auf die Tanzfläche hinunterzugehen, wenn die Musik uns rief

Micaela legte noch etwas Wimperntusche auf, um die Trauer zu verringern

sondern Katzen, bei denen alles wattiert war bis auf die kleinen Leuchten ihrer Augen, der Kriegsversehrte, der auf einem kaputten Dreiradwagen Maronen röstete, eine Treppe, die zu keiner Bühne führte, zu einem kleinen Zimmer führte, in dem Dona Soraia in der Uniform eines Fallschirmspringers sich von den Arzneiflaschen und einer Votivkerze abhob, die Mutter zeigte mit einem Siruplöffelchen auf sie und bezeichnete sie dabei mit Silvestre, während sie aus der Truhe eine Uniform und einen Orden in einem Etui exhumierte, Dona Soraia

– Mutter

uns mit einem schmerzlichen Sichwinden um Verzeihung bat, ihr ist halb schwindlig, kümmert euch nicht darum, stecken Sie diese Dinge wieder weg, Mutter, mein Sohn, der nachts arbeitet, kommt nach Parfüm stinkend nach Hause, schläft auf dem kleinen Diwan, auf den sich die Mädchen setzen

wir vor dem Spiegel

der Geschäftsführer

– Der Burmesische Tanz geht los worauf wartest du noch Marlene?

sehen uns auf einem gerupften Sofa, unter dessen Fransen Pantoffelspitzen hervorlugen, auf einem Regal ein Känguruh aus Gummi, die Hemden auf einem Wäschetrockner bedecken unser Gesicht

– Schaut bloß nicht hin schaut bloß nicht hin

und daher

das ist doch selbstverständlich

schauen wir nicht hin

– Seien Sie still Vater

im Känguruh ein kleines Känguruh, das man herausnehmen kann

– Man kann es rausnehmen

und Micaela, das Känguruh in der Faust, im anderen Rahmen der Fallschirmjäger in Zivil mit einem Mädchen mit Strohhut, das zwei Monate vor der Hochzeit an Typhus gestorben war, stellt euch bloß das Pech vor, Kinder, mich erinnerte sie an Judite, die Silhouette, die Haltung, damals, als ich mich mit ihr bei Schulschluß traf

die Tannen von Almada, sie hatten begonnen, das Gericht zu bauen, und eine Maschine rollte vibrierend Asphalt aus, ich bemerkte fast nicht, daß wir auf dem Weg zum Fluß waren, als ihr Mund an meinem Gesicht, und ich

das ist doch selbstverständlich

– Nein

– Ich habe Ihnen bereits gesagt, daß Sie still sein sollen Vater

nicht aus Angst oder Abscheu, weil es merkwürdig war, ich kann es nicht anders erklären, aber sie küßte mich, und es war merkwürdig, Judites Lächeln wurde breiter und breiter, zwei Schritte aufs Geratewohl

ich voller Abscheu, voller Angst

verhindern, daß das Lächeln noch breiter wurde

– Nein

Dona Soraias Mutter hatte uns vergessen

– Was ist mein Sohn?

– Es kann nicht sein ich glaube es nicht das ergibt keinen Sinn daß mein Vater das da ist

das Löffelchen mit dem Sirup reglos, um die Lösung zuzubereiten, Wasser bis zum Strich auf dem Etikett hinzufügen und schütteln, versichern Sie sich, daß kein Bodensatz zurückbleibt, falls das Medikament einen orangen Farbton annimmt, sollten Sie, Dona Soraia mit Krawatte und Weste willigt ein, daß sie sich verloben, willigt ein, ich heirate

– Es war nichts Mutter

das Känguruh, der andere Rahmen, eine Puppe aus Pappmaché mit aufgemalten Zügen

es fehlte die rechte rote Wange

auf der Kommode, erzähl es uns, Alte, erzähl uns, daß dein Sohn nachts in einem Laden für Frauenkleider arbeitete, nach Parfüm stinkend nach Hause kam, aus Respekt für die Verstorbene keine neue Freundin hatte, obwohl du nicht lockergelassen hast

du hast doch nicht lockergelassen, Alte?

– Seien Sie still Vater wenn Sie nicht still sind dann

wenn du von der Arbeit kamst, war ein Arbeitskollege bei ihm, er brachte dir kleine Geschenke mit, die dich rührten, verchromte Eulen, kleine Ringe, Kaninchen aus Zucker, und du warst hingerissen, Alte, so niedlich das Kaninchen mit dieser Schleife, Silvestre, es tut einem in der Seele weh, es zu essen, eins, zwei, drei, acht, elf Kaninchen als Eskorte für das Känguruh, wenn man sie aus dem Papier wickelte, Schimmelflecken auf dem Zucker, oder aber es rann bei Hitze ein Tropfen vom Ohr herab, an dem Abend, an dem die Braut deines Sohnes mit dir auf der Sofakante reden wollte, auf der wir jetzt

Alcides zeigt auf meine Mutter, das Päckchen mit dem Butterbrot, dem Apfel, den Weintrauben

– Kennst du dieses Provinzei Soraia?

als die Braut deines Sohnes mit dir reden wollte und dein Mann seit kurzem im Krankenhaus, erinnerst du dich daran, daß sie den Griff der Handtasche wrang und wrang, und dann

nicht wahr?

die Worte, die nicht kommen wollten, das Mitleid, das Mitgefühl mit dir, der Strohhut an der Stelle, wo Marlene, ein Krug mit Lindenblütentee, um dem Gespräch nachzuhelfen, und du, Alte, du wurdest zum Dienen geboren

– *Der Vater ist ein Lump ein Lump*

setztest das Teewasser auf, bleib doch sitzen, bemüh dich nicht, der Brenner vom Gasherd, der immer noch verstopft ist, besiegt das Streichholz, geht mit einem Hauch an, mit einem Messer die Blättchen aus der Dose mit einem gestreiften Aufdruck kratzen, die du geerbst hast, erinnerst du dich nicht mehr, von wem, Souvenir de Toulouse, die Braut deines Sohnes meint, es sei spät, ich komme wieder, Dona Isidora, wir reden später, der Dampf vom Tee breitet sich im Zimmer aus, Marlene reibt den Spiegel in der Garderobe eilig mit Fächerbewegungen ab, der Geschäftsführer wütend, weil er die Musik noch einmal spielen lassen muß

– Wird das heute noch mal was Marlene?

und bevor das Später kam, wurde die Braut deines Sohnes krank, die Lippen dünnes, kraftloses Papier, außerstande, Tee zu trinken, dich zu besuchen, mit dir zu reden, ein Wohlsein, das vielleicht kein Wohlsein ist, die kleine Flamme der Öllämpchen, die, wenn das Öl zur Neige geht, noch einmal aufflackert, um dann endgültig zu verschwinden, der Strohhut nutzlos, auf dem Fußboden vergessen, der Eindruck

und ich glaube es nicht, ich glaube, ich habe mich geirrt

daß dein Sohn erleichtert ihre Finger nimmt, die schon keine Finger mehr sind, der Eindruck, aber glaub es nicht, du hast dich geirrt, daß er nicht möchte

– *Quäle sie nicht Vater*

daß es ihr wieder bessergeht, sie gesund wird, schnell ihre

Augen schließen, ihr Kinn mit dem Taschentuch festbinden, und sie hat nicht geredet, hat nicht geredet

– Glauben Sie nicht daß mein Vater ein Spiel getrieben hat das ist gelogen Senhora

natürlich ist das gelogen, der Beweis ist, daß mein Sohn sich um die Beerdigung gekümmert hat, um das Abendessen, er hat alle getröstet, ein kleiner Keks, ein Glas, die Tugenden der Toten, er hat mir in der Nacht, in der er bei der Arbeit gefehlt und nicht nach Parfüm gestunken hat, versichert, die Trauer war so groß, Mutter, daß ich nicht heirate, nach einem Jahr, nach zwei Jahren, als ich ihn gedrängt habe, erinnern Sie sich an das, was ich geschworen habe, wollen Sie, daß ich einen Schwur breche, wollen Sie, daß ich in der Hölle schmore, ich habe den Strohhut in der Truhe, der immer eine Erinnerung ist, Kinder, findet ihr nicht, Kinder, dazu den Orden und die Uniform, die Zeit hat den Hutrand zerfleddert, aber der Kopf ist noch vollkommen in Ordnung, er schützte sie vor der Sonne, die sie immer schwächlich, fast noch ein Kind war, und das Kind kam einfach zu mir herein, nahm das Känguruh und beschloß

– Ich möchte mit Ihnen reden

die Haut so zart, so weiß, sie brauchte im Sarg nicht weißer zu werden, nicht nur die Lippen zwei Papierchen, Kinder, die Augenlider, die Stirn, das kleine Armband, das mein Sohn ihr geschenkt hat und das sie mit auf den Friedhof genommen hat, eines Nachmittags habe ich sie auf das Armband angesprochen, und ihr Gesicht unvermittelt hart, der einzige Augenblick, in dem es nicht aus Papier, aus Stein war

– Was das Armband betrifft

sie senkte den Kopf, drehte es am Arm, verstummte, und ich

– Was das Armband betrifft wieso?

und ein merkwürdiger Ausdruck, eine Bewegung, die nicht mich, die alles aus ihr ausschloß, ein Verdacht, beinahe eine Gewißheit, und da war mir so, als ob Blätter sie peitschten, die Blätter, die der Wind plötzlich ergreift und auf uns schleudert, denn sie befreite sich von ihnen mit dem Taschentuch

– Es war nichts

und eine Sekunde lang Reste von Moos in den Haaren, diese feinen Späne von Bäumen, die uns manchmal blind machen, mein Mann spannte trotz der Sonne den Regenschirm auf

– Paß mit dem Wind auf Isidora

du wühlst im Müll herum, Alte, wühlst in Staub und Stiefmütterchen und Meßschleiern und Feuchtigkeit herum, wartet ein Momentchen, es muß da noch ein Foto geben, auf dem er besser zu erkennen ist, und auf dem Foto nicht die Verstorbene, Judite mit der Mantilla, die eine Kollegin ihr geliehen hat, Judite, die sich an ein kleines Päckchen geklammert hatte, in dem wahrscheinlich ein Butterbrot war, eine Apfelscheibe, eine Weintraube und von dem sie nicht wußte, wo sie es ablegen konnte, auf dem Foto komme ich mit Alcides heraus, stoße auf diese Vogelscheuche

– *Ich warne Sie ein letztes Mal Vater*

– Kommst du nicht nach Hause Carlos?

fast so ein Kind wie im Dorf, wo sie sich ausdachte

– Riechst du die Mimosen nicht sag mir daß du die Mimosen riechst

und ich zu meiner Frau

– Es ist Schluß mit den Mimosen

ich zu Alcides, der mich fragte, kennst du diese Vogelscheuche, Soraia

– Ich glaube eine Verrückte

eine Verrückte, die die Flaschen im Waschtrog versteckte, in Almada unterrichtete

wenn ich sie nicht mit jemandem verwechsle, hat sie, glaube ich, in Almada unterrichtet

ich traf sie in der Pastelaria, wir gingen auf der Mauer am Tejo spazieren, sie lebt mit ich weiß nicht wem in einem Viertel von Zigeunern oder Rentnern oder so, Alto do Galo, São João, Trafaria, es heißt, daß sie einen Sohn bekommen hat

– Warum können Sie nicht mein Vater sein?

daß sie den Vater nicht kennt, es gibt Gerüchte, daß es der Besitzer vom Café, der Elektriker, ein Rudel Hunde, die das Strandgut durchstöberten, die ihr Geld anboten, keiner kann sicher sagen, daß es nicht einer der im Wäldchen kampierenden Zigeuner ist, der Staat hat ihr wegen des Weins den Sohn weggenommen und ihn

so hieß es wenigstens

einem Ehepaar in Anjos gegeben, das ein Mädchen verloren hatte und an ihm interessiert war, ich reichte Alcides den Arm, und Judite stumm, wenn sie was auch immer zu mir sagen würde, ich würde nicht sie hören, sondern das Meer

– Sei mir nicht böse aber ich kann wegen der Wellen dazwischen nichts verstehen

nicht wirklich das Meer, die Mündung des Tejo, das Meer ist weiter draußen, der Leuchtturm, der mit Diesel arbeitete und im Regen muhte, verlassen, die Alte verstaute Judite in der Truhe

– Eine Gräfin nicht wahr?

eine Gräfin, die um Viertel bettelte, die Geld annahm, mich betrog, Alte, ich zerknautschte die Überdecke und strich sie wieder glatt, sie zum Kleiderschrank

– Wo warst du Carlos?

und sie betrog mich, Alte, Micaela zu mir

– Soraia

nicht

– Dona Soraia

Dona Soraia wie die Verstorbene, die Alte, die zu verstehen versuchte, zu Micaela

– Dona Soraia mein Kind?

und du merktest es nicht, Alte, du konntest es nicht merken, konntest nicht ahnen, daß dein Fallschirmjäger, der nachts arbeitete, mein Silvestre doch nicht

– Sie wollen behaupten daß er Dona Soraia heißt Kindchen?

oder bemerktest es und setztest Teewasser auf, um dich am Nachdenken zu hindern, die Krücke des Ehemannes, die ihn gestützt hatte, stützte mich, als ich krank wurde, nachdem die Laboruntersuchungen noch einmal gemacht worden waren und mir das Gehen wegen dieser Sache im Knochen schwerfiel, der Arzt, der mitfühlend ein Unglück akzeptierte, das nicht seines war, schlug Rui vor

– Eine Krücke würde helfen

riet mir zu Spritzen, Tabletten, der Dampf des Teekessels hinderte mich daran, sie zu sehen, die immer wieder sagte, mein Silvestre doch nicht

– Mein Silvestre doch nicht

und dennoch bin ich mir sicher, daß ihre Stimme schwankte, einen Punkt suchte, auf den sie sich stützen konnte, ihr die Krücke anbieten

– Nimm die Krücke Alte

die Brille suchen, die auf dem Regal mit dem Känguruh auf dem Meßbüchlein liegen muß, die Heilige Mutter der Auferstehung hat dir geholfen, als du Wundrose hattest, eine Novene, und sie wacht über dich, ist gerührt, Dona Amélia tadelt mich mit blöden Zeichen, die

– Halt den Mund

bedeuteten, und obwohl Marlene

– Halt den Mund

muß ich dir weh tun, ich kann dir nur weh tun

– Er hieß Dona Soraia gute Frau

während Judite mit ihrem albernen Päckchen, und Alcides

– Gräßlich

ich durch den Dampf des Teekessels

– Er heißt Dona Soraia gute Frau

was ist aus den Mimosen geworden, Judite, du hast die Mimosen verloren

– *Mach's gut Vater geh zum Teufel Vater*

nicht wahr, gleich Bico da Areia, die Hilfe des Weines, und

wieder Frieden oder Gleichgültigkeit, da ist eine Flasche im Kleiderschrank, ich helfe dir, hier nimm, kümmere dich nicht um die Kienäpfel am Fenster, das sind die Hunde, das Geld, nimm es

– Kommt herein

so ungeschickt, so voller Angst vor dir, bring es ihnen bei, Marlene bedeckt mein Gesicht mit dem Fächer

– Hör damit auf Soraia

und ich konnte nicht aufhören, befehlt mir nicht, aufzuhören, ich bin das nicht, es ist etwas in meinem Inneren, das nicht mir gehört, das schlechte Gewissen oder nicht einmal das schlechte Gewissen, Unruhe, Haß, ist egal, gleichgültig, etwas, von dem ich nicht weiß, was es ist, und das mich zwingt, bis zum Ende weiterzumachen, Marlene, die Alte läßt den Teekessel sinken und starrt mich unvermittelt voller Panik an

– Kindchen

nicht der Mund, die Stelle, wo die Kiefer, in denen ein Zahn, zwei Zähne

– Kindchen

na ja, drei Zähne, ich gebe dir drei Zähne, Alte, das Mädchen tadelt mich vom Foto her, die Pappmachépuppe ist böse auf mich, wahrscheinlich verabscheut mich der Zwerg aus Schneewittchen am anderen Ufer des Flusses, was stört mich der Zwerg, bedeck mein Gesicht nicht, Marlene, hindere mich nicht daran zu sprechen, bevor wir nicht gleich auf dem Podium so tun, als sängen wir, die Musik kommt nicht in die Gänge, die Polster, die mir geben, was ich nicht habe, die deinem Sohn gaben, was er nicht hatte, Alte, Rui, wenn er schlief

du schläfst, Rui, erschrick nicht, du schläfst

– Wird meine Frau wieder gesund Doktor?

und wenn du aufwachst, ist alles wieder gut, ich verspreche dir, es war nichts, du wirst dich nicht einmal mehr daran erinnern, allenfalls heute nacht, ich habe geträumt, daß du krank warst, Soraia, ein Doktor, an den ich mich nicht mehr erinnere, kündigte Unheil an, und ich streiche ihm mit der Hand über den

Kopf, das sind Träume über Gesundheit, hab keine Angst, mein Lieber, Träume von einem langen Leben, mein Liebster, nächstes Jahr ersetzen wir die Sofas im Wohnzimmer und bringen die Wohnung auf Vordermann, eine ordentliche Badewanne, funktionierende Wasserhähne, wir bezahlen den Stuckateur, damit er die Decke repariert, ein langes Leben, ein so langes Leben, ich werde kein Haar mehr haben, aber ein sehr, sehr langes Leben, die Pappmachépuppe nehmen und umdrehen, ärgere mich nicht, schau mich nicht an, aber es war nicht die Puppe, es war der Geschäftsführer des Kellers

– Wir müssen das Alter hinnehmen Soraia auch ich bin älter geworden aber ich tanze nicht

es war mein Sohn

– Paulo

im Dampf des Teekessels schwer zu erkennen, der Herbstnebel in Bico da Areia, in den Judite mit dem kleinen Päckchen in der Hand zurückkehrte, ich gestehe, daß ich manchmal Sehnsucht habe

nicht eigentlich richtig Sehnsucht, du fehlst mir

das heißt, die Pferde, die Brücke, mir fehlt, daß du den Tisch deckst, wie du das Haar aus der Stirn schütteltest und so jung warst, wenn du es schütteltest, das Gefühl, daß eine Tür

keine unserer Türen

aufging, und ich mich änderte, die Ehefrau meines Onkels badete mich im Bottich

– Komm aus dem Wasser Carlos

aber es ist unmöglich, den Dampf im Bad vom Dampf des Teekessels zu unterscheiden, die Alte zu mir, indem sie den Herd verließ

besorg dir eine neue Schürze, Alte, ordentliche Pantoffeln, tu nicht so, als seist du arm, bitte mich nicht, als wärst du mein Dienstmädchen, beinahe empört, demütig schenkst du Tee in die Becher

– Sagen Sie nichts Schlechtes über meinen Sohn

den Feigling von einem Sohn, der dir verheimlichte, was er war, ich arbeite nachts in einem Laden, Mama

Mama?

zwei zugeschlossene Schubladen, diese Manien der Männer, in denen er dir herumzuschnüffeln verbot

– Das sind Sachen aus dem Laden guck da nicht rein

etwas am Gang, das mich verwirrt, ein Winken mit zwei Fingern, ihre Kollegen in der Schule tuscheln, murmeln, Judites Überraschung auf der Stufe zum Garten

– Carlos

oder zu den Kollegen, indem sie sich rechtfertigte, Alte, mich rechtfertigte, das Entsetzen, die Beleidigung, die Flecken am Hals, wenn du dich aufregst, das kann nicht sein, ich glaube es nicht, es ergibt keinen Sinn, daß mein Mann, die Frau meines Onkels legte mich, ins Handtuch gewickelt, ins Bett, knöpfte ihr Kleid auf, ich werde dir beibringen, wie das ist, du Frechdachs, du Frechdachs, Zweige der Glyzinie verdunkelten das Fenster wie Leute, die uns zusehen, das Geräusch von Schritten in den Zweigen, keine Angst, es sind nicht deine Eltern, es ist eine Glyzinie, Dummkopf, immer wenn ich die Glyzinie in Bico da Areia berührte, ich werde dir beibringen, wie das ist, Frechdachs, Frechdachs, die Freude meines Onkels löste sich auf, ein Muskel am Kinn trat hervor, und sie, das kann doch nicht sein, daß du eifersüchtig auf einen kleinen Jungen bist, Fernando, wenn Judite sich in Almada bei mir einhakte, spürte ich, daß ich auf den Arm genommen wurde, die Frau meines Onkels mit einem Krug und Seife

– Badezeit Carlos

und jetzt dieser Bottichdampf im Teekessel, die Pappmachépuppe, Frechdachs, Frechdachs, Rui in seinem Traum

denn es war ein Traum, einer dieser Träume, die ein langes, glückliches Leben ankündigen

– Ich glaube ich habe geträumt daß du krank seist fühl mal

Soraia wird kein Haar mehr haben, Doktor, und der Arzt begutachtete die Laborergebnisse, denn es gibt Wunder, und Zahlen ändern sich

aber es gibt keine Wunder, und Zahlen ändern sich nicht

er musterte die Decke, ohne die Decke zu mustern, musterte uns, ein Mann auf einer Leiter weißte das Laboratorium, und indem ich den Mann ansah, der Tod so fern, alltägliche Gesten verhinderten Agonien, Unheil, und dennoch der Arzt, der den Mann auf der Leiter nicht bemerkte, meiner Meinung nach sollten wir Donnerstag mit der Behandlung anfangen, aber was für eine Behandlung, wo Rui das nur geträumt hatte, kann sein, daß ich ein wenig kraftlos bin, ein wenig blaß, in letzter Zeit habe ich mich wenig ausgeruht, das ist alles, ich kann bei den unbezahlten Rechnungen nicht mit der Arbeit aufhören, zwei Monatsraten von der Geschirrspülmaschine, das Problem mit der Miete, die Schulden meines Mannes bei ein paar Freuden in Chelas, wenn du den Besitzer des Cafés um Hilfe bittest, Judite, den Elektriker, die Hunde, würden sie dir ein Almosen geben

mich interessiert nicht, wieso sie dir das Almosen gegeben haben

und später zahle ich, sobald es ihm bessergeht, Judite, sobald er zurückkommt

ich werde zurückkommen

zu meiner Arbeit nachts in einem Laden für Frauenkleider, wo ich eine Kollegin vertrete, die Soraia heißt, und aus Gewohnheit und zum Spaß nennen mich die Angestellten auch Soraia, nicht aus Spott, aus Wertschätzung, um die Verstorbene am Leben zu erhalten, so wie du dich in mir am Leben hältst, demnächst, wenn du es am wenigsten erwartest, bin ich wieder in Bico da Areia, du hörst es an der Tür klopfen, und ich bin es

ich bin es

du hörst jemanden an der Glyzinie, und ich bin es da im Garten, der Margeriten wiedererweckt, die Beete mit bunten Steinen, Backsteinstücken, Kieseln schmückt, die Brieftasche aufmacht

eine Männerbrieftasche

und dir das Geld zurückgibt, Judite, ich stelle einen Stuhl an die Gartenpforte und schaue auf die Wellen am Abend, bis die Lichter von Lissabon und die Reiher auf der Brücke, und erst dann setze ich mich zu dir an den Tisch, wenn du mich wieder bei meiner Arbeit aufsuchst, und ich mit Alcides, ein Kumpel des Chefs, ein Freund

– Darf ich dir meine Frau vorstellen Alcides

die Kassiererinnen des Ladens, Marlene, Micaela, Dona Amélia, Sissi

die widerliche Vânia

freuen sich, dich kennenzulernen, haben nicht die Absicht, dich zu verletzen

– Ist das deine Frau Soraia?

du überrascht, und sie verbessern sich sofort, wohlerzogen, sympathisch

– Das sind Späße die wir immer machen kümmern Sie sich nicht darum das ist also deine Frau Carlos?

daher sieh diese Scheine als ein Darlehen an, Judite, bis der Arzt in ein paar Monaten damit einverstanden ist, daß ich in den Laden zurückkehre, der einem Keller ähnlich ist wegen der Neonlampen und der Plakate, aber es ist kein Keller, es ist ein Laden, der Arzt und vollkommen normale Laborwerte

– Das Schlimmste ist bereits vorbei Soraia

ich habe mich geirrt, das ist die Gewohnheit

– Das Schlimmste ist bereits vorbei Senhor Carlos

ich mit guter Gesichtsfarbe, dicker, die Leute denken, er ist krank, aber in Wirklichkeit ist er es nicht, wir haben das Leiden in unserem Kopf, das Geheimnis besteht darin, sich nicht unterkriegen zu lassen, Judite, und ich lasse mich nicht unterkriegen, ein vorübergehendes Unwohlsein, diese Viruserkrankungen im Herbst sind bedeutungslos, wir regen uns zu sehr auf, haben Angst, und schon fühlen wir uns nicht wohl, und ich fühle mich wohl, wenn sie dir erzählen, daß mir gekündigt wurde, der Geschäftsführer hat mich ins Büro gerufen und erklärt

– Du bist alt geworden

glaube es nicht, Gerüchte, der Beweis ist, daß es nicht lange dauern wird, bis sie mich zum Leiter machen werden, ich werde die Klitsche führen, wenn sie dir erzählen, daß ich mit einem Jungen am Príncipe Real lebe, glaub es nicht, Gerüchte, hin und wieder schläft der eine oder andere ein paar Nächte dort in meiner Wohnung, weil in der Pension Umbauten gemacht werden, und dann gleich die Boshaftigkeit der Leute, die die Dinge verzerren, und

hörst du nicht die Albatrosse, ich möchte wetten, es sind die Albatrosse, wie lange habe ich die Albatrosse nicht gehört

und besudeln alles, ich bin allein, seit ich dich verlassen habe, wie könnte ich nicht allein sein, wo du es doch bist, die ich

und da ich allein bin, nehme ich deine Hilfe an, mache ich dem Besitzer vom Café, den Hunden selber die Tür auf, bringe an der hinteren Hauswand etwas in Ordnung, mache beispielsweise diesen Schlauch da heil, bereit zu kommen, wenn du mich rufst, ein Bier brauchst, eine saubere Tischdecke, die Untertasse, die dir als Aschenbecher dient, du, ohne mich anzusehen, indem du mit der Lippe darauf zeigst

– Nimm das Geld vom Tisch

das jemand, und ich frage nicht, wer es war

meine übliche Diskretion, Judite, die Schritte von jemandem in der Gasse

zurückgelassen hat, in die Vase geklemmt, ein paar verschwitzte Scheine, ein paar glanzlose Münzen, sie in meine Tasche stecken, ebenfalls ohne dich anzusehen, ein Blättchen aufheben, das auf das Tischtuch gefallen war

und mir Schuldgefühle macht, ohne daß ich begreife, wieso

das Blatt, das ich in der Hand halte wie ein lebendiges Tier, dir versprechen, daß ich morgen um neun, höchstens übermorgen, auf jeden Fall Dienstag komme, um die Mauer fertig zu machen, ich belege meine Hälfte im Kleiderschrank, werde bei dir wohnen wo sollte ich wohnen, außer bei dir, Judite?

ich muß nur zwei oder drei Fragen klären, ein paar ärgerliche Dinge loswerden, mit denen ich dich nicht langweilen werde, ein paar lächerliche Probleme lösen, und daher eine Minute lang ziellos herumwandern, dir die Hand hinstrecken, mich verabschieden, versuchen, dich zu küssen, es schaffen, dich auf die Wange zu küssen, die mir ungläubig vorkommt, reglos, die Überzeugung, daß deine Lippen zittern, ein nasses Rinnsal zum Kinn herunterläuft

das ist natürlich übertrieben, kein nasses Rinnsal

ich gehe bis zur Bushaltestelle mit dem Blättchen in der Hand, beim Príncipe Real angekommen, finde ich es wieder in den Fingern vor, unbedeutend, gelb klebt es an meiner Haut, fragt mich

– Was soll das?

und mich daran erinnern, mit den Achseln zucken, es in den Waschtrog legen, die Anrichte bis in die Zimmerecke zerren, die Lithographie an der Stelle ausprobieren, an der das Nachmittagslicht, wenn es durch den Vorhang geht, die Bäume in Wasserbewegungen verwandelt, die unaufhörlich an der Wand hin- und herfließen, ich öffne den Schuhkarton, und darin wir beide oder, besser, die Figürchen von der Hochzeitstorte unversehrt, nimmt man den Fuß des Mannes einmal aus, dem der Knöchel fehlt, dem Schleier der Frau eine Ecke, sie auf der Kommode gerade hinstellen, sich an so vieles erinnern, sie vergessen und mir erst wieder gewahr werden, daß es sie gibt, als mein Ellenbogen

ich glaube, mein Ellenbogen

sie zufällig umwirft und ich ohne Bedauern zuschaue, wie sie auf dem Boden zerspringen.

Kapitel

Es geht nicht darum, ob ich Lust habe zu schreiben, was sie mich bei der Arbeit zu schreiben zwingen, reicht schon, nimmt mir die Lust, die Nächte damit zu verbringen, mir den Kopf mit einem Federhalter und einem Heft zu zerbrechen, aber es ist die einzige Art und Weise, euch zu treffen: Daher trage ich den Teller und das Glas in die Küche, um sie am Sonntag abzuwaschen

ich sage aus Gewohnheit, daß ich sie am Sonntag abwasche, obwohl ich darauf warte, daß es jemand für mich tut

wo magst du wohl sein, Gabriela?

beispielsweise eine Frau, der ich in einem Café begegne, wo ich aufgrund meiner Schüchternheit niemals jemandem begegne, die Kollegin aus der Buchhaltung, der es, kaum daß sie mir zugelächelt hat, schon leid tut, daß sie mir zugelächelt hat, und die sich sofort in die dornige Tugend der Häßlichen einigelt, die Telefonistin, die mich für durchsichtig hält, seit der Rechtsanwalt ihr Modeschmuck schenkt, ich trage den Teller und das Glas in die Küche, lege das Tischtuch zusammen

dasselbe wie seit sechs Monaten, das auch noch weitere sechs halten wird

daher mache ich eine Ecke des Tisches frei und lasse dann die Wörterhunde in der Hoffnung los, daß einer, mit dem Schwanz eines fröhlichen Konsonanten wedelnd, euch findet, und ihr lebt

als könntet ihr leben

unter den Trümmern der Jahre und Jahre und all dem Schutt von Tadel, bösen Gefühlen, Glyzinien, in der Hoffnung, daß einer beginnt, an den Mörtelbrocken der Vergangenheit zu kratzen, die ich für immer in Ruhe gelassen wähnte, und da, noch mehr Wörter, die sich aufgeregt, fröhlich zusammenrotten, sich von der Leine der Schreibfeder losreißen, und ich nähere die Nase dem Papier, suche euch, die ihr in den Zeilen untergegangen seid, ein schwaches Stimmchen

– Paulo

das ich trotz der Launen des Gedächtnisses, das verzerrt und löscht, trotz der Schwerhörigkeit, die mich seit ein paar Monaten quält, wiederzuerkennen glaube, Ihr Audiogramm ist schlechter geworden, mein Freund, machen Sie sich mit dem Gedanken an einen kleinen Apparat vertraut, damit sich die Welt nicht in ein fischloses Aquarium mit der Einsamkeit einiger weniger Plastikgräser auf den Steinchen am Grunde verwandelt, das Stimmchen beharrlich

– Paulo

die Wörter schnüffeln aufgeregt daran, zwingen mich, indem sie mich am Arm ziehen, hinter ihnen herzurennen, eine Fährte eiliger Wörter quer durchs Heft, ich trabe schwankend, unwillig hinterher, damit sie nicht vollends entwischen, Dutzende von Diphtongschnauzen und Vokalaugen zeigen mir, was ich zu wünschen glaubte und was mich jetzt erschreckt, das Stimmchen nun näher

– Paulo

sie begleiten das Stimmchen, zeigen etwas, das wie ein Gesicht aussieht und das ich erst auf der nächsten Seite besser erkenne, wenn ich den Federhalter zu fassen bekomme, der vor mir wegrennt und einen Schatten mit Adjektiven anbellt, Umrisse, einen Mann, der nach Hause kommt

welches Zuhause?

eine Straße, die von Absatz zu Absatz deutlicher wird, oder anders gesagt, eine Hausecke mit bemalten Fliesen, den Kiosk, wo mein Vater

ich, genauso neugierig wie die Wörter, die den Federhalter überholen, nehme etwas an, erfinde etwas, räume algige Monate weg, und am Ende kein Kiosk, eine Telefonzelle

eine Hausecke mit bemalten Fliesen, eine Telefonzelle, wie es sie heute nicht mehr gibt, ein Stimmchen, das immer dichter und zu einem Teil von Sissi wird, die mir mit dem Regenschirm aus der Zeit nach der Angestellten aus dem Speisesaal zuwinkt, in der ich mit ihr zusammen in einer Ehe unter Freunden in Campolide gelebt hatte, was Sissi als Zuhause bezeichnete

ein Mann, der nach Hause kommt, hat gerade der Federhalter verkündet, und ich starre auf einen ersten Stock, der ein Keller sein könnte wegen des fehlenden Lichts und der Eichen auf einem Hang, die zu hoch über unseren Köpfen waren wie die Olivenbäume in Chelas, als ich mit den Wolken vermischt dicht am Boden flog

es geht nicht um den Wunsch zu schreiben, die Anstrengung, nach ihnen zu pfeifen, sie laut zu rufen und mit der Hand auf den Schenkel zu schlagen, die Silben, die mir nicht gehorchen, bringen Episoden und Personen ans Tageslicht und begraben sie gleich wieder, irren sich, indem sie mir Erinnerungen anbieten, die nicht meine sind, fremde Tage, Verwandte, die ich nie hatte, ich frage Sissi, als würde Sissi noch immer bei mir sein

– Gehören die dir?

Sissi unterbricht ihre Gärtnertätigkeit an einem Augenlid

– Weiß ich wer die sind

und daher unter Entschuldigungen bitten

– Kehren Sie dahin zurück woher Sie kommen meine Herrschaften

ihre verdrossene Rückkehr ins Vergessen, wobei sie innehalten, um ein Sparschweinchen von Sissi anzuschauen, in dessen Bauch leider keine Münzen waren

– Sind Sie sich sicher daß Sie nicht doch wollen daß wir bleiben?

ärgerlich darüber, daß sie in der Ewigkeit der Alben und in der Erinnerung der Enkel wohnen, die ihre Namen durcheinanderbringen, so vorzeigbar, so würdig, so von den Schnauzbärten der Entfernung geadelt, im Sonntagsstaat, in Cheviotanzügen mit Bügelfalten, mit makelloser Frisur, vom Fotografen vervollkommnet

– Neigen Sie sich nach vorn und stützen Sie das Kinn in die Hand Madame

dessen autoritären Finger, der die Posen einfror, man erkennen konnte, der Finger zu mir

Estúdio Nadal, Estúdio Águia D'Ouro, Estúdio Endústria

– Laß sie bleiben Junge

so wie Sissi mich bleiben ließ

aus Respekt vor deinem Vater, der eine richtige Dame war, Paulo

auf ihrem Planeten mit den Doppelkinnschweinchen, Dona Amélia

– Ihr beide seid wie meine eigenen Kinder

stolperte über verkehrte Cousins und Cousinen, die die Wörter, an Akzentreißzähnen hängend, mir apportierten, und sie herzlich

– Deine Bekannten Paulo?

schaute sich Mittelscheitelfrisuren, Jungs in Matrosenanzügen, einen Herrn in Golfhosen und mit einem Picknickkorb am Arm an, der hauchte

– Nicht wenigstens eine oder zwei Minuten Gesellschaft?

mehr an Sissi als an mir interessiert, der Federhalter taxierte ihre Verwandten und vergaß meine eigenen, die Wörter schleppten eine klavierspielende Dame aus der Vergangenheit heran, einen Feuerwehrmann, einen Mann, der Halsschmerzen hatte, mit dem Pinseln des Rachens innehielt, aus dem Schal auftauchte

– Die sieht aus wie die Nichte von Esmeralda nicht wahr?

Geschöpfe, die ich im Heft begrub, indem ich sofort die Seite umblätterte

– Euch will ich nicht

das Klavier klang noch ein wenig nach, obwohl ich es mit Absätzen bedeckte, zartere, immer seltenere Töne, der Halskranke hüstelte in einem Sanatorium im Norden des Landes, trank alle halbe Stunde ein Löffelchen mit Chininwein, ihn mit einem Federstrich töten

– Das war's

oder ihn in einem Tintenklecks auflösen, der Herr mit den Golfhosen versuchte, mich mit dem Picknickkorb abzulenken

– Was darf ich Ihnen anbieten?

Zeilen hastiger Schrift, die nicht wie meine aussah, aus der man Hühnerflügel, gekochte Eier, Limonade unter einer karierten Serviette herausbuchstabieren konnte, das Heft mit dem Tischtuch bedecken, und der Herr wird beleidigt, aber ganz sicher stumm sein, mit den Jungs im Matrosenanzug an einem Straßenrand hocken, während in einem Busch vom Anfang des Jahrhunderts Wachteln schluchzten, und ein Chalet bemerken, das es schon seit langem nicht mehr gibt, zumindest nicht in Lissabon, Sissi begeistert

– An deiner Stelle würde ich das Chalet lassen

obwohl sie nicht mit mir zusammenlebte

ich lebe allein in diesem fünften Stock links, weil die Kollegin aus der Buchhaltung nicht aufhört, ihre tugendhaften Stacheln aufzustellen, obwohl ich allein lebe, glaube ich Sissi zu hören

– An deiner Stelle würde ich das Chalet lassen

in dem trotz der Kunden von Tisch neun beharrlich ein Junge mit einer Zwille lebte, hin und wieder sprach er davon zu heiraten

– Es gibt Frauen die interessieren mich weißt du?

und wie man mir gesagt hat

oder ich erfinde, daß man es mir gesagt hat

oder behaupte es mir gegenüber

oder sage es mit der Feder, ohne bei dem zu verweilen, was ich sage

er emigrierte in einen Keller in Marseille, Weihnachten eine kleine Postkarte und im Sommer eine kleine Postkarte, Andeutungen, daß wir hätten glücklich sein können, wenn ich, und im Anschluß an einen diskreten Hinweis, daß er sich an mich erinnerte, ein Foto von der letzten Show, der Wunsch nach einer Geschlechtsumwandlung in einer brasilianischen Klink und dann ein unheilvolles Schweigen, das bis heute andauert, und das Klavier, das ich weggemacht hatte, hallt mit einem klagenden D weiter, das das Sparschweinchen verschluckt, dessen Doppelkinn mangels Münzen mit den Sehnsüchten anderer wächst, und daher die Wörter, um eine schmerzende Wunde verheilen zu lassen und eine andere daneben aufzureißen, von der ich nicht weiß, ob sie mehr oder weniger stören wird, nach Anjos oder Bico da Areia lenken, die Avenida Almirante Reis hinauf, in der es so viele Gasthäuser und Möbelläden gibt, oder den Tejo auf einem mit den Nägeln seiner Kanonen auf dem Wasser befestigten Kriegsschiff überqueren, am Príncipe Real ankommen, wo ein anderes Gebäude anstelle von unserem, hören, wie Rui

– Paulo

der hoffte, ich würde ihm helfen, inmitten der Balkons diejenige zu entdecken, die es nicht gab, wieder zum Anfang des Heftes zurückkehren, ihm zeigen

– Die hier ist es

mit ihm zusammen die Stufen hinaufklettern, ihn auffordern einzutreten, den Lüster, das Sofa, das Fenster zur Zeder wiederherstellen, ihn beruhigen

– Siehst du siehst du?

falls er den Köter mit der Schleife sucht, ihn heimlich schreiben, während er nachdenklich

– Haben sie mich nicht vor Jahren in Fonte da Telha gefunden?

so tun, als würde ich ihn nicht hören, noch eine weitere Pfote fertigstellen, damit der Hund nicht hinkte, Rui, der den Staub auf den Möbeln bemerkte, die Wäsche, die gebügelt werden mußte, die Schränke, in denen kein einziges Kleid, nur Kleiderstangen, eine Schublade auf dem Fußboden

– Soraia?

Soraia, die die Wörter vergeblich suchten, indem sie Zeilen übersprangen, Pronomen ersetzten, sich zusammenrotteten wozu?

oben auf der Seite in winzig kleiner Schrift, ich bemerkte meinen Onkel, Dona Helena, Senhor Vivaldo mit der rotblonden Angestellten, nicht meinen Vater, ich bat die Feder, ihn mitzubringen, und die Feder wich aus, kam mit Noémia zurück, die mit Pony auf dem Dreirad strampelte

– Das war nicht Noémia die auf dem Dreirad strampelte das war Dália

und Dália im Zimmer in Anjos mit Blumen in einer Vase, wie dumm doch die Sätze sind, so ein Quatsch, ich werde böse mit ihnen, verbessere sie, befördere Noémia und Dália dorthin, wo sie hingehören, das Dreirad gehört zu dieser hier, die Blumen zu der da, mich entschuldigen

– Tut mir leid

vor allem, was Noémia betrifft, die neidisch auf das Dreirad war, fast einen ganzen Absatz verbrauchen, um sie zu trösten, ihr die Reifen des Fahrrads auf dem verglasten Balkon aufpumpen, den Sattel hochstellen, denn sie war inzwischen gewachsen, die Lampe reparieren

– Du hast doch ein Fahrrad ganz für dich allein du brauchst doch nicht auf Dália neidisch zu sein Noémia

Rui, der mißtrauisch vermutete, ich würde meinen Vater vor ihm verstecken

– Mit wem redest du da?

und dem Fonte da Telha nicht aus dem Sinn ging, eine Spritze, ein paar Felsen

– Ich hätte glatt schwören mögen daß da Felsen

beharrte darauf, daß er sich auf den Strand gelegt, ich ihn fünf Meter von den Wellen entfernt liegengelassen hätte

– Nicht an der Stelle weiter hinten mach eine Düne ins Heft

eine Düne, um ihm einen Gefallen zu tun, die er aber keines Blickes gewürdigt hat, weil er nicht lockerließ

– Mir ist so als wäre ich gestorben ich hätte glatt

Hütten, ein kleiner Zug, der die Leute alle Viertelstunde zwischen Dünen und Schilfrohr entlangfuhr, und er, wo er und mein Vater so oft

generervt schweigend wie ein Ehepaar?

auf der Suche nach einmal ohne Nachbarn und Skandale, ich verbreitete mich

– Schau mal

in Beschreibungen von Augusttagen, Nachmittagen, an denen Micaela oder Marlene mit ihnen zusammen waren

niemals beide gleichzeitig, Micaela an einigen Nachmittagen und Marlene an anderen, die beiden waren einander damals nicht grün, wegen des Majors vom Dienstag, den wer weiß ich wer weiß wem ausgespannt hatte, Gerüchte von Haarausfall, der nur von Syphilis kommen konnte, ich habe mir bei der Prosa große Mühe gegeben, ihm einen vollkommenen Sommer geschenkt, ohne Wolken und Akkusativobjekte

ich nutzte den Augenblick, in dem Rui

– Soraia?

um von den Wörtern, die gerade dabei waren, die Angestellte aus dem Speisesaal und das Akkordeon ohne Tasten ein bißchen Musik gefällig Gabriela auszubuddeln, zu fordern

– Gebt mir sofort meinen Vater wieder

fuchsteufelswild auf den Federhalter, der mir etwas aufnötigte, das ich nicht wollte, beispielsweise Dona Aurorinha, die sich im Dunkeln auf einer Stufe mit ihrer Einkaufstasche ausruhte, bevor sie sich dankbar in Luft auflöste

– Danke daß du dich an mich erinnert hast Paulinho

den Nierenkranken, den sie auf einer Trage ins Krankenhaus schaukelten, der, als er dicht an mir vorbeikam, vom Scheitelpunkt des Mundes aus seufzte

– Ewigkeiten lang ist das Geschwür klein gewesen ich weiß nicht wann das passiert ist

beispielsweise Vânia, die überfahren wurde und die ich schnell wieder wegschickte, bevor sich ein Verband von der Stirn und vom Bein loswickelte, das der Lastwagen verdreht und merkwürdig zurückgelassen hatte

– Wir haben nichts was dich interessieren könnte und außerdem bist du tot verschwinde

Vânia verbirgt den Verband unter einem Tüllumhang und bedeckt das Bein mit dem Handtäschchen

– Du irrst Paulo ich lebe

mit den Wörtern schelten, weil sie mir Gespenster liefern, sie in Klammern einschließen, Rui erklären, der wie im Traum eines Traumes über den Flur geisterte

– Haben sie mich nicht vor Jahren in Fonte da Telha gefunden?

daß mein Vater gleich kommen mußte, er hat sich bei einer Probe verspätet, und sein Körper lag da, die Lichter der Polizei ließen ihn noch nackter aussehen, beinahe der Körper eines Jünglings, auf dem, glaube ich, Fliegen

und als ich

Fliegen

schreibe, sind gleich die Fliegen da, wenn ich nicht schreiben müßte, das Geschirr spülen, vergessen

die Polizisten stellten ein paar Stöcke um ihn herum auf, und ein gelbes Band hielt das Meer in respektvollem Abstand

– Halten Sie Abstand von der Leiche weitergehen weitergehen

und das arme Meer, das gerade Ebbe hatte und nicht wagte, anzusteigen, winzige Wellen, dieses Geräusch von Kupfermünzen, wenn das Wasser gehorchte, ein Mann nahm die Spritze, demonstrierte irgend etwas, Rui daran hindern, daß er es merkt, während ich schreibe, daß eine blonde Perücke da im Garten

– Siehst du die blonde Perücke da im Garten?

während ich meinen Vater herbeirufe, und dennoch betrachtet Rui die Leiche eingehend, weitergehen weitergehen

– Sieht sie mir nicht ähnlich?

den Verrat des Federhalters verfluchen, die Pronomen ändern, die Andeutungen vervielfältigen, sie sieht dir nicht ähnlich, das bist nicht du, so ein Unsinn, ein Landstreicher, ein Bedürftiger, einer dieser armen Kerle, die auf den Felsen nach Miesmuscheln suchen, und dann ein Sturz, ein schwaches Herz, ein Streit unter Betrunkenen und ein Kumpel mit einem Stock, du bist jünger, besser in Schuß, du hast uns gefehlt, weißt du, schau, wie mein Vater sich freut, als er dich sieht, Gott sei Dank umreißen die Wörter meinen Vater, und dann die Haustür, die Absätze auf der Treppe, das Schloß, das vor der letzten Umdrehung protestierte

ich habe das Schloß nicht vergessen, das vor der letzten Umdrehung protestierte

und so konnte ich etwas entspannen, an die Telefonistin denken, die durch mich hindurchsah, ohne mit dem Blick auf mir zu verweilen, Apparat einhundertsechsundzwanzig, in Wirklichkeit ein Kokon mit einem alten Apparat mit Drähten und Stöpseln

– Apparat einhundertsechsundzwanzig guten Tag

den anzurufen ich nicht den Mut aufbrachte, am mangelnden Komfort meines Junggesellenmobiliars leiden, Reste des Schiffbruchs einer Beziehung nach Gabriela, von der ich nicht reden möchte, sonst dringt sie noch mit ihren bitteren Diskussionen, ihrer gegenseitigen Eifersucht, ihrem Ende mit einem umfangreichen Schwager in die Prosa ein, der sie zum Fahrstuhl begleitete und mich einen Lumpen schimpfte, um dann mit einem Lastwagen zurückzukommen, in den er die Haushaltsgeräte verfrachtete und mir diesen Hausrat zurückließ

– Sie Lump

von einem Meter fünfundachtzig Flanell und Verachtung lärmend heruntergepoltert, und die ganze Nachbarschaft hat zugehört, an die Kollegin aus der Buchhaltung denken, die auch allein ist, was bereits gewaschen war, noch einmal abwäscht, um weiterzuleben, oder den Ehering ihrer Mutter nimmt und sich in die Wirkung an ihrem ringlosen Finger versenkt, annimmt, daß jemand wie ich um diese Zeit im Café, disponibel, ehrlich, ehrbar, äußerst ernste Angelegenheit, bitte davon absehen, falls die verlangten Voraussetzungen nicht erfüllt werden, Antwort an diese Zeitung unter der Nummer 472, ich erinnere mich an die Angestellte aus dem Speisesaal, erinnere mich an dich, greife wieder zum Federhalter

denn es gibt Dinge, die lasten auf einem

in dem die Tinte angetrocknet ist, ein paar Spiralen malen

und die Feder zum Leben bringen

das Gekritzel, mit dem sich das Metall von Staub oder so befreit, wird immer deutlicher, und der eingefangene Staub in einem blauen Klecks, eine andere Form von Schreiben, das eine Geschichte erzählt

welche Geschichte?

wahrscheinlich auch meine, meine oder die Rückseite von meiner, die ich niemals lesen werde, und kaum setzt die Feder mit der Langsamkeit eines Neuanfangs zu einem Großbuchstaben an, mein Vater

die Wörter wollen Vânia, aber ich habe ihnen rechtzeitig widersprochen

mein Vater

ich schaue hin, und da steht mein Vater, weiterhin

im Erdgeschoß, das es seit Ewigkeiten nicht mehr gab, setzt sich aufs Sofa, nimmt die Perücke ab, um nachzuschauen, ob nicht eine Taube, denn früher, im Gegensatz zu heute, wo am Príncipe Real kaum noch ein Vogel, weil kaum noch ein Alter mit Biskuitbrot in der Tasche, wachte man auf, und Dutzende von Flügeln in den Wipfeln, wo Dona Aurorinha mit ihrem knopflosen, farblosen Jäckchen sentimental, gerührt und jetzt nur Knochen

– Danke daß du dich an mich erinnert hast Paulinho

Rui starrt meinen Vater an, der ihn nicht bemerkt, stützt den Magen, in dem ein Schmerz, ein Unbehagen

– Bei meiner Mutter Soraia ich nehme keine Drogen

das Zittern der Hände, die das Geld nicht halten können, das mein Vater ihm in der ersten Woche im Monat gab, und in den restlichen stahl er, die Lügengeschichten von einem Freund, der sein Radio verpfändet hatte, von Medikamenten für einen Freund, der in der Schule am selben Tisch sitzt, und du kannst ganz sicher sein, morgen ganz bestimmt, wenn die Buchstaben wenigstens helfen würden, mein Vater zerknautscht eine Überdecke und streicht sie wieder glatt, wenn ich ihn mit Hilfe des Heftes genauso deutlich erkennen könnte, wie ich die lächerlichen Schmuckstücke aus Glas an ihm sehe, wenn es mir erklären würde, warum, mir beibringen würde, ihm zu helfen, und da ich nicht weiß, wie ich ihm helfen soll, dieses schlechte Gewissen, das ich mit Gleichgültigkeit, Ferne maskiere, wenn ich mich frage, was ich für ihn empfinde, ist die Feder damit beschäftigt, Dona Helena oder die Kapverdianer in Chelas in den Trümmern zu beschnüffeln, füllt sie mir die Seite randvoll mit einem Mulatten mit Sonnenbrille, der an einem Hang am Fluß ein Kindertaschenmesser auf- und zuklappt, wenn ich versuche, hinter ihm den Tejo zu erkennen, nicht das Heroinviertel, nicht die Mauer, nicht den Häher, und irgendwo am Tejo das, was ich seit vielen Jahren suche, die Hälfte einer Gartenpforte, einen Zwerg aus Gips auf dem Kühlschrank, den Frieden, einen Frieden, der jetzt schwierig wird, wo Rui

– Soraia

wo mein Vater ihn bemerkt, und einen Schein im Brustpolster verschwinden läßt, aufsteht, und

– Könntest du bitte einen Augenblick draußen warten Paulo?

und ich

heute niemand zu mir

– Könntest du bitte einen Augenblick draußen warten Paulo?

gehe wieder zur Zeder und ihrem nächtlichen Schatten mitten an einem Märznachmittag, versuche herauszufinden, ohne Senhor Couceiro

mit Senhor Couceiro verkompliziert sich alles

wie Zeder auf lateinisch heißt, zähle die weißen Autos und wette, daß bevor zwanzig höchstens fünfundzwanzig

eine Falte in der Gardine, und mein Vater ruft mich, nicht angezogen, im Morgenmantel, die Perücke verrutscht, ist Rui dankbar, auf mich sauer

– Siehst du mich zum ersten Mal?

und in seinem Gesicht nicht ich, meine Mutter, die stumm protestiert oder mit dem kleinen Finger einen Enttäuschungstropfen ins Auge wischt

– Carlos

die Worte trabten voller Entdeckerfreude zwischen uns hin und her

wir haben sie vereint, wir haben sie vereint

ziehen an ihm, ziehen an mir, nähern uns aneinander an, will heißen, ziehen mich zu ihm

und ich habe überhaupt keine Lust

zerren mit Ausrufezeichenzähnen, mit Semikolonbackenzähnen, der Tilde der Lippenumrisse an meinem Ärmel, mein Vater, der ganz mit dem Make-up, den Strümpfen beschäftigt ist, die mein ungeschickter Sohn

ich habe noch nie so jemanden erlebt

mir ganz bestimmt zerreißen wird

– Ich hasse es wenn du mich festhältst

Sie haben nie gemocht, daß ich Sie umarme, nicht wahr, Vater, wenn ich mich auf Ihren Schoß gesetzt habe, wurden Sie ganz starr, reglos, wandten den Kopf von mir weg, jammerten wegen der Bügelfalte, meine Mutter immer auf seiner Seite, stör deinen Vater nicht, Paulo, allenfalls ein Streichen übers Haar, Entschuldigungen, Lügen

– Ich bin erkältet und stecke dich an

der Leberfleck am Ohr, der mich verwirrte und den ich so gern angefaßt hätte, ich streckte den Finger aus, und er, jetzt nicht, du bist dreckig, paß auf mit meinem Hemd, Blödmann, er lief zum Spiegel vom Kleiderschrank, dieser Junge nervt, um zu sehen, was Schlimmes passiert war, schimpfte wegen eines Flecks mit mir, und am Ende war der Fleck ein Fehler im Glas, den er mit dem Fingernagel nachprüfte, man brauchte sich im übrigen nur ein bißchen zu bewegen, und die Nase war mal dick, mal dünn, ein riesiger Abstand zwischen Kinn und Mund und dann wieder überhaupt kein Abstand, mein Vater ärgerlich auf das Haus und die welkenden Margeriten

– Nicht einmal der Spiegel taugt was

zwei Männer kamen mit einem in Zeitungen eingewickelten neuen Spiegel aus Costa da Caparica, derjenige, der, wie es schien, das Sagen hatte, schauen Sie, ob er Ihnen gefällt, während sein Kumpel den Zwerg anguckte, das Spiegelbild meiner Mutter und desjenigen, der, wie es schien, das Sagen hatte, dahinter das Fenster, links, anstatt rechts, das Café, die Reiher, die sich draußen dem Bild näherten und sich wieder von ihm entfernten, das Bett mit den Kissen am verkehrten Platz, das meiner Mutter höher, das meines Vaters niedriger, der aus Costa da Caparica, so jung und schon verheiratet, ist das Ihr Kleiner, mir kam es so vor, als würde jemand jemand anderen berühren, aber nicht mich, und nur wir drei im Zimmer, derjenige, der den Zwerg anguckte, komm her, Mann, derjenige, der, wie es schien, das Sagen hatte, eine so junge Frau, eine so junge Frau, Rui hat mir erzählt, daß in der Villa seines Onkels und seiner Tante das Dienstmädchen die Fußknöchel ihrer Tochter, die protestierte und kämpfte, gegen den Schreibtisch preßte

– Mach den Herrn Doktor nicht böse Matilde

damit der Onkel sie befummeln konnte, sie führte sie ins Arbeitszimmer, wie man ein Lamm führt, knöpfte ihre Bluse auf, da haben Sie sie, Herr Architekt, kniff ihr in den Bauch und verkündete meinem Onkel

– Die Haut einer Dreizehnjährigen Herr Architekt alles fest eine Ohrfeige bei der ersten Weigerung

– Respekt vor deinem Herrn Matilde

Rui zu mir, das Mädchen hat aufgehört sich zu wehren, zu weinen, hat mich die ganze Zeit angesehen, ohne mich um etwas zu bitten, es half in der Küche, bediente uns bei Tisch, wenn es sich bei den Tellern irrte, meine Tante sofort, blöde Gans, derjenige, der, wie es schien, das Sagen hatte, zu meiner Mutter

– Ich gebe Ihnen einen kleinen Rabatt auf den Spiegel

kaum waren sie gegangen, der Besitzer vom Café

– Du schämst dich wohl überhaupt nicht

Rui stolz auf seine Verwandten, der Alte hatte was drauf, Bewunderung, Neid, die Schreibfeder auch hingerissen

– Der Alte hatte was drauf nicht?

Rui bitten, daß er die Beine der Kollegin aus der Buchhaltung festhält, ihre Kleider hochschieben, mit billigem Stoff kämpfen

– Die zahlen nicht besonders gut oder seit wie vielen Monaten hast du dir keine Bluse gekauft?

in einer Wohnung, von der ich annahm, daß sie wie meine war, armselige Möbel aus dem Warenhaus, gerahmte Kätzchen und Blumen, eine als Bäuerin verkleidete Maus, die mit einer als Soldat verkleideten Maus poussierte, die sich auf ihr Gewehr gestützt hatte, als wäre es die Reitgerte eines Dandys, ich möchte deine Maus sein, möchte dein Soldat sein, halt still, weine nicht, weh dir, wenn du mich verletzt, Rui wütend über den Abdruck von Zähnen auf einer Hand, es hat fast geblutet, Idiotin, guck dir das an, guck her, den Druck von der Wand reißen

– Du sollst lernen mich zu respektieren

und ihn auf den Boden werfen, der Schuh zerbröselt das Glas, er drehte den Wasserhahn im Badezimmer auf, um die Wunde zu waschen, durchstöberte den Schrank nach Jodtinktur, und im Schrank einsam ein Röhrchen Lippenstift ohne Lippenstift, wenn du mich ernsthaft anlächeln, mich grüßen würdest

– Wie geht es Senhor Paulo?

mit mir in dem mit bemalten Fliesen ausgekleideten Restaurant zu Mittag essen würdest, das nach Eintopf roch, die Speisekarte vom Vortag auf der schlecht gewischten Schiefertafel, gestern Hammeleintopf, Schwertfisch, süße Fadennudeln, die Bedienung schwarz, ein Angestellter mit einem dicken Pickel am Kinn

– Wetten daß du den auch verletzt hast

die Kollegin spillerig, heuchlerisch, verlangt, daß wir uns die Rechnung teilen, das Lackportemonnaie blättert ab, wo U-Bahnfahrkarten, Papierchen, das Foto eines Mannes

– Ihr Verlobter

der Finger bedeckt das Foto des Mannes, sie ist nicht beleidigt, entsetzt, ich habe keine Zeit für Liebesgeschichten

– Mein Bruder Senhor Paulo

sie bittet mich, vor ihr zu gehen, nicht Ihretwegen, meinetwegen, ich möchte Sie nicht kompromittieren, Senhor Paulo, Dutzende und Aberdutzende von hübschen Mädchen im Büro, Belmira, Susana, haben Sie schon mit Susana gesprochen

wer war bloß Susana?

ich bin keinen Heller wert, schnelle Beinchen auf der Treppe, mit dem Angestellten zusammenstoßen und, Entschuldigung, die zweite Schulter der Jacke, die schwer anzuziehen war, und dann den ganzen Nachmittag über dem Gehaltsbogen, die Schnürsenkel aufgegangen, ohne daß sie es bemerkt hatte, der Kugelschreiber rollt Haarsträhnen auf, der Wunsch

erklär mir das einer

sie zu quälen, ihr weh zu tun, den Bruder zu verspotten

– Dein Bruder der ist vielleicht häßlich

wahrscheinlich in der Provinz, in Venezuela, in Paris, und Ekel wühlt mich innerlich auf, ein Schwindelgefühl vor Schuldbewußtsein

– Mein Bruder ist gestorben Senhor Paulo

nicht traurig, mit der üblichen Stimme, nur eine Mitteilung

– Mein Bruder ist gestorben Senhor Paulo

eine Gabel, die meine Eingeweide zerfetzt, sie durchlöchert, und bevor man mich zwingt, in einem Mietwagen mit einer Mutter oder einer Patentante, die nur aus Unglück und Rosenkränzen besteht, einem Sarg zu folgen, und sie in Castelo Branco oder in Lagos die Haare aufrollt, ihr einen Druck mit

warum nicht?

ein paar Hündchen kaufen, die einander mit klebriger Zärtlichkeit anschauen, sind die nicht süß, mein Vater zu Rui, den die Feder größer, stärker, mit einer karierten Weste geschrieben hat

– Irgend etwas an dir ist anders ich weiß nicht was

mein Vater ein Hündchen mit klebriger Zärtlichkeit, und im Inneren dieser klebrigen Zärtlichkeit Mißtrauen, Verdächtigungen, ein Seitenblick auf das Heft, das er nicht sehen konnte, da er in Príncipe Real war, nicht hier

– Was hast du mit ihm gemacht Paulo?

die Kollegin aus der Buchhaltung verstecken, die Drucke, den ernsten Bruder, er ganz Höflichkeit mit einem Ausdruck, der um Verzeihung dafür bat, dreißig Jahre lang gelebt zu haben, ihm würden die Mäuse gefallen, das gestickte Kissen auf dem Ledersessel, die Kollegin strich den Rock glatt, ein Tadel, der kein Tadel war

– Senhor Paulo

und mich sie hassen ließ

– Ich hasse mich

überrascht über den Versprecher, den sie nicht gehört hatte, die traurig war mit der als Soldat verkleideten Maus auf einem nutzlosen Lumpen, die Spur der Zähne auf der Hand, hast du das gesehen, dumme Gans, hast du das gesehen

– Ich hasse dich

jetzt ja, jetzt habe ich die Wahrheit gesagt

– Ich hasse dich

ich hasse mich nicht selber, wieso denn, warum sollte ich mich hassen, wenn du bei mir wohnen würdest, würdest du sonntags das Geschirr abwaschen, ein Bildchen im Wohnzimmer aufhängen, ein anderes im Schlafzimmer, du würdest meine Wohnung verschönern, vielleicht würden wir hin und wieder miteinander reden, ich rede ziemlich wenig, aber auch ohne zu reden, würde ich dich in meiner Nähe spüren und ruhiger werden, verstehst du, mit ein bißchen Glück würde ich meinen Vater vergessen, den Príncipe-Real-Park, dieses Heft, in dem die Vergangenheit Gegenwart wird und mich verfolgt, mir die Luft nimmt, mein Vater, der auf Ruis Platz auf dem Sofa zeigt

– Was hast du mit ihm gemacht Paulo?

draußen das Café, dessen Licht gerade angegangen sein mußte, Marlene und Micaela, die es auch nicht mehr gibt oder die, steinalt, mein Gott, von der Straße her rufen

– Wir sind es Soraia

Musik aus dem Lautsprecher, der bestimmt versteckt ist, aber wo, an welcher Stelle, ich suchte im Vorhang, im Schatten des Tischchens, einer Vase, die sich ägyptisch nannte

– Sie ist ägyptisch Paulo

von wegen ägyptisch, deren Deckel fehlte und die man auf dem Jahrmarkt kaufen konnte, ein orangegetönter Scheinwerfer kreuzte sich mit dem grauen Scheinwerfer, Dona Amélia ging mit dem Parfümtablett durch den Saal

– Seid ihr noch nicht fertig Mädchen?

ich habe sie vergangene Woche oder vor zwei Wochen

ich müßte im Kalender nachsehen

getroffen, als sie aus einer Kirche in der Nähe des Zahnarztes kam, zu sehr mit den Schwierigkeiten ihrer Fußknöchel beschäftigt, um auf mich zu achten, und mir fehlte wegen der Betäubung eine Hälfte des Mundes, bis zum Hals war ich ein ganzer Mensch, vom Hals aufwärts das Fragment eines Gesichts ohne Wange und Zunge, Zunge und Wange abwesend

– Dona Amélia

den Fotos zufolge ganz bestimmt

– Paulo

aber ich kann sie nicht hören, die mit dem verstorbenen Bruder, der im Lackportemonnaie nichts nützt, vermutet

– Senhor Paulo

wirft für die Kollegin

– Senhor Paulo

ein, während Dona Amélias Bein die Leere der Stufen suchte, ein Mäntelchen mit einem Trauerflor der Ehemann?

ein paar farblose Haarsträhnen, Reste alter Schminke wurden auf den Wangen immer weißer, sie humpelte langsam mit dem Tablett, von dem die Parfüms herunterrutschten, durch den Saal

– Seid ihr noch nicht fertig Mädchen?

die Wörter verspotteten mich, verteilten sich, kamen mit Senhor Couceiro zurück, und kaum hatte Senhor Couceiro

– Mein Sohn

noch bevor ich

– Nennen Sie mich nicht mein Sohn

ich bin Ihr Sohn, ich bin Ihr Sohn

ließen sie ihn auf dem verglasten Balkon sitzen, so wie jemand desinteressiert einen leeren Mantel fallen läßt, wechselten ihn gegen meine Großmutter aus, der Mimosen die Luft nahmen, oder gegen Gott, der die Welt vom Dach einer Pension aus befehligte, ein orangegetönter Scheinwerfer

oder der graue?

verweilte auf ihm und ließ wieder von ihm ab, glitt über ein Mädchen, das im Saal Himmel und Hölle spielte

– Mutter

das Mädchen blieb stehen, und die Wörter bauten ganz in der Nähe eine Grabstätte und schwenkten Lorbeer

– Das ist der Wind kümmere dich nicht darum

und ich glaube, daß es der Wind war, denn die Wolken vom Gebirge zogen sich in die Länge, die Gardinen am Príncipe Real umhüllten meinen Vater, schleiften Micaela, Sissi und Marlene weit weg, die in tadelndem Tonfall

– Wir hätten Freundinnen sein können Paulo

sah weder die Zeder noch mich, der ich auf der Bank wartete, mein Vater stand vom Sofa auf, um das Fenster zu schließen

– Jetzt ist Schluß Paulinho

endlich Paulinho, nicht Paulo

– Jetzt ist Schluß Paulinho

das Gesicht an seiner Brust verbergen, mich stören die falschen Brüste nicht, mich stören die Pailletten nicht, Sie sind mein Vater, nicht wahr, sagen Sie, daß Sie mein Vater sind, lassen Sie mich auf Ihren Schultern zur Brücke reiten

erinnern Sie sich noch daran, wie Sie mich auf Ihren Schultern reiten ließen?

zeigen Sie mir die Möweneier, Alto do Galo, erinnern Sie sich an das Karussell damals auf dem Jahrmarkt, die Tiere ruckelten im Kreis herum, Galopp, noch schneller, lassen Sie mich nicht herunterfallen, kümmern Sie sich nicht um die Hunde, ihr Lachen, die Kienäpfel, die uns nicht weh tun, sehen Sie, da steht im Heft, daß sie uns nicht weh tun, Sie brauchen sich nicht als Clown zu verkleiden, die Sängerinnen nachzuahmen, den Tisch Nummer neun zu akzeptieren

– Wollen Sie mit mir sprechen?

lehnen Sie sich an eine Strebe, ruhen Sie sich aus, sehen Sie, ich habe das Heft zugeklappt, jetzt ist Schluß mit den Kunden, wir gehen zurück zu dem von Schilfrohr umgebenen Haus, die Zigeuner

– Senhor Carlos

bewundern Sie, schätzen Sie, die Leute schätzen Sie, Vater, sie machen sich nicht über Sie lustig, Sie müssen sich nur nicht mit diesem lächerlichen Kram schmücken, es wird am nächsten Sonntag sicher einen Platz für uns geben

– Kein Problem meine Freunde Sie können hier auf der Terrasse sitzen

in dem Restaurant in Cova do Vapor, die Mutter wird Ihren Salat anrichten, ich laufe zum Ponton, im September fahren wir mit der Eisenbahn ins Dorf, wachen morgens in einem Wespenwüten auf, erinnern Sie sich daran, wie die Mutter im Schlaf einen Arm in Tänzerinnenpose über den Kopf gelegt hatte, an ihren Gesichtsausdruck, wenn wir sie kitzelten

– Was ist was ist?

wie sie uns nicht erkannte, uns erkannte, sich im Bett aufsetzte, das Zimmer nicht erkannte, es erkannte, nach der Uhrzeit fragte

– Wirklich neun Uhr?

die Wörter alle still im Heft

ich lasse sie nie wieder frei, das verspreche ich

kein Satz widerspricht mir, entwischt mir

der Garten direkt hier

kein Satz widerspricht mir, außer einen Augenblick lang, einen ganz kleinen Augenblick lang, keine Angst, Marlene von der Straße her, die Federn, das Diadem

– Wo warst du denn Soraia?

die die Mutter nicht bemerkt hatte, ich tat so, als hätte ich es nicht bemerkt, keine Angst, Vater, Marlene ist für immer im Heft, jetzt ist Schluß, schauen Sie, wie die Mutter

– Wirklich neun Uhr?

sie sucht nach dem Pullover

– Dreh dich um Paulo

streicht das Haar zurück, bindet es mit einer Schleife zusammen wie damals, als sie auf den Grabsteinen Himmel und Hölle gespielt hat, man muß nur die Quadrate malen, das Steinchen werfen, auf einem einzigen Fuß bis zum Strich ganz am Ende hüpfen, das Steinchen nehmen und wieder zurückkehren, wo wir jetzt sind, das nächste Quadrat treffen und wieder zurückhüpfen, und dabei dieser Duft nach dem Gebirge, das sie

– Die Mimosen

und währenddessen wir beide auf dem Weg zum Wehr, denn manchmal ein kleiner Fisch oder ein Frosch oder ein Vogel, wer den kleinen Fisch oder den Frosch oder den Vogel fängt, der gewinnt, und wer zuletzt ankommt

das ist doch klar

ist eine Schwuchtel.

Kapitel

Wenn wir miteinander reden könnten, gleichgültig, wo

im Haus am Strand, in Anjos, in Príncipe Real, im Keller

einem Ort, an dem wir nicht die Geister von heute, sondern die Menschen von einst sind, Geister ihr, die ich verloren habe, und Geist ich, der ich euch zwischen Schatten suche, mit euch rede, wie die Toten reden, und mit meinen Worten antworte, nicht mit euren, so wie ich hoffe, daß ihr es sagt, obwohl ich weiß, daß ihr es nicht so sagen würdet, wenn ihr mir erzählen könntet, was ich nicht weiß und vielleicht auch lieber nicht wissen will, was vor meiner Geburt geschah oder als ich zu klein war, um zu verstehen, was geschah, und das ich mir nur zu erfinden erlaube, so wie alte Briefe die Vergangenheit erfinden

sie erklären sie mir nicht, erfinden

wie vielleicht der Zitronenbaum im Garten

– Paulinho

erfindet oder ich es für ihn erfinde, denn immer, wenn ich im Dorf war, schwieg der Zitronenbaum, beobachtete zusammen mit mir den Apotheker, wie er dem Kruzifix der Tochter einen Topf hinreichte

– Ich habe dir dieses Süppchen gekocht Luísa

den Deckel vom Topf nahm, einen Löffel füllte, pustete, um den Löffel abzukühlen

– Ein Bohnensüppchen so wie du es magst Luísa

und zwischen Sonnenflecken den Arm in die Luft gereckt hielt

– Bohnensüppchen Luísa

schließlich den Topf ins Gras stellte, das die Chrysanthemen überwuchert hatten

– Iß sie wenn du Lust hast da steht sie

und sie aß sie offenbar, wenn sie Lust hatte, dann, wenn niemand außer einem Hammel da war, der in der Ferne Disteln knabberte, denn wenn ich dorthin ging, war keine Suppe darin, mit euch von diesem fünften Stock aus reden, in dem ich wohne, und euch rufen, euch vom Balkon aus ankommen sehen, nicht in dem Alter, das ihr heute haben würdet, sondern in dem Alter, an das ich mich bei euch beiden erinnere, das Anführungszeichen eines Maulbeerbaums macht euer Lächeln breiter

– Mein Sohn

uns drei im Kleiderschrank sehen, von dem ich annahm, daß er verkauft wurde, als sie das Haus verkauft haben, Mutter, und als ich fragte, von wem es gekauft worden war, wußte man nichts über Sie, ich an der kleinen Gartenpforte, an der ein neues Vordach

will heißen, ein Vordach, denn wir hatten nie ein Vordach, ein Dachboden, den wir auch nie hatten, und ein Kind, das nicht ich war, das eine Lokomotive, die mir vorkam wie

oder ein Auto mit Holzrädern?

an die Brust gedrückt hielt und mich anschaute

nicht nur das Kind schaute mich an, die ganze Baracke schaute mich an

– Willst du was von uns?

nicht unser Haus, wie eigenartig, ein anderes Haus, der Kühlschrank ohne den Zwerg aus Schneewittchen darauf, die Nägel, die die Glyzinie stützten, sind zu sehen, obwohl sie jetzt eine unbekannte Kletterpflanze stützten, die mit kleinen blauen Blümchen blühte und die mein Vater nicht gegossen hat, weder Möwen noch Hunde, die Trümmer der Brücke, eine Frau, die Ihnen nicht ähnlich war, dicker, beschützte das Kind

– Willst du was von uns?

würden Sie mich nicht auch fragen, sagen Sie es mir

– Willst du was von uns?

wenn ich Sie besuchen würde, Mutter, haben Sie dem Mann

nicht befohlen, mich rauszuwerfen, spielen Sie nicht mit der Kamee, antworten Sie

– Schick den Sohn von der Schwuchtel weg

mein Vater ohne eine Überdecke, die er zerknautschen und wieder glattstreichen konnte, zerknautschte seinen Rock und strich ihn wieder glatt, befeuchtete die Finger mit Parfüm und berührte damit den Hals, nahm den rechten Ohrring ab, der ihn am Ohrläppchen verletzte

– Ich kann es nicht glauben Judite

mit der gleichen Bewegung, mit der er dem Applaus dankte, der Einladung von Tisch neun, wenn Dona Amélia

– Tisch neun Soraia

die Frau seines Onkels zog ihm die Hosen, das Hemd aus

– Badezeit Carlos

wenn wir reden könnten, gleichgültig, wo

die Frau des Onkels, die er viele Jahre später aufgesucht hat, um sich zu rächen

mich zu rächen für das, was sie mir angetan hat, weißt du, für meine Angst, die sie bat

– Fassen Sie mich an

obwohl ich nicht ertrug, daß sie mich anfaßte, aber ich bat sie

– Fassen Sie mich an

und indem ich bat

– Fassen Sie mich an

und während das Handtuch den Körper aufdeckte, ihre Handflächen auf meinem Bauch, ein Verziehen des Mundes, das ich niemals vergessen werde, ihre Brust, die auf mir lastete

ich weiß nicht, ob sie auf mir lastete

die auf meinem Knie lastete

– Diese Haut diese Haut

die Frau des Onkels, die er viele Jahre später aufgesucht hat, um sich zu rächen, um sie zu bitten

– Fassen Sie mich an

oder um ihr zu gestehen

– Sie sind die einzige Frau der ich erlaube mich zu berühren und deshalb ertrage ich Sie nicht

die Tante eine alte Frau, die durch den Türspalt lugt, die Brille holt, um besser zu sehen, beschließt, daß es ein Bettler, ein Dieb, ein fliegender Händler

– Ich brauche nichts

den Türknauf vorschiebt, um sich Ihrer zu entledigen, und Sie, Vater

erinnern Sie sich daran?

Sie auf dem Treppenabsatz, Vater, so komisch, ungeschminkt, ohne Ohrringe, der Lack von den Fingernägeln entfernt, die Nägel geschnitten

nun hören Sie doch auf zu behaupten, es sei nicht so passiert, es ist so passiert

die alte Frau durch den Türspalt

– Ich brauche nichts

wurde unvermittelt zwanzig Jahre jünger

fünfundzwanzig, siebenundzwanzig

warf, den Mund wie damals verzogen, das Alter ab

schwebte über mir

schwebte über meinem Vater, rot, riesig, die Arme feucht von Seife und Wasser

eines Nachmittags, als sie meinen Onkel im Garten küßte, der Mund genauso verzogen, dieselben Arme, in der Hand eine Rebschere, die Spitze der Schere gegen die Rippen meines Onkels, sie auf Zehenspitzen, um an seinen Hals zu reichen

und dennoch so groß

ich erwischte mich dabei, wie ich sagte

– Töten Sie ihn

die Arme feucht von Seife und Wasser, und anstatt

– Diese Haut diese Haut

ein einfacher Überwurf, ein durch eine Sicherheitsnadel ersetzter Knopf, ein weicher, schlackernder Bauch

– Ich brauche nichts

voller Furcht vor dem Bettler oder dem Dieb oder dem fliegenden Händler, ohne seine Gesichtszüge zu erkennen, und wenn sie Sie erkennen würde, würde sie nicht fragen

– Kenne ich Sie?

mein Vater auf der Suche nach der nicht vorhandenen Rebschere, und er wurde sich seiner Stimme gewahr

– Ich töte dich

aber es gelang ihm nicht, böse zu sein, winzig, nackt, auf einem Handtuch liegend

wenn wir miteinander reden könnten, gleichgültig, wo

im selben Tonfall, mit dem er sie haßte und sie bat

– Fassen Sie mich an

der Onkel jagte im Pyjama vom Schlafzimmer aus wilde Tauben, er stützte sich mit dem Gewehr auf das Kissen, drückte ab, sobald ein Schwarm am Fenster, packte das Gewehr weg, brauchte Ewigkeiten, bis er das Feuerzeug angezündet hatte, noch eine Ewigkeit, um im ersten Rauch zu verlöschen, und beim Verlöschen im ersten Rauch nicht er, sondern der kleine Zigarettenleuchtturm

– Hol die Tauben Carlos

und mein Vater

wenn wir miteinander re

sammelte die schmutzigen Taschentücherflügel

den könnten, gleichgültig, wo

in den Brombeerbüschen, am Saum der Nußbäume ein, zu Füßen der Patin, die mit den Eimern vom Brunnen kam, mein Vater zur alten Frau, überzeugt davon, daß er das Gewehr auf sie richtete, das sie später wegen der Räuber in der Kirche dem Sakristan verkauft hatten, der Sakristan, die werden was erleben, die werden was erleben

– Ich bin Carlos

die Gesichtszüge der alten Frau ausdruckslos

die Arme mit Wasser und Seife zogen das Handtuch weg, geben Sie mir Ihre Arme, Tante, Sie packten mich, hoben mich aus dem Bottich, wissen Sie noch

– Nun ist Schluß mit Baden

trugen mich in das Zimmer nebenan, und ich streiche die Überdecke glatt und zerknautsche sie, während ich auf Sie warte, streiche die Überdecke glatt und zerknautsche sie, bis meine Frau

– Warum Carlos

– Diese Haut diese Haut

die alte Frau, ohne mich anzusehen

der Mund verzogen, ein Muskel weitete sich, die Haarsträhne, die auf meine Nase sprang

– Carlos?

Carlos, die Schwuchtel, der Clown, der in einem Keller tanzt, die Kunden in den Pensionen am Beato bedient, Carlos, der mit einem Jungen im Alter seines Sohnes zusammenlebt, und Dona Aurorinha

– Gott vergib ihr der Armen

erinnern Sie sich daran, wie Sie mich nachts ausgezogen, mein Licht gelöscht haben, Sie, da bin ich mir sicher, starrten mich von der Tür her an, Ihr Kichern

– Schlaf gut

und dann gingen Sie, Sie hatten mich vergessen

wieso mich vergessen?

zu den Gesprächen und dem Husten der Erwachsenen

der Verrückte, der in einem Bahnhof wohnte, würde mich holen, und morgen steckte meine Leiche

das wenige, das von mir übrig war, in einem Sack und rief noch um Hilfe

die Stimme der Frau von meinem Onkel wußte, daß man sie umbringen würde, und dennoch in den Stimmen der Patin, des Apothekers, der Verwandten aufgelöst, schneller, erzählte ihnen

das war klar

– Der Verrückte aus dem Bahnhof wird Carlos aus dem Schlafzimmer holen er kommt durchs Fenster, obwohl niemand durchs Fenster paßt, und Carlos kann nicht schreien, seht, wie er die Schulter herunterdrückt, wie er mit ihm durch die Salatköpfe trabt, wie man die Blätter hört, die uns warnen

– Sie sind mit Carlos weg

und wir, das Händchen am Ohr

– Was?

die Frau meines Onkels am Ende nicht im Wohnzimmer, in einem Türspalt

wenn wir miteinander reden könnten, gleichgültig, wo

im Haus am Strand, in Anjos, in Príncipe Real, im Keller

einem Ort, in dem wir nicht die Geister von heute, sondern die Menschen von einst sind, wir keine Geister, Menschen

betrachtete den zu weiten Anzug, die zu langen Hosen, die unbewohnte Weste, die nicht lockerließ

– Ich bin Carlos

ein in den Kleidern eines Erwachsenen verlorenes Kind, das wünschte, man würde es nicht wegschicken, es nicht verachten, es näherte sich auf der Fußmatte

soll ich auf Sie aufpassen, Vater, soll ich bei Ihnen bleiben?

– Ich bin Carlos

vergaß die Rebschere, das Gewehr für die Tauben, das er dem Onkel brachte, und der Onkel mit geschlossenen Augen auf dem Bett

– Heute interessieren mich keine Vögel verschwinde

mein Vater gab es auf, stieg die Treppe hinunter, ihm war so, als ob

– Carlos?

aber wahrscheinlich nicht die alte Frau, seine Hoffnung, daß die alte Frau

– Carlos?

die Kette für ihn öffnete, ihn einlud

– Komm rein

ein Bottich in der Küche, Vânia, die der Frau vom Onkel half

– Laß mich dir die Schuhe ausziehen Soraia

der Geschäftsführer zur Decke, wo der Angestellte für das Licht

– Jetzt der grüne Scheinwerfer

ein zweiter Scheinwerfer im Publikum, Senhor Couceiro, Gabriela, meine Mutter, der Vater der Angestellten aus dem Speisesaal zog das Akkordeon parallel zu den Armen auseinander

– Ein bißchen Musik gefällig mein Junge?

die Hunde am Strand warfen einander Kienäpfel zu

und die Kienäpfel, die sie auf dich warfen, füge noch die Kienäpfel hinzu, die sie auf dich warfen

die Pferde der Zigeuner, denen Dona Amélia befahl, auf der Bühne zu galoppieren, die Frau des Onkels, die, allein, immer wieder sagte

– Carlos?

und in diesem Augenblick sind Sie gestorben, Vater, nicht später, nicht, als der Arzt Mitleid mit Ihnen hatte, letztlich liebt sie keiner, ein schwieriges Leben, die Armen

– Wir fangen morgen mit der Behandlung an

in dem Augenblick, als Sie wußten, daß Sie in ihr tot waren, dabei sind Sie in ihr immer tot gewesen, haben Sie ihretwegen weder meine Mutter noch eine andere Frau berührt

überzeugt davon, daß sich eines Tages in Bico da Areia, am Príncipe Real, in den Herbergen, wo man Sie noch akzeptierte, die alte Frau zu Ihnen beugen, Ihre Handgelenke nehmen würde

– Badezeit Carlos

– Schlafenszeit Carlos

– Zeit mich anzufassen Carlos

wenn wir miteinander reden könnten, gleichgültig, wo

oder würden Sie lieber nur denken, daß sie es zu Ihnen sagt, denn wenn sie es sagt, dann ist mein Vater keine Schwuchtel, kein Clown, dann ist er ein kleiner Junge, der in den Brombeersträuchern nach verletzten Tauben sucht, und der Onkel im Pyjama dreht das Gewehr zu ihm hin, drückt ab, und anstelle des

Knalls, den er erwartet hatte, außer der Stille, des Schmerzes, der ganz bestimmt kommen würde, nichts, die Musik unterbrochen, die Lichter gelöscht, die Pferde der Zigeuner mitten im Trab, dieselbe Welle ewig gekrümmt am Strand von einst, und dieselbe Brücke, wo ich auf Ihren Schultern ritt, von oben herunterrutschte, die Tische im Keller leer, Dona Amélias Tablett auf dem Tresen, das erste Licht kam durch das von einem Stück Kretonne verborgene kleine Fenster herab, und wenn ich herabkommen sage, meine ich, daß es das Podium beleuchtete, das Bühne genannt wurde, oder, besser gesagt, ein Oval aus Brettern mit Vorhängen rundherum, die Jacken der Kellner am Garderobenständer fürs Publikum, niemand außer Ihnen

Vater

der Sie einen Schritt üben, noch einen, sich im Fächer verflüchtigen und aus dem Fächer wieder hervortreten und ein Lied nachahmen, das gar nicht spielt, merken Sie es, die Plakate, die ankündigen

Soraia

die Soraia ankündigen, Micaelas Nervosität

– Tu ihm nicht weh Paulo

und als ich mich zu Micaela umdrehe, eine Spur Kölnischwasser oder nicht einmal eine Spur, eine Abwesenheit, es war die Abwesenheit, die sagte

– Tu ihm nicht weh Paulo

eine Schwuchtel, die Mitleid mit einer anderen Schwuchtel hatte, schon witzig, Vater, ein Clown, der Mitleid mit einem anderen Clown hatte, das ist wirklich komisch, Vater, wenn wir in den Zirkus gingen, machten die sich dort den geschminkten Mund mit Ihrem Lippenstift in einem endlosen Heulen noch größer, und ich glaubte den Clowns, so wie ich Ihnen glaubte, genau wie meine Mutter Ihnen glaubte, Ihrer nächtlichen Anstellung, Ihren Entschuldigungen, Ihrem Schweigen

– Carlos

und sich vor dem Kleiderschrank fragte, was ist an mir, was

habe ich getan, neue Hemdkleider kaufte, neue Sandalen, die Kette, die sie hinter dem Rücken meines Vaters abbezahlte, und der Goldschmied

– Es gibt andere Zahlungsformen

während ich auf dem Boden saß, und meine Mutter zu mir, vor dem Goldschmied

wenn wir miteinander reden könnten, wenn wir wenigstens reden könnten, wenn ich mit Dona Helena reden würde, würde sie mich hören

– Du Störenfried

der Goldschmied hinter einem Zigarillo, das sein ganzes Gesicht war, ausgenommen die Einladung unter dem Zigarillo

– Es gibt andere Zahlungsformen mein Fräulein

während er mit der Hand innehielt, mit der er meinen Kopf streichelte, um ihr zu gefallen

da lag ein Bastteppich in der Küche, erinnern Sie sich daran?

– Ich habe auch einen Störenfried lassen Sie nur

die Hand wich unter dem Vorwand, den Kragen zurechtzurücken, zu ihr hin, und die Kehle meiner Mutter nicht lebendig, reglos, wie wenn der Besitzer des Cafés, die Hunde, wie wenn ich sie suchte und ihr Körper sofort angeekelt vor mir zurückwich

– So was von klebrig du meine Güte

weil sie glaubte, mein Vater würde sie verachten, weil sie mich von einem Mann hatte und womöglich nicht wußte, von welchem Mann, Männer, mit denen sie schlief, um mit Ihnen zu schlafen, Vater, die Augen schließen und die Gewißheit haben, daß Sie es waren, sie mit Ihrem Namen anreden, sich vorstellen, daß Sie mit ihr, Ihre Schritte im Garten hören, Ihre Finger in den Margeriten, Ihre Handfläche, die ihre Schenkel zerknautschen und sie wieder glattstreichen, die Zweige der Glyzinie, die sich in ihren Knochen wanden und wanden, sie beugten, sie zum Schlafen brachten, sie weckten, und wenn sie sie weckten, meine Mutter

– Carlos

und

– Carlos

und

– Carlos

denn kein anderer Name bedeutete ihr etwas, Sie waren es, verstehen Sie, Sie, dieses Hauchen, diese Küsse, diese ziellosen Worte, und daher sind Sie mein Vater, nicht der Besitzer des Cafés, der Elektriker, einer der Zigeuner, wenn manchmal eine Stute länger in der Umgebung des Gartens verweilte, und mein Vater zu sein erschreckte ihn, weil er kein Recht hatte, Vater zu sein, die Ehefrau seines Onkels

eine alte Frau in einem Türspalt

die ihn irgendwie glücklich oder überrascht ansah

– Ich hätte nicht gedacht daß du

das war es doch, Vater, geben Sie zu, daß es das war, die Frau Ihres Onkels, die Ihnen nicht befahl

– Badezeit Carlos

und Sie nie hochgenommen hat

und die Pumpe vom Brunnen mit dem Atem eines Mannes, nicht genau dem Atem eines Mannes, dieser Agonie vor dem Erschlaffen, der Traurigkeit

die Angestellte aus dem Speisesaal zu mir

– Mit wem redest du da Paulo?

und ich, ihr den Rücken zugewandt

du sollst mein Gesicht nicht sehen

so ruhig, wie ich nur konnte

– Mit niemandem schlaf ein Auto da unten hat dich geweckt ich rede mit niemandem

und tatsächlich redete ich mit niemandem, außer mit den Geistern, die ich verloren habe, und ich ebenfalls ein Geist, der sie zwischen Schatten sucht, schlaf, meine blinde Großmutter streicht über die Umrisse der Knochen, hat einen Verdacht, richtet sich auf, geht schweigend

ein Auto dort unten hat dich geweckt, schlaf

meine Großmutter geht zum Herd, verschwindet im Feuerholz, wo die unsichtbare Uhr tickt

und ich, ihr den Rücken zugewandt

– Schlaf

das friedliche Herz eines dicken Mannes

die Frau Ihres Onkels starrte Sie irgendwie glücklich oder überrascht an

– Ich hätte nicht gedacht daß du

so wie man einen Erwachsenen anstarrt, ohne ihm zu befehlen

– Badezeit Carlos

sie berührte Sie nicht einmal, legte ihre Hand auf den eigenen Bauch und schaute Sie an, während das Gewehr im Rauch erlosch

– Hol die Tauben Carlos

schmutzige Taschentücherflügel in den Brombeerbüschen, am Saum der Nußbäume, zu Füßen der Patin, die mit den Eimern vom Brunnen kam, im Stall der Kälber, die vor Schreck zitterten, und Sie schauten sie an, forderten Ihrerseits beinahe

– Berühren Sie mich

keine Bitte, ein Drängen, das Sie überraschte

– Berühren Sie mich

die Herden der Gänse und die Frösche aus der Pfütze plötzlich da, die Lokomotive des Siebenuhrzugs zermalmte, durchs Haus stürmend, die Truhen, jemand, den Sie nicht sahen

– Carlos

und die Frau des Onkels entwischte zur Tenne hin, als hätte sie einen Krampf oder eine Übelkeit oder ein Unwohlsein oder so erfaßt, Sie zogen sich ohne fremde Hilfe aus, nahmen ohne fremde Hilfe ein Bad, legten sich ohne fremde Hilfe ins Bett, mieden meine Mutter

– Entschuldige

nein, erst Jahre später mieden Sie meine Mutter

– Entschuldige

legten sich ohne fremde Hilfe in das in einem Himmel aus Kastanienbäumen und Grillen versunkene Zimmer, so wie später das Meer

noch nicht genau das Meer, der Tejo

so wie später die Stelle, an der der Tejo bei Bico da Areia zum Meer wird, meine Mutter neben Ihnen, und die Blumen, die Sie unermüdlich verfolgten, Sie daran erinnerten

– Die Frau deines Onkels vergiß die Frau deines Onkels nicht

die Blumen oder der Kiefernhain oder die Wolken von Trafaria, wo der Herbst beginnt, oder der Fußknöchel meiner Mutter, der an Ihrem kleiner wurde

die Angestellte aus dem Speisesaal zu mir

– Mit wem redest du da Paulo?

Marina & Diogo, Marina & Diogo, wenn du unsere Namen schreibst

ich werde nicht in dieser Bruchbude hier vergammeln

ich bringe dich um

ich habe dich wie ein Hühnerdieb verlassen, und heute denke ich

Sie, die Sie es damals nicht begreifen konnten, warteten, daß die von Seife und Wasser feuchten Arme, daß die Frau Ihres Onkels

– Hol die Tauben Carlos

die über Ihnen schwebt, eine der Tauben ohne Kopf, eine andere Taube ein schlammiger Haufen Federn, eine andere Taube, Knorpel, die in Ihren Fingern zerbröseln, die Frau Ihres Onkels im Krankenhaus in Lamego

Sie trafen sie beim Abendessen nicht an, und Ihnen wurde gesagt, daß sie im Krankenhaus in Lamego sei, will heißen, einer großen Villa, in der Aluminiumgeräusche, und ein Typ, der

– Ruhe

befiehlt, trotz der Stille eines Ventilators, der Wasserhähne, eine Frau zu jemand Unsichtbarem

– Ich hätte mir nicht träumen lassen daß er

Luftzüge, Echos, der Onkel ohne Gewehr, die Ellenbogen auf den Knien, während er ein Lächeln versuchte, das sich nicht von seinem Gesicht löste

– Nächste Woche gebe ich dir ganz bestimmt Tauben Carlos

und das Lächeln schwankt, läßt zu, daß die Patin ihn in den Hof begleitet, wo die Ärztin

– Mit diesem Abbruch und der Operation am Uterus ersparen Sie sich die Mühen mit noch mehr Kindern nicht wahr?

ein steinerner Brunnen, ein Inder in einem Rollstuhl, der warnte, mein Knie täuscht mich nie, morgen haben wir Regen

wenn die Leute sterben, werden ihnen die Eingeweide massiert, damit sie sauber unter die Erde kommen, die Frau Ihres Onkels hat beinahe einen Monat mit niemandem gesprochen, hat aus dem Fenster der Station auf die Felder geschaut, will heißen, ein paar Gebäude, das Rathaus mit der fahnenlosen Fahnenstange, eine Reihe Ulmen, wenn Sie mitgenommen wurden, um sie zu besuchen, nahm sie Sie nicht wahr

und da haben Sie angefangen, nicht zu existieren, Vater, damals

nicht später, aber erst viele Jahre später würden Sie es merken

daß Sie angefangen hatten zu sterben, als sie gekommen sind, um sie zu holen, der Sohn des Inders im Rollstuhl massierte Ihre Eingeweide, Vater, vom Fenster des Autobusses aus noch mehr Felder, die Mühle, in der ein Mädchen, das von der Taille abwärts nackt war

– Diese Haut diese Haut

ruckartig winkte wie ein mechanisches Spielzeug, die Tauben, die Ihr Onkel zu töten keine Zeit gehabt hatte, da er damit beschäftigt war, das Kissen im Bett zu richten, die Frau Ihres Onkels schaute den Garten an, den Hühnerstall, die Möbel, wenigstens ersparen Sie sich mit dem Abbruch und der Operation am Uterus die Mühen von noch mehr Kindern, nicht wahr, und Sie, Vater

– Von noch mehr Kindern?

was Sie erst, als ich geboren wurde, begriffen

noch ein Sohn, noch ein Sohn

die Frau Ihres Onkels begleitete die Schwägerinnen ruckartig wie ein mechanisches Spielzeug, sie rupfte das Federvieh, bügelte, stickte, Ihretwegen reinigte sie die Eingeweide, ohne Hilfe zu brauchen, bis sie hohl, leer

– Carlos

Carlos, die Schwuchtel, der Clown, der in einem Keller tanzt, die Kunden in den Pensionen in Beato bedient, der, der mit einem Jungen im Alter seines Sohnes zusammenlebt, und Dona Aurorinha

– Gott vergib ihr der Armen

wenn Ihr Name erwähnt wurde, unterbrach die Frau Ihres Onkels das Fegen und sah nicht Sie, sondern die schmutzigen Taschentücherflügel, die man Sie bringen hieß

– Hol die Tauben Carlos

vom Saum der Nußbäume, die Brüste zerschmettert, die Köpfe am Faden einer Sehne, und die Frau Ihres Onkels

– Carlos

denn es ist doch so passiert, nicht wahr, Vater, ein Sohn bei ihr, ein Sohn, die Frau Ihres Onkels

– Carlos

und deshalb, wenn wir miteinander reden könnten, gleichgültig, wo

das Haus am Strand, Anjos, Príncipe Real, der Keller

würden Sie mir zustimmen

und daher

– Jetzt nicht Judite

daher

– Am Sonnabend da arbeite ich nicht Judite

bis Sie zugeben, akzeptieren, Sie ganz leise mit einer Kinderstimme, die Sie erschreckte, und Sie

– Berühren Sie mich

überrascht über das

– Berühren Sie mich

denken, das kann nicht sein, ich glaube nicht, daß die Wahrheit wahr ist, Sie zerknautschen die Überdecke und streichen sie wieder glatt

oder ein Handtuch

die Überdecke

– Ich kann nicht Judite

meine Großmutter, damals noch nicht blind, brachte ihren Mann in einem Handwagen aus der Taverne nach Hause

– Unglückseliger

Sie holten den Koffer vom Kleiderschrank

– Ich kann nicht Judite

und während Sie ihn auf dem Bett öffneten, auf dem kein Handtuch, keine Frau mit von Seife und Wasser feuchten Armen, kein verzogener Mund, stellte sich meine Mutter zwischen Sie und den Koffer, und Sie nahmen den Regenmantel, erreichten die Tür, schoben mich mit dem Fuß zur Seite, als wenn auch ich, wichen der Glyzinie aus, als ob die Glyzinie ebenfalls, Sie zur Glyzinie oder zu mir

zur Glyzinie, die versuchte, Ihnen die Gartenpforte zu verwehren, Sie, die Sie einen Zweig abbrachen, und eine Dolde kreiste und kreiste in Ihrer Erinnerung

– Ich kann nicht Judite

wie auch die Pferde und die Möwen und die Hunde und die Wellen, die sich um Sie herum drehten, ich werde Ihre Eingeweide massieren, Vater, damit Sie sauber unter die Erde kommen, jetzt, wo wir miteinander reden können, ich in der Lage bin zu reden, das Meer still, schauen Sie, die Brücke ruhig, das Kiefernwäldchen friedlich, jetzt, wo ich vor euch in Cova do Vapor oder im Karussell oder im Dorf stehe, rede ich mit euch, die ihr noch nicht gestorben seid oder nicht gegangen seid, der Beweis ist, daß Finger auf meinen Wangen, den Ohren, dem Mund

– Du bist Paulo nicht wahr?

euer Geruch, eure Schritte, eure Stimmen, der Bottich, in dem ich gebadet wurde, den mein Vater in ein Beet für Begonien verwandelt hat, ich überraschte Sie manchmal dabei, wie Sie sich um sie kümmerten, weil Sie dachten, meine Mutter und ich seien im Café oder beim Schlachter oder bewunderten gerade Dália, die einen Doktor heiraten würde und auf dem Dreirad durch den Garten strampelte, wie Sie sich um die Begonien kümmerten, wie um einen kleinen Jungen, den zu sehen uns nicht gelang und dem sie ankündigten

– Badezeit Carlos

dessen Körper Sie wuschen, den Sie aus dem Bottich hoben, in das mit bunten Glasstücken umrandete Beet legten, in dem die Margeriten mit einer trägen Drehung der Sonne folgten, bevor sie die eher weißen denn gelben Augenlider

– Diese Haut diese Haut

zum Bauch der Erde senkten, und sobald er dort lag, in ein unsichtbares Handtuch wickelten, nicht wie die Frau Ihres Onkels

– Ich hätte mir nicht träumen lassen daß du

will heißen, daß der Bauchnabel größer wurde, und etwas, das

nicht wie die Ehefrau Ihres Onkels

– Schlafenszeit Carlos

Ihnen half, auf die Matratze zu klettern, für ein Gebet innezuhalten, da eine Eule auf der Akazie, und deshalb eine Seele, die um ihre Ruhe bat, das Gebet beenden, sich versichern, daß die Eule ganz still, und daher auch die Seele

– Danke schön

eine Decke aussuchen, zwei Decken, das Licht löschen, und das Fenster gegenwärtig, nichts existierte

weder das Bett noch das Zimmer

jenseits des Fensters, des Rahmens, an die sich die Verbeugung eines Zweiges lehnte

– Hallo Carlos gute Nacht

außer dem einen Zweig noch mehr Zweige, Apfelsinen, der Apotheker streckt seinen kleinen Topf zum Kruzifix der Tochter

– Ich habe dir dieses Süppchen gekocht Luísa

die Witwe vom Doktor

Dona Susete

rauchte im Kino, und der Besitzer des Kinos wagte nicht, mit einer Taschenlampe zwischen den Reihen

– Ich bitte Sie Madame

das Fenster, in dem ein Handwagen näher kam, ein Geist trug einen anderen Geist

Geister ihr, die ihr gestorben seid oder die ich verloren habe, und Geist ich, der ich euch zwischen Schatten suche, der euch sagt, beteuert

ich versichere euch, daß ein Handwagen näher kam, mein Vater sich selber bis zum Hühnerstall schob, in der Aura der tränenrunden Zwiebeln den Riegel der Tür aus Draht suchte, die Hühner von der Sitzstange verscheuchte, sich auf den Kalkschutt warf

– Da kannst du bleiben Unglückseliger

sich dazu verdammte, mitten im Regen zwischen kleinen Schüsselchen mit Mais und Brotkrumen aufzuwachen, meine Mutter zu rufen

– Judite

mich zu rufen

– Sohn

und als er mich

– Sohn

rief, mich aus dem Begonienbottich hob, feucht von Wasser, Seife, Membranen, Fett, Blut, wurde er gewahr, daß ich, verschrumpelt, glitschig, schutzlos, am Rande eines Schreis und unfähig zu einem Schrei, begann geboren zu werden.

Kapitel

Soll doch mein Sohn Paulo soviel übertreiben, wie er will

und Sie können ihm meinetwegen glauben und schreiben oder so tun, als glaubten Sie ihm und schreiben, oder ihm nicht einmal glauben und schreiben

über den Duft der Glyzinie in Bico da Areia, den ich für meinen Teil niemals bemerkt habe: den Ebbeduft ja, dort hinten, wenn der Strand größer wurde und man den Eindruck hatte

oder die Gewißheit

den Fluß überqueren, zu Fuß nach Lissabon gehen zu können, der Ebbeduft, der wie der Wind aus dem Wäldchen in mein Wohnzimmer kam, während ich auf meinen Mann wartete und mein Haar richtete

denn damals richtete ich immer mein Haar für ihn

oder mich nachts weckte, wenn ich auf der Hälfte, die mir gehörte, allein schlief, denn wenn ich den Arm ausstreckte, niemand, wenn ich die Augen öffnete, niemand, wenn ich

– Carlos

rief, niemand, das Zimmer riesengroß, oder, anders gesagt, es war nicht riesengroß, nur vom Unbehagen über die Abwesenheit größer geworden, wie immer, wenn man uns nicht antwortet, und mein Mann am Fenster ebenfalls allein, der Körper im Dunkeln, und Ehrenwort, da war kein Glyzinienduft bei uns

soll Paulo doch soviel übertreiben, wie er will, und Sie können meinetwegen seine Lügen aufschreiben, das kratzt mich nicht

allenfalls das Wäldchen, wenn Sie wollen, der Kiefernhain, und seit mein Mann gegangen ist, weder der Kiefernhain noch das Wäldchen, die Weinflecken, die die Bettücher sauer riechen lassen, ein Unbekannter oder einer, den die Müdigkeit unbekannt macht, oder einer, der immer ein Unbekannter war

fragt

– Ein Alptraum Judite?

geht noch vor dem Morgen wegen der Familie oder wegen der Arbeit oder wegen des Schrecks, daß ihn die Nachbarn aus diesem Haus kommen sehen könnten, ein Mofa eilig wie ein Dieb den schmalen Weg hinunter, Paulo erfindet

– Die Glyzinie

und wieso eine Glyzinie, verdammt noch mal, er, der in Lissabon aufgewachsen ist, oder zumindest hat man mir versichert, daß er in Lissabon aufwachsen würde, diesem Ort, den man alle sechs Stunden zu Fuß erreicht, wenn der Tejo mir die Fischkutter nimmt, nicht einmal mehr meine Müdigkeit widerspiegelt, der Spiegel im Kleiderschrank, der mir nicht freundlich gesonnen ist, gibt mir verächtlich

– Da nimm

dieses graue Haar wieder, das mich verwirrt, mich stört, was weiß mein Sohn schon von der Glyzinie, er, der nie zurückkommen wollte, von ein paar reichen Leuten aufgezogen wurde

wurde mir gesagt

die ihn gezwungen haben, mich zu vergessen, heute, wenn wir uns zufällig auf der Straße begegnen würden, und ich

– Paulo

denn so viel die Zeit auch ändert, es gibt einige Dinge, die in den Menschen bleiben, Teilchen, Fragmente, eine Geste, die an der Schulter beginnt und aufgibt, bevor sie die Finger erreicht, dort, wo sie einst aufgegeben hat, wenn wir uns zufällig

das ist ein Beispiel

auf der Straße begegnen würden, und ich

– Paulo

solche Dinge merkt man, manchmal reicht mir eine Augenbraue, man nimmt die Augenbraue, und der Rest schafft sich unvermittelt, augenblicklich, ich hätte fast gesagt, ohne daß ich schuld daran habe, von ganz allein, ich

– Paulo

und der Aufschneider, der Ihnen Glyzinien anbietet, selbstredend gut gekleidet

ein paar reiche Leute

wendet den Kopf nach rechts und nach links, bemerkt mich, fragt sich

– Ein ehemaliges Dienstmädchen?

legt den Daumen auf die Krawatte, und der Zeigefinger wächst an ihm hinauf

– Ich?

im Gesicht

selbstverständlich

wer ist das bloß, wer ist das bloß, irgendeine Frau, die mir Geschichten von Krankheiten erzählt, mir billiges Zeugs aufdrängt, mich um Geld bittet, eine Nähfrau, die wir mal hatten, die Reinemachefrau, der erste Besuch in einem Zimmer, wo sie ihn erwarteten

Otília Margarida Berta

von dem er nur einen kleinen Stuhl mit geflochtenem Sitz und die Marke der Matratze behalten konnte

Medicinal Somnium

oder Ortopédico Somnium?

statt der Person, die weder Umrisse noch ein Gesicht hatte, der Aufschneider wiederholt Medicinal Somnium, bis ein Ellenbogen ein Stück Wäsche aus dem Inneren des Bettlakens zieht, das einen Augenblick lang schaukelte, bevor es auf dem Boden zusammenfiel

– Wir erledigen das schnell denn meine Nichte wartet

der Aufschneider, und, mit einem Geschmack nach Niederlage im Sinn, beunruhigt zu mir

– Otília?

oder wahrscheinlich die Nähfrau, die ihr Mittagessen in einem hölzernen Gefäß mitbrachte und die mit der Bescheidenheit armer Leute die Gabel reckte, diese Großzügigkeit in Form von Kartoffeln und Hühnchen

– Darf ich Ihnen etwas davon anbieten?

Margarida

nicht in der Lage, sehen Sie, zu erklären, wer ich bin, noch viel weniger die Glyzinie, es gab da

nun ja

eine Kletterpflanze oder ein Unkraut, das Kraft und Ranken aufbrachte, aber eine Glyzinie, das stimmt nicht, einer dieser Büsche, die in der Feuchtigkeit wachsen, beinahe den Fußboden anheben und die Mauern auffressen, so wie es da auch ein paar Sonnenblumen gab

keine Margeriten

die mein Mann goß und die nicht einmal sechs Monate überlebten, ein paar magere Blüten in ein paar Beeten

das stimmt allerdings, obwohl es schwerfällt zu glauben, daß aus dem Mund meines Sohnes Wahrheiten gekommen sein könnten

mit Ziegelsteinen umrandet, die Carlos in die Erde steckte und die die streunenden Katzen im Herbst zerstört haben, die ich zerstört habe

die streunenden Katzen haben überhaupt nichts zerstört, am Meer gibt es keine streunenden Katzen, die ich mit einem Hammer an dem Tag zerstört habe, an dem mein Mann seine Sachen in einen Beutel gestopft hat oder, besser, die Sachen seiner Geliebten

nicht seine, was für eine Frage, warum sollten sie ihm gehören?

– Ich gehe Judite

und die ich auch heute weiter mit einem Hammer zerstören würde, Carlos auch, auf Knien, im Garten mit Paulo, der greinte, das war alles, was er konnte, zum Glück rief mich ein Freund, der dort ein Café führt, zu ein paar Arbeiten, die zum Lebensunterhalt beitrugen, ein paar eilige Viertelstunden ohne nutzlose Worte und bei geschlossenen Vorhängen, während gleichzeitig Gebell auf der Straße und Kienäpfel auf dem Dach, Vorkommnisse, die mein Sohn nicht mitbekommen hat, denn ich ließ ihn an der Gartenpforte spielen, wo er verzückt ein halbes Dutzend Baracken weiter ein Mädchen mit Dreirad betrachtete, die einen Arzt geheiratet hat und alles

sehen Sie mal, wo wir gelandet sind

wegen der Glyzinie, große Güte, die einzige, an die ich mich erinnern kann, gab es, als ich nach Almada gekommen bin, an der Ecke unterhalb der Schule

nein, vor Almada, als ich in Setúbal studiert habe, bei einer Villa mit Schieferdach, in der niemand lebte, und obwohl sie verlassen war, schwebte ein Licht ziellos durch die Zimmer, warnte mich

– Du wirst sterben Judite

ich, die ich immer etwas dumm war, horchte auf mein Herz, aus Angst, es könnte stehenbleiben, und es blieb stehen

und da ich gestorben war, aus Mitleid mit mir selber ins Kopfkissen weinen, also, wenn es hier in Bico da Areia eine Glyzinie gegeben hätte, wäre mir sofort der Tod eingefallen, meine Mutter, obwohl sie blind war und, mochte man ihr noch so viele Münzen auf die Augenlider legen, aus dem Sarg mit mir schalt

– Ich habe dir immer gesagt daß

und Paulo würde gleich, ohne Grund, glauben, daß es um den Vater ging, diese Manie, was seinen Vater betraf, daß er ein Clown, eine Schwuchtel war, und Lieder und Tänze, obwohl er tatsächlich Angestellter in einem Uhrenladen auf dem Platz beim Gericht war, Tausende unterschiedlicher Uhrzeiten auf Tausenden von Zifferblättern, Schlagwerke, Pendel, Kuckucke, die sich verbeugten, und solche, die sich nicht verbeugten, und die, wenn man sie alle zusammenzählte und einen Strich darunter zog, eine Vorstellung vom Alter der Welt ergaben, und das Alter der Welt mußte ihn durcheinanderbringen, weil er sich in den Tagen irrte und nicht zu Verabredungen kam, er begleitete mich mit dem Zug zu meiner Mutter, deutlich im Fensterglas zu sehen, und weniger als ein Fleck auf der Sitzbank neben mir, Bahnübergänge, eine Kuh, die weglief, in einer Kurve kreisend, der Kopf, die Flanke, der Schwanz, nichts, wenn ich ihm eine Frucht aus dem Korb hinstreckte, die Hand des Spiegelbilds

– Ich habe keinen Appetit Judite

falls ich ihn überhaupt vor einem Wäldchen aus Weiden erkennen konnte, meine Kolleginnen boshaft aus Eifersucht

– Wir haben dir immer gesagt daß er

sie waren von diesem Bräutigam verwirrt, den man nicht berühren durfte und dessen Lippen keine Worte herausbrachten, obwohl sie die Scheiben beschlugen

ich konnte mit dem Finger meinen Namen über das schreiben, was er sagte

meine Mutter strich ihm übers Gesicht, modellierte Abwesenheit in der Luft

– Was ist mit deinem Mann Judite?

ich wies auf die Fenster, als der Schatten des Mispelbaumes die Veranda schwarz färbte

– Versuch es am Mispelbaum Mutter

nicht Glyzinie

Carlos auf der Rückseite der Dinge, außer im Kleiderschrank, in dem er echt, gegenwärtig

– Carlos

anfangs nur die Kommode mit mehr Gegenständen als sonst, auch mit dem Fisch aus Kupfer, den ich glaubte verloren zu haben, und dann plötzlich da

wenn ich hinschaute, aber nicht in den Spiegel, wieder kein Fisch

die Gardinen mit dem Muster verkehrt herum, eine linkische Zimmerecke, ich redete mit dem Kleiderschrank, glücklich über den Fisch mit dem aufgestellten Schwanz

– Carlos

und traurig, ihn verloren zu haben, als ich von der Matratze aufstand

vielleicht, wenn ich mich ganz schnell umdrehte und so der Kommode nicht die Zeit gab, ihn zu verstecken, würde ich ihn vielleicht noch vorfinden

– Ich will meinen Fisch Carlos

obwohl Carlos noch nicht beim Kleiderschrank angekommen ist, noch ein bißchen warten, bis Carlos, und Carlos

– Was für ein Fisch?

die Vorhänge ja, die Zimmerecke ja, einen Augenblick lang die Grabstätte, wo ich Himmel und Hölle spielte, und wenn ich genauer hinsah, der Besitzer vom Straßencafé, der von der Gasse aus nach mir schaute und durch den Garten kam

– Ich weiß genau daß du allein bist mach die Tür auf Judite

genauso wie, seit mein Mann, genauso wie, bevor mein Mann, und mein Mann holte seine Jacke vom Haken und nahm das Geschirrtuch, das ihm am Hals hing, mit

– Ich gehe kurz mal ins Wäldchen

hinter ihm die Hunde mit einem Hagel Kienäpfel und Sandbrocken, Hahnrei, Hahnrei, so merkwürdig es scheinen mag, es passiert mir manchmal, daß ich mich, beinahe ohne mir dessen bewußt zu werden, aufs Bett setze, den Kleiderschrank ansehe, wo früher die Kommode, der Vorhang, den ich, im Juli sind es zehn Monate, ersetzt habe, und anstatt des Straßencafés und der Brücke ein Friseur, ein Kino, eine Feuerwehrwache, kein Cafébesitzer, von Zigeunern keine Spur, ich schaue den Kleiderschrank an, in dem Blumenkästen, Balkons, die Zwillinge aus dem rosa Haus, die sich gegenseitig Zöpfe flechten, sage

– Carlos

merke, daß ich

– Carlos

sage, nachdem ich ihn gerufen habe

falsch, weil ich weiß, daß ich dich rufe, dabei

– Carlos

in der Hoffnung sage, daß mich drinnen keiner hört, wenn ich

– Carlos

sie dich nicht aus dem Spiegel treten sehen, voller Angst vor mir, noch ein kleiner Rest Schminke im Mundwinkel, dieses Mobiliar, das wieder und wieder empört zu dir sagt

– Was soll das?

oder aber ich bin empört über dich, da du

– Ich kann nicht Judite

nur im Spiegel, nicht im Zimmer, im Spiegel, in der Hand den Fisch mit dem aufgestellten Schwanz

– Ich kann nicht Judite

oder die Hacke zur Pflege der Glyzinie, als würde es eine Glyzinie geben, ich gebe zu, daß es eine Glyzinie gab, solange du noch etwas im Glas bleibst, solange Sie sich vorstellen, daß Paulo mich in Bico da Areia sucht, voller Sorgen meinetwegen

sind Sie sicher, daß er sich meinetwegen Sorgen macht?

und Bico da Areia, Alto do Galo, Trafaria sind jetzt so verändert, es ist Schluß mit den Pferden, oder aber sie sind weiter im Spiegelbild eines zufällig in einem Regenfleck bemerkten Spiegelbildes, über dem meine Nase die Vergangenheit durchschnüffelt, jemand, der schwer zu erkennen ist, zeichnet mit Kreide Quadrate auf einen von Lorbeerbäumen umgebenen Stein, auf dem Buchstaben und Daten, die Buchstaben sehen aus wie mein Name, die Daten ausgelöscht, der Friedhofswärter, der einst Juditinha

– Wann bist du dran Judite?

und vor allem mein Mann, der sich weigert, durch den Spiegel zu gehen und mich zu berühren, wenn zufällig seine Hand

lachen Sie nicht

sich meiner näherte, eine Stimme, die ein vergnügtes Kichern war

– Badezeit Carlos

und mir meinen Mann wegnahm, und mein Mann war wer

weiß wo, ich glaube, an einem Ort mit Wildtauben und einem Mann, der das Kissen richtete, während er das Gewehr holte, er

– Es ist nicht meine Schuld Judite

und da er keine Schuld hatte, eine blonde Perücke wie die von der Frau, die ihn in ein Handtuch wickelte, ihn auf den Arm nahm und an uns vorbei zum Schlafzimmer ging, ohne uns zu sehen, mein Sohn verschwand unter meinen Beinen wie immer, wenn jemand, der Besitzer vom Café, der Elektriker, der Schuldirektor

– Judite

Carlos in den Handflächen versteckt, während die Glyzinie

gestehen wir es einmal zu

im Wind knackte, bei jedem Knacken schmutzige Flügeltaschentücher in den Brombeerbüschen, ein Vogel, der sich beruhigte, indem er eine Kralle ausstreckte

– Bring mir die Tauben Junge

die Kletterpflanze knackte weiter im Wind, auch wenn es keine Mauer gab, ich das Haus verkauft habe, ich weit entfernt vom Kiefernwäldchen, von den Wellen lebe, die Blütendolden lassen im Inneren meiner Augenlider lila Blütenblätter herabfallen, und daher kann ich euch nicht sehen, wie ihr den Strand entlang nach Hause lauft, und ich warte auf der Stufe, du magst mir vielleicht nicht glauben, Carlos, aber es hat keine anderen Männer gegeben, Carlos, es war immer mit dir, du botest mir Wein an, und deine Stimme wurde kerniger, verkündetest mir, während du dich nicht trautest hereinzukommen, nicht beinahe noch ein Kind, wirklich ein Kind, ich habe das Geld dabei, Dona Judite, ich bezahle, ein Kind, bei dem ich Knopf für Knopf, das Hemd ohne Eile, die Strümpfe, die Hosen

– Schlafenszeit Carlos

das Licht löschen, einen Augenblick verweilen, da ich glaube, daß da Schritte, aber keine Schritte, sie waren im Wohnzimmer, es waren die Bäume im Obstgarten, ich habe mich geirrt, sein

Atem, sein Geruch, die Überraschung, die mich erst beunruhigt und dann begeistert

– Ich hätte mir nicht träumen lassen daß du

will heißen, obwohl ich mir wünschte, daß du, ich hätte mir nicht träumen lassen, daß der Besitzer des Cafés

was kümmert mich der Besitzer des Cafés, ich hätte mir nicht träumen lassen, daß du, sag Judite, bitte, sag Judite, schlaf jetzt nicht ein

– Schlafenszeit Carlos

laß mich fühlen, daß ich, laß mich glauben, daß ich, meine Kolleginnen, als sie meinen neuen Lippenstift bemerkten, mein helleres, fast blondes Haar

blond

neugierig, das mußt du uns erzählen, Judite

– Wir hätten uns nicht träumen lassen daß er

die Maulbeerbäume in Almada spielen mit den Schatten Dame, ging man zum Fluß hinunter, war da eine Mauer, einst waren dort die Könige, ein ganz alter Bogen, das Erdgeschoß des Polizeispitzels, den sie an einer Leine hinter sich hergezogen hatten, und der arme Kerl schluchzte vor Angst bis zum Militärposten, du schautest mich an, ohne mich zu sehen, wußtest, daß ich dich ansah, die Haarsträhne, die sich gelöst hat und deine Nase streift, das erste Mal ich im Kleiderschrank mit deinem kleinen Kupferfisch, die Zimmerecke linkisch und du hier, du hier, wir können den Fluß zu Fuß überqueren und in Lissabon ankommen, den von Seife und Wasser feuchten Arm ausstrecken und deine Schulter finden, denn ich schlafe nicht allein, die Überraschung eines Körpers

also träume ich nicht, daß du, es meinen Kolleginnen sagen, und sie, das mußt du uns erzählen, Judite, was man hinterher fühlt, was man zu ihnen sagt, hattest du nicht Lust

nehmen wir einmal an

zu singen, die Gewißheit, daß alle Menschen auf der Straße es mitbekamen, sie schauen uns an und merken es, großer Gott, und dann zu Hause mein Vater, schämst du dich nicht, Dolores, ich weiß nicht, ob ich das aushalten könnte, die in der Pastelaria zusammengesteckten Köpfe

– Wir hätten uns nicht träumen lassen wir dachten er

den Kellner um noch einen Kaffee bitten, gerötet, zufrieden, schnell noch einen Kaffee, der Reiskuchen zwischen Untertasse und Mund, mein Vater, von diesem Augenblick an hast du aufgehört, meine Tochter zu sein, Dolores, meine Mutter, die hinter meinem Vater stand, befahl dem Hund, still zu sein, aber der Hund war nicht still, tu das nicht, Joaquim, zum Glück habe ich keinen Vater, Dolores, meine Mutter im Dorf streicht mit den Fingern über mich, glaubt an mich, zuviel Zucker im Kaffee, weil ich durch das Gespräch abgelenkt war, seine Brust knochig, anfangs piekst sein Bart, das ist ein bißchen unangenehm, und dann piekst es schon nicht mehr, trüge Carlos einen Schnurrbart, würde es vielleicht an der Lippe kitzeln, ich lachte über das Kitzeln und über die Nervosität

nur über die Nervosität, glaube ich, der Schnurrbart tut nicht weh, er schmollend

– Glaubst du denn ich bin so blöd und trage einen Schnurrbart Judite?

und Schluß ist mit dem Kitzeln, und alles glatt und weich, dieser Kaffee wegen all des Zuckers darin ein Brei, Gewisper, Seufzer, der Kellner der Pastelaria zwickt uns unter dem Vorwand, die Tischplatte zu wischen

– Die ist naß meine Hübschen

Dolores läßt es zu, ihre Augenlider flattern, als wäre sie mit Carlos zusammen, wenn dein Verlobter einen Freund hätte, mein Gott, du solltest ihn ganz nebenbei einmal fragen, ob er nicht einen Freund hat, ein zerstreuter Satz mitten im Gespräch, der Kellner mit dem Wischlappen, und Dolores, so viele Wimpern, Dolores, zu einem bereits alten Mann, der zudem noch einen Ehering trägt

hast du den Ehering nicht bemerkt?

Dutzende von weißen Haaren, ein Bleistift über dem Ohr, die Art, wie er redet

– Die ist naß meine Hübschen

mindestens dreißig Jahre alt, ihm fehlt an der Seite ein Zahn

– Die ist naß meine Hübschen

die Maulbeerbäume von Almada spielen mit den Schatten Dame, wir gingen zum Fluß hinunter, da war eine Mauer, hier waren wahrscheinlich einst die Könige

Mit Barken kam Dom Pedro

ein alter Bogen, der Polizeispitzel, der die Leine hinnahm, auf den Knien ging, irgend etwas von Carlos in seinem Gesichtsausdruck, in der Angst, eine Frau schlug ihn mit dem Teppichklopfer aus Weidenrohr, der Mülleimer, den sie über ihm auskippten, die Reiher pickten im Öl des Flusses herum, auf dem Dom Pedro mit Barken

– Ich kann nicht Judite

will heißen

– Ich bin kein Faschist Leute

zerknautsch die Überdecke nicht, Blut an der Lippe, die Hände gefaltet

– Ich bin kein Faschist Leute

Mit Fackelträgern erwartet Lissabon den König

Der das leichte Leben liebte

und Dom Pedros Barken lagen schief im Schlick, sein Grab ist in Alcobaça, nicht wahr, der steinerne Bart piekst niemanden, erzähl, wie es war, was sagt man zu ihnen, wie fühlt man sich hinterher

man hat das Gefühl, sterben zu wollen, die Sünde soll sie ertränken, das Meer dieses Haus bedecken, die schiefliegenden Barken, die Kähne, die Fischkutter, diese Ruderboote, die Ruder wie Messer und Gabel auf der Bank gekreuzt

die Fischer am Ufer

– Komm mit uns Judite

mein Mann am Fenster, die Beine im Zimmer, der Körper im

Dunkeln, im Kiefernwäldchen verschwunden zwischen Stuten und Eulen, ihn auf dem Arm nehmen, verkünden

du mußt es uns erzählen, Judite, wie war es, wie ist es, Dolores rundheraus, von diesem Augenblick an hast du aufgehört, meine Tochter zu sein

– Badezeit Carlos

man hat nicht das Gefühl, sterben zu wollen, man fühlt, daß man sich verändert hat, man versteht nicht, worin man sich verändert hat, eine Dichte in den Knochen, die man zuvor nicht hatte, ein ruhiges Sieden im Blut, eine Tür, die sich zum Inneren der Dinge öffnet, die Leute zuvorkommend

– Dona Judite

von einem Augenblick zum anderen

– Dona Judite

ich, höflich zu mir selber, ebenfalls

– Dona Judite

meine Mutter bat mich um meine Meinung, ich, tun Sie dies, tun Sie das, und sie tat es

– Du hast recht

Dom Pedros Barken fahren langsam weg, der steinerne Bart

– Gnädige Frau

höflich, wohlerzogen, nicht im Grabmal in Leichentücher gewickelt, er reicht mir den Arm

– Erweisen Sie mir die Ehre Dona Judite

man fühlt einen so großen Frieden, würde man mich lassen

Ehrenwort

ich würde mein ganzes Leben lang so bleiben, und der König pflichtet mir bei

nicht wie dein Vater, er pflichtet mir bei

– Ich bin einverstanden Madame

liebte nicht den Schildknappen mehr, als man auf diesen Seiten sagen kann, liebte mich

dich auf den Arm nehmen und ins Bett legen, nichts, das piekst oder weh tut, die Haut glatt

– Carlos

die Finger besiegen diesen Haken, diesen Druckknopf, du, ohne mich zu sehen und indem du mich ansiehst, als würdest du, wenn du mich sähest, wissen, daß ich dich ansehe, zum ersten Mal ich im Spiegel mit dem kleinen Kupferfisch

man fühlt, was ein kleiner Fisch aus Kupfer fühlt, der zwischen Flakons, Fotos, der leeren Streichholzschachtel, die zufällig dort liegengeblieben war, auf die Kommode zurückkehrt

und du hier, du hier, laß nicht zu, daß meine Kolleginnen

– Wir hätten uns nicht träumen lassen daß er

deine Gesten nachahmen, sich über mich lustig machen, verbiete mir, daß ich am anderen Tisch einwillige, mich runde

– So viele Wimpern Judite

der Kellner mit dem Ehering, unter dem Vorwand, die Tischplatte zu wischen

– Sie ist naß meine Hübsche

verbiete mir, daß ich im Bahnhof, wo keine Barke von Dom Pedro, ein Autodepot auf einer Seite, ein Jahrmarktsplatz ohne Jahrmarkt auf der anderen, will heißen, abgebaute Stände und ein Plakat, das sich von einem Baum löst

eine Schwuchtel, ein Clown, er schminkt sich, setzt eine Perücke auf, bring die Leute zum Lachen, Carlos

ein Kaninchen in einem Käfig als Gesellschaft, ohne seine Arbeitsjacke ist der Kellner viel älter, sechsunddreißig, siebenunddreißig Jahre, diese Altersgerüche, er zeigt auf das Tier, das an den Gitterstäben die Nase kräuselte

– Es kennt mich meine Hübsche

das die ganze Zeit an den Gitterstäben die Nase kräuselte, das Türchen öffnen, und der Schlag in den Nacken, von dem meine Mutter wußte, wie man ihn machte, ich nicht, es war Schluß mit

– Dona Judite

wieder nur Judite, sie fragte mich nicht nach meiner Meinung, wenn ich, machen Sie dies, machen Sie das, wischte sie meine Worte mit der Hand weg

– Halt den Mund

ihm dieses baumelnde Ding da geben, das aufgehört hatte zu schniefen

– Da nehmen Sie Ihr blödes Tier

und der Kellner soll nicht zu mir sagen

– Aber das Tierchen hat Ihnen doch nichts getan meine Hübsche

denn wegen der rangierenden Lokomotive konnte man nichts hören, der Zug verstummte, und kaum war der Zug verstummt, ein sanftes Stimmchen, das mich ihn noch mehr verachten ließ, du protestierst nicht, regst dich nicht auf, du nimmst es hin, ich möchte wetten, daß es in deinem Leben viele Waisenhäuser gegeben hat, viele begrabene Hunde, viele Frauen, die mach's gut, auf Wiedersehen

– Geh meine Hübsche

im leeren Käfig ein paar Salatblätter oder so, der Kellner schob das Kaninchen in der Hoffnung auf einen kleinen Satz

– Keine Angst das springt schon nicht

ich habe noch zur Wohnung hochgeschaut, aber man konnte sie von der Straße aus nicht sehen, man sah die Lokomotive, die alles mit Rauch füllte, ein Typ mit einem Hebel gab dem Rangieren die Richtung, auf dem Zirkusplakat tanzte mein Mann

– Tanz Carlos

die Zelte noch mit kleinen Gardinen, in einem eine Koje

so kam es mir vor

in der eine trächtige Katze sich gegen mich aufplusterte, die Haare des Bartes sahen so aus, als würden sie pieksen, aber sie pieksen nicht, Gewisper, Seufzer, Bahnübergänge unter den Reihern vom Tejo, an denen ausgebleichte Häuser und kranke Olivenbäume, verlassene Tennisplätze, wo ein Echo von Bällen

soll Paulo doch soviel übertreiben, wie er will, und Sie glauben ihm und schreiben

der Kellner aus der Pastelaria steckte das Kaninchen wieder in den Stall zurück, in der Hoffnung, daß das Tier

– Da nehmen Sie das blöde Tier

wieder die Nase kräuseln würde, aber es kräuselte nicht die Nase, das garantiere ich Ihnen, so viele Waisenhäuser, so viele begrabene Hunde, so viele Frauen wie er

alt und mit einem Bleistift

die sich mit einem Kaninchen die Zeit vertreiben, denn wir Armen, und sobald das Kaninchen aufhörte zu antworten, mach's gut auf Wiedersehen, wenn ich

– Ihre Frau?

ein hoffnungsvoller Gesichtsausdruck

– Die kommt bald wieder meine Hübsche

daher eine Rose auf der Serviette, sie aus der mit einem Pflaster reparierten Suppenterrine bedienen

– Ich habe Hühnerbrühe für dich aufgehoben

am nächsten Tag, als er mir den Kaffee hinstellte, der mit einer Zaubergeste vom Tablett heruntergekommen war

– Guten Tag meine Hübsche

Dolores höhnisch

– Er hat sich in dich verliebt

neugierige Köpfe, erschrocken

– Was fühlt man hinterher?

man fühlt, daß man ein kleiner kupferner Fisch ist, der um Hilfe ruft, daß einen die Margeriten vergessen haben, das Meer verschwunden ist, die Brücke nicht existiert, wenn man vor dem Spiegel steht, ein Stück Himmel undurchsichtiger

– Was macht man mit dem Himmel?

den Kellner fragen, ob er mir das Kaninchen leiht, meine Frau verstand das nicht, das Kaninchen aber schon, der Kellner, das Tier hat Ihnen doch nichts getan

– Gehen Sie meine Hübsche

es hat sie nicht gestört, nicht genervt und, wie soll man es sagen

wie sagt man

bringt es mir bei

einem Kellner aus einer Pastelaria, der nichts damit zu tun hatte, daß ich mich gestört fühlte oder genervt war, und der mir nicht weh getan hat, das ist es nicht

wie sagt man einem Kellner aus einer Pastelaria über dem Bahnhof, daß mir das Kaninchen gleichgültig war

was interessiert mich ein Kaninchen?

daß ich keine andere Möglichkeit des Protests gefunden habe, um gegen

keine andere Möglichkeit des Protests gegen mich selber gefunden habe, gegen den Besitzer des Cafés

– Verrammle mir nicht die Tür Judite ich brech sie ein

gegen die Kienäpfel an der Mauer, und ich allein hier drinnen, sie schleifen mich barfuß bis zum Militärposten, wenn ich zum Schlachter in São João ging, dann hüpften sie um mich herum, Ihr Mann ist eine Schwuchtel, wie sagt man einem Kellner aus einer Pastelaria, der so viel Elend, so viele Frauen, so viele Hunde begraben hat und den das Pfeifen der Lokomotive daran hindert, mich zu hören

– Seien Sie so gut und begraben Sie mich

und er, die Suppenterrine im Schrank, denn meine Frau muß kommen, wird kommen, wenn eine Lehrerin, wenn ich ihr den Tisch abwische

– Vorsicht er ist naß

mit mir an den freien Dienstagen heraufkäme, würde ich die Gläser aus der Aussteuer für sie aufdecken, von denen ich noch vier habe, die Lokomotive mit einem letzten Zucken, genau wie das Kaninchen, bevor es in meinen Fingern erschlaffte, es war nicht das Kaninchen, was kümmert mich das Kaninchen, ich war es, die ich zum Kleiderschrank gewandt die Nase kräuselte

– Carlos?

und im Kleiderschrank die Barken, mit denen Dom Pedro von Almada nach Lissabon fuhr, wie ist es, wie war es, was fühlt man hinterher, du mußt es uns erzählen, die aus Neid oder vor Zweifel verzogenen Gesichter, und ich

– Ich übertreibe nicht ehrlich man fühlt eine so große Freu

wenn meine Mutter die Hand in den Käfig des Hauses stekken würde, mich an der Kruppe packen, mich hochheben würde

– Komm her

meine Nase bewegte sich ständig, Heilige Jungfrau

mich am von Seife und Wasser feuchten Arm herunterhängen ließe

– Badezeit Carlos

mit der ich dich suche, ein Knie, das über die Abwesenheit deines Knies stolpert, der Kopf, der von meinem Kopfkissen zu deinem gleitet, und niemand auf dem Kissen, auch wenn niemand auf dem Kissen

ich übertreibe nicht, ehrlich, eine so große Freude

ich stimmte kategorisch zu, so viele Wimpern wegen einer Schwuchtel, was für eine Übertreibung, meine Mutter

– So viele Wimpern wegen einer Schwuchtel was für eine Übertreibung

packte meine Ohren, fand die Stelle zwischen den Wirbeln, zeigte es mir, während ich erstarrte und schniefte

nicht ganz erstarrte, der Schwanz bewegte sich ein ganz klein wenig

ich starr und schniefend, der Schlag, die Mimosen, wenn man es am wenigsten erwartet, die Mimosen, ich als Braut, als wir aus der Kirche kommen

– Dahin schlägt man schau genau hin

der Fotograf im Apparat versteckt

– Näher zusammen näher zusammen

soll doch Paulo soviel übertreiben, wie er will, und Sie können ihm meinetwegen glauben und schreiben oder so tun, als glaubten Sie ihm und schreiben, oder ihm nicht einmal glauben und schreiben

wenn Sie mir glauben, dann schreiben Sie, daß mein Mann mir den kleinen Fisch aus Kupfer geschenkt hat

– Judite

in Bico da Areia oder hier

– Ich bin gekommen um dich zu holen Judite

schreiben Sie über den Duft der Glyzinie, den ich für meinen Teil niemals bemerkt habe, den Ebbeduft ja, dort hinten, wenn der Strand größer wurde und man den Eindruck hatte

oder die Gewißheit

den Fluß überqueren, zu Fuß nach Lissabon gehen zu können, der Ebbeduft, der wie der Wind aus dem Wäldchen in mein Wohnzimmer kam, während ich auf meinen Mann wartete und mein Haar kämmte

denn damals kämmte ich immer mein Haar für ihn, schreiben Sie über die Beete, die mit Ziegelsteinen umrandet waren, die mein Mann in die Erde steckte und die ich an dem Tag mit dem Hammer zerstört habe, an dem er

ich habe sie nicht mit einem Hammer zerstört, schreiben Sie, daß die Beete unangetastet sind, die Kletterpflanze lebt, der Kellner aus der Pastelaria

– Ihr Kaffee meine Hübsche

Sie können schreiben, daß es mir gutgeht, Paulo sagen, daß es mir gutgeht, ich habe mich nicht sehr verändert, manchmal denke ich an ihn, demnächst

man braucht Zeit, bessere Kleider, gefärbtes Haar

erlaube ich, daß er mich besucht, das verspreche ich, er steckt die Hand in den Käfig des Hauses, entdeckt mich, die ich Angst vor ihm habe, in einer Ecke und will mich an der Kruppe packen, mich zerren

– Kommen Sie her Mutter

ich übertreibe nicht, ehrlich, man fühlt eine so große Freude

er findet die Stelle zwischen den Wirbeln, das Messer der Handfläche, während ich erstarre und schniefe

nicht ganz erstarre, der Schwanz bewegt sich ein ganz klein wenig, ich schlage ihm vor

– Jetzt

jetzt, wo der König auf Barken aus Almada kommt, schreiben

Sie, ein Bahnhof mit einer rangierenden Lokomotive, und daher besteht keine Gefahr, daß man mich hört, der Jahrmarktsplatz ohne Jahrmarkt, ein Plakat, auf dem ein Clown tanzt, löst sich von einem Baumstamm, schreiben Sie, daß mein Sohn mich wieder in den Käfig steckt, das Drahttürchen schließt, im Kleiderschrank nachschaut, ob sein Vater bei mir ist

und da sein Vater bei mir ist, im Garten in Bico da Areia, warten, bis wir ihn rufen

– Paulo

bei der Zeder im Príncipe-Real-Park warten, bis einer von uns beiden

eines dieser Kaninchen, die die Nase kräuseln, stumm, scheu

– Es kennt mich meine Hübsche

die Gardine anhebt, den Vorhang zur Seite schiebt, und Paulo am Eingang des Wohnzimmers mit einem Auto mit Holzrädern, von wo aus er uns im Spiegel anschaut, wo sich die Lippen bewegen, ohne ein Wort herauszubringen, wir verlöschen ganz allmählich mit dem Verlöschen des Lichtes

glauben Sie mir und schreiben Sie oder tun Sie so, als glaubten Sie mir, und schreiben Sie, oder glauben Sie mir nicht, aber schreiben Sie, daß wir mit dem Verlöschen des Lichtes verlöschen, und nur die Pferde der Zigeuner, die vom Strand zurückkommen, und in zehn oder zwanzig Metern Entfernung das kleine Mädchen, das den Doktor heiraten sollte, aber niemand weiß, ob sie geheiratet hat oder nicht, das Paulo nicht beachtet, bis das kleine Mädchen auch verlischt, und der Spiegel schließlich im Dunkeln, das Schlafzimmer dunkel, das Wohnzimmer dunkel, und irgend etwas, das man nicht genau erkennen kann, das mir aber wie der kleine Kupferfisch vorkam, den ich glaubte verloren zu haben, und jetzt, wo ich ihn nicht berühren konnte, wurde mir klar, daß er niemals weg gewesen war.

Kapitel

Wenn ich an mich denke, denke ich an diese als Chinesen verkleideten Künstler, die einen Tisch in die Mitte der Tanzfläche stellen, auf der Tischplatte sind mehrere Bambusstäbe angebracht, am Ende eines jeden Stabes dreht sich ein Teller, will heißen, acht oder neun

– Der Kunde von Tisch neun Soraia

acht oder neun Teller, die sich drehen, erst in der Waagerechten und schnell, dann immer langsamer und schief, kurz davor, herunterzustürzen, aber der kleine Mann hindert sie daran, herunterzustürzen, läuft von einer Seite zur anderen und gibt ihnen neuen Schwung, rüttelt dazu an den Bambusstäben, immer sind ein oder zwei Teller aus dem Gleichgewicht geraten, ein oder zwei Teller rutschen, ein oder zwei Teller, die man sich zerbrochen auf dem Boden vorstellt, die aber immer wieder anfangen, sich zu bewegen, ausgenommen ein halbes Dutzend Sekunden lang, in denen sie sich neigen und zögern und dann weitertanzen, wenn ich an mich denke, denke ich an den kleinen Mann, der in seinem falschen orientalischen Morgenmantel am Tisch hin und her trabt, an seinen Mandarinschnurrbart, der mit Klebstoff unter der Nase befestigt ist und sich zu lösen beginnt, das Männlein, das nach rechts und nach links eilt, darum kämpft, all diese Tränen am Tanzen zu halten, jeder Teller eine Träne, die man daran hindern muß herabzufallen, und daher einen Stab, den anderen Stab wieder munter machen, den an der Ecke, der schon kein Lächeln mehr halten kann, gestern war mir so, als hätte ich meinen Vater gesehen, obwohl ich wußte, daß es nicht mein Vater sein konnte, mein Vater ist tot, mit Sissi, aber Sissi konnte es nicht sein, Sissi ist in Spanien und möglicherweise wieder ein Mann und wieder die Mühsal mit den Tellern auf den Bambusstäben, wieder komme ich, von rechts nach links rennend, den Tränen zu Hilfe, puste den Schnurrbart weg, der mir in den Mund gerät, verhindere, daß sie zu Boden stürzen

– Tut mir das nicht an geht nicht kaputt

oder aber

– Sissi

oder aber

– Vater

er verschwand in einer Querstraße voller Autowerkstätten, in denen ich Rui vermutete, aber Rui auch auf dem Friedhof oder in Chelas mit einer Spritze, wo er mich sieht, ohne mich zu sehen

– Jetzt nicht Paulo

dieser Teller, der letzte, Vorsicht mit dem letzten, am Stab rütteln, bis ich kleine Stückchen, Fragmente, unzusammenhängende Episoden wieder zurückhole, die das Gedächtnis zusammenfügt und beispielsweise einen Nachmittag am Strand mit Vânia daraus macht

– Komm schnell her Rui

und zu mir, wenn ich mit ihm kam, während Vânia sich in der Bluse einigelte

– Mit dir will ich nichts zu tun haben

die Platane am Krankenhaus, an der Senhor Vivaldo, ohne den Boden zu berühren, die Angestellte aus dem Speisesaal in der Stille des Zimmers

– Bist du nicht müde Paulo?

Dona Helena vor dem Fahrrad auf dem verglasten Balkon, kein Mensch, nur ein Taschentuch, alles kreiste an allen Enden des Tisches, gestern mein Vater mit Sissi, die mich beide nicht erkannten, und wie sollten sie mich auch erkennen, wo ich mich doch in den letzten Jahren verändert habe, ich voller Hoffnung, daß mein Onkel

– Dein Vater wird bei mir arbeiten wußtest du das?

die Gewißheit, daß, wenn sich die Teller in der Gegenrichtung bewegen würden

wenn ich sie in der Gegenrichtung bewegen könnte

das Leben anders wäre, ich habe alles erfunden, so ein Quatsch, was einem alles so einfällt, ich dachte, er habe bei einem alten Ehepaar gelebt

die sich nicht einmal um ihn kümmern konnten

sie haben sich um mich gekümmert, und meine Ehefrau aus der Küche

ich werde eine Ehefrau haben

– Wirklich?

nur die Stimme und das Staunen, eine Pause beim Geschirr, und in der Pause kreisen die Bambusstäbe schneller, das Gekreische von Clowns oder das Gelächter eines Lippenstiftkusses, das im Saal nach mir sucht

– Was einem so alles einfällt

keine Manege, kein Mandarin, der aufgeregt mit einem Dutzend Teller

acht oder neun

– Der Kunde von Tisch neun Soraia

herumhantiert, meinen Vater besuchen, ohne zu wissen, wieso, trotz Dona Helena und Senhor Couceiro, die mit mir schimpften, ohne zu schimpfen, eine Zeichnung vom Spazierstock bedeutete

– Ich verbiete es dir

oder nicht einmal ein ich verbiete es dir, eine Bitte

– Geh nicht

mein Vater öffnete unwillig die Tür und schaute über seine Schulter zurück auf irgend etwas, das im Schlafzimmer verschwand, versteckte was auch immer er auf dem Teppich gefunden hatte, eine Perle, eine Klammer

was alles er selber war

in der Tasche

– Komm herein

der sofort zu erkennende Wunsch, ich möge nicht dasein und ihn anklagen

ich klagte ihn nicht an

ihn tadeln

ich tadelte nicht

mein Sohn oder der, der sich für meinen Sohn hielt

wenn ich ihm wenigstens verkünden könnte

– Du bist nicht mein Sohn

und er ungläubig

es dennoch glaubend

ungläubig

– Vater

aber ich schaffe es nicht, ich würde es gern schaffen, aber ich schaffe es nicht, die Frau vor Judite preßt meine Hand auf ihre Brust

– Hab keine Angst Carlos

oder besser

– Badezeit Carlos

oder aber ich

– Berühr mich

und mein Onkel zeigt auf die wilden Tauben, Lumpen von Flügeln in den Brombeeren, winzige Herzen, die schlagen, nachdem das Blut geflohen war, die Frau löste meine Finger, einen nach dem anderen, und meine Finger

– Nein

denn sie spürten die lauwarme Klebrigkeit des Blutes, ich dachte, zwing mich nicht, ich will nicht, daß sie

– Spür mich Carlos

als würde es nichts geben außer den wilden Tauben, dem Bad, die Frau, das heißt, die Frau meines Onkels schüttelt sich unter der Bettdecke, du bringst mich noch um, Junge, du bringst mich um

– Spür mich Carlos

mein Sohn klagt mich an, tadelt mich, ich der Hund meines Onkels

– Hol die Tauben Carlos

der mich eines Sonntags rief, ganz hinten im Weinberg des Richters den Hühnerhund am Halsband festhielt

– Schau gut hin was ich mit Hunden mache die nicht gehorchen Carlos

der Richter, in Hemdsärmeln, sah ihm zu

– Schau gut hin was ich mit den Hunden mache die nicht gehorchen Carlos

ein zwei Jahre alter Hund, der mit einer Taube weggelaufen war, mein Vater legte, ohne die Leine loszulassen, eine Patrone ein, befahl mir

– Spann den Hahn Carlos

der Polizeispitzel entfaltete die dreckigen Federn seiner Arme, flatterte mit den Flügelchen

– Ich bin kein Faschist ich bin euer Freund Leute

ein Junge mit einem Hammer, und dennoch erst eine Pistole

– Spann das Schloß Carlos

die Patrone verschwand mit einem Klicken, der Richter auf der Leiter mit einem Korb voller Apfelsinen, der Hühnerhund rieb sich an uns, knabberte an uns, leckte uns, schluchzte vor Freude, mein Onkel riß an seinem Halsband, und ein Schreckensjaulen, der hängende Kiefer suchte uns, der Richter zerdrückte eine Apfelsine, sein Mund beinahe

– Alberto

und nur die Apfelsine dellte sich in seiner Hand, ein Urinrinnsal auf dem Schuh meines Onkels, und mein Onkel zurrte die Leine besser fest

– Miststück

und befahl mir

– Leg den Gewehrkolben an deine Schulter Carlos

will heißen, drückte mir den Gewehrkolben an die Schulter, drehte den Lauf zum Ohr des Hundes, der anfing zu begreifen, der begriff

ich erinnere mich an den Obstgarten, ich erinnere mich so gut an den Obstgarten

das Gesicht des Polizeispitzels nur Augenbrauen, nur Gaumen in dem Augenblick, in dem die Pistole

– Leute

und er sackte auf dem Boden zusammen, vereinte die Nase mit den Steinen, zerbrach sie mit den Fingernägeln

– Leute

der Hals gebeugt, und die Pistole am Hals, der Hammer, der wartete

– Nun?

mein Onkel legte das Korn an das Ohr des Hühnerhundes, und das Rauschen der Bäume war so laut, daß niemand den Schuß hörte, niemand hörte den Schuß, so wie auch niemand, auch ich kaum, hörte

– Der Abzug

ein kleiner Sperrhaken, der leicht zu bewegen war, man nimmt ihm Spielraum, will heißen, man beugt den Zeigefinger, man schaute hinter den von den Wipfeln, nicht vom Knall verdunkelten Richter, man bemerkte den Knall nicht, man merkte, wie die Schulter hochhüpfte, mein Onkel ließ das Halsband los, und der Hühnerhund reglos, braune und weiße Flekken

kein einziger roter Fleck

braune und weiße Flecken, ein kleiner Rest Urin, ein Zahn zwischen den Lefzen, der Richter nahm die Mütze ab, die Frau meines Onkels löste meine Finger, einen nach dem anderen, und meine Finger, ich will nicht

– Spür mich Carlos

– Hab keine Angst Carlos

– Spür mich Carlos

mein Onkel beugte sich zum Hühnerhund, wie der Junge mit der Pistole zum Polizeispitzel, der weiter die Apfelsine zerquetschte einen Stein

in der Hand, kein einziger roter Fleck

– Ich bin kein Faschist ich bin ein Freund Leute

eine Sandale in einer merkwürdigen Stellung, der Junge mit dem Hammer nahm ihm die Uhr vom Handgelenk oder das winzige Herz der Tauben, das ist ein Irrtum, Leute, fragt bei der Zivilregierung nach, ob das nicht ein Irrtum ist, eine quadratische Uhr, Striche anstelle von Zahlen, der Junge mit dem Hammer zum Jungen mit der Pistole

nein, zu allen

nein, zu sich selber

– Mit dem können Sie nichts mehr anfangen nicht wahr?

mein Onkel zum Richter, der wegen eines Wasserproblems meinen Großvater nach Afrika geschickt hatte und das Futter seiner Mütze mit einem Tuch wischte

– Begraben Sie ihn

wenn meine Mutter mit der Schwägerin auf dem Dreschplatz redete, hörten wir hier ihre Worte, die Unterhaltung der Leute reicht weiter als der Wind, das Gewehr traf auf den Richter, der meinen Großvater nach Afrika geschickt hatte

– Bringen Sie eine Schaufel her und begraben Sie ihn nicht auf meinem Weinberg auf Ihrem

er kam über den Zaun, indem er einen Pfosten umwarf, verteilte die Apfelsinen mit dem Schuh, mein Großvater kam mit Fieber aus Afrika zurück, die Uhr des Polizeispitzels funktionierte weiter, Judite erzählte, daß der König, der das leichte Leben liebte, aus Almada in Barken losfuhr oder in den im Fluß schief liegenden Fischkuttern, das Gewehr folgte dem Richter, während die Schaufel grub, haben Sie gesehen, was ich mit Hunden mache, die nicht gehorchen, Doktor, der Richter wischte die Mütze ab, mein Onkel saß mit mir auf einem Schieferbrocken

– Ruh dich hier aus Carlos

aufmerksam die Emotionen im Obstgarten verfolgend, die

Mönchsgrasmücken, die das Gras durcheinanderbrachten, ahmten Kommata nach, das geht oder geht nicht, Nachbar, mir hatte er eine Apfelsine zum Probieren gegeben, mein Onkel probierte sie, warf sie weg, nicht mal Ihr Obst taugt was, die Apfelsine schlug gegen die Beine des Richters und verschwand, spür mich, Carlos, nicht da, an dieser Stelle, hier bin ich mehr ich, hab keine Angst, spür mich, Taubenknöchelchen, die lauwarme Klebrigkeit des Blutes, zwing mich nicht, ich will nicht

der Richter war damit fertig, Erde über dem Hühnerhund zu verteilen

– Du erlaubst doch daß ich gehe Alberto?

die Mütze, die nicht wagte, auf den Kopf zurückzukehren, und das Tuch wischte weiter, das Strahlen der Apfelsinen in einer ätzenden Helligkeit, mein Großvater tauchte aus den Fiebern Afrikas auf

– Alberto

ich erinnere mich an zwei Typen

meinen Großvater, und der andere?

die unter der Weinpergola Dame spielten, aber wieso mein Großvater, wo mein Großvater doch krank war

– Alberto

ich erinnere mich an einen Öldocht zwischen Schatten, daran, daß sie seine Stirn erfrischten, die Frau meines Onkels goß Wasser in den Bottich, Badezeit, Carlos, Tisch neun, Soraia, und ich lehnte Wermut ab, als wäre der Geschäftsführer mein Angestellter, und der Geschäftsführer bestellte beflissen eine Flasche französischen Champagner, und bitte sehr, Arme, die mich aus dem Handtuch wickelten

– Ich hätte mir nicht träumen lassen daß du

mein Sohn, während er die Tränenteller aufrichtete

– Sissi

mein Sohn

– Vater

der Richter

– Du erlaubst doch daß ich gehe Alberto?

das Gewehr meines Onkels stieg vom Bauch zum Kopf hoch und kehrte zum Bauch zurück

das Strahlen der Apfelsinen in einer ätzenden Helligkeit, während der Sarg meines Großvaters auf dem Maultierkarren schief lag wie die Barken des Königs, mein Onkel stand vom Schieferbrocken auf und rief mich

– Carlos

er ging auf unsere Seite des Zauns hinüber, in dem er noch einen Pfosten umstürzte, kein Seitenblick zur Mütze, die ganz allein ein großes Haus bewohnte

– Geh zum Teufel Richter

und während wir, vom Knacken der Bäume begleitet, nach Hause gingen, bemerkte ich, daß ich aufgehört hatte, für ihn zu existieren, meine Mutter schaute uns an, mein jüngerer Bruder aufgebracht wegen der Hacke

– Du hast mich verletzt

und daher hörte ich auf, die Ameisen in einem Riß im Backstein zu beobachten

mein Vater öffnete unwillig die Tür und schaute über seine Schulter zurück auf irgend etwas, das im Schlafzimmer verschwand, was auch immer er auf dem Teppich gefunden hatte

eine Perle, eine Klammer

was alles er selber war, in der Tasche versteckte

– Komm herein

der sofort zu erkennende Wunsch, ich möge nicht dasein und ihn anklagen

ihn tadeln

ich tadelte nicht

ich tadele Sie nicht, Vater, auch Sie haben Ihre Bambusstäbe, Ihre Teller kreisen erst waagerecht und schnell und dann

und gleich darauf langsam und schief, kurz davor, herunterzustürzen, und Sie geben Ihnen wieder Schwung, immer rutschen ein oder zwei beinahe ab, man stellt sie sich schon zerbrochen auf dem Boden vor, und dennoch werden sie ein halbes Dutzend Sekunden davor gerettet

– Wer ist da im Schlafzimmer Vater?

die Bambusstäbe schnell, schnell

– Niemand

so wie auch niemand in Almada gestorben ist, ein Kleinlaster hat ihn in dem Augenblick mitgenommen, als ein Oberleutnant vom Militär

– Man hat Ihnen was Verkehrtes erzählt hier ist kein Polizeispitzel

– Wer ist da im Schlafzimmer Vater?

mein Vater, der keine Mütze hatte, die er wischen konnte, zerknautschte das Sofakissen und strich es wieder glatt

– Wieso im Schlafzimmer?

all diese Tränen am Kreiseln halten

was mein Sohn all diese Tränen nennt

beispielsweise die der Angestellten aus dem Speisesaal

– Gehst du wirklich Paulo?

sie hindert mich nicht daran, sie wird nicht böse, die Bretter vor dem Fenster sind weg, und im Fenster ein kleiner Hügel mit einem Kamm aus Kohlköpfen, jenseits des Kamms aus Kohlköpfen der jüdische Friedhof, das heißt, Särge aus Marmor ohne Namen oder Blumen, ein Stern mit sechs Spitzen am Tor, der die Verstorbenen bewacht, die Bluse mit den Ankern hilft mir, die Kleider zu falten, hat zwei parallele Streifen

zwei von den Bambusstäben heruntergefallene Teller

auf den Wangen, dem Kinn, auf dem Mantel, dessen Saum sie nicht genäht hat

– Gehst du wirklich Paulo?

gestern war mir so, als hätte ich meinen Vater gesehen, so wie ich manchmal glaube, Gabriela zu treffen, will heißen, aus der Ferne ganz bestimmt Gabriela, der Gang, die Neigung des Kopfes, wahrscheinlich Gabriela, wenn sie ein paar Schritt näher kommt, sie ist etwas dicker geworden, hat das Haar nachgedunkelt, und kurz darauf der Rock weinrot statt scharlachrot, die Nase verändert sich, wird spitzer, länger, das ist nicht Gabriela, eine Fremde, die über meine ausgestreckte Hand verblüfft ist, dich im Speisesaal des Krankenhauses besuchen, dich sehen, ohne daß du mich siehst

lieber Gott, mach, daß du mich nicht siehst

hinter dem Wägelchen mit den Töpfen, den Pfannen, dich mit der rotblonden Kollegin verwechseln oder wünschen, es wäre die rotblonde Kollegin, und feststellen, daß du es bist, die Art, wie du das Wägelchen schiebst, einem Krankenpfleger zuwinkst

– Gehst du wirklich Paulo?

keine Lippe zittert, zeigt diese geflickte Stelle am unteren Schneidezahn, die so aufgeregte kleine Zungenspitze, die das Unglück genauso führt wie das Messer, wenn du Brot schnittest, die Schneide auf dem Brett und die Zunge aufmerksam, gab Anweisungen, du wieder zurück im Speisesaal, bemerkst mich

bemerkst mich nicht

sagst

– Hallo Paulo

kein Leiden, keine parallelen Streifen, nicht einmal Überraschung

du tust nur so, ich glaube es nicht, du mußt einfach nur so tun

lächelnde Kameradschaft, eine Natürlichkeit, die mir weh tut

– Hallo Paulo

und du tust nicht nur so, bist ehrlich, in dir bin ich gestorben, so eine Ungerechtigkeit, erklär mir, wie man so schnell vergißt, wie diese Kameradschaft, diese Natürlichkeit, dieses ich habe dich doch nicht schlecht behandelt, oder?

– Hallo Paulo

wo du doch erst vor ein paar Monaten

sechs, sieben, weniger als sieben?

mich daran gehindert hast, dein Gesicht zu sehen, der Kopfkissenbezug flüsterte, sag nichts, es geht gleich wieder, keine

Sorge, ich hatte deinen Leberfleck noch nie bemerkt, auch nicht das Licht in deinen Haaren, woher hast du dieses Licht in deinen Haaren, der Leberfleck vielleicht, am Anfang, man vergißt so etwas, aber das Licht im Haar, und jetzt, wo das Licht in deinem Haar, behandelst du mich geringschätzig, die Leichtigkeit der Reichen, die ihre Almosen herabtropfen lassen, während du

ich weiß nicht, zu wem

– Einen Augenblick ich komme gleich

dein Almosen

– Hallo Paulo

während du mich eilig anschaust, ohne Kopfkissenbezug, zu einem Krankenpfleger hin zu leuchten beginnst

– Carmindo

die Fältchen an den Augenlidern nicht für mich, für ihn, du im Kittel, voll, leerst mich aus

– Wie lange ist das her?

gehst einen Schritt, zwei Schritte, das hier in der Kehle überspielen, eine fröhliche Geste versuchen, die nicht kommt, dich rufen, bevor du mich nicht mehr hörst, darauf bestehen, daß ich, dir versichern, daß ich, daß wir beide, daß der Leberfleck, daß das Licht im Haar, vier Schritte, fünf Schritte, der Baumstamm, wo Senhor Vivaldo die ganze Nacht hin und her gebaumelt hat, witzig, wie leer die Schuhe waren, ohne es zu sein, sieben Schritte, ich werde es nicht vergessen

acht Schritte, und unmöglich, das war's, das Loch in der Sohle von Senhor Vivaldo, und im Loch der Strumpf, dir vom Loch erzählen

nicht vom Loch

irgend etwas erzählen, elf Schritte, zwölf Schritte, das dich zwingt, vom Krankenpfleger abzulassen und zu bleiben, vielleicht bist du noch immer im Schlafzimmer, paßt mein Koffer noch immer in den Schrank, ist beim Briefkasten und der Wand an der Treppe das Marina & Diogo gegen Gabriela & Paulo ausgetauscht, gefällt dir Gabriela & Paulo nicht, findest du Gabriela

& Carmindo besser, Gabriela & Carmindo hört sich komisch an, findest du nicht, das ist nicht schön, das paßt nicht zusammen, das Wägelchen zwanzig Schritte, und auf Wiedersehen, es fährt aluminiumklappernd in den Speisesaal, wer ist im Schlafzimmer, Vater, und mein Vater, während er das Sofakissen glattstreicht und dann zerknautscht, da ihm die Mütze fehlt, die er wischen könnte, ihm eine Überdecke fehlt

– Wieso Schlafzimmer?

die Rotblonde erwartet dich, um dir mit dem Geschirr zu helfen, man erkannte Kästen, Häubchen, die Umrisse eines Herds, man erkannte ganz deutlich die Kreide, die Kohle, den Bleistift, ich könnte schwören, auch mit meinem Blut, so ein Unsinn, wenn ich derjenige war, der Schluß gemacht hat, nicht sie, ich hatte genug von dir, man sah es an jeder Platane, sogar an der von Senhor Vivaldo, Gabriela & Carmindo, ich möchte fast wetten, Gabriela & Carmindo schon, als wir noch zusammen waren, die Lügen der Frauen, der Verrat der Frauen, es geht gleich besser, keine Sorge, alles gelogen, sag nichts, alles Theater, so leichtgläubig, so blöd, Gabriela an der Tür vom Speisesaal

zu viele Schritte, es ist zu Ende

– Hat mich gefreut dich zu sehen Paulo

so in der Ferne nicht Gabriela, eine andere, ich weiß nicht, wer, aber eine andere, eine Unbekannte, denn nur eine Unbekannte

– Hat mich gefreut dich zu sehen Paulo

nicht Gabriela, Gabriela wartet auf mich

selbstverständlich

und ich klappe den Koffer auf, gebe aus Schwäche nach, aus Mitleid, nicht aus Schwäche, aus Mitleid

setze mich auf den Stuhl vor dem Fenster, in dem der kleine Hügel mit seinem Kamm aus Kohlköpfen, die Marmorsärge des jüdischen Friedhofs, höre dich mit einem Wischmop oder einem Eimer durchs Zimmer gehen, das Bügelbrett aufklappen, und Gabriela & Paulo, aus Nachsicht meinerseits Gabriela & Paulo, der Petroleumofen niest böse Gefühle, die meine sein könnten

– Wer ist da im Schlafzimmer Vater?
will heißen
– Wer ist da im Schlafzimmer Gabriela?
Gabriela verwundert zu mir, die Bambusstäbe
schnell, schnell
tut so, als ob
– Niemand
wie mein Vater
– Niemand
sein Blick ist kinderleicht zu verstehen
– Hab Mitleid mit mir Paulo

genau wie die Augen des Richters, als er den Hühnerhund in der Helligkeit der Apfelsinen begraben hat, er hat das Wasser meines Urgroßvaters in seinen Obstgarten, in seinen Mais umgeleitet, mein Urgroßvater hat seinen Kornspeicher angezündet, er war beim Abendessen, als sie ihn holen kamen

ob es den Obstgarten damals schon gegeben hat?

der Onkel meines Vaters, damals ein kleiner Junge, stumm in einer Ecke, und zwölf Jahre Zemza do Itombe, wovon eine Figur aus mit der Zeit vergilbtem Elfenbein übriggeblieben ist, will heißen, eine Negerin mit einem kleinen Neger auf dem Rücken, als der Onkel meines Vaters ihn ausgewickelt hat, damals fast schon ein Mann, stumm in einer Ecke, der Arzt um die Fieberanfälle bemüht

damals gab es den Obstgarten schon

erhöhte die Anzahl der Spritzen, eine Öllampe zwischen Schatten, Verwandte, die unter der Weinpergola Dame spielten und warteten, im Sonntagsanzug, der als Trauerkleidung diente

– Ist er gestorben?

der Richter verfolgte, ohne die Mütze abzunehmen, die Beerdigung vom Balkon aus

Gabriela & Carmindo, Carmindos Koffer am Platz von meinem, eine Nixe aus Messing zierte das Radio

am nächsten Morgen der Onkel meines Vaters

– Hol die Tauben Carlos

ich zu meinem Vater, indem ich auf die Tür des Zimmers wies, das nicht auf den Príncipe-Real-Park hinausging, sondern zur Travessa do Abarracamento de Peniche, zu einem Bürogebäude, in dem Schreibtische, Aktenschränke, Telefone

– Hol die Taube Vater

jedesmal, wenn die Taube sich bewegte, auch wenn sie den Husten unterdrückte, selbst wenn sie auf Zehenspitzen ging, warnte mich eine Diele

– Er ist da

wenn ich auf Gabriela warten und ihr folgen würde, aber ich habe nicht auf Gabriela gewartet, bin ihr nicht gefolgt, ich habe die Nacht auf der Straße verbracht, habe gesehen, wie in Marinas Fenster das Licht anging, in unserem nicht, als ich den kleinen Hügel mit den Kohlköpfen hinaufstieg, nur ein alter Mann, der eine Kaffeekanne im dritten Stock links aufwärmte, und jedesmal, wenn die Diele, der Blick meines Vaters

– Hab Mitleid mit mir

als hätte ich Mitleid mit ihm, habe ich aber nicht, ich halte einen Hühnerhund am Halsband fest, er leckt meine Hose, na ja, schluchzt vor Freude, na ja, schau nur, was ich mit Hunden mache, die dem Doktor nicht gehorchen, der Blick meines Vaters

– Man verdient wenig im Keller

und was schert es mich, ob Sie im Keller wenig verdienen, sagen Sie mir, weichen Sie nicht zurück, urinieren Sie nicht, tröpfeln Sie mir nicht auf die Beine

tröpfeln Sie ja nicht auf meine Beine

den Gewehrkolben gegen die Schulter drücken, den Lauf auf Sie richten, der Sie zu begreifen begannen, der Sie begriffen, der Sie sich mit einem Jaulen loszureißen versuchten

– Paulo

ich habe nicht auf Gabriela gewartet, bin ihr nicht gefolgt, bin einen Monat später ins Krankenhaus zurückgekehrt

nein, eine Woche später

nein, drei Tage später

die Abteilung für Psychologie, die Notaufnahme, eine Zigarette, mein Freund, die Platanen, wo nicht Carmindo sich erhängt hat, warum, wenn Senhor Vivaldo, was wichtiger ist, sich aufgehängt hat, das Wägelchen mit den Töpfen, den Pfannen, darf ich dir helfen, darf ich dir helfen, ihn zu schieben, und statt

– Hallo Paulo

ein ärgerliches Winken, ein Kranker, der in einem Beet schlief und dem Papiere aus der Tasche quollen, die Rotblonde solidarisch mit dir

– Was schnüffelst du hier herum du Esel hau ab

ich schwankte an dieser Platane, und meine Schuhe leer, das Loch in der Sohle

mein Vater in Príncipe Real, wie auf dem Schieferbrocken mit dem Onkel, während der Richter den Hühnerhund begrub, kein Doktor bei Gericht mit seiner Autorität und seinem schwarzen Talar, ein Bauer mit einer Mütze, voller Angst, wir könnten merken, wie sein Kinn Schrecken murmelte, die Erdsteine, an denen die Schaufel abrutschte

– Hätten Sie gern eine Negerin aus Elfenbein Richter?

sein Hausmeister, ein Stück weiter, hatte vergessen, den Traktor zu reparieren, und schaute sie an

– Denn Sie sollten auch eine Negerin aus Elfenbein haben die bei Ihrem Mittagessen den Vorsitz führt

mein Vater ohne Perücke, aber mit künstlichen Wimpern

nein, mein Vater in kurzen Hosen mit einer Kompresse auf dem gesunden Knie, weil er gern Kompressen mochte, wenn ich an mich denke, fallen mir diese Artisten ein, die einen Tisch in die Mitte der Manege stellen

– Wo ist die Kompresse geblieben?

und die falschen Wimpern flattern überrascht, die Puderdose öffnen und mit dem kleinen Finger den Augenwinkel korrigieren, Sie können ruhig überrascht sein, Vater, sie fallen nicht mehr ab

– Die Kompresse?

das kleine Zimmer in meiner Erinnerung intakt, Ascheflekken auf dem gelben Sofa, der Anrufbeantworter, immer ohne Nachrichten, der Beginn eines Atemzuges und das Klicken vom Auflegen, ein Kunde, der sich entschuldigt, wenn die Journalisten dahinterkommen, die Stimmen, Soraia, und stell dir vor, welch Gratisgeschenk ich denen damit geben würde, das ist kein Mißtrauen gegen dich, aber versetz dich einmal in meine Lage, reg dich nicht auf

die Plakate, die immer fast leeren Flaschen

eine ohne Korken

der Topf, in den das Geld gesteckt wurde, die Scheine, die langsam aus der Brieftasche gezogen wurden, die Spucke am Finger, mir war so, als wären es zwei, aber es ist nur einer, derselbe Preis, nicht wahr, lächerliche Geschenke, Schlüsselanhänger, Notizbücher, peruanische Ohrringe, die keinen Heller wert waren

– Guck dir diese Silberschmiedearbeit an alles mit einem Meißel handgefertigt das da ist einer von den Inkagöttern

die Vorhänge mit quastenversehenen Kordeln an goldenen Haken befestigt, ein Zigarettenbrandfleck, den eine Falte noch vergrößerte, anstatt ihn zu verbergen, der Perserteppich, dessen Fransen die Absätze und der Köter mit der Schleife allmählich zerrupften

– Wer ist da im Schlafzimmer Vater?

und trotz des Hustens und des Dielenbretts verstellte mein Vater mir den Flur

– Du gehst da nicht rein weil du ihn dann nur noch mehr aufregst es ist der Köter

wischen Sie sich mit einem Tuch ab wie der Richter, Vater, seien Sie nicht feige, das kleine Zimmer intakt in meiner Erinnerung, jede Spalte, jeder Riß, jede Rauchspur, der

Teich auf dem Platz, der mit Schatten anschwoll, wie der Tejo in Bico da Areia anschwoll, meine Mutter in dem Alter, als sie Himmel und Hölle spielte, unterbricht ihr Spiel, als sie ihn sieht, hat fast das Steinchen in der Hand, hat fast die Kreidekritzeleien vergessen, nimmt mich auf den Schoß, kommt mit ihren Fingern näher, und der Schatten in den Fingern

– Schau mal Paulo

(in meiner Vorstellung von ihr kreiselt der Teller in der Waagerechten, wird nicht langsamer, fällt nicht herunter)

nimmt meine Hand, und der Schatten ist auch in meiner Hand, ich zog sie weg, und meine Hand weiß, lebendig, meine Mutter

– Was für ein Angsthase Herrschaften

bemerkt das

– So ein Angsthase

und verstummt sofort

nein, verstummt nicht, drückt mich an sich, flieht vor der Glyzinie

– Verzeihung

als wäre die Glyzinie

(ihr Teller eine Träne)

eine Krankheit, ein Gift, eine dieser Arzneien, die man auf den obersten Regalen verwahrte, die Flasche mit der Chlorbleiche, die Flüssigkeit gegen Küchenschaben mit dem Totenkopf auf dem Etikett, meine Mutter ging mit der Schere zum Fischflossenabschneiden in den Garten, um die Zweige, die Blätter abzuschneiden, die Wurzeln herauszureißen, beschimpfte sie

– Angsthase

die Blütentrauben gerannen in der Luft, stiegen auf und kamen in einem Wirbel von Blütenblättern wieder herunter, die sich auf ihrer Schulter niederließen, meine Mutter, indem sie sich schüttelte

– Angsthase Schwuchtel

sie bemerkte mich auf der Stufe, legte die Schere weg, umarmte mich

(ihr Teller muß vom Bambusstab heruntergefallen sein, denn meine Wange wird naß) die Wellen der Flut werden am Nachmittag stärker, erreichen den Kühlschrank, den Zwerg, die Flüssigkeit mit dem Totenkopf, meine Mutter starrt die Flüssigkeit mit dem Totenkopf an, setzt mich auf den Fliesen ab, schiebt einen Schemel heran, gibt auf, trabt zum Bett, wo sie den Kopf unter dem Kopfkissen versteckt, meine Mutter ohne Kopf, und obwohl sie keinen Kopf hat

– Angsthase Schwuchtel

meine Mutter zwei Fußknöchel, die auf die Matratze schlagen, sich von allein der Schuhe entledigen

– Angsthase

immer weiter schlagen, ihr von den Mimosen erzählen, während ich das Kissen anhebe

– Möchten Sie Mimosen Mutter?

aber in Bico da Areia nur das kleine Wäldchen, die Kiefern, das Schilfrohr bei der Brücke, ich werde Ihnen Schilfrohr holen

– Möchten Sie das Schilfrohr Mutter?

die Schatten des Tejo beruhigen sich nachts, mein Vater bei der Arbeit, wir beide allein, mit Schilfrohr ist gemeint, soll ich Ihnen das Himmel-und-Hölle-Spiel aufmalen, fünf Quadrate geradeaus, zwei waagerechte Quadrate darüber, ein Halbkreis über den waagerechten Quadraten

– Was soll das?

sie begreift es anfangs nicht, begreift es dann, und zwei Augen, ihr Gesicht, sie ganz im Kleiderschrank, streicht das Kleid glatt, verschwindet aus dem Kleiderschrank, und ich auf ihrem Arm, was einem Lächeln ähnelte

was ein Lächeln war

(der Teller, wieso, unversehrt auf dem Stab, waagerecht, sicher kreiste er glücklich)

was ein Lächeln war

– Es ist nichts passiert Paulo

und obwohl es fast dunkel war und wir einander kaum sehen konnten, trotz der Zigeuner, der Stuten, der Bedrohungen der Dämmerung, gingen wir um den Waschtrog herum hinten in den

Garten, ritzten mit der Fischschere trotz des Stamms des Pfirsichbaums, den wir vor Jahren gefällt hatten, trotz dieser Wespenpfütze, die dem Sommer widerstand, die Linien von Himmel und Hölle in den Boden, fünf Quadrate geradeaus, zwei waagerechte Quadrate darüber, ein Halbkreis über den waagerechten Quadraten, wo wir uns mit einem Hüpfer umdrehen, das Backsteinstückchen zum am weitesten entfernten Quadrat werfen, um zu sehen, wer anfängt, hoffentlich werfe ich daneben, und sie trifft richtig, hoffentlich fängt sie an, mein Backsteinstückchen außerhalb, ihres beim Waschtrog

– Du fängst an Paulo

die Füße am Rand zusammenstellen

– Es muß mit zusammengestellten Füßen sein

also habe ich die Füße zusammengestellt, ich glaube, ich habe mich bei den Strichen vertan, aber ich habe mich nicht vertan, ganz bestimmt nicht

habe mich nicht vertan?

denn meine Mutter klatschte in die Hände, ich drehte mich mit einem perfekten Hüpfer um, nahm den Stein, ohne den Boden zu berühren, mit den Fingern auf, habe sie besiegt, die Eule kullerte von den Zigeunern her über unser Dach und verschwand im Café, man hörte den Fluß nicht, man hörte die Stuten nicht, einer der Hunde rief möglicherweise seine Kollegen von der Brücke, oder aber es war gar keiner der Hunde, möglicherweise die Mimosen

das Schilfrohr

ich habe nicht von Schilfrohr gesprochen, ich habe gesagt, möglicherweise die Mimosen

ich bin sicher, daß die Mimosen vom Gebirge gekommen sind, grüßen

– Judite

und der Teller meiner Mutter fest, der einzige Teller, der sich dreht, weder mein Vater noch Senhor Couceiro, noch Dona Helena, noch die Angestellte aus dem Speisesaal vor allem nicht die Angestellte aus dem Speisesaal, nerv mich nicht

Gabriela

der Teller meiner Mutter allein in der Mitte der Manege, blitzend, ruhig, braucht weder den Bambus noch die ganze Welt ringsum, die zusammengebrochen im Dunkeln liegt.

Kapitel

Ich mag diese Wohnung, denn da hat meine Mutter die Suppe gerührt. Damals kam die Nacht früher, es gab keinen verglasten Balkon und auch nicht die Neonröhre an der Decke, wir hatten einen Balkon zur Kirche von Anjos und eine schwache Glühbirne, die Dunkelheit kam schnell in die Küche, man erkannte meine Mutter, die am Herd stand, aus dem Topf probierte und weiterrührte, während es mir so schien, als würden die Fliesen hier und dort im Widerschein jener schwachen Birne glänzen, dennoch warteten Alligatorenkiefer, meine Mutter

– Helena

die Alligatoren zogen sich mürrisch, kriechend zurück, verschwanden im Schlamm des Stockwerks darunter, die Augen der Töpfe, die mich von den Nägeln her ausspähten, hörten auf, mich zu bedrohen, das Knistern der Holzscheite im Herd war nicht mehr das Geräusch des Meeres an einem unsichtbaren Strand, einer Bucht voller Echos, in der die Möbelfelsen wogten, die Möbel ebenfalls

– Helena

meine Mutter schüttete, unbeeindruckt von den Alligatoren und den Felsen, noch einen Löffel Öl in die Suppe, will heißen, ich wußte, daß sie einen Löffel Öl hinzufügte, denn die Kiefer kehrten, auf dem Boden verteilt, zurück, mein Vater schaltete das Licht im Wohnzimmer ein, und das Haus

erzitterte

versteckte die Bucht und das Meer in der Besteckschublade, wenn ich die Schublade aufziehen würde, nur Gabeln, Messer, als meine Tochter noch lebte oder Paulo noch klein war und sich dem

Schrank näherte, verbot ich mir, die ich um sie besorgt war, sie zu warnen

– Paß mit den Wellen auf

obwohl das Aneurysma meine Mutter mitgenommen hatte, die Neonröhre die Tiere daran hinderte zu kommen und der verglaste Balkon der Wohnung den Anstrich eines Ortes verlieh, an dem man wohnte, Anrichte, Stühle, die Zeitung

– Setzen Sie die Brille auf und blättern Sie in mir

Noémias Foto mit der kleinen Vase daneben

– Wußten Sie daß ich noch da bin?

manchmal hinter der Scheibe schlecht zu erkennen, manchmal leicht, vor allem sonntags morgens, wenn wir vom Friedhofsbesuch zurückkamen, mein Mann an der Umfriedung des Grabes, und ich wedelte ihren Namen ab, nicht traurig, wortlos, wegen der vielen Ehejahre, warteten wir zusammen auf den bedeutungslosen Augenblick, in dem die Uhr im Wohnzimmer stehenbleiben würde. Oder aber sie war im April stehengeblieben, als Paulo uns ohne Erklärungen verlassen hat

als ich in sein Zimmer kam, war seine Tasche nicht mehr da, ich sagte es meinem Mann, mein Mann hob den Spazierstock ein ganz klein wenig, und das war's

sie zeigte seither ewige zwanzig nach fünf, so wie sie monatelang auf zwölf nach sieben stehengeblieben war, als der Arzt uns über das Bett von Noémia hinweg beide angesehen hat

wir hatten damals den Spazierstock noch nicht gekauft, daher hob mein Mann die Augenbrauen, und nur ich verstand es

und beide Male hätte ich gern gehabt, daß meine Mutter in der Küche in der Suppe rührte, mit der Zungenspitze vom riesigen Löffel probierte. Obwohl sie schon nicht mehr bei uns war, taten wir, was wir tun mußten, so wie sie es gutgeheißen hätte: Bei Noémia kümmerte mein Mann sich mit einer jeder Übertreibung baren Gelassenheit um die Kapelle, den Priester und die Beerdigung, während ich es meiner Gevatterin mitgeteilt habe, indem ich ihr, als ich zur Straße hinunterging, einen diskreten

Besuch abstattete, und wir drei haben sie dann auf sonnengefleckten kleinen Wegen begleitet, wo Witwen auf Segeltuchschemeln die Beine in die Augusthitze streckten, nachdem sie die Medaillons auf den Grabsteinen gefegt hatten. Möglicherweise haben die anderen Mieter das Fehlen ihres Fahrrads im Hof bemerkt, hat sie die Stummheit unseres Radios gewarnt. Wochenlang kam es mir so vor, als würden die Alligatoren wieder auf den Fliesen kriechen, als wären der unsichtbare Strand und die Echobucht wieder da, aber ich schaltete die Neonröhre an, die Nacht verschwand augenblicklich, die Bestecke rührten sich in der Schublade, teilten uns beruhigend mit

– Hier gibt es keine Wellen

der verglaste Balkon schützte uns vor den Spatzen der Kirche, mein Mann auf dem Sessel, auf dem mein Vater sich früher mit den Briefmarken beschäftigt hatte, gehorchte der Zeitung und blätterte langsam darin

– Siehst du nicht daß ich lese?

während er über die Seiten hinweg nicht die gegenüberliegenden Gebäude ausspähte, sondern ein Stück Himmel, das zwischen den Dächern übriggeblieben war und an die Stoffreste erinnerte, die, nachdem die Gardinen längst ausgedient haben, übriggeblieben sind und in der Truhe in der Hoffnung altern, in einer Zukunft einmal gebraucht zu werden, die niemals kommen würde. Ein Stück Himmel, das mein Mann drehte und wendete, während er dachte

– Was soll ich damit?

bis er es schließlich aufgab, zuließ, daß es sich entfärbte und verstaubte und Kohlenstaub aus den Kaminen annahm, der leichte Wind der Dämmerung ihm an den Fingern weh tat und er es zur selben Zeit vergaß, als das Haus Noémia vergaß, denn es fanden sich immer weniger Spielzeug in den Ecken, weniger Kleider auf dem Bügel, weniger Bretter, die das Meer vom unsichtbaren Strand mit sich nahm, ich erzählte meinem Mann davon, der inzwischen den Spazierstock gekauft hatte, mein Mann hob den Spazierstock ein wenig an, und das war's, die Kiefer der Alligatoren verschluckten die Erinnerung an die Sehnsucht, der leichte Wind der Dämmerung tat uns weh und vergaß uns, wahrscheinlich haben sich die Leute im Viertel vorgestellt, wir seien gestorben, und ich glaube, wir wären gestorben, wenn die Erinnerung an meine Mutter nicht die Suppe in der Küche umrühren und noch einen Löffel Öl hinzufügen würde

– Reich mir die Menage Helena

in Angst wegen dem Diabetes meines Vaters, der in den Sessel geschraubt dasaß und die Briefmarken im Album umsteckte, ich erinnere mich an ein Rhinozeros aus Belgisch-Kongo und an eine Schlange aus Mexiko, die weniger angsteinflößend waren als die Augen der Töpfe, die mich von den Nägeln her ausspähten

– Weh dir wenn wir dich zu fassen kriegen Helena

an die Hühnerbrühen aus Tassen und die so blassen Fingernägel, die Küsse, die nach Zuckerveilchen rochen

– Bis morgen Leninha

deren Duft die Luft mit Marmeladenkondensat lila färbte, Noémia lehnte das Fahrrad an den Waschtrog, manchmal berührte ich unabsichtlich die Klingel, und ein rostiges Bimmeln, ein Protest

– Was soll das?

Ungehörigkeiten, die mich bei meiner Tochter wunderten, die immer gehorsam, brav gewesen war, ihre Abschriften für die Schule am Eßtisch gemacht hatte, ganz Radiergummi, Ellenbogen und Nase auf dem Buch, Paulo, der ja

– Was soll das?

und der Spazierstock meines Mannes hob sich und kehrte auf den Boden zurück

Paulo weigerte sich, in die Küche zu treten, zeigte auf die Fliesen

– Ich habe Angst vor den Alligatoren ich will nicht

und tatsächlich warteten dort Kiefer, eine Echobucht, trübe schwarze Wellen wie in Bico da Areia, wo wir ihn geholt haben, man kam durch ein Kiefernwäldchen, und windschiefe Häuschen, Reiher, Jungen, deren Hosentaschen von Kienäpfeln ausgebeult waren, Pferde, die im dichten Unterholz husteten, und vor allem die Stuten

– Er rennt vor uns weg Helena

und im Wasser große, schuppige Kinnladen, die kriechend auf mich lauerten, mein Mann wartete an der Gartenpforte auf uns, war damit beschäftigt, ein Stück Himmel zwischen den Dächern Lissabons zu suchen, eine Küche, in der meine Mutter nicht die Suppe rührte

– Mutter

ein Kleiderschrank, aus dem die Spur einer blonden Perücke floh, eine Frau mit einer Flasche in der Hand zeigte auf die Perücke

– Carlos

die Perücke verschwand aus dem Spiegel

– Es tut mir sehr leid daß ich Sie nicht begrüße Verzeihung

eine Kletterpflanze fragte mich, indem sie mir ihre Blätter zeigte

– Ich bin doch eine Glyzinie nicht wahr?

Noémias Zimmer mit dem Foto und der kleinen Vase, das Kruzifix, das den Eindruck machte, als würde es mit ihr zusammen krank werden, die gleiche Magerkeit, die gleiche übertriebene Anzahl von Knochen, die gleichen überraschten, vom Grünspan verschlungenen Gesichtszüge, Paulo in einem anderen Zimmer, in dem ganz hinten, das meinen Eltern gehört hatte und in dem der Veilchenduft sich beharrlich noch immer lila färbte, die Nacht von einst, vor der Neonröhre, in der Kommode, und der Strand, die Bucht, die Möbel, meine Angst, die Alligatoren kauten ein Stück von mir

– Rühren Sie die Suppe um Mama

Paulo, den wir sonnabends zum Príncipe Real brachten, eine lange Stille, ärgerliche Pantoffeln in der Stille, die

– Soraia

riefen, noch mehr Stille, noch mehr Pantoffeln, die ihrerseits aus einem Schlafbrunnen kamen

– Wieviel Uhr ist es?

ein Vorhang runzelte sich, ein einziges, in ein Gewirr von Wimpern eingewickeltes Auge

– Die Alten mit dem Kleinen so was Dummes

eilig versteckte Gegenstände, Männerhosen und eine Damenbluse mit einem Gähnen darüber, hinter der Hose und der Damenbluse hielt sich ein Typ mit Schnurrbart den Pyjama zu, mein Mann bei einem Teich, in dem keine Alligatoren krochen, ein paar dreckige Enten schaukelten

still

auf der Oberfläche aus Algen, der Wunsch, die eine Ente woanders hinzutun, damit auf jeder Seite der Fontäne drei waren, wenn ich etwas zu sagen hätte und wüßte, daß Leute kommen, würde ich so höflich sein, die Enten ordentlich hinzustellen, so wie ich die Küchentür schloß, damit sie meine Mutter nicht bemerkten, die die Suppe auf dem Herd umrührte, oder die Kiefer auf den Fliesen sie nicht verschlangen, das Gähnen löste sich in einer blonden Perücke auf, die sich an Paulo wandte

– Komm rein

und der Spazierstock

was konnte man schon erwarten?

hob sich einen Zentimeter an, denn vielleicht ein unsichtbarer Strand, eine Echobucht, bevor der Diabetes ihn auf die Briefmarken beschränkte, besuchte ich mit meinem Vater ein paar ledige Cousinen, die mir wie antike Puppen vorkamen, als alte Frauen verkleidet, Porzellangesichter, die der Schimmel, nicht die Zeit hatte schrumpeln lassen, die Cousinen öffneten das Klavier, das ein Filzläufer schützte, und dort ja, die Wellen, Töne, die kamen und gingen, ohne daß man die Tasten berührte, die Cousinen klatschten in die Hände, hingerissen von mir

– Wie niedlich schon so groß

kleine Puderdöschen, die durchsichtige Schwäne waren und

im Rhythmus der Musik auf dem Lack der Möbel dahinsegelten, man hörte Gebell auf den Terrazzostufen, die die Lilienstimmen der Puppen übertönten, die mich mit begeisterter Bewunderung nach meinem Alter fragten

– Wirklich?

wenn die Sonne unterging, setzten sie sich bestimmt auf die Betten und schliefen, die Mantillas über den Schultern, mit ausgebreiteten Armen ganz gerade auf der Überdecke, durchbohrten mit ihren kleinen Porzellanaugen die Finsternis, mein uralter Vater plötzlich ganz jung, wie seltsam, daß es Geschöpfe gab, die vor Ihnen geboren waren, die Verstorbenen bei ihrem Namen nannten, Vater, und die Verstorbenen glücklich

– Da sind wir Mädchen

während die Wellen stärker wurden und Katzen von den Konsoltischen huschten, meine Tochter starb noch einmal, als Paulo hier weggegangen ist, einen Augenblick lang hatte ich das Gefühl, daß Noémia die Abschriften für die Schule am Eßtisch machte, daß ihre Nase auf dem Buch, ich sagte

– Noémia

und letztlich der Schatten der Kirche oder das Relief der Anrichte, die manchmal

am Ende des Tages beispielsweise, im Januar

einem Gesicht ähnlich ist, meine Mutter zur Suppe

– Ein Gesicht?

ich fand weder seine Tasche noch seine Wäsche, ich fand ein Stück Zeitung mit einem braunen Krümel, den ich nicht anzufassen wagte, sonst Paulo

– Was soll das?

wenn ich das den Puppen erzählen würde, die Lilienstimmchen, erschrocken

– Jesus

im Príncipe-Real-Park verteilt eine Dame im Pelzmantel Brotkanten an die Tauben

– Hier wohnt niemand Madame die sind gestorben

das stimmt nicht, da wohnen eine blonde Perücke und ein Typ mit Schnurrbart, Paulo zeigt die Perücke, während die Enten sich streiten, wie es sich gehört, und einer der Schwäne auf dem Klavier

– Mein Vater Dona Helena

ich wollte gerade sagen, einer der durchsichtigen Schwäne auf dem Klavier war undurchsichtig geworden, mein Vater, Dona Helena, und Dutzende von Alligatorenkiefern krochen auf dem Boden

entfernten sich nicht etwa, kamen näher

durchquerten den Flur, kamen mit ihren langsamen Gliedern auf mich zu, weggehen, fliehen, aus dem kleinen Haus der Cousinen mit den Kisten mit Zitronenmelisse und Thymian weggehen, ich war sicher, daß die Puppen, wenn wir nicht da waren, in einer Ecke auf dem Boden lagen, sich wünschten, wir würden im Juli wiederkommen, und sie gerührt, glücklich

– Ach wie niedlich schon so groß

nicht hören

– Mein Vater Dona Helena

ihm nicht die Hand geben, die Männerhose, die Damenbluse, etwas, das sich zurückzog, sich entschuldigte, und der Spazierstock meines Mannes sank zu Boden

– Ich hatte nicht die Zeit mich umzuziehen Entschuldigung

befreite das Sofa von Papieren, einem Teller mit Essen

Ihre Suppe, Mutter

ein gerupfter Fächer zwischen Tischchen und Wand

– Bitte sehr bitte sehr

der Typ mit dem Schnurrbart

– Ein Freund

zog Geld aus einer Damenhandtasche

– Ich zahle später Soraia

Paulos Vater wurde böse, bemerkte mich, entschuldigte ihn

– Ein Freund

seine Frau in Bico da Areia hat uns nicht einmal gehört

Dona Judite, glaube ich

sie drehte den Zwerg auf dem Kühlschrank, stellte einen Herrn mit Schürze vor, der ins Café zurückging, unterbrach sich, um mir im Spiegel zu versichern

– Ich war hübsch wissen Sie

und die Kletterpflanze an der Wand glaubte ihr nicht, Wolken, die, wenn sie regneten, nicht regneten, vor Fieber schwitzten, Noémia, die uns von den Bettüchern her anstarrt

nicht zulassen, daß sie stirbt

– Möchtest du ein Fahrrad Noémia?

und die Augen, die ihr nicht gehörten, viel älter als sie, die meines Vaters zum Beispiel, wenn er die Briefmarken prüft, das Rhinozeros aus Belgisch-Kongo, die mexikanische Schlange, Noémia schütteln, bis mein Mann mich daran hindert, den Finger zu ihr hinrecken, sie schelten

– Woher hast du diese Augen?

das erste Mal, als mein Mann und ich, seine Augen so, Worte, die nicht im Mund entstanden, sie entstanden in der Hand an meinem Hals, und ich bemerkte, daß ich Knorpel und Muskeln hatte, genau wie auf dem Plakat im Gesundheitszentrum bei einem Geschöpf mit numerierten Eingeweiden, ich habe numerierte Eingeweide, wie entsetzlich, siebenundzwanzig Gallenblase, zweiunddreißig Milz, einundvierzig Eierstöcke, mein Mann verletzte meine Nummer sieben, Kehlkopf, woher hast du diese Augen

– Wie viele Männer Helena sag mir schnell wie viele Männer

es gab weder die Verglasung vom Balkon noch die Neonröhre, wir hatten einen Balkon zur Kirche von Anjos und eine schwache Glühbirne, die Nacht kam so schnell ins Zimmer, die Wangen von Paulos Vater waren mit dem Puder der Cousinen bedeckt, und eine Stimme wie sie

– Ich bin Künstler gnädige Frau das ist das Theaterkostüm

das Klavier geöffnet, Töne, die kamen und gingen, ohne daß

man die Tasten berührte, Fotos von Paulos Vater mit den Kollegen von der Show, ich zu meinem Mann, ohne ihn zu verstehen

– Wie viele Männer?

damals war die Nacht so schnell in der Küche, meine Mutter stand am Herd, probierte aus dem Topf und rührte weiter, achtete nicht auf Paulos Vater

– Ich bin Künstler gnädige Frau

der mich anflehte zuzustimmen, ihm seinen Sohn nicht wegzunehmen, seien Sie beruhigt, Senhor Carlos, Sie sind ein Künstler, wir bringen Ihnen Ihren Sohn

– Wir bringen Ihnen Ihren Sohn

Paulo auf dem Schemel auf dem verglasten Balkon, während ich Hemden bügelte oder stopfte

– Mein Vater arbeitet als Clown Dona Helena

ein Kiefer wuchs, schloß sich über ihm, und ich

– Paulo

und als ich ihn auf den Schoß nahm

– Was soll das?

eine Tür schlug auf dem Flur zu, nicht mein Zimmer, nicht Noémias, von einem anderen Zimmer, aber welchem Zimmer und wo, der unsichtbare Strand, Buchten und Ankerplätze, Zimmer, von denen ich nicht weiß, wo sie sind, vielleicht im Briefmarkenalbum, meine Eltern, meine Tochter macht die Abschriften für die Schule nicht unter den Lorbeerbäumen, hier, meine Tochter, die dreißig Jahre alt ist

im September zweiunddreißig

reicht mir einen Löffel Öl, freut sich, mich zu sehen

– Rühren Sie nicht die Suppe so wie Großmutter?

sie arbeitet in einer Anwaltskanzlei, vielleicht heiratet sie irgendwann, sie macht sich Sorgen um uns

– Sind Sie nicht dicker Vater so wie Großvater?

sie zum Haus der Cousinen mitnehmen, die Porzellanpuppen in freudigem Aufruhr

– Ach wie niedlich schon so groß

sie hatten einen kleinen Apparat, der das Wetter ansagte, wenn man nicht genug Geduld aufbrachte, aus dem Fenster zu schauen, ein kleines Häuschen, in dem zwei Geschöpfe zitterten, eines in Regenmantel und mit Schirm, das andere mit einem Weidenkorb voller Blumen, wenn es regnete, kam ruckelnd der Regenmantel heraus, wenn die Sonne schien, kam etwas stockend, unter Mühen der Weidenkorb heraus, war das Wetter ungewiß, erschienen beide auf der Schwelle, abwechselnd, die Geschöpfe waren wahrscheinlich zwei wegen der Wolken beunruhigte Cousinen, noch heute weiß ich, in welchem Zimmer Paulo gewohnt hat, nachdem er gegangen ist, wenn ich nachfrage

– Paulo

ein Geräusch von jemandem, aber wo nur, man erkläre es mir, er ist nicht gegangen, er würde nie weggehen, wer wird ihm im Winter eine Decke mehr geben, wer wartet nachts auf ihn

– Was soll das?

wer backt ihm Kekse, die er heimlich knabberte, wenn ich so tat, als würde ich ins Bett gehen, mein Mann zwischen den Laken

– Der Junge?

und ich

– Sei still

denn ich lasse nicht zu, daß er stirbt, wie Noémia gestorben ist, du wirst nicht sterben, Paulo, keine Lorbeerbäume am Hang in Chelas, über dir ein Stück Fischkutter, keine einzige Schublade, ich lasse es nicht zu, ich folgte ihm bis

nein, zum Rest einer Mauer an einem Hang, und ringsum die Zaubertricks des Hähers, so etwas wie Müll aus einer Truhe im Gras, wie aus der von meiner Großmutter, die meine Mutter ausgekippt hat, als sie einmal die Suppe einen Augenblick verließ

– Gehen Sie nicht von der Suppe weg Mutter solange Sie die Suppe umrühren mache ich weiter

Schnallen, Nadeln, Spinnen

– Was soll ich damit?

mit diesen goldenen Nägeln und aus farblosem Leder, der

Deckel war noch übrig, ich suchte ihn im Gras, und ein Aufblitzen von Kiefern, die sich zu mir hin schüttelten

– Geh schnell wieder an den Herd Helena

Autokadaver, wartende Alligatoren, und inmitten der Alligatoren Leute, die sich den Arm mit Bindfadenenden abbanden, ich folgte ihm bis an den Hang in Chelas, wo ein Mulatte mit einem Kindertaschenmesser mir die Böschung hinaufhalf, die zu den Hütten führte, noch mehr Leute mit aufgekrempelten Ärmeln, eine Negerin machte mit einem Zahnstocher Löcher in Eier, trank sie aus und warf sie weg, meine Großmutter stopfte Strümpfe, indem sie ein Holzei hineintat, das Ei suchen, so wie ich den Deckel gesucht habe, und meine Großmutter

– Brrr

ich erinnere mich nicht an sie, ich erinnere mich an die Stimme

– Brrr

und wenn ich mich nicht erinnere, erinnert sich sonst niemand, die Zeit

ein Alligator, der diesen nicht ähnlich ist

hat sie verschlungen, Schluß mit ihr, hören Sie auf mit Ihrem

– Brrr

denn mir befehlen Sie gar nichts, Sie haben nicht einmal einen Namen, verstehen Sie, Sie befehlen jetzt überhaupt niemandem mehr, der Mulatte mit dem Kindertaschenmesser

– Nur zu Tantchen

und ich so eingebildet mit der Brosche mit der Kupferverzierung

– Sie so eingebildet Dona Helena was ist denn jetzt los?

– Der Sohn von der Schwuchtel die Alte bezahlt

übergab ihnen die Brosche, die sie für Bronze hielten, Paulo zeigte auf ein Mädchen mit einem Männerregenmantel, die neben einem Mauerrest ihre Hände betrachtete

– Fährst du nicht gut auf dem Dreirad Dália?

wie Paulo auch seine Hände in Chelas betrachtete, nicht bei

uns in Anjos, in Príncipe Real, in Bico da Areia auf den Schultern seines Vaters

in einem Restaurant in Cova do Vapor

in einem Restaurant in Cova do Vapor rennt er zu den Reihern, die sich mit einem Hüpfer entfernen

schaut zu, wie Dália radelte

schaut zu, wie eine Gestalt in einem

einem weißen Röckchen

einem Männerregenmantel ihre eigenen Hände betrachtete, die aus der Truhe meiner Großmutter stammten und die sie im Gras gefunden hatte, so wie sie die Spange gefunden hat, eine Dose mit Tabletten, Steinchen

sie trug einen Ring, wissen Sie

und überzeugt davon war, daß die Hände was auch immer wie auch immer retten könnten, auch wenn sie eine Mütze aus der Tasche zog und in der Mütze verschwand, auch wenn sie sie geistesabwesend betrachtete

– Dália

sagen, noch lauter

– Dália

sagen, und Dália, Pantoffeln, Krusten von Schlamm oder Wunden, Paulo zu mir

– Sie wird einen Doktor heiraten

der Mulatte mit dem Kindertaschenmesser liefert mich höflich in Olaias ab

– Passen Sie bloß auf daß keiner Sie beraubt Alte

die Verlobte des Doktors ging vor uns den Hang hinunter, der Schal, der wie ein Schwanz aus dem Mantel hing, verlängerte ihre Schritte, wir unsichtbar

ich war für Dália immer unsichtbar, Dona Helena, nicht einmal guten Tag

die Spinnen, die Tablettenschachteln und die Truhe weit weg, der Mulatte mit dem Taschenmesser legte noch Höflichkeiten drauf

– Hat jemand Sie beleidigt Alte?

mein Mann hat mich beleidigt

– Wie viele Männer Helena?

damals, als es weder die Verglasung des Balkons noch die Neonröhre gab, hatten wir einen Balkon zur Kirche von Anjos, eine schwache Glühbirne, und auf den Fliesen warteten hier und da Kiefer, Paulos Vater stellte uns Rui vor

– Ein Cousin von mir Senhora

ein Cousin, ein Neffe, ein jüngerer Bruder, ein Patenkind, Senhora, sag der Patentante meines kleinen Sohnes guten Tag, ein Likörgläschen, verloren in den Fingern, Noémia dreißig Jahre alt

zweiunddreißig

– Sind das Ihre Freunde Mutter?

mein Mann, noch heute schweigend

– Wie viele Männer Helena?

Noémia arbeitet in einer Anwaltskanzlei, kommt bald, wo hast du diese Augen her

– Wie viele Männer Noémia?

Paulos Vater verteilt kleine Gläser mit Anislikör, die Frau in Bico da Areia redet nicht mit uns, redet mit dem Spiegel, und der Spiegel sagt ja

– Paulo hat keinen Vater er gehört nur mir

er hockt auf dem Fahrrad auf dem verglasten Balkon, während ich bügle, während ich nähe, hebt mein Mann den Spazierstock ein ganz klein wenig

– Ich war nicht der erste Helena gib zu daß ich nicht der erste war

wenn Paulo keinen Vater hat, gehört er nur ihr, einer Unglückseligen, die auf dem Fußboden nach Flaschenhälsen sucht, sich selber anschiebt, die Wangen in einem ziellosen Lächeln größer werden läßt

– Wissen Sie ich war einmal hübsch

wenn Paulo keinen Vater hat, wer ist dann der Vater von

Noémia, Gesichtszüge, in denen keiner meiner Gesichtszüge ein Echo fand, wen besuchten wir samstags, in wessen Schublade

die nicht bald kommen wird

dieser gravierte Name, diese Blumen, wer verschwindet aus dem Rahmen, wir haben nie geredet, wir hatten keine Zeit, zu reden, wenn ich dachte, du würdest reden, auch nach so vielen Jahren, auch heute, Paulos Vater zwischen seinen Plakaten und seinen Sternen aus Papier, unruhig, weil wir ihm verbieten könnten, seinen Sohn zu treffen

– Ich darf Ihnen doch einen kleinen Likör anbieten?

und ein Kreiseln, ein Theaterwinken, und so werde ich alt, ohne eine Antwort von dir zu bekommen, gehe los, ohne auf die Küche zu treffen

– Es fehlt noch ein Löffel Öl

und mein Mann befiehlt mir zu warten, sagt, ich solle schweigen, kreuzt einen Finger vor dem Mund

– Einen Augenblick

ich zu meinem Mann

– Nun warte doch einen Augenblick

und ein Licht auf einem Podium, der Beginn einer Musik, der Geschäftsführer

– Soraia

Paulos Vater in dem kleinen Zimmer mit den Plakaten und den Papiersternen am Príncipe Real, wo ein Köter mit Schleife sich an unsere Knie lehnt

– Ich tanze seit zwanzig Jahren und ich habe es satt Herrschaften

meinetwegen würde ich ihm den Sohn aus Chelas bringen, ich so eitel, die Brosche mit einer Kupferverzierung, mein Mann

– Wer hat dir diese Brosche gegeben Helena?

Paulo einen Augenblick friedlich, ohne den Vater anzuschreien

– Clown

ohne empört zu sein

– Warum haben Sie uns verlassen Sie Clown?

wobei er damit sich und die Frau im Schrank meint

– Wissen Sie ich war einmal hübsch

die uns nicht hörte, so wie sie auch sonst niemanden hörte, damit beschäftigt war, aus dem Fenster nicht auf das Café, nicht zum Strand, nicht nach Lissabon zu schauen, auf etwas anderes, das in der Zeit schwebte, ich hätte schwören mögen, ein Hochzeitsfoto, eine Hochzeitstorte mit zwei Gestalten darauf, ein Dorf zwischen Felsen, eine blinde Bäuerin

– Judite

ich hätte schwören können, in Almada und die Barken des Königs, ich würde beinahe schwören, in meinem Alter, so wie ich auch beinahe schwören würde, daß Dália und die Leute im Gras von Chelas auch so alt wie ich, ein Entsetzen aus Knochen, von denen die Fleischfetzen der Kleider, Westen, Hemden, unförmige Jacken herunterhingen, übermäßige Gaumen, die lachten, Spuren von Wunden auf den Wangen, am Mund, ihnen einen Garten geben, sie bitten

– Radelt radelt hört nicht auf zu radeln

und sie, während sie vor mir die skelettösen Schultern, die spitzen Hälschen, die geschwollenen Fußknöchel drehen, die sich mühsam bewegten

– Radelt

Paulo

– Warum haben Sie uns verlassen Sie Clown?

radelt mit ihnen, die gleichen dunklen Zähne, die gleichen ziellosen Bewegungen, der gleiche, nicht demütige, gleichgültige Gehorsam, er schläft mit offenen Augen auf den Marktständen, auf den Mauerkronen am Tejo, in leeren Containern, an einer Obstkiste, einem Gartenzaun, den sie noch nicht zerstört hatten, zusammengesackt, nicht nur Paulo, Paulos Mutter, Paulos Vater mit seinem roten Lippenstift

– Ich tanze seit zwanzig Jahren und ich habe es satt

in einem Erdgeschoß, in dem Dielen fehlten, hinter den Brettern der Mittelpunkt der Erde, ähnlich wie die Truhe meiner Großmutter, und das sie irgendwann auf der Müllhalde der Mulatten auskippen würden, Federn, falsche Fuchsstolen, Schminkkästen, und die mageren Hälse würden im Müll herumsuchen, eine Kette oder eine Tüllrosette anschauen und sie fallen lassen, während eine Palme im Wind knattert, die Störche im April, meine Mutter

– Gib mir das Öl Helena

das Erdgeschoß, das wirklich weggekippt wurde, so verlassen, still ist es, die Zeder ist geblieben und die Enten vom Teich, die ordentlich aufgereiht werden müssen, drei rechts und drei links, jetzt nicht mehr bewegen, Paulo, der nicht bei uns war, als mein Mann, als ich, mein Mann vor mir

– Wie viele Männer Helena?

und ich half dem Krankenpfleger

– Nun warte doch einen Augenblick

ihn aufs Bett zu setzen, damit er die Berge von Timor erleben konnte, einen Nebel aus Reisfeldern, in dem die Büffel versanken, meine Mutter rührte in der Küche die Suppe, der Spazierstock, den ich meinem Mann gegeben habe, damit er ihn einen Zentimeter anhebt

– Helena

aber er rutschte zu Boden, das Gesicht verschwand

ganz allmählich

aus dem Gesicht, keine Augenbrauen oder Falten, Dinge, der Krankenpfleger nahm ihm die künstlichen Zähne raus, und die Falten größer, suchten mich an einer Stelle im Zimmer, wo ich nicht war, bis ich begriff, daß er mich nicht suchte, weil er mich vergessen hatte, ich verloren, inmitten der Wellen, Buchten

– Noémia

schwarze Wasser, die rollten, und die Cousinen kamen, hingerissen, glücklich

– Wie niedlich schon so groß

kerzengerade auf der Bettdecke, Porzellangesichter, die der Schimmel

nicht die Zeit

hatte schrumpeln lassen, fragten mich mit langgezogener Bewunderung nach meinem Alter

– Jesus

das Gesicht meines Mannes fragte

– Wie viele Männer?

einer der Alligatoren zog sich kauend zurück, und der Krankenpfleger

– Das war's

die Falten, von denen ich mich entfernte, ohne daß Paulo

– Dona Helena

mich mitnahm, mein Sohn Paulo, mein Sohn, da er nicht mein Sohn war, den ich

– Die Alte zahlt das

aus Príncipe Real, aus Bico da Areia, aus Chelas holte, und er lachte, als er vom Friedhof kam, lachte er, ich rüttelte an seinem Arm, und Paulo

– Was soll das?

und lachte über mich, dachte, hoffentlich kann ich weiterlachen, hoffentlich höre ich nicht auf zu lachen, hoffentlich kann ich so lange lachen, bis ich mit meiner Mutter allein sein kann, mein Vater, Rui in Fonte da Telha von den Scheinwerfern der Polizei umzingelt, Paulo

– Dona Helena

und bevor ich noch

noch bevor ich das Bügeleisen auf dem Bügelbrett abstellte

– Nennen Sie mich nicht Sohn

und er lachte, Paulo zu mir, Sie wissen es vielleicht nicht, Sie wissen es nicht, aber solange ich lache und mein Lachen hasse, bin ich imstande, Sie können das nicht verstehen

Sie verstehen nicht

wie ich mein Lachen hasse und das, was es nach meinem Lachen gibt, Ihren Mann, meinen Vater, meine Mutter, Sie, wie sehr es mich stört, daß Sie mich mögen, Paulo vom Fenster zur Kirche von Anjos und zu den Spatzen und den Bäumen

– Clown

Paulo zum Abend der Avenida Almirante Reis, den Geschäften, den Zeitungsständen, den Möbelläden

– Schwuchtel

er kommt wieder herein und lacht erneut, Paulo zum Fahrrad oder dem Wäschekorb

– Ein Clown eine Schwuchtel

packt meinen Arm, nicht ich packe seinen Arm, er packt meinen Arm

– Erinnern Sie sich an meine Mutter Dona Helena erinnern Sie sich daran wie Sie mich geholt haben?

und entfernt sich von mir, kommt beim Waschtrog an, lacht

– Wie lange ist es her daß Sie mich geholt haben Dona Helena?

die unwillkürlichen Bewegungen des Körpers, wenn man lacht, Augen, die ihm nicht gehörten, woher hast du diese Augen

– War ich glücklich Dona Helena?

mit der Stimme der als alte Frauen verkleideten Puppen, die mich mit hingerissener Bewunderung nach dem Alter fragten

– Wie niedlich schon so groß

Porzellangesichter, die der Schimmel, nicht die Zeit verschrumpelt hatte, sie öffneten das Klavier, das ein Filzläufer schützte, und dort ja, dort Wellen, nicht Paulo, Wellen

– War ich glücklich Dona Helena?

Töne, die kamen und gingen, ohne daß man die Tasten berührte, durchsichtige Schwäne im Rhythmus der Musik auf dem Lack des Holzes, wenn die Sonne unterging, setzten sich die beiden bestimmt auf das Bett und riefen die Verstorbenen bei ihrem Namen, und die Verstorbenen mit Zelluloidkragen

– Da sind wir

während die Wellen größer wurden und Katzen von den

Konsoltischchen huschten, mein uralter Vater unvermittelt ganz jung, wie merkwürdig, daß es Menschen gibt, die vor Ihnen geboren wurden, Vater, Paulos Stimme kurz davor, zusammen mit dem Lachen zu verlöschen wie eine Kerze, und nur wir beide in der Wohnung

nur die Buchten, der Strand, die auf dem Boden kriechenden Kiefer, wartende Alligatorenkiefer

– Sagen Sie mir ob ich glücklich war Dona Helena

nicht

– Sagen Sie mir ob ich glücklich war Dona Helena

eine dringendere Bitte, der reglos wartende Körper

– Bitte sagen Sie mir ob ich glücklich war Dona Helena

natürlich warst du glücklich, du konntest doch nicht anders als glücklich sein, nicht wahr, deine Eltern, die Glyzinie

– Ich bin doch eine Glyzinie nicht wahr?

das Auto mit den Holzrädern, all das, die Mittagessen in Cova do Vapor zum Beispiel, die Barken des Königs, der das leichte Leben liebte, du nähertest dich der Brücke

– Im Galopp im Galopp

all das, du konntest doch nicht anders als glücklich sein mit alldem, Paulo, die Dächer der Avenida Almirante Reis beinahe alle rosa, jetzt, wo die Sonne unten am Tejo, wo die Kirche mit Spatzen anwächst, wo gleich die Uhr

– Sieben Uhr

stehenbleibt, wie damals, als das mit meiner Tochter war

ich habe es dir erzählt, habe es dir bereits gesagt, habe es dir erzählt

und ein Stück Himmel blieb zwischen den Gebäuden übrig, ein Stoffrest, der, nachdem die Gardinen längst ausgedient haben, in der Hoffnung bleibt, in einer Zukunft einmal gebraucht zu werden, die niemals kommen würde

– Du warst glücklich Paulo

bis es sich entfärbte und verstaubte und Kohlenstaub aus den Kaminen annahm, der leichte Wind der Dämmerung tat ihm an den Fingern weh, und er vergaß es zur selben Zeit, als die Wohnung uns vergißt

– Wer sind die da?

du warst glücklich, du bist glücklich, ich bin glücklich, beweg dich nicht, mach das Licht nicht an, du sollst mich jetzt nicht sehen, es wäre mir unangenehm, wenn du mich jetzt sehen würdest, ich würde nicht ertragen, daß mein Mann oder meine Tochter mich jetzt sehen würden

– Was ist passiert Dona Helena?

nimm mich am Ellenbogen, damit ich dorthin zurückkehre, wo meine Mutter die Suppe umrührt, und gib mir das Öl, Junge, gib mir das Öl anstelle von Worten, Junge, wenn ich diese Wohnung mögen würde

ich mag diese Wohnung nicht

wenn wir diese Wohnung mögen würden

– Da ist keine Wohnung mehr gute Frau hier ist eine andere Wohnung

wenn wir diese Wohnung mögen würden, könnte es uns vielleicht gelingen zu bleiben, in ihr zu wohnen, uns in das Wohnzimmer zu setzen, während mein Mann den Spazierstock anhebt und Noémia, die Nase auf dem Buch, die Abschriften für die Schule macht, die Wohnung, in der meine Mutter die Suppe umgerührt hat

rühr die Suppe um, schau, wie sie sie am Herd probiert, weiterrührt, damals kam die Nacht früher

wir hatten einen Balkon, eine schwache Glühbirne, mir war so, als würden Alligatorenkiefer auf den Fliesen warten, meine Mutter

– Helena

so wie ich

– Paulo

so wie ich zu dir

– Paulo

ich glücklich, weil du glücklich bist, und daher ich

– Paulo

ein unsichtbarer Strand, eine Echobucht, in der die Möbel schaukelten

schaukeln

in der die Möbel schaukeln, und die Möbel ebenfalls

– Paulo

die Möbel

– Paulo

genau wie ich zu dir

– Paulo

wir beide sitzen uns im Dunkeln gegenüber, ohne einander zu sehen, denn wir werden uns nicht mehr sehen, es ist unmöglich, daß wir einander sehen, du bist für immer gegangen, ein Zimmer ohne Fenster und eine Angestellte aus dem Krankenhaus, hat man mir gesagt, ich bin gestorben, es ist aus, so wie es auch mit Príncipe Real aus ist, Bico da Areia hat kein Café, keine Zigeuner, keine Pferde mehr, wo du niemanden erkennst

wo ich niemanden erkenne

dich überhaupt niemand erkennt, nicht der Elektriker, nicht die Hunde, nicht Dália

– Radle Dália

du zögerst

– In welcher Gasse habe ich gewohnt?

– Sind es nicht Margeriten?

– Welche war unsere Mauer?

und weder Gasse noch Margeriten, noch Mauer, der Kiefernhain, das Wäldchen allenfalls, oder weder Kiefernhain noch Wäldchen, nichts, du nennst die Umrisse eines Mispelbaums eine Stute, ein Wiehern zu den abwandernden Albatrossen, die Trümmer der Streben eine Brücke, du glaubst deinen Vater zu sehen, der mit einem Lächeln und einem Koffer zurückkommt, aber da ist nur eine Frau, die dich mißtrauisch anschaut, während sie Wäsche auf eine Leine hängt

– Paulo hat keinen Vater er gehört nur mir

es ist aus, Paulo, es ist aus, frag mich nicht, ob du glücklich warst, denn ich kann nichts für dich tun, ich kann mit dir darauf warten, daß es tagt

aber es tagt nicht mehr, der Zeiger steht auf sieben Uhr heute, die nächste Woche, den nächsten Monat, wenn du so alt bist wie ich, wenn du einmal so alt bist wie ich, Paulo, du

– Wie niedlich schon so groß

dann erinnerst du dich an das hier in irgendeinem Zimmer, von dem ich mir nicht vorstellen kann, wo es liegt, und wo du, die Nase auf dem Heft, deine Abschrift machst, durchstreichst, was du geschrieben hast, verzweifelst, weil es nicht so war, es fehlen Sätze, oder ich habe zu viele Sätze gemacht oder habe mich geirrt oder bin unfähig, oder Dona Helena ist ganz anders, so etwas Dummes, es ist nicht so passiert

nicht so

und letztlich ist es so einfach, Paulo, so viel einfacher, als du denkst, du mußt mich nur fragen

– War ich glücklich Dona Helena?

– Sagen Sie mir war ich glücklich Dona Helena?

– Bitte sagen Sie mir war ich glücklich Dona Helena?

und bist überrascht, weil die Nacht schneller kommt

es gibt weder eine verglaste Veranda noch eine Neonröhre an der Decke

will heißen, es gibt den Balkon zur Kirche von Anjos und eine schwache Glühbirne, meine Mutter rührt die Suppe um

ich mag diese Wohnung, denn es ist die, wo meine Mutter die Suppe umrührte

sie steht am Herd und probiert vom Fenster und rührt weiter, während auf den Fliesen hier und da kein Widerschein von jener schwachen Birne

schreib das, kein Widerschein von jener schwachen Birne

schreib, daß es nicht der Widerschein jener schwachen Birne, sondern die Kiefer von Alligatoren sind, die es aufgegeben haben, auf dich zu warten, und sich mürrisch zurückziehen, davonkriechen, im Schlamm des Stockwerks darunter verschwinden, das Feuerholz war nicht mehr das Geräusch des Meeres an einem unsichtbaren Strand, und ich

– Natürlich warst du glücklich Paulo

ich ehrlich

– Natürlich warst du glücklich Paulo

und wir lösen uns zusammen mit Noémia im Rahmen auf, wir beide, gesichtslose Gestalten neben einer kleinen leeren Vase.

Kapitel

Es gibt Augenblicke, in denen ich wirklich glaube, ich kann mir ausdenken, was ich will, und was ich mir ausdenke, ist wahr, beispielsweise, daß alles so ist wie vorher, daß nichts geschehen ist, mein Vater lebt noch mit Rui zusammen und tut trotz seines Alters so, als würde er singen, ich besuche meine Mutter in Bico da Areia, wohne bei Dona Helena und Senhor Couceiro in Anjos, oder zumindest erscheine ich hin und wieder bei ihnen

erscheine ich hin und wieder bei ihnen

aber das sind selbstverständlich meine Gedanken, nur Phantasien, ich klingle bei den Alten, wickle ein Geschenk mit einem Lächeln ein und zurre es mit der Schleife der Lippen fester, Dona Helena trocknet die Hände am Rock ab, macht ihrem Mann ein Zeichen

– Es ist Paulo

unser Sohn, wie sie so gern sagte, das einzige, was ihnen bleibt, wie gesagt, falls sie überhaupt je etwas gehabt haben, die Hände trocknen sich, auch nachdem die Tür geöffnet ist, noch weiter am Rock ab, nehmen mit den Fingerspitzen, indem sie die Schleife des Lächelns entwirren, einen bemalten Krug in Empfang, recken ihn nach hinten zum Wohnzimmer

– Schau einmal was unser Junge mir mitgebracht hat

wo Senhor Couceiro mit der Operation des Aufstehens begann

alt, wenn er saß, alt, wie er über dem Sessel schwankt, alt, als er beinahe steht, alt, als er Gott sei Dank steht, während er die Handfläche ans Ohr legt und fragt

– Wie bitte?

Dona Helena pflanzte den Krug mitten auf die Kommode, rückte Krüge von vorangegangenen Sonnabenden weg, erklärte mir mit Gesten, daß Senhor Couceiro schwerhörig, setzte mit lauterer Stimme nach, mit jenem Geschrei aus einzeln auf die Sitzstange der Stimme gesetzten Silben, das Schwerhörigen vorbehalten ist

– Schau einmal was unser Junge mir mitgebracht hat

Senhor Couceiro umrundete den Sessel als Gruppe, denn bei jedem Zentimeter, den er zurücklegte, teilte sich ein unabhängiges Stück von ihm in ziellose Schritte auf, Grüße, ein Ohr, das die Welt abtastete

– Was?

und verstand das Geschenk nicht

kam aus dem Tritt, ohne zu bemerken, daß er aus dem Tritt kam, betrachtete eingehend den Krug, den Dona Helena aus Angst, er könne ihn loslassen, am Henkel festhielt

– Er ist so ungeschickt weißt du

Senhor Couceiro traf auf meine Jacke, mein Hemd, mich, während er sich zu einer Person zusammenfügte, die Gesichtszüge mehr oder weniger, die Beine weniger, die Arme eine Karikatur, seine Nase

fast Nase

dicht an meiner, eine Stelle unter der Nase

der Mund?

wo vage Verblüffung schwamm

– Paulo

während ich mir nicht ganz sicher war

– Sollte ich das wirklich sein?

Dona Helena ganz Ausrufe, während sie den Krug mit den obengenannten Silben darbot, mich mit einem Achselzucken um Geduld, um Entschuldigung bat

– Er hat uns das geschenkt Jaime

Senhor Couceiro, verwirrt von dieser Menge, mir und dem Krug, die sich beide in seinem Geist vermischten und ihm Schwindel bereiteten, merkte, daß ihm davon schwindlig wurde, und höhlte die Stelle unter der Nase aus, überspielte es

– Aber natürlich

während ein Teil von ihm sich uns entzog, erkannten wir eine Dame

seine Mutter?

die aus dem Fenster einer Eisenbahn winkte, und Senhor Couceiro, der acht Jahre alt war, winkte ebenfalls, Dona Helena brachte ihn, verärgert über die Schwiegermutter, wieder zurück

– Begrüßt du Paulo denn nicht?

die Stelle unter der Nase

– Mutter

zornig über Dona Helena, die sie ihm weggenommen hatte, der Eisenbahnwaggon in einer Kurve, und weg war der Waggon, was blieb, war dieser Krug ohne irgendeinen Sinn, was kümmerte ihn der Krug

was für ein Krug?

ein Mann, der wußte, wer er war, und nicht wußte, wer er war, oder, anders gesagt, der vor ein paar Augenblicken gewußt hatte, wer er war

der Freund der Eltern, der ihn in Abrantes ausführte, ein Kollege aus Timor?

vielleicht Paulo, aber was bedeutete Paulo, eine Verbindung brach in ihm entzwei, die Gaumen von selber

– Paulo

die Frau, die mit ihm redete, seine Ehefrau

– Wie heißt Ihre Ehefrau Senhor Couceiro?

die Frage weckte staubige Echos, die Tochter rief ihn, eine blonde Perücke tanzte vorbei, Dona Helena antwortete für ihn, begierig auf einen Platz in dieser obskuren Einöde

– Sie heißt Helena

Senhor Couceiro griff die Information zufrieden auf

– Sie heißt Helena

obwohl die Information sinnentleert war, was bedeutet Helena, worin besteht Helena, da kam die Mutter wieder und winkte ihm zu, er sah den Waggon, spürte den Kohlegeruch, und kaum winkte er seinerseits, verschwand der Waggon, eine unvermittelte Leere, und die Nase an meiner, der Blick endlich entschieden, die Handfläche auf meiner Schulter, kräftig wie früher, das Gesicht von früher

– Paulo

in der Lage, die Namen der Bäume auf lateinisch zu rezitieren, ohne sich je zu irren, meine Frau Helena, meine Tochter Noémia, mein Ziehkind Paulo, der Spazierstock erklärend

– Es gib Augenblicke da spielt einem das Gedächtnis

unser Junge Paulo, selbstverständlich Paulo, wie dumm von mir, Dona Helenas Stimme auf einer etwas niedrigeren Sitzstange

– Er hat uns ein Geschenk mitgebracht schau einmal

Senhor Couceiro nahm den Spazierstock in die andere Hand, ergriff das Geschenk, ein paar der Finger tot, aber einer oder zwei interessiert, ohne sich um die verstorbenen Glieder zu kümmern, wir brauchen euch überhaupt nicht

– Jawohl jawohl

der Mund einen Augenblick lang mit Lippen, Zähnen, einer Zunge wie unserer

– Jawohl jawohl

und dann plötzlich verabschiedete sich der Mund, Fragmente, die sich lösten, Haare, Stirn, Wangen schwebten durch das Zimmer, ich glaube, seine Mutter winkte, ein Lokomotivengeräusch schob den Teppich beiseite, der Raum unter der Nase kaute Überraschungen

– Habe ich jawohl gesagt?

meine Mutter winkte diesen Fremden, die ich kenne

nicht kenne

die mir gegenüber behaupten, daß ich sie kenne, und von denen ich nicht weiß, wer sie sind, abends bringt sie einen Teller und eine Serviette, taucht den Löffel in den Teller und bewegt ihn, Porzellan tropfend, auf mich zu, bittet mich, es zu schlucken

– Wenn sie kalt wird ist sie nicht mehr so gut

keine Suppe, kein Gemüse, kein Reis, sie will, daß ich die Bilder auf dem Teller schlucke, nachdem sie darauf gepustet hat, weil es Dampf auf den Bildern gibt

– Wenn sie kalt wird ist sie nicht mehr so gut

meine Mutter, nicht die hier, diejenige, die Hauttropfen tröpfelt

– Und schon hast du mich zum Weinen gebracht

sie redete nicht so mit mir, sie winkte mit dem geschlossenen Sonnenschirm aus dem Waggon, ein Herr mit Melone

mein Stiefvater

– Was für Sentimentalitäten Isabel

Isabel fuhr weg, das heißt, die Laterne am Ende des Zuges verschied an einer Brücke, und ich zu Isabel

– Bis irgendwann Mutter

so gesehen, und wenn ich die Dinge langsam rekapituliere, langsam, denn dann verliere ich mich nicht, gab es Isabel, meinen Stiefvater, den Bahnhof, es gab die Ente und die Serviette, und die Fremde, die verlangte, ich solle essen

– Wenn sie kalt wird ist sie nicht mehr so gut

der, von dem sie behaupten, es sei Paulo, starrt mich mitleidig an, und wieso Mitleid, wo ich

und wieso Mitleid, es geht mir gut, der Zug soll verschwinden, sie werden sich um mich kümmern, mein Schwager hat sich um mich gekümmert

– Du wirst im Laden arbeiten

wieso also Mitleid, die Fremde unterhält sich mit Paulo, tröpfelt Hauttropfen

ich kenne Paulo, er hat bei mir gelebt, ich kenne ihn

– Und er war so intelligent das ist wirklich schade nicht wahr?

ich kenne auch die Fremde, meine Ehefrau, die

Helena, ganz offensichtlich Helena, wenn ich langsam rekapituliere

ich war mir sicher, ich war intelligent, nicht wahr?

rücken sich die Dinge zurecht, sind sie zusammengesetzt, perfekt oder, anders gesagt, in Reih und Glied, die Wohnung in Anjos, Helena, Paulo, ich hatte eine Tochter, Noémia

ich habe eine Tochter

langsam, habe ich gesagt, sag, ich hatte eine Tochter

ich hatte eine Tochter Noémia, der Eindruck, daß ich irgendwann einmal ihretwegen Haut getröpfelt habe

ich nehme es an

ich habe wegen diesem da Haut getröpfelt, mein Schwager im Laden, während er Kartons aufeinanderstapelte, wütend auf die Kartons, als wäre jeder Karton meine Mutter

– Hör auf zu heulen Blödmann

Paulo, der mich zum Sofa führte, mir den Spazierstock gab, mich beruhigte, indem er den Krug nahm und ihn

– Ich bin deine Frau ich bin Helena

Helena gab?

– Regen Sie sich nicht wegen des Geschenks auf Senhor Couceiro

meine Mutter hieß Isabel Lopes Martins, der Vater meiner Mutter Abel Lopes Martins, die Mutter meiner Mutter Maria da Soledade, der Handschuh, der mich streichelte, als sie in den Waggon stieg, hatte am Handgelenk ein Relief, Paulo zu Dona Helena, indem er meine Knie mit einem Tuch bedeckte

für ihn nicht Helena, Dona Helena

– Er erweckt Mitleid nicht wahr?

und ich lachte

– Mitleid?

ich lachte, und mein Schwager einen Karton nach dem anderen, jeder Karton meine Mutter, die er zerquetschte

– Hör auf zu heulen Blödmann

Schuhkartons mit meiner Mutter darin, die winkte, noch heute winkt, und Paulo, während er meinen Arm hielt

– Noch gehe ich nicht Senhor Couceiro verabschieden Sie sich nicht von mir

ich glaube, es hat mich traurig gemacht, daß meine Mutter

ich, ihr Sohn, wie sie so gern sagt, das einzige, was ihnen bleibt, wenn sie überhaupt je etwas gehabt haben, sage ich, munterte Dona Helena auf

– Wenn ich das nächste Mal komme bringe ich Ihnen einen größeren Krug mit

als wenn sie je etwas gehabt haben außer den Bäumen auf lateinisch und der Schublade auf dem Friedhof, vor der sie immer ein wenig Lorbeerluft schnappten

wenn ich die Schuhkartons alle zerquetschen könnte, Sie zerquetschen könnte, Mutter, Sie zerquetschen

und die Avenida Almirante Reis vergaßen, wo alles mit ihnen zusammen alterte, sogar die Spatzen der Kirche, die zwischen Uhr und Veranda humpelten, beinahe keine Spatzen mehr, wahllose welke Blätter, Füßchen wie Zweiglein, die Cedille-Häkchen der Flügel, wo wahrscheinlich ich

nein, ich noch nicht

und dennoch gibt es Augenblicke, in denen ich wirklich glaube, ich kann mir ausdenken, was ich will, und was ich mir ausdenke, ist wahr, beispielsweise, daß alles so ist wie vorher, daß nichts geschehen ist, es geht uns gut, aber das sind, wie gesagt, meine Gedanken, nur Phantasien, in Príncipe Real noch nicht diese Gebäude von amerikanischen Versicherungen, die sie später gebaut haben, da ist der selbsternannte Parkplatzeinweiser mit der Militärmütze, die er im Morgenmüll gefunden hat

mein Gott, wenn ich eines Tages vom Abfall der Nacht reden würde, der sich auf den Bürgersteigen häuft, Stiefel, Töpfe, Heiligenstatuetten, sogar Enzyklopädien, sogar Waschmaschinen, sogar mehrteilige Spiegel, ganze Leben gibt es da, aber niemanden, der ihnen Mut macht, nur ihre Abwesenheit wie eine Falte in den Dingen oder die Stimmen, die durch die Fingerabdrücke geblieben sind, der Abdruck einer Sohle auf einem Kopfkissenbezug, ein Schlüssel, der mit einer Drehung Türen in der Leere öffnet, und dahinter Türen, das möchte ich wetten, ich, um wieviel Uhr wirft uns die Nacht hinaus, schickt sie uns weg, setzt uns auf der Straße ab

der Bettler mit der Militärmütze, der sich in nicht korrektem militärischem Gruß aufrichtet

– Ich war Leutnant

zeigte dabei das Bein, das er als verwundet bezeichnete, aber keine Narben, nur die Schwellungen vom Wein, die von der Socke freigelegte Krampfadermarmorierung

– Eine tückische Kugel mein Freund

und da ich denken kann, was ich will, und das, was ich denke, wahr ist, ist da Dona Aurorinha mit der Einkaufsplastiktüte und stöbert in Stiefeln, Töpfen, Heiligenstatuetten

– Man kann nie wissen Paulo

was kann man nie wissen?

– Was kann man nie wissen Dona Aurorinha?

und sie durchsuchte Strandgut, in dem Dosen schepperten, in denen einst Tee, Kichererbsen, Mandeln, die einst auf der Brüstung des Waschtanks als Blumentöpfe für den Klee der Kaninchen gedient hatten, Dona Aurorinha, die sich auf das gesamte Universum bezog oder auf die Röntgenaufnahme ihrer Wirbelsäule, die der Arzt ihr noch nicht gezeigt hatte, weiße Flecken, die in einem riesigen Umschlag knisterten

– Man kann nie wissen Paulo

der Bettlerleutnant, Dona Aurorinha, die vom Müll abließ und versuchte, das Haus zu erreichen, die Dame mit dem Persianermantel auf ihrer Bank

seit Monaten habe ich nicht mehr an sie gedacht

die die Brotkanten für die Tauben herausholte, und wenn ich mir die Mühe machen würde, Dona Aurorinha zu folgen, mein Vater im Erdgeschoß, seit ich groß bin, kann ich direkt an die Fensterscheiben klopfen

kann ich denken, was ich will, und was ich denke, ist wahr, gleich ist da die Nummer zwölf die Farbe, die den hölzernen Fensterrahmen fehlt, in denen der Kitt locker ist

direkt an die Fensterscheiben klopfen, und in den Fensterscheiben ein Lüster, dem immer mehr Klunker abhanden kamen, die offene Wunde

Mörtel eiternd

von der vorangegangenen Lampe, meine Vorstellungen, etwas, was man erfindet, aber wie wird mein Vater fünfzehn Jahre später sein

fünfzehn, nur so ein Gedanke, sechzehn, siebzehn

fünfzehn Jahre später, die Zeder unverändert, der Teich, aus dem ein Angestellter der Stadtverwaltung die Algen klaubte, nachdem er die Fische in einen Eimer gegossen hatte

wenn das Wasser sank, hüpften sie auf dem Zement, ein kleiner Motor mit Kiemen, während sie im Eimer nur ruhige Messer waren, hin und wieder ein Klingenschlängeln

an die Fensterscheiben klopfen und

wie einst

ein Schweigen, eine Distanz, die Wunde der vorangegangenen Lampe mit einem zum Angelhaken gebogenen Nagel, die Rückenlehne des Sofas, die eine Serviette schützte, und auf der Serviette ein Brillenetui ohne Deckel und eine Tasse, die Muckefuck vergoß, Dona Aurorinha

seit Ewigkeiten bei den Zypressen

kämpfte mit dem Messingtürknauf, dem Schrauben fehlten

– Möchtest du nicht reinkommen mein Junge?

die Schlüssel zu den Überresten der Nacht hingegen drehen sich so leicht in der Luft

ihr kleiner Kopf, was einmal ein Körper war, die Satinpantoffeln einer Jugend, in der städtische Blaskapellen mit Saxophonen und Trommeln die Konzerte begannen

– Ich hatte Dutzende von jungen Verehrern

und Typen mit Samtkragen, nicht Dutzende, drei oder vier, hier bei mir, schauen sie an die brennende Lampe in der Wohnung meines Vaters kräuselte die Fußmatte

– Ich bin es Vater

und Atemzüge

meine Gedanken, nur Phantasien

keine ärgerlichen Ausrufe, keine Schritte, ein kleiner Motor mit Kiemen oder ein Messer im Eimer

Sie sind zum Fisch geworden, Vater

der den Sitz der Perücke, des Morgenmantels überprüft, oder ohne Morgenmantel, ohne Perücke, diese Schlafanzüge, mit denen man die Sonntage auf Stühlen schlummernd herumbringt, und der Schlafanzug schämt sich, ihn in den Überresten der Nacht anzutreffen, möglicherweise einer der Bühnenscheinwerfer, möglicherweise Dona Amélia und ihr Tablett mit den Pralinen und den Zigaretten, halb verborgen in einer Anrichte

ich will nicht, daß mein Sohn mich in den Überresten der Nacht sieht

die Atemzüge zu mir

– Ich habe keine Zeit mach daß du wegkommst

er sollte nicht mehr tanzen, das Fett, das Alter, er ging in den Pausen zwischen den Liedern auch mit einem Tablett herum, rief Vânia oder Sissi, wedelte mit der Einladung eines Kunden, und der Geschäftsführer, die muß man annehmen, denn es ist ein wichtiger Job, denn Champagner, denn Freunde, die bei der Polizei beide Augen zudrückten

– Tisch neun Mädchen

Rui seit Jahren weit weg

meine Gedanken, Sachen, die man so erfindet

der Köter mit der Schleife in einem Sack auf dem Bürgersteig, er konnte nicht mehr sehen, der Arme, rannte gegen die Möbel, wir hielten ihm den Topf mit seinem Futter direkt an die Schnauze, mein Vater hin und wieder

(und die Atemzüge verscheuchten mich

– Ich habe keine Zeit mach daß du wegkommst)

mit einem alten Kunden, mit dem er über Zipperlein und ruhmreiche Zeiten redete, erinnern Sie sich an Senhor João, diese argentinische Nummer, ich als Tangosängerin und Senhor João

– An die Tangosängerin kann ich mich nicht mehr erinnern Soraia

im Grunde genommen eher eine Gesellschaft als ein Kunde, sie blätterten in Namen, Alcides, Micaela, Marlene, die andere

– Wie hieß noch die die bei einem Unfall ein Bein verloren hat?

und die beiden auf der Suche, vor Freude strahlend, als sie

– Samanta

fanden, sie teilten einen Rest Eierlikör in einem Weinkelch und einem Glas, denn was die Weinkelche betraf

– Mögen Sie den Likör Senhor João?

habe ich nie etwas Empfindlicheres gesehen, ein Kuß auf die Wange, ein Geldschein im Aschenbecher

– Geben Sie das dem Prior und beten Sie eine Messe für mich

ein Abschied mit gegenseitigen guten Ratschlägen zu warmer Kleidung und Kalzium für die Knochen, kaum war er allein, nahm sich mein Vater noch etwas vom Likör, der ihm als Abendessen diente, seit der Toaster kaputt war

– Was Toaster betrifft habe ich nie etwas Empfindlicheres gesehen

wenn ich ihn, wenn ich wegging, von der Zeder aus beobachtete, beobachtete er mich von der Gardine aus, nicht die blonde Perücke, eine Glatze, auf der sich der Lüster in kleinen goldenen Pünktchen widerspiegelte

(Dinge, die man so erfindet, aber möglicherweise erfinde ich sie gar nicht)

und ich von der Zeder aus

– Auf Wiedersehen Vater

Dinge, die ich erfinde, aber möglicherweise erfinde ich sie gar nicht, wäre er nicht gestorben, wäre es mehr oder weniger so, Rui mit Vânia, mein Vater am Nachmittag eine Weile im Park, es fällt mir nicht schwer, mir vorzustellen, bei Büroschluß eine kleine, flüchtige Handfläche, es fällt mir nicht schwer, mir vorzustellen, daß die Telefonistinnen

– Da nimm

(er war immer ein Clown, warum sollte er nicht wie ein Clown enden, nicht wahr?)

so wie es mir auch nicht schwerfällt, mir vorzustellen, daß er nachts um den Keller herumstrich, die ihm noch verbliebenen Lumpen um ihn herumflatterten, und einige hingeworfene Pinselstriche Make-up

(in der Tat ein Clown)

im Sichtfeld des Portiers, der Kumpel zusammentrommelte

– Kannst du noch tanzen?

und mein Vater

(– Machen Sie's gut ich habe kein Interesse daran Sie zu sehen danke)

überzeugt davon, daß die Lampen rot, gelb, lila wurden, auf der Bühne aus Teer nach ihm suchten, überzeugt, daß sie die Musik anstellten

ein Zittern der Tonabnehmer, bevor die Spule sich zu drehen begann

eine Ballade, ein Paso doble, ein Fado, der Pförtner mit Zeichen zu seinen Freunden

– Na wie sieht's aus Soraia?

(– Ich habe Ihnen doch gesagt daß ich nicht daran interessiert bin Sie zu sehen)

und mein Vater führte dort freudige Steptänze auf, trottete, hielt inne, vollendete eine Drehung

einige Augenblicke lang fast eine Frau, fast jung, die Lumpen ein richtiges Kleid, die Pinselstriche ein vollkommenes Make-up

und ich habe einige Augenblicke lang gesagt, weil mein Vater auf den Applaus wartete, der Portier rief den Geschäftsführer

– Soraia ist zurückgekommen

das Kleid in Lumpen, das Make-up streifig, der Geschäftsführer kam nicht, der Portier genervt, beugte sich zu einem Taxi

– Guten Abend Herr Ingenieur

wisperte meinem Vater zu

– Du hast deine Kunststücke bereits gezeigt nun zieh Leine

Plakate mit der blöden Vânia, von einer lächerlichen Mulattin, von anderen, die nicht aus meiner Zeit stammten, eine von ihnen war, glaube ich, der Botenjunge, den seine Mutter brachte und abholte, bevor Alcides sich, sensibel für die Kunst, der Sache widmete, die Mutter drückte Alcides dankbar beide Hände, Alcides sehr viel älter, aber mit unverminderter Großzügigkeit

– Wir müssen füreinander dasein gnädige Frau es ist mein Schicksal den jungen Leuten zu helfen

dasselbe Tuch um den Hals, den Ring am kleinen Finger, dessen Stein eine Waage zeigte, die drei Silberkrampen am Rahmen festhielten, der Botenjunge schräg von unten fotografiert

die schöne Cristiana

mit nackten Schulterblättern, lächelnd

– Der Ingenieur von Tisch neun Cristiana

wenn Sie mir erlauben würden, mich etwas im Publikum hinzusetzen, wenn sie mich zuschauen ließen, ich unterbreche nicht, benehme mich nicht daneben, wenn mein Sohn

– Ein Clown

tue ich so, als hörte ich es nicht, antworte ich nicht, schweige ich

– Ich habe keine Zeit mach daß du wegkommst

und er beobachtet mich von der Zeder aus, während ich ihn von der Gardine aus beobachte

mir fehlen die Kräfte, ihn Huckepack vom Garten bis zur Brücke zu tragen, er trommelt mit seinen Fersen auf meine Brust, kümmert sich nicht um das

– Du hast deine Kunststücke bereits gezeigt nun zieh Leine

zeigt auf die Möwen und die Hunde, die uns mit Kienäpfeln bewerfen, verlangt

– Im Galopp

während ich nur mich selber hörte, das Herz, die Lunge, der Sand ließ mich das Gleichgewicht verlieren, ich richte mich etwas weiter längs wieder auf, laufe weiter

wenn das laufen war

ich ohne Kräfte

– Ich kann nicht

so wie ich auch nicht tanzen kann, wenn sie mich darum bitten, der Körper außer Übung, ohne Rhythmus, die Gewißheit, daß mein Mund die Sätze nicht begleitet, Worte bildet, wenn die Worte schon vorbei sind, und nur Saxophone, Geigen, die Gewißheit, daß der Geschäftsführer in den Kulissen wütend seine Zeichen zu mir hin vervielfältigt, der von der Beleuchtung den Scheinwerfer von mir weglenkt, Vânia mit Federn, die ich gekauft habe, es sind meine gewesen

– Ich habe es Ihnen ja gesagt habe ich doch oder?

oder sollte es meine Frau sein, die

– Ich habe es dir ja gesagt habe ich doch oder?

an dem Tag, an dem sie am Eingang zum Keller auf mich gewartet hatte, hübscher als in meiner Erinnerung, größer, und mit meiner Frau Glyzinien an den Fassaden, das Fiepen der Reiher, der Wind im Kiefernwäldchen, der die Hufe der Stuten heranträgt, der Wunsch, nach Paulo zu fragen, und anstatt zu fragen

– Wie geht es Paulo?

ungeduldig werden

– Ich habe keine Zeit mach daß du wegkommst

während der Umzugslaster vor der Tür steht und ein Buckliger meine Klamotten wegträgt

– Acht Monate keine Miete bezahlt jetzt ist Schluß mit dem Kredit Mädchen

die Enten auf dem Teich, die Zeder, die Dame mit dem Pelzmantel ist auf der Bank etwas zur Seite gerutscht, um mir Platz zu machen, und wir haben dort den ganzen Nachmittag zusammen gesessen, ohne reden zu müssen, den Tauben zugeschaut

daher war es, obwohl ich denken kann, was ich will, und das, was ich denke, wahr ist, beispielsweise, daß alles so ist wie vorher, nichts passiert ist, es uns gutgeht

(meine Gedanken, nur Phantasien)

nicht mein Vater auf der anderen Seite der Türangeln, der eilig den Sitz der Perücke, des Morgenmantels überprüfte, mein Vater wahrscheinlich in einem Überrest der Nacht auf dem Bürgersteig zusammengesackt, Stiefel, Töpfe, Heiligenstatuetten, sogar Enzyklopädien, sogar Waschmaschinen, sogar dreiteilige Spiegel, ein Schlüssel, der, indem er sich dreht, die Türen in der Leere öffnet, und hinter den Türen er, nicht im Krankenhaus, nicht auf dem Friedhof, an welchem Ort, wo

– Vater

mit Micaela, Marlene in der Küche, in der die Ehefrau des Onkels ihm die Kleider aufknöpft

– Badezeit Carlos

mein Vater in den Zeitungen vergangener Zeiten, deren Fotos ihre Schärfe verlieren und in der Schublade nachdunkeln, man erkennt einen Zylinder, einen Stock, ein Knie, Marlene im Profil

mit Barthaaren aus Draht und Kaninchenohren

die den Lesern einen Kuß schickt, Seiten, die mir Soraia in Form von Kohle an den Fingern lassen, und ein Teil ist noch nicht zu Kohle geworden

wenn es überhaupt noch einen Teil gibt, der nach so vielen Jahren unter dem Grabstein noch nicht zu Kohle geworden ist

denke ich

(ich kann denken, was ich will, und was ich denke, ist wahr)

daß er möglicherweise mit Micaela zusammen auf der anderen Seite des Flusses, São João da Caparica, Trafaria, Alto do Galo, und ich nähere mich langsam, ohne es zu bemerken

ohne es zu bemerken?

Bico da Areia oder einem kleinen Dorf in der Provinz, in dem die Mimosen vom Gebirge herunterkamen nein, nur Bico da Areia, der kleine Garten, die Mauer, mein Vater und Micaela im Haus, das meine Mutter mir hinterlassen hat

(Dinge, die man so erfindet, nur Phantasien)

zwei Clowns, die die Wellen anstaunen, während ich begreife, daß nicht sie in Bico da Areia, sondern ich, im Kleiderschrank verdoppelt, der fast am Bett steht

am Bett steht

und mich frage

– Warum?

und ängstlich darauf warte, daß ich mir selber antworte, den Verdacht habe, daß die Angestellte aus dem Speisesaal, wenn ich

– Warum Gabriela?

nervös werden würde wegen der Eifersucht von Carmindo

– Es dauert nur einen Moment tut mir leid

im Schutz einer Platane, damit sie nicht merkte, daß ich gerührt war

nicht eigentlich gerührt, neugierig

– Warum?

Gabriela rückte das Häubchen zurecht, denn es gibt Gelegenheiten, da wird der Geist klarer, wenn man das Häubchen zurechtrückt, sie bat mich

– Halt mal das Tablett

um eine Haarklammer woanders hinzustecken, nahm dann wieder das Tablett, beschloß, indem sie sich von mir entfernte

– Ich habe keine Ahnung

während ich an einem Ast schaukelte wie Senhor Vivaldo, eine graue Katze, ganz Augen, glitt in den Büschen flüssig und fest vorbei

fest, wenn reglos, und flüssig, indem sie entwischte

die Rotblonde glühte vor Sommersprossen zu Gabriela hin

– Das ist doch nicht der

während sie ein Knie kratzte, mich vergaß, die Überzeugung,

daß nicht einmal mein Schatten blieb, während sie Namen und Menschen suchte, die ebenfalls keinen Schatten hatten

Namen oder die Erinnerung an Namen, die Menschen in einer Falte der Zeit aufgelöst

der Name eines Clowns oder einer Frau, die die Küche nach Flaschen durchstöberte, der streunende Hund meiner Liebe zu ihnen, der mir von fern folgt, wenn ich mich nähere, entwischt er mit einem Satz, wenn ich ihn vergesse, kehrt er beharrlich zurück

– Dein Vater dein Vater

bis er an einem Stamm oder einem Autoreifen verharrt, merken, daß der Hund nicht da ist, zurückkehren und, ich habe ihn verloren, silbrige Blumengirlanden um die Künstlerinnen herum, in Kürze Dona Amélia

diejenige, die Dona Amélias Stelle eingenommen hat

der Geschäftsführer

der Geschäftsführer wurde nicht ausgewechselt

wenn ich in diesem Café warte, werde ich ihn sehen, einen Tisch aussuchen, von dem aus man die Straße sehen kann, und sobald er die Gasse herunterkommt, bemerke ich ihn, Viertel nach sechs auf der Wanduhr, die das Ruder eines Kabeljaukutters nachahmt, die Anzahl der Milchtüten auf dem Tresen erraten, die Zeit, die der Kerl links braucht, um seine Zigarette zu rauchen

er hat sie brummelnd zu früh ausgemacht, drei Minuten

ein Kind hüpfte auf einem Bein auf der Türschwelle, und bei jedem fünften Hüpfer schaute es stolz zu uns herüber und wechselte den Fuß, das Mädchen, das die Kunden bediente, genervt von den Hüpfern

– Leandro

Leandro, der ein Armband aus Glasperlen trug und Gouachestreifen auf der Stirn hatte, begann, die Hände in der Taille, mit der Beharrlichkeit eines Indianerhäuptlings herumzuspringen

– Ich bin stärker als du

von meinem Platz aus fünfundzwanzig Milchtüten, als ich

aufstehe, um es zu überprüfen, einunddreißig, ich habe mich geirrt, der Typ mit der Zigarette beobachtete mich, wie ich sie mit ausgestrecktem Zeigefinger zählte, Leandro, indem er seine Rothautherausforderungen unterbrach, zu mir

– Wie heißt du?

sobald ich mich gesetzt hatte, verlor er das Interesse an mir, während er im Lokal die Runde drehte, ohne auf die Ritzen zwischen den Fliesen zu treten, und als er die Runde beendet hatte, hielt er den Papierkorb hoch, in dem sich Servietten und Schalen befanden, machte Anstalten, ihn auf das Mädchen zu werfen, das Mädchen machte Anstalten, die Schinkenschneidemaschine zu verlassen

– Du willst wohl eine einfangen nicht wahr Leandro?

machte bei einer Scheibe einen Fehler, köpfte beinahe ihren kleinen Finger, lutschte mit von Tränen runden Augen am kleinen Finger

– Wenn wir wieder zu Hause sind sage ich es Mutter Leandro

genau die gleiche Nase, dieselbe Form des Mundes, eine kleine Warze am Kinn, das Mädchen fünfzehn, sechzehn Jahre, höchstens siebzehn, fast auch noch ein Kind, und dennoch Sandwiches, Bier, Wechselgeld, der Vater, als er am Ende des Tages Zahlen auf ein Papier schrieb

– Hier fehlt Geld Matilde

sechs Uhr vierzig, sechs Uhr einundvierzig, der Sekundenzeiger wollte stehenbleiben, und der Mechanismus zornig

– Ich dulde keine Faulheit

Leandro, der kleine Finger verachtete

– Heulsuse

stibitzte ein Päckchen Zucker und kippte es sich in den Mund, ein paar Kristalle kullerten glitzernd über sein Hemd, er zerknüllte das Päckchen zu einem Ball, warf ihn, ohne zu treffen

– Wie alt bist du?

der Sekundenzeiger tat so, als würde er kreisen, kreiste aber nicht, denn seit Ewigkeiten sechs Uhr einundvierzig, die Uhr vom

Nagel nehmen, für den Fall, daß irgendein Rädchen sich weigerte zu funktionieren, das Rädchen merkte es, und unmittelbar darauf sechs Uhr zweiundvierzig, eines der Zuckerkristalle fiel auf meinen Tisch, ich nahm es mit dem Daumen auf, und es schmeckte nach nichts

– Lutscht du auch an dir wie meine Schwester?

wegen des Fehlens der Sonne und der Nähe der Nacht

nicht der Nacht, der Wolken, die sie ankündigten

färbten sich die bemalten Fliesen eine nach der anderen grau, Dona Helena und ich auf dem verglasten Balkon mit den goldenen und braunen Wolken auf der Seite der Kirche, wenn sie näher kämen, würde Dona Helena ihre Häkelnadel nehmen und sie in Bordüren von Bettüchern oder Sofalehnenschützer verwandeln, so verschwanden sie aus dem Stadtteil und spitzten dadurch die Schornsteine, die Dachböden an, Senhor Couceiro, den Wolken nicht interessierten, bat, indem er mit dem Spazierstock auf den Boden stieß, um seine Medizin, Dona Helena

sechs Uhr fünfzig

ließ unwillig von den Wolken ab

– Hast du den Sirup gesehen Paulo?

eine Medizin, die Leandro ähnelte, weil sie ständig ihren Standort änderte, wir waren sicher, daß sie sich in der Obstschale befand, und sie stand zwischen den Aluminiumtöpfen in der Küche, Dona Helena

– Lebst du noch?

die Verpackung klebrig, der Löffel, der kaum von der Gebrauchsanweisung loszubekommen war, mit Buchstabenresten am Stiel, die Wolken glitten, außer Reichweite der Nadel, über die Dächer weit weg von uns, das Zuckerkristall ein Stern auf halbem Weg zwischen der Kirche und einem Gebäude mit abgerundeten Ecken

– Kriegen Sie ihn nicht zu fassen Dona Helena?

man feuchtet den Daumen an, führt ihn zum Mund, und das war's die Zeiger

na ja

sieben Uhr vierzehn, Leandro, als seine Mutter kommt, plötzlich ruhig, will heißen, er übte eine weitere Runde im Café, ohne auf die Ritzen zwischen den Fliesen zu treten, und immer drei Fliesen auf einmal, hob einen Turnschuh fast auf die Höhe seines Gesichts, die Mutter

– Leandro

und der Indianerhäuptling zog sich, von der Tyrannei der Weißen gedemütigt, knisternd vor Groll in den hinteren Teil des Raums zurück, wo er, indem er sie an- und ausmachte, schmollend eine Taschenlampe verbarg

die Lampe in der Handfläche mal rosa, mal weiß, die Mutter öffnete, Gewinn vermutend, die Registrierkasse und schloß sie wieder, wobei ein scharfer Seitenblick

sieben Uhr neununddreißig

die Tochter durchbohrte

– Hast du alles hier reingetan Matilde?

ungläubige Falten zu beiden Seiten des Mundes, und mein Vater kam nicht, er, der sich früher mit Verspätungen immer so gehabt hatte

– Mach mir schnell das Häkchen zu

Sissi, mit der Frisur unter einem Haarnetz, Samanta eskortiert von Alcides, ungeschickt, aber ein Gentleman, keine Wolke zu sehen, ein paar weitere Zuckerkristalle auf anderen Tischen verloren, die der Daumen nicht erreichte, meine Hand bekommt überhaupt nichts zu fassen, nur die schneckenlangsamen Zeiger verspotten mich, einunddreißig Milchpakete

nein, dreißig, das Mädchen goß eines davon in ein Glas, sechsundzwanzig Flaschen auf dem Regal, wobei neunzehn nach vorn und die restlichen zur Seite gedreht sind, genau sieben Uhr fünfzig, noch ein ganz klein wenig, beinahe sieben Uhr einundfünfzig

sieben Uhr einundfünfzig

zwei unbekannte Clowns, bereits in Bühnenkostümen, wurden überschwenglich vom Portier geküßt, einer der beiden zog einen Schuh aus und begutachtete den Absatz, klopfte ihn am Zaun gerade, Dona Helena mit dem Siruplöffel auf dem verglasten Balkon

– Wo sind die Wolken abgeblieben Paulo?

ich würde Ihnen so gern eine Wolke schenken, Dona Helena

– Hier nehmen Sie

allerdings

sehen Sie?

habe ich keine, eine schöne, runde, um die Kommode damit zu schmücken, wenn die Dächer sie zerreißen, flicken Sie sie mit ein paar Stichen, Sie haben meine Schals, meine Pullover mit Hunderten von Stichen geflickt

– Paß mit den Nägeln auf mach das nicht wieder kaputt

keine Angst, ich passe auf, Dona Helena, ich meide Nägel, mache das nicht wieder kaputt und lasse auch nicht zu, daß mein Vater vor mir wegläuft, der Clown probierte mit vorsichtigen Schritten den Absatz aus und lächelte dem Portier zu, mit einer Wolke zum Geburtstag in die Wohnung treten, und Dona Helena zeigt sie Senhor Couceiro, hält sie ganz leicht fest, damit sie nicht regnet

– Schau einmal was unser Junge uns mitgebracht hat eine Wolke

zwischen den Sofalehnen und Noémias Zimmer zögern

– Findest du nicht sie paßt gut zu

die Brücke in Bico da Areia, wo die Reiher unsichtbar im Dunkeln schlafen, Leandros Mutter hängt die Fensterläden ein

– Wir schließen gleich

Leandro liegt, vor Müdigkeit erschlaffend, auf dem Stuhl vor meinem, seine Schwester wäscht die Biergläser, fegt die Fliesen, erscheint mit einem Wischmop und bittet mich, die Füße anzuheben

– Mit Verlaub

und der Fußboden glänzt spiegelnd unter mir, die Uhr auf

dem Boden neun Uhr achtunddreißig, und ich beuge mich vor, um sie zu sehen

während Leandros Mutter das Fensterchen vom Wasserzähler abschloß

neun Uhr vierzig

zehn Uhr

der Vase darauf?

Senhor Couceiro schätzt sie ab, hält sie vor sich, und Dona Helena

– Vorsicht

Vorsicht mit den Schals, Vorsicht mit den Wolken, denn es gibt so viele tückische Nägel, mein Gott, die Leuchtreklame des Kellers ging an

rosa

die Helligkeit nahm in den Röhrenvoluten zu, die Symmetrie der Lampen geriet bei einer durchgebrannten Birne aus dem Gleichgewicht, stolperte voran und drehte sich weiter

– Bei so viel kaputten Birnen wird es in diesem Haus demnächst nicht mehr genügend Beleuchtung geben

der verglaste Balkon beleuchtet, die Küche beleuchtet, zehn Uhr zwanzig

diese Augen, diese Hand, die das Kinn berührt

nein, die Wange

nein, das Ohrläppchen

nein, außer dem Ohrläppchen, diese Hand, die eine blonde Perücke zurechtrückt und in der Luft bleibt, sich grüßend öffnet und schließt, hallo, Paulo.

Kapitel

Irgend etwas wird bis morgen früh geschehen, ich glaube nicht, daß alles

diese Leute, diese Jahre, mein Leben

so aufhört, ohne ein Ende, nur ein Innehalten, eine Pause, ein absurdes Mißverständnis, ich suche mich an Orten, an denen ich sein sollte

– Paulo

und nichts, das Haus, die anderen Häuser, das kleine Café, aus dem die Mutter und die beiden Kinder jetzt herauskommen, nach den Sicherheitsschlössern und den abwechselnd blinkenden Lämpchen

dem weißen und dem roten

von der Alarmanlage, der die Polizei keine Bedeutung beimaß, weil sie den Wind anschreiend losbrach, die Mutter, die die Schlüssel in die Tasche steckte, kommt zuerst, hinter ihr das Mädchen mit Leandro, der auf ihrem Arm schläft, beklagt sich über sein Gewicht, diesen Indianerhäuptling, der ihr am Hals hängt und ihre Taille mit den Beinen umfängt, ich glaube, sie wohnen nicht weit weg, da sie in die der Bushaltestelle entgegengesetzte Richtung gehen, die Mutter dicker, kleiner, aber dieselbe Nase, dieselbe Warze, dasselbe Kinn, als sie sich nach hinten umdreht

– Matilde

vielleicht wohnen sie beim Príncipe-Real-Park, ohne daß ich sie je bemerkt habe

Leandro hüpft auf einem Bein um den Teich

vielleicht sind sie meinem Vater begegnet, und das Mädchen war neidisch auf seine Perücke, die Kleider, machte die Mutter ärgerlich

– Wohin guckst du da?

Leandro, der imaginäre Pfeile auf den Köter mit der Schleife abschoß

– Ich habe ihn ins Herz getroffen

dieselbe Nase, dieselbe Warze, dasselbe Kinn, ich bin meinen Eltern nicht ähnlich, wenn sie gefragt wurden

– Wem sieht er ähnlich?

verhüllte meine Mutter mit dem Vorhang einer Geste eine Ecke der Vergangenheit, deren sie sich schämten

– Er kommt nach der Familie des Vaters

jenseits des Vorhangs die Stimme, die besiegt einknickte, nicht einmal eine Stimme, ein regloses Geschöpf

– Ich kann nicht Judite

deshalb den Vorhang noch ein bißchen zuziehen, damit man das Geschöpf nicht sieht und seine Stimme nicht hört, sie beide verhüllen und dabei, jetzt lauter, noch einmal sagen

– Er kommt nach der Familie des Vaters

und man hört die Bettfedern nicht, möglicherweise ist es das Meer, das mit Steinen poltert, aber was kümmern mich die Steine, wenn keiner mich verrät, sie bleiben da, um sich wahllos zu bewegen, wer glaubt schon dem Meer

– Glauben Sie dem Meer nicht

bei einer Kollegin aus der Schule, die mir die Wellen zeigte

– Was hat er gesagt Judite?

die üblichen Unwahrheiten, Lügen, kümmere dich nicht darum, Gerede von Schiffbrüchigen, was interessiert das schon, die Ebbe kommt, und schon sind sie wieder vergessen, sie müssen doch über irgend etwas reden, nicht wahr, die Kollegin schaute ungläubig auf die Brücke oder einen Schwarm Reiher

im August Schwalben, Papageientaucher

wurde von einer Bewegung der Glyzinie abgelenkt, die ihr versicherte, daß es so sei

– Seit wann glaubst du Glyzinien Dolores?

das Mädchen setzt Leandro auf dem Boden ab

– Ich kann nicht mehr Mutter

und Leandro weint, wenn seine Mutter mir erlauben würde, ihm zu helfen, aber sie tut es nicht, mißtraut mir, einem Kunden im Café, der Milchtüten zählt

ein Kranker, ein Räuber?

irgend etwas wird bis morgen früh geschehen, sagen Sie mir, was, erklären Sie es mir, der Fluß

– Was soll ich dir erklären?

ich wäre arm dran, wenn ich dem Fluß Glauben schenken würde, Unwahrheiten, Lügen, Gerede von Schiffbrüchigen, kümmere dich nicht darum, morgen früh

nein, vor morgen früh noch, heute nacht, die Mutter und die Kinder verschwanden in einem Hauseingang in der Rua do Século, und in einer Wohnung im ersten Stock ging das Licht an, Matilde oder die Kollegin aus der Schule, der die Steine erfolglos versuchten die Wahrheit zuzuraunen

– Was sagen sie Judite?

der Vater, der auf dem Balkon erschien und mich bemerkt haben muß, weil er die Gardine so zuzieht, als würde Carmindo mich dort, wo ihr wohnt, bemerken und die Gardine zuziehen, Gabriela, der Rhombus aus Helligkeit, der mich aus der Dunkelheit geholt hatte, verschwindet, und mich gibt es nicht, ich bin ein Stück behauener Stein, ein Zweig, die Gewißheit, daß die Kollegin meiner Mutter sich für mich interessiert

– Was hat er gesagt Judite?

indem sie mich mit den Kieseln und den Brückenstreben verwechselt, meine Mutter versicherte sich noch einmal, ob der Vorhang sie nicht die Vergangenheit sehen ließ, er kommt nach der Familie des Vaters

– Glaub es nicht Dolores

aber wer war mein Vater, beim Bierlokal im nächsten Häuserblock Angestellte der Gemeinde mit Schläuchen auf der Schulter, wartende Frauen, ein Aquarium mit Meeresspinnen auf dem Grund aus Sand, meine Mutter, indem sie den Wellen widerspricht

– Er kommt nach der Familie des Vaters

und mein Vater stimmt zu, tut so, als wäre er stolz, Rui, dem in Fonte da Telha eine Ameise ins Ohr läuft, rauhe Geräusche von Steinen, die bewegt werden, Angestellte der Gemeindeverwaltung, die die Straße waschen, eine der wartenden Frauen ruft mich, mich mit dem Meer rechtfertigen, sagen

– Das Meer Sie wissen schon

sagen

– Verzeihung ich habe Sie nicht verstanden

sagen

– Wie bitte?

und das Meer hindert mich tatsächlich, meine Mutter am Fenster kämpft mit dem Wind vom Wasser her, der ihr das Haar durcheinanderbringt

– Man kann nicht schlafen

der Frau sagen, daß meine Mutter nachts, wenn der für das Bierlokal Verantwortliche unsichtbar bei den Wipfeln des Wäldchens

– Sie zahlen doch die Rechnung von Madame nicht wahr?

meine Mutter, als würde sie mich nicht sehen, der Schrank hat sie gesehen

– Gehst du nicht ins Bett Judite?

eines Tages haben wir den Elektriker tot aufgefunden, einer der Zigeuner hat es gemerkt, weil die Stuten sich von seinem Haus entfernt hatten und die Tür offenstand, er rutschte von der Matratze, die Frau näherte sich mir, da Dona Amélia ihr Pralinen gab und ihr Botschaften zuflüsterte

– Der Kunde von Tisch neun nun mach schon Micaela der Kunde von Tisch neun nun mach schon Sissi

und eine Orchidee, die an diese Begegnung erinnert, die Bestellung von Champagner, um dem Gespräch nachzuhelfen, das, wie man weiß, so stockend verläuft, der Champagner läßt es fließen

– Hier ist Ihr Geschenk Senhor Paulo und behandeln Sie sie gut die Schüchternheit läßt nach, ein Knie schüttelt die Schamhaftigkeit ab, indem es mein Knie berührt, als ich dem Alten applaudiere, der das Mikrophon auf der Bühne einstellt und einen Bolero vorbereitet, der Geschäftsführer fischt ein Haar von meinem Kragen

nein, ein Sandkorn

nein, nichts, und zerbröselt nichts zwischen seinen Fingern

– Sie haben die beste Kleine genommen mein Glückwunsch ein echter Kenner

und da Dona Amélia damit einverstanden war, meine Kenntnisse bewunderte

(der Arzt, ohne den Elektriker anzusehen

– Ganz offensichtlich das Herz)

eine neue Orchidee, Zigaretten, meine Mutter bei der Beerdigung, weil vielleicht auf einer Grabplatte das Himmel-und-Hölle-Spiel, aber meine Mutter zog keine Kreidestriche, ihre Nasenlöcher waren nicht wegen der Mimosen geweitet, es gab da weder Mimosen noch ein Gebirge, von dem her die Mimosen kommen konnten, es gab ein halbes Dutzend Kreuze, sie murmelte ein Wort ins Taschentuch so wie jemand, der im Schlaf spricht oder geistesabwesend ist

– Der Arme

sie hat ihm einen Anzug von meinem Vater geliehen, eine Krawatte, einen Pullover, wenn sie könnte, würde sie Dona Amélia eine Orchidee abnehmen und sie dem Toten schenken

– Die ist für Sie bitte sehr

und nach der Beerdigung

da sie sich an die Mimosen erinnerte, denke ich

ein Viertel Wein unter dem Bogen eines Grabmals, meine Großmutter erschien in ihrem Gesichtsausdruck

– Großmutter

und kaum hatte ich

– Großmutter

gesagt, ging sie schweigend, meine Mutter zu mir

– Eines Tages werde ich es dir erzählen Paulo

eines Tages erzählt sie mir was, was will sie mir erzählen, es gibt nichts zu erzählen, nicht wahr, im Haus des Elektrikers Hausrat, eine Kiste mit Werkzeug, die die Hunde mitgenommen hatten, ein Päckchen Briefe, die er nie abgeschickt hatte, sie begannen mit Judite, und meine Mutter verbrannte sie

– Eines Tages werde ich es dir erzählen

man erkannte das Päckchen kaum, und dennoch wickelte meine Mutter es aus, Briefe, ein Foto

– Sind Sie das Mutter?

ein kleines Herz aus Blei, einst angemalt, jetzt nicht mehr, das Taschentuch zusammenfalten, darin das Wort

– Der Arme

wenn man im Taschentuch nachsah, war das Wort nicht da

– Was ist aus dem Wort geworden Mutter?

irgend etwas wird bis morgen früh geschehen, ich glaube nicht, daß alles, diese Leute, diese Jahre, mein Leben so aufhört, ohne ein Ende, nichts als ein Innehalten ist, eine Pause, ein absurdes Mißverständnis, ich suche mich an Orten, an denen ich sein sollte, die Frau im Bierlokal

oder Marlene oder Sissi

– Wird das heute noch mal was?

mein Vater bat im Krankenhaus, auf dem Nachttisch herumtastend, um seine Brille, die Angestellte wechselte ihm die Infusion, die Bettücher, der Geschäftsführer reichte ihm die Brille

– Die beste Kleine Senhor Paulo

und mein Vater, der mit den Brillenbügeln nicht klarkam

– Ich will hier weg

ein Streichholz, und das Foto, das dem Elektriker gehört hatte, war zu einem grauen Quadrat geworden

ich schaffte nicht, es zu entziffern

das ein paar Sekunden lang schwebte, dann schwarz wurde, verschwand, es kam mir, bevor es ein graues Quadrat war, wie ein

Mädchen vor oder so, aber wahrscheinlich habe ich das nur angenommen, eines Tages erzähle ich es dir, Paulo

– Waren Sie das Mutter?

wo wohl Sissi oder Marlene wohnen, in welchem Häuserblock, wie alt sie wohl sind, der Kunde von Tisch neun, Mädchen, Senhor Paulo, ein Freund, zwei Flaschen Champagner, ein kleines französisches Parfüm, wer war auf dem Foto, Mutter, die Frau, die mich rief, im Stehen

– Deine Stunde läuft bereits

seit Ewigkeiten läuft meine Stunde bereits, und es dauert nicht mehr lange, bis meine Geschichte zu Ende ist, zum Beispiel sagen, daß die Frau

– Dina

die übliche Lüge, sie lügen immer, was die Namen betrifft, ohne daß ich den Grund dafür begreife, sie verheimlichen sie, so wie sie das Leben, die Kindheit, das Alter verheimlichen

– Ich bin so alt wie du es möchtest mach dir keine Gedanken

sie zwingen uns, das Auto ganz weit von ihrem Zuhause anzuhalten, weisen auf die falschen Gebäude, irgendwelche Wohnungen

– Setz mich hier ab geh jetzt

und kaum glauben sie, daß wir sie nicht mehr sehen, spannen sie den Regenschirm auf, setzen sich in Trab, und ein anderes Gebäude in einer anderen Straße, berührt man ihre Handtasche, fühlt man etwas Hartes, eine Eisenstange, ein Messer, der Körper immer auf der Hut, die Augen derer, die sie beschützen

nur Augen und eine geputzte Schuhspitze

zwei Straßenlaternen weiter längs, Rui im Park beobachtet wachsam die Jalousien oder ein Lichtzeichen, vor Rui Eurico, Fernando, der Elektriker steht da und starrt mich an, das Auto mit den Holzrädern, nicht in einem Laden gekauft, mit dem Taschenmesser geschnitzt, die Leute darin auf die Fenster gemalt, sie hatten einen Elektriker gemalt, ein Kind

mich?

eine Frau neben dem Elektriker, meine Mutter hinderte mich daran, ihn zu sehen

– Der hat es geschickt

und er entfernte sich mit einem Sack für die Miesmuscheln an der Brücke, er hat uns nie besucht

hat er uns nie besucht?

ich habe sie nie miteinander reden sehen, ich glaube nicht, daß der

die Frauen lügen immer

sie gingen schweigend aneinander vorüber, der Besitzer des Cafés zog ihn am Schlafittchen von der Markise weg

– Eines Tages erzähle ich es dir Paulo

verbot ihm hereinzukommen

– Du stinkst

was wollen Sie mir erzählen, Mutter, es gibt überhaupt nichts zu erzählen, so ein Unsinn, wenn Sie nachts

– Ich kann nicht schlafen

hockte er am Strand und wärmte sich an einem Feuerchen aus Kienäpfeln, in den letzten Monaten irgend etwas am Rücken, eine Krücke half ihm beim Gehen, ich auf der Stufe mit dem Auto, bereit, einen Stein nach ihm zu werfen, falls er versuchen sollte, es mir zu stehlen, und er dicht bei mir, wortlos, es sah so aus, als würde er gleich etwas sagen, aber er, kein Wort, der Eindruck

es mußte ein Eindruck sein

daß mein Vater ihn mied, er verschwand in den Beeten oder galoppierte mit mir auf den Schultern von ihm weg, den Nacken gebeugt, als ob

– Was ist Vater?

als ob nichts wäre

– Es ist nichts

die üblichen Lügen, ich lüge auch immer, stolpern Sie nicht, werden Sie nicht langsamer, laufen Sie weiter, der Elektriker direkt bei mir mit einer Krücke, in der Wohnung außer dem Hausrat und der Matratze ein Auto mit Holzrädern ohne aufgemalte Passagiere, will heißen, die Frau war aufgemalt, das Kind und der Mann fehlten, die Frau, die Nase in der Luft

– Riechst du die Mimosen Paulo?

Verzeihung, die Frau deponierte ein Wort im Taschentuch

– Der Arme

steckte das Taschentuch weg, bevor ich

– Zeigen Sie her

und ein kleines Herz aus Blei, mir schien es so, als ob die Stuten, aber die Stuten am Strand, ein anderes Pferd, zu dem ich

– Schneller

Sissi oder Marlene oder die Frau bei mir, die Orchideen, die Schüchternheit, ich bin nicht, was ich zu sein scheine, Senhor Paulo, im nächsten Monat trete ich in Marokko im Theater auf, der Geschäftsführer strich meinen Jackenaufschlag glatt, die beste Kleine, meinen Glückwunsch, ein echter Kenner, komplizenhaft, respektvoll, mein Vater

Soraia

bestellte noch mehr Champagner, so viele und so dicke Ringe, Vater, mal ernsthaft, brauchen Sie all diesen Schmuck?

– Wie interessant Senhor Paulo

Boleros und noch mehr Boleros, Dona Amélia besorgt

– Und was macht die Liebe?

und warum nicht ein kleines Parfüm, eine Gardenie, Alcides' Zeigefinger befahl ihr, sich zu beeilen, und daher ich zu der Frau, die den Finger begleitete

– Wo?

ohne den Champagner zu berühren, denn der Champagner war Bier, ihr Lippenstift ging über die Lippen hinaus

– Ich bin nicht Soraia ich bin Dina

du bist nicht Soraia, du bist Dina, und dennoch Perücke, Polster, die Frau streckte mir in einer Pension in São Bento beleidigt ihre Haarsträhnen hin

– Eine Perücke?

drei schlecht beleuchtete Stockwerke, wie ich erwartet hatte, die Gewißheit, gesehen zu werden, ohne jemanden zu bemerken, mir war so, als ob Dona Aurorinha ihre Lunge und den kleinen Beutel für die Einkäufe ausruhte

– Ich weiß daß Sie es sind Dona Aurorinha nun antworten Sie schon

aber am Ende ein Rohr, das die Wand durchbrach und auf den Boden tropfte, jeder Tropfen

– Der Arme

verstecken Sie sie für mich im Taschentuch, erlauben Sie nicht, daß ich sie höre, Türen rechts und links, ganz hinten ein Waschbecken, wo eine Mulattin zu Dina

– Auf Wiedersehen Teresa

nicht eigentlich Mulattin, eine Pakistanerin, eine Timoresin, die, ihre Hände trocknend, den Flur herunterkam, ohne zu bemerken, daß sie uns naßmachte, sie drehte am Knauf einer Tür, hinter der ein Typ die Schuhe zuschnürte, einen Augenblick lang wiesen seine Blicke

nein, die Blicke des Geschäftsführers, der immer so aufmerksam zu mir war, auf das zweite Zimmer, den Balkon zu einem Lagerhaus, den Sonnenschutz aus Aluminium

– Zufrieden Senhor Paulo?

oder Sissi, die die Druckknöpfe des Kleides abtastete, das sie von meinem Vater geerbt hatte und das ihr an der Hüfte zu eng war, wo die Naht nachgab

– Zufrieden Paulinho?

irgend etwas wird bis morgen früh geschehen, ich glaube nicht, daß alles so aufhört, will heißen, diese Frau, der Sonnenschutz, das Lagerhaus, ich zögere, soll ich mich ausziehen oder nicht, und was soll ich tun, wenn ich mich ausgezogen habe, ich am Rand der Matratze, den Mund im Kissen, meide sie, oder wenn es mir nicht gelingt, sie zu meiden, warnen die Bettfedern an meiner Statt, ich lasse nicht zu, daß sie mein Gesicht sehen, und im Gesicht die Tauben, das Bad, diese Verachtung für nein, nicht für dich, nicht für dich

– Ich kann nicht Judite

das Grauen davor, daß du mich berührst, und der Wunsch, daß du mich berührst, und wenn ich mir wünsche, daß du mich berührst, die Glyzinie

nicht mein Onkel, die Glyzinie

– Carlos

nicht die Glyzinie, meine Mutter nimmt mich der Frau meines Onkels weg

– Carlos

und dann der Flaschenzug des Brunnens, der Eimer, der dort unten die Dunkelheit berührt und mich hochholt, der Nachmittag im Kastanienbaum bei der Küche oder in Bico da Areia oder zwischen den Bettüchern, zwischen denen sich jetzt mein Sohn entkleidet, jeder Hemdknopf so mühsam, der Hosengürtel, der sich weigerte aufzugehen, Dina

oder Teresa

ungeduldig, entnervt

– Du hast noch zwanzig Minuten

oder nicht einmal zwanzig Minuten, deine Zeit ist aufgebraucht, verstehst du, deine Zeit ist aufgebraucht, es bleibt dir keine mehr, ich habe ihn als kleines Kind gekannt, ich habe ihn als Jungen verloren, als Mann kenne ich ihn nicht, der Krankenpfleger meint ihn oder mich

ihn, denn mir geht es gut, ich bin hier, ich lebe

– Es bleibt Ihnen keine Zeit mehr

während Paulo denkt, daß es nicht einmal ein Ende, nur ein Innehalten, eine Pause, ein absurdes Mißverständnis gibt, mein Sohn Paulo glaubt, es sei ein absurdes Mißverständnis, dabei gibt es kein Mißverständnis, wenn ich ihn zwingen könnte, mir zuzuhören, ich ihm sagen könnte, daß trotz der Schritte auf dem Flur und des Gelächters und der Befehle

und außer den Schritten, dem Gelächter, den Befehlen, die Mulattin, die Pakistanerin oder Timoresin da draußen

– Auf Wiedersehen Teresa

die Frau

Sissi?

hilft mir mit dem Gürtel, versucht es mit den Strümpfen und gibt die Strümpfe auf, fragt mich ärgerlich

– Wie heißt du noch mal?

ohne sich um die Antwort zu scheren, auf der Veranda die Reiher, die Brücke, die Wellen, die mir untersagen zu schlafen, Gabriela, die Carmindo den Arm reicht

– Was hast du denn erwartet Paulo du bist doch gegangen so war es doch oder?

und die Frau im Tonfall von jemand, der sich an eine Begebenheit erinnert, die verblaßt und nichts mit mir zu tun hat

– Paulo?

nicht ich, ein Liebhaber, ein Cousin, einer dieser Verwandten, die manchmal, warum auch immer, wegen einer Bewegung im Traum, auf einmal wieder da sind und uns gekränkt verfolgen

– Was machst du denn hier?

auf der Suche nach Gegenständen, die wir in den Regalen immer weiter nach hinten gestellt haben, eine Muschel zur Taufe, Rosenkränze, Zigarettendosen aus Zinn, mein Vater zu meiner Mutter, indem er mich hochnahm

– Mir wäre lieber er wäre eine Tochter Judite

eine Tochter wird nicht durchmachen, was ich durchgemacht habe, Frauen sind zu etwas fähig, zu dem ich nicht fähig bin, sie gewöhnen sich an die Vergangenheit, leben in ihr, atmen sie, erkennen an der Richtung des Windes die Gräber, die sie bewohnen, eine Tochter würde nicht fühlen, was ich fühle, diese Hände, die mich ziehen, mich wegschieben, mich festhalten, die Frauen trinken das Leiden wie Pflanzen oder die Stuten oder die Erde oder die Bäume, Frauen sind Stuten und führen einen heimlichen Dialog mit dem Tod, sie kennen die Dunkelheiten ihres Körpers, in denen ich mich blind bewege, und die Richtung des Friedens, eine Tochter könnte machen, was ich nicht

entscheiden, was ich nicht
eine Tochter würde nie
und daher Sissi oder Marlene
Sissi
Dina oder Teresa im Tonfall von jemand, der sich an eine Begebenheit erinnert, die verblaßt und nichts mit mir zu tun hat
– Paulo?
nur die Buchstaben meines Namens, ich allein, der Arzt, ohne mich anzuschauen
– Ganz offensichtlich das Herz
während ich von der Matratze glitt, ich zur Mulattin
nicht Mulattin, zur Orientalin, Pakistanerin, Timoresin
– Ich kann nicht Judite
dem Kleiderschrank entkommen, bei der Glyzinie Zuflucht suchen, und weder Glyzinie noch Wellen, Rui hält mich bei den Schultern
– Soraia
besser gesagt, nicht Rui, Vater, laß mich, die Frau
– Deine Stunde ist um
Pantoffel oder Stiefel auf dem Flur, eine Tür knallte gegen eine Kommodenecke oder den Kopfteil eines Bettes, Glasscheiben wurden erschüttert, eine Bitte
– Nein
stärker, näher
– Nein
ferner
– Nein
jemand, der fiel, oder von dem ich glaubte, er sei gefallen, eine Stimme draußen
– Joana
wieder
– Mach auf Joana
und noch einmal
(eine zweite Stimme)

– Was soll das Joana?

die zweite Stimme schob irgend etwas, denn ein Geräusch von Holz, verkündete zu den Zimmern gewandt

– Feierabend Herrschaften

nahm einem Mann ein Messer ab

etwas, das einem Messer ähnelte

einem Mann, der sich zu uns herüber wunderte, die Beine eines anderen Mannes auf dem Fußboden, die Mulattin

die Orientalin, die Pakistanerin, die Timoresin, trocknete ihre Hände, indem sie sie schüttelte

aber kein Wasser, kein Wasser

näßte das Vorderteil meines Hemdes, wobei ich nicht bemerkte, daß es mich näßte

kein Wasser

so wie sie auch nicht bemerkte, daß sie die Hand schüttelte, bis die erste Stimme sie in das Zimmer schob

– Joana

will heißen, sie schob die Mulattin

oder Pakistanerin oder Timoresin, ist ja auch gleichgültig

schob eine Pappfigur, eine Silhouette, eine Puppe zur Seite, schloß die Tür, drehte den Schlüssel um

– Feierabend Herrschaften

schlug vor

befahl es nicht

schlug dem Mann, der sich zu uns herüber wunderte, vor

– Sieh zu daß du wegkommst Marçal

und im April fühlte sie zum ersten Mal etwas Befremdliches, sie hat es mir nicht erzählt, und es war der Sohn, ich traf sie an, wie sie ihre Knie umarmte, und begriff es nicht, ich dachte, ein Unwohlsein, eine Unpäßlichkeit, einer dieser Briefe, die die Mutter der Postangestellten diktierte, während sie, zur Decke schauend, fragte

– Haben Sie auch alles geschrieben was ich gesagt habe?

während ihre Finger die Luft kneteten

anstatt zu gehen, war der Mann nun ruhiger, leere Zimmer, weggeschleuderte Bettdecken, Balkons, die meinem aufs Haar glichen, und auf den Balkons Stille

nicht einmal Nacht, man nahm die Nacht nicht wahr, man nahm die Stille wahr, die atmete und als Nacht fungierte, und ich in mir, irgend etwas wird bis morgen früh geschehen, ich glaube nicht, daß alles

diese Leute, diese Jahre, mein Leben

so aufhört, nichts als ein Innehalten, eine Pause, ein absurdes Mißverständnis, Joana im Zimmer eingeschlossen, die zweite Stimme vertrieb den Mann erst mit dem Griff des Messers, rüttelte an seinem Arm

– Sieh zu daß du wegkommst Marçal

zwang ihn, zur Straße hinunterzugehen, wobei er von Treppenabsatz zu Treppenabsatz an Kraft gewann, jetzt beinahe rannte und uns nicht mehr sah, er tauchte unter einer Straßenlaterne auf, verlor sich, ich bin sicher, daß Joana etwas, was nicht Wasser war, von den Händen abschüttelte, daß sie einen Lieferwagen holten, und im Lieferwagen eine längliche Form, sie wird in den Fluß geworfen, man hilft mit einem Stein oder Backsteinen nach, und fertig, der Stein oder die Backsteine würden ihn in Vila Franca loslassen, sobald der Müll der Fabriken oder der Kiel eines Schiffes, und allenfalls ein Knäuel aus Kleidern, ein zermalmtes Fragment, das die Fische zurückwiesen und das sich auf dem Weg zum Meer in Lumpen auflöste, in einem Monat oder zwei wird die Mulattin

oder die Orientalin und so weiter

die Hände trocknen, indem sie wieder das Wasser von ihnen abschüttelt, der Mann wartet unten auf sie, kümmert sich nicht um uns, warum sich um uns kümmern

meine Frau kümmerte sich nicht um mich, sie maß sich, begutachtete sich, maß sich wieder, das Mittagessen nicht angerührt auf dem Tisch, das Abendessen war noch nicht gemacht, in dem Jahr, als die Margeriten zweimal geblüht haben, im April und im Juni, die Postangestellte las der Blinden den Brief vor, und die Blinde zur Decke gewandt, das ist ein Irrtum, das kann nicht sein, das ist ein Irrtum, und dann beunruhigt

– Lesen Sie das noch einmal vor

nicht laut, leise, und

– Warten Sie mal

und noch leiser

– Vielleicht

sackte im Rock zusammen, nahm jenseits der Waage zum Wiegen der Pakete wahr, was sonst niemand wahrnahm, nämlich meinen Sohn, das Auto mit den Holzrädern, den Elektriker, der auf eine Krücke gestützt dastand und den Kopf abwandte, der Arzt, ohne einzutreten

– Ganz offensichtlich das Herz

Judites Mutter

– Vielleicht

fand ohne Hilfe den Bürgersteig, der zum Platz führte, ließ sich vom Schlaf der Ziegen führen, damals, als ich sie kennengelernt habe, arbeitete sie noch im Gemüsegarten, sah das Glänzen der Zwiebeln, begann jedoch, sich in der Dunkelheit zu bewegen wie unsereins am hellen Mittag, wenn wir die Lampe anmachten, zwinkerte sie nicht mit gerunzelter Stirn, ein Nebel in den Augenhöhlen, ein Winterfleck, sie irrte sich diesmal, weil

– Judite

und Judite und Paulo auf dem Friedhof oder auf dem Markt, ich strich um die Anrichte, vermied die lockere Fliese, denn wenn ich darauf trat, hörte man mich

meine Schritte größer, mein Gewicht

setzte mich lautlos auf den Schemel, fast ohne zu atmen, als die Blinde

– Judite

den von mir abgewandten Arm ausstreckte, an jedem Finger eine Antenne oder eine dieser Langustenscheren, die mit Schnü-

ren zusammengebunden werden, der Arm wußte, hielt inne, kehrte in den Schoß zurück

– Du bist Carlos

die Enttäuschung meines Namens

– Du bist Carlos

die weißen Augen zu mir

– Du bist Carlos

sie wollte mir nichts Böses, verachtete mich, wenn ich mich auf Judites Platz setzte und ihr beim Abendessen den Teller reichte, nahm sie den Teller nicht an, wenn Judite sich auf meinen Platz setzte

– Danke

der Arm wußte, hielt inne, kehrte in den Schoß zurück

– Du bist nicht der Vater meines Enkels

und ich mit einem Wispern, damit man uns nicht hörte

– Ich bin von niemandem der Vater

hielt ihr Handgelenk fest, flüsterte in ihr Ohr, während sich der Elektriker von der Brücke her näherte und die Möwen, die Pferde der Zigeuner und die Pferde vom Karussell durcheinanderbrachte, die in meinem Kopf kreisten, und bunte Lampen und Musik und Kunden und Paulo, der uns zuwinkte

– Er kommt nach der Familie von

ich streifte ihr Ohr

– Ich bin von niemandem der Vater Sie können sich freuen denn ich bin von niemandem der Vater

die zwei Handgelenke, der Nacken, die Kehle der Alten so leicht zuzudrücken, bis ein Muskel, ein Knochen, ein Knorpel

so einfach

der nachgab, brach, in den Handflächen welkte

so einfach

– Ich bin von niemandem der Vater

der Mann aus der Pension tauchte einen Augenblick lang unter einer Straßenlaterne auf, wo die Angestellten der Stadtverwaltung gerade die Bürgersteige wuschen, ich glaubte ihn wiederzusehen, aber nein, das Brett eines Gerüsts, ich glaubte, Joana sei auf dem Balkon, aber nein, eine Regenrinne, das Zittern einer Gardine, ich glaube nicht, daß alles so aufhört, ohne ein Ende, nichts als ein Innehalten, eine Pause, ein Zittern in Richtung Kai, Kräne, eine Korvette, die Luft jetzt langsamer, denn irgend etwas wird geschehen, geschieht jetzt, geschieht, Bico da Areia taucht langsam auf, in wenigen Augenblicken wird der Besitzer des Cafés eine Markise entfalten, ein Reiher

sechs Reiher

ihre Schnäbel ignorieren mich

– Hattest du das erwartet Paulo?

kein Innehalten, eine Pause, ein absurdes Mißverständnis, die Angestellte aus dem Speisesaal

Marina & Diogo

suchte ihre Kleider auf dem Stuhl, verlor sie, justierte die Hand und begann sich anzuziehen, Carmindo

– Gabriela

nicht Marina & Diogo, Gabriela & Carmindo, auf allen Stockwerken Gabriela & Carmindo, am Briefkasten Gabriela & Carmindo, niemals Gabriela & Paulo, Gabriela & Carmindo, Carmindo

– Was ist eigentlich aus Paulo geworden?

eine überraschte Stirn

– Welcher Paulo?

eine Stirn, die sich erinnerte

– Was interessiert mich dieser Paulo

zum Glück kam Sissi

– Guten Tag Sissi

gerade in Penha de França, in Sapadores, in Estefânia nach Hause, in einen Stadtteil, der im Laufe des Tages heller wurde, befreite sich von den Ketten, legte sie in ein Körbchen, in dem

auf einem blauen Deckchen

andere Ketten, Armbänder, wischte das Make-up

– Müde Sissi?

mit dem Geschirrtuch ab, erhitzte Wasser für den Kräutertee, hängte ein Beutelchen ins Wasser, sah

sah nicht, Sissi hakte den Büstenhalter auf

wie die Teekanne sich färbte, verlor den Faden vom Beutelchen, fischte es mit der Gabel heraus und warf es in den Müll

– Müde Sissi?

müde, müde, ich bin so müde, Paulo

suchte

– Wo ist der verdammte Becher?

einen Becher für mich, sie fand eine leere Bohnenbüchse und reichte mir die Büchse, im Brotbeutel ein Kanten, Krümel

Gabriela & Carmindo auf jedem Treppenabsatz, an jeder Biegung des Treppengeländers Gabriela & Carmindo, Sissi entschuldigte sich

– Weißt du ich hatte dich nicht erwartet

ärgerlich über eine Laufmasche im Strumpf, tupfte Spucke auf die Laufmasche

– So sieht man es doch nicht mehr Paulo oder?

obwohl man es sah, ihre Schulter streicheln, sie beruhigen

– Keine Angst man sieht es nicht

Sissi, so alt wie ich, die gleiche Haarfarbe und diese Bartstoppeln auf den Wangen, am Kinn

– Ich könnte du sein

Sissi oder ich, ich denke, ich, denke, daß einer von uns

– Ich könnte du sein

nicht einer von uns, ich

– Ich könnte du sein

wenn ich mich als Frau anziehen, mich schminken würde

ich ziehe mich nicht als Frau an, schminke mich nicht, ich bin ein Mann, der sich nicht als Frau anzieht, sich nicht schminkt, nicht nach der Show die Kunden von Tisch neun bedient

– Der Kunde von Tisch neun Paulo

Pralinen, Zigaretten, der Geschäftsführer

(– Weh dir wenn der Kunde nicht trinkt Paulo)

fischte mir Haare vom Jackenaufschlag, Staubkörner, nichts, zerbröselte das Nichts zwischen den Fingern

– Sie haben die beste Kleine genommen Glückwunsch ein echter Kenner

Sissi und ich auf dem karierten Sofa, ich wollte gerade sagen, dem in den Überresten der Nacht gefundenen Sofa

irgend etwas wird bis morgen früh geschehen

bei dem das Telefonbuch ein Bein ersetzt, Sissi und ich, ohne zu reden, nicht einmal

– Ich könnte du sein

während meine Mutter uns voller Scham mit dem Vorhang einer Geste verbarg, und hinter dem Vorhang wir beide, vielleicht das Meer, das in der Ferne Steine raunen ließ

– Schenkt dem Meer keinen Glauben

und eine Margerite, die eigens blühte, um uns vor dem Tag zu schützen.

Kapitel

Im Grund ist es die Gewißheit, daß Menschen aufhören zu existieren, sie begegnen mir, ohne mich wahrzunehmen, die Gesichter gleichgültig, der Kopf woanders, keine Stimme, keine Gegenwart, nichts, ich ebenfalls fern, ich sehe mich aus dem Haus kommen, ins Haus gehen und frage nicht

– Wie geht's so Paulo?

– Wie läuft es so in deinem Leben Paulo?

– Und was ist morgen Paulo?

ich beobachte mich von der Tür aus, verweile einen bißchen, gehe, und die Wohnung verlassen, die Möbel werden größer wie immer, wenn niemand da ist

man kommt an und begreift, daß der Ort, an dem wir wohnen, uns haßt, uns zur Fußmatte schiebt, sich von uns befreien will

die Türknäufe gigantisch, die Mängel im Holz riesig, die Fenster von Scharnieren und Schubladen stranguliert

und ich winzig mittendrin, bis der Gläserschrank oder die Truhe mich ganz verbergen, und indem sie mich verbergen, verbergen sie auch diese Clowns, diese Alten, diese Vorstellung von Wellen, keine echten Wellen, diejenigen, die ich für mich selber fabriziere, solange der Gläserschrank und die Truhe es mir erlauben, indem ich den Widerschein der Sonne in einer Flasche und das Zittern der Gardine oder aber des Flusses miteinander verbinde, und was noch fehlt

die Brücke und so weiter, die Zigeuner und so weiter

entfaltet sich vor meinen Füßen, die Sonne hüpft im Flaschenhals, erreicht die Zimmerdecke, kehrt zurück, und ich sofort

selbstverständlich

– Die Gezeiten ändern sich
die Gardine zieht sich in sich zusammen
nehmen wir einmal an
und man bemerkt sofort
was sollte man sonst denken?
daß es eine Veränderung des Windes in den Kiefern gibt, ein Wind mit aufgedruckten Blümchen und dem Riß wegen der Schraube am Fenstergriff, durch den die Telefonistin bei meiner Arbeitsstelle mir den Apparat reicht

– Für Sie Senhor Paulo

die Narbe eines Sturzes als Kind im Mundwinkel hindert mich daran, auf den Hörer achtzugeben, zu hören

– Für Sie Senhor Paulo

denn ein kleines Mädchen in ihr ist auf dem Schulhof hingefallen und hat angefangen zu weinen, die Hand über der Wunde am Mund, sie auf den Arm nehmen, versichern

– Es ist nichts Schlimmes

sie an mich drücken

– Es ist schon vorbei

das Mädchen macht einer Frau Platz, die ein Bakelitteil von rechts nach links schwenkt

– Ich habe nicht den ganzen Tag Zeit für Sie

an der Halskette ein kleines Medaillon mit dem Tierkreiszeichen

Fisch

zwei Seebarsche oder so, und bevor ich noch

– Ich liebe sie

legen die Seebarsche den Anruf auf die Gabel

– Wenn Sie nicht rangehen ist das Ihr Problem

und nicht das Tierkreiszeichen, nicht die Narbe an der Lippe, sondern der gleichgültige Nacken, der Rücken notiert mit dem Bleistift eine Nummer

– Lohn- und Gehaltsabteilung?

ein Pickel, der sie entstellt

entstellt?

er entstellt sie nicht, er macht sie verletzlich, menschlich

eine Sekunde lang wieder das Kind, den Apparat nehmen, und der Pickel, nicht das Kind, scheuchen mich mit dem Bleistift weg

– Nun ist es zu spät lassen Sie das

eine nackte Fessel, die sich beugt und streckt, der Ohrclip, von dem sie sich befreit, um besser reden zu können, und den sie in der Handfläche eingehend betrachtet, und es ist ein Granatapfel aus Koralle

wie viele Jahre lang ist sie wohl heimlich mit den Ohrringen und den Sandalen der Mutter durch ihr Zimmer gelaufen?

den Hörer trotzdem nehmen, denn vielleicht findet mich das Mädchen ja sympathisch, in den kleinen Plastiklöchern deutlich

– Senhor Paulo

und da ist der Schulhof mit seinem Baum in der Mitte, drei Reihen Schulpulte im Raum im Erdgeschoß, das Kruzifix über der Tafel, auf der sich Spuren von Additionen, von Archipelen, von Verben, so vielen Zahlen, so vielen Inseln und so vielen Plusquamperfekten befinden, die in einer nackten Fessel zusammenfließen, die sich beugt und streckt, und in den Stöpseln, die die Lohn- und Gehaltsabteilung mit der Buchhaltung verbinden oder mit der Personalabteilung, wenn ich

– Júlia

zu ihr sagen würde, wenn ich sagen würde

– Ich meine Sie Júlia

oder Dona Júlia?

– Ich meine Sie Dona Júlia

nein

– Ich meine Sie Júlia

wenn ich ihr erzählen würde, daß die Menschen um mich herum aufgehört haben zu existieren, mir überhaupt nichts mehr bleibt außer den Wellen in der Gardine, und im Riß in der Gardine Sie, mein Leben erinnert mich an diese Spiele

Kinderecke

auf der vorletzten Seite der Zeitungen, unter dem Bridge und dem Schach, ein Quadrat mit verschlungenen Fäden, jeder Faden ein Weg, an einer Seite des Quadrats fünf Weganfänge, an jedem Weganfang ein Prinz in einer anderen Farbe, auf der gegenüberliegenden Seite die Prinzessin, die einen der Fäden ergreift, rate, welcher der Prinzen die Prinzessin ehelichen wird, die Lösung auf dem Kopf stehend in kleinen Lettern

der blaue Prinz

ich verdrehe mich, um die Lösung zu entziffern, folge mit dem Zeigefinger dem Knäuel des blauen Prinzen, der am Ende die Prinzessin nicht erreicht, ich versuche es mit dem grünen Prinzen, dem gelben Prinzen, dem braunen Prinzen, dem roten Prinzen, und die Prinzessin bleibt ledig, ich gehe den Weg in endlosen Spiralen noch einmal von der Prinzessin aus, und ohne daß ich dessen gewahr werde, landet der Zeigefinger oben auf dem Blatt, wo kein Prinz ist, das Foto eines Herrn, der den Lesern mit auf Initialen reduzierten Problemstellungen Grammatiklektionen erteilt, ein Komma und die Stadt, C. F., Coimbra, J. H., Santarém, P. M., Gaia

Portugiesisch-Ratgeber

oder aber, Geheimnisse wahrend, Name der Redaktion bekannt, Évora, von Pluralen und Prädikatsnomina des Subjekts gequälte Geschöpfe, die Prinzessin ehelicht nicht etwa irgendeinen Prinzen, sondern Herrn Professor Maia Onofre, versprechen Sie mir, daß es für die Ewigkeit ist, für zehn Jahre, für ein Jahr, für einen Monat, für einen Tag, für ein paar Stunden, das wär's

Nichtzutreffendes bitte streichen

Herr Professor Maia Onofre, schicken Sie mir einen Brief, fragen Sie, seien Sie beunruhigt, haben Sie Zweifel, ich respektiere Ihre Anonymität, reduzieren Sie sie auf die Initialen, ich stelle mich Philologen, Meinungen, Wörterbüchern, tummle mich auf lateinisch, kläre Sie kursiv gedruckt auf, rede Sie mit verehrte Freundin an, liefere Beispiele, Denkwürdigkeiten, Varianten, erleuchte Sie mit eingeschobenen Enzyklopädien

wie angenehm und leicht die Enzyklopädien sind, wenn ich in ihnen blättere

verhindere, daß Sie auf dem Pausenhof hinfallen, weinen, lösche die Verben auf der Tafel, und anstelle der Verben, in riesigen Großbuchstaben

Ich liebe Sie, Júlia

Sie können sich gar nicht vorstellen, wie amüsant ich sein kann, ich kann Karten spielen, mit der linken Hand Nägel einschlagen, Münzen aus der Nase ziehen, tanzen, ich habe es von meinem Vater gelernt, einem Clown, erst lebte er in Bico da Areia, später an einem Platz, darauf im Krankenhaus, danach am Platz, anschließend kurze Zeit im Krankenhaus, und dann ist er gestorben, jetzt, mit Abstand betrachtet, kommt es mir so vor, als habe er sein Leben

genau wie ich

damit verbracht, den ineinander verschlungenen Fäden zu folgen, die in der Luft abbrachen oder im Herrn Professor Maia Onofre von Tisch neun mündeten, der freundlich seine Blume und seine kleine Tafel Schokolade gezückt hatte und der, ganz Finger, die Stimme und den Krawattenknoten rundete

– Darf ich Ihnen etwas anbieten verehrte Freundin?

mein Vater, eine Leserin, deren Name bekannt ist, Júlia, Dona Amélia überreichte ihm ein Stückchen Papier vom Geschäftsführer, das ihm Pflichten, Verhaltensregeln und Prozente in Erinnerung rief, mein Vater hielt das Stückchen Papier am Ende des waagerechten Arms, reckte, die Schärfe einstellend, den Kopf vor, zog ihn wieder zurück, erfuhr, Herr Professor Maia Onofre, Tisch neun, elf Prozent, sie stopfte die in der Mitte zusammengefaltete Mitteilung in die falschen Brüste im Dekolleté, und am nächsten Tag traf ich Herrn Professor Maia Onofre an, wie er sich auf dem Treppenabsatz am Eingang verabschiedete, weniger rund als am Vortag und nach Orchideen duftend, Dona Aurorinha, die auf das Geländer gestützt zum Einkaufen ging

– Ein Verwandter von Ihnen Carlos?

Rui

ein weiterer Verwandter

gab das Stückchen Papier im Keller ab, erhielt die elf Prozent und lud mich ein, ihn zu einem Mauerrest in Chelas zu begleiten, nah bei einem unsichtbaren Häher, mich, der damals bei ein paar alten Leuten wohnte, die schon jahrelang tot sind und deren Namen zu erwähnen nicht lohnt

die Familie wird ständig größer, Júlia

gegenüber der Kirche von Anjos, und nur weil ich sie nicht in der Telefonzentrale des Unternehmens vermutet hatte, habe ich das Fahrrad, das wir dort hatten, nicht mit runter auf die Straße gebracht, und selbst mit platten Reifen und herumschlenkernder Lampe wäre ich zu Ihnen geradelt, zu den Seebarschen, der Narbe an der Lippe, zu der Verachtung, mit der Sie mir das Telefon hinstrecken, ohne mich wahrzunehmen oder sich um mich zu scheren

– Für Sie Senhor Paulo

zu dem Mädchen, das, die Hand vor dem Mund, weint, zu dem ich

– Es ist schon vorbei

und wir beide, Júlia, voller Gewißheit, daß es nicht vorbei ist, nicht vorbeigeht, der Baum im Schulhof kahl in einem alten Oktober von vor zweiunddreißig Jahren, dazu die Regenflecken, die auf dem Hof zurückblieben, und die Backsteinfliesen röteten sich mit einer Art Blut, Ihrem Blut, meinem Blut, unserem Blut, denn wir haben mit dem Taschenmesser einen kleinen Strich in die Haut geritzt, und wir rieben

ich der blaue Prinz, Sie die Prinzessin

und wir rieben feierlich die angeritzte Haut

wir so jung, nicht wahr?

aneinander, ein Pakt, der unsere Liebe besiegelte, Tauschen von Fahrkarten mit Nummern, die man vorwärts und rückwärts lesen kann, Kaugummi, mein Blut, wenn ich den Kolben der Spritze in Chelas runterdrückte, und eine vom Heroin verdunkelte Rolle im Glas, Ihr Blut, denn obwohl Sie liegen, fallen Sie jede Nacht vor dem Einschlafen in einem Zimmer, in dem man sich leicht eine weiß lackierte Frisierkommode mit Kupferapplikationen vorstellen kann, Biskuitkörbchen, einen vernickelten Delphin, der die Weltkugel auf der Nase balanciert, ein Kästchen für Papiertaschentücher, die alle ineinandergreifen und die allein Sie einzeln herausziehen können, ich nur ein endloses Akkordeon aus rosa Vierecken, die ich in das Kästchen zurückstopfe

sie dabei zerknülle

und hoffe, daß Sie es nicht sehen, Ihr Lächeln im Morgenmantel an der Türschwelle

– So ungeschickt Senhor Paulo

Pantoffeln mit dem Aufdruck Hotel Sevilla, die eine kleptomanische Seite an Ihnen enthüllen, die Ihre Arbeitskollegen nicht kennen, die die Reisebüros beklagen und die mich rührt, ein Foto im Badeanzug, wahrscheinlich im Schwimmbad des besagten Hotel Sevilla

(im Urlaubsprospekt: dritter Tag Hotel Sevilla in Sevilla, unvergeßliche Stadt, Moscheen, freier Nachmittag)

in einem mit Bambus verzierten Rahmen, die Lampen auf den Nachttischen Schornsteinfeger mit hochgerecktem Besen, und in den Borsten der Besen die Lampen, deren Schirme gestirnte Satinhimmel sind, Ihr Name gestickt und mit Kirschen darum in einem Rahmen an der Wand, und trotz des Namens, den Ihre Mutter oder Ihre Schwester oder Sie, während Sie sich von einer heftigen Grippe erholten, ganz allmählich geschrieben haben, trotz des Namens, trotz des ebenfalls lackierten Schrankes, der zur Kommode paßt, trotz der Helligkeit, die durch die Gardine dringt und im Zimmer weit zurückreichende, ekstatische Erinnerungen verteilt, erste Kommunionen, Geburtstagstorten, der Park in Caldas da Rainha, der noch immer auf Sie wartet, fallen Sie immer weiter, Júlia, Sie fallen weiter zurück, in die Kindheit, stolpern beim zweiten Hüpfer mit dem Seil, das zwei Schulkameradinnen im Kreis schwingen lassen

– Du bist dran Júlia

schnell mit dem Bücherrucksack auf dem Rücken hineintreten, eins zwei drei sagen, im Takt hüpfen, aber jemand

oder es kam Ihnen so vor, als würde jemand

Ihren Namen rufen

oder ein Muskel langsamer, oder die Gemeinheit der Schulkameradinnen

ach, Júlia

und ein Schreck, das Gleichgewicht verloren, ein Schrei, ich renne zu Ihnen

– Es war nichts

und Sie sitzen auf dem Bett, führen die Hand an den Mund, entdecken das Blut, verbergen sich an meinem Schlüsselbein

– Was für ein Alptraum Senhor Paulo

die nackte Fessel, die sich beugt und streckt, der Granatapfelohrring in der Handfläche, und anstatt

– Ich habe nicht den ganzen Tag Zeit für Sie

das Haar, das ich langsam liebkose, der Rücken, den ein Träger freilegt und der in meiner Handfläche kleiner wird, eine Stimme, die Sie nicht wiedererkennen, so alt ist sie, und dennoch ist es Ihre, kindlich hingegeben

– Was für ein Alptraum Senhor Paulo

die Hingabe erleichtern, indem ich den Besen des Schornsteinfegers mit der Schlafanzugjacke bedecke, denn Halbdunkel hilft, macht mich zu Herrn Professor Maia Onofre, der Vorträge über Gerundien hält, zum blauen Prinzen, der mit ausgestrecktem Zeigefinger den Windungen eines Fadens auf Ihrer Haut folgt, den Seebarschen des Tierkreiszeichens, dem Ansatz eines Arms, dem kleinen Fleischkissen, das die Achsel schützt, und kein Blut auf der Hand, schauen Sie nur, sehen Sie, überhaupt kein Blut, die Hand sauber

damals, nach dem Heroin, wischte ich es am Hemd ab

die saubere Hand am Hörer, den ich an mein Ohr führe, und Sie scheuchen mich mit dem Bleistift weg

– Nun ist es zu spät lassen Sie das

damals, nach dem Heroin, wischte ich es am Hemd ab, kauerte mich an einem Stein zusammen, und keine Koliken mehr, der Körper ohne Schweiß, kein Nierenbrennen, der Häher

zweifellos

aber der Häher amüsierte mich, alles gleichgültig, wissen Sie, und ich auf dem Müll und dem Unkraut erinnerte mich nicht mehr an die Narbe und daran, daß ich Sie in den Arm genommen habe, schwebte über Ihnen, bei solchen Gelegenheiten

verzeihen Sie

erinnerte ich mich an meinen Vater, den Clown, und seinen Glauben an was weiß ich für ein Wunder, er schloß den Fächer und starrte mich an, ärgerlich werden, während ich dahinschwebte

– Nerven Sie mich nicht Vater

genauso wie wenn mich andere Menschen anstarren, Sie zum Beispiel, ich würde auch ärgerlich werden, Sie und der Mulatte, der die Klinge des Kindertaschenmessers klicken ließ, mich zwang aufzustehen, wegzugehen

– Du Müllhaufen

ich sackte an den Unebenheiten des Bodens zusammen, fand dabei eine tote Katze auf der Erde, die Angestellte aus dem Speisesaal hatte den Ärmel noch nicht hochgekrempelt, schaute sich eingehend die Spritze an

– Versprichst du mir daß es nicht schadet Paulo?

warum zum Teufel sollte das schaden, das schadet nicht, ich bin doch hier, oder etwa nicht, ich rede doch mit dir, oder was, es schadet überhaupt nicht

es geht einem besser, sogar mein Vater kümmert mich nicht mehr, Gabriela

Judite & Carlos

und die Angestellte aus dem Speisesaal

– Dein Vater?

sie wußte nichts von meinem Vater, sie kannte die Sängerin im Krankenhaus, Senhor Vivaldo, der angesegelt kam

– Dein Schützling meine Schöne?

mein Vater klappte den Fächer auf, seine Wimpern ebenfalls zwei Fächer, drei Fächer zitterten zu Senhor Vivaldo gewandt, eine herausgequetschte Frage, die sich in die Länge zog, sich seiner bemächtigte, ihm die Hände band, ihn von Tisch neun zum Erdgeschoß in Príncipe Real zog, Plakate, Zierat, Petunien in der Vase

– Verzeihung mein Herr?

Dinge, die mir in den Sinn kommen, Verrücktheiten, die ich mir ausdenke, eine lackierte Frisierkommode in Ihrer Wohnung, Ihr Name, von Mohnblumen umrandet an der Wand

Kirschen

Julinha

nachts fallen wir in unserem Inneren, erste Kommunionen, Geburtstagstorten

zehn Kerzen, elf Kerzen

Caldas da Rainha wartet, und dann verschwimmt Caldas da Rainha, die Kerzen verlöschen, wir schlafen beinahe ein, und zack, die Regenflecken

apropos Regen, soviel Blut, haben Sie es bemerkt?

der Baum, der Schulhof, wir versuchen, weiter zurückzugehen, versuchen zu fliehen, und dennoch die Schulkameraden

– Hör nicht auf

wissen, daß wir nicht springen können, wir werden nicht springen, das Seil unter uns und über uns, kommt zurück, geht wieder

– Hör nicht auf

kümmern Sie sich um die Telefonzentrale, hören Sie einfach nicht hin, leiten Sie ein Gespräch um, verändern Sie die Ordnung der Stöpsel, fragen Sie die kleinen Löcher

– Personalservice?

oder Buchhaltung oder Sekretariat oder Personalabteilung, keine Schulkameradinnen, Angestellte, die kein Seil schleudern, hindern die Regenflecken daran, sich auf den Fliesen auszubreiten, auf denen Silberpapierchen von Bonbons, verfaulte Blätter liegen, wenn wir uns in den Flecken spiegeln, so wie wir heute sind, so wie Sie heute sind, mit der Kette um den Hals, der gepunkteten Bluse, dennoch

– Ich fühle mich nicht wie ich selber wie eigenartig

Falten, die ich nicht habe, überall auf der Haut diese Sommersprossen der alten Leute, ehrlich, was für eine lächerliche Frisur, die Narbe an der Lippe

– Ich fühle mich nicht wie ich selber wie eigenartig

und daher

– Es war nichts

und daher

– Es ist schon vorbei

aber in Wirklichkeit ist es nicht vorbei, es geht weiter, auch wenn mein Vater tot ist, kommt es vor, daß ich einen Umweg am Keller vorbei mache und minutenlang was weiß ich am Türeingang anstarre, an dem meine Mutter auf ihn gewartet hat, es kommt vor, daß ich zur Kirche von Anjos zurückkehre, um das Gebäude auszuspähen, das es hinter Baugerüsten, Brettern nicht mehr gibt, ich beobachte die Arbeiter, die die verglasten Balkons abbrechen, hoffe, eine Frau zu sehen, die beim Waschtrog bügelt, und ich, von weitem, nicht gestikulierend, nicht rufend, diskret

ich war immer diskret, Júlia

– Ich bin es

während die Uhr die Fünfuhrspatzen mit geflügelten Glockenschlägen herauspustet, kommt es mir so vor, als würde ein alter Mann mit Spazierstock auf mich zukommen

aber es ist kein alter Mann, ich habe mich geirrt, es ist ein Bettler, der mich nicht einmal sieht, während er Lotterielose oder einen kranken Arm schwenkt

ich sehe ihn auch nicht mehr

und daher, das stimmt doch, fallen wir jede Nacht, will heißen, ich falle, und Sie reichen mir das Telefon nicht

einmal im Leben reichen Sie mir das Telefon nicht

Sie meinetwegen beunruhigt, erlauben mir, den Kopf an die Seebarsche zu lehnen

– Es war nichts Senhor Paulo

lassen Sie mich einmal, obwohl der Hörer nach rechts und links geht, annehmen

– Für Sie von außen

was für ein Wort, außen, als ob es ein Außen gäbe, von neun bis sechs Uhr nachmittags, Ausgabebelege, Duplikate, Rechnungen, und was das Außen betrifft, so verstimmt die Geige eines Bettlers meine Eingeweide, lassen Sie mich einmal annehmen, daß Sie mich beinahe umarmen, mich beinahe in den Arm nehmen

– Es ist schon vorbei

annehmen, daß Ihr gestickter Name in einem Rahmen mir hilft, in den Gardinen statt des Morgens auf der Straße der Park in Caldas da Rainha mit Statuen in den Beeten, das Museum, der Palast, Ihre Wohnung ganz in der Nähe, glaube ich, über einem Restaurant oder einem Möbelladen, ein kleiner Balkon, das Fenster und drinnen Ihre Angehörigen, Sie, ein Feuerwehrhelm

Ihr Vater, Ihr Bruder?

denn Sie müssen Brüder haben, Júlia, Sie verstehen sich zwar nicht mit ihnen, aber es gibt sie, einer ist nach Luxemburg ausgewandert, der andere, der ältere, ist Grundschullehrer in Coimbra, Ihr Vater arbeitet in einer Apotheke, Ihre Mutter näht für Kundinnen außer Haus, damit das Geld bis zum Monatsende reicht, Sie im Anschluß an die Grundschule die Oberschule, Ihr Freund Sohn eines Marmeladenfabrikbesitzers und ebenfalls Feuerwehrmann, der die Glocke vom Feuerwehrwagen läutet, wenn er auf der Straße an Ihnen vorbeifährt, und Ihre Mutter bekreuzigt sich, der Park wurde um sieben abgeschlossen, und dennoch

habe ich richtig vermutet?

eine Lücke in den Gitterstäben, der Palast mit brennenden Lichtern, der Wärter weit weg, ein Beet gleich dort, das im Mai nicht feucht war, Dutzende von Fledermäusen in den Baumwipfeln, und aus Angst vor den Fledermäusen sein Körper näher an Ihrem, Worte, die nichts bedeuteten, Finger, die etwas weh taten, schließlich mit Hilfe von irgend etwas

einer Maus?

die auftauchte, verschwand und die man nicht genau erkennen konnte, trockene Zweige, ein Schluchzen, Lärm, der Feuerwehrmann schüttelte die Erde ab, täuschte Panik vor, es war nichts, es ist schon vorbei, hab keine Angst, am nächsten Tag zeigte die Mutter Ihnen den Rock, auf dem was auch immer war, ein Fleck oder so

aber wovon?

– Sag bloß nicht Júlia

und daher Lissabon und das Zimmer einer Cousine, die Sünden verzieh, die erste Anstellung als Kassiererin, dann ein Job in einer Reinigung, die Pension, denn bei der Cousine nur ein schmaler Diwan, mein Bruder in Luxemburg schäumte Drohungen, mein Bruder aus Coimbra war den Botschaften der Cousine gegenüber taub, sie soll mir bloß nicht schreiben, für mich ist sie gestorben, zum Glück eine dritte Anstellung hier als Telefonistin, weil ein Kunde der Reinigung mich lieber in seiner Nähe hatte, und Gott sei Dank Frieden, Kupferapplikationen, lackierte Möbel, die er mich hat aussuchen lassen, ich habe das kleine Bild mit meinem vor ewig langer Zeit gestickten Namen mitgebracht, meine Großmutter hat es mir beigebracht

– Ich bringe es dir bei meine Kleine

nicht die mütterlicherseits, die von seiten meines Vaters, sie lebte in Foz do Arelho, mein Großvater hatte ein Restaurant am Meer, und nachdem er gestorben war, haben ihn die Möwen

wird behauptet

aufgefressen, Hunderte von Möwen pickten durch das mit Schilfrohr gedeckte Dach, und die Meerestiere, die noch in der großen Schüssel waren und die kein Kunde gekauft hatte, morgens Nebel über der Mündung des Flusses, und meine Großmutter unsichtbar

– Julita

weder Júlia noch Julinha, Julita

mein Name gefällt mir nicht

tauchte aus goldenem Dunst auf, packte mich an der Schulter, und ich vor Schreck auffahrend

– Sie haben mich erschreckt Großmutter

das Restaurant des Verstorbenen nur vertrocknete Krabben, ein paar verstreute Rohrstöcke, der Hut, den sie ausgegraben hatte, nicht den ganzen Hut, den Kopf und ein Stück Band

– Dort haben wir gearbeitet

ich frage mich, ob die Möwen nicht auch meine Großmutter gefressen haben, das heißt, was die Zeit übriggelassen hat, die Jahre hatten bereits von innen her von ihr Besitz genommen und nagten und nagten

– Deine Knorpel sind dahin dein Fleisch ist dahin

meine Großmutter nur das Kopftuch, das Trauerkleid und die Hand auf meiner Schulter, die aus dem leeren Umschlagtuch herauskam

– Julita

die beiden Eheringe aneinandergeklebt, der des Verstorbenen und ihrer, nachmittags stellten wir die Schemel nebeneinander, eine Brille im Umschlagtuch und hinter der Brille Schiffe, ein Rhombus aus Stoff auf Knien, die sie nicht hatte, die Nadel produzierte eine Kirsche nach der anderen um die Buchstaben herum, bis die Möwen beschlossen, das Kleid und das Kopftuch zu verschlingen, ich packte die Stickerei, bevor das Meer sie wegtrug, und die Wellen krümmten sich wütend, besprühten mich mit Tropfen

das Meer hat einen Sprachfehler

– Wenn wir dich zu fassen kriegen Júlia

in Erinnerung sind mir das Licht, der weiße Himmel und die Tatsache geblieben, daß sie ein kleines Brett war, das aufs Geratewohl zwischen den Felsen trieb, würde mein Bruder aus Coimbra mir auf meine Briefe antworten, würde ich ihn fragen

– Haben wir noch das Haus der Alten in Foz do Arelho Clemente?

vorgestern hätte ich im Büro beinahe Senhor Paulo danach gefragt, einen mageren Kerl, der ständig seine Glatze in glänzenden Oberflächen nachmißt, im Metallstreifen an der Tür zum Beispiel, er baut sich vor ihr auf, schiebt die Haartolle zur Seite, dreht die Nase zur Seite, reißt die Augen auf, wenn er angerufen wird

er wird fast nie angerufen, wer wird ihn schon anrufen

und ich ihm den Apparat hinreiche, braucht er ewig am Schalter, brummelt Zusammenhangloses wie

– Es war nichts

so etwas wie

– Es ist schon vorbei

kreuzt die Arme mit wiegenden Bewegungen, ich mit jeder Menge Gesprächen in der Leitung und Dutzenden von blinkenden Lämpchen, die einhundertachtzehn, die einhundertneunzehn, die zweihundertsiebenundvierzig

– Ich habe nicht den ganzen Tag für Sie Zeit

seine Arme drücken ein kleines Mädchen fest an sich, das nicht da ist, ich, während mich das Lämpchen von der Geschäftsleitung hetzt

ganz allein oben auf dem Schirm

das ein Ministerium, eine Bank, den Kinderhort der Tochter der Sekretärin verlangt

während sein Mund sich nicht an dem ihm zukommenden Platz befindet, sondern im Gesicht herumflattert, mal an der Nase, mal an der Stirn ist, sich dann wieder auf dem Kragen niederläßt und erklärt

– Ich liebe Sie

dem Fotokopierer hinter mir, der, wenn man den Deckel zuklappt, zu schnurren anfängt und uns das Papier in einem Drahtkorb darbietet, und als ich hinausgehe, ist da der Mund, der unermüdlich

– Ich liebe Sie

zu der Maschine hinüberflattert, die Kaffee in Pappbechern austeilt, die uns die Haut verbrennen, ein Becher kommt heraus, und sofort stößt eine verchromte Spitze unter mühevollem Gurgeln Dampftropfen aus, ich renne, wahnsinnig in Eile, gegen die Maschine, und Senhor Paulo zum Schlitz für die Münzen

– Ich liebe Sie

ergeht sich in einem merkwürdigen Gerede über Schulhöfe, Regenflecken und seilspringende Mädchen, zwei lassen das Seil kreisen, eine dritte hüpft, ich suche nach meinem Mantel im Spind, und er tröstet den Spind

– Weinen Sie nicht

verbreitet sich in absurden Geschichten von Rissen in Gardinen und Kiefern, die ein Wind mit aufgedruckten Blümchen zu einer Kletterpflanze führt, die sich in eine Mauer schiebt, ich erinnere mich nicht an Kletterpflanzen in Caldas da Rainha, ich erinnere mich an Statuen auf dem Rasen, an die Fledermäuse im Park, daran, wie ich am Tag den Platz gesucht habe, an dem wir beide am Vortag, in der Nähe der Boote im Teich, und ein Mann schnippelte, ohne uns zu bemerken, an einem Busch herum, ein Mann oder Senhor Paulo

– Dona Júlia

grüßt vom Museum her, konzentriere ich mich auf das Museum, ist Senhor Paulo verschwunden, höre ich auf, mich darauf zu konzentrieren, ist Senhor Paulo wieder da, ich verstehe das nicht ganz, aber ich denke doch, daß er das ist, kehre unvermittelt zum Busch zurück, ohne daß jemand mich bemerkt

glaube ich zumindest

und Senhor Paulo verwandelt sich in den Stamm einer Esche oder in die Büste eines Malers, der verstohlen vortrat und

– Mit Verlaub

bat und die mit Zähnen versehenen Seebarsche meines Medaillons mit den Tierkeiszeichen

– Erlauben Sie mir von uns beiden zu sprechen

voller Verehrung eingehend betrachtete, und Senhor Paulo schrumpfte zusammen

– Verzeihung

in seiner Wohnung weder lackierte Möbel noch Bronzeapplikationen, lächerliche Möbel

– Die haben meinem Vater gehört

die seinem Vater gehört hatten

– Mein Vater ist gestorben

voller Schleifchen, Kretonnesterne und pompöser Verzierungen, ein Kleiderschrank, aus dem mich, da bin ich mir ganz sicher, eine Frau mit einer Flasche in der Hand und ein Mann mit Schürze anlächeln oder aber nicht lächeln, mich nur prüfend anschauen, der Mann mit der Schürze spottend

– Offenbar ist aus deinem Sohn keine Schwuchtel geworden Judite

wobei er Senhor Paulo mit einem Kerl verglich, der ein Stück der Überdecke zerknautschte und wieder glattstrich, ganz bestimmt dachte

– Ich muß verrückt sein das ist eine Lüge

denn lahmende Stuten traben vorbei, Tiere, die die Zigeuner von einem Markt zum anderen schleifen, mit Beschimpfungen und Nägeln anstacheln

– Ich muß verrückt sein das ist eine Lüge

Senhor Paulo, der Stühle heranbringt

– Bitte sehr gnädiges Fräulein

gnädiges Fräulein, so ein Idiot, ich habe vor einundzwanzig Jahren im Park von Caldas da Rainha aufgehört, ein Fräulein zu sein, als die Maus in den Beeten ohne Feuchtigkeit im Mai an uns vorbeigekommen ist

gelbe Nelken, Zinnien, meine Mutter zeigte auf meinen Rock

– Sag bloß nicht Júlia

ich verstand das nicht

– Was ist denn Schlimmes an einem Fleck Mutter?

sie peitschte mich mit geheimnisvollen Gesten in mein Zimmer, mein Vater

– Mercês

und sie mit einem Zeichen

– Jetzt nicht

ein Zeichen

– Warte

schloß die Tür, faltete den Rock vor mir auseinander, und ein kleiner, heller Fleck

– Sag bloß nicht Júlia

ich verstand das nicht

– Was soll ich bloß nicht sagen?

ich konzentrierte mich auf den kleinen Fleck, begriff plötzlich, Zinnien, Zinnien, der Palast mit brennenden Lichtern, die Angst vor den Fledermäusen, der andere Körper näher, mit meinen Schulkameradinnen haben wir die Fensterläden eines verschlossenen Hauses aufgebrochen und sind hineingegangen, leere Zimmer, ein Topf mit Narzissen auf der Terrasse, mein Freund oder, besser, Finger, die mich baten, Julinha Julinha, nahm den Topf mit den Narzissen und zerbrach ihn

– Was soll ich bloß nicht sagen?

hörte meine Schulkameradinnen lachen oder die Keramikscherben, die zu bluten schienen, rosa und rote Keramik, sag bloß nicht, Júlia, sag mir nicht, daß, was soll ich bloß nicht sagen, was soll ich Ihnen sagen, die Narzissen grün, grün eiternd, grün murmelnd, beinahe schreiend

– Ich schreie nicht

grün, Dutzende von Narzissen, Dutzende von Keramikgraten, das Rosa, das Rot und das Grün in meinen Augen vermengt, mein Vater halb von der Bank erhoben

– Mercês

er trug ein Unterhemd und Hosenträger, ich hatte sie noch nie so deutlich gesehen, wenn er sich in der Spiegelscherbe rasierte, hingen sie ihm von den Hüften herunter, und jetzt so meine Mutter

– Jetzt nicht

– Warte

und jetzt so deutlich, mein Bruder, der Volksschullehrer in Coimbra, sie soll mir ja nicht schreiben, für mich ist sie gestorben

– Sag bloß nicht Júlia

vor mir faltete sie den Rock auseinander, ein kleiner weißer Fleck, und ich sagte

– So deutlich

Fledermäuse und Mäuse, das Beet, von dem ich angenommen hatte, es sei trocken, und sieh mal einer an, ich habe mich geirrt, es war naß, mit den Schulkameradinnen haben wir die Fensterläden wieder zugehämmert, und die Fensterläden hielten nicht, fielen herunter, die schiefen Nägel ritzten ins Holz

fielen herunter

Ernestina, Rute, Sofia, die große, Sofia ist an Blutvergiftung gestorben, die erste Tote, die ich in einem Sarg vorgefunden habe, eine Keramikscherbe, weder rosa noch rot

matt, durchscheinend

die ich im Sarg vorgefunden habe, sie lief schneller, war kräftiger als ich, der kleine helle Fleck, sag bloß nicht, Júlia, mein Vater, das Gesicht zu einem Drittel rasiert, drehte am Türknauf

– Mercês

benutz den Hammer, Vater, benutz den Finger, versuche es mit dem Finger, so im Dunkeln neben mir, in der Nähe des Palastes, man kann das Museum kaum erkennen, benutzen Sie die Finger, trockene Zweige, Lärm, der nichts bedeutet, Worte, die nichts bedeuten, meine Liebe, ich bete dich an

– Ich glaube es nicht

– Ich bete dich an

– Wie sehr betest du mich an?

– Ich bete dich an nun komm schon es fehlt nur noch ein bißchen ich bete dich an

Senhor Paulo

– Verzeihung?

nahm mein Medaillon mit den Tierkreiszeichen, drehte es um

seine Freude

sein Mund

– Verzeihen Sie

und da ich den Rest kannte, das Knie zwischen meinen Knien

– Nimm sie weg

das andere Knie, das bat

– Laß mich so bleiben

das andere Knie, die beiden Knie, vier Knie, meine mitgezählt, meine Knie nach oben, seine nicht

– Nimm sie weg

der Hammer, mit dem wir die Fensterläden abgenommen haben, und hinter den Fensterläden abgestandene, dicke Luft, Sofas und hinter den Sofas der Blumentopf auf einem Teller aus Ton, da ich das kannte, dieses ich bete dich an, nun komm schon, es fehlt nur noch ein bißchen, ich bete dich an, ließ ich zu, daß Senhor Paulo mein kleines Medaillon mit dem Tierkreiszeichen nahm, daß er sagte

– Ich liebe Sie

und zugleich

– Ich dachte es wären Seebarsche aber es sind Meerbrassen

ich

– Wie bitte?

ich

– Verzeihung?

er zeigt auf meine Kette

– Ich dachte es wären Seebarsche aber es sind Meerbrassen

die Meerbrassen in Verbindung mit seiner Liebe zu mir, der Kleiderschrank, von dem aus mich eine Frau mit einer Flasche in der Hand und ein Mann mit Schürze anlächelten, die Stuten der Zigeuner, ein paar Jungen am Strand war es ein Strand?

die die Reiher mit Kienäpfeln bewarfen, Senhor Paulo, der sich an die Gardine wandte und mich bat

– Schauen Sie

nicht lockerließ, voller Angst, ich könnte nein sagen

– Sehen Sie den Clown Fräulein Júlia?

Dona Júlia?

Dona Júlia geht nicht, Fräulein Júlia

– Sehen Sie den Clown Fräulein Júlia?

– Sehen Sie den Clown Fräulein Júlia?

und ich nickte, um ihn zu beruhigen

– Ich sehe den Clown Senhor Paulo

wo ich in Wirklichkeit die Sonne sah, die in einem Flaschenhals hüpfte, die Zimmerdecke erreichte und er sofort

natürlich

und er sofort, natürlich

– Das sind die Gezeiten die sich ändern

und es kann sein

es ist ganz bestimmt so gewesen

daß die Gardine sich mit den Gezeiten zusammenzog, und der Wind in den Kiefern, ein Wind mit aufgedruckten Blümchen, und der Riß wegen einer Schraube am Fenstergriff, durch den die Telefonistin bei der Arbeit

ich?

ihm den Apparat reicht

– Für Sie Senhor Paulo

und Senhor Paulo fährt mit dem Finger über meine Haut, folgt ganz langsam dem Knäuel des blauen Prinzen auf dem Weg zu mir.

Kapitel

Als wir zusammenwohnten, legten sie mich auf die Matratze, die unter dem Bett verwahrt wurde, rollten sie in der Küche aus und erklärten

– Es ist Nacht Paulo

und ich blieb im Dunkeln zurück, hörte da unten, was wir das Meer nannten und was nichts weiter war als der Fluß, die Mündung des Flusses, die Stelle, an der der Tejo an der Brücke vorbeifließt, es satt hat, durch Berge, Stauseen, vorbei an Burgen, Mühlen, Ebenen zu stolpern

dachte ich

die verlassen waren, und am Ende den Ozean erreicht und sich in ihm in einer Art Seufzer auflöst oder so, als wir zusammenwohnten und ich im Dunkeln zurückblieb, die Tür zum Garten sah, die im Lichthof der Wand erschien, dachte ich immer, daß die Tränen, der Streit und die Fragen ein Ende hatten, meine Eltern

ihr

euch auch hinlegtet, in Frieden miteinander, in der Ascheharmonie alter Leute, obwohl ihr damals noch nicht einmal dreißig Jahre alt wart, und da ihr ruhig wart, war ich ruhig, schwappte ich vor und zurück auf der Matratze, dem Schlaf entgegen, Stroh oder Lumpen oder der Rest eines Korbes, den die Wellen packen und wieder loslassen, am letzten Strand zurücklassen, an dem ein Dreirad und ein Auto mit Holzrädern eingegraben waren, und dann, in der Stille, während ich mich in der Küche unter einer gestreiften Decke sah, schien es mir so

es schien mir nicht so, ich war mir sicher, daß es euch gutgeht, es machte nichts, daß ich wegging, denn wir waren

Ehrenwort
eine Familie, niemand
nicht einmal ich
bat
– Paßt auf sie auf
und dennoch verabschiedete ich mich von euch, ging ich ohne schlechtes Gewissen über die Baumwipfel zum Tag, hörte genauso auf, wie ich meine Geschichte beende, Vater, und dann haben wir nie existiert, so wie keiner von uns in meinem Schlaf existierte, der Strand, einverstanden, das Auto mit den Holzrädern, einverstanden, das Dreirad, einverstanden, dieses Kind auf einer Matratze
welches Kind?
dessen Namen wir schon nicht mehr wissen und das wir nicht mehr anschauen, es bleibt noch zu sagen, daß Februar ist, Freitag, der dreiundzwanzigste Februar, daß es regnet, ich kann mich nicht daran erinnern, daß es jemals um diese Zeit geregnet hat, nur ein- oder zweimal Tränen an den Fensterrahmen, und der Duft des Wäldchens näher
ebenfalls Februar?
Wolken von Trafaria her, die die Möwen ärgerten, die Margeriten raschelten vor Hunger
– Geben Sie ihnen zu essen Vater
Sie mit dem Paket Dünger, die ärgerlichen Grimassen, das Theater
– Hören Sie mit dem Theater auf Vater
und ein Seitenblick, kein böser, ein beleidigter, die Mutter allerdings sehr wohl böse
– Paulo
ich zugleich groß und klein, wie eigenartig, wo habe ich die Margeriten her, sag mir das mal einer, wo ich niemals an sie denke, ich habe sie nie wiedergesehen, die Stengel damals so hoch wie ich
riesig

– Magst du Margeriten Paulo?

Wespen auf den Blütenblättern, und mein Vater

– Eine Wespe rühr dich nicht Vorsicht

die Backsteine unter dem Zement der Mauer, in den Zwischenräumen, dort bilden die Wespen

sagen, daß Februar ist, Freitag, der dreiundzwanzigste

die Papierrosen ihrer Nester, in deren Blütenblättern sie sich zitternd verbargen

Februar, daß es regnet, wieso habe ich die Wäsche nicht von der Leine genommen, ein Hemd flattert an den Wäscheklammern, wäre mein Vater hier, flatterte der Kragen nach rechts und nach links, der Hemdzipfel lose, Ärmel, die ziellos tanzten, ich öffne das Fenster, um zu verhindern, daß er auf die Straße hinunterfällt, und die Leute ringsum schauen zu Boden, schauen zu meinem fünften Stock herauf

– Ein Clown

sie werden denken, daß ich ihn gestoßen habe

der nasse Stoff, den ich an mich presse, und als ich merke, daß ich ihn an mich presse, lasse ich ihn zornig los

– Klammern Sie sich nicht an mich Vater

hören Sie auf, mich zu stören, verschwinden Sie, einmal hat er in Anjos geläutet, Dona Helena spähte auf Zehenspitzen durch den Spion, starrte mich an, wischte die Hände am Rocksaum ab, rief

– Einen Augenblick

starrte mich wieder an, richtete ihr Haar, hängte den Regenmantel an der Garderobe gerade hin

er blieb, wie er war

wahnsinnig viele Wespen auf den Blütenstempeln, die nicht mehr schwarz, verbrannt waren, im Sommer schwoll ihr Summen im Waschtrog an, die Schuhe ausziehen und die Papierrosen mit dem Schuh zerschlagen, jemand, der mich wegzog

– Laß das Vorsicht

anfangs lag der Treppenabsatz im Dunkeln, selbstverständlich war da das Oberlicht, aber was nützte das Oberlicht, wenn es von den Tauben und von Blättern und Müll verdreckt war, Dona Helena öffnete ärgerlich die Tür, während sich an der Garderobe der Regenmantel

nachdem die Türklingel geläutet hatte

kraus in Falten legte, und mein Vater nicht mit Perücke, nicht im Kleid, zurückhaltend, eine verschämte, ängstliche Wespenrose

– Wenn Sie erlauben würden ich hätte gern meinen Sohn gesehen gnädige Frau

ich zu mir selber, während ich mich auf dem Sofa versteckte

– Rühr dich nicht Vorsicht

im Dezember kein einziges Blütenblatt aus Papier, nur Moos, zerbröselnder Zement und noch mehr Backsteine in der Mauer, eine Strebe der Brücke, die sich von den Brettern gelöst hatte, kreiste in einer Welle und schwamm langsam davon, meine Mutter, mit roter Nase, schneuzte sich

– Mir gefällt das hier nicht Carlos wolltest du nicht eine Wohnung in Lissabon suchen?

Lissabon gab es nicht, Nebel gab es, der vom Wasser aufstieg, frierende Reiher, den Besitzer des Cafés, der seine Zigarette kaute

ich bin am Ende meiner Geschichte angelangt, Vater

Sie genau wie die anderen Väter, ohne Schminke oder Fächer, wenn meine Mutter Sie so sehen könnte, wäre sie stolz, würde sie Sie ihren Freundinnen zeigen

– Carlos

nachdem mein Vater gegangen war, traf ich sie in der Küche an, den Ehering in der Handfläche, als sie bemerkte, daß ich da war, warf sie ihn in die Besteckschublade und schloß die Schublade mit einem Hüftschwung, am nächsten Tag fand ich ihn weder in der Schublade noch an ihrem Finger, ich suchte zwischen den Gabeln, den Teelöffelchen, dem Schuppenmesser, das immer lila vom Blut war, fand alte Kupfermünzen, die Verschlußkappe eines Füllfederhalters, den Ehering aber nicht, und fing an zu weinen

Wolken von Trafaria her, Wolken von Alto do Galo her, ich sah weder Dächer noch Wände, sah die Gardine der Augenlider, fing die Tränen mit der Zunge auf, und sie schmeckten nach rohem jungem Meeraal, nach Rost

– Ihr Ehering Mutter?

während der meines Vaters auf dem Treppenabsatz in Anjos, ich bemerkte den Ehering, noch bevor ich ihn bemerkte, meine Mutter zeigte ihn den Freundinnen

– Ich habe euch doch gesagt daß ihr euch geirrt habt

– Versprechen Sie mir daß Sie sich nicht streiten werden Mutter?

den Freundinnen, die ich sah, aber Dona Helena nicht, sehen Sie nur die Freundinnen meiner Mutter, Dona Helena, die Lehrerinnen im Kittel stimmen zu, unterbrechen das Diktat

– Es stimmt Judite

mein Vater würde mich mit nach Bico da Areia nehmen, und wir würden dort alle drei ohne Streit und ohne Fragen leben, sie würden sich nachts auf die Matratze legen, unten das hören, was wir das Meer nannten, was aber nichts weiter als der Fluß war, die Mündung des Flusses, die Stelle, an der der Tejo an der Brücke vorbeifließt, es satt hat, durch Berge, Stauseen, vorbei an Burgen, Mühlen, Ebenen zu stolpern

dachte ich

die verlassen waren, und am Ende den Ozean erreicht und sich in ihm in einer Art Seufzer auflöst oder so, einer Bewegung der Schultern, einem Schütteln der Haartolle der Gischt, ich im Dunkeln sehe die Tür zum Garten, die im Lichthof der Wand erschien, ein Aluminiumglitzern, eine rostige Ecke, die Fensterscheibe, in der die schwarzen Baumstämme des Wäldchens, helfen Sie mir, meine Kleider in einen Sack zu stecken

Dona Helena leiht mir einen

holen Sie mir die Jacke vom Bügel, denn ich komme dort

oben nicht dran, die da mit dem Samtkragen paßt mir schon seit über einem Jahr nicht mehr, die andere, die blaue, warum verlieren wir hier eigentlich Zeit, während Dona Helena meinetwegen leidet, warum nur macht mein Vater, überzeugt davon, daß ich ihn nicht sehe, all diese Zeichen, was sollen diese Zeichen, es gibt doch einen Bus, der direkt nach Hause fährt, nicht wahr, man steigt in der Avenida Almirante Reis ein, auf Wiedersehen, Dona Helena, man überquert den Tejo, Costa da Caparica und gleich danach, zack, ein weiterer Autobus, der fast immer leer ist, man biegt rechts beim Campingplatz auf der Höhe der Apotheke ab

nachts ist nur das Schaufenster beleuchtet, weder Fassaden noch Bäume

meine Mutter erwartet uns, meine Matratze in der Küche, die Augenbrauen von Dálias Tante

– Bist du wieder zurück?

die Leute reden nur ein wenig mit ihnen, der Rest gleichgültig, wenn meine Mutter auf meinen Vater böse war, stritt nur die Hälfte des Gesichts, die Hände kochten weiter Reis, und die Augen überwachten die Hände, hin und wieder gesellten sich die Augen zum Mund und wurden auch böse, die Schulterblätter, bis dahin zerstreut, bewegten sich wütend, ich wußte, daß die Lehrerin schimpfte, weil ihr Schenkel unter dem Rock hüpfte, die zerstreuten Finger hielten die Kreide, die Schuhe kümmerten sich nicht um uns, mir kam es so vor, als litt Dona Helena meinetwegen, als fragte sie meinen Vater, gehen Sie nach Spanien, um dort zu arbeiten

– Ich kann nicht nach Bico da Areia Paulo

auf den verglasten Balkon rennen, kein Essen annehmen, auf dem Rücken liegend bis zum nächsten Tag wach bleiben, Dona Helena, die im Dunkeln schniefte

– Mach dir nichts daraus Paulo

wollte mich trösten, tröstete mich aber nicht, wenn sie mir zufällig die Bettücher feststeckte

– Trösten Sie Ihre Tochter nerven Sie mich nicht

Senhor Couceiro, das habe ich doch gesagt, nur der Spazierstock, wach bleiben, meine Wäsche nehmen

– Werden Sie nach Spanien gehen und dort arbeiten?

und weglaufen, durch die Rolläden sah die Kirche nicht wie die Kirche aus, sondern wie etwas anderes, das mich erwartete, mich bedrohte

– Geh nicht die Treppe runter Paulo

wie lange schon reden die Kirchen nicht mehr mit mir?

Straßenlaternen, die zum Martim-Moniz-Platz hin immer kleiner wurden, in ein paar Stunden die Müllwagen, wenn mich die Männer, die die Mülltonnen dort hineinkippten, auf der Straße zu fassen bekamen, würden sie mich knebeln, und tschüs, Senhor Couceiros Schritte auf dem Flur, und Dona Helena weiter weg, die Aufmerksamkeit auf die Häkelarbeit gerichtet, weil die Silben eine Masche korrigieren

– Nun quäl dich doch nicht

vollendete den Satz nicht, vollendete ihn später, während sie die Nadel und das Knäuel in den Schoß legte, der Satz, von der Häkelarbeit befreit

– Nun quäl dich doch nicht

– *Wo liegt Spanien?*

nicht wie Dona Helena am Tag, da die Dunkelheit die Menschen verändert, sie wichtiger macht, ernster macht, sogar das Meer, beispielsweise, sogar das Möbelknacken im Kiefernwäldchen, Dutzende und Aberdutzende von Stühlen, Sofas, Tischen, das Foto von Noémia

oder mein Vater

– Ich kann nicht nach Bico da Areia Paulo

und die Welt in Stücken, Stücke von Pferden, die durchs Wäldchen galoppieren, meine Mutter mit dem Besitzer des Cafés, mit dem Elektriker, mit den Hunden

– Mich kratzt es nicht euch nicht mehr zu haben

wendet sich ihnen zu, lächelt sie an, befiehlt mir, hinter dem Haus zu spielen

– Bis ich dich rufe Paulo

oder aber, daß ich warten soll, ich habe vier Fünftel meines Lebens wie ein Blöder damit verbracht, auf einer Stufe oder der Bank bei der Zeder auf euch zu warten, ich habe es satt, mein Vater suchte ringsum nach Hilfe, strangulierte sich

– Lassen Sie die Krawatte los Vater

Sie verstehen das doch, gnädige Frau, Sie verstehen das doch, Dona Helena, und Dona Helena rückte den Regenmantel gerade, ein Monat in Mérida im Theater, so bekomme ich wenigstens etwas Geld zusammen, und dann ist Schluß mit den Mietrückständen, ich zahle Ihnen den Unterhalt für meinen Sohn, Dona Helena log, während sie sich mit dem Regenmantel beschäftigte, wir brauchen nichts, Senhor Carlos, sie versteckten Geldscheine in einer Dose, zählten Summen mit Bleistift zusammen, Senhor Couceiro bat um Aufschub bei der Zahlung der Stromrechnungen

– So ein Ärger

sie stellten eine Kerze in eine Untertasse, und das Zimmer begann zu zittern, unsere Körper waren mal dick, mal dünn, morgens eine Rußaureole an der Decke, Senhor Couceiro wickelte die Sachen aus Billigsilber in Zeitungspapier, ging mit ihnen weg, und nach ein paar Stunden funktionierten die Schalter wieder, mein Vater log ebenfalls

– Ich zahle den Unterhalt für meinen Sohn

wenn sie ihm wenigstens eine Überdecke geben würden, damit er sie zerknautschen und wieder glattstreichen kann, Alcides wartete im Wagen, und Pakete und Koffer, ein Monat ist im Nu um, Paulo, alles geht so schnell, nicht wahr, Dona Helena, noch vor einem Augenblick war Sommer, und jetzt ist schon wieder Sommer

ich beobachtete auf dem verglasten Balkon den Wellensittich vom orangen Gebäude

und hast du nicht gesehen, bin ich schon wieder bei dir

anfangs zwei Wellensittiche, sie fraßen kleine Samen aus einer Tüte, flogen nicht, sangen nicht, waren zu überhaupt nichts nutze, der, der wohl das Weibchen war, starb

– Und hast du nicht gesehen, bin ich schon wieder bei dir

Freitag, der dreiundzwanzigste Februar, und es regnet, ich kann mich nicht daran erinnern, daß es jemals um diese Zeit geregnet hat, ich erinnere mich an meine Mutter, die zu einem Mann, der weder der Elektriker noch der Besitzer vom Café war

– Nicht vor dem Kind

es war eine weiße Hose mit einer Spur Öl an der Bügelfalte, Schlüsselgeklingel

oder ein Lachen

und das Schlüsselgeklingel strich über meine Mutter, ihre Bluse, ihren Hals

– Er begreift das nicht

meine Mutter massierte ihren Hals, richtete die Bluse, holte die Flasche aus dem Herd, trocknete zwei Gläser ab und

– Noch vor einem Augenblick war Sommer und jetzt ist schon wieder Sommer

stellte sie

Sommer

auf das Tischtuch, wenn ich wollte, könnte ich den Zeigefinger naß machen und probieren, das Schlüsselgeklingel trank den Wein

– Was machen wir mit ihm sollen wir ihn umbringen und ihn in den Fluß werfen?

die weiße Hose lehnte an den Beinen meiner Mutter, und meine Mutter, die sich an der Spüle abstützte, atmete schneller

– Warte

suchte Münzen in der Handtasche, aber da waren keine Münzen, eine gebrauchte Busfahrkarte, auf der Spüle Töpfe, Ameisen, meine Mutter ließ den Flaschenhals los

– Hast du wenigstens eine Münze?

die weiße Hose bewegte sich ärgerlich

– Wenn ich das mit dem Jungen gewußt hätte wäre ich nicht gekommen

der Fluß, die Mündung des Flusses, die Stelle, an der der Tejo an der Brücke vorbeifließt, es satt hat, durch Berge, Stauseen, vorbei an Burgen, Mühlen, Ebenen zu stolpern

dachte ich

die verlassen waren, und am Ende den Ozean erreicht und sich in ihm in einer Art Seufzer auflöst oder so

gab meiner Mutter eine Münze, die sie dann mir gab

– Für seine Ernährung

mich vom Boden aufhob, mich neben den Waschtrog setzte, mir einen Henkeltopf und einen Holzlöffel gab, mir vom Fenster aus, indem sie den Löffel auf dem Henkeltopf nachahmte, sagte

– Du kannst draufschlagen soviel du willst

um ihr einen Gefallen zu tun, versuchte ich einen Schlag, aber ich hatte keine Lust, ich mußte mal, ich hatte Hunger und Angst vor den Reihern, vor der Brücke, die ihre Farbe änderte, vor einem Tier, das seufzte und redete, indem es sich selber in der Küche verschlang, es war weder meine Mutter noch die weiße Hose, es war eine Form, die aus zwei Rücken und keiner Brust bestand, zwei Nacken und kein Gesicht, aus der Arme herauskamen und verschwanden, Zähne und Füße, der Elektriker streunte herum und holte Strandgut aus den Wellen, ich nehme an, daß er mich haßte, und dennoch hat er, den ich für stumm gehalten hatte, die Hunde beschimpft, wenn die Hunde mich mit Kienäpfeln bewarfen, er legte uns Meeresschnecken auf die Mauer, die Frau des Cafébesitzers wischte die Tische ab, und mir kam es so vor, als würde ihr Mann, der die Hände in die Hüften gestützt hatte, schlecht über meine Mutter oder mich reden

über meine Mutter

die Frauen der Zigeuner kehrten mit Eimern vom Strand zurück, und in den Eimern Krebse, Miesmuscheln, wenn ein Tümmler im Sand landete, riefen sie einander auf galicisch, die weiße Hose fuhr zusammen mit dem Tier unter Puffreisexplosionen auf einem Mofa davon, meine Mutter, während sie leicht mit dem Löffel im Topf kratzte

– Die Münze

stärker mit dem Löffel im Topf kratzte

– Die Münze Paulo

wütend auf mich

ich denke, auf mich

auf mich

wütend auf mich

– Die Münze

die Münze in meiner Handfläche, eine kleine Münze, mit der man fast nichts kaufen kann, fünf oder sechs Bonbons, einen Kaugummi, nicht einmal eine billige Schokolade, meine Mutter, die mir nicht glaubte

– Hat dir der Ochse nur das da gegeben?

bleibt noch zu sagen, daß Februar ist, Freitag, der dreiundzwanzigste Februar, daß es regnet und daß durch den Riß in der Gardine die Gebäude dicht, opak sind, einen Brief an die Angestellte aus dem Speisesaal schreiben, und auf dem Brief Paulo & Gabriela

sagen, daß, wenn du lächelst, dein Mund

sie ließ die Münze in den Topf fallen und kehrte in die Küche zurück, nach dem Löffel im Topf der Löffel am Flaschenhals, nach dem Löffel am Flaschenhals ein Krachen, ein zweites Krachen, und sie schlug erst mit der Flasche und dann mit dem Verschluß auf den Herd ein, ich wollte sie bitten

– Mutter

aber meine Stimme weigerte sich, sie zu rufen, einer der Flaschensplitter hatte sie am Kinn verletzt, meine Mutter zeigte mir den Topf

– Eine Münze du Spitzbube

packte mich an den Haaren und schubste mich gegen den Herd, an dem Emaille abgeblättert war, einer der Brenner verbogen war

– Eine Münze für eine halbe Stunde findest du daß ich für eine halbe Stunde nur eine Münze verdiene Paulo?

will heißen, damals regnete es nicht, nur ein- oder zweimal, nachmittags schon um drei Dämmerung, und die Pferde der Zigeuner schluchzten vor Schreck, die Frau des Cafébesitzers sammelte mit einer Mütze ihres Mannes auf dem Kopf die Teller ein, Tropfen hüpften im Garten

Tränen rannen am Fenster herunter

der Duft des Wäldchens näher, die Kletterpflanze zerfledderte

– Die Kletterpflanze Vater

bevor er nach Lissabon zog, hatte er sie mit Rohrstöcken und Bindfäden geschützt, hatte er, indem er den Regenmantel darüberhängte, ein Dach gemacht, er kam ins Haus zurück, und meine Mutter

– Und ich Carlos?

auch Tränen

– Du bist kein Fenster also weine nicht

aber sie hörte mich nicht

– Und ich Carlos?

das ist nicht meine Mutter, ich habe sie nie gesehen, wer sind Sie, die Sie da bäuchlings auf dem Bett liegen, im Kissen verschwunden immer wieder sagen

– Und ich Carlos?

die Hand meines Vaters erreichte sie nicht, schwebte in der Luft, gab auf, mein Vater war mein Vater, aber sie war nicht

mein Vater öffnete am Ende die Tür und ging in den Regen hinaus

die Münze

– Findest du daß ich für eine halbe Stunde nur eine Münze verdiene Paulo?

fiel aus dem Topf und rollte über den Boden, nicht gerade, in einem zittrigen, langen Bogen, prallte gegen den Kühlschrank, schwieg, der Zwerg aus Schneewittchen streng zu mir, wir verbrachten ganze Nachmittage allein zu Haus

– Paßt aufeinander auf

wenn ich die Schere nahm, der Zwerg sofort

– Aber aber

er verbot mir, Kleider zu zerschneiden, die Arzneiverpackungen auszuprobieren, in der Badewanne einen Teich zu machen

– Laß das bloß

wenn es nach ihm ginge, würde ich Gabriela nicht verlassen, ich stelle mir vor, wie er bei uns ist und mich tadelt

– So ein Unfug Paulo

die Angestellte aus dem Speisesaal schaute überrascht die Fensterläden an

– Mit wem hast du geredet?

mein Vater kam weniger überschwenglich, dünner aus Spanien zurück

– Die haben mich betrogen

die Kirche bimmelte Stunden, die man unmöglich zählen konnte, fünfzehn, sechzehn, sechshundert, und Senhor Couceiro wurde mit jeder einzelnen älter, in Alcides' Auto weder Pakete noch Koffer, eine Schale mit Äpfeln auf der blonden Perücke, Noémias Foto zeigte einen Augenblick lang Interesse und verschwand dann wieder, das heißt, der Rahmen blieb ebenso wie die Vase da, aber Noémia nicht

– Nicht einmal ein Theater Dona Helena sie wollten daß ich

nicht einmal ein Theater, eine Klitsche am Ortsausgang von Mérida, und wir da drin gefangen, Alcides aß mit ihnen, spielte mit ihnen Karten, verlor mein Geld, wir Künstlerinnen an einem anderen Tisch, vier Spanierinnen, eine kleine Rumänin und ich, die Freier trafen in dem Zimmer, in dem wir unsere Nägel lakkierten und Musik hörten, ihre Wahl, wenn ich

– Alcides

Alcides ärgerlich mit seinen Karten in der Hand, während er die Trümpfe überprüfte

– Wenn du nichts hast womit du dich amüsieren kannst soll ich dir einen Arm brechen?

die kleine Rumänin versuchte zu fliehen, sie fanden sie im Postwaggon, sie riefen uns, während sie ihren Kopf festhielten und einen Backenzahn anbohrten, ein langer Schrei, eine Ohnmacht, steh auf, du Schwuchtel

– Vorsicht mit den Zähnen die Fräulein

und ich dachte an Schaukeln, gab mit dem Körper Schwung, streckte die Zehenspitzen aus, und sie kriegten mich nicht zu fassen, da ich im Himmel war

die Frau des Cafébesitzers nahm die Markise ab, und ein oder zwei Reiher auf dem Fenstersims, ihr Mann hielt meine Mutter fest

– Was soll das?

die am Herd mit dem Arm kämpfte, aufhörte zu kämpfen und den Küchenschemel suchte, auf dem sie schweigend zusammensackte, nicht meine Mutter, nur ein Pantoffel, Lippen, die wer weiß was flüsterten, ich ging zu ihr, und

– Verzeih

Finger, die meine Schulter drückten, Lippen an meinen Ohren

– Verzeih

vom Fenster aus sah man den Elektriker, der was auch immer aus der Jackentasche zog

eine Meeresschnecke

und die Meeresschnecke auf die Mauer legte, als ich die Margeriten erreichte, war die Krücke bereits am Strand, mir war so, als würde er winken, aber wahrscheinlich hatte ich mich geirrt, eine Veränderung im Licht oder ein Zurückweichen der Kiefern, und schon glauben wir, es sei ein Mensch gewesen, ein Kienapfel kullerte übers Dach, und der Besitzer vom Café

– Banditen

mein Vater in Príncipe Real, mit blonder Perücke, begrub Schmuck in einer Mehltüte

Kolliers, Diademe, das Medaillon meiner Mutter, ein Kästchen aus Schildpatt mit Silberintarsien

Einhorne, Drachen

wenn er Schuhe anzog, wurde er zehn Zentimeter größer, und ich brauchte eine ganze Weile, bis ich ihn unter den Wimpern fand, als wir auf der Straße anlangten und Dona Aurorinha

– Wie hübsch

schützte er sich mit einem päpstlichen Regenschirm, dem die Bäume auf lateinisch Komplimente machten, vor der Sonne, meine Mutter zum Besitzer des Cafés, tut mir leid, der Zwerg aus Schneewittchen paßte auf alle auf

– Ich habe Kopfschmerzen

er trug eine Hacke und eine Laterne, die niemanden beleuchtete, nur wenn ich die Schere nahm, jammerte er furchtsam

– Vorsicht

die Zeit setzte ihm ebenso zu wie den Wänden, meine Mutter hatte ihn mehr als einmal in den Mülleimer quetschen wollen

– Wir müssen einen neuen kaufen Paulo

sie hob den Deckel, alte Geschichten gingen ihr durch den Kopf, sie überlegte es sich anders, erklärte dem Zwerg

– Diesmal bist du noch mal davongekommen

sie schickte sich an, ihn zu küssen

– Und ich Carlos?

ebenfalls Tränen

– Du bist kein Fenster also weine nicht

und sie, ohne mich zu hören, winzig in einer Ecke

– Und ich Carlos?

sie bemerkte mich, stellte ihn oben auf den Kühlschrank

die Hand meines Vaters erreichte sie nicht, schwebte in der Luft, gab auf, mein Vater öffnete schließlich die Tür und ging hinaus in den Regen

beschäftigte sich mit zu vielen Gesten und zu viel Lärm mit dem Mittagessen, war sauer auf mich, ich auf dem Fußboden, mit dem Henkeltopf und dem Löffel

– Du bist zu nichts nütze du

ich nicht in Bico da Areia, ich mit meinem Vater im Laden, man verließ den Príncipe-Real-Park, und es war die dritte Gasse, gleich nach einem Antiquar und einem Gasthaus, beim Antiquar blätterte eine Dame in einem Album, im Gasthaus pfiff ein Kellner zwischen Fliegen vor sich hin, im Schaufenster

Porzellan, Uhren, kleine Tiere aus Elfenbein, Leuchter

– Nicht einmal ein Theater Dona Helena sie wollten daß ich

ein Wesen aß aus einem Topf, man bemerkte nichts außer den päpstlichen Regenschirm, das Wesen kaute

ich kann mich nicht daran erinnern, daß es damals geregnet hat

– Was bringst du mir heute Soraia?

die Margeriten raschelten hungrig, enttäuschten die Möwen, Sie mit der Schürze meiner Mutter und dem Dünger, Ihre Künstlergesten, Ihr Köpfchen gedankenschwer, hören Sie mit dem Theater auf, Vater

mein Vater kippte die Mehltüte auf dem Tresen aus, und grelles Steingeglitzer, das Wesen mit dem Topf kam herangehumpelt, eines der Beine wie meine, das andere ausgeleiert, langsam, eine dieser vom Gebrauch zerschlissenen Rollen, mit denen man die Fenster abdichtet

ich nahm die Meeresschnecke, und das Meer in der Schnecke

– Hallo Paulo

und während meine Mutter dem Zwerg erklärte

– Diesmal bist du noch mal davongekommen

trennte das Wesen mit geruhsamem Messer Diademe, Medaillons und Schnallen, betrachtete eine Anstecknadel im Gegenlicht, schob alles wieder zur Mehltüte zurück und teilte seine Aufmerksamkeit zwischen meinem Vater und dem Topf

– Soll das ein Scherz sein Soraia?

Scherze in einem Erdgeschoß an der Ausfallstraße nach Mérida, Eichen, Weiden, sie hielten seine Stirn fest, Alcides hatte sein Kinn mit einem Eisen fixiert

– Dieses hübsche Mündchen

als sie den Nerv erreichten, nicht einmal Schmerz, der Peitschenhieb eines Blitzschlags, alle Knochen brannten, verkohlten zu Grieben und loderten erneut auf, vielleicht ein Schrei, ich weiß nicht, Vater, wer schreit schon, ohne zu merken, daß er schreit?

denk an Schaukeln, streck die Fußspitzen aus, gelang bis in den Himmel, erinnern Sie sich daran, wie die Schweine auseinandergeschnitten, ihnen die Eingeweide herausgerissen wurden, an die Schüsseln mit Blut, Ihr Blut, strecken Sie die Fußspitzen aus, denn Sie schreien nicht, Sie existieren nicht, es gibt nur die Hoffnung auf den Tod, scharlachrote Blüten, die Frau Ihres Onkels zieht Sie aus, eine einzige scharlachrote Blüte, die schluchzt, das Brüllen, zu dem Sie geworden sind, Alcides gibt es nicht, den Bohrer gibt es nicht, Sie gibt es nicht, es gibt den Schmerz, verstehen Sie, es gibt den Schmerz

– Der Blödmann ist ohnmächtig geworden

den Schmerz gibt es, ich bin nicht ohnmächtig geworden

– Gib ihm Wasser

den Schmerz gibt es, ein Feuerigel, den Sie nicht begreifen, Ihre Frau auf dem Kissen sagt immer wieder

– Und ich Carlos?

den Schmerz gibt es, und im Mittelpunkt des Schmerzes das Wesen, das Sie mit dem Topf an der Brust wegschiebt

– Soll das ein Scherz sein Soraia?

im Topf Oliven, Hühnchen, Gemüse, den Schmerz gibt es, wie es dem Wesen verständlich machen, ihm klarmachen

– Ich habe keinen blanken Heller mehr Dona Odete es muß doch noch ein Smaragd dabei sein der was wert ist

der Topf mit dem Messer spottend

– Smaragde?

der Topf mit dem Messer mich halbwegs wahrnehmend

– Ist das da dein Sohn?

wie kann ich dem Wesen klarmachen, daß es den Schmerz gibt, die haben seinen Fuchskragen, die Goldohrringe behalten

– Die haben meinen Fuchskragen und die Goldohrringe behalten es muß doch noch ein Smaragd dabei sein der was wert ist

wie kann ich dem Wesen klarmachen, daß es den Schmerz gibt und keine Schaukel, um dem Schmerz zu entkommen, es unmöglich ist, den Himmel mit den Fußspitzen zu berühren, einen Postwaggon finden, der uns mitnimmt, einen Elektriker, der uns eine Meeresschnecke auf die Mauer legt, Eichen, Weiden, Alcides durchsucht Ihr Zimmer, klopft das Kissen ab, die Matratze, und Sie an die Wand gelehnt, Sie ein Clown, Sie eine scharlachrote, schluchzende Blüte

– Da fehlt Geld Soraia

ohne an meine Mutter und an mich zu denken, Sie dachten an die Miete, die gezahlt werden mußte, an die Musik, die lauter gedreht wurde, als der Bohrer

– Halt still

ich schlug mit dem Löffel auf den Topf, während sie Ihnen den Mund mit einem Eisen fixierten

den Schmerz gibt es

am Freitag, den dreiundzwanzigsten Februar, damit man Ihr Ferkelquiecken nicht hörte, nicht die zerfetzten Eingeweide hörte, die Schüsseln mit dem Blut, Ihre Hoffnung, daß da noch irgendwo ein Smaragd sein könnte, der was wert ist, und der Topf

– Smaragde?

der Topf mit Hühnchen und Gemüse oder das humpelnde Bein

– Nimm diesen Plunder wieder mit Soraia

auf den Topf schlagen, nicht aufhören, auf den Topf zu schlagen, ich habe die Münze unter dem Kühlschrank gefunden, habe sie meiner Mutter gegeben, und meine Mutter zu der weißen Hose, zum Besitzer des Cafés, zu mir

– Findest du wirklich daß ich nur eine Münze verdient habe?

keine erwachsene Frau, ein Kind, das im Schlaf redet, im Haus meiner Großmutter habe ich in einer Schublade ihr Foto gefunden und darauf eine langsame Schrift, der man vorherige Entwürfe ansah, und eine Nase an ihrer Schulter

– Sieh zu daß du ordentlich schreibst

mit Bleistift gezogene Linien, damit sie nicht daneben schrieb, vom Radiergummi gelöscht, die Feder blieb im Papier stecken, die Nase drohte

– Na na

Für meinen Onkel und meine Tante von Judite und eine lange Zahl

– Kannst du keine Zahlen schreiben Judite?

frag mich nicht, ob ich nur eine Münze wert bin, zwing mich nicht, etwas zu sagen, ich habe gelesen

Für meinen Onkel und meine Tante von Judite, zweimal, achtmal, und es waren nicht Sie, ein Mädchen, das jünger war als ich, brünett, mager, Für meinen Onkel und meine Tante von Judite, das waren niemals Sie, Mutter, Sie hatten keinen Onkel und keine Tante, Sie waren Lehrerin, Sie haben meinen Vater geheiratet, und Schluß, aus, Sie betrachten den Herd und bemerken den abgebrochenen Brenner und daß Sie das Email zerkratzt haben, klammern sich ans Kleid, ohne das Kleid zu fassen zu bekommen

– Verzeih

prallen auf sich selber im Kleiderschrank, ein Kind, das die Meeresschnecke auf der Mauer anstaunt, uns anstaunt, eine Blütentraube hat sich vom Zweig der Glyzinie gelöst, scharlachrote Blüten, die einzigen scharlachroten Blüten, die schreien, meine Großmutter fährt mit dem Finger über das Foto

– Deine Mutter

ein brünettes, mageres Kind, in Schüchternheit eingeschlossen

– Verzeih

Tränen am Fenster, und der Duft des Wäldchens näher, wilde Feigen, Akazien, Buchen, die Ebbewellen, an denen die Pferde leckten, die Stelle, an der der Tejo an der Brücke vorbeifließt, es satt hat, durch Berge, Stauseen, vorbei an Burgen, Mühlen, Ebenen zu stolpern

dachte ich

die verlassen waren, und am Ende den Ozean erreicht und sich in ihm in einer Art Seufzer auflöst oder so, ich beende meine Geschichte, und es bleibt nur noch wenig zu sagen, nämlich daß mein Vater in Príncipe Real mit der Mehltüte und mit mir, hören Sie mit dem Theater auf, Vater, Alcides wartet auf dem Sessel im Wohnzimmer auf uns zwischen offenen Truhen, zeigt die Brieftasche, und da waren keine Münzen

– Hier fehlt Geld Soraia

nicht nur Alcides, ein Kumpel in weißer Hose ist bei ihm, ich hatte nicht auf den Kumpel geachtet, nur auf die weiße Hose, den Ölfleck an der Bügelfalte, auf das Klimpern der Schlüssel, und das Klimpern der Schlüssel

– Töten wir ihn und werfen wir ihn in den Fluß sperren wir ihn in den Schrank

Alcides überprüfte den Türgriff vom Schlafzimmer, vom Waschraum, von der Speisekammer, blickte mich an, nicht meinen Vater, schloß mich in der Speisekammer ein

– Wir spielen Verstecken und du versteckst dich hier

mein Vater

– Paulo

ich wünschte mir, daß mein Vater

– Paulo

daß Senhor Couceiro

– Paulo

daß Dona Helena

– Paulo

ich wünschte mir, daß meine Mutter zu Alcides

– Einen Augenblick

daß meine Mutter zur weißen Hose

– Warte

mich beim Waschtrog absetzt, mir einen Henkeltopf und einen Holzlöffel gibt, die Frauen der Zigeuner kehrten mit Eimern vom Strand zurück, und in den Eimern Krebse, Miesmuscheln, wenn ein Tümmler strandete, riefen sie einander auf galicisch, wenn mein Vater strandet, wenn man einmal von den Eichen und Weiden von Mérida ausgeht, wird die kleine Rumänin auf den Balkon vom ersten Stock klettern, und ein

Blumentopf

wird mit ihr herunterstürzen, der Bahnhof mit den Zügen, die uns Nacht für Nacht riefen, weiter weg, als ich wegen der Geräusche der Waggons gedacht hatte

das Geräusch war ganz nah

in der Dunkelheit ist alles nah, die Menschen, die Hunde, der Mond oder die Bahnhofsuhr über den Dächern, einen Hang herunterrutschen, das Gleichgewicht wiederfinden, diesen Schuh, den anderen Schuh, er glaubte, Stimmen suchten ihn, und jetzt die Schuhe wieder an den Füßen, rennen, vielleicht nicht einmal Stimmen, die Eichen, die Weiden, die Lunge, der Straßenrand, der ihn verletzt, rennen, innehalten, und niemand, der Löffel im Topf und die Münze

– Paulo

rennen, die Stille in der Speisekammer, die Stille im Haus, die Stille in Príncipe Real, Dona Aurorinha auf dem Treppenabsatz, und rennen, den Bahnhof über die Lagerschuppen an einem Hang erreichen, meine Großmutter zeichnet das Foto mit dem Finger

– Deine Mutter

und rennen, ein brünettes, mageres Kind, Für meinen Onkel und meine Tante von Judite, die Feder bleibt stecken, die Nase an ihrer Schulter, sieh zu, daß du ordentlich schreibst

rennen

sie brachten das Schwein auf einem Brett, die Füße zusammengebunden, Putzwolle im Rachen, farblose Lider, Lider ohne Schminke, die Haut muß rasiert werden, Äuglein, die nicht sahen

rennen

Alcides und die weiße Hose hängten es an einem Haken auf,

möchten Sie meine Meeresschnecke, Vater, und rennen, die glasierten Schüsseln, die Frau meines Onkels zieht ihn aus, Badezeit Carlos, die Wasserpumpe geht vor und zurück, die Papierrosen der Wespen, Schluß mit dem Streit, mit den Fragen, am Freitag, den dreiundzwanzigsten Februar, mich nicht durch den Regen stören lassen

rennen

Dona Helena rückt den Regenmantel auf dem Treppenabsatz in Anjos gerade, versucht uns zu helfen, warum machte mein Vater ihr Zeichen und dachte, ich würde es nicht bemerken, der Campingplatz, die Apotheke, meine Mutter erwartet uns, meine Matratze in der Küche, Dálias Tante

– Bist du wieder zurückgekommen?

und so brachten sie mich vom Bahnhof her, und ich gehorsam, stumm, sie hielten meine Stirn fest, und ich war einverstanden damit, daß sie meine Stirn festhielten, sie sagten, ich solle mich nicht bewegen, und ich bewegte mich nicht, sie sagten, ich solle den Mund aufmachen, und ich machte den Mund auf, sie hielten ihn mit einem Stück Eisen offen, banden meine Fußknöchel am Querstreben des Stuhls fest, drehten meine Arme nach hinten, steckten ein zweites Stück Eisen hinter meine Nieren, rückten eine Lampe näher, und ich wich der Lampe nicht aus, ich nahm es hin, denn es war kein Bohrer, es waren Wespen, mein Vater, beweg dich nicht, Vorsicht, und plötzlich, Gott sei Dank, auf der Höhe der Brücke, ich erreichte den Ozean und löste mich in ihm auf, in einer Art Seufzer oder so, ich allein im Lichthof der Mauer, sah den Kühlschrank, den Herd

– Judite

die Stufen zum Garten, die Handbreit für Handbreit auftauchten, meine Frau

– Und ich Carlos?

und obwohl meine Hand sie nicht erreichte

schwebte, aufgab

bin ich sicher, daß sie mich erkannt hat, mich bemerkt hat,

sich zur Seite entfernte, daß wir beide im Kleiderschrank, mein Sohn kam auf uns zu, setzte sich mit einem Topf und einem Holzlöffel auf den Boden, kratzte leicht mit dem Löffel im Topf, und ich muß eingeschlafen sein

bin nicht in Ohnmacht gefallen, eingeschlafen

ich muß eingeschlafen sein, denn Alcides war nicht da, ebensowenig wie die Diademe, die Medaillons, die Schnallen, da waren die Zeder im Príncipe-Real-Park, die sich mit mir auf lateinisch unterhielt, Dutzende von Reihern auf den Brückenstreben und Judite, die mir in der zur Muschel gewölbten Handfläche eine Münze darbot.

Kapitel

Man weiß, worauf man sich verlassen kann, und ich habe gelernt, mich in diesem Leben auf niemanden zu verlassen außer auf mich. Vielleicht habe ich deshalb alles allein gemacht: den Keller, das Restaurant in Campolide, die Villa auf dem Weg nach Sintra

(genaugenommen nicht Sintra, Mem Marins, gleich am Bahnhof, ich mag die Züge nachts, meine verstorbene Mutter hielt immer inne, um zu horchen

– Der Elfuhrpostzug

und es war so, als würden wir noch immer zusammenleben)

die ich billig erstanden habe

oder, besser gesagt, günstig, denn ich lobe mich ungern selber

von ein paar Engländern, die in ihr Land zurückkehrten und sich über das Klima beschwerten, über die Feuchtigkeit, die Krankheiten der Knochen, in denen es wie Wasser siedete, und ich, aber ja doch, aber ja doch, ganz und gar Ihrer Meinung, Senhor, Mister, jede Menge Rheuma, Schmerzen in den Gelenken, also nichts wie weg, kehrt in die Sonne von London zurück, hier ist Ihr Scheck

ich habe das Schwimmbecken vergrößert, eine Statue und Licht dort angebracht, habe ein neues Eingangstor gebaut mit Elefanten auf den Säulen, habe ihnen die Sofas abgekauft, meine Ehefrau, die an Kretonne gedacht hatte

– Diese Sofas?

und ich, der ich in Zivilisationsdingen nicht auf den Kopf gefallen bin, auch der Meinung, daß die Europäer und die Monarchien unsereins überlegen sind

– Wenn die Engländer sich darin gelümmelt haben dann sind sie auch gut für uns

ohne viel Vertraulichkeiten, ohne Gerede, ich habe nur die Augen aufgemacht und leiser gesprochen

– Wenn die Engländer sich darin gelümmelt haben dann sind sie auch gut für uns

sie zuckte unterwürfig mit den Achseln, sie soll ruhig mit den Achseln zucken, ich achte überhaupt nicht darauf, mein Mädchen, wenn meine Mutter mit uns hier in der Villa wohnen würde

– Haltet den Schnabel

lächelnd zum Fenster

– Der Elfuhrpostzug

in der Bibel steht, daß die Frau dem Mann untertan sein soll, und so intelligent meine Ehefrau auch sein mag, und bei ihr ist das eigentlich nicht der Fall, wer wird schon die Bibel in Zweifel ziehen, da dort nichts

nehme ich an

über Achselzucken steht, warum sein Pulver auf Spatzen verschießen, wenn sie meckern würde, wäre es besser, aber so macht sie etwas Gymnastik und vermeidet es, sich aufzuregen, die Sofas stehen selbstverständlich im Wohnzimmer, groß, häßlich, solide, aus Leder, ziemlich unbequem, nehmen schrecklich viel Platz weg, meine Frau, während sie auf die dicken Dinger zeigt

– Was sollen wir damit?

und obwohl ich mit ihr einer Meinung bin und wirklich finde, daß wir nichts damit anfangen können, wäre, wenn ich ihr recht geben würde, meine Autorität dahin, und so zünde ich ein Zigarillo an oder spiele mit der Hündin oder pfeife vor mich hin, völlig verspannt auf dem Sessel, damit sie sich einbildet, daß ich gut drauf bin, und denke, wehe, du sagst jetzt, daß ich ganz verspannt dasitze

wenn ich an meine Mutter denke, erinnere ich mich an die Hand, die am Ohr zu einer Muschel geformt ist

– Der Elfuhrpostzug

meine Frau scheint mich mit den Antennen, die die Weiber

alle haben, zu verstehen und nimmt, ebenfalls verspannt sitzend, friedlich ihre Häkelarbeit wieder auf, während ich mich frage und nochmals frage

meine Mutter

– Wer ist die da?

– Warum zum Teufel habe ich dich bloß geheiratet?

so, nicht mehr ganz jung

zwei Jahre älter als ich

meine Mutter mit aufgerissenen Augen

– Zwei Jahre älter als du?

ihr Herz flackernd wie eine schlecht eingedrehte Glühbirne oder eine mit Problemen in den Kabeln, der Doktor

– Ruhe und wenig Salz

das Mittagessen fade, gekochter Fisch und gekochtes Fleisch, die an sich schon nach nichts schmecken, und dann Broccoli und Karotten statt Reis, Sauce, Kartoffeln, ich habe es dem Doktor erklärt, der Doktor verweilte mit seinen Brillengläsern auf meinem Bauch

– Sie sollten abnehmen mein Freund

horchen Sie mal nicht auf die Züge, Mutter, und sagen Sie mir, ob ich dicker geworden bin

und da es ein teurer Doktor ist und Lehrer von anderen Ärzten im Krankenhaus, reagiere ich darauf nicht, sonst klopft er mir noch auf die Milz, fragt mich, ob ich trinke, und ich lüge, indem ich ihm versichere

– Keinen Tropfen

wo ich doch leider immer trinken muß, nicht weil es meine Macke oder mein Laster wäre, sondern wegen meiner Arbeit, bei der ich den Kunden Gesellschaft leisten muß, obwohl ich meistens denselben Tee wie die Angestellten trinke, während sie Schaumwein, ich gehe mit dem Glas in den Fingern von Tisch zu Tisch und vermeide so, daß sie mich einladen, ein Wort hier und da, eine Begrüßung, ein Kompliment

– Immer noch gut in Schuß Herr Ingenieur

komme ihren Bitten nach

– Ich hoffe Sie nehmen es mir nicht übel wenn ich Sie darum bitte mir die Dame vorzustellen die die Show abschließt

ich zu Dona Amélia, diskret, denn die Kunden verlangen Höflichkeit, Respekt

– Schick Marlene an Tisch neun

und wenn Marlene oder Micaela oder Vanda oder Sissi die Regeln mißachten und vergessen, wie ich mich für das Personal aufopfere

– Ich bin müde

dann trabe ich selber hin und rücke ihnen den Kopf zurecht und zeige auf die Tür zur Straße

– Da ist der Ausgang

denn sobald sie sich sicher fühlen, schlagen sie über die Stränge und nutzen dich aus, ich bin seit dreißig Jahren in der Branche tätig und arbeite mit Transvestiten

am achtundzwanzigsten Januar einunddreißig Jahre

und was ich jedem, der in der Branche anfängt, raten würde, obwohl ich niemandem dieses elende Leben empfehlen kann, ist

– Laß nicht zu daß sie über die Stränge schlagen laß nicht zu daß sie dich ausnutzen

was ist mit dem Elfuhrpostzug passiert?

oder, anders gesagt, verpaß ihnen hin und wieder eine Strafe, zieh ihnen was von den Prozenten ab, damit die Damen sich hinter die Ohren schreiben, wer das Sagen hat

Gott hat in der Bibel geschrieben

und ansonsten behandle sie als das, was sie zu sein glauben, und laß sie in Frieden, solange sie ihre Pflicht erfüllen, können sie sich sogar gegenseitig umbringen, weit weg von der Diskothek, das geht mich nichts an, ich bekomme in meinem Büro ständig Bitten um eine Anstellung, die stehen auf dem Flur Schlange und wackeln mit ihren falschen Brüsten

– Ich bin ein Mädchen wissen Sie

versichern, daß sich die Natur geirrt hat, als würden Irrtümer seitens der Natur meine Seele erweichen: Sie helfen mir nur zu leben. Dem Himmel sei Dank irrt sich die Natur ständig, und da erscheinen sie bei mir im Büro, halb Scham, halb Herausforderung, frisch rasiert und im durchsichtigen Blüschen

– Ich bin ein Mädchen wissen Sie

bereit, daß Dona Amélia ihnen beibringt, wie man tanzt und so tut, als ob man singt

– Du bewegst dich so und so hier leidest du und da lächelst du

eskortiert von Kerlen, die mich schräg ansehen und denen ein Nasenstüber vom Typ an der Bar gleich den Kamm abschwellen läßt

– Ich komme nur aus Freundschaft für die Kleine ehrlich

die, sich am Ohr kratzend, verschwinden

– Ich will keine Probleme ich will keine Probleme

plötzlich wohlerzogen, demütig, im Grunde ihres Herzens brave Jungs, merken sie, daß wir ihnen mit einer Lektion fürs Leben helfen, sie trocknen das Zahnfleisch mit dem Taschentuch, schauen ins Taschentuch, wischen noch einmal, der Typ an der Bar, ein echter Kumpel, gibt ihnen sein Taschentuch

– Ich habe da an deine Zukunft gedacht du wirst es mir noch danken

und zum allergrößten Teil sind sie tatsächlich dankbar

– Diesen kleinen freundschaftlichen Nasenstüber werde ich nicht vergessen danke

ein paar, die mir intelligent vorkommen, machen kleine Jobs für mich, ich habe da Fausto, Romeu, Alcides, die meinen Regeln entsprechend den Markt sondieren, wenn sie aus der Reihe tanzen, der Typ an der Bar

– Denk an deine Zähne

o weh, der Elfuhrpostzug in Pinhel, weh mir

noch vor zwei Tagen

nur als Beispiel

tippte mir Alcides auf die Schulter, er, der mir nur auf die Schulter tippt, wenn es um was wirklich Ernstes geht

– Donnerstag um sechs bringe ich was Kleines das Sie interessiert Chef

und tatsächlich hat er mir einen Jungen vorgestellt, der mich an ich weiß nicht wen erinnerte, als ich ihn reden hörte, dachte ich

– Ich kenne dich

ohne herauszubekommen, woher ich ihn kannte, ehrlich, ich zu mir selber

– Das Gesicht habe ich schon mal gesehen

dieses Gesicht, diesen Gang, diese Stimme, auch der Koffer, den er mitbrachte, kein neuer Koffer, der Griff war mit Pflaster und Draht repariert

und darin Federn, die ich, da war ich mir ganz sicher, auch schon mal gesehen hatte, ich möchte wetten, eine blonde Perücke

keine rotblonde, keine platinblonde, eine blonde

tiefroter Lack, Schnallenschuhe, ich habe ihm gesagt, er solle sich für eine Probe in der Garderobe umziehen, die die Speisekammer gewesen war, als der Keller als Wohnung gedient hatte

sie roch noch nach Mäusen und Pfirsichsirup

Alcides unruhig

– Ein Problem Chef?

während ich den Lumpen meines Gedächtnisses auswrang, aus dem nichts heraustropfte außer Mütter und Eisenbahnen

– Ich kenne dich ich kenne dich

Alcides vorsichtig

– Wie bitte?

während er ein Mineralwasser aufhebelte, das mir der Doktor empfohlen hatte, um die Galle zu reinigen, ich

– Ich kenne dich

als ich das

– Ich kenne dich

bemerkte, verbesserte ich mich

– Gib das her

Alcides war beleidigt, aber still, genau wie meine Ehefrau, mit dem einzigen Unterschied, daß wir nicht zusammenlebten, wenn er die Sofas der Engländer sehen würde, bräuchte ich gar nicht mehr zu wetten, daß er

– Diese Sofas?

schweigendes Achselzucken, mach dich da irgendwo klein, ich bemerke dich nicht einmal, und zu mir selber

– Ich kenne dich

fand nicht heraus, woher, du erinnerst mich an jemanden, aber an wen bloß, ich könnte schwören, daß wir uns schon mal begegnet sind, wir haben Jahre miteinander verbracht, haben miteinander geredet, Alcides in Krankenpflegermanier

– Senhor Sales

ich muß ihn erschreckt haben, denn er hatte sich auf den Stuhl zurückgezogen und wiederholte, die Händchen in der Luft, immer wieder

– Ist ja gut ist ja gut

als der andere wiederkam, brauchte ich keine Hilfe mehr, genau das war es, hatte ich es mir doch gedacht, daß es das war, das Paillettenmieder, die Marderaugenbrauen, der Schönheitsfleck an der Wange, Alcides mit Impresariogeste

– Darf ich Ihnen Paulo vorstellen

und dann passierte genau das, was ich erwartet hatte, alles verband sich miteinander, alles war endlich klar

warum hatte ich es nicht gleich gesehen, warum hatte ich es nicht bemerkt?

die Ringe, die ich kannte, die Ohrringe, die ich kannte, die fröhliche Pirouette, nach der ich mich sehnte, die Armbänder, die sich mit einem zärtlichen Zwicken zu Alcides' Kinn reckten, der rote Lippenstift, der das Gefühl verstärkte, und da

wieso habe ich es nicht herausgefunden, ich bin ein Esel, du hattest recht, Mutter, und da

was hattest du erwartet?

sagte sie

– Ich heiße Soraia.

[illegible]

[illegible]

[illegible]

[illegible]

[illegible]

[illegible]

[illegible]